陕西出版集团
太白文艺出版社

风卷长啸

永海 著

图书在版编目（CIP）数据

风卷长啸 / 史永海 著. — 西安：太白文艺出版社，
2010

ISBN978-7-80680-851-1

Ⅰ.①风… Ⅱ.①史… Ⅲ.①长篇小说-中国-
当代 Ⅳ.①I247.5

中国版本图书馆CIP数据核字(2010)第155106号

风卷长啸

作　　者　永　海
责任编辑　党　靖　闫　瑛
整体设计　高　薇

出版发行　陕 西 出 版 集 团
　　　　　太白文艺出版社
　　　　　（西安北大街147号　710003）
　　　　　E-mail:tbyx802@163.com
　　　　　　　Tbwyzbb@163.com
经　　销　陕西新华发行集团有限责任公司
印　　刷　西安力顺彩印有限责任公司
开　　本　787毫米×1092毫米　1/16
字　　数　350千字
印　　张　21.5
版　　次　2011年3月第2版第1次印刷
书　　号　ISBN 978-7-80680-851-1
定　　价　38.00元

陕西渭北高原的沟壑山谷，洛川、黄龙、澄城、白水四县交界环抱着一片片原始森林，石堡川河静静流淌，不时地泛起一阵浪花，向人们述讲着千百年来世事的变迁。河流进入洛川境内，水路突然湍急，急浪拍打出二十世纪上半叶的一幅画卷。

洛川南塬，黄土层深厚达五六十米。塬上原本高高低低的土坎、洼地，被黄帝子孙们梳理得平平展展。放眼望去，一望无际，和关中平原相差无几，大片大片绿油油的麦子迎风摇摆，滋养着一代又一代华夏子孙。南塬大大小小有一百多个村子，史姜村近三百户，在当地属于较大的村堡。村堡分上堡子、下堡子。上堡子全都姓史，下堡子都姓姜。传说上古时候，黄帝有一位史官名叫仓颉，史称"史皇"。史皇创立了文字，结束了远古时期结绳记事的历史。后裔子孙为了纪念他为世人作出的卓越功绩，便取他在世时担任的"史官"官职中的"史"字作为姓氏。这样，史皇仓颉就成了史姓的始祖。一水之隔的白水县史官乡仓颉庙方圆几十里，史字打头的村庄就有八九个。史家河、史家坪、史家村、史家崖、史家圪崂等等。

几百年来史姜村穷人富人都喜欢种植枣树，家家院落或多或少都有几棵，村里、麦场、田间甚至沟畔到处可见。上堡子和下堡子之间的界线就是一长排枣树，中间有一棵老树，树龄三百年以上，至今仍枝叶繁茂、果实累累。每到春季开花时，米粒大金黄色的小花在风中传递着幽香，花瓣在青叶丛中随风摇曳，引来无数蜂蝶嬉戏。枣树花朴实、淡雅，就像黄土地的子孙一样淳朴、敦实。枣树生长慢，木纹密实，村里的人也厚道、皮实。枣树有刺爱扎人，村里不少人家都有刀、棍，还有人会武功，不过这些是防土匪的。村里老辈人都说，桃三李四梨五年，核桃柿子六七年，桑树十年能喂蚕，枣树栽上能卖钱。人养枣，枣养人，村里人离不开它呀！

说起来，史姜村姓史的家境贫寒者居多，上堡子用土夯的城堡虽然依稀可见，但是外砌的城砖已荡然无存。相反下堡子砖砌的城墙雄风依存，堡子内富人用砖箍的窑洞比比皆是，其中数姜龙魁气势最大。当地百姓流传着"姜家银子石堡河，下村骡马满山坡"的歌谣。姜家圈了足有十余亩大的院落，分前院、中院和后院。前院一排六孔砖窑，两侧各四间厦房，主要居住着管家、佣人和长工，农具也在前院厦房。中院为闭合的四合院，居住姜家十二三口人。后院一排仓库，存放粮食、枪支和保丁居住。由于姜家世袭属于富裕大户，主人在国军任职，实属有权有势人家，势力遍及周边几个县。

1

姜龙魁生下来足足有十斤，鼻子比较大，哭声比一般的婴儿响亮得多，村里人都说己未年（1895）属阴，按照五行相克，火克金、金克木和甲午己未沙中金。己未是个灾祸之年，姜家此时生下这么大的婴儿，肯定是祸根，将来也不是省油的灯。

龙儿的哭声从窑洞里能传到大门外，声音洪亮、高亢。人常说，婴儿三翻六坐九爬，就是说三个月才学会翻身，六个月能坐，九个月学会爬着走。让姜家人感到吃惊的是，还不到五十天，龙儿就会用小腿一蹬翻身了。母亲的奶水旺，龙儿吸住奶头吃得也多，三个月后他就咿呀学语还要抓碗，刚开始学会吃饭，嘴里就露出四颗小虎牙，大家都说这孩子比一般小孩长得快多了。

龙儿长得的确比时间快，三岁就拿着小细棍在院子跑得格外欢实，撵得鸡群乱飞，自己感到成就辉煌，这还不算，于是又开始撵狗。天有不测风云，人有旦夕祸福，六岁时父亲赴广西柳州任知县，途经黔南时不幸感染了霍乱死在路上。噩耗传来，姜家上下哭天喊地，邻里百姓欷歔不已。龙儿渐渐懂事，他按照爷爷的话，始终拽着母亲的袖子不离。母亲哭他也哭，母亲不吃饭他也不吃饭。母亲抱着孩子悲伤许久，泪眼中看到龙儿小脸上的泪珠，似乎看到了什么，为了姜家今后，她勉勉强强地开始吃饭。从此以后，龙儿突然好像懂事了，闹着要上学，几天后他背着书包进了村里的私塾。

龙儿在私塾读了三年，进了镇上的小学后才发现世界这么大，伙伴们在一起太爽快了。他的顽性逐渐显现出来，爬树、打架，伙同高年级伙伴偷人家的鸡，在沟里用泥巴裹起来烧着吃，痛快极了。三年级放暑假，他偷偷拉出自家一头驴，骑到二十六七里远的黄龙山脚下，结果迷路了。几个小土匪抢驴，他拿上枣木棍和他们打起来，结果连人带驴一起被掳上山。黄龙山区方圆三四百里，山大林密，土匪大小约有六七股。抓他的土匪头叫黑老七，一审，方知是姜家的小公子。黑老七和姜家关系不错，黑老七告诉弟兄们，在我们最艰难的时候，姜家给我们送过粮食和饲料，兔子不吃窝边草，派人送回去。龙儿失踪使全家人已成了热锅上的蚂蚁——不知所措，现在看见他在别人的护卫下，像个英雄似的骑在驴身上，嘴里还"驾驾驾"地喊着进了门，母亲气恨交加，一把把他拉下来，准备给他长点记性。

龙儿非常想念在山上的日子，山上的人个个都是侠客好汉，刀枪棍棒剑叉鞭戟兵器抢得眼花缭乱。他们一边吃饭一边往嘴里灌酒，太刺激了。

全家人都围着看他，爷爷手里的棍子举在空中吓唬："你还去不去山里？"他傻乎乎地喊："去！""啪啪"屁股上感到火辣辣的，他扭头一看是母亲拽住打的，爷爷奶奶想挡没挡住。他拼命地大喊："妈呀，你还真打呀！"

母亲正在火头上，胳膊抡得更欢了："今天不好好修理修理你，你就成了断了线的风筝——越飞越远了。你不认错，就打。"

母亲都打累了，龙儿也不吭气，奇怪？这娃咋不认错呢？爷爷奶奶都劝她不要打了，先关起来再说。他刚站起来就喊叫要尿，真没办法。于是捂着屁股一扭一扭地进了厕所，一会儿出来闻到饭香味，看见叔父在客厅里招待土匪，忙凑上前去，要了一片肉一口吞下去，还露出自己的屁股叫大家看倒霉不倒霉，大家笑他活该。他听到爷爷的咳嗽声，吓得赶紧溜了出去，乖乖地进了马厩，这是他的禁闭室，老长工张五爷负责监视他。

晚上，龙儿早早地趴在母亲的炕上睡着了。母亲抚摸着孩子发红的屁股，心疼得想掉眼泪。家里人对她说，龙儿喜欢武术，业余时间就叫他学吧，最起码也能健身强体。再说，技不压人嘛。她想也对，学些功夫，可以把他的心思笼住，省得乱跑，万一跟土匪学坏就麻烦了。叔父告诉嫂子，上堡子里史家有人会武术，请一个好师傅教，先给他打打基础。

为了请师傅，姜家人费了一些工夫。他们原以为花钱雇师傅就像雇长工一样简单，其实不然。中国武术博大精深，深邃奥妙，习武人讲究武德，讲究人品。要想入门，就必须静下心来，狠下工夫，要有刻苦的精神、坚强的毅力才能学进去。请师傅必须恭恭敬敬有诚心才行。上堡子有一个秘密武术帮会，自称"洛人帮"。每天晚上天黑以后在村东头麦场习武，已经坚持了几代人。姜家虽然不知道底细，可是知道村里有几个人习武，听说拳脚不错，就托人说说。洛人帮叫龙儿先在麦场随便和大家接触，看看这孩子有没有这方面的天赋。龙儿跟着大孩子学了两套小洪拳，姿势和动作十分认真。人家看到这孩子有天赋，也有悟性，比一般的孩子刻苦，是可塑之才，便极力向帮主史连明推荐。

帮主把孩子的大腿小腿捏捏，又把他的脚踝骨摸摸，把他的上身和小胳膊都看了看，说了一句："这样的苗子不好找，不知道姜家舍得不舍得？"

龙儿已经懂点事，他生怕帮主不要他，急忙答道："舍得！我爷、我妈、我叔都舍得。"

帮主嘿嘿笑了，都是一个村里的，他干脆亲自上门谈谈。姜家对帮会一无所知，更不知道史连明是帮主。只知道他会武术，为人耿直，在穷人里挺有威望的。过去请都请不来，如今他主动上门，爷爷赶紧看茶让座。史连明两手一抱拳，开门见山地说：

"四叔，我想收龙儿为徒，不知你们可否同意？"爷爷排行老四，村里人都把他叫四叔，晚辈叫他四爷。四叔摸摸胡须，玉不琢，不成器。如今人家主动上门说明心诚，也说明孙儿是一块儿料，但是上学万万不可丢弃。他忙叫人端上一大碗酒枣。下堡子人多爱用酒泡枣，泡出的枣又大又圆，咬一口香甜醉人。帮主吃了一个，嗯！下堡子人就是不一样。上堡子人把枣晾干，水分少了便于存放。爷爷又把自己的紫铜水烟袋双手拿出来，重新换水，把烟丝装进烟斗，放到人家面前，表示了极大的尊敬。史连明手一摆，习武之人不动这个。爷爷又赶紧把泡好的茶，恭恭敬敬地递了过去，十分诚恳地对史连明说：

"积财千万，不如薄技在身。龙儿交给你，我也是求之不得。不过，孩子还在上学，学则智，不学则愚，功课万万不可荒废。我们姜家还指靠他支撑传业。"爷爷说完，感到扯得远了，对不住人家，急忙补充说：

"连明呀，我们在后院专门腾出一个空地，可否屈尊大驾每天晚上教我孙儿。费用嘛，按照村里（雇工）三倍的工钱支付。"

"这……"

史连明一时犹豫，拿不定主意。爷爷赶紧请客人看看场地，这地方倒不错，约莫有二分多地，地面碾轧得平平展展，四面有高墙围挡，墙内有一圈枣树。他看到后门不经意提出：

"要是能把后门打开，我带几个徒弟晚上从这里进出，就不用麻烦你们了。"爷爷一听，说明人家同意了，忙说："这事好办，这事好办。"

史连明开始每天带三四个徒弟过来，给龙儿单教大洪拳十二路、老洪拳、炮拳、对练的六合拳，同时教他苦练基本功，拔筋、压腿、石锁、铁砂掌。几个月后，又开始教他三节棍、长棍、刀术、枪术和鞭术。一年后，他不仅仅能掌握大小洪拳，还能掌握罗汉拳、黑虎拳、圆功禅拳，各种器械也都会点儿，不过，他还是最喜欢九节鞭。这玩意儿抡起来似车轮，舞起来似钢棍，收回一团，放击一片。平时绑在腰上，谁也看不见，一旦有情况，一把抽出来就可以直击对方头部。师傅告诉他，学武术不要过分偏门，关键是基本功，基本功不扎实的话，一切等于白学。

斗转星移，辛亥革命推翻了几千年封建专制，清王朝顷刻之间土崩瓦解。这一年，长孙姜龙魁已经十六岁，长得一副虎背熊腰，脸上的胡须也是越来越黑。在师傅常年严格教育下，他的基本功练得扎实。不说别的，就是练功小院墙下碗口粗的枣树，也已被铁砂掌打得半圈没了树皮。

他学会站桩的马步、椅子桩、钉子桩虚实兼用，刚柔并济。对武术的视、听、抓、拉、推、举、踢认识深刻，上拳下腿一展开，处处感到佯攻而实退，似退而实进，真正行如猫、抖如虎、动如闪、声如雷。只见他两只大手轻轻一抓，一百七八十斤重的桩子（装粮食的口袋）就翻上了肩。东麦场上的石碌碡用脊背贴紧、两手各反抓紧石碌碡的侧面石臼，运气，起！三百多斤一气儿背起，众人无不惊骇。

龙儿在清政府新政下办的西安陆军中学堂读完三年，已经十九岁了。年近七十的爷爷希望他在家承担起管理家业的重任，或者继续在培养官吏的学堂读完大学。姜龙魁在外边读了几年书，志向鸿鹄，对爷爷和母亲多次提出："中国被外国人讥笑为'东亚病夫'，几十年来时时挨打，割走的土地上百万平方公里，战争赔付的银子几亿两，国家就像病入膏肓的病人，几千年的文明古国已经危在旦夕。大丈夫处世，当扫除天下，安事一室乎？现在，保定陆军军校正在招学员，我们不少同学都报了名，我也一样，已经报名。"母亲没听懂，问他：

"你报的啥学校，出来是干啥的？"叔父明白了，忙给大家解释："龙儿要上军官学校，出来就是带兵打仗的。"

爷爷和母亲都懵了。他们从小叫龙儿习武，是想让他强身健体，没想到他翅膀硬了，竟要上军队学校。军队是走南闯北、血洒疆场的。自古以来有几个能光宗耀祖，荣归故里？爷爷心都碎了，颤颤巍巍地说：

"龙儿啊！军队是要打仗的，你一上那个军校，家里就指靠不上你了。你妈就你一个娃，守着你就是希望你一辈子在她身边啊。"爷爷的话很管用，他半天一句话都没有，一个人站了起来，默默地走了出去。

七月的地里，玉米都一人多高了，微风吹来"哗啦哗啦"地响，好像在嘲笑他，指靠你一个人能救国家？老老实实在家掌管家业得了。家里人远远地看着他，心里也不是滋味。爷爷自言自语说：

"忠孝难两全，龙儿的确长大了。年轻人志向大啊……"他不愿再说了。

这几天回来，龙儿一直睡在母亲的身边，雷一般地打着呼噜，她想起了丈夫，孩子多么像他呀。她睡不着，起来想收拾儿子的衣服，口袋里有一张纸，她小时读过几年书，把气灯捻亮一看，好像是决心誓言，后面还有血迹指头印。这娃都写血书了，看来挡是挡不住了，儿大不由娘，只要有志向，叫孩子去闯吧！

母亲叫人在县上买了一幅中国地图，钉在墙上。找到了保定，用铅笔描黑。龙儿明白了母亲的意思，高兴得别提了。

保定陆军军校原为清政府的讲武堂，占地近两千亩。一大批有志青年风尘仆仆地来到这里，被学校之大、建筑之宏伟所震惊。门楼面阔五间，气势足以和直隶总督府相比。朱漆大门饰以铜钉铜环，门楣上悬有"陆军军官学校"大字。高大的讲武堂坐北朝南，四周环以石栏、雕梁画栋，厅两侧有副楹联，"尚父阴符，武侯韬略，简练揣摩成一厅；报国有志，束发从戎，莘莘学子济斯望"。

学校基本仿制德、日军校教材和体制，学制四年。教员大部分还是日本人。学校开办有步、骑、炮、工、辎重五科，步科有五个连。每学年八块银元，姜龙魁报名后，知道把他分到步科五连。五连人最少，有六十二名学员，几乎都是陕甘晋蒙学生。学校课程安排得紧凑，上午是数理化和军事理论，下午几乎都是室外作业，如劈刺、射击、测绘、体能训练，还有地形利用、野营训练。

学校完全是按照军队管理，一开始大家感到有些紧张，几个月后才逐渐适应。宿舍共四个同学，两个陕西籍、两个山西籍，他们自己戏称 S 室。大家第一面见到他的大鼻子，就想笑，人多名字一时记不住，不知谁把他叫了声"大鼻子"，结果，大鼻子就叫开了。山西籍蒋业田好像是天然盟友，两人的姓是音同字不同，同学之间，请客出手阔绰，互相不分彼此，认识才几天就感到天涯陌路此相识——相遇恨晚。

不久，军校发生了一件重大事件。炮兵科二班训练时几个湖南籍学生因不满日本教官超时限的装拆卸炮架训练，当众顶牛。教官气急败坏，用马鞭把这几个人狠狠地抽了十几下。全班同学看到他们的伤痕，觉得太残暴了，全班干脆罢课，强烈要求处理教官。

本来，军校打骂甚至体罚学生屡见不鲜，但是现在南方学生思想越来越激进，拥护三民主义，要求共和。炮兵二班的罢课成了反对专制、反对强权、反对体罚学生的导火索，全校基本上教学瘫痪，教室里都没人了。两千多名学生在学校广场上集会，高年级同学，特别是南方籍的学生高呼着拥护三民主义，拥护孙中山，反对独裁，反对专制。大家纷纷上台，慷慨激昂地发言，对学校的专制、体罚和日本教官野蛮的教学方式进行了控诉，操场上空不时地爆发出震耳欲聋的口号。大鼻子的血液也沸腾起来，挥舞着拳头恨不得把北洋军阀专制政府掀翻，建立起民主共和。

教务长袁慧强是袁世凯的远房亲戚，一直想把校长撵走，篡夺校长位置。事件发生后，他表现得特别极端，借机将事态扩大，企图取而代之。他背着校长向北京打电报，说学生罢课，煽动三民主义，再不镇压，就会有向华北蔓延趋势。这还了得！必须镇压。

蒋业田出去买球鞋，看见火车站下来不少军队，恐怕是来镇压的吧。他飞快地跑了回来，大喊：

"军队来了！军队来了！"

学生们被激怒了，上千人一下子拥到武器库，砸开门把长短枪和迫击炮都拿走，就在大门口和军队对峙起来。

干脆一不做二不休，不知谁的主意，同学们又把袁慧强及日本教官们扣押作为人质。北洋军阀慌了，派出代表和学员们谈判，大家提出：军队必须撤走，不许体罚学生，校内言论自由。如果答应这三条，学生就立即交还武器，但是人质两天后才能放。

看管人质的任务是由学生们轮流执行的，袁慧强被单独关在总务处后院的磨房里。磨房里有高年级学员看守，厚厚的木门把门闩推上，围墙足有三米来高，谁都进不去。今天后半夜，轮大鼻子和蒋业田巡逻，巡逻的学员只能在大门外边。蒋业田的父亲在太原经商时，曾经吃过不少亏，他发誓叫老二蒋业田从军，当军官有权有势，再没人敢欺负蒋家了。谁都不知道，当年蒋业田考军校时，分数不够。父亲于是托人用了八十块银元买通了袁慧强，此事，他从未向同学透露。如今恩人就关在磨房里面，蒋业田将企图偷偷放人的想法告诉大鼻子。他吓一大跳：

"你疯了，袁世凯卖国求荣还企图称帝，他们是亲戚，我们不能站在同学们的对立面。"蒋业田知道人在危难之中才显出朋友义气，他反驳大鼻子的血统论，理直气壮地说：

"袁世凯卖国求荣又不是袁慧强卖国求荣，再说他还是我家的恩人。人在困难时不能见死不救，那才叫不忠不义呢！你是我的好朋友，不看僧面看佛面嘛。"
大鼻子不知道他是蒋家的啥恩人，既然是恩人，那咱就当恩人救吧。

半夜刚交班，他俩四下瞅瞅没人，大鼻子吸了一口气，来个游龙飞步，蹬住砖垛如同飞燕掠空，一个鹞子翻身，稳稳地落在内院，一拳打昏值守同学，摸出钥匙，打开磨房小门，解开教务长的绑绳，与接应的蒋业田悄悄地把他带到食堂西边，扳开白天踩过点的偏门，搬开一个破笼屉，露出一个洞口，下面是红薯窖，不过现在啥都没有，只有蒋业田的一床褥子和两件衣服。狗日的蒋业田居然能找到这样的地方，大鼻子暗自骂道。

他们安排完又顺原路返回，往磨房扔了一片玻璃碎片，窗户大开，内门又重新反锁。一切稳妥后，俩人在大门外背靠背地呼呼大睡起来。直到天已经大亮，接岗同学捅醒，人都跑了，你俩还睡？大家闻讯赶来，都在埋怨他俩，你二位爱睡吗？干脆背靠背绑一起，在禁闭室里让你们睡两天。

这场风波最后由校长四下游说，并保证武器交还仓库，军队才退去。袁慧强将他俩名字牢牢记住，在后来的毕业分配上予以最大照顾，尽量地安排回到本省。

几年的军校锤炼，大家感到收获极大，纷纷考虑自己前程。北方籍的学生比较保守，都喜欢分配到本省家乡，捞个一官半职，甘当看家护院的保镖。南方籍的学生誓死不留在北方，借口回家，实际上回去要讨袁。大鼻子如愿以偿，分配驻扎在陕西泾阳杨梧镇陆军第一混成旅二团一营，任作战参谋，少尉军衔。

在回陕的火车上，一些革命党在车厢大肆宣传，袁世凯任临时大总统后，倒行逆施、复辟帝制，引起一片哗然。他正听得入神，突然，那个演讲的革命党指向穿一身戎装的他，北洋军阀有他这样大大小小的爪牙镇压革命志士，打死他，对！打死他。车厢几个男人就扑了过来。他看见走道上一个旅客的扁担，拿起一横，用尽全身力气把众人推了个趔趄，扁担一丢，就向后面跑去。跑过车厢，反手把门锁上，那些人拼命地击打玻璃，他从容地进了厕所翻到车顶上往回跑。等到列车员把门打开，他早就回去把自己的东西一拿，转移到最前面的车厢了，这里清闲多了。

一九一七年，冬天来得特别早，冬至未到就已经下了两场大雪。关中平原上一片白茫茫，树上的红嘴乌鸦"哇哇"叫得人心烦，士兵们闲得无聊，没事就在树下打赌上树捅乌鸦窝，输者给弟兄们买烟。

大个子营长柴华小时候家里穷，十几年戎马生涯好不容易混到了今天。已经三十一了，还是光棍一条。部队驻扎这里，县政府举行了接风宴席，席间进来了助兴的秦腔剧团。开始他还没在意，可是一名小旦上来唱了一段《游西湖》。他一下子就喜欢上了。

小旦刚过二十岁，叫茜儿。她欢快明亮的神情，委婉动听的嗓音和婀娜多姿的身段，特别是直直勾人的大眼睛，一下子就把柴华的魂勾走了。茜儿是戏班子的台柱子，她的干爹干妈是剧团的主儿，全凭茜儿为团里挣大钱。

打这后，柴华就迷上了茜儿。他告诉隋县长自己想娶她，把县长大人吓了一跳。隋县长自己也是色迷心窍，一心想把她搞到手。剧团来到本县后，隋县长就张罗着演出的场地，派人把剧场重新收拾得有模有样，还假借关心剧团名义，向小茜儿问寒问暖。干爹干妈闯荡江湖多年，对隋县长的意图一目了然。但是人家毕竟是县官，县大人的热情你总不能泼冷水吧，再说这才开始。柴华看见隋县长这个老王八蛋一直不言语，生气地问："他妈的，你是同意还是反对？你给老子来个案板上砍骨头——干干脆脆。"隋县长吓得哆嗦，赶紧表示尽快和茜儿的干爹干妈商量。北洋军阀的营长是相当厉害的，他的话就是圣旨，一般人是不敢不同意。干爹干妈是瞎子过河——心里没底，对这事儿既不敢说不字，又不十分情愿，一连两天没有回应。柴华带着人气汹汹地来到剧团，非得要问个明白。见他们吞吞吐吐不爽快，把桌子一拍：

"你们到底同意不同意老子给你们当女婿啊？啊？说话呀。嘴巴都叫泥巴糊住了？"干爹干妈看着门口两个凶神似的士兵，吓得半天说不出话来。现在叫他一逼，反而想通了。干爹拿起柴营长扔过来的纸烟，点着吸了一口：

"既然柴营长把话儿挑明，那我们就有个条件，一是要明媒正娶，大轿抬回。二是我们二老养老你要解决。"第二条就是要钱，柴华明白。第二天他带来五十块大洋，"嗵"的一声，砸在桌子上，问他俩：

"咱这一辈子不亏人，够不够？"干爹干妈眼睛都直了，这两辈子都花不完啊！头像捣蒜似的点。

干妈在闺房里悄悄对孩子说那人虽然粗鲁，但是是个实心人。男大当婚，女大当嫁，天经地义，何况你这一辈子跟他吃香喝辣，享不尽的荣华富贵呀。茜儿开始还不愿意，架不住干妈甜言蜜语地劝说，勉强答应了。干爹干妈生怕情况有变，故意离开家几天，叫柴营长帮忙看家看好茜儿，实际纵容他把生米做成了熟饭。

柴华插了一杠子，隋县长气得敢怒不敢言。柴华后来知道了他的花花肠子，就把他专门叫来，指桑骂槐地把他奚落了一顿。

营长整天忙着自己的好事，李营副带着几个人溜到有钱人家喝酒打牌作乐去了。营部几个副官、参谋干脆挎上枪外边打野狗，今天运气还可以，打死了两条。大鼻子剥狗皮挺老练的，他叫伙夫卸块门板，用绳子把死狗的两只前爪绑在左右铁环上，用刺刀在头上将皮劐开，自上而下囫囵个慢慢地把皮剥下来。狗肉放到灶房全部红烧，味道香喷喷的。狗皮洗净、晾好，叫镇上匠人熟皮子，然后叫裁缝加工成狗皮棉帽，营部十几个人都有这样一顶帽子。

狗肉大家会餐，这叫做：喝烧酒，吃狗肉，戴狗皮帽。由于营长姓柴，大家平时把一营简称柴营。现在大家把狗皮帽子一戴，结果，被人称之"菜狗营"。菜狗营咋啦，老子的队伍能打仗就行，柴华大咧咧的，从不在意。

柴华的大婚就在县城里举办。团长和地方场面上的人物全部请到，全营班以上的弟兄们也都上场。酒席摆了五十桌，一时轰动周边及邻县。几十名要饭的也堵在宴席周围，趁机指点吃的。隋县长提着礼品前来祝贺，柴华兴高采烈地在门口迎接客人，看到他来到，奚落说：

"隋县长驾到，感谢父母官的光临。本人娶了个戏子，大人不会笑话吧！"隋县长吓得说："岂敢岂敢。"

他大喊一声，弟兄们！今天叫父母官好好喝，省得别人说我们小气。和丘八们喝酒，有理说不清。他们不管酒场上的礼仪，反正把父母官灌翻就是今天头等任务。十几个弟兄轮番敬酒，和县长划拳，输赢他都必须喝。最后酒席都散了，跑堂的打扫卫生时，满脸污秽的隋县长在桌下醉得一塌糊涂。

没几天，传来蔡锷在云南组织护国军起兵讨伐袁世凯的消息，大家十分振奋。上级命令菜狗营攻打富平。富平有袁世凯干儿子的一个团。柴营长舍不得离开泾阳，主要是舍不得新婚的媳妇，手里拿着靖国军命令犹犹豫豫。革命党人胡老师受众人之托，知道柴华是个有正义感的军官，推心置腹地告诉他，放情着危，节欲着安。并帮他仔细分析当前形势和攻打富平利弊。富平虽说有他们的一个团三千人，但是现在大部分人马都不在城里。现在我们要出其不意、攻其不备，在大年三十一举拿下是完全有把握的。说完叫人拿出两包大洋，往桌子一放，一大一小。他指着大包说：

"老弟，这二百是犒劳弟兄们的费用，这小包一百是给弟妹的见面礼。老兄我为筹集这笔费用真不容易呀！"为了鼓励柴华坚定信心，他把桌子一拍："柴营长！打下富平，活捉袁世凯的干儿子，我给你游说晋级。行不行？"

柴营长不好意思地笑了，说是要和弟兄们商量一下，实际上是找个台阶下。部队好长一段没有打仗，手都痒痒，听说打富平，士气高昂，这给营长增强了很大的信心。

为了慎重起见，他派大鼻子等十几个人换成便衣，反复对城里城外进行侦察，并且制定了周密的方案。腊月二十八晚，菜狗营人不知鬼不觉地离开杨梧镇，两天奔袭一百二十里，直扑富平县城。

干儿子陆承武是一个玩世不恭的公子，既不懂军事又喜欢专横跋扈，一个人说了算。干爹一再告诉他任何时候不能丢掉军权。他机械地执行了父亲的旨意，把各营连几乎全部挤在城里，好像全是他的保镖。一个小县哪能承受几千人军队供应，平时各营连在城里为给养常常擦枪走火，吓得卖菜、卖粮和卖柴的不敢进城。这样一来，供应更加紧张。

年关将至，不少人向他建议叫各营连自己出去搞给养，否则挤在城里会发生问题。他勉强同意，但是出去不许带武器，怕集体携枪叛逃。命令一下，城里的部队大部分人都走了，留下来的就是看守营房和武器的人员。留守的都感到倒霉，吃喝啥都没有，吵吵着也要出去，守城的长官睁一只眼闭一只眼，又跑了不少。陆承武又给军官们放假三天，城里兵力不足三百人。

三十除夕，家家喜气洋洋，城里的爆竹噼里啪啦震耳欲聋，干儿子弄了十来个姑娘和副官们掷骰子喝酒，笑骂声不断。突然，执勤卫兵队长慌慌跑进来，说筹粮队伍拿着武器闯进团部。干儿子刚想发火，只见一伙人端着枪，破门而入。原来菜狗营在内应指引下，一个连直接扑到团部，采用擒贼先擒王战术，造成群龙无首。留守人员纷纷举手投降，天亮前城里的敌人全部解决。

俘虏大部分关在小学校院子，大家这时才看清，他妈的，原来是菜狗营把我们灭了。十几天后其他的外出筹粮队陆陆续续返回。回来一拨，俘虏一拨，除跑掉六七百人，基本上全都活捉。敌军经过整训后，重新成立一个混成团，柴华被靖国军任命为副团长兼一营营长。

大鼻子被任命为治安大队长，重点看守好监狱，特别是干儿子不能跑了。他白天睡好睡足，晚上自然不敢马虎，整天手里攥着九节鞭在监狱里巡走。

大年正月初五，家家户户过小年，在大雪纷飞的夜晚，北风呼啸，作为监狱负责人，他心神不安出了房门，就看见墙上下来几个黑影，向半地下室的牢门摸去，他紧紧跟随黑影。只见一个黑影拔刀向岗哨刺去，"呔"，他大喝一声，九节鞭像银蛇般将黑影的刀子"喧啷"一声打飞。两个黑影应声而来，他来个十字乱把，一个家伙往后一退，他顺势一个老猴扳枝，将另一个家伙的胳臂向后一提，左腿一脚踢中肚子。对方一黑影见势不妙，把头一偏，"吱"的一声，一支飞镖擦耳而飞。"给老子来阴的"，他对着这个家伙上使一个直拳，下使一个横扫腿，最后一个拔步炮，"嗵"，这个家伙也完了。其余的黑影见势不妙，拽住墙上绳子，"噔噔噔"就跑，他抬起九节鞭"呼呼呼"鞭击。这时，哨兵"叭叭"两枪，墙上影子掉下来。众人跑出来将院子里的几个黑影抓住。

富平一战，菜狗营名声大震，军官人人晋级，大鼻子因看管干儿子有功，升为二营一连连长。

连副仇忤，土匪出身，中等个子，尖嘴长脸，小眼睛转圈比别人快得多，黑黑的长脸庞，右脸颊上有宽一寸、长三寸的疤癞。小时给一家有钱人打杂，清早他蹲在下面掏炉灰，炉子上的开水沸腾后漕向他的右脸，这家人心真狠，没有给他及时处理，留下了骇人的疤癞。可怜的孤儿没有父母，也没有教养，整天就在社会流浪。

七八岁时，他随同河南逃荒人群流浪到黄龙山石堡镇，张老汉收留了他。一问名字叫仇忤，求求平安，这名字好。老汉本有个孙女叫杏儿，他打算收仇忤认个干孙子，兴许这两个长大能成亲，给自己送终养老呢。

为了孩子有出息，张老汉把这两个都送到镇上小学读书。哪料到仇忤白蜡杆结桂花——根子不正，自小流浪成习，根本不愿意叫纪律束缚。上课常常逃学，伙同一些大一点的溜光锤撬门扭锁、绺窃偷人，一身的坏毛病，就像牛皮癣一样顽皮成性。别人经常撵上门来，指着老汉鼻子骂。老汉打他，他就跑，一连几天不回来。更可气的是，才十一二岁就学会欺负女同学，大白天就敢上街拽女孩辫子。一次，土匪下山闯进镇子里，这小子居然给人家带路。土匪跑了后，被抢的几户人家把他吊起来打。他对自己的杏儿妹妹也不老实，常常动手动脚，要不是老汉看得紧，还不知出啥乱子。

仇忤长大后，就上山跟土匪干了四年。学了一手好枪法，端上长枪，一百米之内的活物，无一能逃脱。后来被抓住，官府牢狱待了两年，出来后，碰见招兵的，混进了军阀队伍。他上了四年学，最多认识四百个字。脸长疤癞也长，活像在驴脸上烙了一块长印记，社会相传的"逑驴疤癞脸"，简称逑驴疤，就是他。

逑驴疤经常背着大鼻子克扣军饷，打骂士兵。当班长时，一次连里吃条子肉，他端了两大碗边走边吸溜，短短三十米，肉竟让他偷吃了一半。谁知半夜拉肚子，外边瓢泼大雨哗哗地下，厕所是去不成了，干脆就蹲在屋后的房檐下拉。刚刚蹲下，就看见眼前土崖刷刷地溜土，妈呀，跑吧！他提上裤子，边跑边喊叫：

"塌方了，山垮了，快跑呀！"大家光着身子慌忙地跑到雨地里。咦，没事呀！排长气得大骂：

"逑疤拉，我贼你妈！你日弄弟兄们，是不是皮痒了？"说完一脚把逑疤拉踹倒在泥地里。几个弟兄平时特恨他，准备上去揍他，突然只听见"轰隆"一声巨响，营房果真被巨大的土方冲垮。

逑驴疤歪打正着，救人有功，破格提拔为一连副官，正排职。这是一个肥差，掌管全连弹药、器械、军饷、伙食。他是一个雁过拔毛的人，无论是购置器械、家具，还是购买米面粮油菜，拿回扣对他来说是再正常不过的了。

这天他带一个士兵到营部去领补发的军饷。天已到中午，出了营部就急急忙忙向回赶。刚拐到另一条道时，迎头碰见一个骑着高头大马、身着黄呢子大衣的军官，对方拿着鞭子问路：

"贼娃子，你们是啥子部分的，到哪里去嘛？"听口音好像是四川的，逑驴疤赶紧立正，报告：

"报告长官，我是混成团二营一连少尉副官仇忤，现在刚刚从营部出来，准备回连里去。"

"你们团部咋个走？"看样子这位黄呢子迷路了。逑驴疤赶紧告诉长官："团部在您来的相反方向细杨镇，离这儿有二十里。"黄呢子知道绕得远了，狗日的，这不是白跑了嘛。只见眼前这位副官"啪"地立正：

"报告长官，我们先进镇子吃饭吧。饭后，部下陪您老人家去团部。行不行？"黄呢子本来有点看不起这个疤痢脸的少尉，可是人生地不熟，又跑了一上午还把路跑错了，真他妈的晦气。看来只有这样子了。他骑着马进了镇子，找了一家大一点的饭馆，坐了下来。逑驴疤知道机遇来了，赶紧叫饭馆把他们最好的几个菜端上，又要了一瓶西凤酒，给大官斟上满满一杯，自己先一饮而尽，杯底朝下抖抖，脸上疤痢很义气地往上挑了挑——够不够意思？黄呢子没法，勉强喝了一半，他赶紧请黄呢子夹菜。

席间逑驴疤知道黄呢子叫杨树民，是靖国军后勤处上校处长，还是陕西督军的小舅子。这真是碰见高人了，他又赶紧敬酒。今天刚领出来的一百四十块银元军饷，他连想都不想，就把一百块双手奉上。杨树民鄙夷地推辞一番，他坚持要送，杨树民只好用下巴对勤务兵示意，勤务兵赶紧接过来，装入公务包里。

　　述驴疤情绪格外高涨，借着酒劲儿，路上不断地向杨树民介绍部队情况，当然把自己身怀好枪法的绝技无人赏识，雄心大志而不得志向长官诉苦。杨树民问他脸上的疤癞咋回事，他灵机一动，说成是战斗中负伤所致。还尽情地渲染了部队和上司不一心，革命党人如何大肆在部队里活动等等。

　　他一直把杨树民送进团部院子里，还不断地向他挥手告别。军官们搞不清他们之间有什么关系。

　　打这以后，他找人写信，不断地向杨树民表忠心。

　　妹妹杏儿越长越水灵，到十七岁时已经是全镇十里八乡最俊的姑娘。个子不高不矮，身材匀称，圆圆的脸上一双丹凤眼十分招人喜欢。舍不得妹子当不了大官。他跑回家里连哄带骗，要把妹子说给一个大官当官太太。"这比县长太太享福大得多，嫁给他我们这一辈子就一步登天了。"张老汉将信将疑，又看到仇忤孙儿是国民军连长（他对家乡人吹嘘他就是连长），终于同意他把没见过世面的杏儿带到西安。

　　杨树民原不打算见他，可是又听说他还带了个妹妹，那就看看什么样吧。卫兵把他们带进来，杨树民手里捏着玉雕的烟嘴儿从里间走到客厅，两眼发直，半天说不出一句话来。没有想到呀，山里的女孩虽然土里土气，可是身材匀称，圆圆的脸蛋，一掐一包水，五官搭配得太漂亮了。他围着姑娘转了一圈，笑呵呵地说："龟儿子，想不到你还有这么俊的妹妹噻。坐，快赶紧坐嘛。"述驴疤半个屁股坐在沙发上，身子向前倾斜：

　　"杨处长，我这个妹妹没有见过世面，也不会说话，城里的事都没见过，请多多包涵。"

　　杏儿第一次出门就来到大城市，外面的世界让她眼花缭乱，看见马路上的黄包车都感到惊讶，人拉上人还能跑这么快？进了杨家大门，心里一直忐忑不安。也不知道嫁人是咋回事？路上述驴疤说人家还不一定看上咱呢。最好是能看上，要不然就要嫁给述驴疤哥哥了。屁股底下坐的不知道是啥，特别软和，就像在云里飘似的。人家凑到跟前问自己多大了，她低着头回答十八了，还多报了一岁。杨树民哈哈大笑：

　　"好，十八的幺妹儿一朵花，好！"带着醋意站在门口看热闹的大老婆和二老婆看见山里来了个水灵的妹子，这么单纯的姑娘就被人……内心感到惋惜。但是又一想到她们姐妹将要失宠，二老婆酸溜溜地说：

　　"树民呀，咱家的地方可是不够用了，这姑娘和他的哥哥睡啥地方？"杨树民连她们看都没看弹弹烟灰，冷冷地说道：

"妈的贱皮子，这些事你们就不用操心噻，今后搞好团结是你们考虑的事情。"两个女人一听，哼了一下扭身就走了。

厨师从厨房为他俩端出荷包蛋，先垫垫肚。吃完后，杨树民叫女佣杨嫂带她去南院门汇泉苑洗澡。杏儿打记事起，就不知何为洗澡。杨嫂领她进去，她看见不少女人们光着屁股在房间不知干啥，吓得转身就要跑。杨嫂急忙拉住，解释了好半天，她才扭捏地脱衣服。进到浴室看到大家都光溜溜的洗身子，感到这世上的人太不可思议了。

杨树民对述驴疤的忠心表示欣赏，满意地说：

"今后我们就是亲戚，杏儿老子接纳了。按照先来后到，她排老三，就是三妾，现在官场上就叫三姨太了。你可以先回去，在部队给老子好好干，不要打着老子的旗号干一些没名堂的事，如果叫老子听见，非崩了贼娃子不可。"

说完，就叫人先给他二十块大洋，打发他先回去。述驴疤出门后有点后悔，疤痸耷拉下来，自己这几年没有认真地想过杏儿，一朵鲜花插到……妈的，世上没有卖后悔药的，将错就错吧。

从此，述驴疤自诩为树民的妻哥。不久，时来运转，他被升为旅部军需副官。

2

史家和姜家历史上恩恩怨怨扯不清，古话说，富贵传家，不过三代人。纵观几千年封建社会，没有贵族富豪延绵几百年不衰败的。清末，史姓家族一直在走下坡路。史裕韬年轻时曾经经商，家境还算可以。三十多岁时，骡队去宁夏送货，返回时搁不住别人撺掇，偷偷带了几百斤官盐，才走了一半路程就叫官府抓住，官兵抄家，查封了家产，扫地出门。从此，全家一蹶不振，落伍到贫寒困苦境地。十几年来自己和三个儿子，几乎全是给人家种地、打工。

史啸山排行老三，勉勉强强地读完镇里高小。班上有钱人家的孩子纷纷都报考了县立中学，再有几天就要升学考试了。同村的姜凤英，大家都把她叫英子，比他小两岁。打小格外聪颖，五岁上的私塾，七岁就把《三字经》、《弟子规》背得滚瓜烂熟。教书先生是个明白人，建议叫孩子连跳两级，直接送到镇上小学读三年级。英子看他对报考犹犹豫豫，急得都想骂他，十一岁的女孩已经懂得害羞，有好几次话到嘴边又咽了回去。如果他考上，自己在县城还有个伴儿，想到这里，她刷刷写了一张字条：一定要报名。趁人不备，塞进他的书包。

他看着字条发愣，任瑞章是镇上的，和他是同桌。他问同桌这是谁写的，两个人猜了半天猜不出来。史啸山下课后问了好几个男生，没人知道。英子坐在远处看见他在查找写条子的人，吓得跑了出去，心里还骂他：狗咬吕洞宾，不识好人心。

不管写条子的人出于什么动机，反正是在鞭策自己。他问了几个人后，觉得再问下去也没有啥意思了，抓紧背课文吧。任瑞章受到他勤奋学习的感染，也学得自觉了。

成绩终于下来，全班有六个考上。他和任瑞章还有英子都被录取了。校长高兴地把县教育局的通知宣读后，被录取的几个孩子兴奋异常，十多里的路一阵子就跑了回家。但是，史啸山回到家里，才知道家里实在拿不出学费来供他继续上学了，父亲蹲在窑洞口一个劲儿地抽旱烟，半天一句话都没有。母亲劝老三：

"你大给你说了多少遍，你看咱家还有啥值钱的，现在还欠人家六石租子（麦子）。你大哥都二十了，至今说不成媳妇，人家一看咱家的光景，唉！娃呀，你生在穷人家，就是刚出土的黄连——苦苗苗啊！"他感到一肚子憋屈，又跑到镇子上去，迎面碰见了任瑞章，只见他一副垂头丧气的神情，就知道他家也是没钱。俩少年悲愤地在沟畔上大声号叫：万年黄土千年人，何时走出黄土恨。天哪！我们为什么这样穷啊！

一连几天，他都懒得和家人说话。晚饭全家人盘腿坐在土炕上，炕沿上的煤油灯在墙上映出几个头影。父亲距灯近，影子最大。他坐得远远的，影子也最小。大头影呵斥他过来，他不情愿地挪了挪。大头影手里的筷子指着他说：

"咱农村人认识几个字，会打算盘，别叫人糊弄就行了，拿啥钱供你上中学？"小头影脖子一梗嘟嘟囔囔埋怨说：

"你们这是鼠目寸光、眼光短浅。"他生怕父亲没听懂，又解释说："小日本把东北三省占了，国家和民族已经到了危急关头，救国是大事啊！"

"什么寸光不寸光，咱农民就是干农活的。自古以来改朝换代农民还不是一样缴纳赋税。"大头影说到这里，补充一句："你比你哥他们强多了，不要吃了五谷想六谷，明天就和你哥一样下麦地锄草去。"没有办法，第二天天不亮只好下地了。

史啸山十六岁时，嘴唇上出现了黑胡须，一双虎眼圆溜溜的，眉毛黑粗黑粗，个头也超过了父亲，渐渐长成了小伙子。他为人很仗义，常常替村里的小伙伴抱打不平。由于他排行老三，孩子们都把他称"三哥"。家里人都不知道，三哥偷偷地跟"洛人帮"学武术已经四五年了，基本上掌握了少林门派的拳法。由于他学得晚，先天不足，不像有的孩子五六岁就开始练基本功，显得他笨拙一些。好在常年的劳动和武术训练，使他身上的肌肉比同龄孩子发达得多，二十多斤的石锁左右单手，一运气，就在身上左右飞舞、上下旋转。

听说这几天镇上贴了布告，县立中学要补招三年之内考上而没有上的学生。大家纷纷说，三哥的名字就在上面。还听说蒋介石在西安叫人抓了。"洛人帮"消息来源特别多。他突然得到这么多的消息，心里怦怦直跳。

不管是真是假，第二天晌午他就跑到镇子上。果然镇公所的布告墙上就贴着县立中学的布告，上面就有他的名字，也有好同学任瑞章。突然，他感觉背后有一股热气直袭过来，他身往右一偏，一个弓步，左手抓住对方手腕，右手直接攥住其裆，对方"哎哟！三哥，是我。"他才看清楚，原来是任瑞章。

任瑞章见他一人在布告前发愣，想偷袭一把，哪知被三哥察觉。瑞章嬉笑地问他去不去。他没有直接回答，指了指布告里面任瑞章的名字，又用手示意，俩人来到人们喜欢晒太阳的戏台南墙根儿下，双手塞进袖筒里，往那里一蹲，靠在墙上，闭眼不语。任瑞章和他挤在一起。他冷不丁地问：

"瑞章，咱俩关系咋样？"任瑞章老老实实地回答："没啥说的。"三哥瞪着他，一字一句地接着问：

"老师说过：王候无种英雄志，燕雀喧喧安得知。你愿意不愿意和我离开这里，到外边去闯天下？"这话把瑞章吓了一跳，他用手把三哥的额头摸了一下，不烧。他沉思片刻，问去哪里？三哥望着远处的山峦说："去陕北找红军，永远不回来了。"任瑞章把他看了一眼，知道他是下决心才这样说的，"呼"地站了起来，说："将相本无种，男儿当自强。去就去！永远离开这里，出去一起闯。"俩人商量好，多带些干粮，就对亲友们说去县立中学看看。到那里后，借机走人。

县中这次一共补录的二十九名学生，几乎都是家庭困难的农民子弟。第一堂课，就是教务主任训话：县中从国民教育出发，从学校规模考虑，决定重新把你们补录进来。第一年学费全免，第二年免一半，第三年不免。希望大家不辜负学校一片好心，发奋学习，获取一个好成绩。主任讲完，学校就给他们发了一年级的课本。一股久别的纸张油墨味直冲鼻中，真香啊！不过，要把你带上走了。两人商量好，决定今天中午吃完饭后拔腿北上。

学校午饭是玉米糁子，里面煮的还有红苕块，馒头是白面和玉米面掺和在一起的"两搅馍"。打饭队伍向前蠕动着，他俩商量多买几个馒头，作为干粮，按一天七八十里计，七天到达瓦窑堡差不多。正在盘算着，三哥后背叫人戳了一下，他吓了一跳，转身愣了一下，这不是姜凤英吗？

姜凤英是大鼻子的爱女，全村人都认识。小时候常偷偷溜出来和男孩子玩，遭到家里人的痛斥。特别是每一年的打枣季节，孩子们拿上棍随着大人打枣、拾枣，这是一个欢声笑语的时刻，这时候孩子们都在疯跑。英子趁人不备，常常溜了出来，在村里和母亲捉迷藏。母亲开始还"英子、英子"地叫，一急骂出"疯女子"。家丁跑出来抓住她，拽住小胳膊往回走，一群孩子在屁股后面齐声喊："疯女子，女子疯！你妈叫你嫁相公……"他们一进大门，里面两只黑狗跑出来"汪汪"，孩子们早有准备，"呼"地一下全跑散了。姜家把她转入镇上小学，一方面是采纳私塾先生建议，好好培养英子，另一方面就是把她和村里穷人孩子隔离开，千万别染上不良习惯。听说英子上中学后，一门心思学习，成绩不断上升，有钱人家的孩子就是不一样。大鼻子有权有势，家里四五百亩好地，仅团丁就有十几号人，还不算长短工十六七人呢。

去年正月十五镇上庙会人山人海，从河南洛阳来了个戏班子。戏还未开演，戏台前数千人挤成一锅粥。突然，人群一阵阵骚动，叫声、骂声、哭喊声不绝于耳。

英子和女佣陈妈打算上街买点女人小首饰，不料被人流裹挟在里面，人群拥挤不堪，陈妈也被挤散了。英子人小，头发乱了，鞋子也少了一只，还有人在她的胸脯乱抓，气得她又羞又恼。忽然有人屁股一撅双手抱住她的两只腿，用肩膀扛住她的屁股硬是从人堆中挤出来。

英子定了定神一瞧，妈呀！这不是小学同学史啸山？羞死人了。他想说啥又无话，一转身就跑了。英子打那以后，内心对他充满好感，还悄悄地差人打听他为啥没上中学。

几年未见，英子已变大姑娘，一双扑闪扑闪的大眼睛，瞳仁乌黑乌黑，能照出人影来，一对剑眉不偏不倚衬在上面，恰到好处。长长的黑辫子在腰间闪来闪去，浑身上下透着一股飒爽的秀气。她高兴地说道：

"他三哥，咱们到外边吃吧！"不吃白不吃，走！三人一溜烟儿跑到县城南关饭馆，一人来了一碗掰饼子羊杂碎。英子现在都初三了。人比人，气死人，骡子比马驮不成。看着她的神气劲儿，这两个男生都羞愧不已。她半开玩笑地说：

"他三哥，你都考上了，为啥不接着上？难道你忘了'学而优则仕'的古训吗？"他低着头，不好意思地说："家里太穷了，没有钱交学费，中学就算了。"说着，他忽然想起包里还有干枣，连忙掏了出来。英子看见高兴地抓住一把，挑了一个用嘴吹吹灰，塞进嘴里，边嚼边说：

"那你当时咋不说呢，难道我还不借给你？"说完，自己脸就先红了。史啸山嘿嘿一笑："菩萨打哈欠——神气。有钱人家小姐说话的口气就是不一样，借了拿啥还？再说谁敢到你家找你，光你家的家丁就能把我们的腿打断。"英子狠狠地把他瞪了一眼，嫌他嘴太贫了。吃饭时他把去陕北的想法告诉了她，英子吓了一大跳。关切地说道："听说陕北可苦了，风沙大，还尽是粗粮。你真的要想出人头地，不如先上完中学，再到我父亲那里当兵，几年后就是个文书，还可以当少尉、中尉。"她的一席话，句句透着实情，叫人泛起一阵阵心澜。是啊，当官是农家子弟梦寐以求的美事，真是羡慕死了。可是，还要读三年书，再说，咋好意思借她的钱，学费是大问题呀。再说任瑞章咋办？想到这里，他真诚地说："英子，谢谢你。我们决心已下，在陕北混不出人样，永远不回来。"英子眼圈红了，你们太可怜了，天下穷人咋就这么多呢？这世道太不公了。女孩小小的心里感到无比惆怅。她伤感地叫饭馆伙计拿了二十个烧饼，包好硬塞给了他俩。谁知这一别竟是四年。

冬天的黄土高原，沟壑荒凉贫瘠，太阳昏昏欲睡，无精打采。凛冽的寒风顺着沟畔发着淫威，恨不能把树木、荒草刮到天尽头。连续几天的奔波，人已疲惫不堪，脸都被吹得黑不溜秋，嘴唇裂出一道道口子。这天俩人拐上了大路，走了大半天终于碰上一辆拉毛毡的骡车，说了许多好话，车把式终于同意他们上车。

这是一辆三驮牲口的大车，前面两匹马拉车，后面的大骡子驾辕。任瑞章从干粮袋掏出两个烧饼递给车把式。他眼睛一亮："我的神神，还是白面烧饼。后生，我一看你们家里可有钱了。我告诉你们，越往北走越穷。"他使劲地咬了一口，嗯！嘴里呜拉着："好。你们是不是到陕北找红军扛活？"俩人急忙点头。几个人一路上东拉西扯，车把式讲起陕北的风俗来。

突然，牲口停住不走了，浑身发抖，大家跳下车怎么吆喝它们就是不走。原来后面远处来了一辆卡车，越来越响的引擎声，把大家吓呆了。车把式故作镇定，"不害怕，这是汽车，拉上人跑得可快了"。汽车眼看就到跟前，骡子先惊了，前腿一跳，那两匹马也惊了，拉上大车狂奔起来，前面推独轮车的、担担子的吓得就跑。他俩急忙追上去，左右两边死死地拽住马的缰绳，车把式拿着鞭子，拽住骡子缰绳，在牲口耳边"叭叭"一连打了几下，它们才安静下来。几个人赶紧拾起掉在路上的毛毡。汽车上跳下几个当兵的大声呵斥，嫌影响了他们赶路，一个小个子下来，好像是个当官的，摆了摆手，算了，把农民的大车都吓惊了。

汽车灭火了，半天打不着，几个当兵的推不动，只好叫这几个农民帮忙。他们不情愿地走过来，这是啥破车，还得叫人推着走。到底人多，车终于重新发动起来。三哥把任瑞章戳了一把，他明白啥意思，怯怯地问当兵的，能不能也让他俩上去，结果遭到拒绝。汽车吭哧吭哧跑了，谁知刚拐上一个山包，又灭火了。

等到骡车慢悠悠赶上来时，当兵的仍无办法，既打不着火，车又推不动，干着急没办法。三哥鬼点子多："你们的汽车得叫人推，前面是上坡推不动，干脆叫汽车掉头顺坡往回溜，汽车就发动着了嘛。"嗯，有道理，那个当官的赞赏地瞧了瞧他。

众人急忙又帮着推车掉头，汽车顺着坡下去，"轰"的一声，果然又打着了，掉了个头吼着冲上了坡顶，大家欢叫跑了上去，当官的很高兴，叫他俩上了汽车。车上装载着杨虎城部赠给红军的文化教材和体育用品。路上三哥告诉当官的他的想法，当官的叫夏海宁，是红军大学后勤部器械科长。

夏海宁，湖南醴陵人，原来是红一方面军的。一双小眼睛特别有穿透力，似乎能穿透对方的心。黑黝黝的脸庞上，左边一道斜疤足有二寸长，这是红军第四次反"围剿"时彰州攻城战役的纪念。他们这一路上不断地碰见去陕北的年轻人。所以他早就看出这两个人意图，行啊！有多少人我们红军都要。汽车沿着逶迤的山路，哼哼唧唧地前行。第二天晚上终于到了瓦窑堡。

路上夏海宁告诉他俩，"红大"是共产党的最高学府。一科高级班，收的全是师职以上的干部；二科初级班，只收团营干部；三科文化班，收的是各地中专以上的知识分子。你们啥条件都不够，只有到那里看，有没有适合你们干的事。

夏海宁说的句句是实情，拉着他俩到学员教务处一问，才知道进人家"红大"真有些困难。三哥不甘心地问："你们不要打杂的？"人家说你们有什么特长，他突然想起自己会武功，立即脱下上衣，走到院子，运足力气把大洪拳一到六套连贯地打了一遍。周围的人越来越多，人群中不时地响起一片掌声。

他的精湛表演，让夏海宁深深地折服了。他向保卫处极力推荐，保卫处一看会武术的，谁不喜欢呀。任瑞章呢？任瑞章也要。一起安排到警卫连。连长问他叫什么名字，他学着当兵样儿，一立正：

"报告连长，我叫史啸山，别人都叫我三哥。""什么三哥四哥的，一股江湖习气。革命队伍只能叫名字，听见没有？"连长不让叫，可是哪里挡得住？会武术的人就是不一样，动不动就给大家教两手，久而久之，三哥三哥的还是叫开了。

"红大"下辖第一校、第二校。他俩才来几天，第一校要迁往保安县，警卫连随着机关同行。部队顺着长尾河快走到樊庄时，突然，三哥看见前面一位首长在马背上向前跟跄，忙冲上前去，拽住他的胳臂，首长顺势跳下马来，哪知马左前蹄掉进冰河，他紧紧拉住马蹬不松，结果，脚一滑跟着马掉了下去。

河面冰层六七公分厚，可是水足有一人深，大家急忙往下扔绳子，马在水里扑腾扑腾挣扎，他还死活不松手，多亏这是一匹战马，识水性，硬是扑腾了十多米，到了浅水滩。人们七手八脚把他拉上岸，牲口无大碍，可是他的左眼却被马腿碰得红肿红肿。前面就是村庄，大家拉着他赶紧上了热炕，换上衣服，烧了姜汤。

到了保安县后，警卫连开总结会，表扬了史啸山，这位首长还专门参加了会议。他受到表扬，心里十分高兴。可是过了一段又焦躁不安，原来他天天看着学员们上军事课，而自己守着军校却天天跑步、站岗，学校又不是战斗单位，这一辈子光站岗了？守着学校站岗，这不成了8字分家——零比零嘛。英子忽然又出现在眼前：瓷尿，我都初三了，你才是个高小。抓紧积极向领导申请要求上学嘛。对！自己应该再去找找领导。想到这里，他跑到夏海宁那儿去，请夏科长去说说情。夏海宁知道他上学心切，现在他又为救首长立了一功，如果破例，这倒是个机会。晚饭后他叫上三哥，怀揣一瓶酒来到首长宿舍。他大声报告，首长叫他进来。首长一看会武术的小伙子也进来，不禁愣了一下，"你俩有什么事啊！有事尽管说。"夏海宁用眼神鼓励，让他胆子再大一些。他终于鼓起勇气，报告说：

"报告首长，我想进初级班上课。"把话儿说完，就像卸了一副重担。他站得笔直笔直，眼睛都不敢看首长。首长愣了一下，突然哈哈哈大笑起来。指了指夏海宁手中的东西："你手里的东西重不重呀，你可以放到桌子上说话嘛。"夏海宁赶紧放到桌子上后，脸上堆起笑容说：

"首长，这家伙会武功，您特批就叫他进初级班吧。他还能给大家教一点武术呢，千万别浪费'资源'。""是吗？"首长站了起来，捏了捏三哥胳膊上的肌肉，这家伙肉挺瓷实，"行！就叫他到初级步兵班'半工半读'吧。"

步兵初级班共两个班，都是基层团营干部，他分到二班。二班大部分是营连职干部。警卫连来了个小兵，就成了"勤务员"。他倒也勤快，擦桌子、扫地、打水，大家挺喜欢。

红军干部文化普遍较低，他在里面倒显得有点墨水。课程主要有防敌进攻要领、夜间战斗、机关枪班排战斗、劈刺教范和爆破摘要等。他不懂时，赶紧向干部们请教，进步挺快。上步枪射击课，教员在黑板上讲子弹的曲线弧度，大家想不通。就连几个营长也纳闷，子弹明明直直地射出去了，怎么还会有弧度呢？当讲到万有引力时，大家脑子就进到了一片云里雾里。

班长王海，长得虎背熊腰，四川达县人，属虎。在四方面军反六路围攻青龙观战斗中，表现勇猛，所在团被授予"老虎团"，他一度还当过团长，自己得了绰号"老虎"。老虎叫顺口了，久而久之战友们几乎忘了他的名字，"老虎"反而成了他的名字。

老虎家境十分穷困，父母很早就病逝，兄妹四个全凭姐姐拉扯。川妹子十七八岁，就长得有模有样。镇上的保长看上了，逼着姐姐去做妾，十五岁的他一怒之下，用斧子砍了那个老龟儿子，上山就加入了袍哥会。山上的袍哥会兴练武当派的拳法。他是半路出家，师兄们只有给他教一些散打功夫。三年的勤学苦练，掌握了一些出奇制胜的招数，四五个棒小伙儿不是他的对手。当年他加入红军时，部队就是看上了他的一身好功夫，三个月就当上了排长。

如今在班里，一个少林、一个武当，一个长拳、一个短拳散打。老虎是武林的前辈，又是班长。三哥对他十分尊敬。班长叫他给大家带长拳，教大家练习拳术的基本功。班长继续给大家教散打。

三哥过去没有接触过南拳，特别是散打功夫，天天晚上缠着班长教他。班长教他先学基本功，在基本步法上，前滑步、左滑步、前垫步、右垫步动作要到位、连贯、掌握重心滑行，教他打基础，然后学直拳、勾拳、摆拳。练拳不练腿，到老冒失鬼。横扫腿、连环腿。拳腿组合，低配高、虚配实。记住，一寸长、一寸强，拳腿一定要协调、配合好。

老虎告诉他，习武之人，基本功十分重要，特别是半道学艺的人，必须冬练三九，夏练三伏。只有长期坚持下去，才能打好基础。为了加强腿功训练，在老虎的指教下，他自己缝了一对沙袋，里面装进细沙，每天天亮前绑在小腿上跑上七八里路。部队上早操他也绑上沙袋跑，开始他少装点沙子，逐渐慢慢增加，一个月后沙袋达到四斤重。绑沙袋跑步最后成为他跑步的一个良好习惯。不仅如此，他在练习臂力过程中，俯卧撑、翻石锁、单双杠动作，天天给自己加码。久而久之，他身上的背肌、胸肌、腹肌、膈肌、胳膊上的肌肉和大小腿的肌肉比其他人大得多。老虎对他很满意，逢人就说，这个龟儿子悟性好，擒拿格斗动作不仅到位，而且下手狠、动作快。自己教了无数人，感到他的军事素质是最好的，体力、力量和技巧不在自己之下，不过经验不如自己罢了。一年后，三哥在警卫连射击、投弹年年第一，擒拿格斗一个班围住他都没一点办法。

一九二九关门叫狗，三九四九冰上走。山区的冬天，似乎格外漫长。学校通知营职以上干部去听形势报告，班上十来个连职学员撺掇去打猎，改善伙食。郭大梁山腰树林茂密，油松、白桦、侧柏许多乔木密密麻麻，柠条、狼牙刺、沙马、沙棘横七竖八的灌木丛像一个个迷魂阵，人一旦进去就很难出来。

大家走到阳畔沟里，去找猎人下的套子，可惜，仅仅抓住两只野兔。运气太差，只好把步枪保险一关，枪上了肩。忽然，草丛里窜出一大一小两头野猪，突然莫名其妙地向人拱来，说时迟，那时快，在前边走的大个子秦玉才一枪捅到大猪嘴里，野猪蛮劲大，嘴里淌着血还将他和枪一起顶倒。"砰砰砰"，大家这才打开保险，对准打了几枪，大猪嘴里顶着枪还跑了八九步才倒地。

怪了，小猪不跑，在人堆里兜圈子。三哥赶紧把麻袋口张开，一转身来了个纷影连环踢，小猪一愣，对准他的裆冲过去，三哥干脆腰一弯，突然把麻袋口一张，小猪没防备，"吱"的一下钻进去了，他两手一提，小猪只有在里面挣扎了。

狩猎队伍的情绪顿时高涨了，架上一堆火烤野兔。今天打猎是无组织的活动，不过回去把野猪一交，说不定还受表扬呢。正在说笑着，老湖南刘有福，外号"刘一蛋（弹）"，枪法极准，看见草棵里扑棱棱飞到空中的野鸡，抬手就是一枪，野鸡"啪"应声落下来，可惜掉到沟里。三哥窜到沟里找了半天才找到，他突然想起教员说的万有引力，跑上来对刘有福说：

"刘连长，野鸡空中中弹掉到沟里，这就是万有引力吧？"刘有福一听，对呀，我们平时咋不开窍呢？大家七嘴八舌争辩开来了。在子弹有效射程外，子弹就该逐渐落地，落地过程就是子弹曲线的弧度，大家越辩越明白。烤野兔、野鸡肉蘸点盐，香极了。打这以后，学员学习兴趣渐渐浓了。

春暖花开，河水慢慢地流动起来。四月的一天，全校开大会，首长很激动："同学们，经过我们边区的努力和统一战线逐渐形成，国民党政府初步同意给陕甘宁边区划出二十三个县作为边区的'募补县'，筹粮、纳款就在这个范围之内。"全校一片欢呼声。

学校征粮队由初级班组成，地点在一百八十里之外的和池、华池两个县。大家走了两天多路，脚全都磨出血泡，有人开始发牢骚，班长老虎满口川音，一急说话就快，语速一快谁都听不懂："这一点路算啥子？格老子长征走了两趟趟，走了两趟趟草地嗦！这算屎子？""快到和池县城了，大家唱唱歌子，打起精神来嗦。"

和池县城在桦水镇上，传说城南有一涝池，旱不枯、涝不溢。镇上有七八百户人，这在当地属于大镇子。县政府的院子里，有十来孔石头砌的窑洞。老虎领上几个人进了县政府，一个瘦小的老头急忙阻拦，你们有何贵干？一名学员问："你们的县长呢？"瘦老头欲拦住，只见一个挑着白帘子门洞出来一个大分头，拖着金属嗓子吆喝：

"是谁在找本县呢？"

大家迎了上去，说："我们是中国工农红军，这位是我们的王海团长。"大分头一听立即堆满了笑脸："失敬失敬！"说着赶紧将客人引入窑洞办公室，瘦老头赶紧为客人们沏茶、拿烟。大分头毕恭毕敬地自我介绍：

"鄙人张英虎，本县县长。不知王团长一行到小县有何指教呀?"老虎上下打量着这位县长，客气地说：

"张县长，现在已经是全国统一战线，我们按照国民政府要求，红军大学今天到和池县募集军粮。为了不打扰你们办公，运粮队就在院子外面。请你叫人打开粮库，我们一共需要五万斤。"张英虎十分滑头，小眼珠子一转骗他们说：

"困难啊，百姓真穷呀! 我这全县六七万人，连县府都养不活，我给你们到哪里筹粮?"头摇得像拨浪鼓。老虎按捺下性子，提出到粮库看看。张英虎急忙说：

"不行，不行啊! 粮库员的老母病重回家了，别人不好打开国库。"张英虎封口了，看来只有另想办法了。

征粮队仔细地侦察了粮库，粮库的院子里共有十孔窑洞。询问了周边居民得知，库里存粮至少有十五万斤。小麦占一半，其余的是玉米、黄豆、绿豆，还有小米。现在是统一战线，不能强取，只能智拿。

粮库员得到县长示意，偷偷溜到两里之外的马场。这个马场实际上已经没有马了，不过是县里的马车上一些用品零件和仓库。马场的保管人看见他来，还要在这里住两天，高兴死了。告诉粮库员他家里有事，请假两天，你一个人顶我几天吧。马场在沟底下，晚上一个人待在空旷的院子里，院子几棵大树被风一刮哗哗直响，孤零零的挺瘆人的。不像待在粮库里，周围还有居民。谁要在这把自己杀了，恐怕都没有人知道，他后悔死了。

一连几天不见库管员，他们就知道张英虎捣的鬼。大家四处打探，终于摸清楚他隐匿的地方。老虎在袍哥会里学过川剧里的鬼戏，这两天他叫了几个功夫好的学员背地里不知道神神秘秘搞啥子名堂。

晚上夜深风高，西北风呼呼地带着哨声，一阵不知什么东西，打得院子的铁水罐"啪啪"直响。库管员吓得缩在炕上，一动都不敢动。不知咋搞的，风"吱"的一下把门吹开了，自己明明记得门闩是上好的嘛。月光下，只见进来两个两米高的青面獠牙厉鬼，唱着鬼歌：

"天灵灵、地灵灵，白虎格老子显神灵。龟儿子撒谎天雷劈，全家老少全死尽。""呼"的一声，煤油灯被妖风刮灭，看库人已经吓得灵魂出窍，身上的被子被揭走，"嗵"的一下，一个厉鬼已经跳到炕上，他吓得不知咋回事儿，又掉到地上，缩在桌子下面，大气不敢出，浑身全都软了。厉鬼用腿踢得桌子"啪啪"响，把钥匙交出来。看库人哪里敢出来，上牙磕着下牙哆哆嗦嗦地说：

"在……在……在炕席下面。"厉鬼把钥匙翻出来，"呼"的一声出门了。

他过了好半天才缓过劲儿来，扶着炕沿摸灯，哪里还有灯？一拉门，门也让厉鬼反锁上了。他透过门缝看见厉鬼从嘴里开始喷火，一阵阵炙烫的火焰扑面而来，吓得他屁滚尿流地躲到窑洞后面。完了，完了，厉鬼在外面不走了。也不知折腾多长时间，他被吓得昏了过去。

第二天征粮队的牲口驮子装满了粮食，一长溜地停在县政府门外。张英虎看见粮食已经叫人家装好，又气又恼，还无话可说。老虎义正词严地告诉他：

"龟儿子，耍老子噻。你们说没得粮食，这是啥子？你不要看见爷爷叫外公——不识相。要是破坏统一战线，老子就派人把你龟儿子法办。"说完，从兜里掏出一张募集粮食的收条，"给你！"筹粮队装了一百七八十驮，足有七万斤。返回的路上，大家兴奋极了，路程似乎也短了。

3

在军阀混战的年代里，有枪就是草头王。当两军对垒僵持不下时，策反、瓦解对方是上上策。所以，在当时，互相挖墙脚、拆台屡见不鲜。有人算过一笔账：组建一个具有丰富实战经验和战斗力的团，需要三年，花费下来至少七八十万。而策反对方一个这样的团，几个月就够了，说不定更短一些。当然，要有一笔钱财去活动。这在二十世纪二三十年代是一个普遍现象。

刚委任为团长的逑驴疤，踌躇满志，洋洋得意。饱暖思淫欲，他刚刚过了两天好日子，就跑到西安柳巷一家春香苑，用团里的两百块大洋，赎出了一个艺名"梅香"的琵琶歌伎，乐不可支。

梅香是安康人，从小被人拐骗到西安，进了春香苑，跟人学弹琵琶。"入世冷桃红雪去，离尘香割紫云来。"小小人儿经过五六年的磨砺，武曲的十面埋伏、霸王卸甲，文曲的阳春白雪、月儿高、思春、昭君怨等曲子弹拨得无比娴熟。十二三岁时已经是春香苑的摇钱树。无奈身处春香柳巷早早就逼迫上了道，她认识逑驴疤已从业三四年。逑驴疤打小没有受过音乐的熏陶，打从认识梅香后，方知道这世上还有这么美妙的声音，喝酒听音乐是如此的享受。每次来西安，就来这里找她，给钱常常比别人多一倍。

他刚把梅香赎出来，就带她拜见小舅子和杏儿他们。杨树民告诉他说：

"陕西地方军队人心不稳，督军要把关中十来个团统统换防。当下，你这个团要起一个带头作用，从三原调到韩城去，山西阎锡山对我们觊觎很久，把你们顶上去，就是要像一个桥头堡屹立那里。"杨树民加重了语气："你们把他们顶得越硬越好，谅他们不敢再有其他想法。"

杨树民的话就是圣旨。部队经过十来天的大搬家，全部到达，团部就驻扎在韩城文庙里。逑驴疤已经是团座了，梅香整天和他在一起住，他一直想让梅香成为名正言顺的太太。在别人的启示下，他认为必须先给她改名字，去掉妓院的晦气。

阳春三月他带上梅香去逛龙门古渡，看到下游平缓的黄河，渔民撒网打鱼，就叫士兵们在河边摆好桌子，打开一瓶酒，自斟起来。梅香把琵琶调好，唱起刘安《淮南子》：

阳春三月天气新，湖中丽人花照春。满船罗绮载花酒，燕歌赵舞流行云。……

"好，好！"他摸着弹琵琶的手，说道："梅香，你唱得真好听。不过梅香名字太俗。你不是说记得老家的村名叫李什么来着，你干脆就改成……改成李香吧。名字一改，老子叫人再掐个日子，正式把你娶回来，好不好？"梅香高兴地趴到他怀里："说话要算数呀！"述疤拉做出一副男子汉大丈夫气概，指着黄河："老子说话不算数淹死在这里去屎！"他为了说话算数，第二天就派人找算命先生。副官终于在城里找到一个自称"不灵不要钱"的算命先生。只见算命先生嘟囔半天，用手指掐算，神秘地说：

"子丑寅卯，鼠牛虎兔，嗯！长官属鼠，姑娘属牛刚相合，鼠牛配，人富贵。男大十三，嗯……头尾衔接，好，好！男大十三抱金山，抱金山啊！"大家一听，喜上眉梢。又请他掐算，选了个喜庆日子，在南街的福金楼大摆宴席，宣布结婚，做了新郎官。

新婚几天后，他接到一个商人的帖子，说下午在裕财楼宴请他和新婚娘子，恭贺仇团长新婚。商人自称姓刘，中上等个子，方脸，眼睛不大，两道浓浓的黑眉毛充满了狡黠。上身穿着白丝绸对襟短褂，黑斜纹裤子，脚蹬一双黑布鞋，脚上还穿着不多见的白色软靴袜。他自称自己开了不少商铺，主要在晋陕豫一带做黄金买卖。

述驴疤感到当上团长就是不一样，县长请，商人也请，他妈的，当官就是好。就连骑马走在大马路上，也是前呼后拥，耀武扬威。如今，外地做黄金生意的人都来巴结自己，我要去看看，他们耍的什么把戏。

述驴疤带上李香来到了裕财楼，刘商人站在门口恭恭敬敬地迎上去，弯着腰，拱手请二位上二层包间。宾客坐定，要了一壶好茶，端了上来。商人忙双手一拱："有幸结识仇团长，幸会，幸会！"说着，把手一摆，身旁一人赶紧把一个精美的漆盒放到桌子上，他手一挥，随从赶紧退了出去。

他轻轻一按锁扣，"吧嗒"一声，翻开盒盖，从里面拿出一块足金十八两金砖，看起来沉甸甸的，脸上堆满了笑容，双手捧上说：

"请团座大人笑纳。"说着就放到述驴疤面前，随后又从里面拿出一个镶有龙凤戏珠红宝石配银项链，笑嘻嘻地说：

"弟妹，恭贺新人大喜。初次见面，礼轻情意重。"说完递了过来。述驴疤第一次见到金砖，眼睛瞪得圆溜溜的，疤瘌绷得紧紧的，两只手上下左右翻来覆去摸不够。李香连忙将项链戴到脖子上，问商人美不美。美，美得很！这天，两口子都高兴坏了。从此，刘商人隔三差五请述驴疤喝酒，述驴疤也把他视为莫逆之交，两人无话不说。

端午节到了，刘商人又把他请到裕财楼，几杯酒下去，他眯着眼问仇团长：

"有钱可使鬼，无钱鬼揶揄。你给陕西靖国军干，每月才四块大洋。营长、连长少得更是可怜，欠饷一欠就是几个月拿不到手。你干脆拉出来独立，自己干。"述驴疤忙打断他的话：

"放屁！一旦独立，岂不成了土匪了？再说，这一千多人吃不上、喝不上的，就连这一点军饷也没了，弄不好，人家还要剿我们。"刘商人一看时机成熟，挑唆说：

"现在有奶便是娘，你看投奔阎锡山如何？山西晋军团长每月至少十块，弟兄们的也不会少。再说，给谁干还不是干。"说着，从包里又拿出一个足有一两的大金戒指，套在述驴疤的左手指头上。述驴疤看看指头，金灿灿的。伸直，蜷起，再伸直。疤瘌往长长的一拉，惆怅地说：

"唉！好是好，可是咋和那边联系？再说弟兄们愿意不愿意不好说呀。"刘商人赶紧给他斟满，又端起酒杯，一饮而尽。豪爽地说：

"如老弟不嫌弃，我去蹚蹚路，保险给你打包票，咋样？"述驴疤点点头，没再吭气儿。

述驴疤与晋军秘密地几番讨价还价，终于达成协议：反水后，仇忤为山西护国军二师二旅副旅长兼三团团长，三团的建制不能动，军官任用自己说了算。投诚费五万银元，全部由述驴疤支配。

述驴疤利用军官们对督军不满，欺骗全团过河讨伐张勋辫子军。大家信以为真，按照仇团座指令，分别从下峪口、芝川、东王三处神不知鬼不觉渡过黄河。

大鼻子早已被述驴疤收了兵权，在团部当一个画图的参谋。团部从下峪口上船，大家都感到这次渡河太顺利了，晋军居然没有发现，不可思议。船是述驴疤搞的，他也没叫大家上手，据说他的一个电话，河对岸一个朋友帮的忙。大家渡过去，对方竟然毫无察觉，上岸静悄悄没有一个人，晋军太大意了。

大家收拾好行李，排着懒散的队伍，开始上坡，走到一个窄沟槽时，突然沟槽上面晋军密密麻麻地枪口对准大家。无可奈何，部队只好放下了武器。晋军跑下来一个军官，叫大家背上行李上去集合。

这不是蒋业田王八蛋吗？大鼻子大骂了一声，蒋业田一愣，走了过来，捶他了一拳：

"哎呀，原来是你们呀。我们接到命令，说陕西的靖国军一个团要反水，加入晋军。"大家一听，丈二和尚摸不着头脑，我们干吗要反水，我们是去要讨伐张勋的。刚说完，自己也明白了。全团都让递驴疤一个人开涮了。后面渡河的部队，一拨一拨地全部被缴了械。近两千人的队伍，被拉到侯马举行了加入晋军的仪式，黄色军服也换成了晋军的灰蓝色。

部队在山西东拼西杀干了半年，到了民国六年夏天，晋军命令全团开到风灵渡以北的永济。递驴疤告诉大家，阎锡山当上省长了，军政大权他一人说了算，这不军饷他都发给大家了。说完，他指了指桌子上一袋袋银元，这钱大家不是白拿的，他叫我们东看住刘镇华的镇嵩军，西盯紧陕西的陈树藩。柴华私下也对递驴疤不满，他妈的，陕西的部队，替山西军阀打仗，真叫人郁闷。

目前唯一能稳定人心的是，好在军饷还能保证，吃吃喝喝能维持，因此，谁也不再说啥。

大鼻子是递驴疤最不放心的人之一，放在团部当作战参谋，实际上是光画图、做沙盘，连手枪都不给他配。这时，他接到老家来信，老婆第二胎马上出生叫他回去。柴副团长尚能体察下属，批准休假三十天，还叫参谋长发他十块银元作犒劳。

回家才两天，老婆就生了。生了个八斤重的儿子。头胎是女孩，起名叫姜凤琴。家里人都没说啥，可老婆心里嫌自己不行，现在内心的阴霾一扫而空，晴朗朗的。找人起了个名字，叫姜慧枋。他一回家从爷爷那儿把账本要来，从头至尾齐齐浏览一遍。对管家常顺启发说：

"长顺，你不但要替我们姜家管账，还要出好主意。纯粹的种庄稼的管家是没有出息的，你要动动脑子，多想一想。多做粮食生意，用粮食倒钱，再用钱倒粮。"他的话，大家都听不懂，他从口袋里掏出一个银元，放到桌子上演示：

"这一块大洋，一年周转一次，还是一块。如果周转六次，就是六块了。"长顺好像有点明白，看着银元，像是自言自语，又好像对大家说：

"夏收时，麦子便宜，多囤积一些，到了春天青黄不接时，卖出去挣大钱。"

大鼻子点点头称赞，你现在悟出点道理，你再多想想。

回家拜访当地父母官，对在外边做事的人很重要。大鼻子专程来拜访王区长，礼品是当时大城市才能见到的肥皂、毛巾、火柴。大家寒暄了几句，他突然内急，就去了厕所。王区长自作聪明，打开包装，看见肥皂以为就是一种点心，拿出一块，新鲜地看了看，这东西油挺大、还光光的，上去就咬了一口。谁知越嚼越不是味，满嘴还是沫子，众人发愣地看着他，好像有点儿不对头。等大鼻子上厕所回来就知道他搞错了。

假期过得就是快，一转眼，就到时间了。

现在他对回仇团已丧失信心，便想起老朋友、老乡晁英。听说他现在是靖国军左翼总司令，在三原县驻扎。作为军人，一般最忌讳投奔他人，但是逼急了什么事情都会做出来。思前想后，他最后痛下决心，一路风尘仆仆赶去。不料晁英率领部队赴临潼一带抗击五省联军去了。跑吧，跑快点，说不定还能赶上战斗呢。一百八十里路，大鼻子把九节鞭往腰里绑紧，系好绑腿，一路小跑。第二天晚上就来到交口，找到了靖国军前线指挥部。

晁英是个渭北汉子，个子也不高，宽额头、大眼睛、厚嘴唇、大耳朵，说话声音像雷。做什么事都是善恶分明，为人耿直。年轻时赴日留过学，参加了孙中山在日本成立的中国同盟会。辛亥革命后，回来就拉起了队伍。两三年前联合作战时，就认识大鼻子，十分欣赏他的才干，一直想把他揽入麾下。今天一见，得知来投奔自己，双手把桌子一拍，张开厚嘴唇瓮里瓮声地大喊，"大鼻子，够意思！撵到我这儿打仗来了。"喊完他忙向众人介绍："妈的，这小子是保定陆军军官学校高才生，当年是菜狗营的连长。军事素质顶呱呱的，绘图、做方案，老子非常欣赏。"说到这里，他告诉大鼻子，北洋军阀的北京政府不愿意陕西革命烈火越烧越旺，他们勾结省里反动势力，企图联合镇压。这次，我们当下要击垮晋、直、鲁、豫、皖联军。现在最最突出的是直系的章旅冲在前面，先把他吃掉。这时，他突然想起大鼻子还没吃饭，大喊张副官：

"你领上姜龙魁去伙房吃饭，休息两天，老子想好了再给他分任务。"

"吃饭可以，休息就算了吧。"大鼻子几个月没打仗，一副跃跃欲试的样子，晁英就知道他和自己一样，机关枪瞄大炮——直性子对直性子。自己非常喜欢痛快人，现在手下能带兵打仗的人不多，大部分都是揭竿起义的农民军，顶多是一群乌合之众，还是要重用真才实干的军校生啊。想到这里他下了决心，和二团徐团长嘀咕了一阵子，派他到二团二营当代理营长吧。原来的营长调走后，一直没有合适的人选。用人不疑，疑人不用，而且要重用，就这么定了。徐团长是晁英的心腹，他说的话绝对服从。

听到任命，大鼻子既高兴又激动，一定不能叫恩人失望。徐团长亲自带着他，顺着石川河西岸向北摸去，约走了三十分钟，到了二营驻地湾里村。他召开连以上军官会议，宣布了司令的命令，他看着副营长和几个连长，要求大家绝对服从大鼻子的指挥。

二营所处的湾里村，东面就是石川河。河流自北向南流过，湾里村西边地势高出河床十多米，对岸比较低，仅高出一两米，地形对于抵御敌人十分有利。东岸就是晋军一个团，他们也是刚刚进驻。

知己知彼，方能百战不殆。大鼻子到部队首先了解全营装备、兵员、战斗力情况以及各个连排的战斗特点。随后，询问对方部队的番号兵力部署、武器、战术，结果谁都不清楚。打仗不知道对方是谁，他十分恼火，今晚必须派人渡河去侦察，能抓住俘虏最好，动作要快！

天快亮时，几个侦察士兵湿漉漉地回来报告，敌情差不多搞清，还抓了个俘虏。大鼻子兴奋地说：

"好啊，带进来！"他一看，我的神啊，这不是我的一排三班班长许什么，许义吧！许义一见老连长，"哇"地一声哭了。妈的，对面的敌军就是仇忤团呀。

原来，大鼻子调离一连不到一年，述驴疤接连换了四任连长。不但如此，其他营连军官频频换人，述驴疤明白，下面营长、连长位置坐得长了，就容易结党营私，大家会抱团架空他。所以用不断更换军官的办法排除异己，其结果是下级军官换得频繁，人人自危不保，都是当一天和尚撞一天钟，各营连的战斗力也不断下降。大鼻子临离开之前，知道一些情况，但是述驴疤搞愚人政策，严格封闭消息，团里许多任命只有个别人知道。至于部队军事素质是否下降，述驴疤倒不重视。

大鼻子认为，当年述驴疤把大家蒙在鼓里，个人私利严重，故意投降了晋军。全团绝大多数人，敢怒不敢言，内心对他极为不满，个个消极怠工。如今我们为何不能在战场上，把弟兄们策反回来呢？

他的分析、判断比较准确。他还不知道自己休探亲假的第二天，晋军围剿陕西左翼靖国军的命令就到了仇团。要求他们立即入陕，来一个陕西人打陕西人。直军章旅要求仇团从北侧渡过石川河，突破对方左翼阵地。仇团参谋长当时还派人追大鼻子归队，绘图要靠这小子，别人又干不好，谁知派的人也无影无踪了。

现在，仇团追随联军，仗着人多势众，貌似强大。其实，数月以来训练无人管，军纪无人抓，快要打仗了，行军、打仗无方案。官兵之间上下散沙一盘，相互猜疑、拆台，兵无斗志。真是：兵强强一个，将熊熊一窝。

大鼻子营长主意拿定，立即赶赴指挥部，司令刚刚睡着。他向徐团长提出只身潜入敌阵，力争把仇团大部分拉过来，并提出带上三万银元投诚费，去对方那边打点。徐团长深感事情重大，自己舞枪弄棒没问题，搞策反仅仅听说过。他看大鼻子心急如焚，知道不可再耽误，硬是闯了进去，叫醒了司令。

劳累一天的晁英，又困又乏。被手下摇醒，气得破口大骂，骂够了才想起问有啥急事。徐团长简单向他做了汇报，好事呀，他就坐在床上，叫了几个心腹在里间商量一番。最后把大鼻子叫进去，晁英困乏地挠挠头对他说，

"龙魁啊，此事非同小可，逑驴疤特别刁滑，你千万要躲避开他。能拉一个连是一个连，能拉一个营是一个营，万万不可贪心，如果打草惊蛇，我们就被动了。以防万一，我再派几个精干的军需官跟你去，先带上四千元，告诉柴华兄弟和其他弟兄，过来后，我老晁一定补，绝不亏待。"晁司令把话说到这里，只有先试试办了。

为了安全起见，大鼻子先给对岸的柴副团长写了封情深意长的劝降信，条件一一写清。许义送去后，很快返回口信：同意，但是要见人（姜）见东西（银元）。

两军对垒四五天了，由于双方都没有准备好，仅仅白天互相打打冷枪、冷炮。晚上可以看见对岸有稀稀拉拉的火堆，游动哨到后半夜就没人了。许义已经是第三次渡河了，尽管路线和岗哨都知道，以防万一，还是后半夜领着大家悄悄地渡河。

六月的夏天，刚进入河水感到一丝丝冰凉，可是慢慢地就适应了。河中心水深已到腰间，水流十分缓慢，大家相互拉紧一步步向前挪着走。军需官在水中，尽量保持平衡，背着的银元丢了，命也就没了。水面约四十米宽，一会儿就安全地上了岸。柴华派出的人看见他们，立即迎接上来。众人在岸边的小土包后面换上晋军服装，趁夜色来到柴营营部。

大鼻子看见老营长，三步并作两步跑上前去，"啪"敬了个礼。柴华双手一拱：

"岂敢，岂敢！你现在都成了晁司令的红人了，老哥受用不起。"说话间，慌忙把人领到营部隔壁一家院子。这个院子是个临时库房，刚刚收拾好。为了安全起见，柴华叫人从外面把门锁上，大家讨起价来。当柴华知道只有四千银元时，

摇摇头说：

"姜营长，别人不了解，你应该知道我柴营的底细。论战斗力是一流的，我老柴为人也不错，体恤下属，从不克扣弟兄们。你们今天拿的那点钱，每人还不到十块，比比现在社会行情差远了。"

大鼻子知道把话没有说透，赶紧告诉他：

"这四千块不是给你一家的，我还想多搞几个营呀。"

柴华愣了一下，连骂人话都说出来：

"你个大鼻子穷屄，日弄老哥呢！咱这生意做不成了。我就是个菜包子，别人还拿正眼看我。你倒好，一枪没放，连长成了营长，还想把我拉过去，你是不是又升团长了？算盘珠子都叫你一人拨了，你把老兄当瓜娃哄呢。"说完，自己点了一支烟，吐起烟圈儿来。

众人一看都傻眼了，看看大鼻子又看看柴华，还不知咋样说好。还是大鼻子脑子转得快，连忙解释说：

"现在在前线忙打仗，他们一时筹不出那么多钱，是这样，过去后，我担保一定补上，人家老晁一再做了保证。那人是守信誉的。要不然，你把我当人质，咋样？"几个军需官连连捣蒜似的点头，晁司令的确做过保证，过去补，过去一定补。

柴华把一支烟抽完，沉思半天："罢罢！"他看了看这个憨厚的老部下，如今，迷驴疤当道，我好赖还是个副团长，他妈的，打仗时把我这个营塞在最前沿，分东西时，克扣这、克扣那。好事都让他一人得了，把我们当瓜娃。就相信大鼻子这一次，没有第二次。

最后他俩谈判结果，先给柴营两千，发下去安抚人心，其余两千元视情况付给其他营。以后重新给柴营补八千元。柴华看着几个军需官，指着他们的鼻子，

"咱们说好了，不兑现的话，人就是过去了，心也跑了。"

如何策反其他营连，柴华根据各营连的特点，告诉大家按照二营一连、二连、三营二连先后顺序解决，还答应和大鼻子分别做工作。为了取信于人，大鼻子请军需官立即返回报告晁司令：谈判顺利并请求迅速再筹些钱，同时通知部队做好接应。

事情出乎意料的顺利，大家一见到大鼻子十分亲切。对迷驴疤恨之入骨，害得弟兄们背井离乡替外省人站岗、打仗，现在还要和乡党们打仗。狗日的啥尿社会，今天打这个，明天又打那个，好坏人都是军阀们说了算。不管咋说，陕西人

打陕西人天理难容！别说钱少，就是不给这笔钱，我们也不给晋军干了。

经过一天一夜紧张的工作，除三营少数顽固分子外，大部分都愿意过来。晁英感到没看错人，又筹集了两千大洋送来。要求姜营长加快工作速度，投诚部队最好尽快过来，以免节外生枝。第三天晚上十一点，投诚的各个部队在向导带领下，按照指定地点泅渡过来。

渐渐地天亮了，述驴疤的亲信们发现自己的阵地上来了许多大批荷枪实弹的人员，说是友军吧，又不像，怀疑对岸的敌人过来了，个个衣服都湿漉漉的，只见他们不断地运动，好像还在包抄自己。一部分人竟然穿插到后面去了。

述驴疤打了一晚上麻将，刚刚睡醒，听到电话大吃一惊，但是为迟已晚。此时，枪炮隆隆震撼大地，左翼靖国军像从地下冒出来的，瞬间仇团阵地上一片混乱。北侧口子被撕开，直军的右翼全部暴露，陕西军队发起了全面进攻，势头十分凶猛。阵地上到处有人喊"后路也被截断了，我们被包围了"。战线全面动摇了，联军纷纷溃退。担任主力的河北章旅死伤大半，狼狈地逃窜。

团部大部分军官都不见了，述驴疤的疤瘌都拧成了麻花，气得拿着手枪歇斯底里地乱喊乱骂，还开枪打死了卫队的一个排长。覆巢之下，焉有完卵？当他垂死挣扎准备出去查看阵地时，靖国军的部队已经冲进村里，大势已去，只好脚底下抹油，溜之大吉。逃跑时，部队不管了，老婆也不要了，独身一人一口气逃到固市。

三天后，李香披头散发地寻到这里，一见面把述驴疤臭骂一顿。悲痛欲绝地哭喊着，我们的黄金细软一件都没有来得及拿，全都丢了，你个大瓷尻呀。述驴疤长吁短叹，无可奈何，小眼睛转也转不动了，脸上堆满了懊悔之气。现在只有赶紧离开这是非之地，再不走，狗日的被柴华他们抓住，就死命一条了。俩人混作逃荒老乡，颠沛流离地来到了西安。

左翼靖国军取得胜利后，实力大大增强。部队进行了整编，晁英为第三路军司令，下辖三个旅，兼一旅旅长。柴华任二团副团长兼一营营长，队伍驻扎在雨金。大鼻子任二团二营营长，驻扎在相桥。大家皆大欢喜，抓紧训练准备迎接更大考验。

相桥是个近千人的镇子，仇团团部曾经驻扎于此。传说，述驴疤搜刮来的财物隐藏在民房里。大鼻子隐隐知道这笔财物的巨大，福不择家，谁要是得到它，那就……他专门秘密成立搜索队，搜寻数日，连一点线索都没有。

七月气温格外高，热得透不过气来，树梢一动不动，一丝风都没有。大鼻子领着搜索队刚进营部，抓住大茶缸子连喝几口，勤务兵赶紧搬出凳子，手里拿着大蒲扇不停地给他扇，上衣全都湿透了，他把衣服一脱，告诉搜索队长：

"你叫大家喝点水，告诉弟兄们，东西就隐藏在村子里，挨家挨户地秘密走访，一定要找到线索。"

中午吃过饭后，搜索队又重新搜查了列入重点的几户人家，仍没有任何线索。刚从西街转出来，大家躺在河堤草地上休息，忽然，看见十几个农民打扮的青年翻过河堤，向镇里快步疾走，手里好像拿着空麻袋。不知是谁说了声：他们该不是挖宝的吧。话音刚落，大家相视一笑，尾随上去，并派人赶紧向营长报告，需要调动部队包围。

只见他们进了南街第二道巷子，一转弯进到一家无人居住的破院子，搜索队慢慢围了上去。这个破院子在仇团团部的背后，团部还有一个小门连通后院，门是锁着的，平常谁也不注意。

奇怪，不见人了，明明进了这个院子呀。破院子的门只剩下半扇，还是烂的，围墙已经十分破旧，泥草裹的土坯几乎全都露了出来，而且坍塌了几个大豁口，房子已成为残垣破壁，门窗扇也都不见了。忽然有人说："快看，这儿人能进去。"

只见后院有一棵大槐树，一人高处有一个大树洞，估计人是从这里隐匿下去的。大鼻子也跑了过来，指挥大家依次钻了进去。搜索队员在黑暗中屏住气，摸索走了好长时间，至少走了五六十米远了。前面的人突然停下，叫大家别动。只见黑漆漆夜里，前面有烛光，有人在那里装东西，还有人好像往上传递。"快动手，别让他们跑了。"前面的队员大喊，"不许动！"蜡烛突然灭了，大家冲上去，黑暗中扭打在一起。

警戒部队发现村南边观音娘娘庙有动静，立即冲了进去，把庙里的三四个人抓住。原来，观音娘娘的塑像可以搬动，下面有洞口，再往下就是一间小房子，有一条地道通往大槐树。这是清朝哪个富豪修的暗室加地道，现在已经不多见了。塑像一转动，亮光将暗室照个透亮，里面的人停止了打斗。

搜索队把人带回来一审，这些人是柴营侦察队的。

述驴疤兵马未动，粮草先行，无论走到哪里，首先考虑自己的财宝匿藏。这次进攻陕西时，总是想找个万无一失的地方。他打算在陕西一旦立住脚，先在可靠的地方置一院房，老婆和宝贝也有个安身之处。

在进入相桥前，他的人发现了这条地道和暗室，趁着夜色掩护，不断地向里转移东西。有人悄悄告诉了柴华，他不动声色，叫内线一五一十地记在心里，一直跟踪。说实话，晁英那点破钱，他无所谓，只希望逑驴疤被奸灭，好独吞这笔财宝。

大鼻子叫大家严格保密，带人亲自清点：袁大头四万二千块、金砖十三块、金条二十一块、勃朗宁手枪五把、子弹十盒、女人手饰盒一个，里面项链和珠宝足有二斤重。可能是李香的。最可气的是，他还藏匿着两挺新崭崭的马克沁轻机枪和六箱子弹、三十支汉阳造，四捆军用毛毯，大鼻子都企图占为己有。

事情柴华很快知道了，俩人面对面地摊牌。若处理不好，吃亏一方一旦捅上去，鸡飞蛋打，财宝统统充公，谁也不好过。柴华一副感伤的情绪：

"事到如今，打开窗户说亮话。这都是当年弟兄们血汗换来的，老弟呀，去年我们被逑驴疤卖了，还替人家数钱。苍天呀，开眼啦！我们终于找到财宝了。"

大鼻子实在不好意思戳穿老上司的假嘴脸。经过一番面红耳赤的秘密争吵，最后二一添作五，一人一半，并且约定：永远烂在肚子里。大鼻子得大洋二万一千块，他给营里留六千，自己亲自带上几个心腹连夜把机枪、步枪、大洋和金货神不知鬼不觉地送回二百五十里远的家里。若干年后，他用这些钱重新装备保安团，这是后话。

在军阀混战的日子里，中下级军官始终抱着"军人以服从命令为天职"的教条恪守自己。部队奉命调至华北，继续为军阀混战卖命。

冬去春来，花落花开。大家在河北打了几年糊涂仗，也不知为谁打，虽然改名为什么国民军。忽然，弟兄们在报纸上看到，西安被豫西刘镇华的十万镇嵩军围困，城里的军民在饥饿中挣扎。

部队上下一片慌乱，我们在这里打奉军、罢曹锟，可是家乡遭了大难。必须杀回去，在这儿打仗毫无意义。人心波动极大，上司也是陕西人，回！部队绕开直系阎锡山，从晋北入陕，在冯玉祥的支持下，队伍路上不顾小股地方武装骚扰，加速前进。经过长途奔波，将镇嵩军反包围起来。

逑驴疤刚到西安，已经是饥寒交迫、穷困潦倒，只好硬着头皮进了杨树民家。谁知杨树民到安康巡视去了，他被人家家人撵了出来。

杏儿早已搬到马厂子巷居住。她刚来时以为真的明媒正娶嫁人，生米成熟饭后，才知排为三姜，她坚决要求搬出杨家，不愿意看到二姨太的刻薄样。杨树民在西安派人四下寻觅房子，用十八块大洋买下马厂子巷一个小院，简单收拾后，杏儿就搬进来。她怀孕三个月时，叫人把爷爷接来一起住，省得怪寂寞的。她不恨别人，就恨述驴疤给自己办的"好事"。

　　述驴疤一见杏儿号啕大哭，李香也抽抽搭搭。杏儿撵都撵不走，爷爷看不下去了，算了，你哥的部队叛徒多，才打了败仗，他也怪可怜的，就让你哥嫂他们先住几天吧！杨树民回来得知，把述驴疤叫去骂了半天都不解恨：

　　"你个老龟儿子、王八蛋！你老子的一个团拉走，我姐夫损失多大呀，各地匪情这么严重，派系林立，你这是釜底抽薪！"说着，脱下上衣，"你看看，我脊背鞭子印就是他抽的。你他妈的成事不足，败事有余。"越说越有气，转身就找枪，述驴疤吓得哧溜跑了。

　　看来，这儿住不成了，杏儿只好塞给他一点钱，两口子在东墙根儿小东门北边破洞住了下来。西安城墙年久失修，许多人掏洞取土盖房子，造成里面地洞越挖越深，有的和外边连通。述驴疤把洞口挖成小窑洞状，用破篱笆把后面洞挡住，前面用破门板做了个门，暂且栖住。两人摆了小摊，卖起糊辣汤。冯玉祥入陕主政，杨树民带上三个老婆逃回老家四川达县，做起一个安逸的寓公来。

　　这几天城里的人们慌慌张张，两口子摊上的糊辣汤早早就卖完。一开始两人还挺高兴，可是述驴疤拉上平板车去面店买面粉时遇到了抢购风潮。别人抢，干脆自己也跟着抢。好在面店的女老板认识他是卖糊辣汤的，就多给了他几袋。他拉上二百斤面粉喜气洋洋地往回走，突然遇见两个当兵的把他拦住，其中一个高个子一把揪住他的脖领，蛮横地说："你他妈的买这么多的面，是囤积粮食啊！说话呀。"几年前还是威风凛凛的团长，如今竟然叫小兵痞子欺负，他气得脸上疤瘌往上一抽，刚想发作，只看见小个子拿着枪对着他。罢，罢，他妈的，忍了算了。他换了一副笑容，大个子用手指着他的鼻子："你他妈的记住，如今河南镇嵩军把西安包围了，一律不许买卖粮食，你没看见布告吗?"述驴疤忙点点头，装出一副胆小怕事模样，懦懦地说："老总，我是小东门卖糊辣汤的，又不识字，请多多包涵，多多包涵。"

　　这两人一看是做小买卖的，扫兴。小个子强行卸下两袋，骂了声"滚，快滚!"述驴疤只好拉着破车回去了。李香告诉他，现在少往出乱跑，前几天爷爷买粮在家门口就叫人抢了，气得他吹胡子瞪眼。

　　述驴疤没听见似的，把面粉一卸，赶紧跑出去看布告。能大概看出个意思来，加上旁边还有人念，终于明白了，河南的镇嵩军五六万人马把西安围得水泄不通。李虎臣、杨虎城招募青壮年，组建民众自卫队，协助军队维护治安。

　　述驴疤是一个不甘寂寞的人，他始终认为乱世出英雄，也不管李香同意不同意，就偷偷报名了。由于会打枪，给人家露了一手，"谦虚"地在登记表填担任过排长。自卫队缺人才，立即安排他当了个小队长。

他拿上枪的感觉就是不一样，带上十多个人，走在街上找到了一点当年的威风。他有事没事就带上人到一些商户那里，拿上上面捐款捐物的通知，隔三差五地趁机敲诈。非理之财莫取，非理之事莫为。商户们对卖糊辣汤的有了新的认识，这述驴疤就不是个生意人，狗日的活生生的一个土匪。

面店已经无生意可做了。述驴疤敲开门，店里就剩下女老板一人看守。她满脸苦衷地请老熟人进来转转："你看我这里库存都光了。"一边请他坐下一边哭穷，"你看我都捐了三次了，咱们都是街坊，我的底子又不厚，再捐就该捐人了。"述驴疤今天才仔细地看看女老板，三十多岁，虽然胖一点，但细皮嫩肉的脸上一点瑕疵都没有。妈的，过去老是求人家，吓得连正眼都不敢看，今天老子要把这一课补回来。他一把拉住她的手，用力拽进怀里，疤癞脸上露出奸笑：

"捐人就捐人，老子不要钱了，就要你这个白女人。"说着就把她拥到里间的床上……

几个月下来，城里的粮食极度匮乏，军民个个面黄肌瘦。商户们逃的逃，散的散，差不多家家都断顿了。他悄悄地把李香安顿到杏儿以前住的小院子里，爷爷也丢了。这里到处都是空荡荡的，人都不知哪里去了，一片凋败景象。趁夜黑把偷偷私藏的粮食全部（其实也不到四十斤）送来，嘱咐她千万不敢出门。骗她说自己出城搞粮食去，几天就回来了。

述驴疤一人溜回洞里，把城墙外洞的土坯拆掉，跑了出去，直接就投诚了敌人。镇嵩军的一个营长如获至宝：

"咦？你个鳖孙还是咱河南人！妈了个屄，恁鸡巴好好讲讲里面的地形，俺绝不亏待恁。"述驴疤一五一十地把东城墙的守军部署和街道详详细细都说了，他还嫌人家没听懂，又画了一张草图。镇嵩军决定由他带路，出其不意地发起进攻。

述驴疤带着一个连敌人，趁夜色从洞里钻进城，被守城军队发现，双方发生了激战，镇嵩军趁机发起进攻，枪炮声大作。他们仗着人多，十几部云梯齐上，一度登上了城墙，城上白刃闪闪，血肉横飞。幸亏两侧守城的援兵赶到，把对方压了下去。从洞里窜进来的那个连，吓得连忙钻回去，守军在洞口，点了一堆秸秆，把述驴疤的破家当也点着，熏得他们慌慌向外撤退，冒着城墙上雨点般子弹，从洞口另一头抱头鼠窜。一个连只剩下二十几个人。

镇嵩军的营长气得要枪毙述驴疤，用枪管顶住他的头，恶狠狠地骂道：

"靠恁娘！狗日的鳖孙，恁鸡巴毛日弄俺们，死了这么多的弟兄。俺崩了恁。"说着，打开保险就想搂火。

"慢点儿！"

随着话声，进来一个方头大脸、八字胡的大官，估计起码是一个旅长。述驴疤腿脚被捆着，跪在地上用可怜的眼光求着他。营长赶紧为八字胡让座，倒茶。八字胡坐在椅子上不紧不慢地端起茶水，仔细地端详着他，

"俺看这小子脸上的疤瘌，肯定出身可怜。眼睛贼溜溜的，还中，忒聪明。听说原来还是个啥尿团长。妈了个屄，这次不怨他，不怨他呀！俺说，叫恁当个连长，有点屈才，不，恁就当突击队队长，中不中呀！"

众人都在发愣，他下了决心，把桌子一拍："对！我鸡巴就这样定了。"

述驴疤受宠若惊，不断地向八字胡磕头，把地板撞得咚咚响。绳索解开后，他抖了抖脚手，站在地上原原本本地向八字胡分析了失败的原因。守军虽然粮草弹药不多，但是人心齐，士气始终旺盛，加上护城河水深，泅渡不易。只能从几个城门的桥上冲过去，然而由于城墙太高了，等我们冒着弹雨冲到底下，伤亡就很大了。搭云梯、钻洞子没有强大的火力掩护，没有集团式的兵力绝对不行。八字胡摸了摸胡子，又问他，

"恁也是带过兵的，恁说，这仗应该咋样打？"

述驴疤活动活动腰，八字胡拧过头叫人给他拿个凳子。他脸上的疤瘌放出光芒，赶紧谢道又接着说：

"长官，俺认为，守军粮草弹药不多了，特别是粮食严重缺乏，城里的人都在吃观音土、树皮，每天都有不少的人饿死。我们最好继续困住他们，不出一个月，最多四十天，军队就彻底丧失战斗力，那时俺们就可以轻易拿下。"

"对对对，有道理。"八字胡赞许道，叫述驴疤跟他走，他想好好跟他谈谈。

后来，述驴疤才知道这个大官是东线总指挥，二旅王旅长。

突击队队长权力很大，好吃好喝这不用说，征用民房、调配器材他说了算。队员阵亡了补给家属五十元，活着给个人发二十元，长官还加倍。述驴疤现在又神气了，他忙前跑后，训练拼刺、攀登、格斗、射击，十分卖命。伙夫送来的伙食，天天是白面馒头、大米饭，顿顿都有肉，隔三差五的还有酒，弟兄们吃得肚皮滚瓜溜圆，就等着城里的守军饿得差不多了，冲上去一举拿下。

实际上，他们不知道，自己被反包围了。

大鼻子经过几年军阀战争摔打，开始学得圆滑。他的主导思想，在河北打的

是糊涂账。所以，部队要会打巧仗，专挑弱的打，看谁不行了就打谁。而且打仗有几个原则，攻坚战不打，阻击战不打，歼灭战不打，专打伏击战、击溃战，目的就是捞便宜、补充兵员。姜营原来只有三百人，现在都发展到五个主力连，加上附属部队，已经到一千一百人。

作为先锋营，他们在奔赴西安的路上速度最快，老是把大部队甩在后面，常常受到上级赞赏。醉翁之意不在酒，他们知道镇嵩军后方补给线几百里，一斩必断，说不定在哪里就能捞上什么油水呢。柴营也不傻，老是跟在姜营后面，跟一个老黄雀似的紧盯着不放。

姜营在蒲城的党睦袭击敌人粮库，装上够用的就开拔，反正后面就有人收拾战场上的便宜。有时两个营之间为战利品还争执不休，但是，他们在敌人面前，还能互相配合，这不，两个营在临潼的零口伏击了镇嵩军的炮队的辎重，震惊了敌人。镇嵩军如芒在背，万万没想到冯玉祥的国民军来得这么快。

如何打好这一仗呢？大鼻子知道上司告诉过他，敌人号称十万，有些吹嘘，但是围城之敌五万人绰绰有余。自己作为前锋部队，一是一路走一路打，大造声势，震慑敌人；二是只要击溃敌人，把他们打跑就行。主力将从西安城西边包抄敌人，他和柴营在敌人东面背后大肆袭扰。姜营来到西安东十里铺后，积极寻找战机。大家听说述驴疤罪行，咬牙切齿，妈了个巴子，抓住后活剥了他。

这儿距述驴疤的突击队只有八九里，大鼻子派一连、二连化装成敌人，直接突袭述驴疤的营地，得手后，立即发信号弹。其他各连准备在后面伏击溃退之敌，并与柴营联系一起吃肥肉。

一连几天，不知为啥，伙食下降了，述驴疤把伙夫骂了好几次，伙夫冤枉地哭诉，后面啥都供应不上了，我们也无法。大米饭没了，好几天也没见到肉，白面馒头也不是随便吃了。上司好多天都不管他们，训练的激情没有了，大家没事就推牌玩。今天不知为啥，述驴疤心神感到特别慌乱，晚饭后叫上两个排长打猎。拿上步枪看见一只野兔，"啪"打中了，嗯，手气好，架上一堆火烤肉。

突然，驻地响起剧烈的爆炸声、枪声。三人慌忙往回跑，还没有到驻地，又听见东边枪炮声大作，周围的镇嵩军不知咋回事，拿着枪四下射击，胡乱地打，城里的守军也趁机杀出来。大家才明白，守军的援军——国民军到了，整个阵地动摇了。也不知谁在乱喊："弟兄们，长官都跑了，逃命呀！"

兵败如山倒，军官们拦也拦不住。镇嵩军如同渭河发大水——一泻千里，国民军尾随追杀一直到潼关。

西安解围后，大鼻子和柴华在城里看到饿死了这么多的人，心里十分难过。大鼻子沉重地对柴华说：

"军阀战争究竟为了啥？他们都在高喊三民主义口号，却为了私利，无休止地进行战争，那么多无辜民众死去。现在孙中山去世了，南方革命军又打不过来，冯玉祥和北方军阀们打打杀杀，没有尽头。共产党他们没势力，就会搞些集会、游行。"柴华不知他到底想啥，疑惑地问他："你是什么意思，想解甲归田，还是办实业救国？"大鼻子感慨地说：

"我是贾宝玉出家——看破红尘了。实在不想再拼杀了，想回家，种我的地，打我的粮，咋样？"他停顿了一下，

"我的老三闺女英子都五岁了，我还没见过。"柴华看了看他，接着他的话茬：

"我是中部人，也想回家，但是你想一想，我们都回家了，军阀还是一样混战，百姓还是一样穷。我们当个小军阀的话，还能保护当地的民众，发挥一点作用。"他的话还没说完，大鼻子突然手一摆：

"停！你的话启示了我，干脆，我们辞去国民军。你在中部、宜君一带建一个民团，我在洛川、白水搞一个民团，维护当地治安，好不好！"俩人对长期无目的的战争已经失去了热情，都愿意回到家乡，组建保安团维持地方平安，对自己家庭扩充实力也大有好处。

省府批准他们请求，任命柴华为陕西国民军保安总队保安七团团长，管辖中、宜两县治安，大鼻子为八团团长，管辖洛、白两县治安。两人不久全都到任。

4

三哥"半工半读"汲取了大量的军事理论，从老大哥们的身上知道了大量的指挥作战常识，加上在警卫连里单兵训练，素质的确有了质的飞跃。他天天和大家比肌肉，感到浑身的劲儿无处使，自称找不到对手。

过年学校杀猪，许多人围着看热闹。哪里知道，绑在长凳子上的猪居然挣脱跑了，一群人围住抓。逃命的猪岂能是好抓的？六七十个人棍棒齐上也没好办法。眼看着猪顺着下坡路就要逃出大门，忽见一人影一闪，一个扫堂腿，猪打了个滚，这人一脚踩住猪脖子，两手提起后腿，猛然一抢，只见"咔嚓"一下，把猪摔到一棵大柏树树干上，猪的脊梁骨都摔断了。炊事班的人拿着刀这才赶来放血："哎呀！多亏你这个站岗的，力气可真大呀！看来猪头就是警卫连的了。"

全连纷纷夸奖他，连长喜滋滋的，大年三十晚上聚餐会上，就宣布提他为班长。

学校迁到肤施（延安）没多久，局势发生了很大变化，红军改为八路军了，大家提前毕业分到部队。眼看同学们都到了部队，老虎分到警一旅，刘有福和秦大个子分到一二〇师，还有一一五师的、一二九师的。就连任瑞章也跟着学校一位首长去了一二九师。墙上的布告把人看得眼花缭乱，三哥的心扑腾扑腾直跳，他央求老班长老虎带他走。老虎告诉他你要去找学校，我无权带你去。没办法只好找夏科长，夏海宁摇摇头，语重心长地教育他：

"史啸山，你要知道你的身份。你不是正式学员，是学校保卫部的人，不属于分配对象。这里来的学员都是部队的精英，安全特别重要。你不要按着鸡头啄米——白费心机。要学会听指挥，心态放平。现在是该安心搞好警卫工作了，好高骛远要不得。哪里都是革命需要么。"三哥碰了一鼻子灰，只好老实了。没几个月，"七七事变"爆发，八路军主力都开到山西前线，他的心更痒痒了。其实大家的心情都一样，夏海宁早就想带兵打仗，只是没有机会。

一年后，三哥已提拔为排长，表面上想通了，工作很积极，但是他一门心思想去前线，他在宿舍墙上贴的自制平型关战役、忻口战役、阳明堡战斗歼敌表，把新创建的晋西北、晋察冀、太行、山东等根据地画在自制的地图上，每天都引来大家欣赏。他还收到刘有福一封来信，一二〇师五个月就扩大三倍多。其实，警卫营想上前线的人多着呢。

老天终于开眼了。学校经过慎重研究，抽调三哥等六名干部战士去留守兵团，又招收了十来名新战士。

三哥按捺住激动的心情来到了关中军分区警三旅三团，团长就是王海王老虎。他连报告都没打，一头闯进团部，上去就把老虎抱了起来，老虎吓了一大跳：

"松开！松开！龟儿子，你来做啥子嘛？"当看到介绍信的确是正式分来的，他高兴得拢不住嘴，把他的肩膀拍得叭叭响：

"要得！要得！你个龟儿子，长得都比我高了，浓眉大眼，胡子也变黑了。好啊，老子告诉你，关中、庆环、三边和神府几个军分区都划归留守兵团，现在要组建十一个团，不但要对付国民党顽固派的摩擦，还要保卫黄河千里河防。部队现在要发展，老子正缺教官，培训干部是当务之急。你给老了到教导队去嘛，先在那里当教官，怎么样？"没等他回答，老虎又给他交代一项任务：

"教导队开设武术课，把你那点儿破玩意儿和老子的王家武术给大家教会，谁没学会，老子拿你是问。"他整天把他的散打、擒拿格斗自称是王家武术。老虎亲自给他倒了一碗水，情深意长地说：

"那里你会熟悉许多情况，做啥子事要谦虚，多学、多问嘛！"

三哥"啪"站起来，向老虎保证：

"团长放心，你老虎哥交代的任务，我一定漂漂亮亮地完成，绝不给您丢人。"临出门之前，向团长敬了个标准的军礼。

五月的黄土高原，树叶都变绿了，天空湛蓝湛蓝，一丝白云都没有。地里的麦苗都长出来了，绿茵茵的和远处的蓝天连在了一起，真是美不胜收啊。团部驻地在马栏河西塬上的职田村，教导队驻扎在八里外的寺坡。这一点点路，一会儿就走到了。来到团教导队后，他才慢慢地知道了，队里的主要任务是训练连排干部，每批三十人，训练周期三个月。重点是时事政治、军事科目（地形、测量、连排指挥、阻击、袭击、攻坚、破袭、追击、遭遇等），还有野外炊事以及关爱战士的心理辅导等。除了搞培训，教导队还有一项任务，就是负责为团部筹集粮食。

队里交给他的任务，就是担任军事教员兼业余武术教练。教材就用步兵初级班的教材，每人只有一支铅笔，几张麻纸。学员们为了省纸，干脆就拿树枝在地上画。

队长由团作训股股长朱田水兼任。朱田水是长征过来的老资格，原来在二方面军当班长，中等个子，瘦小的脸庞，长得还挺白。人十分聪明，可是讲话啰哩啰唆，讲了半天，别人听不来他讲的是啥意思，有时候还把他自己绕进去了。他还爱训人，这个笨啦，那个不开窍啦，急了还揍人。团领导批评他几次，你们教导队培训的人员，都是连排干部，文化比较低，不能指靠一天吃成个胖子，要循序渐进，慢慢来嘛。

开始，关中军分区周边倒挺安静，过几个月后，局势紧张起来。朱田水向大家传达了上级精神，胡宗南多次派部队截获给边区运送物资的汽车，令人发指的是，还残杀了几十名从山西回来的八路军荣军院的伤病员。这都不说了，他甚至鼓动地方反动武装袭击边区政权机关。国民党顽固派亡我之心不死，大家一定要提高警觉。学员们一听肺都气炸了，纷纷要求回队伍去领兵打仗。"上级没命令，谁也不许动。"队长高声喝道，其实他比谁都急。

立秋处暑八月天，青纱帐绿地连连。一人多高的玉米站满了田野沟壑，昭示着秋收已成为定局。虽然已立秋，但是太阳依然火辣辣的。教导队一行四十余人赶上马车去二十里远的太村粮库拉粮。二十里路都是慢下坡，一进村，就看到太村粮库一片狼藉，两名库管员被打伤，满地撒的都是麦子和玉米，原来国民党保安团刚刚洗劫了我军的粮库，抢走了两万多斤小麦。

朱队长气得大喊一声："追！决不能让他们把粮食抢去！"大家群情激昂，顺着大路追撵下去。保安团五六十人赶着六辆马车得意洋洋往回走，下个大坡，再有六七里路就到国统区了。忽然听到后面的追击声，一看老三团的八路追上来了，吓得丢掉粮车就跑。

"一定要抓活的，省得以后说不清。"朱队长边追边喊，叫大家分开抓活的。

保安团的队长往左钻进玉米地，三哥看得清清楚楚，他瞅见左边地里有一条小道，一路快速斜插前边地里的另一头，找了个土坎藏好。只见那个队长在玉米地里绕了一圈，走迷了，吓得把手里的驳壳枪机头打开，端着枪拨开玉米秆，慌里慌张走过来，看见一个小土坎跳下，谁知被人抓住两只脚脖子，全身失去平衡，"嗵"的一声，栽倒地上，鼻血都喷出来了，血和泥土糊了一脸。三哥一脚踩住他的手腕，夺过手枪，逼他乖乖就范。朱队长一清点，抓了六个，其他的撒丫子无影无踪了。粮食一点都不少，全部拉了回来。

俘虏交给团里审问，老虎得知旬邑县城原来就有一个保安团，现在又调来保安六团，地方反动势力扩充到一千多人。国民党正规军五十九师也开到淳化一带，对我军实行威慑。保安团的任务：刺探情报，袭扰我政权，抢粮、断我物资，挑起事端，制造摩擦。这次抢粮食的，就是保安六团。

保安六团团长叫仇忤。

当年在西安解围后，述驴疤没有跟镇嵩军走，他知道回去的下场，更主要的是李香是死是活还不知道。他溜回城里才知道，爷爷早已活活饿死，杏儿跑到四川杳无音信。他只好拉上李香又逃到咸阳、泾阳、三原一带，开始倒卖烟土，结果被警察抓住，关了两年大牢，又跑回西安。

他听说倒卖文物挣钱，慢慢地学会搞字画、鉴别古钱币，开始学着倒腾。一次，看见西安市立高中图书馆一幅明代徐贲的《峰下醉吟图》，心里产生歹意。一个狂风的夜晚，他趁机翻墙入室，将管理员打昏，窃走了这幅珍品，过了三四年才敢出手。几年下来还倒腾魏晋唐宋等碑刻墓志铭等，发了一大笔财。有了钱就把杏儿家的房子盘了过来，狗日的杨树民逃走时，把它卖了。他总觉得和这个院子有缘分，这年头，买回来的价格也不高。

不知为啥，学生们都不好好上课，整天上街游行，抗议政府不抗日。述驴疤感到又有大风浪来了，你看看党部、宪兵、警察、军队和特务，大街小巷乱抓人，自己应该找机会在乱世中称雄。他一直想钻进去，终于等到了机会。

邻居的房客，整天神神秘秘的，还常常带些陌生人进出，说话都是外地口音。"一二·九"学生运动后，房客和陌生人来往好像更频繁了。他跑到西大街警察局揭发共产党据点，值班的警察叫他提供证据，他说是怀疑。警察把他轰了出来，狗日的，你们不信去屎。

他在省党部大门口外边摆了擦鞋摊，认出了几个大官。这天他看见叼着烟斗的眼镜大官，来到自己摊前，忙热情地给他擦起来，边擦边问："长官，你们抓共产党不？"烟斗吓了一跳，询问："你到底是干什么的？"他脸上的疤痢展开，脸上堆满笑容，把自己过去五马长枪简单述说了一遍。烟斗的鞋一擦完，说了声跟他进去，他弓着腰进了党部。

他一五一十地向坐在大办公桌后面的烟斗汇报了他发现的情况。烟斗站了起来，鼻子冒出一股烟，提示旁边几个手下人，你们要多发展这样的线人，凭你们几个能抓几个共党？把他领下去，好好研究，争取破案。

省党部派特务在他家隐蔽起来，观察、跟踪几天后，果然感到有问题。他们放长线钓大鱼，经过一个多月述驴疤的紧密配合，一举破获了共产党地下组织，还搜出电台。

省党部查了查仇忤的背景，不错！可以利用。任命他为侦稽队小组长。述驴疤在党部机关里很低调，见人点头哈腰，善于左右逢源、拍马溜须，功劳都是上司和同事的，赢得大家欢心。干事情可是心狠手辣，虽然没有经过专业训练，但是他几十年的观察能力和经验，加上常常推着糊辣汤的车子为幌子，城里的人们都把他当做是生意人，蒙蔽了不少眼睛。可想而知，成果往往胜过那些小特务们，几年为省党部抓捕进步势力，立了汗马功劳，上司越来越看重他，最后任命他为侦缉队副队长。

共产党在陕北的势力日渐壮大，党国缺乏能屈能伸的人去艰苦的地方对付共产党。不久，仇忤被任命保安六团团长，去泾阳一带组建部队。

老虎要求团部参谋、作训、民运、后勤各单位紧急动员起来，把各路情报搜集、整理后汇总上报，必须对反动势力狠狠打击。教导队立即停办，学员们当天回到各个部队去。三哥分到一营三中队当副队长。临走前，老虎亲自和他谈话：

"小老弟呀，你过去是大鱼头剁了脑壳——咸身子，没得啥球事噻。你龟儿子现在已经是指挥员了，现在天要变了，八月天吹南风——热对热噢！晓得啥意思吧。龟儿子下去和大家一定搞好团结、关心战士，处处要起表率作用。打仗和武术一样，悟性要高，把稳、准、狠与精、巧、灵结合起来。"最后，拍了拍他的肩膀，要他自己也注意安全。

部队听说要打仗，情绪十分高昂。经过一番准备，三中队进驻距县城二十里的清水园村。这里居高临下两面环沟，是根据地前哨阵地，地势十分险要。

队长羊子，原名叫杨智子。细高个、白脸、高鼻梁、下巴有一小撮胡子，众人联想到山羊，干脆就给他简化成"羊子"。羊子是陕北吴堡县人，做事细致、认真。谁的枪擦不好，他不会训斥你，而是手里拿着枪布，过来就给你重新擦，这比训斥人还厉害，谁的被子叠得差，他也是动手帮你，在中队里威望很高。边区部队子弹紧张，每个战士才四发，他要求大家把子弹头刻成十字，击中敌人体内后可以炸裂，可令人直接死亡，所以说，一发要顶一发使用。布置岗哨，明岗、暗岗他都一一反复检查。甚至战士的碗筷，他也看一看洗净了没有。羊子就是眼睛有点散光，射击成绩很差。

部队刚刚安顿好，民兵上来报告：有三十几个保安团从县城方向跑来，后边好像还有枪声。羊子不愧战场的老手，临战经验丰富，命令：

"史啸山，你率一排在前面，隐蔽在道路两侧，放过这几十个人，准备见机行事，准备断其后路。其他二排、三排随我正面围堵，准备战斗！"三哥还是第一次正式打仗，内心不免有些紧张。他摸了摸腰里的驳壳枪，跑步到一排的窑洞。一进院子，就看见一排长王强正在对战士们讲战斗技术要领，一见他进来大喊一声："集合！"

战士们迅速地站成三排。一班长杜三娃、二班长吕领军、三班长岳跃山个个精神饱满、气宇昂扬，三哥为之一振。班排长们镇定自若的神情，给自己刚才慌乱神态上了一课，心里骂自己没出息。他把这次战斗情况简单向人家布置一下，随后带上队伍迅速地跑到阵地。

山下的枪声已经响成一片，而且越来越近。不一小会儿，就见保安团越跑越近，还不断向上喊叫："八路兄弟，别开枪，自己人！"一眨眼的工夫，只见他们挑着一件白衬衣，汗流满面地跑过来。一排的战士挥手放过他们，后边的枪声越来越密集。原来，这是保安六团的几十个人，受地下党指使，趁训练时出逃的。结果叫述驴疤发现，派兵追赶。

情况已经非常清楚，打后不打前，后面才是真正的敌人，准备手榴弹，六十米，五十米，四十米，三十米，三哥大喊一声"打"！居高临下的手榴弹顺着大坡扔出去，效果非常好。二十几颗至少炸出一百多米远。

敌人一看山上八路出手了，一下子退了回去。

战场一清点，炸死炸伤三十六人。事后，国民党政府还来交涉，一群记者也跑到现场采访。说三团打内战，强词夺理地要求把起义人员交回去。边区政府代表义正词严地驳斥他们，你们在边区政府的地盘上交火，责任是谁的已经很明显。要人？可以，活人回去不回去，问问他们自己，由他们自己定。死人不会说话，是谁的人，谁拉走。

述驴疤是不甘心失败的。手下得力爪牙何三虎，人称"何三黑"，人黑、心黑、手黑。他探听到耀县白抓隐蔽着八路军一个后方医院。白抓在一团守卫的爷台山以北，属于边区范围，它的北边小邱镇是国统区。国共统治的地盘经常是犬牙交错。小邱集镇相对繁华些，距县城敌人中心又远，边区药品、食物短缺，医院隐蔽些，不应该有问题。白抓离小邱二十几里，医院采购人员都是身着便衣去集市采购给养。医院隐蔽在这儿已经快一年了，没有出过事，人们渐渐地麻痹了。何三黑神秘地告诉述驴疤说：

"老团长，咱们这儿距白瓠八路的医院八十里，弟兄们轻装上阵，绕开八路三团，医院没有啥战斗人员，净他妈的是穿白大褂的，说不定还有漂亮的小护士。咱打他一个冷不防，咋样，团座？"

述驴疤摸摸疤痫，小眼珠子转了转，这要冒很大的政治风险呀，我们的上司是梁专员，一定向他报告，省得说我们破坏了他的整体计划。想到这儿，拿起电话请示。

电话里刚一请示完，那边冷笑一声："仇大团长，这样的好事，还用我发话吗？不过，你们最好都换成便装。""咔嚓"一声，电话断了。

妈的，述驴疤受到鼓舞，挑选了一百弟兄，趁夜黑就出发了。第二天下午，保安六团的匪徒们从白瓠的沟口冲了进来，医院哨兵鸣枪警告，但是已经迟了。匪徒蜂拥而至，一阵乱打乱射，冲进了医院，院长和保卫人员被堵在房间里拼命抵抗。子弹打完了就用桌子顶门，敌人恼羞成怒，找来麦草烧，大家活活被烟火窒息。一百多伤兵，三十名医护人员被射杀，四五个年轻的女护士被强行掳走，只有几个轻伤员从后沟冲了出去报警。等到八路三团赶来时，敌人顺着原路已经逃窜。

紧急集合号响了，老虎派通讯员跑步到清水园村，命令三中队在暗门伏击并拖住匪徒，等待援兵，前后夹击。要彻底消灭他们。暗门是一个狭窄的路口，敌人必经之地，打伏击十分有利。

三中队九十五名战斗员，马不停蹄，一路奔跑，刚刚赶到地点时，狡猾的敌人已顺着土桥方向逃走。追！一定要追上。刚过一个山包，大家已经远远地看见敌人在跑，端起机枪"哒哒哒"扫射过去。

述驴疤狂喊："逃回去就是胜利。"什么也不顾了，丢下护士和战利品，甚至机枪也不要了。这是一条下坡路，敌人仗着路熟，又是逃命，真是比兔子窜得还快。战士们拼命追，仅仅把落在后面的二三十敌人消灭掉。

阻击战变成了追击战，造成大部分敌人逃跑，老虎把羊子、三哥叫去，狠狠地骂了一顿。

述驴疤袭击八路军后方医院，揭开了国民党顽固派反共高潮的序幕。上级要求认真研究述驴疤和保安六团，摸清他们的装备、战斗力、驻守地形和活动规律，适时予以歼灭。侦察任务交给了三中队。

三哥带上两名战士，化装成农民，担上洋芋混进了城，和地下党接头后，在保安六团门口摆摊。通过和敌人伙夫聊天，得知保安六团大部分由原来泾阳、三原的保警队组成，五百多人，战斗力一般，只会耀武扬威地欺压百姓。国民党梁专员到任后，疯狂地和边区作对，一是不断唆使保安团进行挑衅活动，二是修建碉堡封锁线，加强地方武装势力。正规军不便公开出面，就叫保安团捣乱。保安六团改编后，移防旬邑。两个大队，六个中队，轻机枪四挺，相当国军一个营。他们来这儿以后，没有合适地方驻扎，就强行搬进县城北街小学，把学校挤到南街戏台上课，县府和教育局意见很大，也没办法。

旬邑县原来就有保安团，团长贺澜，驻扎在南街。又来一个保安团，两个保安团常常争权夺势，不免擦枪走火，相互猜疑，矛盾极大。学校东西相向两排教室，共十间，北边一排三间原来是办公室、教务房间，后面房子是灶房、杂物间。学校对面是一家民房，里外八间，被述驴疤强行占去，做团部使用。侦察员在城里慢慢地摸清敌人的情况，几天后把洋芋卖完了，又接着卖红苕。这引起了何三虎的注意，把他们盘查几次，没有发现破绽。看来不能再待下去了，撤！

第二天，何三虎一看这几个农民没来，疑心更大了，他向述驴疤汇报。述驴疤告诉弟兄们，这几天要加强警戒，都放一些暗哨。一连十多天过去了，都平安无事，敌人慢慢又放松了警惕。

由于保安六团袭击八路医院有功，上司还专门嘉奖述驴疤、何三黑，发保安团赏钱一万元法币，述驴疤和何三黑每人三千元。述驴疤拿上钱喜滋滋的，可是梦里那么多的冤魂常常把他惊醒，特别是他用刀砍那些伤员时，愤怒的目光使他不寒而栗。妈的，人都说梦是反的，是不是好事情就要来了呢？

八路军派羊子和国民党中间派的李县长一直在秘密地做贺澜的工作，言谈中流露出要消灭述驴疤的意向。贺澜提起述驴疤咬牙切齿，狗日的外来户还这么专横跋扈的，他恨不得借刀杀人。现在有人要灭他们岂不是美事。他咬了咬牙，今天县长大人做主，六团有啥闪失，是自己找的，和我们没关系。如果有人打六团，我绝不增援，但是兄弟们也要做做样子呀。"

行！一言为定。三个人达成了默契。

夜晚，乌云密布，带着哨音的北风呼呼地呼啸着，好像给部队吹着前进的号角，雨点落下来打在战士的脸上，哭诉着死去的战友。"咔嚓"，一道道闪电，照出了匪徒魔兽般的面孔，轰隆隆的雷声，激发着勇士们的无畏激情。

半夜，老虎率领全团在地下党的配合下，打开南门，留下一个连队监视保安一团，一营、二营、三营直奔述驴疤匪徒营地，特务营布置在城门口警戒。

保安六团哨兵靠在门口正打瞌睡，结果叫尖兵一枪托砸昏，部队涌进学校，战士们踢开房门，瞬时，机枪、步枪、手榴弹全部射杀着敌人，这群魔兽还在睡梦中，就见了阎王。一营三中队负责消灭敌团部，敌人团部的暗哨躲在隔壁大门洞里，暗哨听见动静伸出头正在观察，手已经端起了步枪，三哥眼疾手快，左手攥住枪管，右手一个直拳打得他天旋地转，飞起右脚，直接踢入裆部，顺势夺过步枪，用枪托砸他一个满脸开花，当场毙命。

激烈的枪声惊醒述驴疤，凭他多年经验，遇到强敌了，逃命要紧。裤子一提，把枪一抄，一个鲤鱼打挺，从后窗蹿出去了。平时，他把后窗的走道已布置好，一旦有情况直接溜到后沟逃跑。何三虎领着人顽固抵抗，他在后院西北角转弯处，利用地形打伤几个战士。

羊子大喊一声"扔手榴弹"！三哥躲在前房石碾后正在射击，一下子提醒了他，他还没来得急掏，只见一名战士在柱子后，"嗖"的一颗手榴弹飞过去，不好，何三虎又扔回来，它还没落地，只见三哥飞起右脚，"轰"！手榴弹在何三虎的头上爆炸。事后他的脚背肿了好长时间。

经过紧张的激战，负隅顽抗的匪徒全部被消灭，俘虏了一百七十人。述驴疤再次逃掉。这次战斗，狠狠地打击了反动势力的嚣张气焰，为死难的战友报了仇。

时间过得真快，转眼到了第二年春天，也就是一九三九年。敌人修建了几百多里长的封锁线，从宜川到陇东紧紧地箍住边区，叫嚣不让武器、医药、被服、粮食等物资进入边区去。

这一年由于风调雨顺，各县粮食不愁，可是经费严重不足，被服没有更换，弹药更是紧缺。去年，一个倒御米的，叫三中队抓住，审讯后得知他叫李贤道。御米含有生物碱、可卡因、吗啡，对中枢神经有镇痛、镇咳作用，对胸腹肌骨有解痛作用，还治肺虚久咳、久痢常泻、遗精、滑精等。但是，它的危害是非常大的。御米价格高得惊人，故有人偷偷种植。梁专员唆使不法分子，潜入边区的深山，指导农民耕种，高价收购，企图麻醉、危害边区的军民，从精神上整垮军民。

以其人之道，还治其人之身。老虎和新来的董政委商定：派部队搜索深山密林，将御米全部查获。武装押运李贤道一类人，将东西卖掉，换回部队急需的物资。将情况上报后，部队进行了大规模查寻、走访，共核实了四十二处种植处，部队与地方政府共同监管，最后统一收缴。

今年秋季雨水格外多。人们在正宁县四郎河蹚来蹚去，顺着河边的道路走，形成了四十里水路，来回蹚七十二趟，人称"七十二道脚不干"，走了近一天才向西上了山。这次，羊子带着一个班，化装成小商贩，紧随着李老板去山河镇，监管着他将东西出手。八九个人赶了两条毛驴，毛驴背上的袋子里装的是山里的药材，李老板身上背着的口袋上面是几双布鞋，下面就是三十斤御米。其他人带的是兔子皮、狼皮和干粮。为了绕过封锁线，大家多走了七十里路。

小时候羊子随大人走过西口，那时也是赶着牲口，一路走着，牲口脖子上的铃铛"丁零当啷"响个不停。现在大家一身便装，赶着牲口，真有点走西口的样子。刘财财撺掇大家叫羊子唱陕北民歌。羊子大大方方地唱了一段信天游：

送情郎送在大门外，妹妹我解下一个荷包来，送给情郎哥哥带。
我身上解下你身上带，哥哥想起妹妹，
看上一眼荷包来，妹妹就在你心怀。
送郎送在五里桥，手把栏杆往下照。
风吹水流影影儿摇，咱们二人心一条。
送郎送在柳树屯，摘根柳枝送亲人。
你握钢枪我劳动，妹妹永远是哥哥的人。
……

山河镇居民不是很多，这儿原来是陕甘交界，也是红白交界的地方，也是周边几县物资集散地，阴历逢七为集日。去年，国民党顽固派把这儿占去，已成为国统区。

还有十里就要到了，羊子叫大家先在巩湾庄住下来，带上二排长刘财财和战士李福上街侦察。镇子的主街道呈东北—西南方向，约两三百户人家，敌人的保警队二十来人，和镇公所住在一个院。

第二天是集日，可是李老板约定好的接货人一直没来，一连等了三个集日，对方才见面。原来，对方是青海马家军的生意老板，看见李老板身边人多，起了疑心。他们反复观察，感到没问题后，双方君子约定，各带三人在镇北榆树方向的破窑里见面。李老板指着羊子他们，这都是我的弟兄，绝对可靠。按老规矩，一手交钱、一手交货。买卖成交，共得手法币五万元。羊子得手后，率领大家立即安全撤回。

部队尝到甜头后，决定有计划地秘密种植，果实统一卖到边区以外的地方去，为边区秘密购回急需的医药和装备等物资，大大缓解了边区的困难。

5

洛川城保安团的院子里，大鼻子坐在新落成的团部大办公室，悠然自得地翻着报纸。西安的报纸耽误两三天都很正常，前一阵秋雨下得道路泥泞，七八天都没有见班车，自然七八天也看不到报纸了。攒了一大摞报纸和刊物，他眼睛突然定在"九一八"事变报道上。狗日的，小日本太狠毒了。再翻翻，上海、北平、奉天、南京等大城市各党派、进步势力纷纷呼吁政府枪口对外、抵御日寇、收复东北的报道比比皆是。

落后就要挨打，软弱就会被人欺负。大鼻子想起了范仲淹的名句"先天下之忧而忧，后天下之乐而乐"。国家有难，匹夫有责，大丈夫顶天立地，我在这儿算什么呢？

他把门打开，望着阴沉沉的天空，苍天啊，你给大地带来太多的苦难了。中国何时才能摆脱落后挨打的局面呢？苦恼之中，想起了挚友柴华。命令副官带上一箱好酒，骑马去了中部县。到了那里，才知道柴华对着小嫂子茜儿乱发脾气。茜儿见他到来，如同见到救星，哭诉道："你劝劝你大哥吧，这两天乱摔东西，尽发一些莫名其妙的脾气。"他知道大哥得的啥病，把嫂子叫到一边，请她安排几个下酒菜。

俩人对酒当歌，诉说衷肠。如今两人的家业虽然做得都很大，但是一旦亡国，再大也是个零。我们还都是热血的男人，是带兵打仗的习武之人，窝在后方算什么呀！一连喝了两天两夜，慢慢地理出个思路来：向南京国民政府军事委员会写报告，要求恢复国民军军籍，去带兵打日寇。信寄出杳无音信，石沉大海。再寄，依然如故。

他俩再一次商量，投奔阎锡山如何？柴华认为，当年他是我们的对头，他支持镇嵩军，提供武器弹药，差点儿把西安毁灭了。大鼻子不这样认为，人都是随着环境的变化而变化，此一时彼一时。阎锡山现在支持绥远抗寇，也是保家卫国嘛。听说，那儿的军官傅作义、王靖国、赵承授都是保定军校同学，蒋业田还是同班同学呢，想到这儿，大鼻子提出干脆给他写信试试。柴华不再反对，叫这小老弟折腾去吧！

蒋业田很快回信，大致意思是：蒋阎冯大战刚刚打完，晋军正在扩军，急缺军事干部。他向上司咨询了，估计问题不大。你们最好直接给阎锡山去信，他用人原则，以山西人为主，但是也吸纳外省的人才，军事干部主要看指挥才干和对待晋军子弟兵上。还要附上个人的简历和指挥战斗简况。蒋业田现在已经成为中校参谋，在晋军骑兵一师师部混事。

阎锡山听说有一批很能干的中下级军事干部想来晋军，好嘛，调来再说。他俩同时辞去保安团官职，只身到了太原。分配到晋绥军一六九旅，柴华为一团参谋长、大鼻子为三团二营营长。

一六九旅当下任务是修建同蒲铁路。阎锡山认为，山西需要休养生息，修路、办工厂、办学校，为山西民众做了些好事，实际上为后来的抗日，也打下了物质基础。他心眼比较多，修铁路按米轨修（窄轨），自己购置进口的机车、车厢的轮距与此相匹配，也就是说，只能自己的火车跑，外省的机车进不来，为中央军和外省军队进山西制造障碍。他哪里想到，贯通山西南北的同蒲铁路通车时，日寇占领了大同。

部队驻扎在介休，大鼻子已升为一团团长。风陵渡至太原的铁路在两年前就修通，那时上峰就要求抓紧军事训练，以防万一。大鼻子在保定军校上学时，对日本军人的军事素养、战术配合等有着较深的认识，阎锡山自以为是亲日派，不相信日本人会打山西。大鼻子不以为然，在副旅长柴华的支持下开办了武术格斗班，专门对付武士道。他亲自代课，手把手地训练士兵。武术班好办，就是教练难找。

他听说沧州近期有一个比武大会，带了几个便衣去物色人才。在那里经过反复观察、交谈和比较，谈成了一个叫扈昆的长拳手，硬功不错，单手劈砖毫不眨眼。小伙儿是蓟县人，人品也好，一米八的大个子，刀枪棍棒样样在行。还好，一共招了六人，只有一人嫌部队薪水低，半道跑了，其余都心甘情愿地入伍。

夏至无雨三伏热，处暑难得十日阴。多日的骄阳像火球似的，晒得士兵常常在操场中暑。大鼻子始终认为，冬练三九，夏练三伏，决不能培养娇气的部队。一团在神湾村西面进行演习，进攻方是一营，防守方是二营。旅部军官也来视察。攻防双方是争夺二一二高地。

随着团部信号弹发出，一营按照梯次配备分三路进攻，士兵们"嗷嗷"地叫喊着往上冲。二营挖了三道防守壕，成品字形阻击。一营不怕伤亡，迎着爆炸和枪弹声，勇敢地冲了上去，双方打红了眼，都把对方当做日寇厮杀。在阵地上搏斗中有人拼起了刺刀，动上了真家伙。大鼻子用望远镜看着看着，不对呀，咋真的打起来呢？

"停，快停！"

部队停止演习，一查，四十四名士兵不同程度地受了伤。他妈的，演习当成了真，头一次遇到这样的情况，把旅长、副旅长气得扭头就走。

大鼻子把桌子拍得"啪啪"直响，缸子都震得掉到地上，没人敢捡。几个营长吓得谁也不敢吭气。"你们这群狗日的，仗还没打，就伤了这么多的人，你们把士兵生命当儿戏哪！啊？哪个不是父母生、父母养？晋绥军还是你们山西子弟兵，为啥不关心山西人？啊？演习连个分寸都不知道，真是亏了先人了。"一急，陕西骂人方言都出来了。

"李福贵、王金生，你们是营长，自罚二十军棍，副营长三十军棍，关禁闭三天。连排军官各营自己定。我自罚一天不吃饭，禁闭两天。"最后，团长拿出自己半年的军饷，叫人买成补品送给伤号。大家感到大鼻子就像父亲。

山西战区内最大的战役——忻口战役即将打响。一六九旅接到命令，立即奔赴前线。

最小的爱女英子，今年刚报考了太原省立国民师范，部队路过太原时，大鼻子去看她，同一宿舍的女孩子多，干脆多买些零食，叫她们打打牙祭。孩子正在宿舍里看书，一见爸爸来了，兴奋地跳起来。几个女孩也唧唧喳喳围着要吃东西。大鼻子看着青春美丽的姑娘们，担忧地告诉她们：

"娃们，要打仗了，可要注意自己的安全。万一太原失陷，你们就要早早回家。"爱女顽皮地挽住爸爸的胳膊说：

"我们都听说了，有近十万大军都开上去了，还打不败小日本？我们都是成人了，我还加入'牺盟会'。大家抗日的激情可高了，上街游行、贴标语、集会，男同学还纷纷要求上战场呢。"父亲急忙打断：

"胡闹，胡闹！学生应该好好学习，打仗是部队的事，这样会耽误学业的，当初我不叫你报太原……"爱女忙捂住他的嘴。告诉父亲说：

"爸，今天晚上学校举行抗日大合唱，你们也来参加吧。"父亲高兴地答应，只要你们联系好，部队肯定参加。

晚上，部队静静地坐在操场地上，看着学生们激昂、整齐地大合唱：

"诸位同胞，不要伤心。只要我们组织起来，同鬼子拼命，就有出路……我们是牺盟会员，我们生长在山西，战斗在大西北高原……"

柴华向营以上军官传达了前线会议内容：

忻口战役是决定山西是否沦陷的最重要的战役。一六九旅受杨爱源晋军第六集团军指挥，我军在左翼、同蒲路的西侧；卫立煌的中央军十四集团军居中央，在忻口并向前十五里的原平、代县正面抗击；朱德的十八集团军在右翼，依托滹沱河东岸、五台山形成围势。中国军队八万人严阵以待。日寇以主力坂垣第五师团和关东军察哈尔派遣军一、二、十五混成旅团共三万人，在空军的配合下，沿着同蒲路南下，气势汹汹地扑来。战役要求各部队人在阵地在，前沿阵亡一个营，后面就补充一个营，阵亡一个团，后面就补充一个团。山西父老乡亲看着我们，全国百姓都在看着我们。

柴华的话深深地打动了大家。养兵千日，用兵一时，一六九旅的弟兄们把劲都憋足了。

一团在卫村一线抓紧构筑工事。炮兵连要在山坡后面修工事，动作迟缓，受到上司的批评。他们急了，连长胡德水带头进到村里卸百姓门板、拆房，将檩、梁拉走。房东李忻生追出来和士兵正在拉扯，叫大鼻子逮了个正着。团长大怒：

"你们是不是山西人？鬼子还没有来，你们炮连先糟蹋老百姓，太不像话了。材料统统拉回去，拆坏房子赔钱给人家。"大鼻子诚恳地向李忻生赔礼道歉，农民们围上来十分感慨，自己的军队就是好啊！李母都七十岁了，拉上一家子就要跪下，大鼻子急忙扶住。老人家感动地直掉眼泪：

"长官，让我儿也来当兵，给你当保镖，行不行啊？"大鼻子扶住老人的胳膊，开怀大笑：

"好啊！老人家，等打完这一仗，只要您舍得，我们就要。不过，现在他们先要组织村里的人转移，这是大事。"农民们都自发地帮助部队修工事，把那些不用的木料、门板都拿出来，一个老人还非得捐出自己的棺板。还拿出不多的鸡蛋、大枣招呼士兵，李忻生和村自卫队主动地站岗、放哨，维护村里的治安。

晚上，大鼻子把各营营长和村长、自卫队队长叫到村东头麦场上，告诉大家，敌情越来越紧张了，敌人前哨和兄弟部队都接上火了。部队今晚派人把村民全部护送上山，不可再停留，越快越好。当夜，农民全都上了山。

一六九旅具体任务是依托云中山，在卫村设伏，侧翼掩护刘戡八十三师在大白水的安全。战役开始三天了，大鼻子率领观察组在西山看到，忻口地势险要，右托五台山，左依云中山，中间狭窄谷地有数十米的土丘，土丘构筑了大量的工事。日寇最先进攻的是崞镇和原平。在飞机狂轰滥炸下，中国守军顽强地抵抗，予敌寇以大量杀伤。三天，日寇就伤亡近一千人。

第四天，日寇发起全线进攻，三百多日寇迂回到一六九旅前，企图偷袭八十三师的侧翼阵地。躲在山坡后面的一团发现了，出其不意地用平射炮和重机枪射击，瞬间打得敌寇人仰马翻，狼狈逃窜。敌寇没有料到西边还有埋伏，只有退去。大鼻子告诉大家，日寇要报复。

第二天天刚亮，天空飞来四架敌机轮番轰炸阵地，炸弹巨大的气浪把团指挥部的掩体掀起，姜的右耳朵被削掉，鲜血直流，不少士兵被活活地埋在掩体里。一营长李福贵气得大喊："太窝囊了！"各连连长纷纷要求冲出去，面对面地和敌寇干。

中午，日寇的三辆坦克轰隆隆地开来，后面跟着大批步兵。"用燃烧弹！"不知谁喊了一句。一名士兵抱着自制的燃烧弹刚一跳出去，"哒哒哒"被坦克击中。坦克越来越近，炮连连长胡德水是大同人，一看炮架被飞机炸坏了，怀着仇恨扛起了炮筒大喊："放！"一辆被打冒烟儿了。其余两辆掉头就跑，有一名士兵追上去，拽着履带拉响了炸药包，"轰"，第二辆也完蛋了。这时，八十三师出动了一个团，大家一起反冲锋，日寇退却了。

打了一周，守原平最前沿的中央军一个旅三千多人，抵抗到最后一人，旅长姜玉贞牺牲。

日寇又增调部队，从忻口正面加强攻击。日寇空中大批飞机大肆轰炸，阵地表面几乎夷为平地。卫立煌命令前沿，阵亡多少补充多少，坚决守住阵地。白天敌人占去，晚上一定夺回来。战役已经到了白热化。八路军加紧在日寇后方骚扰交通、通讯，还炸了明阳堡机场，把二十四架飞机变成了废铁。

敌人恼怒了，冲锋的集团往往达四五千人，中央军第九军军长郝梦龄亲自率领部队时不时反冲锋。阵地上敌我时不时地扭成了一团。

大鼻子按捺不住，晚上擅自率领预备队五十八人迂回，悄悄地摸到小白水敌人背后，发现一个土包北面有二百多鬼子抱头呼呼大睡，坡上两个哨兵走来走去，他对队长扈昆耳语一番。八十米的距离，他屏住气，"啪"，一个倒下，又是一枪，没打中，跑了。"上"，五十八个人奋力向坡下鬼子扔了两百多颗手榴弹，没死的，也被雨点般的子弹打得鬼哭狼嚎四处逃散。

正面阵地上，郝梦龄军长亲临工事，和士兵们用血肉之躯顽强抵抗，谱写了一曲曲惊天地、泣鬼神的悲壮战歌。最后，他率领两千多人向敌人阵地反扑，试图夺回失地，不料不幸中弹，壮烈牺牲。五十四师师长刘家麒也光荣殉国。李仙洲师长胸部中弹受伤，抬回来送到了后方。大家听到这些消息，个个义愤填膺，各营各连纷纷表示，誓与阵地共存亡。

敌寇知道要把中央阵地攻下来，先要拿下大、小白水，才能对忻口形成合围。鬼子集中用炮火猛攻我军左翼阵地，打得天昏地暗，四五千日寇蜂拥冲上来。国军各师、各旅、各团都打红了眼，没有一支部队不拼命、没有一个人当逃兵。周围的农民千方百计地为部队送情报、运送伤病号。

一股约八九十个敌寇误打误撞跑到一团左侧山根儿下，李忻生下山探听情况，被敌人抓住。敌寇威逼利诱，敌人的军官哇啦哇啦说了半天，叫他带路，企图从后面迂回袭击我后勤补给线。

他非常明白，将计就计，将敌人引到一营的火力圈——本村东南的黑沟下面。营长李福贵发现后，要求各连谁都不许乱动，日寇约五十人已下到东南沟底，已经感觉不对，他又骗敌人继续向西，日寇将信将疑，没走多远，他大喊：

"姜团长！你们开枪啊，快开枪啊！"顿时，沟畔上枪声如同爆豆声。敌人刚开始还挣扎，二十几分钟后，彻底被消灭。李忻生光荣献身。

战役越打越艰苦，上司要求一六九旅速派一个团，补充大白水阵地，柴华拿着电报正在犹豫，大鼻子知道了，电话里把柴副旅长骂了一通：

"老柴呀，你他妈的像个婆娘，优柔寡断的。九旅只有两个战斗团，我又是主力团，我不去行吗？"老柴也动情了：

"二十年了，老弟！我舍不得你去呀。"这真是生死别情，众人被他俩情感深深打动。三十分钟后，他们按时赶到了指定的地点。中央军的兄弟团仅仅剩下三十多人，立即撤了下去。刘戡师长、赵副师长，原对晋绥军不抱多大的希望，看到他们及时赶来，信心大增。

一营在团部的左翼，二、三营在团部的右翼。姜要求各营连加快修复工事，炮连的两门九二炮一定隐蔽好，那是晋军几年前从日本买回来的，还没发挥过作用呢。马克沁重机枪一营、二营各一挺，美国人造的，有射速调节器，快慢均匀，特别流畅，要好好地发挥它。各连挑选出的神枪手得专人伺候，给他们压弹。阵地上多准备些汽油瓶喂坦克。经过武术格斗训练的五十八个人，作为预备队留在姜龙魁这儿备用。赵副师长对一团的装备和布置，十分满意，想不到晋绥军还有两下子。

战役打了十七天，日寇没有想到中国军队如此顽强，自己损伤已一万多人，法西斯的残忍本性就是更加疯狂的报复。他们再次纠集兵力，一定要拿下大、小白水。

先是从其他机场调来了十几架轰炸机反复对阵地上投弹，仅一团阵地上就落下几百枚炸弹，工事大部分被炸毁，一门九二炮被炸成两截，一百七八十人被炸塌的工事活埋，三营长霍田有、一营一连连长杜大个也殉国。弟兄们的牺牲激起大家的愤慨。这时，三百多鬼子向一营发起冲锋，离阵地只有六七十米时，马克沁开火了，轻机枪、步枪交织成密集的火力网，敌人丢下一片尸体狼狈撤退。

各连赶紧后撤，钻进防炮掩体。敌人的九二迫击炮雨点似的落在一营原先的阵地上。炮声刚刚稀疏，部队又返回，二连二排长令晋山一看，坑道已经不成形状了，忙跳进炮弹坑。士兵邵建成、刘虎二人慌忙之下跳进前边一个大坑，大坑是两发炸弹炸成的，足有两米深，赶快又跑了回去。

鬼子们端着枪"咿呀呀"地号叫发起冲锋。大家瞄准了再打，瞬间，子弹像暴雨般打向敌人。一阵枪弹过后，敌人又开始冲锋。大鼻子在望远镜里发现一营的左翼坡后面有人群移动，鬼子好像要包抄。快！叫胡德水掉转炮口打一营左翼土坡后面。胡德水大喊：

"团长，看不见呀！"咦？露头了，调准距离，"放！"炮弹贴着土坎"轰"的一声，有点偏。再调整，"轰轰轰"三炮，全都在敌群中爆炸。敌寇见阴谋失败，又开始正面进攻。

令晋山排依托炮弹坑顽强地抵抗，炮弹坑浅的士兵目标大，大多牺牲。邵建成又跳入前面深坑，鬼子凶猛地冲了上来，他装死。一个鬼子刚想跨过坑沿，一枪从裆下刺了上去，鬼子掉了下来。他知道今天自己要为国捐躯了，三四个鬼子跑到坑边想看个究竟，他毫不犹豫地高举着两颗手榴弹，与鬼子同归于尽了。

二营的前沿阵地一度被占领，营长王金生非常生气，把失地的排长毙了，自己带上五十人连拼带杀，硬是把阵地夺了回来。三营长牺牲，由于没有副营长，几个连的连长都抢着要指挥，阵地一时配合得较差，敌人差一点冲了上来。大鼻子令副团长刘坤兼三营营长，立即到岗指挥，稳住了阵地。

敌人一天五次进攻，都被打退。一团损失很大，死伤也过半，阵地到处都是残落的肢体，有的叫土埋住，只露个头，有的干脆全暴露在外边。弟兄们把尸首归拢到一起，能看见的残肢也都捡回来，掩埋在炮弹坑里。供给线被日寇炮火封锁，食物和水无法送来，看来明天只有忍着饥渴拼杀了。大家抓紧整理枪支、弹药，缺乏的只有到敌人尸首堆里去摸。

明天战斗估计会更加残酷，看来只好把预备队的弟兄们调上来了。

预备队队长扈昆，小伙子义气，悟性强，在军队里锻炼几年，各种枪械会拆、会装、会打。他在武术班里一直是教官，去年经上司批准，破格按照连职军需待遇任命。他们在后面憋了好几天，今晚听说上阵地，个个摩拳擦掌。上司还给他们捎带一项任务，每人往阵地上带一袋馒头、一桶水。

他们趁夜色分散前进，六百多米远，绕了一个多小时才上到阵地。弟兄们一见备感亲切，不管三七二十一，先填肚子。大鼻子命令预备队替全团站了一夜岗，叫弟兄们安心地睡一觉。

天一亮，大家就听见天上飞机过来的嗡嗡声，现在都老练了，防空洞都修在阵地后面的土坎下，战壕上一个人影都没有，日寇飞行员不甘心，仍轰炸了一阵，悻悻走了。

赶快回阵地，大家以最快的速度跑了回去。果然敌人又开始了，不过这次下了大本钱，出动的人密密麻麻，好像要孤注一掷。大家知道今天比过去都严峻。还好，各营马克沁重机枪还都能用，有的小毛病修了修问题不大，就是九二炮炮弹只剩了四发。

团部下了命令：各营阵地一定把敌人放在五十米之内再打。到了一百五十米时，敌人阵形拉开了距离，成梯队式地冲了上来，五十米了，打吧，等一下，四十米了，打！狠狠打！

霎时间，枪声几乎同时响起，差不多一百米之内的鬼子像割麦子似的倒下。后面的鬼子全趴在地下，同时敌人的炮火也笼罩着我军阵地，炮弹在阵地上爆炸了足足有二十分钟，各营、各连损失极大。不少人的耳朵都震得听不见了，大家只好打手势表示意思。

日寇步炮协同作战配合得十分紧密，炮弹刚停，部队还没准备好，趴在地上的鬼子就已经冲到跟前，只见一营阵地上敌我双方已展开白刃战，经过武士道训练的鬼子渐渐占了上风。大鼻子急了："预备队上！"

扈昆大吼一声，转眼间，从后面跑出五十多人，提着上了刺刀的中正式步枪与鬼子干了起来。只见个个龙腾虎跃，左刺右突，上下翻劈，鬼子从来就瞧不起中国军队士兵的格斗，今天咋啦，大日本皇军真正遇到了强敌，不到二十分钟，六七十个武士倒在阵地上。后续的鬼子又冲了上来，二营的马克沁急转方向，对着左翼阵地后续的敌人扫射过去。不好，机枪手牺牲了，又上去一名，"哒哒哒哒"，封锁了后续的鬼子。

扈昆手拿着长枪上下飞舞，声东击西，指上打下，硬打快攻，武士道哪是他的对手，一阵工夫，三四名鬼子两三分钟就毙了命。后上来的三十几个，被大家收拾得干干净净。

二营、三营情况不太好，日寇对阵地施放毒气弹，许多人都中毒，一时昏迷过去，鬼子哇哇地叫着冲上了阵地。大鼻子不管三七二十一，带上卫士连就扑了上去，手上盒子枪几乎弹弹不虚发。副团长刘坤中毒较轻，他挣扎着起来，指挥着三营夺回阵地，一个鬼子瞄准，给了他一枪，刘坤牺牲了。

火焰在胸中燃烧，黄河男儿在咆哮。阵地上，士兵们端上刺刀勇敢地拼了上去，老将（姜）出马，一个顶俩，只见他拔起木桩，双目喷火，桩拳一体，神形一片、游龙飞步、指妖打鬼，七八个鬼子鬼哭狼嚎、身崩骨断、浆溅阎殿。大家群情激昂，顿时增添了极大的勇气。在友邻部队火力封锁控制下，我军凭着顽强的意志消灭了鬼子，保住了阵地。

由于晋东娘子关的失守，阳泉、平定又失陷，忻口阻击战已失去意义。当天夜里，部队全部撤离。

忻口战役，日寇被歼两万七千余，坂垣师团元气大伤，如果中国军队有制空权，山西抗日的历史可能会改写。忻口战役，中国军队伤亡五万余人。一六九旅伤亡两千三百人，其中，大鼻子团仅余三百人。阎锡山在后来的总结会上非但没有表扬一六九旅，而且骂他蠢材，"像大鼻子这样的用兵，几下子就把我的晋绥军消耗光了"。

6

老虎召集连以上干部会议，传达上级指示精神。他那不紧不慢、抑扬顿挫的川北话，紧紧地吸引着大家：

"全国的抗日进入了相持阶段，日寇、伪军、国民党军、八路军到处交织在一起，斗争非常残酷。晋绥、晋察冀、晋冀鲁豫边区十分缺乏干部，特别是军事干部。中央决定，从边区各旅、团抽调一批骨干部队去山西，巩固、扩大各根据地。"说到这里，他故意停顿一下，把大家看了一眼：

"你哪个要报名噻?"下面愣了一下，羊子把三哥捅了一把，他"呼"地站了起来，大喊一句：

"报告团长，我要报名。"大家"哄"的一声笑了，坐在前面的营长转过身来狠狠地瞪了他一眼。老虎笑着说：

"大家笑啥子嘛，名还是要报的嘛。这次我们团抽一个连，是哪一个，还要研究研究。"

会议后，大家纷纷请缨，团部在研究上报名单上，老虎点名一营三中队，好钢用在刀刃上，去抗日战场，好好地锻炼锻炼部队。三中队得知被选上后，欣喜若狂。羊子捶打着三哥的胸口，兴奋地跳起来：

"好啊，好啊! 你说，团长是看上你了，还是看上我了?"他连连说："那是肯定看上你了。"

"哈哈哈……"

团部把三中队武器全部检查一遍，每人新加一套边区自制的军装、一双新布鞋，棉被破烂的给换成新的，把部队装扮得跟新女婿似的。

老虎和董政委亲自到现场送行，董政委告诉部队，海阔凭鱼跃，天高任鸟飞。你们是代表着我们警一旅的形象，是留守兵团，是党中央、毛主席的"御林军"，去了一定狠狠地打击日伪军，为我们争光，为延安争光!

老虎和他们感情特别深，这些小伙子们到那里肯定会遇到许多困难，战争是残酷的，牺牲也是巨大的。他红着眼圈对干部们说："在那里要爱惜部队，尽量减少伤亡。你们主要任务是扩大部队，去了一百二十人，回来要给老子带回一千人！"嘴里虽然是这么说，其实，他自己心里一点谱都没有。

部队经过紧张的准备后，离开了家乡，奔赴抗日最前线。

十月的秋天，天高气爽。黄土高原，延绵不断，望着一望无际的一个又一个山头，好像无法看到天尽头，令人十分感叹。祖国大好山河，岂容弹丸敌寇来蹂躏，几千年光辉文明的古老大国，决不让敌人来侵占。勇士们迈着坚定的步伐，跨过了山峁沟壑，跨过了奔腾汹涌的黄河。

按照上级要求，三中队到达指定位置在吕梁山区的岚县皇姑山山凹一个叫刘坡的村子驻扎。

这儿形势十分紧张。阎锡山看到共产党日渐壮大，不顾大敌当前，喊叫"天快下雨了，我们准备雨伞"。发出了反共信号，企图将吕梁山区我党掌握的新军四个纵队吃掉。日寇也叫嚣"专打八路军，不打晋绥军"。队长羊子从麻地会军分区驻地回来，大家才得知，三个月之前吕梁一分区独立营被打散了，营长牺牲，教导员负了重伤。

为了坚守这块用鲜血换回来的根据地，吕梁第一军分区命令，三中队扩编为独立营，杨智子任命为营长，史啸山为副营长兼一连连长，刘财财升为副连长兼一排长，王强调整到二排任排长，其他人暂不动。独立营暂设一个连，以后发展了再扩军。大家信心百倍，一心要求寻找战机，打出威风来。

分区领导听说延安来的部队情绪很高，司令员和政委专程到驻地来看大家。三哥大吼一声：

"全营集合！"（实际上只有一个连，但是必须这样叫，以表示决心）大家背着武器，端端正正站在打谷场上。地上架着一挺轻机枪，个个精神抖擞地列好队伍。他站在前面挥起胳膊，指挥部队唱起歌来。村里的农民都跑出来，稀罕地看军队唱甚哩。

远处的山弯道一溜尘土飞驰过来一小队人马，很快地来到了打谷场。羊子迎了上去，向司令员、政委报告。司令员？这不是夏海宁夏科长吗？三哥跑上前去，"啪"的一个立正：

"报告夏科……夏司令员！副营长兼一连连长史啸山向您报告：独立营全营集合完毕，请夏司令员讲话。"夏海宁一看，上去就给他一拳：

"嗨嗨！怎么又碰上你，真的是你。"他转向姚政委他们说：

"这是我三年前招的兵，他还挺能闹腾，现在成了副营长了，爬得挺快。我就说嘛，看到名单时，让我想了一晚上。你们看看，我走哪儿，他就撵到哪儿。好，好，好啊！山西是个好战场，你小子就在这儿好好发挥作用。先请姚复华政委给大家讲一讲吧。"他把三哥拉到一边，询问起这几年的情况来。

姚政委把一分区的形势向大家做了介绍，控诉了日寇刚刚进行的大扫荡，惨无人道的"三光"大屠杀，使我们的根据地遭受巨大的损失，原先的独立营硬碰硬地与鬼子干了一仗，几乎损失殆尽。说到这里，他抬高嗓音：

"我们一定要在分区党委领导下，训练好部队，坚决重新打开新局面。大家有没有决心？"战士们气壮山河地回答：

"有！"

分区首长检查了战士宿舍、厨房，又观看了部队的刺杀、格斗、射击等训练。夏海宁向姚复华介绍了三哥的情况，知道这小子会两下子，就命令他给大家现场展示。

在一阵掌声中，他先上去展示了大洪拳十二路套路的四路。一阵子闪电般的拳脚把大家看得目瞪口呆，半天回不过来神。把拳势收好后，告诉大家，少林拳是中华武术的精华之一，主要是强身健体。对敌主要是采用散打、擒拿、格斗，北拳里有，南拳里更多。使用招法比较凶狠，杀伤力大，专寻敌人的要害部位袭击。

他叫一名战士上来当假设的敌人，拳法用冲、惯、抄、鞭来击打；脚法用踢、蹬、踹、扫、摆、勾动作。人体薄弱之处是后脑、颈部和裆部，他一比画这个战士下部时，大家就笑了。和敌人搏斗时，要眼明手快，虚实结合，拳脚并用，力求一拳（脚）毙命。最后叫这名战士配合，给大家表演了几个擒拿、散打、格斗招法。

夏海宁非常满意，但是告诉他："军事训练时，把这些加进去，每个人必须熟练地掌握七八个招数。过一段，我要考试。"三哥一挺胸脯："没问题！"夏海宁警告他："我考的是他们，谁要是不及格，责任都在你。"

没过几天，有情报显示，岚县鬼子上次大扫荡后，县城的军用物资匮乏，近日有从娄烦向岚县运送物资的迹象。打不打呢？娄烦到岚县的公路，是一条主要公路，沿途据点多，敌人很少吃亏，势必麻痹大意。再说，原来的独立营在上次反扫荡中，硬碰硬地和鬼子干了一仗，吃了大亏，日军三十七大队中佐饭辅认为八路统统地被消灭了，天下太平了，三年之内，这里不会有八路。

夏海宁带领大家，沿着岚河峡谷走了好几遍。把伏击的地点敲定在步斗。只见这儿山沟狭窄，公路在四五十度的山坡下，公路另一侧，是五米高的河滩，摔下去不死即伤。独立营六十里长途奔袭，消息绝对可以封闭。为了打好这一仗，分区还动员岚县县大队予以配合。一区区长李升升不仅带来了区小队，还发动梁家乡民兵几百人配合。

按照上级意图，各个部队很快地到达步斗地点。按照部署，独立营凌晨悄悄进入阵地。一连两天，公路上稀稀拉拉有敌人队伍通过，就是没见运送物资的汽车，一副太平景象。有人开始嘀咕，怀疑情报的准确性。

第三天，部队又重新进入阵地。地上小草结满了白霜，石头也冰凉冰凉的，趴在地上好一会儿才能焐热。每次晚上撤离前，都要把潜伏的痕迹消除掉。今天，伏击的地点又向下挪了三十米，看来今天有戏。沟对面埋伏的是县大队，不仔细看的话，还以为是山上的小灌木，在沟底下更是看不见了。他们的任务是防止敌人逃跑。

这两天的晚上，民兵把伏击地点山上的十几块巨石下面掏空，后面只要有人使劲推，它就能滚动。坡上的障碍物清理得干干净净，确保它们一气能骨碌下去。地雷坑天天挖、天天埋，生怕敌人看出来。

嗯？老远就听见汽车的引擎声。天哪！盼星星，盼月亮，来了，快埋雷。过了好一会儿，只看见两个小虫子从南边远处沟底下，一会儿爬出来，一会儿又进去，又爬出来。过来了，过来了！可惜，只来了两辆，大家感到很惋惜。

驻扎娄烦的第九混成旅团的皇军认为，几个月的大扫荡后，晋西北地区，起码太原半径二百公里以内很安全，昨天还有拉伤员的车回来，平安无事。汽车虽然已进入峡谷，但是毫不减速地向前轰鸣。

突然，山上的巨石轰隆隆地滚了下来，"滑坡了！"一个鬼子尖叫了一声，其他的还没有反应过来，"轰！"脚下天崩地裂。第一辆车踩雷了，前面的右轱辘炸得趴了窝，车身向右一斜，车上四个鬼子差点甩出来，山上的子弹像长了眼睛一样打在他们身上。后面的车企图开到河对岸，司机赶紧向左打方向，慌里慌张地寻找下坡路，哪知道，沟边的石头是虚掩的，左边轱辘刚轧上去，汽车"咣当"翻到四五米深的河滩里，人摔不死，也差不多了。

山上也不知从哪里钻出来这么多的八路，一阵乱枪射击，十二名鬼子不死即伤，受伤的趴在地上还负隅顽抗，结果叫众人乱枪打成马蜂窝，全都见了"天皇"。大家迅速地打扫了战场，从河对岸上了山。

娄岚公路皇军军火汽车被袭，第九旅团团长越生少将大为恼火，把饭辅狠狠训斥一顿：

"八嘎！在你管辖地盘上，损失的全都是大日本皇军的武士，莫名其妙地被人打死。还有大批武器、弹药，全都叫支那人拿走了。饭辅，翻译成中国话就是饭桶，光能吃的蠢猪。"越生越骂越起劲儿，限期要彻底查清是谁干的。将军的训斥，令饭辅十分没面子，因为这一片治安属于他的职责。他索性把大队部移驻到静岚县来，非要找出中国游击队算账。

步斗伏击战战利品有：歪把子机枪五挺、子弹二十箱、三八大盖三十支，还有两箱枪炮配件，其他都是罐头、饼干食品。

独立营旗开得胜，高兴劲儿别提了。按照序列，又组建二连，人员抽调的是各区乡基干民兵和失散的老独立营一些人员，九十三个人，编成了三个排。缴获的三八大盖全配给了二连，歪把子只留下两挺，各连分一挺，每挺留了五箱子弹。其余武器都上缴军分区了。

为歪把子三哥和羊子还吵了一架。他认为这仗是我们打下来的，武器肯定留给自己用，一个营三挺机枪不多，以后还要发展几个连呢。羊子感到这人太无组织无纪律了，生气地说：

"你这是发高烧——胡说！我们第一次在这里打仗就和上级争战利品，行吗？再说，就战斗的部署、安排、地方的大力支援还有情报来源来看，离开组织，行吗？你和夏司令辩论去吧！"他虽然不敢和夏海宁顶撞，可是心想，等着吧，下一次我们不靠你们，也能打一次漂亮仗。

部队随着军分区立即转移到孙家圪台一带休整。

羊子到军分区开会，史啸山在二连蹲点，要求部队尽快克服游击习气，首先从队列、跑操开始。二连的战士也有特点，会埋地雷。他和二连长王强商量好，今天下午叫几名老练的战士为各连干部做示范。

午饭后，班以上的干部来到二连所在的村子孙家圪台。他们结合山区的地形和以往打鬼子的经验，演示了许多新的埋法，讲解了如何利用地形炸飞石块以造成最大的爆炸半径等。大家讨论得正起劲儿，哨兵报告：西边过来大批骑兵，速度很快。三哥大喊一声："大家快速行动！"二连立即隐蔽在大路两旁的民房里，一连干部跑步回去把队伍拉来抄敌人的后路，自己带上几名机枪手上了房。

原来这是晋绥军一六九旅的骑兵连，连长就是令晋山。他们奉命去包抄共产党领导的决死二纵队。太原战役后，一六九旅组建了骑兵连，令晋山是蒙古族人，打小就会骑马，他被大鼻子看中，担当了重任。骑兵连自恃装备好、速度快，根本不相信这山梁上会有八路。他们一进村子，就找老乡喂马。

骑兵上了马，步兵打不过，可是在地上就不行了。当他们把老乡的门敲开时，都愣住了，一支支枪管对准他们，只好乖乖地举起了手。

令晋山一见不妙，双手一抱拳，"误会误会"。说着，身子向后挪，趁人不备，转身跳上马就想跑。三哥蹲在房顶上观察，早已注意他的迹象，一个猛虎下山，从房顶上飞跃下来将他扑倒在地。后面刚进村的骑兵一见不妙，转身就要跑，但是慢了半拍，刘财财领着一连赶了过来，骑兵啥阵势没见过？十来个骑兵策马强行冲出去，战士们急忙开火，骑兵大部分掉了下来，大家扑上去，三下五除二把这些顽固分子捆了起来。可惜，跑出去两个。不费一枪一弹，晋绥军一个骑兵连到手，太意外了。

可是高兴得太早了，军分区传下话来，晋绥军一六九旅提出强烈抗议，诬陷八路军破坏抗战，要求八路军立即归还骑兵连。经过反复磋商，最后确定谈判地点就在八路军控制的马坊镇。对方一再提出八路军孙家圪台的指挥官也参加。

谈判这天，一六九旅副旅长姜龙魁及参谋长王金生到场，八路军夏司令、姚复华政委参加。羊子、三哥作为邀请代表也列席会议。双方相互介绍时，他一眼就认出大鼻子，对方见他面熟，可又想不起来在哪里见过。

大鼻子一上来抢先发言，一板一眼说道：

"我们国军一六九旅在山西同日寇浴血奋战，参加了忻口战役、太原战役、五原战役，山西国土到处都有我士兵的鲜血，多年来浴血奋战，仅我旅官兵杀敌寇过千，国人目睹。你们有什么理由扣押我部队，打伤我的士兵。你们是不是想挑起内讧，是上司让你们干的吗？是贺龙叫你们干的吗？"夏司令看他口气那么大，刚想发火，姚政委忙拦住，严肃地回答：

"姜副旅长，一六九旅抗战不假，打了许多的仗也不假，深受山西人民拥护，也得到我们的赏识。难道说八路军、中央军没有你们打得好？在这片国土上并不是你们一家抗日。你们打日寇离不开山西人民的支持、离不开各党派、各武装力量的支持。八路军是个有纪律的军队，从不欺压百姓，更不会乱扣押友军。这是你们的骑兵闯进我们的驻地，战士们不得已而扣押。正好，今天我们想问一下，一六九旅骑兵持枪闯入我军驻地究竟想干什么？"大鼻子一时噎住，反应不过来，王金生赶紧站起来解释：

"误会，误会啦。大哥的部队奉赵承授将军命令去抓叛军，误入贵军驻地。"他的话音还没落，夏司令抓住他的话柄，一拍桌子，站了起来：

"叛军？山西新军各纵队打日寇、除汉奸、灭伪军，爱护当地百姓，是众所周知的文明之师，咋能叫叛军？证据呢？"

不愧是老军阀，姜还是老的辣。只见大鼻子赶紧从兜里掏出香烟，发给大家，并亲自给夏司令点上，换了一副笑脸："上面的政治，我们不争了，不争了，都是友军嘛。《战国策》里说得好，'鹬蚌相争，渔翁得利'。团结一致抗敌，也是你们共产党提的口号嘛。再说，贵军和我军都在一个地盘上打敌寇，小误会常常少不了。"

他把话题一转，指了指三哥说："小老弟，你是咋把我的人扣住的呀？你的本事不小呀。"三哥嘿嘿一笑，用标准家乡话，一五一十地把骑兵连闯进八路驻地被扣的经过大概讲了一遍。大鼻子吸了一口烟，左手用指头敲着桌子追问道："你说话好像是我家乡的口音，你是哪里人呀？"当三哥说出史姜村时，他"呼"地站了起来，激动地对大家说："我好像听我的英子说过一个同学去了延安，在这里遇到村里的人，太巧了，太巧了。"三哥赶紧握住长辈的手："叔，您大名鼎鼎，晚辈十分敬仰。村里人都说你几年前就来到山西抗日，大家挺佩服的。其实刚才我已经认出您来，只是还没有机会说。"谈判会变成了老乡会，气氛顿时缓和了，大家相互问好，还交流起经验来。大鼻子拉住小老乡的手问起在陕甘宁边区那边的情况，当他说到述驴疤在边区受顽固派指使搞摩擦，偷袭八路军后方医院时，大鼻子把桌子拍得"叭叭"响："这个仇忭，真是个败类，社会渣滓。"大家听大鼻子说述驴疤在北洋军阀时期罄竹难书的罪行后，更加气愤。三哥向夏司令提出，把日寇消灭后，请批准我回去坚决除掉这个渣滓，为社会除公害。

在中午的便餐上，夏司令答应，两天内保证骑兵全部回去，受伤的士兵八路负责医治好。大鼻子也答应，一六九旅不跟随晋绥军搞摩擦，坚决不打抗日的队伍。当问到三哥还有啥困难时，他原以为饿猪占木槽——死不放，白白捡了一个连，就没打算上缴。独立营要是有一个骑兵连多威风呢。谁知是大鼻子的部队，倒霉。他厚着脸皮说：

"叔，八路的装备没有来源，一六九旅能支援我们一些武器最好，特别是步枪和子弹。"其实刚才三哥上厕所时，羊子跟了上去，俩人又吵了一次。史啸山感到，如果把他们都白白放了，自己不就是竹篮打水吗？今天得要一些武器，独立营还达不到每人一支枪呢。

大鼻子认为问题不大，对着王金山说："参谋长，人家八路军对我们这么仁义，那还说啥。"立即承诺送给独立营五十支中正式步枪、十箱子弹。大鼻子非常感叹：

"哎呀！你们共产党真厉害，年轻人都跑你们那里去了，我那个疯女子也在共产党里面。"史啸山忙惊讶地问英子在哪个部队？"她没有在你们八路军，在牺盟会静岚县共产党政权里呢。前年还回了一次家，现在连个信都不写。静岚县是归你们管吧，请贵军转告我的疯女子，三个月给我来一封信，我也知道她过的啥情况，否则不要当共产党了，回去读书。"他愤愤地埋怨。姚复华忙站起来："我们一定转告地方党委，设法找到你的英子，让你们父女俩尽快见面。"

问题得到圆满的解决。部队得到新的补充后，立即转移到恶虎滩休整。

唐代诗人杜审言路过岚县一带，感叹吕梁山区地处北方寒冷，作诗一首：

> 北地春光晚，边城气候寒。
>
> 往来花不发，新旧雪仍残。
>
> 水作琴中听，山疑画里看。
>
> 自惊牵远役，艰险促征鞍。

吕梁山区冬天干冷干冷，进入腊月常常达到零下二十度左右，特别是沟里的北风跟针一样，扎得人脸疼。许多战士没有经历过这样的严寒，何况部队近一半人的冬装没解决。战士们站岗、外出执行任务，往往轮换着穿棉袄、棉裤，甚至有几次战机，由于冬装问题而放弃。干部们也为此十分焦急、苦恼。军分区多次向上级反映，上级最后答应解决，但是要部队到静岚敌占区的西碾河去取。

经过研究，决定由三哥带队并临时组建武装押送小队，小队由十来名战士组成，地方动员了三十名青壮农民作为运输队跟随部队出发。从驻地到西碾河足有一百二十里路，途中一多半儿是敌占区，敌情比较复杂。他不敢马虎，赶紧挑选武装护送人员：

一连一排的杜三娃、贾神枪，这俩枪打得准，二排的朱大个子、刘富、刘喜生，这几个力气大、格斗功夫腿脚也利索，二连还有几名老战士也让他选上。二连一排白富才，人称"小钢炮"，做事情干脆、利落。听说去静岚执行任务，坚决要求参加，他最好的理由就是他是静岚人，熟悉当地情况，还有，他伯父白广仁是静岚白家沟维持会会长，在那一片人际关系特熟。听他这么一说，营里研究后同意了。

一路上，小钢炮主动要求带路，几乎走的全都是翻山越岭的小路，绕开敌情，以免打草惊蛇，这比原来的路程多走了四十里。大家明显感觉到，静岚敌占区白色恐怖笼罩十分严重，情况也复杂，白天不敢盲目地进村子，派人搞出来点吃的东西就行。

快到白家沟时，小钢炮只身一人先回去看看。在村外路口，他老远就看见敌人的岗哨，赶紧在地里找了一个破粪筐，挎在胳膊上。绕进村口时，熟人认了出来他是八路，那人叫他赶快先躲出去，伪军一个中队由伪军大队长汤树怀带领上午刚进村。汤树怀，老百姓对他咬牙切齿，背地里都叫"汤鼠坏"。村里的维持会正在杀鸡宰羊招待呢。战士们一听，气得真想冲进去收拾。三哥制止大家，不要因小失大，继续监视敌人。伪军饭饱酒足，太阳西斜时才懒洋洋地出发继续去"围剿"，村里还留了四五个人。

大家饿了一天，如果今晚再不进村，挨饿不说，维持会会长白广仁也无法出来给他们带路。三哥和战士们商量一下，决定包抄村公所，干掉看守伪军。说干就干，朱大个子和刘富在路口干掉了哨兵，战士们迅速地包围了村公所，伪军玩花花牌正在兴头上，忽见八路闯了进来，只好乖乖地举起手。白广仁吓得不会说话，小钢炮一把把他拉出去，他才明白是咋回事。战士们把伪军的绑腿解下来，像捆猪似的捆个结结实实，当他们的面把白会长训斥一顿，喝令他立即给"八路大部队"做饭。

几个伪军关在小黑房子里，听到院子里来了不知多少八路，还有人"营长，营长"地叫着。这下完了，八路主力真的来了。运输队和战士们吃饱后，美美地睡了一觉。第二天天不明就准备出发。

临行前，三哥叫人把小黑房子打开，警告伪军，我们八路军已经开过来，老子史啸山从现在起，开始给你们，也包括给汤鼠坏"记账"。说着，解开一个大个子伪军，他还不知道咋回事，刚一站好，只见三哥一个扫堂腿，"扑通"，这家伙就躺在地上。"捆上"，一个战士又重新把他绑好。他运足了力气，左脚猛一跺，只见地上的青砖裂成六瓣。

"看见没有，如果发现你们帮日寇干坏事，如同此砖。"

天擦黑时，白广仁把大家顺利地带到了西碾河，三哥叫队伍先隐蔽。一再感谢老白，告诉他注意保护好自己，派小钢炮把他伯父送了回去。

这个村子有一百多户人家，群众基础比较好，这也是静岚三区抗日政权的秘密据点。三哥带上朱大个子，按照接头地点，敲开联络员钟牛娃家，对上了暗号。牛娃领上他俩见到了区长，是个女的，再仔细一看，大吃一惊，"哎呀呀，镜破不改光，兰死不改香，原来是疯女子!"

只见英子身着当地女人深蓝色暗花大襟布盘扣衣服，黑裤子，短发头上绑着已经发黑的白头巾，脚蹬一双农村女人常穿的黑面布鞋，一副中年农村妇女打扮。现在看起来比过去瘦多了，显得成熟老练。

她定神一看，差点尖叫起来。"疯女子"叫得格外亲切，只有家乡人才敢叫她的外号呀！四只手紧紧地握在一起，不知说啥好。三哥告诉他自己这次来的任务，她激动地说：

"太好了！太好了！你们来得太及时了。村子里藏了一批半年前部队缴获日军的冬装，有棉衣、棉裤、棉帽和棉鞋，足有三百套，没来得及运走。棉衣、棉裤都是二十件一捆，棉帽三十顶一捆，棉鞋十双一箱，包都没拆，全都藏在村外一个很隐蔽的山洞里。我整天发愁运不走，万一叫敌人发现了，无法向组织交代，村子的百姓也会遭殃。"她叫牛娃把同志们领进村安排到各基本户吃饭、休息。部队和三区的区小队分别加强了岗哨。

三哥坐不住了，要看东西。她带上几个人一起上了西山，在一个杂草丛生的岩石洞里看见了大批棉装。往回走时，他的心就像灌了蜜似的，跟在她的后面赞不绝口地夸奖三区的同志：

"哎呀！我们独立营真是福大，造化大，太感谢你们了。我们穿在身上，暖在心里，咋样报答你呀？"她头都不回，径直往下走，得意地说：

"咋感谢？你是钢针上的眼，只认衣服不认人，当着外人还叫我外号，啥人嘛！"三哥摸了摸头不好意思地嘿嘿一笑："英子，你不要啃着鱼骨聊天——话中带刺嘛。"她停下脚步，转过来把他打量一下：

"没想到呀，你这话不多的人，也成了狗咬碗碴——满口词（瓷）。告诉你，为了这些东西，我几乎每天都派人装着割草看着东西，民兵又不能穿这样的衣服。今天叫你们拿走，我真是想都不敢想。"

房东刘大妈，家里只有老两口，他们一看是干闺女的老朋友来了，赶紧烙白面鸡蛋煎饼，又做了一大碗扁食帽汤，叫他趁热吃下去。三哥好久没吃到这么香的饭了，推了半天推不过，只好狼吞虎咽地吃了。大家又唠了一阵家常，房东老人去西屋睡了。

他俩都没睡意，索性就坐在灶火前交谈。他把在马坊镇遇到姜龙魁大叔的事情告诉了她，她越发感到兴奋。父女都在山西，而且距离不过二百里，她一定要去看看。"到时你护送我行不行？"他满口答应，不过，这事情最好向组织报告一下，三哥想起了纪律。英子矫情地说：

"我不管，反正你得送我，你给我请假去。"他傻乎乎听着，心里还想，我给你咋请假，你的上级我都不知道呢。嘴里没有说出来，嘿嘿地答应了。

俩人述说起这几年遭遇，一直聊到天亮。

7

英子中学毕业了，父亲写信叫她报考西安的学校，工科、文科，学医、教书都行，可她偏不听，偷偷报了太原省立国民师范，等录取书寄到学校后，家里人才知道。她告诉母亲和爷爷，民国都二十六年了，全国人民都在抗战，山西在各个学校里都有抗日牺盟会，各地的热血青年都去了山西，父亲就在山西打日寇，她去太原读书，还能感受到抗战火热的气息，有什么不好？母亲不爱听她的大道理，开导她说：

"女娃子抗什么日？那是男人打仗的事，不能去，就是不能去。你大把你交给我了，你只能到西安读书，啥都不要想。瓜娃，我看你真是个疯女子。"英子早就预料到家人的反对，威胁母亲说：

"巾帼不让须眉，我就是疯女子。咋啦？你们不让去山西，我就是到西安后，还是会绕道跑到太原的。"家里人看她那死犟劲儿，再说也是白费口舌，便都不理她，各忙各的去了。

你们不理我，哼！我找同学王彩兰去。

王彩兰家住二十里远的朱纽村，她大在外县当中学校长，家里比较开明，她兄妹六个，她排老四。王彩兰长得敦敦实实，圆圆的脸庞上有一双圆圆的大眼睛，眼睛里的瞳仁特别黑，能照出人影来。一张圆嘴巴巧得很，死人她都能说活。她脸圆眼圆嘴圆，女生都把她叫"王三圆"。三圆就是性子太慢，油锅着了也不急。她也拿到了同一个学校的通知书，不过，运气比英子好，家里人只是反对了一阵子，现在早都想通了，还派人去买地图，看看太原究竟在哪儿呢。

英子羡慕死了，拉上她的同盟军到家里去游说。三圆见她来格外高兴："叫我去你家当说客，太好了。你家的酒枣还有枣花蜜叫我管够？啊！"英子笑着说："没问题。我家的蜂蜜一大缸，把你的嘴用蜜糊住。"三圆住了三天，没少吃不说，见老的给老的说，见小的给小的说。聒噪了三天，动员了三天。姜家被她天

花乱坠的"大道理"搅得快受不了。当全家吃饭时,她手舞足蹈像个疯子:

"窑洞的天地太小了,咱们在这儿活着太没有意义了,太没有滋味了。人家住在大城市,还有楼房,楼上楼下,电灯电话,出门小汽车、火车、飞机,你们见过?人家叫火柴,咱叫洋火,咱把煤油叫洋油,把细布叫洋布,把水果糖叫洋糖,把碱面叫洋碱,咱把人都活成啥咧,土包子嘛。"她那三寸不烂之舌,就像西安百货商店卖西装——一套一套的,把大家全吸引过去。她端起碗喝了一口小米粥,突然指了指外面石桌上的茶杯:"英子,蜂蜜水!"英子赶紧下炕把它拿了进来,三圆咕咚咚灌了几口,润了润嗓子:

"真甜啊!人活在世上就要轰轰烈烈,骑马打仗的花木兰、穆桂英,赋诗作词的李清照、秋瑾,安邦治理天下的吕后武则天、慈禧太后,咱们比起人家,简直就是窑底之蛙。"姜凤英给她纠正:"不对!是井底之蛙。""咱这里没有井,只有窑么。"三圆自以为是地辩解。家里人被她逗得哈哈大笑。

她缠着英子的爷爷、叔叔、母亲一个一个地说服,三寸不烂之舌足足喝了她家半缸水,姜家人彻底动摇了。家里人开始怀疑是三圆的唆使,看着英子的坚定态度,最终同意了,随疯女子去吧。

报到时间转眼快到了,母亲要派长工栓柱护送,她再没反对。到县上和三圆一见面,笑得直不起腰来,她也带了个"长工"。不过,她的"长工",要比英子的还要"长",因为他是双方父母定的娃娃亲,三圆不感兴趣,也不反对。一路上,俩长工肩扛手提大包小包拿着,她俩倒落了个清闲。十天后顺利地到了学校,英子第一件事就是写信给父亲,要求速速见面。

"牺盟会"名义上是阎锡山办的,实际上早就被共产党控制。各学校抗战的演讲、游行、集会天天都有,每天最多上半天课。头两年,阎锡山对太原大众的热情抗战予以支持,后来,逐渐发现已成为共产党主导的抗战工具,对这个组织就不感兴趣了。这是后话。

她俩接触到了许多新事物,认识了许多朋友。学校牺盟会支部书记陈思焱,是个化学老师,一米八四的个子,三十岁,脸上戴了一副白边眼镜,天津人。他讲起课来,非常风趣,讲自然现象时,就联系到中日关系上,教育大家,日本军国主义亡我中华民族之心不死,如果我们任其宰割,长此以往,中华民族将不复存在。抗日就像化学反应一样,我们的反抗、斗争,就是加温、加热,促进政府转变观念,结成统一阵线。中华民族坚强不屈,永远屹立在世界民族之林,我们坚决不当亡国奴。

老师的话，深深地感染了同学们，后来大家才知道他是共产党。

大鼻子见到女儿时，就发现她已经十分激进，说她后悔来到这里真不如去延安，那儿才是热血青年向往的地方。孩子的想法使他很困惑，幼稚，太幼稚，年轻人很容易受共产党的感染。父亲假装生气说：

"你来到这里我是坚决反对的，真不如在西安、重庆读书。抗日不是女孩子的事，在这里太危险了。"英子撒娇地说：

"你能来，我就不能来？我将来也想扛枪打日寇呢！"父亲生气地指指她的额头，心里盘算着，忻口战役结束后，一定把她带到西安，重新给她选一所学校。

同学们特别羡慕她有一个率兵打仗抵御敌寇的好父亲，忻口战役每天的战报，是那几天同学们抢读的刊物，大家为大量歼敌而欢呼，为将士们牺牲而伤心，为军队顽强的抗击而鼓舞。战场的局势牵动着同学们的心。

由于局势急转直下，太原的机关、学校要紧急搬迁。陈思焱按照组织上的指示，动员、组织一批青年学生加入组织，充实到农村广阔的抗日根据地去。

学校出现共产党活动，当局感到十分恐慌，要求坚决镇压。陈思焱教唆、诱导、煽动学生的言行，校方早已察觉，几次通知警察局抓人。由于战局吃紧，太原要放弃，不法分子、歹徒到处哄抢物资，杀人案件直线上升，社会治安使他们疲于奔命，一直顾不过来，等警察局想抓时，学校早已空无一人。

三圆走出乡村，来到太原大城市的几个月里，感到什么都是新鲜的，对陈老师渊博的知识、幽默的语言、为人师表的风范佩服得五体投地。他策划的任何活动，她都抢着参加。一次，几个男生随着陈思焱半夜去观察一个兵器仓库，他们感到后面有人尾随，大家急忙隐藏在墙角，只见尾随的黑影跑过来，拦截一看，是她呀。大家问她跟着干什么。"你们干啥我干啥。"她傻乎乎地回答，把大家逗得哭笑不得。最后，只得派人把她送回去。

陈思焱开始注意对这个女生进行培养，力所能及的活动，都让她参加。大撤退前，三圆秘密入了党。组织上决定，由陈思焱发展、动员五十名左右的学生去岚县接受为期三个月的培训，然后分到吕梁山区各县抗日政权中去。

英子对她神神秘秘的行为早就感到奇怪，询问几次，三圆闪烁其词、答非所问，她感到十分不快，还是好朋友呢！其实，组织上对她也在暗中观察，毕竟是晋绥军军官的千金嘛，多考验对本人也好。

忻口战役从战场上撤下来的一六九旅在太原西沙沟进行休整，补充兵员、装备，并准备太原保卫战役。大鼻子特别关心爱女情况，专门请假半天，策马跑到小北门的学校，哪知学校只留下门卫老头。一问才知，学校早都解散了，学生都回家了。再问，一无所知。他心事重重地回到驻地。

学校要解散，英子准备先回家，然后去延安。她把想法告诉三圆，她立即报告了陈老师。组织上近一段考察认为英子的表现是进步的，没有旧官僚家庭大小姐娇滴滴的样子，决定去岚县的名单把她添上。这时，英子才恍然大悟，她嗔怪三圆：

"好你个王三圆，明修栈道，暗渡陈仓。怪不得你和陈老师形影不离，神秘兮兮的，我以为你恋师忘友了。"

"去你的，我现在什么都不谈，就是崇拜他。"三圆搂着她的脖子接着说：

"延安那儿又不打仗，在这儿先培训，再下到农村去建立抗日政权，再后来组建游击队，打日本鬼子，好不好？"她把三圆的胳膊拉下来：

"我原想去延安上'红大'，算了，那先不回了。"

五十多名学员的小队伍，出太原时八路军不知从哪儿搞来了大卡车。许多人第一次坐汽车，感到挺稀奇，这家伙风驰电掣拉着大家跑得飞快。生活委员于虎志显能嚷道："这比我们学校百米冠军跑得快多了。"学员们一听，说："得了吧，你真是小儿科。世界冠军也没有它跑得远、跑得快，人不能和机器比啊。"

汽车一发动，缓缓上了路，两边的房子、树木纷纷向后倒去。汽车开到了原野，学员们兴奋地唱起了歌。司机在驾驶室里也受到感染，心情格外愉快。不过，路况实在太差，土路上汽车老是陷下去，大家只好下来推车。翻越山坡时，汽车爬不上去，还得推。走走推推，拉着大家跑了整整一天才到娄烦。

汽车没油了，当地县城到处找汽油也找不到，看来后面的路程只好步行了。

旅店全都住满，于虎志自告奋勇地陪陈思焱来到城隍庙，城隍庙大殿柱子上对联写得很有意思：阴报阳报，迟报速报，终须有报。天知地知，人知鬼知，何谓无知。不少同学纷纷拿出本子记住这感悟人生的句子。于虎志敲开侧门："我们是牺盟会的，是抗日的队伍，我们的队伍住一晚上，也是给了你们抗日的表现。"对方一听，没办法，大殿还空着，"你们就勉强在大殿睡一晚上吧。"

于虎志表现得格外活跃，指派几名男生到外面的麦场抱了一些麦草铺在地上，女生一排儿，男生一排儿，统统打地铺。中间绑了一条绳子，把几个床单一夹，作为遮挡，算是男女分开了。

陈思焱对他感到满意，把两个人的铺盖打开，一床铺上，合伙再盖一床。大家纷纷效仿。开始，男女同住一屋，大家很开心，躺下都睡不着。有的女生小声说：

"城隍不知能不能保佑我们？"床单那边就传来一个装腔作势的声音：

"要想城隍老子我保佑你，你必须嫁给我。"这个女生说了一句"放屁"。果真，那边"嗵"的一声，不知哪个男生放了个响屁，女生们捂住被子偷偷笑。过了一会儿，瞌睡袭来，一觉到了天亮。

陈思焱考虑费用问题，打算收每人两元钱。于虎志提出，干脆，大家有多少就交多少，日子还长着呢。我给咱把账管上。陈思焱想了想，没再说啥。第二天，他要求学员把自己的钱统统交给他，集中使用。这也是考验大家对抗日的决心和态度。大部分人一听，都抗日了，还要钱干啥，干脆都交了。他给了司机二十元钱，表示谢意。同学们草草洗把脸，就上街吃饭去了。

一家饭馆早点卖稀饭、馒头。稀饭两分钱一碗，馒头四分一个，咸菜不要钱。于虎志指着满满一锅稀饭，问一锅多少钱，老板不知是计，随意说道："一锅五毛。"老板自以为很精明，一锅稀饭的小米只需要四毛钱，我要五毛，你们难道能买这一大锅？

"好！我们就买这一锅。"于虎志一口咬定，几个男生嚷嚷道：

"对，对，我们全都买下了。"说着就把舀饭的勺子拿在手里，开始给自己人舀饭。

老板聪明反被聪明误，看着扔在桌子上的五毛钱，后悔了。这一锅，舀了近一百碗，男生都喝了两碗，女生也有人喝了两碗。临走前又买了二百个馒头作为干粮，发给同学们。一路上，大家还为占了小便宜而津津乐道。

学员大多数没走过长路，刚开始唧唧喳喳的队伍还有说有笑，走着走着都不吭气了。到了静游镇时，一个个东倒西歪，惹得不少人看学生的洋相。于虎志才走了二十里就感到腰酸背疼，小腿肚子像抽筋一样，落在队伍的后面，男生队伍里有人对他发出怪声。陈思焱考虑他带着大家的盘缠，就派两个男生搀着他行走，他跌跌撞撞落在后面足有二里多长。有的女生走不动了，坐在人家门口石礅上不想起来。陈思焱告诉大家才走了四十里，到岚县还有五十里呢。

"啊？还不到一半呢。"女生们个个哎哟起来。

陈思焱一看，这咋行呢？还指望你们抗日，要是不能吃苦，你们回家算了。这话儿还挺灵，大家强忍着疼痛站了起来，继续出发。

以防万一，他还是在镇子里雇了一辆马车，叫女生轮流坐，确保行军速度。在老师的不断鼓励下，到晚上十点钟，队伍终于到了岚县。这一次长途行军，不少人记忆十分深刻。

青训班设在县立中学里面，学习、作息时间和学校一样。不过，这里的生活明显比太原艰苦多了。顿顿荞面洋芋擦擦、玉米窝头、洋芋黑豆钱钱饭，连个白面影子都看不见。一连几天吃下去后，娇嫩的身体都上了火，连大便都难解。

英子还算聪明，留了一点儿钱。中午吃饭时，她和三圆装模作样地叫唤身体不舒服，不想吃。可是趁人不备，悄悄地溜到街上下馆子，吃完还买烧饼。自以为神不知鬼不觉，其实陈老师早已察觉，不过不想说罢了。

青训班张主任在开班讲话时告诉大家，我们对外公开称牺盟会青训班，实际是共产党掌握的培训班。全班共一百一十人，大部分是从太原来的学生。费用目前还是由省政府支付。组织上考虑到让从大城市来的年轻人先受受苦，有意识地降低伙食标准，先苦后甜，锻炼锻炼年轻人的意志，后面的战争环境更为复杂啊。学员们一听，原来是自己整治自己呀。

青训班政治指导员熊勇，原来是一方面军的老战士，做思想工作喜欢举例子。他讲课时，大家都喜欢听他讲部队的战斗故事，再难做的思想工作，叫他讲个战斗故事，对方就二话不说了。为了教育这些年轻人，在他的倡导下，开设了布尔什维克政权、国情常识、农村风情、山地游击战，自己还主动担任政治教员。鉴于今后可能遇到的残酷战争环境，青训班每天下午开设军事课，学员必须学会射击、投弹、刺杀格斗等军事技能。

女生在投弹、刺杀方面做得老是不到位，熊勇反复教动作教不会，干脆让男生当"敌人"，拿木头棍戳他，步子要灵活，突刺时，前腿蹬、后腿弓。女生个子低，就让她们往对方的肚子、裆部上刺，多练，反复练。两个男生带一个女生练！

英子的射击进步很快，三点一线拿得相当稳，步枪卧射还在全班得过第一。她投弹要领在女生里掌握得最好的，借用助跑达到三十米开外了。可是，刺杀格斗老是练不好。三圆的成绩也不错，曾经得过两次十环。年轻人里边，就数于虎志差，一米八几的男人，打枪老是脱靶，成为同学讥笑的对象。

这天晚上，熊勇吃过饭，听到操场上还有人"杀杀杀"的练习声，走去一看英子和男生还在"拼杀"，男生左躲右退地避让，她得饶人处不饶人，今天不把这两个男生戳趴下，就不回去。他赶紧叫停：

"停！停！英子，你看看，他俩的手都叫你戳破了，瞧瞧，棍子头染红了。"他把她的木头枪拿过来，对男生摆摆手说：

"你们立即到医务室去，不要再练了。"她走近一看：

"哎呀！流这么多的血，你们咋都不说话呢？"俩男生光嘿嘿地笑。

熊勇命令他们回去包扎伤口、休息。自己围着操场转转，嗯？西墙根儿横放的大木头上好像坐了两个人，他屏住气，悄悄往前走了走，静下神躲在一棵大树后仔细听，好像是思焱和那个叫王彩兰的女生在说话，这两个人背对着他不知道说啥。听又听不清，自己脸反而有点烧，蹑手蹑脚地退走了。这个思焱太不像话了，还是老党员、文化教员呢！

在干部生活会议上，熊勇不客气地批评陈思焱勾引王彩兰：

"陈思焱！你们知识分子心眼就是多，眼镜片后面深奥得很。四只眼后面有多少花花肠子？你都是一名老党员，一个有家室的人，利用职权，咋能勾引一个十八九岁的女生呢？这是品质问题、作风问题，太不像话了。整天戴个眼镜，挺文明的人嘛，为人师表是咋样师表的？我看你这多了一副眼镜，标准的四眼。"工农干部瞧不起知识分子，一听说他勾引王彩兰，纷纷站起来指责他。陈思焱的脸一会儿红一会儿白，等大家批评得差不多了，他站起来诚恳地接受同志们的批评：

"我原先不叫陈思焱，原名李津安，天津人，从小我爸我妈去世，是姑姑把我拉扯大，供我读完了大学，'一二·九'时就入了党，现在已经六年了。我虚心地、诚恳地接受大家的批评。三年前，经人介绍，我和一个叫席薇君的姑娘结婚。结婚半年后，因为组织上的需要，我来到太原市立中学教书，同时，又开始了新的地下工作。几个月后，别人告诉我，才知道天津警察局破一个嘛治安案子，闯错了门，误闯入我家。一个叫汤树怀的侦缉密探看到我媳妇漂亮，三天两头找借口进屋，不久，就把她强占了。汤树怀通过她怀疑到我是共产党，他干脆就住在我家不走，等着钓鱼。

"开始，我还不信，还托人暗地里去了解，好嘛，他把假戏当真戏做。这世上嘛怪事都有，时间一长，席薇君心也就变了，写信说和一个教书的过日子太穷酸，叫我不要回去了，回去就是蹲大牢。把我气得真想回去收拾她不可。可是为了安全起见，组织硬把我又安排到省立国民师范，还不准我回去，要求我改名思焱。这封信我已交组织，据说移交给老张同志。老张，你说，对不对？"张主任忙点头，说是有这么一回事儿。他又接着说道：

"我现在虽然已成独身，但是目前从没有对谁动过心，你们不要误会。熊指导员说的是我和王彩兰，那你更是误会人了，我压根儿没往那方面想，我就是她的入党介绍人，她主动要求汇报思想。"熊勇一听，自己太莽撞了，不好意思地站了起来，双手给他作了个揖：

"对不起，陈老师，没有想到这里还有这么多的坎坷。你们地下党隐蔽作战、忍辱负重、顾全大局，我们都不了解。现在形势发展得这么快，你又从太原带来这么多要求上进的学生，真不容易，我还真误解你了。"

"没有啥，不知者不怪嘛。"陈思焱忙和熊勇握握手。

误会解除了，但是陈思焱的外号"四眼"却传开了。青训班的日子很快结束了。张主任宣读了分配名单：

熊勇，静岚县游击大队队长兼教导员。

……

李战生，岚县县游击大队副大队长。

李升升，岚县县委副书记兼县大队教导员。

于虎志，岚县二区区长助理。

慧渊博，岚县游击大队文书。

……

陈思焱，静岚县游击大队副教导员。

王彩兰，静岚县一区区长助理。

姜凤英，静岚县三区区长助理。

……

山西人都说，东六县，西八县，苦焦就属静岚县。静岚三区在县城以南，辖四五个乡镇，几乎都是山区。下去一年的日子里，英子跟着区长王刚他们打着牺盟会的牌子，跑遍了各乡各村，对当地风俗习惯有了一些了解，渐渐地学会了走村串户、发动群众、召集群众大会，控诉日寇的暴行，要求各家各户要挖地窖、挖地洞，学会坚壁清野。各村几乎都成立了农会、民兵自卫队、妇救会、儿童团。各乡、各村抗日的热情空前高涨，发动起来的农民群众都有爱国之心，大家力所能及地出钱出力。

各村的大娘、嫂子们都喜欢英子这个小女子。大家都说，哎呀呀，这个小女子才十八九岁，就知道宣传抗日咧，人能得很，可受我们喜欢咧。西大树的刘婶婶、西碾河的刘大妈、娘子神村的赵大娘还把她认成干闺女，上牛庄的张奶奶还把她认成干孙女。英子长得情得很，大家都觉得外省女子，跑到这里抗日，太委屈孩子了。因此家里有什么好吃的，就给她悄悄地留下。时间长了，英子和群众结下了很深的感情。区长王刚开玩笑："哪个村都有你的亲戚，你的待遇比我们都高级。"说得她脸都红了。

第二年夏收过后，日寇三十六大队配合三十七大队已经侵入娄烦、西阳曲、静岚各个乡镇。鬼子到处抢粮食、抓夫，修碉堡、修公路，还经常到各村扫荡，抓鸡抓羊、强奸妇女，无恶不作。凤苑镇岗田小队的据点，从各村抢去了二十多个妇女，供他们奸淫取乐。静岚县的伪军有一个大队，四五百人，全都是天津、唐山一带的警察、地痞、土匪，摇身一变成了皇协军。大队长就是汤树怀，群众背后都编出顺口溜：

"汤鼠坏，坏锅汤，为虎作伥太猖狂。忽见关公天兵降，刀劈火烤见阎王。"

皇协军狗仗人势，来到这一带抢男霸女，无恶不作。日伪狼狈为奸，欺压百姓，群众处于水深火热之中。大家纷纷要求抗日政权为民报仇，拔掉这个毒瘤。

熊勇将日寇的兽行报告了军分区，新上任的夏海宁司令员召开会议，认为该集中力量，狠狠地打击鬼子的嚣张气焰了。计划决定，调集岚县、娄烦两个县大队以及几个区小队三百人，将凤苑镇的鬼子吸引到东面二十里的择善村西低洼处歼灭，静岚大队配合老独立营趁机端掉凤苑据点。凤苑镇岗田小队有一挺歪把子，其余都是三八大盖，三十多人守在炮楼里。伪军五十人，外边的平房里驻扎。八路军四百兵力，加上各县大队、区小队及民兵八百人，我军比敌人是十比一，士气很旺盛。

咋样能把鬼子吸引出来呢？夏海宁专门来到三区了解情况，命令他们千方百计把鬼子吸引出来。许多人都没见过鬼子，鬼子长的啥样，说啥话也不知道，这可真难为三区的干部了。

在讨论会上，英子建议道："我们放出风来，牺盟会晋西北剧团路过演出，敌人听说剧团来了，肯定想扑过来，这不就引蛇出洞了。"王刚感到她太幼稚了，反问她：

"英子呀，你的想法真是小儿科，服装从哪儿搞？谁来当演员？演什么戏呢？考虑问题不要太天真了。"

"服装有办法，我们在青训班时，知道岚县晋剧剧团有些戏装，借来就行了嘛。晋剧在这一带有一些基础，我看过不少村子的爱好者的表演，晋剧还特别注意运用二人的对唱、轮唱，像《思报国》、《走雪山》，就是先以对唱、继以轮唱，男声方落，女声又起，交替歌唱，别有韵味。"王刚不禁一愣，看不出啊，这小丫头还知道不少啊！他用赞许的眼光看着她，英子想了一下，接着说：

"演员嘛，就用业余爱好者。你别说，他们挺有基础的，就是缺少呼胡、三弦、四弦、鼓板、马锣、梆子等乐器。区长，我这个方法很实际。"她红着脸争辩。王刚心里有点儿动摇了，用剧团吸引敌人再自然不过了。看不出，她平时深入群众的工夫没白费。"不过，我们先把戏服借到手，再向上边报告方案。"王刚下定决心了，借服装恐怕还得叫英子跑跑。英子看到自己的主意第一次被采纳，十分高兴。

岚县晋剧剧团原来红胡子生、黑花脸等生、旦、丑戏装都有，敌人来了后，剧团就作鸟兽散，各奔东西，听说老板逃到晋南，没了踪影。戏装好像叫管服装的就地藏起来了。他们化装成串亲戚的，在县城询问了四五天，终于得知让人藏在四十里外的白家沟一个亲戚白广仁那儿。"白广仁，我们认识呀，咋从来没听他说过还藏有戏装的事。"英子一听说是白会长，眼睛瞪得圆溜溜的，我们舍近求远了。二话不说，他们直奔白家沟。

英子见了白广仁一问，的确，在他家的老窑洞的后窑里，藏匿了一批亲戚叫他保存的戏服，还有道具、乐器等演戏的东西。他端着煤油灯领着大家进去，老窑洞里没有住人，放的都是粮食和农具等杂物，在窑洞最里面不起眼处，他把一个大水缸挪开，露出半人高的洞，大家弯着腰鱼贯进去，里面还有一个小窑洞，剧团的东西几乎都在这里塞着。白广仁指着东西说："你们要借用，没问题呀。现在环境这么险恶，你们还要演戏？"英子多了一个心眼：

"白会长，你别问那么多了，你赶紧想办法雇一辆大车，费用在区里以后统一结算，东西半个月后还给你。你可注意了，这事情谁都不能告诉，听见没有？"白广仁赶紧点点头，满口答应。

王刚觉得英子太能干了，一下子拉回这么多的东西来。这一下子解决了大问题，好，做得太好了。

诱敌方案立即上报，县委觉得静岚三区的诱敌方案很奇特，也很有创意，而且他们把东西都借来了，演员已经秘密开始排戏。王刚向上级汇报，诱敌方案是英子出的，熊勇一听，这个女助理员我们都认识，泼辣、能干。分区对方案反复进行了修改，决定立即实施。

岗田得到各路情报，牺盟会的剧团路过静岚，就在我们的防区择善村，不少人亲眼见到演员们穿着将相、才子佳人戏装排戏，派出的汉奸回来报告，还有不少的花姑娘唱戏哩。

八月的酷暑，依然难忍。可是岗田手里的扇子，越扇心越痒痒。吆西，吆西，天赐良机，大大的好，剧团花姑娘一定美丽，大大的好。不用报告了，等批准了，剧团都跑了。现在集合队伍，皇协军带路，现在就出发。二十个鬼子、三十个伪军急不可待地扑向择善村。小鬼子占领静岚后，还没有遇到像样的抵抗，从来不把土游击队放在眼里。岗田队伍，三八大盖背在身上，大日本皇军就是吓唬吓唬你们，身上的子弹，都是多余的。

京都人喜欢三味弦乐器，边走边弹边唱。岗田平时也能会两下子，现在他忘乎所以边走边弹，把歌词改成低俗不堪的内容，特别是《净琉璃小姐的故事》几段歌词已经改得面目全非：

> 冈崎法师观红衣，
> 源氏落败无霸气。
> 风来寺院平治天，
> 逮住净琉璃姬哼唧唧。
> 哎！哼唧唧。

士兵们还觉得他很有才，胡编的歌词也朗朗上口，跟着一起乱嚎。今天像是娶媳妇，大家心情特别兴奋，一路上咿呀咿呀真开心。前面的伪军嘴里骂着，狗日的日本人，纯粹是一群花皇军。为了躲避太阳的毒晒，队伍越走越稀松，尽挑路边树荫走。

队伍来到一片低洼峡谷的阴凉处，不由得又挤成一团，一阵凉风吹来，太舒服了。突然，脚下接二连三惊天动地的爆炸声，把鬼子炸蒙了，差不多一半人不死即伤，剩下的耳朵嗡嗡听不见，就看见岗田的手臂胡乱挥舞，不知在说啥，四下飞来的子弹，打得人睁不开眼。慌乱之中，他领上几个鬼子躲在悬崖根儿一个巨石凹处，指挥大家拼命还击。中国人还真不怕死，端着枪拼命地冲过来。前面的伪军打着打着，不想再打了，剩下七八个人打算投降得了。

"八嘎"，岗田打死了一个往出跑的皇协军，对面有个土八路的指挥官，他拿过一支三八大盖，趴在石头上露出半个身子，瞄了瞄扣动了扳机，那人仰面倒下。忽然，岗田眼睛被什么击中，头一歪，啥都不知道了。

择善村战斗，生擒两个受轻伤的小鬼子，俘虏伪军六人，其余全部被打死，大获全胜。各县大队伤亡也不小，牺牲二十人，三十多人负伤，王刚不幸牺牲。上级命令，打扫战场由三区的英子负责，其余部队跑步去凤苑镇，端敌人的据点。

凤苑据点已被老独立营和静岚大队秘密包围。天刚黑，伪军的小平房周围出现了许多陌生人，岗哨刚想呵斥，脑袋不知被啥击中，觉得一阵天旋地转倒下了。部队冲了进去，留守的伪军乖乖地当了俘虏。

炮楼是在原来的平房基础上，又加了两层。里面的楼板和上下的楼梯是用木料做成。平时炮楼人多拥挤，现在空荡荡的，留守的鬼子反而不踏实了。岗田他们早就该回来了，可是仍不见影子，周边皇协军那里好像出了什么事，乱糟糟的，今天出啥事了，电话也打不通。夜间鬼子不敢马虎，个个心里感到毛毛的。从瞭望孔看去，碉堡围墙外边有大批人员围上来，不好，探照灯立即打亮。

"八嘎!"足有六七百人包围上来了。鬼子的歪把子还没响，"砰砰砰"一阵乱枪，探照灯被打灭了。漆黑黑的天空，啥都看不见了，炮楼里的鬼子如同热锅上的蚂蚁，从各个射孔里胡乱打枪。外边周围的子弹也都向射击孔飞来，流星般的子弹飞溅在砖墙上，迸出大量的火花。鬼子机枪手站在最高层上，端上歪把子一会儿在南面打，一会儿在北面打，东面也叫他，西面也叫他，忙得团团转。突然"轰"的一声巨响，碉堡塌了，没炸死的也被砸死了。

战斗结束了。部队抓紧打扫战场，拉出十二名鬼子的尸体，歪把子枪把儿摔裂了，修修还可以用。碉堡里除了枪支以外，缴获的战利品还有十来箱子弹和手雷。据点里囤积了上万斤粮食，部队立即搬走，搬不完的分给了群众，碉堡旁边小房子里的二十名妇女也都被解救出来。

凤苑镇据点被拔掉，饭辅大为恼火。残忍地把全镇的房子统统烧光，害得群众流离失所，镇子好几年都没有恢复原来的生气。鬼子也害怕这个地方，直到吉野大队顶替了饭辅大队后才重新恢复。

这场战斗，极大地振奋了军民，军分区专门下发了嘉奖令，三个县的领导和各大队都受到表彰。熊勇担任了静岚县委书记兼大队长，教导员由陈思焱担任。俘虏的两名日本兵交给了晋西北反战同盟会。三个月后，十九岁的英子挑起三区区长重担，不到一个月，她就入了党。

抗日转入到第三年，战争把人们锤炼得爱恨愈来愈深，英子的机智、果断、泼辣作风，深深地感染大家。

转眼小麦又要收割了。山地气候又寒冷，小麦产量低，当地农民普遍种得不多。大村子超不过一二百亩，小村子也就是四五十亩地。龙家庄的群众告诉英子，他们一年只能吃到三次白面，麦子刚收割，大家吃一顿面条。中秋节家家团圆时，吃一顿白面饼饼。过年时，吃一顿扁食帽汤。农民学说时，哎呀，香得很，说得我们都流口水了。英子从小过着优裕的日子，听到这些，感到十分诧异。她在保卫夏收会议上对干部们说：

"咱们都知道吕梁山区苦，可是我还不知道，这苦中苦的苦难是我们无法想象的啊。作为干部不但依靠群众，还要千方百计改善他们的苦境。白面已成为百姓一年四季看得最重的奢侈食品。同志们想一想，如果连这一点点东西他们都拿不到，要我们还有什么用？今年的麦子，一定要抢收回来，绝不能让敌人抢走。"说完她重重地把桌子"啪"地拍了一下，眼里都快冒出火了。这一巴掌让她的右手胀了好几天。

三区汲取了往年的教训，向县委汇报保卫夏收的方案，在敌强我弱的情况下，采用欲擒故纵简单的智慧对付敌人。简洁地说，就是"三放一抢"。三放，就是放敌人进村，放敌人装粮，放敌人出村。一抢，就是敌人出村后设伏，坚决消灭掉，把粮食抢回来。三区的方案对熊勇很有启示，他立刻召开县委会，把各区的区长叫来研究保卫夏收，由英子把想法在会上介绍了。他赞扬地说：

"三区学聪明了，这是一个别出新意的方案。过去我们红军也采用过'欲取故予，诱敌深入计'，致使敌人放松警惕、斗志松懈。敌人呢，拿到粮食以后，肯定会产生麻痹，仗打起来，粮食又会成为他们的累赘，行动又不便。我们不但半路上要抢回来，而且还不能让他知道是谁抢走的。我看这个方案可行，你们各区也可采纳。"会场上纷纷议论起来，大家都觉得这招挺新鲜。三圆提出不同意见："万一我们把粮食抢不回来咋办？"对呀，不少人把目光对准姜凤英。只见她沉稳地站起来，用家乡话骂她："你真是个瓷壶，你不会集中兵力干呀！"熊勇感到他手下这两个女区长针尖对麦芒，平时是好姐妹，可是一到会上就爱掐，真是自己得意的哼哈二将。经过反复争辩、讨论，熊勇最后拍板，总结说：

"这个方案必须完善，要建立在有足够的军事力量把它夺回来的基础上，当然，能快收快打快藏仍然很重要。"熊勇再次夸奖英子，不愧是有文化的青年，凡事都要考虑用新的办法对付敌人。县大队全部集中到小麦成熟的地方去，加强你们各区的机动力量，小麦成熟一片，抢收一片。

饭辅中佐对静岚的治安十分不满，土八路到处都在和皇军对抗。对汤树怀大发雷霆：

"土八路的猖獗，和你的不卖力，大大有关系。今年小麦，皇军统统的都要，你的，像土八路一样，下去蹲点，明白吗？全部下去收上来。哈哈哈……"

汤鼠坏是天津人，出生时胎位是个歪的，一条腿先出来，再出一条腿，大夫以为这小子腿会断，哪知道一点儿没事。几天几夜的折磨，活活地把产妇痛死了。医院的人都说，这是从来没有见过的，纯粹是妖孽横生。

没妈的妖孽，是发了霉的葡萄——肚子坏水，上小学时经常抢小伙伴东西、玩火、砸玻璃、偷窃、打架。他爸是警察局的火夫，也没啥文化，一见儿子闯祸，刚开始扇耳光、打屁股。时间长了，孩子也不怕了，甚至干脆就不回家。他是欺软怕硬，跟比他高的孩子从来不敢动手。

在教室欺负女同学花样百出。冬天学生穿得厚，他把细铜丝捻个把儿，前面留出一寸长，捏住把儿对准前座女生后背反复搓，当细铜丝一旦接触到皮肤时，人就不由得打战。前座女生不知咋回事，一会儿抖一下，过一会儿又抖一下。看到老师走过来，他赶紧收回针儿。结果老师把这个女同学狠狠地批评了一顿。他的一举一动，同座的女生看得清清楚楚，她下课后报告了老师。老师十分生气，一把把他提溜到前台来，在前面罚站。

第二天，上课铃声刚打完，同座的女生尖叫一声，从凳子上摔到地上。大家一看，哇！她的文具盒里有一个两寸长的绿色毛毛虫……小妖孽家庭教育跟不上，学习成绩一直是全班的垫底。三年级、四年级还留过级。这小子还早熟。五年级上体育课，体育女老师刚打完篮球，浑身都是汗涔涔的，脏手还捧着篮球，走到队伍前大声叫学生：

"你们谁过来？"她看见小妖孽跑过来，皱了皱眉头，"从我右边裤兜掏钥匙，去器材室把画线线的铁锨和白灰拿来。"过去女人的裤子都是右边开衩，这小子的手"噌"地就伸到里面去，在里面摸了摸大叫一声：

"哎呀！老师，你这里咋有这么多的头发呀？"他的小手伸进去时，女老师就觉得不对头，操！这个小王八犊子不但乱摸，还他妈的喊叫，女老师又羞又愤上去一脚把这小子踢倒。小妖孽爬起来就跑，边跑边喊叫他摸到头发了。同学们还不知道咋回事，就看见女老师满操场追打他。

清朝老码头，混混儿乱津城。天津"土产"混混儿当时居华北之首，码头、仓库、大街小巷、影剧院、赌场等公共场所，处处扎堆。个个小歪帽、叼烟卷、终日游手好闲、争行夺市、设赌包娼。汤鼠坏十三四时虽然还没有占住地盘，可是整天跟着草上飞、小刀子、二横子横里来、斜里去干了不少坏事儿。学习一落千丈，十六岁时小学才勉强毕业，死活不上初中了。

他爸在警察局求爷爷告奶奶，人家同意让他先进来当勤杂工。三年后终于当上了警察。这小子天生是抓贼的料，入行还挺快，加上社会上认识不少混混儿，整天身着便衣和混混儿们打成一片，黑话学得一套一套的，整天把"我操他姐姐"挂在嘴上。混混儿头儿们知道他是警察，为了自己的地盘稳定，也到处打听案子的线索，这成了他的主要情报来源。他很少抓当地的混混儿，如果哥们儿真的犯了事，早早就通风报信，趁早到外地躲躲。抓的几乎都是流窜来的或者新手。别说，几年破了不少案子，局里慢慢对他重视起来，把他调到侦缉队，开始破大案子。

京津沦陷后，日寇对警察局极不相信，准备大换血。看样子自己干不成了，他拉出三四十个警察和一群狐朋狗友在宝邸、三河一带组织一支抗日纵队，自任司令。打着抗日的旗号，到处搜刮钱财，吃喝嫖赌，无恶不作。

自由自在了半年，皇军派人来收编他们，警告二十天时间之内，在三河县城集中，进行改编。否则就统统消灭！汤鼠坏要价码，中间的托儿告诉他，你要想当大队长，必须有三百人以上的正规部队。别小看这小子，还有点能耐，二十天之内，还真的凑到三百二十人，大部分还都当过兵。他的"参谋长"胡杰霸，人称"结巴"，报来名单：

"报报报告司司司令，一一一支队，一百一一十人，二支支队，一一一百三三十……""行啦，行啦。把花名册给我拿过来，拿过来，叫我看看。"托儿抢过名册翻起来。

"司令伙计，人和册子要相符啊，欺骗皇军是要杀头的呀。"

"嘛？我操他姐姐。别、别介，大哥呀，这是一点小意思，"汤鼠坏说着，怀里掏出一根金条，"您和太君人熟，请多多美言，多多美言呀！老弟我当上大队长，孝敬大哥的机会太多了。"

"啊！哈哈哈……"

日本人没有食言，只要你有实力。这不，还真的给他一个大队长，不过，收编后立即把他们调到山西吕梁山区，编为山西皇协军第六大队，协助日军三十七大队建立王道乐土。

汤鼠坏从日军饭辅那儿回来，赶紧把各中队长叫来商量对策。王八犊子，饭辅王八蛋要三十万斤小麦，真他妈的是个大饭桶。不要说静岚县没有三十万斤，就是把岚县加上可能都不够呢。会议室烟雾缭绕，吵吵嚷嚷了半天，估计谁也完不成任务。汤鼠坏摆摆手，吐了一个烟圈：

"嘛？我操他姐姐，老子叫你们来，不是听你们诉苦的，是给老子出谋划策的。别叫了！从明儿个起，三个中队，一家十万斤，用啥办法都行，一个月之内交粮。滚，都滚吧！"大家嘟嘟嚷嚷地走了。

汤鼠坏"以身作则"，带着一中队来到凤苑镇一带收粮。命令各村的维持会长都赶来开会，会议室里还摆了老虎凳、辣椒水"伺候"，今天打算好好修理修理会长们。谁知，会议刚开始，大家都抢着报告，请大队长到他们村拉粮去，否则，八路来了就不好办了。汤鼠坏感到纳闷：

"嘛？老子成了香饽饽了？各村今年大丰收了咋地？我操他姐姐的，都叫我去拉粮，嘿哟喂！好啊，我一个村都不去，你们全部自个儿交来。"大家央求他派队伍下去，要不然，土八路不让拉。他手里拿着鞭子，狐疑地看着会长们，大家恭恭敬敬地站在那里忙点头哈腰，表示句句是实话。

"行啊，我操他姐姐！妈了个巴子，叫弟兄们都下去，武装押运回来。我看谁敢挡。"说着，他叫人把交粮表填上，各村的数字都给填好，完不成的，可要掉脑袋的。画押，画押喽。

汤鼠坏有自己的小算盘，我就住在镇子上，在这里坐镇收粮，有吃有喝，还自在。反正为你们皇军尽力，能收多少是多少，当然收得越多越好。各村的会长谅他们也不敢拿夏收开玩笑。话说回来，这个穷地方，哪有那么多的小麦呢？

伪军百十号人，共三十几个村，一个村去三四个就差不多了。上牛庄的催粮队来了五个伪军，班长王顺。操，这次还挺顺。江会长是个五十多岁的老头儿，递烟、倒茶，显得挺殷勤，叫弟兄们先歇着，大伙儿正在抢收、抢拉、抢碾哪。班长王顺指了指王虎和小刘子：

"你俩别他妈坐在这里跟菩萨似的，到麦场去督战，催快点，今天还要回去呢。"这俩很不情愿地嘴里叨叨啥，嘟囔着走了。江会长赶紧叫人做饭、派人打酒。老会长恭恭敬敬地给大队长倒茶，恳求他说：

"老总啊，我们这里是穷地方，你们是贵客呀，招待不周，多担待一些呀。你刚说的一万斤麦子凑不齐呀！再说，都拿走咧，乡亲们咋过呀？"王顺手一摆，点了一支烟：

"我说老东西，麦子对你们来说，就是饿肚皮的事，对我们来说，是要掉脑袋的，要命的事，明白吧？快点儿弄饭，晌午都过了，快！"老会长答应着，好，好！小跑出了门。

等了半天，饭还上不来，出去检查的俩弟兄也回来了，大家饿得前心贴后背。他妈的，老东西要我们哪。王顺掂着枪就向出走，只见江会长领上人，拿上饭菜还有打回来的散酒，呼哧呼哧地赶了回来，忙为大家摆好：

"现在百姓穷，周围几个村连个打酒的地方都找不到，这还是派人跑到二十里外拿的我舅家存的老白干呢。来来，喝喝。"说着给他们倒好，自己连忙退下。大家吆三喝五地划起拳来。这顿饭一直吃到日头偏西。王顺站起来，跟跄几步，说："走，走看看粮食去。"弟兄们打着酒嗝儿，用枪拄着地，晃晃悠悠地到了麦场。

"干吗？你们还歇着不干。天都黑了，妈的，磨洋工哪？"王顺不满，说着拿着枪托对着一个老汉砸了一下，农民赶紧把老头儿扶走。"快干!"老会长督促大家。麦场上又开始碾轧、扬场、装袋、过磅、装车，这时天早已黑透。老会长叫他们住一晚，明天再走。王顺害怕夜长梦多，妈的，摸黑也要回去。大家饭饱酒足，扶着拉粮的牛车，晃悠悠地向外走。走了有半个小时，路两边突然冒出三四十人，大喝："不许动!"等王顺几个明白过来时，枪已经叫人家下了。这时，弟兄们才明白这回真的遇到了八路。

左眼跳财，右眼跳灾。汤鼠坏这两天右眼老是跳，总感到不踏实。果然，坏消息一个个传到凤苑镇来，出去八十名弟兄，回来仅仅不到三十人，亏大了呀。中午，一个小孩送来一封信，他急忙拆开一看，是八路熊书记的，警告他，不许再为虎作伥，欺压百姓，强索粮食，否则，过几天将保不住脑袋。我操他姐姐，宁愿叫饭辅臭骂一顿，也不能吃八路的枪子，汤鼠坏带上残兵败将逃回了县城。

日寇感到这几个县土八路太"猖獗"，明明夏粮丰收了，却收不上粮食，还白白损失二百多人。于是他们开始了针对静岚、娄烦、岚县进行大扫荡。敌人出动了一万六七千人，疯狂地围剿八路军机关，对各乡村拉网式搜查。形势十分险恶，分区独立营在岚县郭家沟为了掩护机关和老乡，节节阻击敌人，结果陷入两面重围，遭受重大损失。英子按照县委要求，化整为零，蛰伏静观，所以，三区损失不大。

8

这次多亏了英子的三区同志，独立营的冬装彻底解决了。小鬼子的棉衣，做得挺精致，里面印有"中国派遣军 14 师团·松户衣料所"字样。大家开玩笑，穿上鬼子的服装，下次拔据点时，可以大摇大摆地进去消灭他们了。可惜呀，不会日本话，咿呀咿呀的。孙家圪台的老乡们说，你们穿上黄皮，和鬼子都认不出来了。营里干部对各方的反应，十分重视，部队穿上鬼子军装，敌人虽然认不来，老乡也认不来了。羊子叫三哥在附近镇子上找了一名刻字先生，刻出"八路"木模子，又找了个砚台，把墨研好，用毛笔涂抹在木模上，分别按在黄军衣左胸部和左臂。这样，以免大家产生误会。部队从长远打仗考虑，留出二十套服装，以防万一，说不定以后有用处呢。

夏海宁来到独立营传达上级指示，营里几个干部聆听司令的教诲：日寇对陕甘宁边区一直虎视眈眈，几次企图渡过黄河天险，将魔爪伸向陕西大后方，都被八路军和友军粉碎。今年春天，又纠集大批敌伪军分六路大扫荡，企图趁机一举渡过河去。坚决不能让敌人的阴谋得逞。军分区命令，独立营立即赶到临县三交镇一带，与兄弟部队和友军一六九旅联合阻止敌人，将联合八路军一部共同围歼敌人。

他说完，寓意深长地对三哥说：

"这次和一六九旅第一次并肩作战，意义非同小可。大鼻子姜龙魁现在已经是旅长，这个人把民族大义看得很重。我们主要配合人家，你们是老乡，关系特别。记住，一定利用好老乡关系，打好这次战斗，不过，私人的感情不能代替原则，不能做交易。"他说到这里，突然想起什么：

"你上次把那个英子护送到她父亲那里，谈得怎么样？"三哥如实汇报，她爸是个老顽固，刚开始一见面还亲得很，后来就坚持叫她脱离共产党。她不愿意，两人大吵大闹一场。她爸要扣押她，她说，你敢扣押，我就不活了，说着就拔出手枪要自杀，她爸和她抢夺，结果一枪把阎锡山像的镜框打碎了。她爸害怕了，没有想到她那么刚烈。后来叫我护送回去，还给我发凶，说他的女子有啥闪失，拿我是问。说到这里，他骂一句：

"狗日的大鼻子，他求我还给我发凶。他把女子卖给我咧？""慢！"夏海宁装出一副严肃的神情：

"史啸山，大家都说，你是大鼻子的乘龙快婿。你看独立营的装备快赶上晋绥军了，是不是？别人要不来的东西，只有你才能搞来。你说，一六九旅把你喂得差不多了，你居然敢骂老丈人，大胆！"三哥开始吓了一大跳，一看司令是拿他开涮，不好意思挠挠脖子：

"司令，从来没有的事，千万不敢这样说。人家是财东有钱人家的小姐，能看上咱这穷光蛋？"

夏海宁在他这里住了几天，和他推心置腹地谈了如何利用一六九旅，扩充部队实力和势力，还要注意在战斗中保护自己，保存革命种子。最后鼓励他和姜家搞好关系，掌握好同志之间感情，也不要太小看自己，用自己的人格魅力获取人家的欢心才对。

一六九旅旅长柴华在两个月前的中阳保卫战中，英勇指挥战斗，不幸的是胸部被日寇掷弹筒爆炸的弹片击中，抢救无效最后为国捐躯。大鼻子怀着巨大的悲痛，亲自把多年的老上司、老朋友、老战友的遗体护送回家。不久，晋绥军任命他为旅长。大鼻子把任命书放在桌子上，捏着柴华的相片，双泪纵横，伤心了整整一天。

独立营赶到了上级指定的临县林家坪，羊子和三哥参加了联合作战会议，会议在五里之外的一个寺庙里秘密举行。参战部队有晋绥军一六九旅、八路军一二○师的特务团、独立营和几个县的县大队。议题是消灭三交镇前往碛口的日寇，确保碛口渡口的安全。

夏海宁介绍了当前的敌情：日寇三十七大队和伪军五百人将从三交镇出发，沿着湫水河公路向碛口进犯，企图占领渡口。一六九旅作为主要力量，在南双塔一线两侧伏击，独立营负责在武家坡以北阻击敌人，临县、岚县、邻杉大队负责扎口子，特务团作为预备队。为了搞好协调，临时组建联合指挥部，大鼻子担任总指挥，夏海宁为副总指挥。在开会之前，三哥把在静岚碰见英子告诉了姜龙魁，他十分高兴，两只大手连拍着他的肩膀，好！英子的安全你要负责，告诉她有机会来看我，我确实想我女子咧！

为了打好这一仗，独立营的战士在武家坡两边的山坡上，连续两天修筑工事，这里的工事难做，都是一些岩石，只能利用、修补。所谓的公路实际就是河道，在阵地前宽二百米处埋了不少地雷，一连在左翼，二连在右翼，各连按梯次配置。新组建的三连作为预备队。现在的独立营，人员齐满，武器也不错，三挺机枪，三百五十支步枪，少一半三八大盖，多一半中正式。特务团看见后，嘴里一个劲"嗷嗷"，装备不错，黄衣服一穿，你们活脱脱地像一支日本大队嘛。可惜，你们就是没有重武器。

兄弟部队的话，又提醒了他们，赶紧四处打听谁会打日军旗语。一六九旅很快知道了，给他们派来了旗语兵。

三交的敌人出动了。侦察员报告前面是伪军的骑兵连，中间依次是伪军一个团，日军三十七、三十九两个大队，最后是工兵中队，整个队伍浩浩荡荡，足有二里长。敌情发生重大变化，人数增加了一倍多。原来日军临时将静岚、岚县的日伪军也猬集一起，集中了四五个县两千多的兵力，去抢占渡口。其中，饭辅三十七大队气焰最嚣张，走一路，烧杀一路。汤鼠坏大队借机大肆抢掠群众财物。

这仗打还是不打？弄不好，吃不掉敌人反而叫敌人咬一口。联合指挥部的报告刚报上去，八路军晋绥军区立即回电，弓已上弦，不惜代价，必须狠狠打，绝不让敌人占领渡口。晋绥军给一六九旅回电，寻机作战，避免过大伤亡。两个不相同的指令，指挥部也就出现严重的分歧。一六九旅参谋长王金生不冷不热地说：

"旅座，上峰的意思再明白不过了，这仗不能打了，打赔了，上司追究下来，我们担待不起啊！"夏海宁马上驳斥：

"我们总的兵力还是比敌人多，即便是不能全歼敌人，但是阻止敌人强占渡口是最大的功劳。开弓没有回头箭，黄河一旦失守，我们就成了千古罪人了。"王金生反讥说：

"夏司令，你们都是一些游击部队，打得赢就打，打不赢就跑。国军就不行了，我们是战场的主力，一旦陷进去就拔不出来了。"

"王参谋长，此话颇有偏激。贪生怕死、苟且偷生不是山西人的个性。自古以来中华儿男置于死地而后生，背水一战的战例还少吗？"姚复华对王金生不顾大局、保存实力的观点不认同。他中肯地说：

"碛口是主要渡口，那里以八路军为主打阻击，确保大后方的安全。这里虽然由贵军担任主力，可是我们近四千人的部队是下了死命令的。截头、堵尾全部由我军负责，八路军是一个负责任的部队，担任预备队的特务团虽然没有重武器，但是力量也不可小觑。希望你们战前不要动摇指挥官的决心。"

大鼻子这几年和八路军打交道，知道共产党说话算数，武器不怎么样，士气还不错。思来想去，日寇一旦过了黄河，家乡岂不成了第二个山西，任凭鬼子践踏……时间不能容忍继续讨论下去了。他把桌子一掀，骂道：

"王金生，吵你妈的逼！打，坚决打！三军可夺帅，匹夫不可夺志也，天塌下来有老子顶着。"说着手攥着的九节鞭往出一抽，"哗啦啦"一条银蛇在空中一转，"咔嚓"一声，只见钢鞭头直接将一条桌子腿击断。总指挥的决心，深深地感染了在座的人们。两位指挥员双手紧紧地握在了一起。一六九旅一团长是李福贵，性情耿直，善于打硬仗。作为主力团，承担着伏击主要任务。重机炮连已成为机炮营，老资格的胡德水现在已经是营长，虽然没文化，做事粗糙，但是他对各种机枪、火炮摸索了七八年，会装会卸，对其性能了解得比较透彻。

敌人进入了一六九旅一团的伏击圈，枪炮声顿时响起。敌人一时被打蒙了，队形大乱，鬼子和伪军为抢隐蔽处还打了起来。饭辅大怒，拿起手枪打死几名伪军，声嘶力竭地喊叫：

"皇协军通通的攻占南边的山头，皇军的机枪掩护。"他指着南边山头制高点。汤鼠坏知道今天逃不过这一劫的，我操他姐姐！豁出去了，向上冲，第一个冲上去的奖五百元，其他的奖三百元！伪军在鬼子的机枪掩护下拼命冲上去。李富贵看见日伪军凶猛的进攻，要求各营、连一定要守住阵地，把敌人压下去。

前边的骑兵，听到枪声，两腿一夹策马向前突围，敌连长一看前面有"皇军"打着旗语，不顾一切奔了过去。"轰隆轰隆"，河道一阵阵地雷爆炸，炸药、铁片、飞石瞬间乌烟瘴气，横飞竖击，战马的嘶叫声、人群的哀号声交织一起，五六十号骑兵瞬间人仰马翻、相互踩踏，侥幸没死的还在向前面的"皇军"招手呼救，迎面来的却是一阵枪弹。

尾部的日军三十九大队一部见被围，架起轻重机枪猛烈扫射，一百多鬼子凶狠地向后冲。县大队火力较弱，几乎堵不住了，多亏特务团压了下来，又把敌人赶了回去。

包围圈虽然在缩小，但是敌人更加疯狂。几个回合下来，鬼子发现对方一时吃不掉他们，便集中火力，架起了迫击炮、小钢炮对准南边制高点，不断地轰击，企图控制制高点，一六九旅一团伤亡较大。大鼻子从望远镜里看得清清楚楚，叫胡德水集中火力把敌人炮火压下去。战斗进入胶着状态。

远处天空飞来两架日寇敌机，开始向两侧山头轰炸，鬼子在空中支援下，疯狂地抢占山头。饭辅心高气傲，两三年以来，一直受到土八路、游击队的袭扰，零敲碎打地损兵不少，尚未与对手面对面地正式交战，现在机会终于来了。他一面派日伪军轮番向上攻击，一面自己带上七八十鬼子从左翼的一个沟坎里迅速向上运动，鬼子的迹象被特务团隔沟发现，赶紧派部队阻击，但是被鬼子三十九大队火力封锁，等一六九旅一团发现时，鬼子端上刺刀已经冲了过来，山头上混战在一起。夏司令员忙叫特务团冒死前来支援，敌机发现了，飞机机枪不断地扫射特务团的阵地。大鼻子气得命令重机枪对着混战的人群射击，参谋长王金生急忙阻拦，旅座，不敢啊！他把参谋长推一边去，打！统统把子弹打光。一六九旅的重机枪如秋风扫落叶般，一阵子，阵地上国军和鬼子全部倒在地上。饭辅头部、胸部各中一弹，当场死亡。

敌机终于发现了联合指挥部，机枪"哒哒哒"地扫过来，一发子弹从大鼻子的右肩打穿，他当场昏迷过去，夏司令员的大腿也负伤，血流不止。王金生见状，这仗不能再打了，下令一六九旅逐渐撤出战斗。

日寇残敌和伪军冲上了山头，伏击战已经失去意义。敌我双方都无力再战。八路军立即按照第二方案后撤到漱水河下游第二个伏击点。但是，在掩护大部队撤退时，羊子不幸被鬼子炮弹片打中头部，英勇地牺牲了。

三哥背着他走了整整十里，谁换都不让，泪水糊满了脸颊，朝夕相伴的人儿，咋说走就走了呢？独立营跟着营长默默地走着，谁都不做声。尤其是当年的三中队战士和他有着深厚的感情，"风萧萧兮易水寒，壮士一去兮不复还。"在漱水河高高的北山上，找到合适的位置，全营的战士，轮流都给他培了一锹土，安葬了亲密的战友。

杨智子，也就是我们亲爱的羊子营长，他躺在高高的山冈，听着汹涌奔流的黄河水拍打着两岸巨石，发出惊天怒吼，中华民族是不可战胜的；望着巍峨耸立的宝塔山，你是全中国的灯塔，照耀着祖国的明天；闻着河对岸安详静谧的家乡气息，那是我们炎黄子孙赖以生存的命根，谁不爱自己的家乡呢？

南双塔伏击战，敌人损失惨重，工兵几乎全部报销，作战部队死伤近二百人，伪军死伤三百三十人，饭辅中佐被击毙。从此，日寇再也无力进犯黄河河防。八路军损失一百八十人，光独立营就牺牲了四十七八人，二连连长王强被鬼子的掷弹筒击中胸部，当场就牺牲了。事后，听说晋绥军一六九旅损失六百七十人。

按照军分区安排，独立营在邠杉阳圪台一带休整。阳圪台村处在一个山洼的半坡上，上下窄、南北长。全村有八十来户人家，群众基础好。营部搬进石匠李大爷家里，各连分别驻扎在周围的几个村子，新组建的特务连随同军分区活动。这一段日子比较稳定，部队对新补充的战士进行教育、训练，尽快地补充老连队。没多久，上级任命三哥为独立营营长，派来"四眼"陈思焱为教导员。

三哥看见李大爷家的院子里有一棵碗口粗的枣树，仿佛闻到家乡的气息，好像回到家里，李大爷一家人格外亲。大爷的手很巧，锅台上石板、缸上的石板盖和炕台、窗台都是石板凿出来的，院子里的石桌、石凳不但精美，而且上面雕龙刻凤。房子的基础、院墙都是石头砌出来的。三哥在院子仔细地端详着石大爷镂空的石头茶壶，赞叹不已：

"大爷，镂空这只壶用了多长时间，需要多大一块石料呢？"说着给大爷递了一支烟，并给他点上。大爷吸了一口：

"嗨，庄稼人胡甚哩。也没有算过时间，抽空的活。老三你要是喜欢的话，就拿走。"百姓把尊敬的人，都喜欢在前面加个"老"字。老三、老苏、老夏等等。他用手掂了掂石壶。挺沉，起码有四五斤。忙笑着解释说：

"大爷，仿这只壶，我们把石头镂空，里面装上炸药能把石头炸碎，石片飞起来就可以击中人，对不对？"大爷接过壶，沉思不语。四眼走进来，接过壶说：

"看不出来呀，你们在研究石头地雷呀。咋样？壶壁的厚薄决定着成功。"三哥捶他一拳：

"四眼，关键时老是让你说破。石头厚了，炸不开；薄了就炸成碎末，威力不大。"大爷明白了他们说的事情，慷慨地告诉他们，他再镂空几块石头，薄厚不一样，任部队试验使用。大爷的话，着实叫他们感动。

一个月后，大爷把三个镂空的石头地雷交给部队，三哥命令朱大个子找几个地雷老手，把炸药填好，在河滩地里做试验。分别编为一号、二号、三号，全都在外边染上红漆。一号的石壁最厚，有六公分，二号有四公分，三号有二公分。炸药量都一样。

按照规定，试验场设置了六个观察哨，主要观察石头飞行距离和速度，当然，速度越快肯定飞得越远。营长和教导员把大爷带上趴在远处观看。只听见那边的哨子一响，"轰隆"一声，河滩一股烟雾。观察员报告，第一声爆炸，红石片在五十米开外；第二声巨响，红石片在一百二十米；第三声巨响，红石片到了三百米之外。

大家坐在一起分析研究，三号的石片应该说是最理想的，爆炸后的石头已经变成多棱形的石子，差不多直径为二公分，基本上成为多棱形石子，飞行的速度不逊于子弹。一旦击中人体，不死即伤。李大爷的功劳，独立营永生难忘，部队还住在他家，每天的补贴多给了大爷一倍。

时间过得很快，一转眼，炎热的夏季也没几天了。军分区按照八路军总部破袭大战的部署精神，召集了独立营和几个县大队会议，重点研究破袭交通线问题。上级要求他们破坏同蒲铁路不得少于二十公里，还要求必须把岚县、娄烦、静岚、西阳曲县的公路全部破坏掉，至少让敌人的汽车开不动。军分区副参谋长熊勇在会议上拿出初步作战方案：

各县县大队、区小队集中力量摧毁各县的公路，西阳曲县配合独立营一连、二连摧毁同蒲线，独立营三连配合静岚大队摧毁静岚境内公路。方案刚一念完，三哥"嗵"的一下站了起来："熊副参谋长，你这是巴掌穿鞋——行不通！我坚决反对把独立营分开。"他不容熊勇反驳，急忙向会场解释：

"上级要求摧毁同蒲线意义重大，山西南北铁路大动脉被拦腰截断，日寇的运输线将遭到沉重打击。摧毁二十公里铁路需要有两千人的兵力，不但要拔掉阳曲段三个据点，还要阻击两头来援之敌，我们要掩护的是几千名扒路队的老乡啊。"听了他的发言，会议上顿时吵吵嚷嚷起来，有人赞同，有人反对，反对的几乎都是各大队的领导。

夏司令的伤势没有完全好，他躺着和姚政委耳语几句。姚复华看了看会场气氛，站了起来说：

"同志们，大家静一下，静一下。上级的意图十分明确，就是把敌人的交通线搞垮，使其彻底孤立，寻机消灭它。交通线有主次之分，大家想一想，哪个更重要呢？孙子兵法讲究胜兵先胜而后求战，败兵先战而后求胜。刚才的方案就是一个初稿，大家谈谈也好。不过，在座的都是指挥员，大家应该有全局观念，是不是将拳头攥紧，一截一截地把它斩断呢？"政委的话启示了大家，大家纷纷发言，一致同意集中力量来一个大破袭。原来有本位观念的同志也都想通了。

最后，夏司令命令：先破除同蒲铁路。西阳曲县动员民兵两千人、静岚一千人、娄烦一千人七天后在指定地点集合。独立营负责拔掉黄寨镇据点，静岚和娄烦两个县大队分别拔掉邯村、南村据点，五天之内，必须拿下。其余各县立即开始行动，以扰乱敌人。待同蒲线摧毁任务完成后，分区将再集中力量，彻底把其他各条公路毁掉。最后，司令员告诉大家，一二〇师派特务团在北线和我们同时摧毁同蒲线，和我们遥相呼应，大家一听感到非常振奋，露出了笑容。

散会后，三哥刚一转身，屁股就被人踢了一脚，刚想骂，只见熊勇指着他骂：

"蠢崽子，你真是'狗咬吕洞宾不识好人心'，我的方案，还不是为了减轻静岚的压力。你再敢多说一句，我就大声喊你和英子……"三哥右手一把搂住他的腰，往前一顿，左膝盖上去就顶住肚子，左手顺手抹下他的帽子塞进嘴里。熊勇也不吃亏，忍痛趁机贴紧史啸山，把他兜里的一盒烟掏走了，大家见状哈哈笑了起来。

军分区立即行动了起来，作战队伍一千多人秘密地集结在同蒲线以西的大直裕、思西一带。

黄寨镇在铁路的西边，镇子呈南北状，只有一条街。鬼子的炮楼在镇子和铁路之间，炮楼的东边就是候车室、道班房。独立营指定新任一连连长刘财财带人去侦察黄寨镇情况，刘连长他们去了两天，摸清了一些情况。炮楼里共有二十名鬼子，属于同蒲线守备队的。炮楼旁的平房里驻扎伪军一个中队，鬼子一挺歪把子机枪，伪军一挺。周围两三百米没有可遮挡之物，全是开阔地，强攻代价太大，必须智取。

军分区听取了黄寨镇侦察情况，结合地下组织情报，认为夺取黄寨镇炮楼需要一支化装成"皇军"的队伍，出其不意、攻其不备地占领据点。配合的强攻部队必须头天晚上悄悄进村，村子必须封闭，部队要潜伏在村巷，不得入户。

上次鬼子的服装都是冬装，请当地妇救会发动群众连夜抽出棉花，改成夏装，以免露出破绽。经过与上级敌工部联系，派来了反战同盟战士松山一郎。

松山一郎今年二十一岁，是日本京都人。祖祖辈辈居住在松尾山町下，嵯峨河畔的松尾小镇上。父亲在松室河原町开了一个小染坊，母亲在家辛劳持家，一个妹妹松山秀子比他小三岁，战争之前，全家四口人也其乐融融。在当地居民中，日子属于中等偏上。

松尾在幼稚园受的启蒙教育是什么呢？教师对孩子们循循善诱，小朋友长大就到中国东北去，那里有许多许多的大苹果，把它拿回来。教的儿歌："骑大马，过大江，东北是个好地方。吃苹果，吃鸭梨，红红太阳要升起。"考上市立松尾中学后，就得到军国主义的熏陶。每周都有军事课，军事教练告诉同学们，日本处于太平洋西岸，环太平洋群岛，国土面积小，火山还不断地喷发。地壳在不断地运动中，总有一天会把日本沉下去。怎么办呢？他看着面面相觑的同学，唯一的出路，就是把中国的东北割让给我们，东北有铁矿、煤矿，储量非常丰富，地上还有大片大片的森林。中国人要是不让给我们，咋办呢？大部分同学喊叫，把中国人赶走，把他们打跑。对！教练赞许道。所以，大家一定要上好军事课，将来到那里去，打败他们，把日本的旗帜插在那里，让我们子子孙孙永远久住下去。

按照当时兵役法，两丁抽一，就是说每家有两个男孩的，必须有一个要当兵服役。中国全面抗战爆发的前一年，松山一郎十六岁时，就吵闹着要当兵，父亲不让，家里还指望他继承小染坊呢。其次，年龄不够，又是个独苗，兵役所没收他。第二年，他偷偷跑到同学野冈家里，野冈的表哥是第九旅团的吉野少佐，部队即将开拔到中国去。吉野认为这两个年轻人热情高，天皇陛下就需要这样的爱国男儿。他主动去说服兵役所，最后勉强说服松山一郎的父母，破例当上了兵。他和野冈在三十六步兵大队新兵训练营，接受了百日强化训练，通过考核，穿上了中士的军装。第九混成旅在京都大将军西鹰司町操场上，举行告别仪式。妹妹松山秀子和父母亲都来送行，大家含着热泪，祝福勇士们平安凯旋而归。

松山一郎在静岚择善战斗中被俘。开始他一直寻机自杀，无奈，八路军看管得太严，几次都自杀未遂。相反，八路军的热情、无微不至的关怀和尽心尽力的治病，在灵魂深处不断地触动着他。在延安学习、反思了几个月后，他才感到从小到大，中毒太深，年轻人太容易上当了。当他看到反战同盟的战士们又返回前线发挥作用时，他也要求加入这个组织。

根据他的觉悟程度，八路军把他又安排在晋绥边区敌工部，主要任务就是分化、瓦解日军军心。这不，根据军分区的请求，上级派他来随同协助参加破袭同蒲线的战役。

战斗打响的头一天晚上，刘财财带上松山一郎，悄悄地来到了铁路旁，爬到了电杆上，破开电话线，戴上耳机接上线，听听敌人动静，看来日军对我军的部署尚未察觉。军分区决定一切按计划执行。

第二天早晨，天刚蒙蒙亮，雾霭还没有散去，铁路线上一队"皇军"挑着太阳旗，出现在人们的视线里。这是独立营抽调的三十名精干的战士伪装成日军，威风凛凛地由南向北沿着铁路线走过来。炮楼里值班的鬼子看见自己人走过来，感到有点儿纳闷，忙打起旗语，询问是哪部分的。三哥低声叫一郎快挥舞小旗，就说我们是吉野大队的，行军把路走错了。队伍越走越近，鬼子哨兵喊叫：

"吉野大队，你们把路跑错了，看见铁路应该清楚了，还到我们守备队这里干啥？"松山一郎走在最前面，边走边回答：

"你们忘恩负义，两年前中国人袭击你们时，是我们援助了你们，现在到你们这儿休息休息。"鬼子的哨兵丈二和尚摸不着头脑，还在一个劲儿想两年前的事。吆西，想起来了，他当时还没有在这个据点呢。炮楼下的空地，日军正在上早操。日军早操时，一律不许拿武器，徒手先做"天皇圣训"。伪军为了表示忠心，也徒手在后面人模狗样地站在那里听天书。

快进大门时，大家悄悄地打开了保险，战士们心里突突的，可是看见三哥器宇轩昂，大步流星地向里走，大家情绪稳定了许多。值班的鬼子感到不对头，为啥只有一个人和自己对话，而且这些人咋越走越快好像要跑着进来？他大喊一声："停住！"

但是，为时已晚，三哥在大门口时把两颗手榴弹弦拉开，一二三，默数三秒，一把全扔进院子，只听"轰轰"两声。排长杜三娃端起歪把子对着人群就扫射起来，值班的鬼子站在楼上，只有一支三八大盖还企图反抗，为了一郎的安全，三哥不让他进院子，一郎只好依靠着围墙瞄准打哨兵。过去，只见过日寇端着枪，扫射着中国无辜的百姓，现在该一报还一报了。爆豆似的枪声，打得鬼子、伪军抱头鼠窜，只恨无地可钻。

枪声就是命令，镇子里的八路军冲了过来，值班的鬼子一见不妙，赶紧打电话，线早就被掐断了。战士们用枪把敌人逼到平房根儿，一个鬼子不知啥时候跑进房间里，从窗户里往外扔出一颗手雷，结果碰在窗框上，爆炸了，被炸的都是自己人，他自己也被炸伤。这时，独立营已全部控制了炮楼，值班的鬼子在楼顶上负隅顽抗，守在楼梯口还打伤两名战士，捉活的没有必要了，往上扔手雷炸死他。战士们趁着爆炸声，飞奔了上去，这家伙还没死，但是右臂已经抬不起来了。

这场战斗，干脆漂亮。活捉三名受伤的鬼子，三十一名伪军，其余全部被打死。独立营二人牺牲，六人负伤，这主要是战斗刚一打响，敌我双方穿的服装都一样，混乱中造成了误伤。这对独立营来说，是一个深刻的教训。在打扫战场时，松山一郎一再要求将伙伴们的尸首堆放好，用军用毛毯遮盖住，天热防止苍蝇，由敌人最后来清理。

黄寨镇战斗虽然结束了，但是十里之外的邶村却出现了意外。史啸山命令一连打扫战场，自己领上其他战士跑步支援。

原来，在路基的西边，邶村据点虽然只是个平房，外表给人一种铁路道班感觉。但是伪军十分狡猾，在房间周边留有射击口，外墙壁上的藤蔓叶枝把射击口全都罩住，房间旁边有一个半地下室的暗堡，地下室与小平房连通，外边像是一个小土包，长着荒草，里面却是暗堡。侦察人员化装成送菜的，曾经进去，但没有发现特殊之处。静岚大队听到黄寨镇战斗打响后，立即向邶村据点发起进攻，结果两次进攻被敌人的机枪打了回来。静岚大队还伤亡七八名战士。

独立营将邶村据点紧紧包围，集中了三四挺机枪教训了敌人，就开始喊话。据点的电话线断了，又被八路重兵包围，敌人内心有些动摇，但是伪军班长坚信自己的暗堡，八路没有大炮拿不下来。看来，伪军是不见棺材不掉泪了。部队发起了攻击，几挺机枪封死了暗堡的射击孔，几百支步枪同时射击，子弹"嗖嗖嗖"从射击孔飞进来，打得敌人无招架之力。爆破班从路基东边倚仗着死角匍匐前进，战士刘富拔出手榴弹扔出去，趁着爆炸的烟雾，抱上炸药包扑上了暗堡，拉响了导火索。"轰"的一声，暗堡全垮了。战士们顺利地结束战斗。按照原先部署，部队立即赶赴铁路两头，分别阻击来犯的敌人。

当天，几千民兵把铁轨一节一节卸掉，枕木全部拿走，路基上的石子全部撒到两侧地里去。部队规定，铁轨拉到山区上交，八路军兵工厂需要。枕木谁拿回去就是谁的。

太原的同蒲铁路守备司令部，发现全线遭到攻击，不知所措，开始沿线打了一阵，结果受到猛烈打击，就缩回去了。同蒲线破袭战的胜利，极大地鼓舞了军民，各县开始加紧了公路破袭战。

上级要求，各地方武装力量，监视、阻击敌人，保护好破路的群众。独立营把部队分开，去帮助各县尽快打开破袭公路的局面。三哥叫一郎跟随自己一起行动，率领一连去了岚县，四眼和二连去了静岚，姚复华率领三连去了娄烦，司令员带着司令部和特务连留在西阳曲监视敌人。

岚县有三条公路，一条向北去岚漪镇，一条去鸽硐镇，一条去娄烦、太原。三哥和县委李升升副书记商量，当下先将娄岚公路摧毁，集中力量在曲立、葛铺偏僻处下手。他们发现这里的河流湍急，加上秋季河水流量比平时大得多，走到一处峭壁，山上还不停地掉石头，引起大家的兴趣。观水有术，必观其澜。如果用炸药把山炸掉，公路岂不是断了吗？可是，用炸药单一炸山不划算。刘财财建议，我们把炸药填埋好，等敌人来了再炸，一举两得。他的主意，大家都觉得不错，但是还要仔细研究。

经过一番认真讨论，会议决定采用炸山办法，县委组织民兵打洞、填炸药，独立营负责警戒、阻击敌人。工作在夜间进行，上百名民兵一晚上打了两个大洞，各填装了一百斤炸药。引信只有五米多长，看来只有找两个胆子大的人了。三哥选用了胆大心细的王栓、赵勇生，并告诫他们：

"记住，选你俩不是选二尿，胆子不光要大，还要机智灵活。"他俩连连点头。他俩选在河岸石崖下进行，背对着公路，因此只有看信号弹行事了。

一连几天，鬼子不见影，伪军也没有见到。大家感到挺奇怪，一打听，原来太原日军被八路军的破袭战打怕了，要求所有的鬼子不许出据点。为了省点炸药，只有炸一个洞。大家大白天就把洞口往宽挖，填了六十斤炸药，"轰隆"一声，炸得非常成功，还引起了大面积塌方。可惜呀，鬼子没有品尝到。

大家一鼓作气，给岚河改道，让河水冲刷路基，叫敌人在短期内无法修复。县委又发动各区、乡的民兵抓紧破坏其他的道路、桥梁，叫敌人寸步难行。

后来八路军总部总结：这是一场"百团大战"。

9

连续三个月不间歇的破袭战斗，三哥明显地感到大家很兴奋，可是部队十分疲劳，几乎天天都有人员伤亡。在王家会，他碰见夏海宁。俩人好长时间没见面，感到格外亲切。司令的伤势基本好了，他高兴地叫警卫员把汾酒拿出来，说："老子告诉你，这还是你们黄寨镇上缴的战利品呢。"他一听有些后悔，妈的，当时清点战利品时，狗日的四眼居然骗他说，有几箱是书籍不用查。于是，嘴里嘟嘟囔囔地说："亏了，我光清点武器了，没打开看。"夏海宁看他盯着汾酒贼溜溜的模样：

"咋啦，后悔啦？"他忙辩解：

"不不不，我这是撅着屁股看天——有眼无珠。好酒、好烟应该上缴。上级吃好，我们打好，这个原则不能改变。"说着就用牙启开了瓶盖。夏海宁又撕开一包烟，骂道：

"你个小崽种，讽刺老子一套一套的，是不是翅膀硬了，都成了精了。"他咕咚咕咚地给司令倒了一茶缸，给自己倒了半碗，赶紧双手捧上，敬夏海宁：

"司令，当年您不收留我，哪里有我的今天？战利品应该上缴，可惜也便宜别人的嘴巴了。"说完，一口气喝了个底朝天。警卫员又端上来一大碗煮熟的黄豆，他抓了一把，填进自己的嘴里。夏海宁知道他本位主义严重，这也不是一朝一夕能改的，他把话题一转，说起工作来：

"这次的百团大战，对全国影响很大。上级说蒋介石都发了好几封电报夸赞八路军敢于出击，大大抬高了八路军的地位。战报说已经歼敌二万余人，日寇在山西、河北、山东的铁路、公路基本瘫痪。你们营损失大不大？建制没啥问题吧？"他又喝了一口，奇怪地看着三哥，这小子愣神，"咋啦？喝呀！"抬腿就踢他了一脚。

独立营在这次战役中，零敲碎打参加了大小十一次战斗，共歼敌一百三十余人，我方牺牲四十七人，受伤住院五十四人，其中，有十六个重伤员，重伤员可能这一辈子残疾了。夏海宁端着缸子沉思了半天，要奋斗就会有牺牲呀。他还告诉他，姚政委在临县木瓜坪破袭战中，右臂受伤被迫截肢。三哥一听把碗重重地往桌子上一蹾，真他妈的郁闷。

为了总结经验，指导好下一步工作，分区召开了会议，通报了战役战况。夏海宁总结了独立营战绩和损失，也公布了各县数字：全区歼敌共二百多人，破坏铁路、公路七十多公里，拔掉大小据点二十一处，在一定程度上改善了根据地的局面。但是，有奋斗，就会有牺牲，我方伤亡一百六十人，其中，中队以上干部九人牺牲，四人重伤。夏司令员战后总结会上提示大家：

"今后一段时期，日寇会疯狂地报复，各县抗日政权必须全部转入地下，县大队要分散活动，独立营也要化整为零，不要增加地方给养的负担，重武器要隐蔽起来，通知群众把粮食和值钱的东西藏好，绝不让敌人拿走。"

会上熊勇规定了今后各部队联络方式。为了防止目标过大，军分区首长也分散了下去。夏司令的讲话，犹如醍醐灌顶，大家千万不能叫胜利冲昏了头脑。

独立营按照军分区化整为零、分散打游击原则分别行动，三哥不放心再次召开干部会议，强调：

"各连可以以班、排为单位，但是人员绝不能减少，人心不能散。武术里面有句行话，叫做"形散神不散"，我们独立营要形散心不散。最后队伍还要集中起来，到时候，老子看你们的成绩。谁的人多、武器全，可以论功行赏。"有人喊叫：

"三哥，咋赏呀？"他愣了一下，不假思索地说："你能带出一个排，你就是排长。能拉出一个连，就是连长。"那人又喊叫：

"我要是带出一个团呢？"他气得骂了句："你他妈的是猴子戴凉帽——不知几品。你可以到九路军当团长，八路军放不下你了。"大家"哄"地都笑了。四眼皱了皱眉头，低声说道：

"老三，任命干部是有程序的，你这样宣布，就乱套了。""放屁！环境这么险恶，能保存部队就不容易了。叫政工干部给鬼子讲程序去。"四眼被噎住，气得一句话也说不出来。

松山一郎是个特殊人物，三哥专门派武功好的朱大个子、刘富保护松山一郎，吃住行寸步不离。按照一郎的特长，让他担任了营部的文书。关于部队化整为零，各自为战，三哥最后强调，部队打游击，自己活动必须注意一条，那就是八路军的纪律，有违反者必然惩处，否则，我们真成土匪了。

夏司令员判断得十分准确，日寇从华中向华北调来了大批日军，山西增加了四个师团，各县的鬼子增加了两倍。在吕梁山区，日寇第九旅团全部开进来疯狂扫荡，吉野三十六大队在采取铁壁合围扑空后，干脆就不走了，大队部驻扎进静岚县城。鬼子在各乡镇重新修筑了碉堡，在汉奸的帮助下，建立起伪保甲政权。汤鼠坏补充了大量的兵力后，到处拉网清乡。疯狂地叫嚣，独立营完蛋了，史啸山吓跑了，天下又回到我们的手里。

伪军和敌伪政权分子甚嚣尘上，到处疯狂地捕捉抗日政权干部，强拉民夫修据点、修公路，助纣为虐，可恶至极。吕梁山区短短的几个月，就有上百名抗日干部被抓住处死。汤鼠坏带领伪军化装成八路军、游击队，残害了大批基本户群众，以致造成没人敢接触八路军。

他带着五十多伪军冒充独立营进了梁家庄，自称是刘财财，我们八路军杀回来了，假心假意地叫村干部把民兵队、妇救会集合起来。干部们信以为真，赶紧叫人做饭招待。汤鼠坏吃饱喝足，看见民兵和妇女进到院子集中，露出狰狞的面目：

"我操他姐姐！妈了个巴子，老子八路军今天要把你们全都吃了。来呀！把女的拉到房间里，老子是饿虎进宅——不怀好意。把男人统统突突了。"大家这才知道上当了，拼命地反抗。但是已经来不及了，机枪声撕破了黑夜，三十多名青壮男人含冤而死。十来名年轻妇女在里面拼命挣扎，伪军发起兽行来，不亚于鬼子。汤鼠坏这时候还不忘给他挑一个俊的、年轻的女人，在卫兵的拉扯下，硬行拉到炕上扒光，供他摧残、凌辱。他玩够后，卫兵们又扑了上去。他们把妇女强奸后又用刺刀戳死，其情景惨不忍睹，令人发指。

汤鼠坏所作所为，在这一带造成了恶劣影响，吓得老百姓谁都不敢相信了，一听见八路军来了家家都不敢开门。这还不算，他们从岚县到静岚，走一路，骗一路，杀一路，白色恐怖笼罩着整个山区。

吉野中佐对汤鼠坏的功劳大大的赞赏，在"肃正治安"联席会议上，叫汤大队长介绍经验。汤鼠坏受宠若惊，滔滔不绝地讲起他的业绩。

人常说"京油子，卫嘴子，保定出的狗腿子"。这话儿一点都不假。特别是天津的混混儿嘴贼能瞎摆划：他如何从侦察共产党地下组织，找到地下党的活动规律，布网抓人，比如……如何动刑，动大刑还是动小刑，要因人而异，撬开他们的嘴，还要有软的一套办法，比如……如何利用共党的叛徒，顺藤摸瓜，一网打尽，比如利用八路和老百姓的鱼水关系，冒充八路烧杀奸淫……直至老百姓彻底不相信共产党。……我操他姐姐，一直讲到怎样冒充独立营、游击队，怎样欺骗群众，怎样挑拨、离间八路军、共产党和群众的关系。他说得绘声绘色、惊心动魄、跌宕起伏，唾沫星子飞溅。三分业绩，七分吹嘘，巧舌如簧的演讲令会场里的听众听得目瞪口呆。

汤鼠坏穷凶极恶、卑鄙下流无耻的手段，叫日寇的军官们听得脊背直发凉。如果美国人或者俄国人攻占日本，我们应当首先清洗掉这一类人，太可怕了。多亏现在是在中国，反过来说，没有他们这些"汉奸"，我们岂不是瞎子、聋子？还能长治久安吗？还是大大的需要这样的人。汤鼠坏看着大家的表情，觉得自己有点过了，妈的，干脆给大家讲个笑话缓解一下气氛吧。吉野过去看过中国几本小说，他把手一挥：

"汤的，讲一个三国演义故事，讲错了不要紧。"啥？《三国演义》？连看都没看……哎！有了，他想起当年混混儿们给他讲的荤段，又手舞足蹈地讲了起来：

"刘备、关羽、张飞正在大厅喝酒，突然外面有人报告，曹操给他们下战书，要蜀国派大将前来比武，若不敢来就给魏国割地三百里。张飞一听，'腾'的一下站了起来：'大哥，如果比文，就派二哥，要是比武，我去！'刘备好不欢喜，给他斟满三大碗酒，三弟一气儿喝完，跨上大白马，双手拿着一对流星锤直奔中原而去。"突然有人插话："不对！那诸葛亮呢？"吉野不高兴了："八嘎！这是天津野史，你的不懂。"汤鼠坏受到鼓舞，更加兴奋了：

"人说曹操是个奸臣，特贼！其实他要比文，而不是比武，对方肯定派张飞来。果真，张飞傻乎乎地来到阵前。中国古时候比文，有两种方法，一种是比书法，再一种是比打手势。曹操的小女儿曹丽骑着枣红马款款来到张飞面前，娇滴滴地说：'张大哥，俺们下马比文吧。'张大哥看到一个美丽绝伦的姑娘，浑身都酥了。妈妈哟，你是谁呀？曹丽说她是当今天下第一才女，曹操的小女儿。张大哥，你敢不敢和俺比呀？张飞是斗大的字不认识一个，不比吧太丢人，既然来了，不能给蜀国丢人。他提出来比打手势，曹丽鼻子哼了哼，两个人跳下马来，一招一式地比画。第一局，曹丽张开双臂，伸出四指。张飞把右手往前一伸，左手往上比画，手指比画八字，做出长条状。第二局，只见她右手伸出食指。张飞不服气，右手伸出中指，挥了三下。第三局，曹丽张开双臂，张飞干脆把手一挥，袖子一甩，走人。"大家焦急地问："你这都啥意思吗？"

汤鼠坏得意地一笑，喝了一口水，等大家静了下来，说：

"这就是古代比文的奥妙。曹丽懊丧地回到帐中，父亲着急得问她：'闺女呀，咱赢了吧？'曹丽低着头说：'爹爹，人都说张飞粗中有细，果然如此。你看，第一局我伸开四指，双手抱怀，表示俺们有四百里平原。他做出棒槌状，手指比画八字，意思是他们有八百里秦川。第二局我伸出食指，表示俺们有爹爹这位举世无双的明君。人家伸出中指比画了三下，表示他们有刘备、关羽、张飞三大英雄。第三局，我张开双臂，并且把八字张开，俺们魏国有八十万雄兵。他却把袖子一甩，表示一扫而光。俺们技不如人，彻底输了。'

"话说张飞兴冲冲地回去，高兴坏了。刘备问你是赢了还是输了？张飞嚷嚷叫，先喝三大碗酒壮壮胆再说。酒壮色胆，他小子喝完，你们猜猜他说啥？"众人急得喊叫，不要卖关子，快说。

"张飞说，他妈的老贼派出他的小闺女和我比文，哈哈，别看我这大老粗大眼瞪小眼的，也赢了。第一局，这小姐伸出小白细胳膊，做了个环状，这是啥？这不是个逼吗？足有脸盆这么大。老子顺手比画一个大棒槌，表示我张飞有三尺长的大鸡巴。"全场一片哈哈哈笑声，连鬼子也都听懂了，也跟着大笑。

汤鼠坏一本正经地接着说："第二局，那小姐伸出一个指头，表示一晚上只能干一次。老子给她比画三下，一晚上干你三次没问题。"大家附和着说："别说张飞了，你汤大队长也没问题。"

"第三局，那小姐两手往外一伸，意思是我肚子大了咋办？人家张飞袖子一甩，姐姐，拜拜！"会场已经笑得是前仰后合。

汤鼠坏成功的演讲，使日本人和在座的汉奸们自愧弗如，也大开眼界。吉野代表大日本皇军奖赏了汤鼠坏华北联银券两万元，最后，号召在座的中国人都要向汤学习，为大东亚共荣圈、王道乐土大大的努力。

汤鼠坏心里乐开了花，会议解散，跑回家去，搂着席薇君哈哈狂笑起来，席薇君嗲声嗔他了一眼："神经病！拿钱来。"他心里一惊，嘴里露了一句："嘛钱？你咋知道发钱啦？"她搂住他的腰，顺手从他的身上摸出一万元，得意地说："这不是钱吗？咯咯咯……"

俗话说，人生流后，草木留根，席薇君跟着汤鼠坏三四年了，可是一直没有给他生个孩子，说起来这事情汤鼠坏应该负责任。

席薇君最早和四眼结婚不久，就怀了孕，席薇君还没有来得及告诉丈夫。汤鼠坏那时作为侦探就发现这个美人胚子，知道她男人不在家，第二天夜里就把她强占了。开始她欲哭无泪，又恨男人不管她，索性就随了侦探。汤鼠坏开始没有打算娶她，加上发现她还怀着人家的孩子，就顺口说出不过只是和她玩玩而已。席薇君警告他，你要是玩我我就去警察局告你强奸孕妇。他一听有点紧张，因为局长有点赏识他，透露了准备提拔他当侦缉队长，这个时候千万不能捅娄子。于是就答应不抛弃她，但是她必须打掉肚子里的孩子。

席薇君思前想后觉得和警察过日子能吃香喝辣，就下了狠心把孩子打掉了。过了七八个月后她发现又怀了汤鼠坏的孩子，把他高兴得乐呵呵的。一天晚上他喝得醉醺醺的，一回来就把她按倒要干那事，席薇君警告他说，大夫说怀孕期间不能同房。他一下子泄了气，只好昏头大睡。

城市里各种花花绿绿的案子，警察永远办不完。大檐帽，两头翘，吃了原告吃被告。只要花案过他的手，不管原告被告，他看上的女人总能搞定，自己还不掏一个子儿。最近，他憋得难受就和一个夜总会舞女在旅馆鬼混，结果被席薇君跟踪发现，她砸开门和那个舞女撕扯在一起，在混战中她突然感到肚子难受，等发现时已经来不及了，地上一摊血，她已昏死过去。经过几次流产之后就怀不上了，医院说这是"习惯性流产"。汤鼠坏属于无正行的人，老婆有没有孩子都无所谓，只要自己风流就行。久而久之，两人觉得这种生活也挺快乐，从此再不提这个事。

吉野最近颇为得意，三十六大队连续扫荡了几个县，皇军披坚执锐，所向披靡。什么独立营、县大队、区小队通通地无影无踪了，为皇军服务的政权机构已经建立，王道乐土已经初见雏形，太好了。

请假回国省亲，对！吉野的报告很快得到批准，一周后，就回到日本京都市。他近六十岁的妈妈抱着他的头痛哭："我以为再也见不到你了。孩子，你都三十三岁了，这次回来一定要找个好姑娘，结婚，一定结婚。你爸爸去当关东军，都死了四年了，你弟弟全家又在台湾，我整天孤苦伶仃，多亏役所让我参加了缝衣社，给军队做军服，有点事干。"妈妈和他絮絮叨叨一晚上，"你看看，街上光见女人，连个男人都没有，他们都打仗去了，这仗不知何时才能结束。"

吉野回来了，许多军属都跑来问亲人的情况，苦不苦呀？中国人是个啥样？坏不坏呀？松山一郎全家也来了，焦急地问一郎的情况，听说一郎失踪了，全家痛苦极了。妹妹松山秀子高中毕业都两年了，长得亭亭玉立，圆圆的脸上，一双大眼睛流露出忧郁的神情。吉野妈妈紧紧拉住她纤细的双手，"孩子放心，神会保佑一郎，一定会找到的。"秀子在京都大病院当护士，一连几天都没上班去，围着吉野家打听情况。吉野妈妈看上了这个姑娘，越看越喜欢，儿子也满意。可是人家正在焦虑之中，我的儿子又比她大十三岁，真的难以启齿。

吉野却满不在乎，他跑到京都大病院，请院长转告，吉野向她求婚。秀子全家一听，都不同意，不要说两人年龄悬殊，更主要是吉野还要去中国打仗，自己的儿子都打丢了，打仗哪有不死人的？

过了几天，吉野和妈妈拿上十二品礼盒，里面装有桔饼、大饼、冰糖、龙眼、冬瓜条、红蜡烛等，礼品盒上面还端端正正放着五万元聘金，来到秀子家求亲。吉野长跪了两个小时不起，恳求将秀子嫁给他。门外，吉野家族陆陆续续一百多人都跪在地上，恳求答应。秀子全家哪里见过这样的阵势，辖区西京署署长平原君也来了，亲自上门说和，好男去当兵，好女嫁军人。现在战争时期，嫁军人是无上荣光的，社会不稳定，早早嫁女出去也安生。秀子父母终于动摇了，只好答应。

松山秀子提出唯一条件，要随同吉野一起去中国，她一定要找到哥哥一郎。秀子随军出国符合不符合条件，关键看吉野的官职。日军规定，联队长以上的军官才能带家眷。秀子提出的随军，吉野没办法。西京署平原君只好向市长求援，经过陆军总部的特批，秀子才得以随同吉野去中国。

在京都日向大神宫，吉野和吉野秀子举行了婚礼。吉野秀子在婚礼当夜警告吉野，在未找到一郎之前，她决不允许吉野碰她的身子，否则她就自杀。吉野看着比他小十几岁美丽的姑娘，大不了再熬一段时间，也就答应了。

你真正爱的人，她的誓言就是天条。

他俩带上清酒到双方亲戚家都去进行了告知、拜访，感谢多年以来的教育、关照。一周后，俩人踏上了中国土地。吉野秀子来中国之前，连京都市都没有出去过。中国这么大呀，长城雄伟壮丽，东北大平原、华北大平原辽阔无边。"吉野君，我多想作诗呀。咋听不见打仗的枪声，我们分明是来旅游的嘛。"她的话，引起车厢的日本人哈哈大笑。火车到了北平要倒车，她提出多在这里旅游两天，吉野同意了。其实，他也没有来过北平。故宫、天安门、前门、颐和园、景山、天坛、地坛，皇家气势如此的雄伟，景色如此的漂亮，中国真是一个伟大的国家呀！在参观时，她明显地感觉到，讲解员对她比较友好，讲解得细致、有深度，而且有问必答。可是，吉野提问时，他们不是装着听不见，就是支支吾吾不好好解答。第二天，吉野穿上便装以后，情况好多了。她心里明白了，试探着问吉野：

"你杀过中国人没有？"吉野不知啥意思，模糊地回答：

"打仗就是杀人，军人和军人拉开阵势相互残杀。"她又追问：

"你杀过平民吗？就是没有武器的人。"吉野脸红着说：

"我的部队杀过，我自己没有开过枪。"吉野秀子紧紧咬住牙：

"你的部队杀平民和你的指挥有着直接关系，是不是？"他简直受不了，受不了！从来没有人这样质问过他。

"八嘎！不许再问下去，这是战争的需要。"吉野咆哮后，有点后悔。

"吉野秀子，我们换个话题好不好？"她自言自语，喃喃地说：

"太可怕了，哥哥活的希望太渺茫了，这场战争真是可恶。"又坐了两天火车，才到太原。吉野告诉她：

"已经到了战区了，说话、走路一定要小心，不该说的不说，小心别人告密，说我们动摇军心。一个人也不要去兵营外，要想出去，必须有卫兵跟随。静岚不安全，你就不要去了。"

太原的街道虽然宽敞，可是到处可以看见战争炮火造成的残垣断壁。吉野把她安排在第一军招待所，许多日本女人、孩子临时住在这里。吉野去前线了，临走前，吉野秀子还在叮咛他继续找一郎。

在招待所整天没事干，秀子就叫惠贞子还有芩叶的两个女人上街，屁股后面总是跟着两个卫兵。啊！只要她们一出大门，就有士兵跟随。街上的中国饭真好吃，有面皮、凉粉、刀削面、抿尖、焖锅面、灌肠、肥肠炒羊血、羊蝎子火锅……太多太多了。

"我们每天吃一样，恐怕一年都不重样。"惠贞子一兴奋就忘乎所以，大声说这儿比日本好多了，芩叶赶紧把她的嘴一捂，三个人吓得脖子一缩，又哈哈地笑了起来。

她们有时点多了，剩饭就叫卫兵米西米西。每次回去，还带上麻花、油糕、牛肉干一些小零嘴儿。她们哪里知道，这时期大多数人，饭都吃不饱，许多人一年四季没见过白面，甚至有的人压根儿不知道白米饭是何物。他们天天吃的是燕麦、黑豆、玉米、土豆和高粱，差距太大了。

大家都知道吉野这次回日本，娶了个漂亮的太太，他的上司越生虎之助少将拍着他的肩膀：

"吉野君，听说你的太太很年轻，很美丽对不对？应该让我们看看才对呀，嘿嘿嘿。"大家迎合着，"吉野君，你吃肉喝汤也应该让我们看着才对呀，哈哈哈。"吉野把腰向前一倾：

"将军阁下，待这里的治安彻底决胜了，我一定把她接过来。"少将摆了摆手，信心百倍地说：

"你如果现在把她接来，意味着什么？意味着我们这里情况良好，所以，你的太太要住在这里。各联队队长的家属都要住在你们辖区的县城里。"

将军的话，就是圣旨。军官们纷纷把自己的家眷搬到县城来。

静岚县城不大，三十六队驻扎在县政府的院里，伪军大队部在县城文庙里。吉野虽然名义上已经结婚，但是他感到十分郁闷，整天对酒当歌，叫几个少佐喝酒解闷。一天，他无意来到伪军大队部，汤鼠坏看到吉野到来，喜出望外，赶紧叫人摆酒宴，上杏花酒，迎接太君，他大声地把席薇君也叫出来陪酒。

席薇君从里间出来，吉野的眼睛盯住不放：

"吆西，你的太太就像天上的仙女，太美丽了，我从来没有见过这样的美人，快快的坐在我身边。"她看了看汤鼠坏不知咋办，他用下巴示意按太君意思坐下。太君坐在中间，他俩左右陪着，汤鼠坏叫胡杰霸坐在下席。现在，吉野的心情格外好，谁敬酒他都一饮而尽，也不知喝了多少，头昏昏的，汤鼠坏一高兴，喝得也飘飘然。太君看着美人，咋成了两个美人了，他往这个美人嘴里灌酒，咋让那个美人喝了。

"汤的，你一人敢娶两个一样的美女，是不是双胞胎，送我一个行吗？"汤鼠坏心里想：坏了，太君敢说敢做。可是嘴上还挺硬：

"嘛？你看上谁了你就搂谁。"吉野刚想扑美人，腿一软，扑通摔倒在地上，卫兵见状，赶紧把他搀扶回了大本营，直到第二天中午他才清醒过来。

席薇君的影子老是挥不去，眼睛闭上，一会儿席薇君走过来，一会儿看见吉野秀子薄薄的小嘴唇撅得老高，杏眼一瞪，看穿了自己的心思，浑身打了个寒战。吉野想不通，中国人都骂汤鼠坏狗汉奸，狗汉奸咋能金屋藏娇呢？一切上缴才对。对！狗的东西应该归主人。这个女人应该是我的。他越想越感到自己有理，派人把郎兹中尉叫来。

郎兹是自己的心腹，中等个子，满脸的络腮胡子，有勇无谋，凭资历最多给个少尉，但是吉野就是吉野，他愣是给他报批个中尉。郎兹跑进来，"啪"，两腿一并行了个军礼。

"郎兹君，汤鼠坏房间的女人，她是共产党的嫌疑，你把她很隐蔽地带到顺和旅馆去，要准备好房间，我要亲自审讯。慢！不是现在，而是今天晚上。"他手一摆。"哈伊！"郎兹明白了，吉野曾经在那里"审讯"过好几个女共党嫌疑。吉野懂得调虎离山计，他拿起电话，叫通垣隶少佐，命令汤鼠坏率领队伍下去检查段家寨、中庄、双路一带治安，两个小时后出发。

汤鼠坏总感到太君见了媳妇有点那个，果然，皇军的命令到了。他一方面整队准备出发，另一方面派人把席薇君安排到裕华公司老板邵建家里。

邵建是本地人，原先做布匹生意，规模也不大。日本人来了以后，他感到机会来了，不惜重金巴结汤鼠坏，整天陪他们两口子打牌，席薇君在他家赢了不少钱。静岚县成立商会，邵建很顺利地坐上了商会会长宝座。他利用商会招牌，不断地扩大经营范围，在汤鼠坏包庇下，甚至连药品、食盐专销品都敢做。资本膨胀了数十倍，挤垮了许多老实经营户，汤鼠坏也从中得了大量好处。今天，恩人有难，岂有袖手旁观之理，他立刻为她收拾好房间。一定叫汤大队长放心大胆地率领队伍去剿土八路。

螳螂捕蝉，黄雀在后。汤鼠坏所安排的事，都在皇军掌控之中。郎兹在文庙前后门安插的便衣看得清清楚楚，天黑之前，郎兹带人直接闯入邵建家，说刚跑进来一个女共产党，直接抓住了席薇君，不容分辩带到了顺和旅馆，把她软禁在二楼一间客房里。吉野急匆匆地踢开了房门，席薇君不愧是见过世面的女人：

"哎哟，吉野太君！"她急忙迎上前去，嘻嘻地献媚道：

"原来是您哪，他们硬说我是共产党，有我这样的共产党吗？还把我关在这破地方，要说党不党，我就是您的党，说着就搂住吉野的脖子。"吉野感到这也太容易了，还兴师动众的。自己还没有反应过来，只见她对吉野说：

"我们喝两杯吗？"他爽快地答应了。

"快拿酒去，再来点菜。"说着坐在椅子上，一把搂住席薇君的腰，让她坐在腿上，俩人相互挑逗起来。

一会儿，酒菜都送来了，她不断地劝起酒来，吉野十分狡猾，喝了几杯就不喝了。

"不能再喝了，我们的一会儿再喝。"说着站起来用脚把门"咣当"关上，转身抱起美人朝床上走去，任凭她如何挣扎都迟了……

吉野秀子在太原住了二十几天，和惠贞子、芩叶游览了晋祠这个由几十座古建筑组成的中国式古典园林胜地，游览了文瀛湖公园，唐朝道士吕洞宾修建的纯阳宫。大家玩得挺开心，还专门叫车把她们拉到城南十几里的古太原城，游遍了文庙、龙王庙、关帝庙和泰山庙，这儿楼亭阁台寺样样俱全。她感到这里的古建筑比京都气势大多了，中国真是文化文明古国啊！要不是战争，我一定跑遍各处，把这个国家认真阅读一遍。

惠贞子和芩叶文化虽然没有秀子高，但是也颇有同感。在太原待久了，也感到乏味，惠贞子的丈夫是骑兵一〇九联队长齐田大佐，两个孩子都在国内，她不放心，一人跑来看齐田君。谁知他在绥远，战事紧张，这不，刚刚得到消息，他被中国人的子弹穿透左腿膝盖，这条腿恐怕保不住了，人已经在大同医院治疗，惠贞子哭哭啼啼地坐上火车走了。芩叶的丈夫是步兵第三联队的武夫三郎大佐，丈夫在离石县，她带着五岁的孩子来到这里，明天她们都要去见丈夫去了。说心里话，吉野秀子宁愿在这里待着，和吉野实在无法待在一起，这真是命啊。

第二天，吉野秀子坐上往静岚送给养的卡车，晃晃悠悠地出发了。一路上她都不愿意说是吉野的妻子，说是来找哥哥松山一郎的。车开进到娄烦县日军军营休息，午饭是在军官食堂，不少军官端着饭盒，看见来了一位漂亮的日本女人，感到十分稀罕，都凑到吉野秀子桌子前讨欢心，吉野秀子说到松山一郎时，一名军官惊讶地问，是不是京都市松尾镇的松山一郎呀？秀子瞪大眼睛问道：

"你知道他的下落吗？"这名军官气愤地说：

"他是我们帝国的耻辱，他现在给共产军做反对圣战的宣传呢？还到处撒宣传品呢。你要想办法叫他回来。"吉野秀子连忙站起来向大家鞠躬：

"对不起，给大家丢脸了，我和吉野君一定劝他回来。"军官们一听她是吉野的妻子，再也没有说什么。

吃完饭，她坐在驾驶室里又上路了。渐渐日落西山，不一会儿就迷迷瞪瞪地睡着了。她梦见哥哥在房子的后面，把向日葵瓣下来给她。她高兴得咯咯笑。不知咋搞的，一晃又一晃，葵花子老是吃不到嘴里。哥哥说该过河了，在嵯峨河里深一脚浅一脚地走着，突然，一个大浪打过来把她激醒了，原来汽车中了地雷，一下子翻到沟里，司机被方向盘挤死，十几个穿灰军装的人冲了过来，车厢上的两个士兵被打死，他们挥着枪对着她不知说啥，一句都听不懂。来了一个当官的，长得浓眉大眼、小黑胡子，过来就把她往下拉。哎呀，右腿痛得受不了，那人叫一个年轻的士兵把她扶了下来，找了一副担架让她躺了上去，抬着上了山。

吉野为了迎接吉野秀子的到来，专门把大队部的后院仓库腾出来，三间房子全部按照日本风俗重新装修一遍，中间作为会客间，右边作为卧室，左边当做书房，他还在书房支了一张单人床，他明白需要在这儿过渡一阵。后院还用砖砌了花坛，移栽了几十棵花，还放了两个大水缸养了些金鱼。

为了迎接吉野秀子，部队几天来一直整肃军纪，不许大声喧哗，把骂人的坏习惯统统改掉，谁要是敢在吉野秀子面前说脏话，必定重罚。拉给养的车如果不吃饭，下午三四点应该到了，吉野派出的骑兵去县城东门外迎接，也不见回来。吉野这次一定叫她看看她丈夫的部队是一支训练有素、威武文明之师，证明他吉野是一个素养极高的军人。天已经黑了，还是没消息，电话打到娄烦，那边说吃完中午饭就走了。

他真的急了，自己带上骑兵打着手电去寻找，顺着公路找了四十多里，在娄烦的静游附近的三岔沟里终于发现了翻倒的汽车残骸，三个日军士兵尸体都在，就是不见吉野秀子，连她的东西都统统不见了。

"八嘎！八嘎！"

吉野气得挥起战刀对着残骸乱砍一阵，他又夺过士兵的机枪，对着周边黑黝黝的山上乱打了一阵。

吉野秀子失踪的消息，极大地震惊了太原日军第一军军部，大日本皇军军官的新婚太太被支那人掳走，这意味着什么？这是皇军的耻辱。一定要找回来，一定！警告所有的军官家眷，不能随便出门。

秀子在担架上感到很不好受，她咿咿呀呀地打着手势，他们半天才明白她自己想下地走。一下地，右腿痛得站立不住，才知道自己的腿已经骨折。那个浓眉大眼指了指她的右腿，弯腰捡了一根细树枝一掰，折了，秀子点点头。他叫人砍了几枝粗树枝，削得直溜溜的，用树枝把她的右腿绷起来，再用绑腿缠紧，防止骨头错位，那就更痛苦了。她只好又让人抬上走，浓眉大眼指了指前面一个士兵肩背手提的都是她的东西，秀子又点点头。

一路上这些人很高兴，走着唱着，秀子一句都听不懂。还有十来个山民帮他们挑着汽车上一箱箱的东西，什么东西呢？哦，想起来了，司机兵告诉她，车上拉的都是肥皂、牙膏、毛巾等日用品和食品，吉野最近打电话，整天嫌大家卫生太差，要勤刷牙呢。看来吉野的人刷不成牙了，该这些人刷了。好像翻了两座山，走了四个多小时，最后来到半山腰一个农庄。

她被抬进一个小院，一直进到山洞，山洞不大，还有床，床上铺着粗凉席，床还是热的呢。洞里留下几个女人，把她搀上热床，还帮她料理东西，有人打了一盆温水给她擦脸。又来了一个女士兵，示意脱下裤子检查伤势。秀子比画着要来纸和笔，画出自己受伤位置，女士兵点了点头，她又从药箱拿出听诊器，给她全身检查一遍。

第二天，一个男医生在女士兵的陪同下，打着手势表示要重新检查。他用手捏了捏受伤位置，给她画了右腿骨骼示意图，表示胫骨可能出现了骨裂。大家忙了一阵，为她打了石膏固定起来。

一个三十来岁的女人帮她料理生活，细心、周到，晚上还睡在自己的身边。这个女人打着手势说，自己叫"嫂子"，秀子感到很新鲜，她决心改回名字叫松山秀子。嫂子，秀子，很有意思。不过，这儿的饭太难吃了，没有太原的小吃，好在每天还给她几片罐头肉，嫂子从来都不吃。不过嫂子整天乐呵呵的，天天教她说中国话。过了十来天，秀子慢慢地熟悉了这里的环境，有几个小姑娘每天跑来陪她玩。

这天下午，她听到一阵熟悉的说话声，越来越近，浑身不由得紧张起来，天呀，哥哥！

松山一郎被三哥专门叫来了解日本女人的情况。没有想到啊，地球那么大，世界竟然这么小，真是无巧不成书。一郎激动得跳到炕上搂住妹妹，两人都呜呜地哭了起来。大家看见，好像猜出一点关系，有人说夫妻俩，有人说恋人，还有人说是兄妹俩、姐弟俩，都是瞎猜呢。

三哥知道今天是个好日子，拿出钱，叫村长设法去买酒、割肉、换豆腐，大家开玩笑说："三哥，你今天唱的是哪一出啊，可千万不要乱点鸳鸯谱呀。"

"放屁！改善伙食你们还有意见？好嘛！有意见的吃黑豆干饭，没意见的吃肉喝酒。"大家都笑了，几个月来天天吃的都是玉米、黑豆、土豆，谁不愿意改善伙食呢？队伍化整为零后，军分区后勤和医护人员跟着营部转移了好几次，多次给独立营提意见，给养、药品极度短缺，独立营该有些"作为"了。所以，他们转移到柳林以后，一直在寻找目标，目的就是打日军的给养车，谁知道还捎带出一个日本女人来，出现了这么些插曲。

酒菜都上来了，松山一郎端起酒，给大家深深地鞠了一躬，一郎告诉大家，这是他妹妹松山秀子，大家听到这儿，才恍然大悟。他把秀子为什么结婚，为什么到中国一五一十地说给了大家。众人听了感到太神奇了，就像神话故事一样。三哥感慨地说：

"日本军国主义侵略中国，造成了多少悲剧，多少家庭家破人亡。一郎和妹妹能在这儿见面，也是不幸中的万幸啊！"

松山一郎告诉妹妹，那个浓眉大眼叫史啸山，大家都把他叫三哥，是他们的营长，手下有几百人。他还是自己的好朋友，大大的好朋友，他们袭击皇军的汽车，主要奔着给养去的。秀子也感到这个人很好，路上要不是他采取措施，自己可能腿都保不住了，真是恩人哪。秀子还知道了她住的山洞叫窑洞，睡的土床叫热炕，这比日本的地炕热多了。

10

过了一个月后，汤鼠坏才知道吉野和席薇君的事。

这些天以来，他总觉得她哪里不对头，席薇君像是变了一个人，晚上他要做那事，她老是烦烦的，只有硬上才成。开始他没在意，一次他在弟兄们那里打牌回来晚了，家里没有人，他叫伙夫老周炸了一盘花生米，把酒摸出来，自斟自饮。可是一直等到半夜，仍不见席薇君回来。他派几个卫兵去找，席薇君平常爱去打牌的几家都找了，还是没有。他心里十分恐慌，吉野的太太都叫人掳走了，他的席薇君会不会……越想越不对头，他一边穿衣服一边叫传令兵叫一中队集合，集体去寻找。

集合哨一吹，伙夫老周赶紧跑过来，把他拉进房间，叫他不要集合了，都是白搭。汤鼠坏把老周上下打量一番，

"今儿咋啦，你知道薇君的下落？"老周憋了半天，豁出去算了。他就把几次早晨买菜，碰见大队长的老婆从皇军大队部门口出来，而且，恰恰汤大队长都不在县城一五一十地说了出来……话没有说完，脸上"啪"的一下，眼前金星飞舞，连连几个趔趄退了出去。汤鼠坏连摔了几个茶杯，在院子里指桑骂槐地骂了一晚上。

第二天，席薇君低着头进了门，他叼着烟卷，讽刺道：

"我操她姐姐！你潇洒了一晚上，忒舒服，是吧。东洋鬼子的东西比混混的好，是吧？一晚上做了几次？中日交流是不是比天津卫的爽吧？我操你姐姐，真他妈不要脸！"他越骂越生气，左手拽住席薇君脖领，两眼露出凶光，右手扬起来就要扇。忽然，他的手叫人拽住了，扭头一看，啊！是吉野太君。吉野嘿嘿地冷笑：

"中国人的，打老婆的不要。男人之间的事情，男人去解决，不要为难女人，你的明白。"汤鼠坏赶紧立正，"明白，明白。"吉野接着说：

"你的薇君，也是我的薇君，我叫她给我的缝了一晚上衣服。可能，以后我还会叫她缝，你不会反对吧。"汤鼠坏吓得连连点头："是是。""不要为难她了。"吉野说完扭头走了。汤鼠坏气得大骂：

"我操吉野你妈，你姥姥，你八辈姥姥！你老婆叫八路操了，活该！"

独立营营部在柳林驻扎了一段，从安全考虑，应该转移了。史啸山派排长杜三娃到静岚打听英子的情况。他四处打探，白天隐蔽在野地里，傍晚摸进村庄。由于三区隐蔽得较深，他费了很大的劲儿才在静岚东南深山林区的峰硝洼找到。三区联络员对杜三娃反复甄别感到无疑后，领着他见了英子。他一见面就大呼小叫：

"哎呀，大水冲了龙王庙，一家人不认一家人了。姜书记，你的人太厉害了，三四个人把我反复审查，还差点要捆我哪！"她不好意思地赶紧赔罪："现在情况太复杂，不少人都叛变了，环境把我们搞得警觉性都提高了。实在对不起。"当她听说三哥准备转移过来，欢喜地说：

"太好了！你们赶紧到这里来。虽然我们条件差点儿，可这儿地形复杂，也是几个县的交界，东边还有大片的森林作掩护。再说这里距交通线很远，敌人也很少来，适合一定数量的部队驻扎。"

为了迎接独立营到来，她不仅派人跟他回去接应，还把周围几个村子封锁起来，并做了一定的住宿安排。

部队立即收拾，连夜悄悄地转移了。三哥考虑到路上颠簸，派人专门给松山秀子做了一副四人抬的躺椅，这样，她的腿能好受些。转移的队伍约一百多人，战斗部队仅有五十多人。队伍在黑夜的掩护下一直向东行进，爬过两座大山，天亮前到了目的地。

英子虽然泼辣，可也十分心细，把供给部的后勤、医护人员放在山南边界口村，这儿有一条小河，便于伤员护理。营部带着两个排在二里外山顶上的横山村。三区及区小队不动，仍就驻扎在山外边的峰硝洼村，也不远，也就是四里多路。一旦有敌情，各村的消息树和狼烟会报信。这一带都是森林，山有多高泉水有多高，生活十分便利。

三区给部队帮了大忙，也没有啥好回报的，三哥把肥皂、牙刷、牙膏送给他们。区小队许多战士还第一次刷牙，有人感到新鲜，偷偷把牙膏一下子咽下去了，别人还以为他刷得快呢。英子吓唬大家，牙膏有毒不能咽下去，吓得再没人吃牙膏了。肥皂包装的字全是日文，看不懂，战士们互相开玩笑，有的说是点心，胆大的就嚼，越嚼越难受，"呸呸"赶紧吐，沫子都吐出来了。一圈人看热闹，怀疑这是鬼子的计谋，成心想害人哩。区小队的洋相，成为大家战斗间隙的笑料，流传了好长时间。

众人对松山秀子非常关心，英子经常派人搞些鸡蛋、小米、核桃、油枣补养品。日本女人来到这大山里养伤，实在也没有什么好的补养品。英子教她不少成语，如一心一意、一举成名、三心二意。秀子想不通："人只有一个心脏，不能有三个心。"英子看给她讲不通，换了个孤枕难眠，秀子一听，转过身把自己的枕头拿过来："英子，我的枕头送给你，你好好睡……"给她讲，只有讲最最简单的词组。

好在兄妹俩在一起，还有这么多热心人关心她，教她中国话，她倒觉得挺快乐。

三哥决定组织打猎，他带着人到深林考察一番，听村里的猎户说，这里有野猪、黄羊、金钱豹、土豹子、麇子等大动物。快过年了，总不能没有肉吃吧。他亲自带了十来个人，由猎户带路，天不明就出发了，跑了大半天，啥都没见到。他鼓励大家不要泄气，打猎就是要多跑路。为了鼓舞士气，他自作聪明地指着雪地上的脚印，这是野猪的，那是麇子的。猎户纠正说，野猪你说对了，那个不是麇子，是黄羊的。大家"哄"地笑了。

翻了一座山，山南边都快看见人家了，他们又拐进一个山洼里，忽然堵住了一窝野猪，一公一母和四个猪崽，一阵射击，大多数击倒，只有公猪拼命跑，杜三娃大喊一声：

"猪跑了，就没啥过年了！"为了过年大家拼命追。公猪不往远处跑，只是在附近和战士们兜圈子，把大家累得呼哧呼哧，它倒兴奋起来。三哥看出来了，赶紧下令两三人一组，它跑到谁跟前谁开枪。公猪见没人追了，也不兴奋了，又窜回猪窝。杜三娃躲在一棵大树后面，公猪跑到距树五米时东张西望，他果断地扣动扳机，子弹从公猪右眼穿进，它挣扎了六七米，一头就倒在地上。

战士们砍了胳膊粗的树干做棍，把野猪四个蹄子绑在棍上抬起就往回走。有的说公猪有一百斤，有的说一百二十斤。母猪稍微小一点，估计起码也九十斤以上。大家开始还兴奋一阵，可是越走越累，肚子也饿得咕咕直叫。三哥和猎户走在最前面，快要翻过山顶时，猎户突然摆摆手，后面的人赶紧停了下来。他指了指前方，三哥手一挥，几个人提着枪蹑手蹑脚往前走了几步，啊！坡上六十米远有一个大家伙，也不知是啥。猎户示意他端枪，他紧张地瞄了瞄，那个大家伙感觉到了威胁，抬腿刚想跑，"砰"，枪响了，打中了头部，这家伙忍住疼痛向沟那边跳跃，"呼"的一下不见了。

大家忘记了劳累，提着枪就追了上去，足足追了二里远，叫贾神枪一枪从屁股后面击中，那家伙"扑通"一下倒在地上。大家气喘吁吁赶上来，猎户告诉大家，这是一只大黄羊，比野猪重多了。头部圆敦，角短耳长，冬天毛密，发黄褐色，这是一只公羊，后面肯定有一群母羊。杜三娃急了，那我们去打吧。猎户摇摇头，枪一响，其他的连影子都不见了。

供给部高兴死了，将近五百斤肉，除了给夏司令他们送去五十斤，给军烈属五保户基干户二百五十斤，部队和地方每人可以吃到一斤二两肉。

三哥看到大家剥皮分肉的高兴样儿，得意地向大家比画他的靶子如何如何，说着就点着了一支烟卷。刚抽了一口，就被人一把拿走，一愣神，只见英子把烟给了贾神枪：

"神枪手不是你，不要自我感觉良好。营长和部下抢功，好意思？"他刚想反驳，又嘿嘿笑了。英子示意他出去，他忙背上枪，俩人上了山顶。

向北望去，一片雾霭，冬季茫茫的云雾笼罩着啥也看不见。她喃喃地说："再有半个月就要过年了。我们过年，敌人也过年。"她的话，提醒了他。多半年来，敌人把根据地糟蹋得不成样子，我们也不能叫他们过得太舒坦。过年，人往往产生麻痹，我们能不能在大年三十去揍他一下，不能让他们太舒服了。她点点头表示同意，

"我叫你出来，就是叫你不要沉醉在那一点野猪肉上，看看敌人在干啥呢。现在要是明白了，就叫我们内线搞点情况。"他感到她想得挺远，夸奖说：

"英子，你真不愧是女中豪杰，考虑事情思路开阔，过年还惦记着敌人。"不知咋搞的，三哥一夸她，她就有点飘。

"你别再夸了，我有些受不了。你们也派人去侦察，看看有什么机会。"

"好。"俩人说定了，慢慢地下了山。

西坡崖距静岚县城六里路，敌人在那里有一个秘密的军火库。英子通过一区区长三圆的情报得知，军火库在西坡崖西边五孔窑洞里，鬼子一个班占了一孔，四孔是军火，放的是啥不太清楚。鬼子在院子里警戒，门口站有双岗。伪军一个小队，在院子外边的北、东、南三个方向，警戒在三间半圆形状的单层房子里。如果把军火库炸了，敌人损失就会很大，影响面极广。

目前我们唯一了解的是敌人的伙夫刘昙，这个人贪心不足还是个顽固分子，地下党争取了一年，在他身上还花了不少钱，都打了水漂。

三哥听她介绍情况后，沉思了好几天，这个军火库太诱惑人了。在他的倡导下，独立营和静岚县委召开了联合会议，县长王思民五十来岁，祖上是中医世家，他说他曾经认真地考虑过以不战而赢为上策，采用大量中草药使敌寇毙命，大家饶有兴趣地听他讲：

"我祖辈几代从事中医，对付鬼子嘛，也就不讲什么医德了。我已备有数升巴豆，准备掺入敌寇饭食使其服下，《本草分经》曰'辛，大毒，浚下，开窍宣泄，生用急治，炒黑缓治，用之不当，脏腑溃烂。'"有人着急地问："敌人服吗？"他看了看那人一眼：

"听我把话说完，伙夫刘昙虽然没有争取过来，但是仍和我们的人保持着关系。我意见将巴豆磨成粉掺入豆腐之中，送给刘昙，敌人吃了后轻者跑肚拉稀，重者肠胃溃烂。一个个必然疼痛难忍、呼天号地，那是……"

王县长是个民主人士，肚子里有一些墨水，为人随和。为抗战捐了几次款，大家都把他叫"老县长"。

老县长的主意使大家陷入沉思，副书记李升升站起来踱了几步，他望着三哥，三哥点点头。为了使大量巴豆粉掺入豆腐，还必须增大卤水，要不然就做不成了。敌人吃了这种豆腐，至少跑肚拉稀，浑身没劲，战斗力降低。对付鬼子，一切取决于效果，啥办法好用就用啥办法。

会议最后商定，先让松山一郎带领一个班的战士化装成日军进入院子占据主动，独立营集中一个连正面发起攻击，县大队配合从土崖上的坡顶快速压过来，并清除上边的瞭望哨，掩护正面的进攻。老县长尽快实施巴豆计划，刘昙靠不住，对他必须掩盖目的，千万不要打草惊蛇。时间定在大年二十九晚上七点。战斗要速战速决，炸掉弹药库就行，以免叫静岚的敌人追来，那样就被动了。

西坡崖战斗方案，很快得到军分区的批准。

独立营集中了一连全体人员，大家好久未见十分亲切，部队吃了一顿小米干饭炖野猪肉，太香了。当天夜里，精神抖擞地出发了，各区的救护队也都动员了起来，分别向西坡崖集中。

日本人习惯上把元旦作为新年，在中国的这几年里，受到春节文化感染，也学会了除夕夜放爆竹、吃年夜饭。在军队里就是放假上街、打牌玩耍、喝酒吃肉。今年好像比往年更热闹些，八路基本上没有和皇军发生正面冲突，伪军也未遇到什么麻烦，应该被扫荡殆尽了，看来过一个平安年是没啥问题了。

日军和伪军都在杀鸡宰羊，灶房里飘出一阵阵煮肉的香味，上司还发酒发烟，一派喜庆气氛。西坡崖的敌人也是如此，规定看守库房不放假，但是可以比他们吃得更好一些，这是吉野的命令。鸡鸭鱼肉、烟酒糖茶格外丰盛，甚至还有日本罐头、饼干。

鬼子伪军合用一个灶，从腊月二十三就开始提高伙食标准，顿顿上肉上酒，伙夫的人缘挺不错，到腊月二十九有人送豆腐、油泼辣子，下午就吃豆腐加肉臊子面，红油辣子拌进里面，个个吃得吸溜吸溜得直冒汗，真过瘾啊！日军过去不爱吃辣子，刘昙手艺不错，经过一年的调教，吃饭也不嫌辣了，中国饭还是好。妈的，有人刚吃完就往茅房跑，狗日的跟直肠子似的，开始大家还嘲笑别人。谁知过一会儿，都不对劲儿了，个个都要往茅房跑，蹲坑不够要排队，王八蛋皇军还要插队。伪军小队长蹲在茅坑，想着总觉得不对头，是不是食物有啥问题呀？把大家拉得一趟趟跑，站岗腿肚子抽筋，站都站不住。一个伪军想表现表现，多坚持一会儿，结果没憋住，拉了一裤子，换岗的人捂住鼻子让他快滚，臭死了。

晚上七点，县城方向来了一队皇军，鬼子一看，可来了救星，现在难受得不行。松山一郎一口流利的京都话对答如流，意思是我们临时来接替，换你们回县城过节。站岗的腰也直不起来，挥挥手毫不犹豫地请他们进来。哪知还没有来得及介绍情况，这些皇军不管三七二十一，"砰砰砰"就开枪，岗哨的保险还没打开就一命呜呼。一个班的鬼子几乎一半在茅房被打死，其余提着裤子吓得在院子转圈跑，再跑也跑不过枪子。伪军也不例外，院内院外到处抱头鼠窜，隐蔽在周围的八路同时发起了冲锋。土崖上的观察哨拿起枪还想要抵抗，没料到背后就遭到一阵阵猛烈射击，不到十分钟，敌人全部被消灭。八路砸开了库房门锁，原来存放着上百吨炸药和一些手雷。能搬走的尽量搬走，剩下的炸药只有炸掉。刘财财命令："赶紧点着导火索！"

县城里的敌人听见几里之外的枪声误以为是爆竹声。混账！军火库禁止放鞭炮，钱烧得不知姓啥为老几了。不大一会儿，"轰隆隆轰隆隆"的巨响，大地连续在抖动，窗户的玻璃都震碎了，人们从房间跑出来，站都站不住。一直持续了五六分钟才结束，只见西面的上空一股黑云。吉野、汤鼠坏都绝望了，西坡崖肯定出大事了。集合队伍，跑步前进！

弹药库的巨大爆炸震垮了窑洞，引起山体塌方，整个院子都被埋在里面。吉野赶到这里，刚开始以为是意外事故引起来的，打着手电在周边发现还有伪军的尸体，这才知道受到中国人的武装袭击。

第二天，日军派来工兵进行了清理，最后发现弹药只爆炸了一半，可能山体坍塌窒息了爆炸。史啸山事后特别懊悔，搞爆炸还真是一门学问呢。

部队对战利品进行了清点，缴获三十二支步枪，由于时间紧迫只扛走六十箱东西，打开一看，一半是 TNT 炸药，约七百公斤，可惜没有一只雷管。另一半是日制手雷，约九百枚，这种手雷像小甜瓜，不到一斤重。使用时，要拉掉小绳环，在硬物上磕一下，四到五秒就爆炸。

由于县大队撤离太快，啥都没得上，事后他们派人要东西，炸药他们不要，就要三八大盖，他们说了许多好话，李升升也跑来出面讲情，最后给了他们十支枪，县大队喜滋滋地背上走了。

关于日式手雷，独立营专门请松山一郎给各连反复示范，考核过关后才分发下去。TNT 炸药按照军分区的意见，藏在很隐蔽的山洞里，迟早有用武之地。一切安排妥当，部队按照分散隐蔽、小股机动游击的原则展开了游击战。

英子看见分东西，三区啥都没得到，气得不理三哥。几天后，他派人请"姜书记开会"。她板着脸来到营部，营部光有一排长杜三娃、一郎几个人，哪里有开会的阵势，扭头就想走。忽然，看见墙根儿栽了十支三八大盖，眼睛一亮，问一郎这是谁的，一郎说三哥统统的给你。英子嘴一撇，

"他呀，大公无私，敢给小游击队吗？"

"敢！"

三哥声到人到，走了进来，

"英子，我告诉你，我让部队在缴获数量上打了埋伏，这十支就是送给三区的。那几天，你没看见各单位跑来说我发洋财，纷纷要枪，我敢给你吗？就是给了你们三区，县上也要没收。"他对大家说：

"前年三区支援了棉衣，不仅仅解决了部队过冬问题，而且，穿上那样的服装，我们打了好几次胜仗啊！把枪给三区理所当然，对不对？"几个人齐声回答：

"三哥说对就是对。"

他一听，咦？这话里有话呀，他上去就踢杜三娃，三娃赶紧躲在英子的背后，屋里传来一阵阵嬉笑声。

过了两天，他偷偷把一支勃朗宁 1903 手枪给了她，这是比利时生产的一种微型手枪，还有一盒子弹。她高兴死了，死鬼！心眼比马蜂窝都多。1903 比日本的王八盒子小多了，天天带着它，没事就摆弄。

西坡崖军火库被毁灭，吉野被上司训斥了半个小时，"你们三十六大队六百多人，皇协军一千五百人，光县城的皇军也有二百人，连一个仓库都看不住，皇军的脸让你们丢尽了。你们要认真查，不能放过一丝线索，要叫汤鼠坏发挥作用。抓不住凶手，就按军纪处理。"

吉野特别恼火，他忍住怒火把汤鼠坏叫来，研究破案的事。库房日本皇军十三人、皇协军三十二人，加上做饭的，应该四十六人，为啥只有四十五具尸体呢？是不是有一个人跑了，一定要查清是谁，人在哪儿。

原来，那天中午开完饭，刘昙胡乱吃了几口就着急进了城，去找送豆腐的要回扣。西坡崖仓库的灶，刘昙管做饭，伪军小队长管账，小队长贪污的是开大头小尾票，比如一次买了十斤肉，他让卖肉的开票写成十二斤，这样他就贪污了二斤肉钱。刘昙在煤炭、粮食及肉蛋菜禽油盐酱醋实物上下工夫，不是嫌人家的分量不够就是嫌质量差，在鸡蛋里挑骨头，再好的东西不给好处费就是不行。自然，盘剥来的钱至少要给小队长交一半。

送豆腐的人没有找到，自己却一个劲儿地往厕所里跑，连拉几次，肚子疼得回去做饭的劲儿都没了，只好在城里看大夫。从医院刚一出来，就被一个不认识的人叫住，邀请他去喝酒，他还想推辞，哪知人家不由分说硬是把他拉进饭店里，酒菜刚端上来，那边就发生爆炸了。县城一片混乱，那人拉着他逃离了这儿。刘昙猜他是共产党，但是没有说出来。把他一直拽到五十多里外的双路村隐蔽起来，人家告诉他："你回去就是个死。你老婆、孩子已经回娘家躲起来了。"

开始几天他还老实待着，可是他一直惦念着县城家里财物。二十多天后他趁人不备，悄悄地溜回县城。天刚黑摸进家里，一进门就叫人绑了起来。汤鼠坏派人打听到这个伙夫，一直怀疑他没死，就先来个顺藤摸瓜，先追到乡下抓住刘昙的老婆，再来个守株待兔，这不也逮个正着。

当晚，在伪军的刑讯室，特务队队长焦达么人称焦大麻子，是一个笑里藏刀、阴险毒辣的家伙，他手下有号称金木水火土五个得力干将。金，就是金强，这小子会点儿武功。木，其实年龄最大，名字叫穆四吉，别人把他叫母死鸡，整天迷迷瞪瞪，老是睡不醒。水，其实他的名字叫李三水，啥都不会，就是会出坏主意，一肚子坏水儿。火，他的名字叫霍沙，其实人一点都不傻，猴精猴精的，从来不吃亏。土，名字叫赵健山，大高个子，秃顶，别人送他"土"。这五个干将整天围着他琢磨着，打家劫舍，巧取豪夺，再就是诬陷谁是共党，敲诈钱财。

他一看刘昙畏畏缩缩的样儿，叫打手们把各种刑具的用途给他说了一遍，刘昙吓得浑身发软，魂都飞了。不用上刑，他一五一十交代了双路村。

汤鼠坏得到报告急急忙忙跑到吉野那里，一看席薇君在那儿给太君绣鞋垫，想发火又不敢，算了，小不忍则乱大谋，向太君报告案子进展情况。吉野一听，喜出望外：

"呦西，呦西，你的明天，"他看了席薇君一眼，"不，今天晚上带上队伍袭击双路村，端掉土八路的老窝，动作一定要快。"汤鼠坏学着日本人，"哈伊！"转身走了。

席薇君咯咯直笑，用鞋垫把吉野打了一下：

"你真坏，叫男人为你抓八路，叫女人为你销魂。"

吉野放荡地狂笑："我的太君，他的皇协军，就是协助我，你也是协助我，哈哈哈……"

汤鼠坏怒发冲冠地回到大队部，弟兄们问咋啦，他一说席薇君的事儿，大家都沉默不语了。胡结巴说：

"大——大哥，算——算——算了，委曲求——求全得了，女——女的吗，有——有的——的是，我给——给您相——相了一——一个，看——看——看不？"他的脸上露出一丝淫笑，"谁啊？"

"就就是是刚刚抓住的刘昙老婆，长长得也贼贼俊。"汤鼠坏不语，胡结巴以为他不要：

"您——您要——要是看不上，弟兄们就——就享用了。"汤鼠坏把桌子一拍：

"嘛？我操他姐姐！胡结巴，你他妈的背着老子干了多少'好事'，老子不追究算了。今天老子心里堵得慌，妈的，连人都没见，你还敢私吞战利品？"他白了白眼，"走，带我去看看。"胡结巴赶紧带路，领到伪军仓库旁边的小房子，叫人把门打开。嗯？身条还不错，他一把拽过那个女人的头发，人不赖嘛。那女人气得说：

"凭什么抓我，我又没干什么坏事？"汤鼠坏嘿嘿地奸笑：

"嘛坏事？行啊，今天晚上就让你干干坏事。"他指了指胡结巴：

"这个娘们儿暂时就归我了，今后好好款待，人家要是受了委屈，我可不愿意。"

为了抓八路和干"好事"两不误，汤鼠坏命令，胡结巴当夜带队去包围双路村，封死所有道路。所有人员只能进，不能出，第二天他和焦大麻子赶到双路村，开始大搜查。

刘昙失踪了，三圆赶紧派人几个方向去追，特别是县城的可能性最大。县长王思民领上部队外出几天，一直联系不上，急死人了。

时间十分紧迫，要求大家连夜把文件清理，动员群众埋藏粮食和钱物，干部武器随身携带，村外要加岗哨。一切安排妥当后，敌人已经包围了村子。派了几个人报信都出不去，看来只有拼命了。她急得叫群众快钻地道，平时群众对挖地道积极性不大，各家的地道都是很短一点，把粮食和值钱的东西一塞，隐蔽不了几个人。三圆知道责任重大，命令老百姓钻下去，干部全都上了房。

天一亮，敌人陆续进了村，先是一百多伪军，随后鬼子也来了。敌人进到各家，人咋都不见了？胡结巴知道都在村里，叫伪军挨家挨户仔细搜，一个伪军看见房边有梯子，就爬上来看个究竟，刚一露头，"砰"的一声，仰面倒下。

"房上有八路！"

伪军大声喊了起来，胡结巴一听，就叫上房抓人。刚开始，谁先上谁先被打死，因为不知哪间房上有八路，死伤七八个人了。正当胡结巴一筹莫展时，汤鼠坏领着郎兹进了村，一边叫人烧房，一边往上扔手雷。房上待不成了，有的干部跳下来就被敌人死死按住。鬼子最后上房用机枪扫射，干部大都牺牲了。伪军们在各家各户乱挖乱砸，将近一半群众约一百五六十人被驱赶出来，攒到麦场上，三圆也在中间。

焦大麻子把抓到的受伤干部拉到群众跟前，叫大家辨认，许多人都低下了头。汤鼠坏阴阳怪气地喊：

"嘛？军民鱼水情，都铁到一起了呵。那我要看看你们铁不铁？"他指了一名妇女，挥手叫人拉出来，当众要脱光她的衣服，她拼命哭喊着挣扎，几名干部也挣扎反抗。人群开始骚动，敌人一看赶紧架起机枪，三圆知道这样下去，势必会遭到大屠杀，

"松手！"

她一声长长尖叫，把敌人吓了一跳，场上鸦雀无声，她大义凛然地走了出来。

"我就是共产党员，三区区长王彩兰，你们把老百姓放了，我就跟你们走。"汤鼠坏高兴地对郎兹说凶手抓到了，他竖了竖大拇指，统统的带回去。焦大麻子不放心，过来想搜身，三圆大叫一声：

"站住！你那脏手少碰我。"说完从兜里掏出手枪扔到地上，头也不回地走了。

郎兹骑在马上，得意扬扬地看着这几个八路，哼哼，还有个女八路大官，我又要立战功了。约莫走了十来里，三圆估计群众都跑得差不多了，这位才二十一

岁的姑娘知道在魔窟的后果，自己纯洁的身子绝不能让敌人糟蹋。亲爱的陈思焱，四眼哥哥，请允许这样的称呼，你是我革命的引路人，也是我爱慕的人。今生今世做不了你的妻子，来世我早早向你表白，永远做你的人。疯女子英子，我的好姐姐，你是我的闺密，一起上学，一起来山西打鬼子，真不舍得呀！父亲、母亲，女儿不孝，生我养我之恩难以报答，也只有来世了。夏司令、姚政委、熊书记、英子、史啸山、李升升、王思民，你们要替我报仇啊！三圆拉开了挂在胸脯里的两颗手榴弹，转过身扑向马上的郎兹，"轰轰"化作一片青烟，飘上了云间……

一区的重大损失，特别是王彩兰的牺牲，极大地震撼了静岚干部们的心灵，大家都在向她发誓，一定为她复仇。

英子连着哭了几天，饭也不吃，这么好的朋友，从家乡到太原到静岚，学习、生活、战斗在一起，她那圆圆的脸庞、尖尖的声音老也抹不去，她可能是我一生最好的朋友了。三哥为自己的老乡骄傲，也为这么好的同志惋惜，他劝英子要坚强，作为领导干部整天哭哭啼啼，咋能带兵打仗呢？再说为三圆复仇比哭更重要。字字真情，句句实意，化悲痛为力量啊！从此她更加刚强了。

四眼虽然是搞政治工作的，可是在对女性感情上太麻木了。王彩兰平时对他的关心和暗示，总是当做战友的情谊。她的牺牲，虽然使他很伤心，但是，一时还没有上升到更深的层次。直到英子告诉了这个"木头人"后，他的感受才越来越深，最后竟然影响了一生。

11

西京署老署长平原君在松尾中学征兵动员会上，对着麦克风"咳咳"地不停咳嗽，都六十多岁的人了，还要替天皇效劳：

"大日本圣战已经扩大到太平洋，美国人、英国人被我们的勇士们打得晕头转向，德国日尔曼勇士在欧洲所向披靡，二次世界大战转入到新的阶段。为了巩固、扩大我们的胜利果实，天皇诏令，今年继续招兵，让我们优秀的大和民族精神在全世界发扬光大。我们京都市光荣地得到三千名招兵指标，为了广大市民充分体验出国征服世界的雄心、报效天皇的夙愿，我们招募兵员的年龄范围，扩大到 35 岁，有的县（市）到 38 岁。当然，身体好的年龄大一些也没有关系。"

他的动员，引起会场底下一片嗡嗡声。他不得不提高嗓门：

"安静，安静！凡是重工制造、兵器制造、汽车等和军火工业相关的不招募，其他工业、农业、服务行业的男人统统要当兵，医院、学校的男人也要报名。"

松山一郎的父亲松山在家修理染布支架，松尾中学的校长通知他下午在学校开动员会。他一听是招募兵员动员会，嘴里嘟嘟囔囔，招募和我们有什么关系呀？战争呀，总有个头吧。下午会仍然是西京署那个老署长平原君主持，大家说这个老东西，把我们的年轻人都招走了，几年了都不回来。平原君清清嗓子：

"大家静静！我们大日本帝国在国际上威望越来越高，亚洲各国都希望我们派军队去，建立好几个共荣圈，东亚、南亚已经建立起来，我们下一步就是印度、印尼、澳洲，从而向美国进发，现在，太平洋已经是大日本的了。"这时台上有人喊口号：

"天皇万岁！"大家也跟着喊，"万岁！"

"我们的国土大了许多倍，所以，我们就应该扩充军队，牢牢地占领那里。今天给大家发一张登记表，是男人的都要填，都要为天皇陛下效劳。"他的动员终于结束。

松山拿到表一看，差点晕过去，表格第一行就打印着自己的名字，我都四十六岁了还要打仗，这也太离奇了吧。他去问平原君，表格是不是印错了？他仔细看看，又把松山打量一番：

"没有错，年轻人，你比我年轻多了。不要犹豫，你把军装穿上，显得更加英俊了。"说完，拍拍他的肩膀。

他的太太松山真珍得到他的消息，当场晕倒，送到京都桂病院抢救。真珍苏醒后，紧紧握住松山的手，"天啊，我们家的儿女都在中国失踪了，你再一走，我们家庭就消失了。"他安慰道："佛祖会保佑我们的。如果我体检合格，我申请去中国山西的军队，说不定能找到他们。"真珍苦笑了一下，"但愿佛祖显灵，你们能在那里团圆。"

两天后去体检，松山基本合格。医生看见这么大年龄的人还要当兵，不可思议。疯了，人们都疯了，国家真能折腾。小护士向大家透露，只要是征兵体检，医院只能出合格的体检结果。

松山现在对招募的事，反而想通了，他索性把印染设备卖掉，大有一去不复返的精神。在表格上的年龄一栏，填三十五岁，真珍脸上强堆起笑容："你是四十六的身体，像三十五的心态。"太太的话极大地刺激了松山。各个役所招募任务都很难，大家只好把松山作为志愿为天皇圣战的榜样进行宣扬，谁家有困难，哪个男人说自己年龄问题，那你就和松山比一比。经过艰难的努力，招募工作终于完成。送儿（郎）参加圣战大会仍在大将军西鹰司町大操场上举行，人家都是几个人送一个，只有这对老夫妻默默相别。松山心里想起了中国白居易的《长恨歌》诗句：

"悠悠生死别经年，魂魄不曾来入梦……在天愿作比翼鸟，在地愿作连理枝。天长地久有时尽，此恨绵绵无绝期。"

松山真珍饱含着泪水送走了丈夫。松山做梦也不会想到，他们走了以后，镇子上的女人们几乎天天都在松山家门口骂，松山真珍没有人性，把丈夫都逼走了，害得大家跟着倒霉。孤苦伶仃、悲愤交加的她，肝肠寸断，恸唱悲歌谁会管。失魂落魄，漫漫余生度寂寞。满目苍凉，泪结孤坟一片霜。实在受不了周围人的流言蜚语，最后跳入嵯峨河自尽。

本来这批京都的兵员全部去菲律宾，由于松山强烈要求去儿女失踪的战场，最后把他一人调整到山西第一军三十六大队。

吉野最近对上司极为不满，一年多来未得到兵员补充不说，上个月还抽走了一个中队，三十六大队的实力已经大大下滑。现在突然要补充一名国内来的士兵，据说还是京都的，大家感到又惊奇又亲切。吉野命令安排到第二中队一小队加藤小队长那儿，加藤是大津市来的，有朋友写信说请多多关照他。加藤这个白痴，不爱说话不说，心眼儿格外小，脾气又特别倔强。从军八年，从资历上提他当小队长无可厚非，看在朋友的面子上，自己把他任命了，还不知这人心里对自己咋想的，个个都像郎兹就好了。

郎兹是自己在京都看上的，打仗格外卖命，他一直把他当做心腹使用。如今自己的心腹阵亡了，他莫名其妙地乱发脾气。天哪，回到京都咋样对他的父母讲呢？他听说第二中队召开欢迎新兵会，好久没有开这样的会了，一定要参加。

欢迎会在餐厅举行，大家端端正正坐着等待，松山进来时全体起立不停地鼓掌。中队长垣隶向大家介绍松山抛弃家业，积极为天皇效命的榜样精神。吉野来得晚，在窗户外边一眼就认出来他，浑身不由得打了个寒战，八嘎！真是冤家路窄啊。他扭头就走了。

餐厅里面热闹非凡，士兵拉起手来边跳边唱起家乡的《樱花开满山》、《帝国军人将军魂》歌曲。松山一看和年轻男人们在一起，感到活力四射，又跳又唱，也忘记了年龄。弟兄们非得叫他出个节目，干脆自我介绍，当他说到为什么要到这里来，就把松山一郎、松山秀子说了出来，大家面面相觑，半天都说不出话来。他就是吉野的岳父啊？怪不得吉野在窗户外面闪了个面就不见了。

突然，院子吹起了集合哨子，大家跑出去集合。松山不知自己该干啥，只见一个人对着小队长加藤说啥，加藤跑到自己跟前请他去宿舍休息。院子里一个指挥官手舞着向大家在说什么，欢迎会莫名其妙地结束了。

没过多久，各个小队换防，加藤小队调整到四十里外的凤苑镇驻扎。

由于敌人肃正治安的囚笼政策，八路军和根据地大大萎缩。为了打破敌人的囚笼封锁，军分区召开会议，按照上级部署，决定发动军民大力开展山地游击战、地雷战、麻雀战，不断消耗敌人，蚕食敌人统治的地区。三哥坐在凳子上思索着问题，任务好布置，落实太难了。会一散他站起来就想走，夏海宁把他叫住：

"史啸山，你饭不吃，着急回去找你的书记去？"

司令部离峰硝洼六十多里，不吃饭咋能行呢？他转过身喊了一句：

"我去解大手，回来就吃。"夏海宁一听逗得都想骂他，大家也跟着笑，他才反应过来自己说错了。为了安全，他和四眼趁着夜色，连夜就返回驻地。一路上他俩一直盘算着地雷来源，特别是石雷的生产。咱们回去就开会，发动大家想想办法，到时候把李大爷请来。

说干就干，回去他们把各连连长、指导员叫来研究，还专门邀请了区上的干部参加。大家对如何开展地雷战、麻雀战展开了讨论。

三区同志们认为，山区开展地雷战有着得天独厚的天时地利条件，坡陡沟深，落差大，石头炸飞威力非常可观。几个连长也说，年初搞了一些炸药还没有用，就是缺些雷管，看看上级能不能给拨。麻雀战顾名思义，就是化整为零，三五人一组，袭扰、消灭小股敌人这个不用讨论，就是个组织方法的事。三哥和四眼感到收获挺大，说实话，李大爷是他们的杀手锏，还没有告诉大家。上级说，群众是真正的英雄，智慧和力量的源泉，一点儿没错。四眼告诉大家：

"石头雷关键就是土火药，我搞了十几年化学，理论上没问题，就是硫磺、硝石和木炭搭配比例嘛。营长找匠人说他能解决石头问题，看来只有给TNT炸药配雷管是个问题了。"

大家一听营长能找到石匠，纷纷问咋回事。他得意地转过身对刘财财说，"挠痒，快！"英子鼻子一"哼"，不屑一顾地转过身。刘财财手伸进他的后背，上下抓挠起来。他没有正面回答大家，扭过头对刘财财说：

"你明天派人到阳圪台跑一趟，把人请来，就说我请的。听见没？"刘财财闭着眼给他挠着，含含糊糊地回答：

"听见了。"

最后会议决定，独立营各个连排班按照指定的县、区、乡村，帮助当地区小队、民兵队立即开展游击战，发动群众，特别是找石匠和能人，部队还要培养出一批会凿石头的骨干。

为了起示范作用，营里准备在峰硝洼搞试验点。三哥和四眼做了分工，一个设法去搞雷管，一个负责办土火药培训班。

经过十多天打听，岚县县城伪军仓库里有一批雷管，还有电线，看守仓库的班长姓白，听说是静岚白家沟人。白家沟？三哥自言自语笑了：

"好啊！天无绝人之路，快去通知二连小钢炮，叫他负责带路联系，这可是我们的宝贝呀。"史啸山对着杜三娃命令道。

汤鼠坏的大队今年年初扩编，由三个中队扩编为五个，人数增加到近八百人，岚县的治安也交给他。汤鼠坏踌躇满志，春风得意，把岚县和静岚各个据点队伍统统调换，一个地方待时间长了，容易结成帮派，说不定还会叫八路钻空子。调整刚结束，吉野命令汤鼠坏去岚县肃正治安一段时间，实际上就是把他支得远远的。汤鼠坏比啥都明白，好嘛，眼不见心不烦，反正自己不能闲着，把刘县的老婆带上走了。

岚县县城驻扎着一个中队的鬼子，两个中队的伪军。鬼子在县城城隍庙里，伪军主要负责守护城墙四个大门和附近的村镇。城里这个库房是个综合库房：被服、日杂，还有食品。伪军班长叫白进才，他和小钢炮白富才是本家兄弟，率领一个班的弟兄为库房站岗。库里有没有雷管，他有个大概印象，但是不是很清楚。

三哥化装成贩卖辣子面的商人，带着朱大个子、小钢炮等四人进了城，他们找到"四海"布匹商店，与地下组织负责人慧渊博接上头。慧渊博原来是县大队的文书，人虽然才二十六七岁，但由于出身商人世家，因此从小就精明、老到，做生意路数广，打眼一看就知道是个生意人，组织上也需要这样的角色。他叫伙计领上小钢炮找到了敌人的库房，小钢炮和哥哥白进才长得挺像，没费多大事就进去了。

哥俩儿六七年都没见面了，一见面特别亲热。弟弟说他在陕西做生意，这次领上老板看看这里的行情。哥哥是吃兵粮的，见多识广一定要帮忙啊！弟弟硬拉着兄长出去喝酒，进了一家小酒馆。挑开包间的挑帘，三哥和朱大个子在那儿坐着，弟弟忙介绍："这是我的雷老板，那位是我的朱师兄。"白进才向大家点点头，大大咧咧就坐了下来。

大家坐定之后，寒暄了一阵，就开始喝酒。酒过三巡，雷老板放下酒杯，突然冷冷地对白进才说：

"我不是什么老板，老子是史啸山。"用右手比画了个八字。白进才吓得差点叫出来，鬼子都知道他的大名，谁知道在这里碰见。刚想站起来，朱大个子力大无比，一把按住他的肩膀，他只好乖乖地坐了下来。三哥往嘴里夹了一口菜，边嚼边用筷子指了指白进才：

"你是一个有良心的中国人，你干那些好事我们都记在账上。你弟弟现在是八路的班长，很能干，是你学习的榜样，小鬼子在这儿待不长，汤鼠坏也没几天蹦跶了。今天请你到这儿来，就是了解仓库里的情况，你要如实说。"白进才嗫嚅地问，"你们要端掉库房？"前一段时间，西坡崖军火库被八路军炸掉，看守库房的敌人都胆战心惊。朱大个子不想让他知道太多，打断他的话：

"端不端库房，你不用操心，今天请你光介绍情况。"看来今天的阵势，不说不行了。

库房在西街老镖局院子里，后院的大门对着后街，门轻易不开。前门平时有伪军站岗，前院住着伪军十二三人，中院住着六个鬼子，一挺歪把子。后院的钥匙在一个叫岭房的鬼子手里，岭房二十四小时就待在这儿，从未踏出院子一步。朱大个子问他：

"库房里都有些啥东西？"他挠挠头，好像有被服、日用品。库房里的东西，他们确实不是很清楚。朱大个子追问，

"有雷管没有？"他想了想，回忆起来：

"半个月前整理仓库时叫我们帮忙，好像有雷管，大概有三箱吧，就在仓库东边的屋子里。我们这是综合库，不是军火库，一般不存放这些易燃易爆品。"三哥又跟他碰了一杯，

"感谢你，希望今后多配合八路的工作，你回去就像平时一样，我们会记得你的。"

吃完饭，他们下午又到老镖局前后街看了看地形和房屋的结构。晚上，大家在一起商量怎样将雷管搞出来，但是，仍觉得不好办。

三哥在床上难以入眠，库房墙高院深，只有自己和朱大个子两个人能翻进去。他想起一六九旅好像有一人叫扈昆，武艺高强。算了，这事情求别人不划算，干脆强攻，辣子面是最好的武器。他叫醒大家，慧渊博也认为这个"武器"好，可是咋样做呢？惊醒了敌人又如何出城呢？这一系列问题都要考虑周全。营长刚刚说的辣椒面提示了大家，慧渊博建议采用安眠药更合适些。众人干脆坐在炕上嘀咕起来。

汤鼠坏的嗅觉特别敏感，城里来个几个买卖人，好像是贩卖辣椒面的，操！不知钻到哪里去了。他悄悄地派人在城里增加了大量的便衣，四处打探。

慧渊博很快得到消息，把他们的辣椒面藏到地窖里，人也不能露面了。一连几天躲在屋后的小院子里，大家憋得慌，再说任务还没有完成呢。与其这样，还不如给敌人来个⋯⋯

天刚亮，焦大麻子大徒弟金和二徒弟木在大街上发现地上有撒的红辣椒面痕迹，他们立即报告汤鼠坏。他们沿着蛛丝马迹一直找到一家民房，这家门楼蛮高，外墙还挺气派，这是谁家呢？他有点儿发愣，把所有的便衣统统调过来包围。

"砸门！"汤鼠坏命令道。一群人拼命边砸边喊，好不容易门被打开，一个年

轻女人蓬松着头发，打着哈欠出现在他们面前，便衣们连推带搡地把她拉进去，有人还趁机在她的胸脯、屁股上乱捏乱摸，女人发出一阵阵尖叫。汤鼠坏带头闯进房间，他彻底腿软了，只见垣隶从炕上跳下来，"啪啪啪"一连扇了他十几下，他只有两腿并直，嘴里"哈伊哈伊"答应着。他扇累了，转身又去拔刀，汤鼠坏吓得转身就跑，垣隶哈哈哈大笑。

白进才前几天吃饭时，听库房鬼子说城里来了三个日本娘们劳军，鬼子按照职位轮流去销魂，个个喜气洋洋。他装作不在意地打听清楚了地方，悄悄地告诉了慧渊博。

汤鼠坏气得大骂，狗日的小鬼子，老子这么卖命为你们干活，下手还这么重的，脸都扇肿了。金摸着他的脸：

"大队长，他们把咱们不当人啊！"汤鼠坏一帮人气得钻进酒馆里，喝他个天昏地暗。老子干你妈了个屄！

第二天小钢炮把他哥叫出来，给了一包安定粉，共半斤多，最好今天晚上熬粥时倒进去。白进才什么都明白了。仓库的灶是由伪军伙夫自己做，下午白进才对伙夫说，晚上的玉米糁子粥再加点白面条，改改花样吧。伙夫十分听话，熬粥时又擀了些面片儿，讨好地说，

"班长咋样？"

白进才装模作样地凑到锅前搅了搅，说："你去把昨天的肉末拿来，再放点面片。"伙夫一转身，他顺手把安定粉倒进去，接着又搅。

伙夫心想，班长今天开恩了，不过年不过节的。想是想，干是干，改善伙食谁不愿意呢？

鬼子和伪军感到今晚的玉米糁子白面片真可口，大家都在抢吃，岗哨听到改善伙食，急忙端上一碗蹲在门口吃了，嗯，就是好吃。饭都吃完了，才见白进才从茅房钻出来急呼呼喊叫，

"给我留一碗。"大家哈哈一笑，

"你去喝涮锅水吧。"鬼子也跟着嘿嘿傻乐。伙夫说：

"班长，锅后面偷偷给你留了一碗呢。"白进才得意地进了灶房，听见他呼噜一阵吃完，外边有人喊道："班长！不要噎住了。"其实他早倒进刷锅水里了。晚饭后，大家眼皮子直打架，一个个干脆连衣服都没脱就上了床，呼噜呼噜大睡起来。岗哨也睡着了，白进才把他拖进门里，替他站岗。三哥他们迅速地进来，从鬼子口袋掏出钥匙，打开库房找到了两箱雷管，五卷电线，又搬了三箱罐头。

一件件全都装进麻袋里，朱大个子还想拿，三哥摆摆手。钥匙又放回鬼子的口袋，把地上的痕迹清除干净，神不知鬼不觉地走了。

英子多次要求把三区作为独立营的试点区，建议将择善到峰硝洼一带，西大树到白家沟以及娘子神周围全部列入地雷区，叫鬼子寸步难行。她来到营部没见到人，有人告诉她三哥下河了。她以为他们又去河里洗澡，营部值班的人说不会，他们还拿着水桶哪！她又急急忙忙地撵到沟底下，只见他和教导员几个人赤脚在河里不知翻腾啥。

他们把袜子套在手上，掀起石头抓螃蟹呢。都几十岁的人了，还和孩子一样玩耍。她悄悄地搬起一块石头，"扑通"扔到三哥身边，水花溅了他一身，大家吓了一跳，她弯着腰"咯咯咯"笑不停，他嘿嘿两声："来，来，快下来，我教你抓螃蟹。"

"我才不下去呢。"她害怕他报复。

"放心，我绝不还手，骗你是王八，"他起誓道。英子学他们的样子，脱掉鞋袜，挽起裤腿，赤脚踩着石头，颤颤巍巍地走到他的身边，哪知一个石头没踩稳，身体一斜，眼看就掉到河里，只见三哥伸出左手一拉，她不由自主地进到他的怀里。大家"嗷嗷"叫了起来，她的脸羞得通红，小声喝道"松开！"他假装说："不能松，一松开你就掉到河里了。"

她用手推他："掉就掉，你别管。"她推开他，索性就站在河里。原来河水不凉呀，这个死鬼。他告诉她，戴上手套抓是防止螃蟹夹手，左手掀起石头，右手立即在下面抓，一逮一个准。

"你看看我这只袜子。"他手里提着一只袜子，张开叫她看看，哟！塞得严严实实，河蟹个头不大，一个个垂头丧气地挤在里面。

"妈呀！还张牙舞爪的呢。"他把袜口捏紧交给她。

"去倒到水桶里。"他指了指岸边的大木桶。

她来到木桶旁，只见多半桶螃蟹气急败坏地在里面爬来爬去，有几个还互相搭架子企图逃跑。她拿小棍一戳，它们又掉了下去，螃蟹前功尽弃了，气得直吐泡，真好玩。

大家捞够了，就坐在岸边晒袜子、抽烟、休息。四眼问她："英子，你找到这里肯定有事吧？"

"那当然。"她指了指周围的大山："这里的自然条件好，山大沟深林子密，石头又多又好开采，而且纹路不乱，容易凿空。"说着，拿起河里的圆石头，指着又说，"山上的石头比它好凿，我就见过石匠顺着纹路凿石活，速度还挺快。另外，峰硝洼的东山沟里，硫磺多，更重要的是群众积极性高，可以先作为试点。"

她说得完全在理，大家都同意。三哥急忙问杜三娃："三娃，你狗……回来几天也不吭气儿。请的人呢？"

杜三娃冤枉地辩解："你不是交代，没人时再给你说吗？"

"快说！"

他也顾不得了，原来他怕给大家泼冷水，现在只好说了。杜三娃告诉大家，李大爷为了生计，带了个徒弟到陕西找活去了。这桶冷水把三哥浇了个透心凉，完了完了。不知为啥，他真想踢杜三娃一脚。英子连忙为他们打气：

"别灰心丧气，三区有的是石匠。"她一连说了好几个人，大家感到她的工作很实在，什么事主意都拿得稳。

他们把螃蟹都给了医护队，秀子高兴死了。

经上级批准，他们办起了地雷培训班。四眼对火药配方一点都不陌生，按照培训要求，他在骨干培训班上告诉大家："火药按结构分为均质火药和异质火药，均质火药分为单基药、双基药、多基药、改性多基药。异质火药又叫黑火药，也叫复合火药。"

有的人大声问："陈老师，我们要生产的是不是黑火药？"

四眼点点头："对！这位同志问得好，我们是就地取材，造黑火药。黑火药的主要配方是，木炭作为燃料，把木炭粉、硫磺粉和硝酸钾混合烧炼而成。硝酸钾就是硝石，我们这儿也有，硝石的化学性质很活泼，能与许多物质反应。"有人问："上次从西坡崖缴获的炸药和火药不一样？"

"是不一样，"四眼回答说，"上次我们搞回来的是炸药，威力比火药大得多，箱子上有三硝基甲苯的日文字样，战士们不懂，也不认识 TNT 字母，见啥扛啥，啥都往回扛。"大家"哄"地一声笑了。他继续讲，炸药爆炸需要雷管，而火药一点就炸。不过，等营长他们把雷管搞回来，我们的炸药威力就大多了。四眼不仅能说，干活也在行，他把挑出来的硫磺、硝石让大家一一辨认，领着大家反复试验配方、熬药，干得热火朝天。

英子找了三四个石匠，请他们打出圆形石头，然后用錾子一点点镂空，还照着手雷样子，在外面錾出分瓣槽。样品出来后，大家赞不绝口，真像工艺品，送给鬼子都糟蹋了。她还请每个匠人至少带三个徒弟，好好教。匠人要好酒好菜款待，按月发补贴。每人每个月至少凿出十颗，确保够鬼子吃。

经过军民齐心协力，在短短的几个月里，三区生产了大量的地雷。经过反复试验，还生产出滚雷、水雷、草雷、踏拉雷、空炸雷，他们管这些叫火雷。而用炸药装填的石雷叫炸雷，炸雷直径大一些，威力更大。

看着窑洞里放了这么多东西，三哥迫不及待地要求进入实战，按照三区提出的地段、村庄发下去。独立营派人武装保护埋设，并做好标志，千万别把自己人伤了。公路重点路段有专门的责任小组看管。

独立营决定先拿凤苑镇的鬼子开刀。

凤苑镇到西大树是一条川道，也是通往县城唯一的土公路。川道宽窄不一，西大树的民兵配合部队在岽尖的狭窄处埋伏，由游击小组负责将敌人引诱出来，部队派一连一排围歼，区小队配合。老班长贾明贤带领区小队的两名战士，天亮前摸到凤苑镇北头一处废弃的院子。这个位置非常好，后面就是树林，树林往北三里路就是岽尖。他们在院子门口设了两颗绊丝雷。夏天天亮得早，五点半就能隐隐忽忽看清房子的轮廓。加藤小队的鬼子在这儿虽然没有炮楼，但是敌人把基督教堂改造成了据点，周围民房也都拆光了。

东边的光线把雾霭慢慢地拨开，人都说神枪手的眼睛好，这话一点不假。贾神枪在破墟的围墙上瞄准二层一名做操的鬼子，这家伙好像是一名军官，右指一扣，"砰"，那人倒下。贾神枪换了个地方重新猎取目标，一个鬼子好像拿着个望远镜向这边看，刚想扣，拿望远镜的走了。楼台出现了几个人，对外指指点点，他瞄准一个大个子，"砰"，也倒下去了。鬼子恼羞成怒，十多个人向着这儿冲过来，贾神枪本来打算再打几个，算了，不知从哪里钻出来一大群伪军，约有二十几个人也从东边包抄上来。

不撤退就来不及了，他们交替着阻击，朝树林跑去。一些敌人向院子包抄，另一些人直奔树林冲过来。原本打算在树林南边埋雷，但敌人追得快，来不及了，快跑！进到院子的敌人一下子绊响了绊丝雷，当场死了四人，还有两个重伤。

敌人疯狂了，今天豁出命也要抓住这几个八路。游击小组被敌人追得紧紧的，子弹嗖嗖地从身边划过，贾神枪看他俩跑得慢，大喊一声："把枪扔了，生存第一！"

快跑到岽尖谷口时，他瞧见一块巨石，一转身迅速地隐蔽，端起枪，"砰"的一声，追在前面的敌人就倒下了，后面的愣了一下，他们趁机往右拐进树丛里。

敌人不甘心，三人一群、五人一组从右边的山坡搜索起来，一名战士被敌人发现，不幸被一阵乱枪打死。这儿距雷区还有一二百米，敌人进不了雷区，这仗就白打了。只见贾神枪像兔子一样，一跳一跃地从坡上飞速跑到山谷路上，敌人又慌忙地追了下来。他在雷区飞速地快跑，眼看就要跑出去，只听见震耳欲聋的爆炸声，冰雹似的石头雨从天而降，人简直无法躲藏，他只好蹲在地上，双手紧紧抱着头，任凭石头击来。鬼子和伪军哪里见过这样的阵势，不计其数的石子袭来，哭爹喊娘都来不及，后面的两三个鬼子掉头就跑，一会儿都没影了。

地雷炸了足足有十分钟，八路和区小队的战士趁硝烟未尽冲进战场，把几名企图顽抗的敌人捕死。三区的担架队不顾哑雷的危险，冲到贾神枪身边，赶紧查看伤势，左手腕、两只胳膊、脊背三四处被击伤，人已经昏迷不醒，即刻送到安全的地方抢救。人员立即撤退，等敌人反应过来，战场上只剩下一些尸首。

在总结会上，营长和教导员都肯定了这是一场漂亮、干净的战斗，打死鬼子六名、伪军二十名，其中，贾神枪打死三名鬼子。战斗缴获了十六支步枪，十二支完好无损。由于贾神枪的突出表现，独立营向上级请示，为他请大功。区小队这次机智灵活的配合，三哥十分满意，挑选了十名军事素质突出的转入独立营。英子肯定成绩之时，要大家善于总结经验：

"你们算算，这次用地雷数量过大，几乎把三区一个月生产的九十颗都用了。三颗半才炸死一个人，要不是我拦得紧，营长恐怕叫人拿走得更多。"会场上笑声一片，三哥笑她小家子气：

"好我的书记呀，三颗雷换一人，值啊！你们生产上几年，一个县的敌人都让你们地雷报销。"大家一听，在理，还是加紧生产吧。

凤苑镇的敌人遭受地雷战的无情打击，损失太大。加藤在电话里刚报告完，吉野像疯狗一样，把他臭骂了二十多分钟：

"废物！野狼（私生子）！七酷肖（畜生）！我们日本人比中国人少，不能用人和他们拼。现在大日本帝国要占领全亚洲、全世界，全亚洲、全世界需要我们去统治，需要我们大量优秀的大和民族男人。记住，一定要让皇协军先探路，冲在最前面，和油滑精似鬼的八路打交道，一定要动脑子。"他急切地问松山情况，得知松山得到加藤的关照，在据点里管理内务时，吉野阴阳怪气地说：

"老家伙的应该带头冲锋陷阵，为年轻人树立表率作用。"他的话，引起加藤内心极大的不快：秀子不在了，你应该更好地照顾你的岳父。可是你不但不管，还叫大家封锁消息，现在居然企图"借刀杀人"，良心大大的坏了。他压抑着内心的反感，继续报告情况，当吉野听到野山俊男中尉被打死时，气得把电话都摔了。

野山俊男是他表姐的长子，表姐告诉他一定把俊男活着带回去。吉野从来不让他直接进入战斗队伍，一直在身边管理辎重。俊男小兔崽子一直想下去带兵打仗，最近又听说他吉野舅舅和皇协军大队长的老婆不堪入耳的丑闻，感到很没面子，眼不见心不烦。在他那里大闹几次，再次提出来下去带兵。吉野考虑他到战斗部队带兵，对他以后提拔有利。也好，他一走自己更无所顾忌了。

在调动加藤小队去凤苑镇时，俊男作为宪兵带着三个士兵以督察为由兴高采烈地上任。临走前，吉野叫他加强注意加藤举动，不知怎么都看不惯大津库扫（粪），就像大津山上的竹鼠，尤其是那双眼睛，太像了。

如今，他如何向表姐交代？该死的倒没事，自己的外甥却死了，可憎的加藤竹鼠。静岚土八路大大的可恨，必须清除。先拿凤苑镇大西树、峰硝洼的土八路开刀。

吉野召开了清剿山区土八路军事会议，他在会上强调这次进山扫荡，主要是静岚以南、岚县以东、娄烦以北三县交界的土八路势力。这次兵分两路，一路迂回走娘子神村再直插峰硝洼，把他们的老窝端掉。一路从神裕沟和凤苑镇两头夹击西大树村，彻底清除公路两侧的土八路。袭击峰硝洼，吉野决定他亲自带垣隶中队，汤鼠坏大队的两个中队跟上听从调遣，特务队焦大麻子带人提前探路。

从静岚到峰硝洼约七十里，鬼子刚走一半路程，也就是刚到娘子神时，独立营和三区已经得到消息。大家紧急动员起来，民兵负责将周边几个村子的老乡和军分区供给部、医院立即向东深山里转移。两个游击组带上步枪立即跑到必经之地——前湾沟阻击、骚扰敌人，延缓敌人的进攻。前湾沟呈 S 形，两边尽是峭壁，高度约有四五十米，打伏击十分理想。中湾沟长一里多，下部坡度不大，但是越往上越陡。

地雷一组在中湾大路上埋雷、挂弦。平时地雷坑已经挖好，用虚土掩埋，大家很快就找到位置，紧张地干起来。对付敌人大队人马，主要布的是踏拉雷，就是前面踩后面炸，还有在草棵下翻板的草雷。地雷二组负责沟两侧和山上的布雷，他们的雷主要是滚雷、空炸雷。四眼带领区小队三组隐蔽在龙谷岭小路上，监视侧翼安全，埋上十几颗 TNT 炸雷，防止敌人抄小路偷袭。杜三娃排有一挺机枪，三十多支步枪作为机动准备。三哥命令通讯班跑步通知一连去协助西大树的民兵做好抵御准备，二连、三连趁县城空虚，能拿下来就坚决拿下，难度大的话，就佯攻一阵，迫使敌人撤退。

区里的担架队和救护队随同部队一起行动。

焦大麻子早都听说峰硝洼一带是土八路的老窝，而且派人偷偷侦察过。回去的人告诉他，那里的地形险要，到处都是一夫当关，万夫莫开的山隘。峰硝洼，马蜂窝，十去九死魂断折。他奉行的信条是"人不为己，天诛地灭"，只要土八路不下山来，他们爱干啥就干啥，咱们千万不去惹那麻烦。跑那么远去捅马蜂窝，实在得不偿失。在交通便利的县城和大一些的集镇上"执行任务"，吃喝玩乐多自在。如今，皇军要来报仇，还叫我们前面探路，傻子才他妈的送死呢。他把外号叫水子的搜到眼前：

"哥们儿，明儿你和火子先行十里，化装成捡粪农民，如果发现异常赶紧跑回来报告，免得我们吃亏。"

扫荡队伍浩浩荡荡出发了，最前面就是特务队，他们比大队快二三里路。依次是伪军二中队、三中队，鬼子在最后压阵。凭实力敌人的人数、装备占有绝对的优势，所以，就不把土八路放在眼里。水子和火子走在前面，虽然是农民打扮，但是他俩鬼鬼祟祟的样子，游击组早已看出来，到前湾沟时就放他俩过去，快到中湾雷区时，这俩有点儿犹豫，地势太险恶了，等一下吧，掏出烟卷抽了起来。后面大队赶到前湾时，枪响了，敌人愣了一下，汤鼠坏赶紧跑到后面报告，吉野一听枪声，哼了一声："土八路的骚扰，继续前进。"敌人一边还击一边强行通过，但是伪军的步子明显慢多了，鬼子撵了上来，垣隶非常不满意，挥舞着指挥刀：

"加速前进，快速通过峡谷。"伪军一看皇军都赶了上来，胆子也壮了。敌人大队渐渐进入雷区。雷区的地雷前面布置得稀，而且都在两侧，差不多一半的敌人走到中心时，突然山沟迸发出一阵阵雷鸣般的爆炸声，只见山摇地动、尘土遮天蔽日，巨大的连续的爆炸声，把前面的鬼哭狼嚎声压住。吉野大为震撼，简直不可思议。土八路的地雷太厉害了，太厉害了，他终于明白了凤苑镇的皇军吃地雷亏的原因。二十多分钟后，前面一片狼藉，没死的往回跑，一些受伤的还在呼叫。

"八嘎！"吉野命令队伍散开，伪军在前面，继续前进！大家小心翼翼地摸索前进，敌人的步子更慢了，鬼子小队长用枪戳着他们快速通过雷区。突然，天上一声声霹雳，一声声炸雷，无数颗天石从空而降，躲都没有地方，有人往回跑，谁跑得快砸中的几率就越大，吉野的战马吓得连连向后退，一个后蹶子踢中了他的鸡鸡，"八嘎，八嘎！"疼得他腰都直不起来。今天是咋了？有天神帮助八路吗?太不可思议了。现在撤回去，皇军颜面彻底扫地。

汤鼠坏满脸是血，一瘸一拐地跑回来报告垣隶太君，我操他姐姐！再这样下去，我们损失太大了呀。垣隶回头看看吉野，也有点慌：

"你的说，有没有其他的路?"汤鼠坏一听赶紧指指焦大麻子：

"我操你姐姐个逼！这就是你侦察的结果？还有没有路嘛?"

从龙谷岭到峰硝洼有一条小路，焦大麻子也听说过，但是现在连个向导都找不到，还听说小路特别险峻，鬼子有点急，督促他们快快想办法。汤鼠坏命令在还有气儿的伪军里找当地人，最后终于查到一个叫言辉信的伪军，他有亲戚在峰硝洼，他说曾经走过这条小路，现在他的右腿被炸伤了，无法带路。吉野一听急了，叫两个伪军用担架抬着他带路。鬼子一个小队、伪军七八十人跟随言辉信倒回去，去找那条小路，吉野的大队人马仍在原路试探着前进。

这两场爆炸，伪军死伤占大多数，彻底断气的就已经八十多人，受伤的在那里号叫。火子当场被炸死，水子让石头砸得肩膀骨折，疼得龇牙咧嘴。鬼子也死了十三四人，伤二十多人，三分之一的敌人基本丧失了战斗力。前湾沟的敌人，进不得退不得，还要把伤员抢回来就地治疗。土八路好像有狙击手，冷枪不断，山上的飞石还不停地落下来，敌人只能躲在沟下岩石的死角下苟延残喘。现在就企图抄小路偷袭，看见信号弹就强行进攻。

焦大麻子他们终于在荆棘丛生的沟岔找到了小路，翻上大坡后，被一座十几米高的陡峭的悬崖挡住，必须徒手才能爬上去。言辉信的腰缠了根绳子，硬是被拖了上去，担架也拉了上来。大家好不容易爬上来，前面有一条沟壕，鬼子小队长指挥刀一挥："跑步通过！"队伍立即冲了过去。焦大麻子对鬼子小队长说："十分庆幸，这里一旦有地雷，那就彻底完蛋了。"鬼子军官向他竖竖大拇指。正在得意之时，沟壕里的地雷就响了起来，这都是用TNT炸药装填的地雷，这不是一般土八路的地雷，其威力震耳欲聋，爆炸的气浪不亚于航空炸弹。瞬时，敌人抱头鼠窜，互相践踏，只恨爹娘少生了两条腿。下悬崖的路已经拥挤不堪，言辉信腿不行，也做梦想下，结果叫焦大麻子一脚端了下去。地雷的硝烟还未散尽，一阵阵弹雨劈头盖脸地扫射了过来，不少人跌跌撞撞逃到崖下。此时，大日本皇军的威风荡然无存，一幅狼狈逃窜迹象，土八路不依不饶，一直追杀到崖边。

鬼子传令兵骑马赶来报告，八路军正在攻打静岚城，城里守备空虚，危在旦夕。一旦县城叫八路攻占，后果将是十分可怕的。吉野今天感到很伤面子，集中四五挺机枪对准两边山头猛烈射击，掩护撤退。机枪足足打了二十分钟，把对方打得抬不起头才罢手。鬼子撤远了，对方才发现。快撤出前湾时，山上也架起机枪向队伍的尾部扫射。吉野听到对方歪把子和三八大盖声，知道今天是遇到强敌了。由于地形不利，皇军吃了大亏。

西大树由于地处公路边，敌人两头进攻推行的速度较快，等到一连集结时已经丧失了作战机遇。村里的民兵把地雷刚埋好，敌人就踏响了地雷，地雷虽然延缓了敌人的进攻，但是地雷埋设没有纵深和层次，村口地雷根本不足以将敌人挡住。民兵把群众刚刚转移，敌人已经绕进村子里，他们疯狂地砸坏家什、农用工具，抢夺粮食，最后烧房。几名在家不愿意出去避难的老人，被敌人活活地用刺刀捅死。

一连长刘财财率领部队跑来，赶紧灭火，抢救残存的东西，帮助他们殓葬了老人。刘财财感到很惭愧，部队过于分散，紧急集合时十分不便。

吉野回来时，攻城的八路已撤退。西门的门楼被炸垮了，说明敌人的火力十分猛烈。看得出来八路军不仅仅是"围魏救赵"，很有可能想趁机拿下县城。皇军死伤近十人，皇协军二三十人也伤亡。要不是我们回援及时，恐怕……

这一系列的战斗，敌人消耗兵力极大，阵亡近二十多名鬼子，其中还有一名中尉，负伤的四十多人，大部分是让地雷炸（砸）残的。伪军损失严重，死亡八十人，受伤一百五十人左右。吉野不得已，采取收缩兵力的办法，日军把兵力全部收缩在静岚、娄烦、岚县县城和几个大的据点。那些小一点的据点，只好叫皇协军去守。他们天天担惊受怕，小股人马绝对不出镇子，听说地雷把道路、河道、山谷快铺满了。

12

岚县二区区长助理于虎志被捕叛变了。起因很简单，中学女同学邵丽娜，上学就喜欢描眉打扮，长了一对细眯眯眼，男生背后给她起外号"骚狐狸"。她父亲邵建原来是做布匹生意的裕华公司老板。骚狐狸人长相很一般，但是嘴皮子很会说话、也很甜。她比一般女人会打扮，人常说，三分长相七分打扮，打扮后人就显得妩媚漂亮了。中学一毕业，按照父母之命、媒妁之言，早早地嫁给了本县一个富商的子弟。邵建当上商会会长后，挤垮了不少商户，经济势力逐渐地遍及周围几个县。骚狐狸早已看不上那个平庸无用的丈夫，干脆回到娘家，在商会里抛头露面，到处搞集资生意。焦大麻子和她在官场上认识后，眉来眼去，两天就混在一起。

县城不大，女儿的事很快传得沸沸扬扬。邵建刚开始还觉得有辱门风，跺着脚把她骂了几天。过后一想又觉得不对，自己的生意还要靠他们呢。他又惧又恨焦大麻子，算了，女大不由爹，随她去吧，只要不耽误生意就好。

于虎志化装成小贩进静岚城买药，在街上让骚狐狸认出来了，老同学五六年后突然相遇，十分惊喜。当年，于虎志一米八的个子，仪表堂堂，担任着班长，骚狐狸一直暗恋他。中学毕业后，同学们各奔东西，于虎志考上了太原省立师范后，再也未见过。骚狐狸不由分说，把他拉入一家酒馆里，坐了下来。

她替他要了一壶酒、一盘牛肉、一盘莲菜，还给他要了一碗面条。骚狐狸知道于虎志是一个志向远大的人，没敢说自己给商会做事，更是闭口不谈已经嫁人之事。装出一副娇滴滴的样子，说自己至今仍在家里抚琴、吟诗，无所事事。于虎志来县城打算搞点急需的药品和布匹，碰见商会会长女儿，自以为找到门路，还打算将她拉入队伍中去。在叙旧过程中，骚狐狸已察觉他就是共产党，对于他提出说"朋友"要的药品和布匹，她可以提供，还可以赊账。不过，老同学必须每月至少来看她两次。说到这儿，她嗲声嗲气的问话，火辣辣的眼光望着他，好像问他敢吗？于虎志感到浑身上下血液流速加快，一仰头又是一杯酒下到肚子里。他俩出了饭馆，直接就进了旅社。

焦大麻子很快就察觉到骚狐狸另外还有情人，他派人天天尾随着。一个月后，终于在一家旅社看见这两个人一先一后，进了同一房间，焦大麻子在隔壁也开一间房。整个一晚上，他胸中妒火燃烧，恨不能踹门进去，把男的宰掉。好不容易熬到天亮，骚狐狸刚一走，特务队就一拥而上，抓住了于虎志。本来打算抓个奸夫，痛打一顿，警告警告。谁知道从他的口袋里发现了有张购买违禁品的单子，立即带回审讯室。刚开始，于虎志嘴挺硬，焦大麻子对他有"夺妻之恨"，巴不得叫他尝尝所有的刑具。第一天晚上才抽了几鞭子就招了，他妈的，果然是个共产党。

喜讯报到汤鼠坏那里，他警告焦大麻子不能再用刑了，否则已遍体鳞伤的于虎志就无法钓大鱼了。第二天，汤鼠坏亲自审讯，于虎志供出岚县二区地方政权活动地点、联系方式、干部名单。特别引起他们兴趣的一条线索：静岚县峰硝洼八路的老窝有个重要人物去传授生产地雷经验。他们赶紧向吉野报告了抓住一个共产党，而且说了这条消息。吉野感到汤鼠坏越来越忠心皇军，赞赏地说：

"吆西，一定要抓住这个重要人物，搞清楚峰硝洼情况。岚县二区目前一个人都不要动，以免打草惊蛇。周围多布置兵力，等候抓人。"

静岚三区的游击战、地雷战取得了巨大的成功，在吕梁山区一时引起了轰动。夏海宁要求推广他们的经验，积极开展自力更生，土法造雷。按照军分区的要求，独立营和三区组成两个传授小组，分别由四眼、英子带队到各地介绍经验，特别是制作地雷的工艺、程序，如用药的采集、筛选、烧制和配方等等。

英子带着区小队排长李静生等五人从岚县的河口、顺会一路风尘仆仆地推广、演练。按计划到达了岚县二区所在地梅谷村，区长王允十分高兴地接待了英雄，还叫助理员于虎志去准备饭菜。王区长感激地说：

"喜鹊叫，贵客到。我是早就听说姜书记您的大名，就是未见其人啊！没想到，你这么年轻、漂亮。"英子不置可否地笑笑说：

"战争把我们都变得心狠手辣了，逼得女人都学会了杀人。你看看，我还要教你们制造杀人武器呢。"王区长连连点头：

"那是那是。你们来了太好了，过去我们也搞地雷战，可惜呀，上级发的雷太少，炸一颗就少一颗。自己研究了好长时间，也没造出来。一次鬼子来了，我们把仅有的几颗地雷埋在最前边，后边都是些假雷，还尽插些'小心地雷'的木牌子。敌人不清楚雷区到底有多大，快到雷区时，他们故意拉响了一颗雷，硬是把敌人吓回去了。"大家一听，哈哈大笑，李静生指了指地上的石雷，今后你们多生产一些宝贝疙瘩，不要再欺骗敌人，实打实地伺候皇军。众人点头称是。

两天的传授就要结束了，二区的能工巧匠很快就掌握了技巧，准备进入实质性的生产，工作积极性很高昂。可是，他们谁都没有料到危险越来越逼近。第三天传授小组就要走了，大家依依不舍。英子留下了样品，还送给王区长五颗日式手雷。他激动地把大家送到村口，还叫于虎志再送一段。

走到东沟边时，于虎志叫民兵回去，说自己送就行了。他领着大家下沟走到一个三岔口时，故意带差了路，当时谁也没有在意。等走到一片树林时，突然，窜出四五十个伪军，用枪抵住他们，危急之时，李静生拔出一颗手雷往枪把一磕，大喊"不许动！"手雷已经冒青烟，敌人吓得趴在地上，只听"轰"的一声，李静生光荣牺牲。

于虎志在英子一行进村后，偷偷溜到村西头坟地里，将密信放在双方约定好的柏树洞里。焦大麻子接到信后，立即向汤鼠坏报告。汤鼠坏鬼得很，悄悄地为焦大麻子组织了一只精干队伍，去捕捉共产党重要人物。敌人马不停蹄地赶到约定的埋伏地点，隐蔽了十几个小时。

英子趁李静生拔出手雷时，领上众人赶紧跑了有三四十米远，大家这时边打边跑，她命令一人赶紧跑回去叫人，可是谁都不愿意回去。她着急地骂道："混账！没人叫援兵，那我们都死定了。"这才有一个人跑了回去。大家边打边退，无奈，敌人数量占着绝对优势，撤退的路还是上坡，目标太明显。敌人喊叫要抓活的，距离越来越近，周边的人越打越少，她突然感到右腿一阵麻木，腿一软就蹲在地上，绝不能让敌人抓住，用枪抵住太阳穴一扣，没子弹了……

敌人抓住姜凤英和两名受伤的战士，不敢大意，用担架一口气抬到静岚城。骚狐狸听说逮住了八路的大官，认为她应该立头功，喜气洋洋地跑到特务队找焦大麻子。焦大麻子和汤鼠坏正在生闷气，不冷不热地问："你来干啥？"

她一把把焦大麻子扯到一边说："领赏钱呀！"

"赏个屁。"

焦大麻子气呼呼地说："老子做生意赔本了。"他的话让骚狐狸丈二和尚摸不着头脑。原来，汤鼠坏和焦大麻子商量，把女八路抬回来，准备让她进审讯室，说不定一惊一乍，女娃娃吓得都坦白了呢。万一她伤势有问题，就叫医生在旁边等候。谁知道他们一进西门就叫吉野看见了。

吉野喜出望外，一面叫人快快抬到日军医疗室治伤，一面向上司报功。上次王彩兰的牺牲，敌人没有得到半点收获，这次千万不敢再大意了。谁知，日军的联队、旅团都知道了，电话纷至沓来，都要求把人送过去。吉野一时还拿不定主意，就在这时，太原的日军第一军情报课的电报命令，要求立即把人送去，不得延误。吉野纳闷，情报课他们咋能这么快就知道了呢？

英子被捕，三哥第二天得到消息，惊讶、懊悔、难受、愤怒交织在一起。他带领一排立即出发，临走前叫通讯班通知各连速到娘子神集结。

静岚县城加强了戒备，城门口检查得格外严，内线送出的情报说，敌人对医院实行了戒严，并有重兵把守。可能明天把人押送到太原去。看来只有在路上劫人了。从静岚到太原有两条路，一条是经过静游镇、娄烦。一条是经过康家会到忻口，换乘火车到太原。这两条都有可能，为保险起见，两头都要设埋伏。

这时，四眼也赶到了娘子神。三哥急切地说："四眼，你带领二连、三连去康家会东面狭窄的山沟里埋伏，汽车走的是个上坡，好埋伏。我带上一连和几个区的小队在静游镇的上游沟里伏击。"四眼提醒他，部队这么大的行动应该向军分区报告，否则就说不清了。他腾地一下火了：

"四眼，你是守纪律的人，你去汇报去吧！等上级批准了，战机就没有了。"说着就叫刘财财带队去康家会。四眼一想，去他妈的，还是营长说得对，二话不说，立即带着队伍出发了。

三哥他们在静游镇的北边沟里，用炸药把山石炸了，巨大的石头把公路彻底堵死。部队刚刚布置好，县大队也赶来了。他说大家这次打伏击主要救人，千万不要伤到自己人。部队把机枪架好，就等着敌人上门。下午四点多，敌人开来一辆汽车，车上整个用篷布罩着。刚进到伏击圈，汽车轱辘就被打瘪了，三哥救人心切，带头就冲了下去，大家见状，一窝蜂地跟着冲了下去。突然篷布下伸出敌人的机枪拼命地扫射，独立营的机枪立即压住敌人，部队已经冲上了公路。突然，一颗子弹打中了三哥的右腰，他不顾疼痛，挥舞着手枪，领着大家冲到汽车跟前，和鬼子搏斗起来。五六个鬼子一会儿就被打死了。可是车上没有英子，驾驶室的鬼子负伤坐在地上，后背靠着轱辘，还在咿呀咿呀地比画，意思是你们失算了，皇军早就从另一条路把她转移了，脸上露出得意的冷笑。杜三娃气得拿手指着骂他，谁知这家伙凭着蛮劲，双手突然抱着他的双腿一头将他顶翻。三哥一腔怒火，一脚踹到鬼子的头上，只听见"当"的一下，他的头撞在车轮毂，立即毙命。这时，三哥已经昏厥过去了，这是第二次负伤了。

吉野按照情报课的要求，当天押送汽车绕路先向北，走杜家村镇到忻口，上了火车到太原。

大鼻子的部队两年多来移驻在保德、河曲县，护卫着黄河北边的防线。当得知爱女被日军抓到太原，大为恼火。大骂夏海宁没有保护好自己的女儿，对三哥也咬牙切齿。现在，看见啥都不顺眼，摔茶壶、砸椅子。这个小兔崽子，小穷光蛋。让一个女人冒着危险搞什么破地雷传授，共产党太不讲人情了。后来听人说，三哥为了救人，还负了重伤，他也就不吭气了。急急忙忙地去神池总司令赵承授那里，请求他出面，向日本人说情，放了英子。

赵承授是山西五台人，也是保定陆军军官学校毕业。他为人豪爽义气，敢为朋友两肋插刀。日寇侵犯山西前的一九三六年，他率领骑兵一军配合傅作义主力，绥东大捷一举收复了塞外重镇土木尔台和百灵庙，受到全国民众的赞扬。抗战爆发后，他又率领部队在热河林西县一鼓作气攻克察北的商都。太原失陷后，他退守在岢岚、神池、宁武、静岚一线抗敌。

大鼻子知道，阎锡山为了保存实力，去年专门偷偷派他到太原和日军山西派遣军参谋长楠山秀吉谈判，日军答应给阎锡山三十个团的装备，双方签订"亚洲同盟、共同防共、外交一致、内政自理"原则的协议，双方消除敌意行为，共同防共。在汾阳，他和华北派遣军岗村宁次的参谋长田边盛武签订了"停战协议书"。虽然协议没有公开执行，日军违约也没有给装备，但是大大地减轻了日军在山西的压力。为了这份协议，他在太原待了三个多月，结识了一大批日军将领。

在军校时，赵承授比大鼻子高一级，当时互相不太熟悉。直到抗战爆发后，开了几次军事会议，大家才知道彼此是同学，关系大大进了一步。晋西事变前，一六九旅不归骑兵一军管辖，但是阎锡山要求临时统一由赵承授指挥。大鼻子向老同学提出想组建骑兵连的想法，他大大方方地说："大鼻子，你来山西抗战，实属不易。你不用重新组建，培养骑兵没有几年不行。看在同学面子上，干脆，我送你一个连，咋样？"他没想到赵军长这么大气，激动得不得了，"噌"地站起来，向关心他的上司敬礼。

不过在晋西事变中，他感到大敌当前，中国军队互相残杀，太不应该。没有完全按照赵的意思去镇压决死纵队，一六九旅的表现令赵承授失望，又听说给他的那个骑兵连，连长他都换了。阎锡山经常说，山西人要抱团，外省人的心思摸不透，赵承授感觉这话越来越有道理，两人的距离渐渐有些疏远。

今天，大鼻子跑来，他表面上仍热情地接待了老同学，叫人端了好茶，询问起一六九旅情况。大鼻子压住性子报告了部队守备情况和士气。他听后，对一六九旅一直能保持着旺盛的战斗精神表示满意。当大鼻子提到爱女叫日军抓走，请他出面说情放人，赵承授摇摇头，"我说大鼻子呀，你女子干什么不好，偏偏要当共产党。共产党经常毒害涉世不深的年轻人，年轻人容易上当。可你是咋样教育的？你看，出事了吧。共产党现在干甚去了？为甚不救人呢？你知道什么？共产党刚来山西时只有几万人，现在呢？成了几十万。共产党说是来抗战，实际上和日本人一样，是来抢地盘的。你不是山西人，骨子里对山西没有感情。"说着，伸手去桌子上摸烟，大鼻子赶紧掏出香烟，连忙给总司令点上。赵承授长长吐一口烟，"老弟呀，共产党的官儿，叫共产党想办法算了，你回去吧。"摆了摆手，下了逐客令。

大鼻子心都碎了，他现在恨不能率领一六九旅杀向太原，把日本军营搅得天翻地覆，救出自己的女儿。这几天他心烦意乱，脾气坏到了极点，周围的人都不敢接触他。参谋长王金生十分焦急，他突然想到旅座说过保定军校的教务长袁慧强，听说现在是国防部高级参议。旅长不是救过他的命吗？找他试试。据说重庆给各战区拨付军饷和装备也要经过参议们画圈呢。

发给袁高参的电报很快得到回复，他愿意说服晋绥军高层解救姜凤英。他又想起了保定的一些同学：王靖国、傅作义、鲁英麟和蒋业田，向他们一一发了电报，请求说服赵承授或想其他办法解救爱女。这几个将领都是山西人，晋绥军的领军人物，特别是三十五军军长傅作义、参谋长鲁英麟和自己曾志同道合。一六九旅在晋西时，归建于三十五军，部队驻扎在柳林、离石、石楼一带。那时，他们认为八路军有许多可借鉴之处。仿照八路军的"三大纪律八项注意"，搞了个"十项注意"，不欺压群众，官兵一致，军风大为好转。晋绥军其他将领讥讽道："三十五军快成七路半了。"为了分散、瓦解三十五军，阎锡山说服重庆方面任命傅作义为北路军总司令，把三十五军调到绥远，远离陕北。命令一六九旅沿黄河东岸北上，划归赵承授第七集团军指挥。三十五军曾经管辖过一六九旅，对于这支熟悉的部队有着深厚的感情。鲁英麟对大鼻子爱女的遭遇特别揪心，代表三十五军打电话请赵承授帮忙：

"赵司令，大鼻子现在是你的下属，太原那边（老弟）比我们熟悉多，不管怎么说这还是咱们晋绥军的子女嘛。我们的女子落到日本人的手里，是什么结局，你我都想象得来。如今，不看僧面看佛面，我们大家都拜托你了。"重庆高级参议接二连三的电报，也给他了很大的压力，措辞强硬，把他逼到了墙角。

蒋业田是赵总司令手下骑三师师长，驻扎在二十里外的太平庄。他知道总司令和大鼻子有点过节儿，现在各方面都在说情，自己和大鼻子是同班，没有个态度也说不过去，打算这一两天过去报告军务时，再去说说情。他正在苦苦思索着借口，参谋报告："总司令部电话，总司令命令你立即过去。"蒋业田策马直奔总司令部所在地神池。赵承授见他来，很高兴，叫人泡上茶后，关心地问，这茶味道如何？他立即站了起来："业田品茶外行，请总司令多多指教。"

"老同学，坐，坐下嘛！"赵总司令点着一支烟，"老弟呀，我们都是山西人，都是保定军校的，听说你和大鼻子还是同班哪。那事儿你知道了吧。"蒋业田点点头。他又接着说：

"不是我不愿意帮忙，我是开水洗脸——难下手啊！再说，他有些不仗义，明着是我的人，可是暗地里尽跟着共产党学一套，装出一副正人君子的样子，好像就他爱护老百姓，装得好像很有气节似的。"说到这儿，他不自然地苦笑了一下。

"今天，我想听听你的意见。"总司令挥挥手，其他人赶紧退下。蒋业田见总司令今天格外谦逊，他就放开了胆子，直言不讳地说了自己的看法：

"司令，大鼻子的确治军有方，训练部队有一套自己独特的模式，打起仗来指挥部比较靠前。他虽然不是山西人，可是对手下的弟兄很关心，也很少听说克扣军饷，我还听到他自己掏腰包去看望伤兵。大鼻子在山西打仗已经六次负伤了，最明显的是他没有右耳朵，光秃秃的。我这个同学，最大的缺陷就是不懂政治，容易叫人利用。"赵承授点点头，"对，对。你接着说。"蒋业田呷了口茶：

"总司令，人不能看一时一事，而要看一世一生呀。他的女儿叫日本人抓走了，虽说是共党的人，可她毕竟是晋绥军的骨血呀，还是个黄花闺女。救人如造七级浮屠，不少人知道您和日本人谈判，等于替阎会长背上骂名。如果您救了晋绥军的女儿，不是在一定程度上挽回来影响吗？"

总司令的头上渗出一层汗来，心想：他妈的，这些人啥都知道。看来，我把问题想得太简单了。俩人正谈着，机要室机要员报告："国防部电报。"他接过一看，又是催办救人的事。他下了决心，立即设法救人。

姜凤英几次失血过多，昏死过去。日本军医在情报课督促下不敢怠慢，赶紧输血抢救。在太原，第一军情报课几次来人，见她昏迷不醒只好走了。他们十分重视这个人，病人掌握着大量的情况，而且还是晋绥军旅长的女儿，这更会大大增加诱降的砝码。但是，他们万万没有想到参谋部陪着赵承授将军亲自来到医院，居然用皇军的车将人接走了。

情报课感到太不可思议了，课长龟尾文七中佐气冲冲地到日军驻太原特高课辉河大佐那里，极为不满："大佐阁下，这究竟是为什么？我们的情报网，涵盖着各旅团、联队、大队甚至中队。我们一直都在关注吉野，因为他的妻子失踪后，我们就加强了对静岚一带的情报工作，也关注着那里的晋绥军、共产军和土八路。吉野抓住姜凤英，虽然人还没送到，可是我们已经设计了三种方案，至少可以把吕梁山区一半的共产党组织掌控，让我们的人潜伏进去，发挥出重要的作用。还可以使晋绥军不敢轻举妄动，因为人质还在我们手里，可现在……"

　　他还想再说下去，辉河大佐桌子一拍，粗暴地打断他的说话："白痴！废物！你就是鼠目寸光，井里的蛤蟆。"

　　他拉开墙上地图帷幕，指着山西说："你知道吗？晋绥军有三十万装备优良的军队，对我们压力有多大，这三十万就是静静地不动，也是对帝国的大力支持。我们可以腾出手来对付山西境内三十万人的共产军和土八路。土八路防不胜防，山上山下、田野河道、沟壑林间都是滋生他们的土壤，这才是我们重点围剿的对象。"

　　辉河大佐摘下手套，指着兴县说："姜龙魁领着一六九旅已经把兴县包围了，扬言四十八小时不放人，就要轰平县城，把我们一百多人的守备队干掉。中国有句话，兔子急了还咬人，何况他们手里还有大炮。赵承授来到太原，叫我们赶紧放人，否则，晋绥军个个都蠢蠢欲动起来，就不好控制了。"龟尾文七担心地说："姜凤英放虎归山，以后会给吉野君带来一些麻烦的。"辉河哈哈大笑起来，用拳头轻轻捶了捶他的肩膀："龟尾君，过虑了。共产党和晋绥军永远是对立的，阎锡山既怕我们又怕他们。赵承授明确告诉我们，大鼻子已经向他做了保证，姜凤英再也不会来山西了，他会派人严厉看管。"龟尾文七终于明白了。

　　赵承授暗地里和日军第一军参谋部商定，先将大鼻子的女儿接到晋绥军太原联络处，这是一个秘密机构，休整两天，为病人检查后，第三天由日军联络官山阳文川协助乘火车到临汾，日军派车送到吉县，交给晋绥军。但是，山阳文川私下告诉赵承授："日军华北特高课一直在活动，注视着您的举动，而且，第九旅团还在要人。"他感到日军派系复杂，情况会有多变，为了防止意外，他下了决心，请山阳文川今天就乘火车连夜走，以免节外生枝。

　　山阳文川得到指令后和联络处副主任申晋年商定好，带上两个晋绥军士兵着便衣，抬上病人上车，在太原街上转了一圈，确认无人跟踪后，直接就上了火车。当天下午，他们从临汾下了车，十六混成旅团派了一辆卡车，带着参谋部特别通行证，一路绿灯直接到达了吉县窑头镇。

窑头以东是日军占领区，以西是晋绥军管辖的地盘。大鼻子早早地赶到这儿，他看到受伤的女儿，忍住巨大的悲痛，真想把这几个鬼子干掉。理智压住了情感，他拿出早已备好的两根金条，悄悄地塞给山阳文川。山阳文川不敢要，大鼻子火了："你拿不拿？你要是不拿，老子把你们扣了。"

山阳文川一听傻了，申晋年也劝了劝："人家一片心意，惊动了多少人，你不收他心不安哪。"他不可思议地接了过来。

他们换乘晋绥军的卡车北上，在壶口上游渡过了黄河，来到了晋绥军后方基地——陕西宜川。晋绥军后方医院设立在县城里，医护人员和设备都是一流的。英子经过 X 光机检查后，右大腿的股骨外侧被子弹击裂。在太原日军治疗时，子弹头没有取出来，腿部红肿，里面已经有感染。经同意，医院派了最好的外科医生给她做了手术，取出了弹头。大鼻子叫儿子姜慧枋带上佣人在医院看护女儿。

在病房里，他对儿子和女儿感慨地说："这次英子被救出来，晋绥军上上下下出了很大力，甚至国防部都有人出面说话，人家给了我很大的面子，我们要好好报答人家。从现在起，我给英子约定三条：一、安心养病。病情稳定后，回家静静休养。二、必须脱离共产党，不得和外界联系。慧枋全力监督，不得出差错。三、在家复习功课，以后报考西安、重庆的大学。

英子知道现在不能动弹，胳膊拧不过大腿。表面上答应了父亲的要求，心里却在盘算着等待伤好了以后，如何设法逃离家庭，重新回到同志们的身边，回到抗日的战场上去。

13

松山秀子在峰硝洼养了几个月伤，腿部逐渐好转，慢慢地能踩在地上走路了。从安全考虑，这兄妹两个不能长期待在这儿。一郎仍旧回到军区反战同盟会。按照个人意愿，秀子先去军区第二野战医院继续治疗，医院设在三百里远的孟家坪，伤好了以后就留在那儿当护士。

一九四三的春天来得比往年好像迟一点，清明也推到四月六日才来。山区阳光明媚，院子的树枝上喜鹊唧唧喳喳欢叫着，山上的桃花竞相开放，粉红色的花蕊吸引着许多小蜜蜂辛勤地采蜜。医院门口柳树上的树叶已结出嫩芽，有的树枝开始发绿，它们迎风摆舞，几乎一天长一寸。秀子十分喜欢中国的诗歌，柳树新叶的翠绿，她喃喃地背起唐朝贺知章《咏柳》的诗句：

> 碧玉妆成一树高，
>
> 万条垂下绿丝绦。
>
> 不知细叶谁裁出，
>
> 二月春风似剪刀。

远处山沟里的布谷鸟"布谷布谷"的叫声，在沟崖中不断地回荡。这儿看不到一点儿战争的景象。孟家坪医院设在山坡上的洼地十几孔窑洞里，面向东南，不仅背风，而且阳光充足。山坡的后面是一二〇师七一四团一营，相距不过四里路。

秀子来军区第二野战医院三个月了，她腿上的骨伤已痊愈，走起路来丝毫看不出有受伤的迹象。医院王院长专门派懂一点儿英语的女协理员张娟照料她的生活，俩人住在一起，汉语、英语、日语交替使用，很快成了好朋友。她也理解了日本鬼子的含义，明白了他们的军队侵略中国，是日本军国主义的侵略给中日人民带来的灾难。一两个月后，她已成为一名护士。她以自己娴熟的技术、认真的态度和兢兢业业工作的精神，受到上下一致好评。不仅如此，她还不断地纠正同事一些不规范的护理方法，女伙伴们都喜欢她，老老实实地按她教的方法去操作。

这天上午，大家在院子里正在听医生讲课，只见院子外边急匆匆抬进一名伤员，张娟叫她立即去抢救室协助医生治疗。她飞快地穿好工作服，捧着托盘儿进了手术室。秀子看见躺在手术台上的三哥惊呆了："天哪，怎么会是他呢！"顿时浑身颤抖，腿也发软，手里的托盘"咣咣"直晃，李大夫一看大声喊道快来人，大家七手八脚地把她扶了出去。手术室这边紧张忙碌有序地工作，护士宿舍却传出秀子的哭叫声，嘴里还夹杂着听不懂的日语。李大夫知道这个病号和秀子有着非一般的非关系，手术绝对不能马虎。

子弹从他的右腰穿进，打断了一根肋骨，由于在军分区医疗队手术没有做好，子弹虽然取出来，但是器械消毒差，伤口已经溃烂，并且蔓延到肺部。还好，战斗部队送来一批药品和消毒制剂，日文已经叫松山秀子基本上翻译出来，有氢氧化钙制剂、醛剂和酚。李大夫告诉她们，这个伤员的消毒，多用点黄芩，它对肺炎双球菌、葡萄球菌、绿脓杆菌均有抑制作用，辅以牡丹皮治疗，还要想想办法搞些丹皮，制成浸液擦洗伤口。

手术做了四个小时，由于伤口溃烂，特别难缝合。李大夫缝完已经累得受不了，他擦擦汗对大家说：

"我们的麻药麻沸散质量一般，配方里缺少曼陀罗花。伤员不简单，嘴里的筷子都咬出这么深的牙痕，难得，难得呀！"一名护士悄悄地告诉李大夫，"这是第三根筷子，那两根早被咬成了几截。"他一听感到不可思议，这么大的疼痛居然都能承受。抢救三哥的护理，秀子提出由她负责，医院同意了。晚上睡觉时，张娟问她为什么，秀子告诉她："他是我的恩人，也是我哥哥的好朋友。"然后把事情的真相一五一十、原原本本地告诉了她。

张娟比秀子大五六岁，当年从武汉师范毕业后奔赴延安参加了革命，属于老资格了。她还是军分区姚复华政委的妻子，他们有一个两岁的小男孩，在晋绥边区后方幼儿园寄养着。听老姚说过前线斗争的复杂和残酷，可是像秀子这样的亲身经历还是让她内心感到震撼。

三哥高烧昏迷不醒，体温一直在三十九度徘徊，嘴里还在不断地说着胡话。他梦见驴疤用机枪扫射着八路军医护人员，汤鼠坏把群众吊起来用火活活烧死，这两个坏蛋站在眼前挥都挥不走。日本小队长岗田淫笑着糟蹋着中国妇女，吉野手舞着军刀，中国军民一批批倒下。羊子在硝烟中举着手枪向前冲，还叫他快点跟上来。贾神枪的靶子就是神，只要鬼子一露头，"啪"的一下就报销了。最可气的，四眼背着他居然把缴获的子弹一箱箱交给了上级，两个人在营部里大吵大骂。刘财财领上一连战士站得端端正正，他刚想讲话，只见刘财财像猴一样又爬到电杆上偷听敌人电话。杜三娃埋的地雷就是隐蔽，让他检查，他就是找不到，杜三娃狡黠地笑了笑，你找不到，敌人更找不到了。松山一郎和松山秀子长得太像了，松山秀子一见到他咯咯地笑个不停。王彩兰整天笑容可掬的圆脸，忽然情绪激昂地训斥起敌人，尖尖的嗓音喊道："大家要为我报仇啊！"声音刺向天穹，令人荡气回肠。英子黑亮黑亮的瞳仁把自己的小伎俩一眼就看穿。剑眉一竖会告诉你，人家不高兴了。打仗好像在给她表现似的，每次战斗清点，给她汇报的次数比夏司令都要多。剑眉没了，脸上出现了酒窝，洁白整齐的牙齿就露了出来，奖励自己一双鞋或袜子，这几年穿的都是她做的奖励品。

　　尽管一起战斗、工作了好几年，但是单独和她在一起时，自己字斟句酌地说话，从来不敢造次。就是在河里抱过一次，事后还叫她训斥一顿。现在，她坐上敌人的车走了，当时她转过头来喊着什么，自己一句都没有听清，好像是要让去救她，对，一定要去救她。快，集合队伍，刘财财、杜三娃？狗日的一个个都不见了。他头一偏，又昏过去了。

　　秀子一连几天守候在床前，为了给他降温，每天跑到六七百米远的沟下面的泉水泡冰袋，不停地给他敷额头，还用毛巾不断地擦洗身上，尽量地让他舒服一些。李大夫精湛的外科医术和秀子坚持不懈的细微医护，他的体温渐渐地下降，伤口也开始愈合。梦里夏司令告诉他，游击战、地雷战要继续扩大，一定叫鬼子在我们的土地上寸步难行。而且一再叮咛，一郎的安全不仅仅是他个人的，也是革命的需要，尽量少让他参加战斗。他妹妹的腿伤一稳定，立即送到后方，这里太危险了。怎么？秀子没走？还有她说话的声音，"松山秀子，秀子！"他大喊了一声，结果，睁开了双眼，一个熟悉的面孔模模糊糊望着他，对他微笑，还和他说话，他不知道说了句啥，迷迷糊糊地又睡着了。

　　秀子兴奋了起来，跑到伙房，请他们熬一点小米粥，怕他们理解错，就在伙房找到小米缸指了指，大家点点头表示明白，她笑着跑了。到了晚上，三哥终于苏醒过来了，秀子给他轻轻地擦了擦脸，端来小米粥，一口一口地喂进他的嘴里。他不清楚自己怎么躺在这儿，松山秀子，你咋跑来了？嘴动了动，却没有说出来。晚上他睡得很香，呼吸十分均匀，体温基本上降了下来。

　　第二天早上，李大夫和其他大夫为他进行了会诊。一周的高烧居然肺部没有烧出问题，奇迹。大家说，这都是秀子的功劳，大家一比画，向她竖起拇指，松山秀子不好意思地笑了。三哥基本脱离了危险，大家都长长地出了一口气。医院根据他的病情，把他转移到普通病房进行治疗。

王院长知道了史啸山的情况，他对大家说：

"这是一名真正的英雄啊！我们要好好对待他，按重伤员对待，派指定人员看护，尽最大努力地为他改善伙食。"张娟提出，秀子说他是她的救命恩人，希望以后继续护理这个病号。王院长若有所思地点点头，他刚要转身，又不放心地对她说：

"张娟呀，你要委婉地告诉她，看护病号是医护人员的责任，但是不要感情用事。因为现在还在战争时期，各种因素很复杂，我们说是后方医院，但是随时都会遭遇敌人的突袭。"

秀子对工作十分认真，张娟的意思她也完全明白。但是，她也不知道为什么对他这样的投入，好像这个世界上除了父亲、母亲、哥哥外，他也是自己的亲人。当年京都大学的京都大病院的老师、同事在一起非常融洽，大家学习、工作、交流充满快乐。今天，在这儿的山沟里，空气是这么新鲜，在蓝天下，云彩是那么洁白，大家是那么友好、可亲。虽然生活艰苦一点，可是心情非常愉快。心里一直在想，我一定要把他护理得更加健康，恢复他发达的肌肉，使他的弹跳力成为最棒的。

转眼间就到了深秋，地里的谷子迎着秋风微微摆动，谷穗跟孩子的胳膊一样粗，足有一尺长。山坡上有几个农民在地里刨着洋芋，今年的雨水多，收获比过去也多了一些。三哥感到身体好多了，虽然伤口有些痒痒的，但是下地走路没有一点儿问题。

这不，他偷偷地担上扁担又跑到沟下挑泉水去了。他挑着担儿，哼着小曲儿晃晃悠悠往上走，快上来时就看见秀子站在沟畔上，一双杏眼冷冷地瞪着他，用蹩脚的中文说道：

"三哥，你哄人的骗，身体不好还干活。你我打开窗子说亮话，你问题要是出了，院长批评我，我批评你，我和你不好了。"他赶紧上了坡，向她点点头，学着日本人：

"哈伊，哈伊！谷埋纳撒宜（一定改正，绝不再犯）。"秀子捂着嘴笑了。

八个多月的治疗，他身体基本痊愈了，向王院长提出要求出院，还解开上衣叫他看看伤疤。院长把李大夫叫来，几个人给他检查了一遍，王院长才发现他的身上居然有七处伤疤。这狗日的，真是命大啊！看来身体状况不错，可以出院，不过叫他等几天，因为姚复华从延安参加整风回来路过这儿，"到时候，你们一起回去。"他一听特别高兴，请求说：

"院长，那我给你们站几天岗，行吧？"王院长高兴地拍拍他的肩：

"那请你给我带带警卫班，传授战斗经验，没问题吧？"他愉快地答应了。他带领战士们观察地形、测量距离，利用山坡沟壑保护自己、伪装自己。他还教大家几招擒拿技术活，要求简洁、扼要，快速制敌于死地。

他站岗从来不站死岗，今天十分高兴地进到警卫排，挑了一支中正式步枪，班长说这是他的。三哥嘟囔说：

"老子拿的就是你的。"又翻出他的两颗日式手雷，怀疑地说：

"小子，这说不定这还是老子的战利品呢！今天我给你站流动哨去。"小班长愣愣地看着他大步流星地走了，半天反应不过来。

他的眼神特别好，东山峁尖上一棵灌梨树，半个月前他老远就发现了。秀子平常整天像个尾巴似的跟踪他，如今院长发话让他训练警卫班，自由多了。现在，坐在树上，视野特别开阔。吃着梨，放着哨，太惬意了。

向远望，可以看到二十里之外，往下看，两条沟壑大大小小沟沟岔岔看得清清楚楚，两条道路分开通往远处。咦，眼前沟底的路上有支队伍走过来。他揉揉眼睛仔细看，太阳光反射出头盔的亮光，是鬼子队伍，没错！他突然想起了"消息树"，它在小土坡的西边，刚才还看见那棵树了，好像还有一个孩子在那放羊。消息树有四百多米远，跑去跑回还来得及。

他把枪一放，一溜烟奔了过去，大声喊叫鬼子来了，快放树，快点烟！那放羊的孩子就是村子的儿童团，肯定经过培训，果然，消息树很快放倒了，一堆干树枝树叶也点着，冒起了黑烟。他又跑回到灌梨树下，没问题，就是敌人。

原来，敌人的特高课一直在寻找秀子的下落。最近，有情报显示，她在八路军的医院。飞机经过空中侦察，兴县的孟家坪有晾晒的白色衣物，照片放大显示，可以判断是医院。太原日军怀疑秀子有可能就在这儿，兵贵神速，命令距离最近的鸽硐镇日军守备队立即出发，带上罗盘，直接袭击医院并带回秀子。

这队敌人约六七十人，趁敌人还没有发现，翻到东南对面峁尖上，直接从上往下打，可以把敌人吸引走，最起码可以拖延时间。只是不能帮医院撤退了，考虑那么多干啥？

他蹬蹬蹬地跑下去，又爬上那个峁尖。哎呀，看得这么清楚呀！他瞄准中间骑马的，有一百一十多米吧，这个家伙还在抬头左右张望。屏住气儿，"砰！"这家伙掉下来了，把敌人吓得都趴在地上，不知谁打的枪。

趴在地上目标更大，"砰！"另外一个趴在地上两腿一蹬不动弹了，又是一个。他赶紧往东跑，换了个地方，又是一枪，咳！没打中。敌人终于发现了上面有人袭击他们。

"八嘎！抓活的。"

敌人疯狗似的，顺着峁尖的一条盘山小路往上冲，还有五十米时，坡上扔下来一颗手雷，鬼子来不及躲藏，"轰"的一声在他们的头上爆炸，最起码有三四个完蛋了。敌人恼羞成怒，几乎忘了干什么来了，一窝蜂地冲了上来。不好，又一颗飞了下来，吓得赶紧趴下，等了半天，结果是一颗土块落了下来，

"八嘎！八路的狡猾。"

"冲，卧倒！"又下来一颗，"哈哈，又是土块，土八路没有东西了，抓活的！"敌人不管死活向上冲，结果，第二颗真手雷又在鬼子头上爆炸了。敌人觉得硬冲不是办法，应该从两边包抄上去。兵分两路隐蔽地从两边爬了上去。二十几分钟后都爬了上去：

"八嘎！早就没人影了。"望着光秃秃的山峁，鬼子气得撤退了下来，把六具尸体抬到一堆，还有几个伤员也急需抢救。

"晦气，太晦气。"袭击医院要紧，这才想起来这的目的。忙加快了行军速度。鬼子感到被人戏弄了，按照罗盘前进，顺着这条路向西北方向没问题，只是队伍距离要拉开，防止土八路的偷袭。快上到坡顶时，看见绳子上的白大褂了，鬼子兴奋得一窝蜂冲了上来。他们哪里知道，在下面被耽误的一个多小时里，八路军和民兵早已在坡上布满了地雷，就等着敌人送上门。

七一四团一营距医院不远，东山峁的消息树和狼烟使大家迅速行动起来，接着沿途周围的消息树一个个倒下，各村的民兵立即从地里跑到村口集结。部队正在训练，知道有敌情，就立即行动了起来，不到半小时，全部到达了阵地。村里的民兵进入了布雷区，忙活了起来。

七一四团副团长兼参谋长刘有福最近一直在一营抓训练，还和周边五六个村子建立起互联互防的机制。部队帮助民兵训练，上级拨了一批地雷，除了部队留用外，一律发给各村。因为医院设在孟家坪村，所以，多给这个村分了七八颗雷。就在三哥挑水的路上，经过紧张的埋雷、挂弦、拉线、伪装，一会儿工夫就完成了。一营按照原先在这儿的演习方案，迅速地进入了两侧埋伏圈。

刘有福叫一部分战士帮助医院迅速转移，他拿着望远镜查看远处敌人的遭遇，饶有兴趣地问王院长："那人是谁？"王院长说肯定是史啸山。刘有福一听是他，"嘿！这小子也到山西来了。"

王院长一怔："你们认识？"刘有福嘿嘿一笑，"岂止认识，这小子灵光极了。"

王院长放下望远镜，操心地说："你们是不是派人去增援？"

刘有福摆摆手，放心地说："去的人多了，反而会打草惊蛇。"他想到这儿，赶紧请院长把院子已经收了的绷带、白大褂，重新挂在绳子上。王院长不理解："刘副团长，你这是干啥？"

"这叫做迷惑鬼子。"他赶紧叫人按刘有福意思办。

这时，鬼子大部分进入雷区，刘有福大喊一声"打"，民兵们赶紧拉响了地雷。一阵震耳欲聋的爆炸后，八路军的机枪、上百支步枪在鬼子头顶上响起，前面的鬼子纷纷倒地，没死的拼命向回跑。

"八嘎！空军尽骗人，什么这儿有医院，还有松山秀子，让我们中了八路军的埋伏了。"鬼子一看火力，就知道碰见硬茬，今天已经无法组织起来任何进攻了，只有看谁跑得快，谁就能生存。好在往回跑是下坡，敌人一阵工夫就没影儿了，刘有福命令部队还追击一阵儿。

三哥把第二颗手雷往下一扔，扭头就跑。他顺着南边山崖的土坎跳下，躲进灌木丛中。待敌人撤退后，他才悄悄地向南下了沟，又拐向了西边的山坡，刚翻过一道土坎，突然旁边有人大喊一声，

"举起手来！"有人"哗啦"一下，拉动了枪栓，他心想这次完了，慢腾腾地将枪放下，寻机格斗。他用余光一扫，嘿！是自己人。一营警戒哨撒得比较远，叫自己碰上了。他身着日军的黄裤子，八路军的灰上衣也挺新，别人还一时无法判断他是什么身份。经过自我介绍后，大家误会解除了。

这次偷袭没有得逞，但是医院是不能在这儿了，必须得转移。医院随部队向南翻过两架山，暂时在一片树林里宿营。王院长走过来，高兴地拍了拍三哥：

"史营长，耳听为虚，眼见为实。多亏你今天上午精彩的表演，我们才赢得了时间，大家看得一清二楚。否则，我们今天损失就大了。你知道不？"他还神秘地告诉三哥：

"看看他们还得了一挺歪把子，二十几条三八大盖呢。"俩人正说笑着，他的屁股叫人踢了一脚："哎哟！"三哥夸张地叫了一声，一扭头，"这不是刘有福，

刘一蛋吗?"刘有福哈哈笑了起来:

"半工半读,老子现在是七一四团副团长兼参谋长,你要给我敬礼。你现在咋样,在哪儿高就呀?"三哥赶紧向他敬个礼:"报告刘副团长,老弟矮子上楼梯——步步高升,现在已经是吕梁第一军分区独立营营长。不过,我们在游击区,整天和日本人玩猫腻,不像你们野战部队跑起来挺利索的。"刘有福更加得意了:

"你是羡慕我们一二〇师吧,我们可是大主力呀。"大家高兴地说笑着,互相吹嘘着这几年战绩。按照上级指示,队伍向西走了二十里又折南,最后到了李家洼子村。医院设立在这儿,七一四团一营营部也驻扎在这个村,各连分别在周边几个村子驻扎。

过了几天姚复华也来到了这儿,夫妻两个终于团聚了。几天后,他们要回前线去了。三哥非常感谢医院的精心治疗,分别向王院长、李大夫告别。他看到秀子一个人正在煮消毒器械,笑呵呵地告诉她,自己就要走了,今天向秀子告别,多谢她无微不至的护理。秀子真舍不得,眼里的泪花直打转:

"三哥,你我的见面还需要,不要忘记。"他笑了笑说:

"当然还能见到,不但能见到你,还能见到你的哥哥呢。"

秀子的脸上勉强地露出一丝笑容,她用纤手抹掉泪花,尽量露出微笑:

"三哥,你是恩人我们的,我不想你走,和我哥哥一起,很好吗?"他隐隐约约地感觉到秀子对自己有一种特殊的情感,千万不能发展下去了,他把话题引到想念部队上去,还给她讲了部队趣闻,秀子默默地听着,一句话也没说。

几天以后,他们顺利地回到了部队。

岚县二区王允区长得到情况后,立即集合队伍赶到出事地点。敌人早就抬着姜凤英跑远了,大家追了好几里也没人影子。大家默默地把现场几名牺牲的同志的遗体抬了回去,擦洗干净后,买了几口棺材厚葬了。王区长布置大家立即转移,改变了全区的联络方式,于虎志熟悉的堡垒户、基干户,区上统一全部转移。

自己内部出了叛徒,使兄弟县传授小组遭受巨大损失,大家悲痛不已,感到实在对不起静岚的同志。王区长专门向县委做了检查,亡羊补牢,犹未为晚,把补救措施也作了汇报。县委领导要求,立即除掉叛徒,以免遭受其他损失。岚县和静岚党组织立即联起手来,积极地寻找机会。

于虎志知道他犯了滔天大罪，整天缩在特务队里不敢出来。开始，特务队还都能容忍他在这儿白吃白喝。可是时间久了，谁都不耐烦了。弟兄们整天没日没夜地外出寻找八路，维护着治安。他于虎志吃老本也不能不出门呀？光躺在床板上啥都不干要他有什么用处？焦大麻子也有意戏耍于虎志一番，眉头一皱，计上心来。派人把于虎志叫到自己房间，一本正经地说：

"于助理，你说你们的二区已经转移了，是猜测呢还是有什么根据呢？"于虎志不知他葫芦里卖的什么药：

"队长，这是他们的规律呀，现在去肯定扑空，王允他们一贯都是这样做的。焦大麻子嘿嘿笑笑：

"如果，王允他们一看，没事，又回来呢，说不定他们和我们玩猫捉老鼠游戏呢。"于虎志听来点道道了，这是叫他去梅谷村送死呀！他眼珠子一转立即向焦大麻子献媚：

"人少了不行，那过几天我带上百十号人，长途奔袭如何？"焦大麻子倒了一杯茶："老弟呀，那你去向大队长报告报告你的方案吧。"于虎志骑虎难下了，去不对不去也不对，算了，先报告了再说。

焦大麻子带上于虎志向汤鼠坏报告了突袭梅谷村设想，汤鼠坏不知焦大麻子的真正意图，总感到土八路可能都跑了吧。但是，弟兄们今天主动要求征战，我操他姐姐，这是好事呀。想到这里，他爽快地答应了。第二天，由于虎志带路，焦大麻子领上一百多伪军出发了。实际上，他提前派人向岚县的共产党放出风，于虎志来了。

王区长听到消息后，立即向上级汇报。县委同意二区的除奸意见。以防万一，县委派县大队前去支援。王区长他们计划是：在英子他们出事的地方埋上一些地雷，另外，找了几名神枪手，专门伺候叛徒。在梅谷村以东的四里多长的道路上布置一些地雷。县大队就埋伏在道路两侧，区小队为机动力量。

袭击梅谷村的真正目的，恐怕只有焦大麻子一人心里明白。于虎志原来胆小怕死，现在屁股后面跟着一百多人的皇协军，浩浩荡荡，威风凛凛，自己心里踏实多了。伪军走到沟底时，焦大麻子命令，队伍停下来，于虎志先一人悄悄进村摸情况，如果一切正常就发信号弹，否则立即点一堆火报警。于虎志拿着焦大麻子给他的信号枪，壮着胆子就往村里去了。

大白天经过那片树林时，一个人感到阴森森的可怕，头顶上的树叶"哗哗"作响，于虎志的头皮有些发麻，心里一直打战，突然一只老鸹"哇"的一声，从头上飞出树林，把他吓得抬头一看就跑，谁知又被一个长出地面上的树根绊倒，"扑通"一下栽倒在地，爬起来掸掸身上的土，鼻子热乎乎的，用手一摸，鼻血都流出来了。此处太可怕了，吓得他"嗷"的一声，跑出了树林。今天真不该出门，浑身起的鸡皮疙瘩一片片的，快走到坡上时，他看见坡顶上好像有五个人直挺挺站立着，上次就是他们五个人被自己出卖了，这几个人不会是在等我吧。最近老是做噩梦：姜凤英、李静生端着枪逼着自己，吓得他转身就跑，结果撞到了王区长身上，他提着自己的脖领子，张开了蟒蛇般的大口。于虎生"啊"了一声，然后"呼"的一下从床上坐了起来，暗自庆幸是做梦。他又想起城隍庙那幅对联，"阴报阳报，迟报速报，终须有报……"难道死去的那几个人索命来了。

他用手揉揉眼睛，又仔细地瞧瞧，不像是人，好像是树，就是树。他确认后，心里踏实多了，大胆地向上走。忽然，那五棵树变成了一排树，只见其中一棵大声呵斥道："叛徒于虎志！你也有今天，你的死期到了。"妈呀，这明明是王区长呀！

二区打算活捉这个叛徒，公审后将严厉处置。但是他一人快要踏入雷区，让他一人享受太浪费了。此时，于虎志吓得就往回跑，"砰"的一声，脊背中了一枪，他转过身来想看谁的靶子这么准，"砰"的又一声，头部又中了一弹，死狗一样躺在地上。

特务队盯梢的远远地跟在于虎志后面，见此情景，赶紧跑了回去报告。焦大麻子知道共产党早已有准备，下令撤退，悄悄地回去了。

14

一九四四年的春天，独立营已经迅速壮大。全营已有满员装备的六个连，其中，有五个步兵连，一个机炮连，一个通讯排，全营八百多人。

部队刚开始驻扎在段家寨周边一些村子，给据点里的鬼子和伪军造成巨大的压力。据点的敌人龟缩在里边不敢轻易出来，生怕受到独立营的伏击。刘财财经常向营里领导反映，战士们纷纷要求拔掉据点。他们的理由是，据点鬼子只有二十几个，伪军也不过四五十人，凭独立营现在的力量，完全有能力解决。三哥考虑据点敌人数量虽然不多，但是段家寨据点较高，周边视野开阔，加上三层碉堡工事坚固，两挺歪把子就会造成交叉火力，硬攻伤亡较大。如果一时拿不下来，静岚敌人两个多小时就可以赶到，进攻的部队就被动了。最后营里决定，将敌人围困起来，斩断和外界的联系，攻心为上，迫使敌人投降或逃跑为上策。

据军分区送来的情报，晋绥军一六九旅最近已开到康家会镇，可能一团已抵娘子神。看来段家寨据点的敌人也朝不保夕了。独立营决定加强对据点的围困，利用夜间在据点外围布置了许多真真假假的地雷，还隔三差五地进行夜间喊话。刘财财明白光喊话效果不大，向营里请求将机炮连的六〇小钢炮调来。

今天是第四次喊话了，战士刘喜生用铁皮卷的喊话筒，大声向伪军宣传："伪军弟兄们，中国人不打中国人，中国人不要为日本鬼子卖命了。弟兄们，你们可以利用一切机会，逃出鬼子的据点。"

开始敌人对喊话有些紧张，机枪不断地扫射。时间一久就不在乎了，个别伪军甚至还叫嚣：八路兄弟，你们有本事打进来，别在那里干喊叫。"

刘喜生大声喊："谁在那里说话，露出头来看看。"

那边反讥道："你们有本事开炮呀。"敌人以为八路军没有重武器，对他们无可奈何。刘财财早就按捺不住性子，叫炮兵装填好炮弹，"嗖"的一声，飞过去一颗，结果炸偏了，把壕沟外的铁丝网炸倒了。敌人吓了一大跳，停顿片刻，碉堡传来一阵笑声。

一个家伙嚣张地喊叫："八路！你们不扒路，扒我们的墙干啥？哈哈哈……"

炮兵重新校对距离角度，第二颗不偏不倚，正好炸在碉堡的顶上，瞭望台两个敌人被炸伤，鬼哭狼嚎地喊叫。敌人气得向黑漆漆野地乱打一阵，壮壮胆子。第二天晚上，刘财财又领上二十几名战士喊话，敌人今天学乖了，一句话都不吭了，部队临走前，叫炮兵对准碉堡出入门口打了一炮，伪军一句都不敢喊，把鬼子气得呀呀乱叫，歪把子机枪无目标地射击。

近二十几天的宣传攻势，据点里的敌人三三两两的逃兵不少。开始是外出买粮、买菜的伪军，派出去的都没有回来，鬼子急了，由日本兵押着伪军去买菜，结果日本兵路上被打死，伪军也跑了。这样下来，据点的人数减少了近十六七人。吉野担心这样下去，段家寨据点人员零敲碎打就完蛋了，干脆派大队人马把他们接了回去，独立营趁机占领了整个镇子。

段家寨被独立营控制，在静岚县形成了日军、晋绥军、八路军三面包围的局势，但是八路军的势力相对弱一些。

自从太原的日寇放了姜凤英后，一六九旅对日军态度有了很大的变化，大鼻子虽然内心里仍仇恨日寇，但是第七集团军命令不得不执行。恩人赵承授不断开导他，要学会懂政治，不能用义气来带兵治军，对于日本人的态度要听上级的意图。在赵承授的开导下，大鼻子面对日寇，内心变得复杂起来。一次日军第九旅团的辎重车队要路过他们的防区，第七集团军下令不得开枪，大鼻子内心像打翻了五味瓶。一团团长李福贵电话里急得直喊叫："旅座，送上门的便宜不能不要呀！"旅部王参谋长不同意打，凡事以大局为重。部队已经形成了两派意见，最后大鼻子摆摆手，算了。

军分区认为，日伪军、晋绥军和我军都在这一带抗衡，现在仅仅有独立营，难以支撑复杂的局面，而且，有可能叫别人挤出这个圈子。他们向上级打报告，请七一四团开进这一地区，地方党委负责安排部队后勤供给。没过多久，七一四团开进静岚，驻扎在南沟、王村一带。

吉野明白他的处境很艰险，北边有独立营、西边有七一四团、东边有一六九旅，三面都让中国军队包围了。如果八路和晋绥军联合向日军发起进攻的话，静岚城恐怕一个小时都坚持不下去，自己也逃脱不了失地罪责。现在晋绥军对他们的态度有所缓解，精力可以放到对付八路这边。他把两个中队的日军藏在城里，汤鼠坏大队在静岚有五百人，岚县还有三百人。

敌人的部署是：把远离县城的各据点撤掉，保留凤苑镇据点，由加藤小队看守，外加一个皇协军中队，保护好唯一的公路。王端庄据点是县城的屏障，必须加强力量，县城周边几个村子都是皇协军，作为一线部队，垣隶少佐中队作为县城的守备队，所有重武器都配给他。吉野还留了一个小队，作为机动备用。

为了紧紧拉拢住汤鼠坏，吉野要求部队不许克扣皇协军的军饷，过去皇协军很难见到的日军罐头、饼干、香烟还有酒，也进了军营，甚至中队长以上的军官都穿上了日军军官的皮军靴。这不，一卡车的夏季新军装又开到文庙大队部，胡结巴赶紧叫人卸车。

汤鼠坏在院子的榆树下，坐在躺椅上，悠然自得地端起酒瓶，看着送来的日本清酒，他妈的，过去老子是矮子放屁——低声下气，如今成了赶脚的骑驴——只图眼前快活。他撬开盖子，嘛酒？小日本的酒太淡，好像是勾兑出来的，还没有汾酒过瘾。他正对着酒瓶闻，忽然闻到一股香气，抬头一瞧，席薇君身着和服笑容可掬地站在跟前。他懒得抬头，抿了一小口酒，阴阳怪气地说："我操他姐姐，中日友好使者来了。打扮得好似日本歌伎，回来干吗？"

席薇君坐在扶手上，拿走他的酒瓶，一仰脖喝了一大口，怨恨地说："不走了，再也不走了！"

她突然对他大声尖叫一声，把汤鼠坏吓了一大跳。席薇君一头扎进他的怀里，"呜呜"地哭了起来，她从未这样号啕大哭过，他胸前被她的泪水浸湿了一大片，汤鼠坏咋哄都不行。

"我操吉野他姥姥，老子找他算账去。"他推开席薇君刚想站起来，结果又被她按住不让去，接着又哭。手里拿的一瓶酒汩汩汩地都倒完也不知道。

骚狐狸挽着焦大麻子的胳膊进了院子："耶耶耶！大哥你这么欺负女人哪，看姐姐哭得多伤心呢！走，走呀！姐姐咱们进屋去。"说着把她挽进了房间。

其实，这是骚狐狸为席薇君回来导演的一场戏，两个男人都蒙在鼓里。焦大麻子给大哥递了一支烟，给他点上。"大哥，你说日本人快不行了吧？要不，吉野一个劲儿溜您呢？"汤鼠坏不这样看，他去过太原，也见过日军实力。

"我操他姐姐！记住，瘦死的骆驼比马大，小日本的国力、军力比我们强得多，一个联队就能击溃国军一个师，你信不？他们现在兵力不够，所以才对我们有点儿那个。加上周围地盘都叫晋绥军、八路占了，我们的活动区域越来越小了。我最近一直盘算着，弟兄们如何和一六九旅搞好关系，将来英雄要有用武之地啊！"焦大麻子点头称是，还是大哥眼光远大。

他想了想提议道："大哥，不行的话，兄弟去一趟探探风，拉拉关系？"

汤鼠坏觉得是需要一个人先跑一趟，可是焦大麻子是自己的得力助手，万一有什么闪失，损失就大了。但是，别人又不行，现在他主动请缨。左思右想再没有比他更合适人选，就对他说："老弟呀，你去那儿一定要注意安全啊，晋绥军那伙人是财神爷翻脸——只认钱不认人。去时多带点钱，以防万一。"

汤鼠坏给一六九旅李团长写了封肉麻的信，差人秘密送去。李福贵看到后，浑身鸡皮疙瘩都起来了，信上无非写的是李团长是民族英雄、军人的楷模，山西民众无人不知无人不晓。无奈自己是身在曹营心在汉，将来必然投奔李大哥麾下，兄弟将派人前去洽谈云云。

过了几天，焦大麻子果然带上人偷偷地来到娘子神镇。扈昆的哨兵把他的人全部挡在外边，他威风凛凛坐在大厅，两侧都是头戴钢盔全副武装的士兵，焦大麻子一进来腿肚子发软。扈昆大声喝道："来者何人，有何贵干？"

焦大麻子双腿挺了挺，两手一抱拳："扈营长，我是皇协军第六守备大队特务队队长焦大么。"

扈昆冷笑道："操！伪军就是伪军，还什么皇协军，有话快说，有屁快放。"

焦大麻子连忙哈着腰："是是是，是伪军。兄弟今天来这儿一是拜访扈营长，二是向晋绥军长官说明我们的苦衷，今后说不定还需要仰仗各位提携，提携。"

旁边一位军官瞧不起这特务队长一副江湖习气，哼了哼，说："你们现在还不想投降，以后就没有机会了。"焦大麻子点点头："我们肯定要过来。不过，现在机会还不成熟，请这位大哥见谅，见谅。"扈昆这时才叫人拿一个凳子赏赐与他，叫他老实地把伪军装备、人数以及日寇情况谈一下。焦大麻子不亏老油条，真假虚实尽情发挥，日伪军都在哪里驻扎、军官名字、番号都一一交代。假话更多，把装备和人数大大夸大，还故意把工事的坚固性趁机夸张地吹嘘一番。

焦大麻子原以为晋绥军中午请他们吃饭，谁知道吃饭的号声都响过了，人家就没有这个意思。

谈得差不多了，一位军官大喊一声："送客！"焦大麻子只好往外走，外面的弟兄以为他在里面喝酒，把大家都忘了，骂了半天，才知道队长连一口水都没让喝，气得他们出了镇骂骂咧咧走了。

一六九旅驻扎在这儿，其实醉翁之意不在酒。一直觊觎忻口，为了掩人耳目，所以就在静岚搞演习，一会儿拿县城作目标，一会儿拿段家寨作靶子，还显得晋绥军不偏不倚。大鼻子从北洋军阀起，打到今天，才感觉阎老西在三个鸡蛋上跳舞的真实含义，打仗不能离开政治，山西这块地方的的确确犬牙交错，矛盾错综复杂。

这不，他正在听取王参谋长各团训练的汇报，忽然接到一团报告，静岚日寇为了修工事，出城拉夫在范家庄袭击一团七连，打死三人，还打伤十三四名士兵。大鼻子气得手里的铅笔都捏成了两截，欺人太甚，欺人太甚。人善被人欺，马善被人骑。他命令一团，以后部队再遇这种情况，立即还击。王参谋长赶紧提醒旅座：

"旅座，仇一定要报，但是不能明着打。""那你说咋样打？"旅长生气地问。王参谋长用指头比画了个八字，大鼻子笑着骂道："只有你们能想得出这个鬼主意，你去和一团长商量去吧。"

五天以后，距离县城只有二十里远的王端庄据点，遭到自称八路军的猛烈进攻。炮营营长胡德水拉来山炮两门、迫击炮四门，轰了足足十多分钟，主碉堡被炸得三层变成了一层，少数几个敌人不顾外面的危险，逃离出来。晋绥军突击队身着八路服装冒着日寇轻重机枪子弹勇敢地冲锋，大家都知道八路勇敢，今天穿上他们的衣服，好像自己就是八路了，信心十足。

扈昆发现敌人的四个暗堡火力暴露出来了，命令各连突击队全部隐蔽，请求炮击，当八路也不能硬站着送死啊。炮营的迫击炮对着刚才的暗堡又是一阵猛轰，起码二十发炮弹落在敌人暗堡头顶上，冲锋号又吹响了，士兵们一会儿都接近了敌人工事，对着残敌发起了最后的进攻。这时，静岚的鬼子出动了，企图救援王端庄的鬼子。结果，遭到大炮和重机枪的严密封锁，只有狼狈逃窜。四十分钟以后，王端庄据点彻底被拔掉，二十多鬼子和五十多伪军被消灭，几个受伤的鬼子也叫士兵们戳死。

这场战斗，吉野感到莫名其妙，八路军的炮火也太猛了，就是七一四团也没有这么凶的火力呀。不到一个小时，一个据点被人家抹平了。看来，静岚县城的工事要加厚，暗堡应该更隐蔽、巧妙一些。

军分区、八路七一四团更是纳闷，开始还以为我军主力过来，还埋怨上级不通知，立即集合队伍，准备派部队支援呢。结果人家打完，马上就撤了，连战场都没打扫，好像怕谁看见似的。这一场战斗，八路军的战史上没有记载，国军也没有记载。

十多天后，三哥他们才得知王端庄的鬼子据点被人端掉。是谁打的，还都没人承认。大家从火力上看，都认为是一六九旅干的。一六九旅来静岚快三个月了，自己一直没有拜访大鼻子，不管咋说还是长辈么，应该去看看。他和四眼带了些当地土特产来到了康家会镇，镇子挺大，人群熙熙攘攘，商铺也不少。镇子上到处是穿深灰色晋绥军服装的人，在他们的指引下，他们很快找到了旅部。大鼻子不在，下去检查部队，晚上才能回来。李副官认识他们，热情地接待了他俩，泡了一壶茶，几个人聊了起来。中午他们在军官灶上吃饭，晋绥军的军官们看见俩八路，十分稀罕地问长问短。他们知道八路军艰苦，但纪律很好，个个都感到钦佩。但是也有人讥讽八路军，整天在山沟里钻来钻去，从来没有面对面地和日寇正式干一场。四眼谦逊地说，国军当然是老大哥，装备好，人数多，正面的进攻和防御还是要仰仗你们。八路军主要以游击为主，虽然八路也有百团大战这样的战役，面广、点多，同时攻击，也使日寇损失不小，但是，类似的战役并不多呀。那个晋绥军军官嘴角露出了得意的微笑。

一顿饭吃了快一个小时，门外有几个人急匆匆地走了进来，大声喊叫："饿死了，快上饭！"

伙夫连声答应，很快饭就端上来。原来他们是炮营胡德水和扈昆，刚刚演练步炮协同作战。这几个人狼吞虎咽地把饭吃完，纳闷地看着大家，咋还不走，众人说，来了两个八路兄弟切磋切磋。好啊，这几个也加入对话行列里来。

扈昆看着三哥面熟，一问才知在消灭饭辅中佐的南双塔战斗中，双方见过面，还曾说过有机会以武会友，今天相见，开始都不好意思谈。当三哥讲八路军游击战、地雷战，把鬼子打得屁滚尿流、狼狈不堪时，众军官听得津津有味。一个人问道，你吹了半天，你打死几个鬼子呀，三哥没语，扈昆对那人摆摆手，我今天和八路营长过过招，你就知道他的本事了。

三哥自幼学的少林门派的长拳，半路上又跟老虎学的是武当功夫门派的散打，后来学的套路实际已涵盖了轨迹拳、绵拳、文圣拳、太极拳，并且取其实用的精华，把它们糅合在一起了。老虎常常讲究的是实用，给他们教的主要是散打招式，结果教出的徒弟只是会对敌实用动作。他平时按照师傅要求，每天清晨练基本功，晚上演练套路，几年从未间断过。老虎告诉他"要练功，莫放松，要习武，别怕苦"。他也认为，把武术散打作为对敌斗争的一种手段，既可以强身健体，又可以在危机情况下赤手与敌搏斗。与扈昆相比，应该说功底没有人家深，扈昆五岁起跟父亲开始习武，底子深厚，经过十几年的苦练，已经形成一套套路数来，所以他举止优雅，拳脚生风，心平气和，力大无穷。

扈昆上去提膝冲拳，表示开始，紧接着虚步架拳，砍掌提腿。三哥知道他这是用少林那一套，试图把他绕进去。自己是吃干饭的？上去来个蛟龙出海，仙人指路，右拳直捣扈昆的当胸，扈昆双掌一挡，三哥的左腿已插入他胯下，左肘"嗵"的一下击中对方下颚。扈昆十分老练，来个老猴扳枝，上身仰后，上步飞脚，直端对方胸部，三哥趁机抓住对方脚踝，打算来一个金丝缠法，谁知对方虚晃左脚，右脚背直踢在三哥左脸。两个人你来个弓步横切掌，我就来个玄龟戏水化解，你来个迎门铁扇子，我就来个白蛇穿梭、五龙暗渡。扈昆见一时不能取胜，来个弓步左推掌、弓步右推掌，内心有点急躁，三哥不慌不忙，你左来我化右，你右来我化左，一个仙人指路不成，再来个灵猫捕鼠。二人斗了三十几个回合，速度不减，力度不减，神态自若。把众人看得目瞪口呆，瞠目结舌。

俩人打得正当水桶上安铁箍——难分难解之际，大鼻子回来了，饶有兴趣地观赏起来。两人又打完十个回合，看见旅长在，急忙跳出圈外，双手抱拳作揖。旅长知道他俩决不出胜负来，叫人赶紧给他俩打水、擦脸，大鼻子心情十分愉快，对双方的优缺点进行了点评，他说现在是打仗期间，动作尽可能简练，击中要害，一拳或一脚致其毙命，如后脑、颈部和裆部。练武功注意神和形结合，神无形则不存，形无神则呆滞。俩人认真听着他的教诲，默默记在心里。

晚上，大鼻子设宴款待了他们，叫王参谋长、李富贵、胡德水、扈昆等人陪同。大鼻子端起酒杯："今天大家一起举杯，主要是我这个小老乡、小兄弟到来，我感到十分高兴。快三年没见面了，现在在战争时期也真不容易啊！"大家一饮而尽，又斟满忙向旅长敬酒，席间大家相互介绍八字，称兄道弟一番，相互敬了酒，感情有所加深。

酒至半酣，四眼再次向大鼻子敬酒，他表示不能再喝了，他端上酒杯说：

"姜旅长，希望我们再合作一次，痛击日寇如何？"不知咋搞的大鼻子不喜欢天津人，对他的敬酒有些不快，提高了嗓门儿，用筷子指着他：

"你们八路军来山西好多年了，在我们的扶持下，队伍不断扩张。共产党基层政权无孔不入，日本人的地盘上有共产党组织，晋绥军的地盘上也有，山西所有的县都有。你们和日本人一起挤压我们晋绥军的空间，正面作战看不见你们，你们把山西的沟沟岔岔倒占得密不透风。日本人一来，你们就跑，日本人一走，你们又回来，来来回回，多占了多少地盘。还有你。"

他越说越生气，转过身指责三哥说："你还是我的小老乡呢！叫你保护好我女子，你倒好，让她传授什么土地雷秘密，结果，叫日本人抓走。这一阵子，八路军干啥去了？你们的区委书记都叫敌人抓走了，你们能干啥？你八路军是老汉的裤裆——屎不顶（硬），能欻!"他急了，用家乡话把晚辈骂了一顿。

英子被晋绥军救回，他们已经知道了。其实八路军为了救人，还牺牲了几名战士，尽管解救没有成功。为这事三哥感到十分内疚，一直想找个机会向长辈解释。今天，大鼻子喝点酒，发发火，千万不要计较算了。

从一六九旅回来，大家分析近期和他们合作难度太大，而且，各种迹象表明，一六九旅也在觊觎段家寨这块肥肉。军分区首长要求他们对一六九旅加倍提高警惕，做好防击准备。同时，暂时不要撕破脸皮，利用私人感情继续和他们保持联系。

这种复杂的局面，必须打上一场胜仗来壮大声威。军分区决定，由七一四团和独立营联合作战，拿下凤苑镇据点，彻底孤立县城的敌人。其作战方案：七一四团的炮兵连和独立营机炮连联合统一调配，掩护步兵冲锋。主攻由七一四团担任，刘有福统一指挥，独立营负责在南边伏击娄烦增援的敌人，静岚和岚县的两个县大队负责在北边伏击增援之敌。娄烦大队为预备队。

战斗前，军分区专门把松山一郎调来配合部队作政治攻势，分化、瓦解敌人。时间就选在中秋节晚上。一郎平时很忙，晋西北二十几个县都去过了，做了大量的宣传工作，还自编了《不要为帝国卖命》、《想郎儿》等歌谣，在日军士兵中广泛传唱。当他听说要去静岚，去端掉凤苑镇据点时，十分高兴，这马上就能和史啸山见面了。独立营知道一郎要来，特地给他包了白面肉馅的包子，专门带到战场作见面礼。作为打援部队，他们在距凤苑镇南十八里的南凹村山沟里设伏，部队在沟底的公路、两侧山坡上布置了大量的地雷。二连、三连正面按梯次配置阻击敌人，四连作为机动兵力，一连和五连不动，留在家里守备着段家寨。营指挥所就设在东山顶指挥，在这里对下面的战场可以一目了然。

松山一郎拿起铁皮大喇叭，对着据点喊起话来，中秋之夜是亲人团圆的时刻，日军同胞们，难道我们不想念父母、兄弟姐妹吗？不思念家乡吗？中国古代就有"人有悲欢离合，月有阴晴圆缺"，我们日本士兵何时能和家人团圆呀！大诗人李白的"举头望明月，低头思故乡"，王安石的"春风又绿江南岸，明月何时照我还"等著名诗句，娓娓道出自己的情感世界。

"日军弟兄们，我是日军三十六大队松山一郎，今天中秋节，也是我们思念亲人，思念故乡时辰，我们千里迢迢、背井离乡跑到中国来打仗，图的是什么，得到了什么？完全是为日本帝国军卖命，为少数集团卖命……"

在碉堡里的松山正在为大家调制、勾兑清酒。中秋节嘛，让小兄弟们喝点酒，他突然听到外面有人喊话，竖起耳朵一听，好像是儿子的声音，他问旁边一个士兵，士兵告诉他，外边替共产军做宣传的就是那个背叛帝国的松山一郎。松山一听，赶紧爬上炮楼瞭望台，大声喊："你是一郎吗？"对方愣了片刻，他又叫了一声。一郎不禁愣住了，这明明是父亲的声音嘛！

他赶紧拿着大喇叭询问："松山——我的父亲！我是一郎呀，我是一郎啊！"

松山一听，刚想支起身子，看个究竟，结果被别人拉着蹲了下来。两人你一句我一句诉起几年的遭遇，当他得知女儿仍活着时，感到十分欣慰，叫他好好关照妹妹。一郎告诉父亲，吉野就在静岚，也就是三十六大队中佐大队长时，松山才恍然大悟，怪不得自己一来就发配到偏远据点里，这个可憎的刽子手。我到处打听吉野，可是周围的人都封了口，天哪！神灵不会保佑你们的。他摇摇晃晃站在楼梯口对大家狂喊："我们打仗是为什么，我们吃的苦天皇知道吗？你们的家人知道你的处境吗？反正，我家三口人都在这儿卖命呀！"说完，下楼就要往外走。小队长加藤拉住他，松山愤怒了，双手把他猛地一推，加藤摔倒在地上。他把门一把拉开，边喊着一郎的名字边跑出来。一郎急了，大声喊："父亲！快回去。"但是晚了，一颗子弹击中了他的后背。一郎急得想往前冲，结果叫人死死拉住，他呜呜地大哭起来……

晚上两点钟，八路军的大炮、小炮对准了据点的碉堡和附属工事猛烈开火，刚刚进入噩梦的加藤从床上一骨碌滚了下来，他命令大家立即还击，电话拨不通，和县城失去了联系，赶紧派伪军化装成老百姓溜出去向南北两头的日军求援。

凤苑镇的碉堡曾经被八路军摧毁过一次，第二次是教堂也不保险，不适合作为据点。经过反复察看，日本的土木专家决定在河边西岸镇南第三次修建。这次修得格外厚实，碉堡四边形，一层主要是住人，放物资；二层是射击，也住人；三层纯粹是观察、射击。上下楼梯还是木质楼梯。外墙的砖全用小米粥拌和的三合土黏着，这种三合土黏性好、硬度还特别大，炮弹炸到墙上，最多掉下来半平方米的外砖皮，深度不过十公分，小钢炮虽然按照圆弧轨迹可以把炮弹掉到瞭望台上去，有一定的杀伤力，但是敌人躲在下面，从根本上解决不了问题。部队开始派爆破组爆破，但是今晚月亮太亮，敌人的视野开阔，轻重机枪交织一起形成火力网，上去几拨人都牺牲了，战斗竟然打成胶着状态。

娄烦派出增援的敌人，命就没那么好了。在前凹村，独立营布的地雷区给鬼子造成了严重的阻碍，队伍前进不得，而且两边山下不断射击，威胁极大，即使用炮轰，无奈天黑也是乱轰。

夏海宁要求主攻部队一小时之内必须拿下主碉堡。正当大家束手无策时，三区区小队献策，把麦场上一个铁轱辘推过来，爆破组躲在后面推着走。去年敌人修公路时，在这儿撇下了轧路轱辘，这家伙一米高，两米长，外面包着厚厚一层钢板，起码一两吨重，正常情况下，至少三四个人才能推得动。大家到现场看了一下，认为可行，从进攻的掩蔽处到据点的防护壕几乎是平路，微微有点下坡。太好了，爆破组的人下到主碉堡的壕沟里，就好办了。

说干就干，过了一会儿，只见一个黑乎乎的大家伙向碉堡滚动，敌人看不清是何物，集中机枪，子弹打在上面，结果砰砰砰地光冒火花，大家伙根本就不在意，继续向前滚动。快到壕沟时，后面的几名爆破手趁机跳进了壕沟里。爆破手和炮兵约定，炮击半分钟后一停止，爆破手就冲上去。敌人发现壕沟里有人，就企图冲出来，结果被我军机枪赶了回去。这时迫击炮和小钢炮同时开火了，炮声一停，机枪对准碉堡射击孔，打得敌人睁不开眼，突然一声天摇地动，碉堡被炸垮了近一半，大部分敌人都被炸晕过去了。七一四团趁机冲了上去，残敌瞬间被消灭，据点彻底被拔除掉。

15

英子的腿伤基本上痊愈，她十分想念亲爱的战友和火热的战斗生活。但是母亲派人把她看得紧紧的，走路、吃饭寸步不离，就是她到村里转转，地里看看，也是有人跟着。她都烦死了，曾经对母亲大吵大嚷，也无济于事。母亲明明白白地告诉她："你就断了和共产党来往的念想。"她一听急了："你们不让和他们联系，我就绝食。"她说到做到，当天下午就坚决不吃饭了，任凭母亲咋说就是不吃饭。奶奶听说孙女绝食，不顾小脚拄着拐棍来到她的房间，上到炕上，心疼地抚摸孙女劝说：

"小祖宗，什么党不党的，人是铁，饭是钢，还是吃饭要紧。人家的党还不知道你为他绝食了，瓜娃，瓜娃哟！"孙女撅着嘴，拽着奶奶的衣角，就是不吭气，咋劝都不听。不听，不听，就是不听。

"把他家的，姜家亏了苕了。惹你的碎妈干啥？咋都是些万货些。"把老太太气得又开始骂儿媳妇。

老大姜凤琴已经出嫁十年，但是她和妹妹感情最近，前一段时间还回来看过她。老人派人套车赶紧把她叫回来。

第二天中午，全家人一起过来劝说，英子坐在炕上，头趴在两只膝盖上始终不说话。正当大家束手无策时，老大风尘仆仆地进门了，英子一见姐姐回来，眼泪"吧嗒吧嗒"地掉下来。凤琴忙把大家劝了出去，门一关，慢慢地劝起妹妹来。约一个时辰，凤琴出来和母亲商量，凤英最低条件是和她的组织写信联系，还要家里给他们寄钱做党费。

母亲一听发蒙，感到写信都违反丈夫的旨意了，还要给共产党寄钱，参加党应该党发钱。她质问老大："你大人的是国民党，人家每个月就发的钱嘛。"老大也说不清楚，母亲进去问这啥意思。凤英撅着嘴简单地把道理说了，母亲心想，罢了，女儿吃饭要紧。

"倒霉，参加这个党还要倒贴钱。交多少?"她小声嘀咕了一下钱数。

"啥? 五十银元。你这党抢人哪!"母亲吼叫一声，这也太多了吧。小女子往里一躺，给她母亲一个后背，大声说：

"共产党是穷党，花费大，一年三块，我都二十四了，三四一十二，二三得六，一共七十二块，人家给你打折，优惠了，只收五十块。你不交，我都没脸见人了。"说完用被子把头一蒙。母亲气得在院子转了几个圈，大姐和奶奶也都劝，拿钱买平安，只要疯女子吃饭就好。

她悄悄给组织写了一封短信，缝进鞋面里，这鞋是给三哥做的。把栓柱叫来，告诉他路线和联络暗号，带上家里拿的银元，送到静岚县委。她告诉栓柱必须把县委的收据拿回来。

自己直接回到山西不可能，干脆拿起书本复习功课，声称今年要考西安的大学。家里人都非常高兴，好吃好喝伺候着，生怕怠慢了"小祖宗"。复习了两个月，她提出要到西安去看看西北大学课程的设置，以便好选专业。这些家里人都同意了，家里派丫鬟枣花和两个家丁陪着她到了西安，母亲告诉这几个人：

"你们都小心些，英子要是跑了，姜家绝不饶你们。"

大家第一次来到西安，感到很新奇，枣花和家丁看到房屋和房屋摞在一起叫楼房，感到很纳闷，那人和人咋能摞在一起住呢? 找到一家二层旅社，英子挑了两间楼上的房间，大家十分兴奋，才搞清什么是楼房。同时，也慢慢地对她放松了警惕。第二天，参观了西北大学，她心里感慨万千，要不是抗日，大学都毕业了。

当天下午，她领大家来到了西安饭庄，乡下人第一次下馆子，战战兢兢坐在那儿，凤英要了一份葫芦鸡、蜂蜜粽子、油糕和羊肉泡馍。葫芦鸡端上来，看着整鸡端了上来，枣花纳闷儿整鸡咋能做熟呀? 这几个人学着凤英吃。油糕端上来，一个家丁夹了一个，上去就咬了一口，烫得他龇牙咧嘴，半天缓不过气来，把大家逗得捂着嘴笑。

第二天，她提出和枣花上街买点女人用品，叫家丁休息。她拉上丫鬟，找到了七贤庄八路军办事处。枣花不识字，也不知这是啥地方，英子叫她在大门外静静等候。她进去亮明了身份，受到了一位老张同志的热情接待。英子看到自己的同志，眼泪不由得掉了下来，好几个人听说她是山西前线来的，都让她讲讲那里打鬼子的事情，大家听得津津有味。最后她提出请办事处帮忙，把她送到延安，然后就去晋西北，老张激动地说："这是我们的女英雄，一定要送，一定要送。"

办事处三天后有华侨慰问汽车去延安，经过领导特殊批准，让她随车而行。

她从办事处出来，高兴得快疯了，拉着枣花跑了起来，弄得枣花也跟着她傻笑。这两天晴朗朗的，英子心情和这天气一样灿烂。她带上大家把西安的钟楼、鼓楼、碑林、大雁塔、小雁塔尽兴地游览了一遍，大家觉得和她在一起太幸福了，一点没有大小姐的架子。今天晚上是大家最后的一晚，英子实在舍不得枣花，激动地问她："枣花，你愿意不愿意跟我去山西打仗?"谁知枣花眼眶噙满泪水："你再别瞒我了，你那天去的是八路军办事处，你进去后我都打听过了。你现在一走，我肯定要离开你家，那两个家丁也干不成了。"

她一听懊悔地说："哎呀! 我咋光想我自己呢。你去把他俩叫来，咱们摊开说。"家丁赶紧跑了过来，恭恭敬敬地站在那里。

英子问大家："我对你们怎么样?"大家忙点头，"你是姜家最好的人。"

她心里有底气了："明人不做暗事，我明天就到山西去了，你们愿不愿意跟我去。如果不愿意，我不勉强。"

枣花说："反正我跟英子姐跟定了，死活都要在一起。"那俩一听傻眼了，这样回姜家肯定受罚不说，说不定……

"算了，我们都跟你'闹革命'得了。我们还听说，史啸山都当营长了，我们说不定也能干个啥的。"家丁决心也下了。

最后几个人一盘算，枣花和英子先走，在延安等着他们。当天晚上，她给家里写了一封信，说她带着这几个走了，请不要为难他们的亲属。

二十多天以后，英子找到了静岚县委，同志们见了非常高兴，不过，告诉她这里出了一件大事。

一六九旅的炮兵营营长胡德水虽然是个文盲，但是人很聪明。多年从事的炮兵经验，对小钢炮、平射炮、迫击炮的性能、零部件了解得十分透彻，别人依靠标尺、炮镜、画图标方位，他什么都不用。首先他的眼睛视力格外好，两公里的人影他能辨出男女老少来；其次他的手指被同行称为神指，他伸直右臂，食指和拇指成九十度时，距离就能测算出来。人虽粗鲁、耿直，经常顶撞上司，甚至对旅长也敢说粗话，但是为人豪爽，和炮筒子一样，不掖着藏着。

三哥和他相识后，有点相见恨晚。胡德水觉得八路军上下级很平等，战士和连长、营长能在一起说说笑笑，对技术兵种的人尊重，炮兵、机枪手，在队伍中都很吃得开，大家都把他们当宝贝似的。有一次，三哥去他那里观摩炮兵训练，胡德水开玩笑说："老史，我要把队伍拉到八路那里，你估计八路会让我当个啥官?"

"至少副团长。"三哥肯定地说。俩人说完,觉得这个话题太敏感,又扯到其他的事了。说者无意,听者有心,三哥向夏海宁汇报了这件事。夏海宁认为如果把一六九旅炮兵营拉过来,这意义非同小可。他和姚复华对他说,独立营马上改为独立团了,如果有一个正规的炮营,那就很厉害了。你们回去多想想办法,多加强和他们的感情沟通,军分区通过其他渠道也要积极做好工作。

独立营与一六九旅炮兵营的频繁来往,引起了王金生、李福贵的注意。开始,考虑到旅长和三哥的关系,没有敢公开说,只是暗地里派人一直盯梢。王金生面子上处处维护大鼻子的威信,其实也在暗地注视旅长的动态,王端庄战斗其实他早就报告了上级。

晋绥军第七集团军开会,赵承授在会上不点名讽喻一六九旅:我们有些高级军事指挥主官,用晋绥军官兵的性命为代价,消耗晋绥军的炮弹、子弹,替八路军打仗。一点都不珍惜我们的家底,不知道他是共产党啊,还是国民党?今后,各师旅调动一个班都要批准,不得擅自做主,不要我行我素啊!

两个月后,大鼻子被第二战区司令部免去旅长职务,派到重庆陆军大学参加为期一年半的培训班,一六九旅暂时由王金生主持。

大鼻子一走,王金生倒行逆施,宣布几条措施:部队任何人不得与八路军接触,不得将物资资助八路,不得正面与日军交火,不得随意调动部队,否则按通共论处。这几条一出来,许多军官敢怒不敢言,不让我们打日本人,我们不成了皇协军了吗?

胡德水就见不得王金生狐假虎威的熊样,背地里骂道:

"狗日的干甚不行,搞阴谋诡计、打小报告样样在行。急了,老子把队伍带走。"四眼几次化装找到胡德水,向他谈了八路军的优惠政策:部队整建制起义,大部分军官职务不动,以保持部队的稳定性。他虽然相信八路说话算数,但是这毕竟是一件捅天篓子的大事,万一有个闪失,自己就成了千古罪人了。他提出两天后把连长集中一起,请三哥和大家对对话,再深谈一次。

三哥和一六九旅的人较熟悉,开始军分区不同意他再出面,担心王金生的爪牙发现。但是他认为,谋无主则困,事无备则废。正是由于人熟,信誉度高,工作才容易做通,何况人家又提出叫我去呢。最后领导叮咛,这事情越隐蔽成功率越高,而且越快越好,据情报反映,晋绥军最近想把他们调离呢。

三哥如约到来,胡德水非常高兴,把各连连长、副连长一一介绍。他从国际形势、国内形势向大家作了分析："八路军在全国的根据地发展很快，部队越来越壮大，光山西这一块八路军已达二十万人，民兵五十万人。山西实际上在晋绥边区、晋察冀边区、晋冀鲁豫边区和太岳军区包围之中。弟兄们过去，政治待遇从优、职务不变、部队建制不变。我还交代，八路军对炮兵格外重视，这些请大家放心。人之相知，贵相知心。前有车后有辙，你们前面的例子太多了。

大家听他一说，增长不少见识，基本打消了顾虑。胡德水只是觉得对不起大鼻子，言语中流露了出来。

史啸山恳切地告诉他："老胡，晋绥军排除异己，大鼻子能不能回来继续当旅长，这很难说。主政的王金生对你们已经有所察觉，晋绥军准备对你们下手，就这一两天把你们调离一六九旅，炮兵重新组建。"大家一听怒不可遏，把王金生干掉算了。

炮兵部队行军全凭骡马大车拉运，行动缓慢，目标还大，看来只有晚上行动了。全营共有四个连，山炮连在东庄，距团部较近，迫击炮连两个连都在柳沟村，在营部的北边，警卫连和营部在姚客村，三个村呈倒"品"字形。部队要起义，只有向西北方向行进。

晋绥军调动一六九旅炮兵营的命令已到旅部，大家怨恨交织，因为这是一六九旅的老家底呀。王金山却满不在乎，只要处处听从上司的，旅长的位置迟早是自己的。为了稳妥地将炮兵营调走，王金山命令李福贵派督察员检查迫击炮连准备工作，旅部派督察员检查山炮连的工作。

白天命令下来，督察员全部到了位。分到两个迫击炮连的督察员一来，就看见大家正在忙碌地装箱，感到十分高兴。胡营长也在这儿指挥，见他们来到，忙派人领到村里一家老财主家喝酒，请他们放心，明早就出发。大家高高兴兴就喝了起来，几名连排长把他们灌得烂醉，夜晚部队就悄悄出发了。可是山炮连就出现了问题，原来，晋绥军考虑山炮重，派来了三辆卡车来拉，督察员就在身边，把山炮连连长急得没办法，悄悄派人和胡营长联系，也没有联系上。

独立营派出的警戒部队安全地将胡德水他们接送到军分区指定的后方进行整训。

胡德水的炮兵营失踪了，晋绥军第七集团军引起一片混乱，赵承授要求王金生严查，虽然怀疑他们投诚了八路军，而且派人到周边几个八路军驻地查巡，可是丝毫没有踪迹。他一团怒火撒向大鼻子，提出进一步追查他的责任。为此大鼻子一肚子的委屈，他也怀疑是八路军所为，加上爱女偷偷跑了回去，感到十分烦闷，十来年为晋绥军卖命，竟然落得如此下场。

学习期间，一个偶然的机会，见到了重庆陪都卫戍副司令刘戡。老朋友相见，格外激动，刘戡是湖南人，性格火辣辣的，军事指挥打仗毫不含糊，喝酒用的是茶杯，一口一杯。

"老哥哥，老弟今晚设宴，感谢当年忻口战役配合，我再叫几个当年的老朋友，相聚相聚。"大鼻子满口答应。

"老哥哥，规矩不变，一定用大杯啊。"刘戡喜欢爽快人。他也不含糊，保证道："你就是用桶喝，我也敢陪。"

"哈哈哈……"

当年，在忻口战役一六九旅与中央军八三师并肩战斗奋勇杀敌的景象，在晋绥军里难能可贵。加上大鼻子一身正气、襟怀坦白的军人气质，使人久久难以释怀。一年后，刘戡出任国军第二十七集团总司令，驻扎陕西。后来又被任命整编二十九军军长，在他的极力推荐下，大鼻子后来任命国军陕西暂编第二旅旅长，为二十九军进攻延安清剿洛川、黄陵、宜君、白水一带的共产党部队袭扰，起了很大作用。

一九四五年的五月，独立团正式成立。上级任命熊勇为独立团团长，史啸山为副团长，陈思淼为副政委。水涨船高，刘财财担任了一营营长，胡德水担任了机炮营营长。三哥对熵昆等仍在晋绥军感到十分惋惜。

七月，骄阳似火，火热的太阳像个火球，人站在树荫下仍感到气都喘不过来。一个多月都没下雨了，玉米叶儿无精打采地耷拉着，快要枯死了。团部驻扎在半山下小岩河村，沟底的河水越来越枯竭，几乎成了小溪流。部队号召帮助农民担水浇地，战士们在小溪里挖了个凹坑，担着木桶在坑里担水，挑到地里抢救庄稼。如果再有十天还不下雨，恐怕吃水都成问题了。三哥一阵子挑了十几趟，在树下刚刚坐下，通讯员跑来报告：司令员来了，副团长你赶快回去。

夏海宁最近经常给大家带来喜讯，他今天来会有什么好事呢？大家都跑步回到团部，一个个看着司令的脸。"你们看老子干啥，倒水呀！"四眼赶紧倒水。

三哥叨叨："司令来了要喝茶。"说着拿着自己的缸子给夏海宁把茶端上来。

熊勇把他俩骂了一顿："蠢货！你们北方人咋不懂得礼节呢？我们南方人爱喝酒，不知道吗？"说完，从他的水壶里倒出半缸子酒来。

他俩"噢"了一声："南方人爱喝酒，我们太愚蠢了，赔罪，赔罪！"

夏司令看着他们表演，问："完了？"

三个人齐声回答："完了。"夏司令咕噜噜喝了一大口水，从兜里掏出一盒三炮台，撕开给自己抽出一支点上，三哥一把把烟盒抢走，三个人就扭成一团。"别闹了，别闹了，一人一盒。"

大家一听，喜滋滋地接过烟，冒起了烟圈。夏海宁神秘地告诉大家一个好消息："鬼子已经是秋后的蚂蚱，兵力严重不足，岚县、静岚的日军要撤并到娄烦去了。汤鼠坏已升为皇协军六团团长，日本人命令汤鼠坏的团部和一营龟缩在静岚城里，二营、三营分别缩在静游镇、岚县县城。上级叫我们一举拿下静岚，咱们几个先商量个方案。怎么样？"夏司令接着说：

"我们现在有一个独立团、一个直属营、四个县大队，三千多部队，与静岚伪军相比是五比一，我们用主力攻城，其他部队打增援之敌。"说着，从口袋掏出静岚城敌人的防御图。

县城依托北山、汾河、东碾河两河汇流顺南而下。北山上的碉堡位置特别重要，把它拿下来，县城就唾手可得。这个碉堡今年又加固了一次，周围三百米的射界全部扫清，里面可以住五十人，原来是三十名小日本看守、三挺机枪，如果换成伪军，也应该是这样的战斗力。县城东西南三个大门也是重兵把守。大家好好研究一下。

大家讨论了半天，没有找到一个出奇制胜的办法。伙房的饭熟了，白面做的汤面条，洋芋擦擦，一人端一碗站在门口吃起来。司令看见西边黑沉沉的天，好像闻到一股气息："嗯，今天晚上要下雨。"四眼不相信："你一来雨就来了，你是龙王爷？"

俩人争执起来。司令员急了："你他妈的四眼，不信我们打赌，赌一斤点心犒劳大家，敢不敢？"四眼从兜里掏出一块八角钱："行，再买一斤天津大麻花，嘛问题都没有。"

司令员赶紧抢钱，他手一晃又收回去了，把司令员气得："小子，你小子等着。"

三哥刚才看着黑黑的天，心里想，打静岚必须半夜打，白天伤亡太大。他把想法说出来，最好三个县城大门同时发起进攻，敌人摸不清楚主攻方向，爆破手炸开大门。这样，把敌人的注意力全部引到攻城上。我们把炮营提前拉到北山上隐蔽，天黑前推到三百米处，平射炮采用间隔方式在碉堡北侧集中轰击，突击队趁机一跃一跃地前进。当然，需要提前看地形和敌人的工事，变化大不大。大家认为，这是个最好的办法。

晚上，大家睡到半夜，外面一道道闪电，"咔嚓"一声炸雷，大家从炕上激动得蹦到地上，司令员跳起来：

"四眼，你他妈的服不服？你小子和老子打赌，哪一回你都是手下败将！"瞬间，瓢泼大雨从天而降，不少战士光着身子跑到外边，在大雨中欢呼、跳跃。

静岚、岚县的鬼子同一天悄悄地撤到了娄烦。

吉野他们一走，汤鼠坏感到解放了似的，腰也直了，嗓门儿也高了八度。他现在是堂堂的皇协军第六团团长，手下一千多号人马，占着汾河两岸，脚踩两县大地，可以呼风唤雨，太得意了。同时，他叫焦大麻子继续去一六九旅谈，老子的本钱大多了。保不定小日本真的完蛋，后台没有了不说，汉奸的罪名肯定扣上了。他带上胡参谋长，把日本人留下来的仓库认真地盘点，把日本的膏药旗继续插上，把团部搬到吉野大队部，门口站岗的士兵穿上日军的服装，一是可以继续镇住中国人，二是扎势，他出入神气。我操他姐姐的！进出大门日军哨兵都要向他敬礼。

为犒劳胡参谋长的忠诚，汤鼠坏忍痛割爱，把刘昙的老婆赏赐给他，这叫"移花接木"，资源合理利用嘛！

俗话说，早霞不出门，晚霞晒死人。最近老天已经下了两场了，今天还要下。汤鼠坏本打算去岚县检查那里的情况，今天早上霞光万丈，肯定有雨。霞光万丈，我六团就是六六大顺。岚县不去了，他在县城各个守备点检查一圈，一天也快过去了。算了，打几圈麻将得了。

他带上席薇君晃晃悠悠来到了邵建的商会会馆，把焦大麻子、骚狐狸他们都吆喝来，打他个天昏地暗，反正天要下雨，啥都干不成。老天好像故意和人作对，等了一天雨，它就是不下，一直闷热闷热的。打到十二点，汤鼠坏少说赢了五六千了，人困马乏，席薇君向汤鼠坏使了个眼色，汤鼠坏伸伸懒腰，打了个哈欠："哎哟！我操他姐姐的，不打啦，不打啦！散摊。"

众人知趣地都站了起来。赢了钱的心情比吃冰块都冰爽，在回去的路上他搂着席薇君，得意地哼起了张寡妇小调："我第一下疼，第二下痒，第三下像小虫子往里爬，哎呀呀，哎呀呀……"

她把他打了一下："你唱的什么乱七八糟的。"

汤鼠坏没有尽兴似的："哎哟，哎哟，我的小妹子，真呀么真带劲儿……"

席薇君躺在竹皮的床上还一个劲儿数钱，一共赢了六千九。他兴奋得把裤衩一脱，接着又唱："姐姐呀！我们该办事啦，啦啦……"还没等唱完，就已经趴到她的身上晃悠起来……

突然，天空一道闪电，"轰隆隆"地响起了雷声，外边呼呼地刮起大风。看样子一场瓢泼大雨就要到来，人刚一迷瞪着，雷声还好像夹杂着枪炮声。汤鼠坏竖起了耳朵，从雷声、雨声和轰隆声判断出，八路军正在攻城，他一把掀掉席薇君的胳膊，慌里慌张地穿上衣服，抄起墙上的盒子枪，冒雨跑到前院作战室。雨下得太大，说话都听不见，他打了几个电话，我操他姐姐的，都打不通。可能是八路提前进城把电线都剪了，他气得大喊传令兵叫人。

汤鼠坏正在发火，焦大麻子冒着大雨跑了进来，大声报告，"团座不好了，八路把全城包围了，正在三面攻击城门呢。"

他忙问，东门把守的是谁，焦大麻子摇摇头，西门呢？焦大麻子着急地说："团坐，你平时分工只让我管特务队和对外联络，军事上不让我过问，这是胡参谋长的事呀！"

狗日的胡结巴一直不露面，也不知在哪个娘们儿窝里。汤鼠坏镇静了一下，说："大家不要慌，我去西门，老焦你去南门，东门由他。"指了指一名伪军中队长，"你去看看蓝营长在不在那儿。"平时他们分工时，汤鼠坏坐镇指挥部，按最坏打算，胡参谋长守西门，其他人就是各守各的。现在雨这么大，什么也不顾了，大家急忙带着人督战。

外面雷电交织一起，铜钱大的雨点打在眼睛上，睁也睁不开。八路的枪炮声夹杂在里面，实在难以判断出主攻方向，山顶上的碉堡也发生了激战，好像炮弹也在碉堡上爆炸，八路军咋找的这机会呢？他一急，还摔了一跤，操！门牙都磕出血了。别人搀着他上了西门城楼，还好，胡参谋长正在这里指挥着抵抗，雨点打在脸上看也看不清。八路一个个像泥猴似的，不要命地拼命向前冲，他们的炸药包在下面的门洞没有炸响，估计导火索泡水了。

"好！弟兄们，狠狠地打！往下扔手榴弹，不能叫八路靠近。"汤鼠坏像个落汤鸡，浑身已湿透，跑来跑去，拼命地给弟兄们打气。突然，听到南面一声"轰隆"巨响，脚底下也猛然地动了一下，自己没站住，又坐了个屁蹲儿，妈的。他用枪指了指胡参谋长："你在这儿顶住，我去看看。"

说着带着几个人下了西城楼。好像八路军冲了进来，山上的弟兄们也跑了下来，大声叫喊："碉堡被炸了，快跑呀！"

城里一片乱哄哄的。汤鼠坏顾不上指挥了，直接跑回团部，一进门，立刻指挥卫队赶紧搬沙袋，组织抵抗。跑进后院一看，席薇君正在收拾细软，这娘们儿他妈的真有眼色，拉上她悄悄地从后门溜出去。开门的卫兵看见团长逃了出去，赶紧到前院大喊：

"团长跑了，你们还抵抗个屁呀。"大家一听，都作鸟兽散。

雨渐渐地停了，但是满街跑的都是当兵的，兵找不到官，官找不到兵。有人看见南门城楼被炸垮，焦大麻子当场被炸飞。汤鼠坏听到这些，知道逃命要紧。他碰见几个认识的弟兄，用枪抵着他探路。快到西门口时，突然，从右边的巷子里一群八路冒了出来，用枪逼近他们，汤鼠坏扬手一枪，一个八路倒下了，他撒丫子就跑，"砰砰砰"几枪，他的屁股中了一枪，站也站不住，被人逮住了。

第二天下午，天空一碧如洗，静岚县委在县城文庙大门口（也就是原伪军团部）召开了公审汉奸大会，上千名老百姓赶来参加。民众群情激昂，踮起脚尖，扯着脖子大骂这些狗汉奸。县委副书记英子英姿飒爽，穿着干净的灰色军装，腰间系着皮带，军帽下露出整齐的短发，显得十分威严、秀美。夏司令、姚政委和独立团的首长都站在后面的台子上。台下跪着汤鼠坏、胡结巴等十几个伪军官、汉奸、恶霸、不法商人。

英子压了压手势，大家静了下来。她代表人民政府，宣读了以汤树怀为首的汉奸所犯罪行：勾结日寇，卖国求荣；迫害进步人士，捕杀共产党、八路军；抢劫群众财物，杀害无辜群众，巧取豪夺，强奸妇女，民愤极大，罪恶滔天。最后她代表人民政府，宣判汤鼠坏、胡结巴、邵建及有人命案的伪军军官死刑。

公审大会结束，汉奸被拉到南门外河滩上枪毙了。

这一仗，基本上消灭了伪军六团团部和一个营，静岚县城得到了第一次解放。

独立团这场攻坚战，损失也不小。由于雨太大，指战员们技战术的发挥大大打了折扣，弹药受潮影响极大。小钢炮爆破小组四个人向南门洞下送去一百二十公斤炸药，那三个都牺牲了。小钢炮的右肩上也中了一弹，这时只有一个爆破成功念头，他把导火索剪得只剩一米长，脱光衣服遮盖住导火索，点着后才跑出六七米就炸了。小钢炮英勇牺牲了，全团共牺牲了一百七十多人，负伤的有四百四十人。夏海宁也认为，八路军如果没有重火炮的支撑，尽量避免这样的攻坚战，划不来呀。

三哥率领两个连，掩护担架队将二百六十名重伤员运送后方医院。担架队由静岚近八百民兵组成，英子负责，送往一百三十里的兴县张家圪台后方医院。部队虽然打了胜仗，但是付出的代价太大了，他一路上感到十分沉重。

她早就看出他的心思，一路上不断给他宽心，叫他不要太难过。可是他一想起这些烈士，特别是周围熟悉的面孔，几天前还在一起训练、吃饭，可是现在都不在人世了。小钢炮白富才，方方脸庞、高鼻梁、大眼睛，人非常机智、勇敢，走起路来噔噔的。当时没有那场大雨，他绝不会剪短导火索……想起来，叫人感到他走得太可惜了。一路上英子又是开导又是说笑，想把他的情绪调动起来。但是，他除了布置路上的侦察、警戒安全外，其余话极少。

一到张家圪台医院，王院长一看三哥带来这么多的伤员，赶紧叫人往里抬，房间放不下就先摆在院子里，医院的人手一时忙不过来，就叫懂救护的战士给医院医护人员当下手。王院长拍了拍他的肩膀，生气地说他："你打仗个人英雄主义还可以，这，这么多的伤员说明了啥？说明你们打仗不算账，没头脑！"说得他一句话都不吭。忽然，他的眼前跑来一名护士，大声叫他，这不是松山秀子吗？只见她摘掉口罩，兴奋地问长问短，王院长一看忙别的去了。院子都是躺着的伤员，说话不方便，三哥示意去大门外边，秀子高兴地拉着他的袖子出去了。站在远处的英子看见一句都没吭，低头又忙着登记伤员花名册事项了。

三哥把这次战斗简单地给秀子说了，并告诉她马上就要回去，那边现在的局势很复杂，搞不好这一两天又要打仗。中午，部队在这儿附近村子买了点粮食，就地借锅做饭。

王院长热情地接待了他们几人，还叫张娟、秀子过来陪同。午饭是杂面面条、白面馒头、炒洋芋丝，还杀了一只鸡。秀子一看："哇！院长，你的生日？"

日本人过生日，一般都要做鸡肉吃。王院长哈哈大笑："中国人的生日要吃鸡蛋、长寿面。"秀子忙说："我们也吃长寿面。"大家都笑了。饭间，王院长才知道静岚县城被他们拿下来了，非常高兴，又派人赶紧找酒去，这要好好祝贺一下。秀子趁人不注意把自己的鸡肉偷偷塞进三哥的碗里，英子看见，如同鸡骨头卡在喉咙，一句话都不想说。

吃完饭，三哥集合队伍去了，秀子拉着英子的手，悄悄地告诉她："英纸（子）姐，我喜欢一个人。"英子明知故问："谁呀？"秀子趴在她耳朵上说："是那个三哥。"

她心里"咯噔"了一下，试探着问："三哥喜欢不喜欢你呀？"刚问完，心里多么希望回答是否定的。然而，秀子说了句疯话："我不管他喜不喜欢我反正我喜欢他。"秀子这句中国话不知和谁学的，这么顺溜，英子感到和秀子这个话题不能再说了，找了个借口赶紧走了。现在不管三七二十一，必须向张娟说清楚，否则，后悔就来不及了。找到张娟，她也顾不上女孩的羞涩，把她和三哥小学同学以及到今天的经历，简简单单地告诉了她，把张娟听得目瞪口呆，等她回过神来，她和队伍都出发了。

往回走的路上，英子心烦意乱，半天没有一句话。他不清楚她今天咋啦，来的时候是她没话找话，现在反了。三哥几次和她说话，她都是爱理不理的。中间休息时，她坐得远远的，见他走过来，站起来拍拍屁股上的土就走了，留下一股尘土，他愣愣地看着她直发呆。

快到顺会镇时，前面的侦察员跑回来报告，镇上从北边来了大批鬼子，看样子得绕路回去了。三哥命令部队组成战斗队形迅速从北边绕过镇子并掩护担架队尽快通过。尽管这样，这毕竟是一支近千人的担架队，还是叫鬼子的警戒哨发现了。敌人的轻重机枪雨点般地扫射过来，一下子把队伍断成两截。前面队伍迅速地摆脱，三哥一看不好，命令后面的队伍迅速撤回去，他带上一个排掩护，还好，敌人只出来五六十人追了一会儿，又回去了。估计，敌人今晚住在这儿了，看来只有绕大圈。

白天赶路危险性大，干脆走夜路得了。他多派几个侦察员提前探路，叫自己的警卫员小赵紧跟着英子。队伍一直摸黑向北出发，队伍尽量走山脊梁，安全性大一些。走了两个小时，到了一小山坳该往东拐了，队伍休息一会儿，刚走两步，英子的脚崴了，三哥赶紧叫担架抬着走，他在一边扶着，生怕把她掉下来。大约又走了二十多里，估计过了危险地带，部队十分疲劳，就找了一片背风的沟凹处休息。

英子刚一坐下，他把上衣脱下来披在她身上，她心里一热，一把拉着他的手，示意在她的身边坐下。三哥还有点儿左顾右盼，她用枪把把他的膝盖弯顶了一下，他腿一软坐了下来。漆黑黑的夜，都能听到他的呼吸。她悄悄地问："你喜欢秀子？"

他一听忽地站了起来："谁说的？"英子又把他拉下来问：

"那你俩咋回事，秀子对你那么上心？"三哥见她追问不放，就把自己在医院治伤的经过详细地告诉她。他总觉得一个日本姑娘背井离乡来到这穷山沟，十分可怜，他的关怀是不是被秀子误会了。她听到这儿，也觉得这个外国姑娘挺可怜的，最好战争早早结束，叫他们兄妹早日回家。她告诉他，你最好明确地表明态度，人家就知道了。

16

　　吉野的三十六大队按照上司的命令，放弃了静岚和岚县后，内心不是滋味，他始终认为中国军队是不堪一击的，大日本皇军是不可战胜的。他临离开前，把汤鼠坏放在那里，并且留下了不少轻重武器，目的就是一个，叫他守住静岚和岚县，说不定哪一天就杀回来了。现在静岚丢了，而且是在下暴雨的时候丢的，他简直不可思议，共产军就那么厉害吗？他多次向联队、旅团反映，要求带队再去扫荡一次。显示皇军的威力，否则晋绥军、共产军的气焰就太嚣张了。

　　鉴于吉野对这一带熟悉，日军大佐房山决定，由吉野率领三十六大队的两个中队，二十四大队的一个机枪中队加上炮兵小队共八百多人重新对岚县、静岚扫荡。这次扫荡队伍配备的装备是这两年最完整的一次，光轻机枪就十八挺、九二式重机枪六挺，班里都配有掷弹筒，大队还配有两门九二式步兵炮，后面还有一个运输中队。

　　吉野平时傲慢无礼、目中无人，军中有目共睹。他一向就瞧不起龟岗人乡巴佬，偏偏二十四大队河田中佐就是龟岗人。把他派到这来受吉野管辖，心里对吉野时刻有着提防。这次，皇协军六团残部的一个营也随同扫荡。

　　日军扫荡作战计划：从静游镇出发，攻占岚县，荡涤县城周围的村镇，而后继续向东占领静岚，清除共产军的势力，威慑晋绥军，最后返回。但是在具体进攻路线上，吉野违背了作战行军意图，和河田中佐吵了起来。他一心要求先占领静岚，然后再扫荡岚县，河田认为作战计划是严肃的、不可改变的，而且把吉野的想法报告了上司，结果吉野受到房山大佐的训斥。

　　日军出发后，吉野的队伍在前面到处烧杀抢掠，实行"三光"政策，极大地影响了行军速度。走在后面的河田啥都捞不上不说，往往还遭到游击队的冷枪射杀，天天都有士兵被打死，因此他怨气也特别大。

　　日军重新返回岚县县城，在河田的倡导下，重新成立了维持会，又秘密地建立了日伪情报网，其目的就是建立长期地下网络。恰巧这时，五寨、岢岚的日军南撤，三哥他们在顺会遭遇的鬼子就是。吉野不同意南撤的日军在岚县停留，希望他们尽快南下太原，以免干扰自己的扫荡计划。但是，河田认为日军的部队在这里多待一天，就是对扫荡的大力支持，因为来的部队中还有大佐、中佐军官，可以借机打击吉野的嚣张气焰。这两个人的矛盾越来越深，最后闹到房山大佐那里。

在欢迎南下日军的宴会上，日军混成第九旅团的三十三联队、山炮兵七大队、病马厂的军官受到热烈欢迎。三十三联队龟阱大佐端着酒杯，满怀信心地告诉大家：

"大日本帝国在亚洲和太平洋战场上尽管受到美国严重的挑战，但是，美军养尊处优的老爷兵和日军武士道精神相比，有着天壤之别，在陆地上是打不过我们的，日本陆军天下第一。不过，我们要养精蓄锐，集中日军的实力，所以把那些穷的地方让出来，叫晋绥军和共产军拼杀，去消耗中国军队的实力。"大家高呼：

"天皇陛下万岁！"吉野在欢迎辞中说：

"我代表房山大佐欢迎各位的到来，不过，这一带的肃正治安比较彻底，共产军和游击队统统被消灭。龟阱大佐完全可以放心地南下，我们确保万无一失。"

说实话，河田真想当面戳穿吉野的谎言，话到嘴边又咽了回去。龟阱大佐已经听出来他的意思，在偏远的山区呆了几年，部队已经成了王八肚里插鸡毛——龟（归）心似箭。现在既然房山大佐部下的扫荡不需要帮忙，我们就按原定计划执行继续南进。

扫荡第八天，吉野大队攻占了静岚县城。鬼子报复性极强，进城后大肆抢劫商铺、粮店、药房，打死三十多名抗日政权留守的非战斗人员，把几百名青壮男人统统拉到小学校关起来，鬼子挨家挨户闯进居民家，强奸妇女，无恶不作，令人发指。

吉野一进城就把大队部重新设在文庙里，他突然想起了席薇君，不好，得赶紧派人去寻找，派出的人回来报告都说没有。他不相信，率领卫士扑到邵建家，大门紧紧关着。大门是黑漆双扇铁钉大门，任凭卫士用枪托使劲砸，里面就是不开，卫兵急了，用步枪连射几下，里面突然有日本人叫骂，大门才打开。吉野一拳击倒了开门的士兵，闯了进去，里面的场景令他怒不可遏，五六个房间里都有日军在轮奸女人。

"八嘎，八嘎。"他嘴里骂着寻找着席薇君，终于发现一个大个子男人赤条条地趴在席薇君身上正在使劲儿，他也不知从哪来的力气，抓住他的双脚"啪"的用力拉到地上，那人还不知趣，看都没看站起来骂了声，右手顺手一个反掌掴在吉野的脸上，打得吉野哇哇乱叫，掏出手枪"啪啪啪啪"一连打了四枪，直至这个大个子一动不动为止。

这一群人他都不认识，一个个垂头丧气地站在天井里，估计是河田带来的。不一会儿，河田进来大骂，吉野才知道这些人全是二十四大队机枪中队的机枪手。刚才被他打死的是少尉小队长重井良太。

席薇君和骚狐狸她们的财物，大部分被抗日政权没收后，席薇君吓得隐藏在骚狐狸的家里，准备局势平定后就回到天津去。日军进城后，就躲在地窖里没敢出来。日军知道凡是大户人家肯定有花姑娘，机枪中队进城后到处寻找围墙高的大户人家。他们砸开邵建豪宅后，翻箱倒柜，最终发现地窖，把她和骚狐狸及几个女眷一个个拉到房间里肆意蹂躏。

吉野打死重井良太，犯了死罪。河田和自己不和肯定会报告上去，吉野赶紧找到河田请他原谅，河田严肃地告诉他：

"吉野君，杀死士兵是要上军事法庭治死罪的，何况你打死的是一名帝国军队的少尉军官，这么大的事情包得住吗？"

吉野几乎快要给他下跪了，低着头向河田"哈伊，哈伊"不断地向他请罪，并向他讲述他和席薇君的故事。河田听着听着觉得挺有意思，心里想京都这个混小子挺能交桃花运的，怪不得这次扫荡他非得坚持先到静岚来，看来是早有图谋的。自己要利用这次机会，好好教训桀骜不驯的狂人，省得今后再让他指手画脚，欺压自己的士兵了。河田警告他：

"你今后不得再狂妄自大了，什么事都是一个人说了算。你我军衔一样，但是在关键的时刻必须听我指挥。我的机枪中队需要安抚军心，你必须拿出一笔钱来作为补偿。还有，你的桃花运我也需要。上述几条你必须答应，否则我将去军事法庭起诉你。"吉野感到后面两条好办，第一条太难了，房山大佐指定由我来指挥，现在表面上是我指挥，实际上是他暗箱操作，责任还是我的。但是不答应这一条又过不了关。算了，现在的局势看不清。吉野赔着笑脸说：

"我统统答应，完全服从河田君的指挥。"

吉野命令卫士将邵家人通通地叫来，当着河田的面训示，今后，邵丽娜归河田君使用，河田君会保护你们邵家的安全，如果你们不从的话，统统杀死。邵家人吓得连连答应。

日军这次突然大扫荡，边区对准备工作不够重视，特别是静岚县城和一些集镇损失大一些，部队几乎还都没有集结，敌人就闯进来了。夏海宁在会议上做了深刻的检讨："我们对形势估计得过于乐观，对日军的实力没有客观的认识。全局上来说，抗日反攻的时期已经到来。但是，局地来看，日军的实力远远高于我们之上，特别是这儿距太原这么近，敌人行军速度稍微快一些，我们就被动了。今后这一段时间里，八路军的主力还是适当集中，后勤供应要有一个保障的机制。各县大队、区小队要在敌人占领区继续开展游击战、地雷战、麻雀战，各县每天必须消灭一名鬼子，使敌人坐卧不宁，惶惶不可终日。绝不能叫敌人长期在这儿驻扎，祸害百姓。

按照军分区首长的要求，独立团集中了两个营的兵力，再加上炮兵两门迫击炮，寻机将鬼子的独立据点一个一个拔掉。顺会镇的据点是岚县和静岚北线的中心据点，也是鬼子最北边的据点，把它消灭掉就彻底将敌人压在南线上。

据点在川道的西侧半坡上，俯瞰着整个小镇，敌人利用半坡的几孔窑洞修建了半圆弧的阵地，还设置了几个机枪暗堡，没有大口径山炮的话，步兵仰攻很难拿下来。据点的鬼子有一个小队，小队长布施吉成少尉，伪军一个小队。据点有一挺重机枪、两挺轻机枪，火力比较强。

几批侦察人员回来报告的情况汇集到一起，最佳方案是围而不歼，困死、渴死他们。熊勇要求，自己带上二营围困山上据点，四眼联系县大队和区小队利用夜间将顺会镇的群众转移，使其成为空镇。三哥领上一营在岚县的路上、静岚的路上伏击增援之敌。

为了有效地将敌人拖住，就要在地雷阵上下工夫。岚县的鬼子不多，即使增援最多来一些伪军，在高崖下险要处多埋些地雷，任务交给了刘财财率领的一连和岚县二区王允的游击队完成。静岚的鬼子约五百多，究竟能出来多少，难以预料。为了把敌人拖住，地雷战和麻雀战要结合用。三哥做了个方案，请静岚县大队参与讨论，方案经完善后也报了上去。

攻取顺会战斗从八月二十三日，也是阴历七月十六晚上八点打响。部队先派人在山上偷袭，干掉了两个流动哨。八点开始喊话，结果敌人的机枪子弹疾风暴雨般扫射了过来，由于准备不充分，副排长刘喜生身子暴露过高，一发机枪子弹刚击中他的头部，当场就牺牲了。刘排长的牺牲激起大家极大愤恨。熊勇要求大家注意，狗急了还要跳墙呢。

炮兵营拉到了山顶上，胡德水精心挑选的迫击炮手，都是技术精英。他借着夕阳的余晖，目测好几遍距离、角度，两门小迫击炮听到炮击的命令后，炮弹几乎同时落地，一发在院子里爆炸，一发落在窑洞上方土崖上。当场炸死一名鬼子，其他的吓得再也不敢还击了。

天亮后，鬼子发现被八路包围了，山上有炮兵，山下有机枪、步枪狙击手。布施吉成命令一个班的伪军冲下去求援，但是，他们刚跑出二百多米远，就眼睁睁看着被八路射杀得一个都不剩。据点平时用水是由镇子上的民夫挑上来，一连三天无人供水，鬼子都快疯了。据点六个水缸储存的水最多再维持三天，晚上派出去的一个班只有一个人回来，其余全被八路消灭。

顺会据点一连六天都联系不上，肯定出了大麻烦。吉野和河田商量后，派垣隶中尉率领一个中队救援，岚县方面也派一百人的皇协军去增援，两面夹击一定要成功。

伏击静岚增援的地点放在距静岚以西四十里的四崞峡谷，这个峡谷四里多长，中间有三百多米长的土崖，经过千百年的雨水冲刷和风化，形成高达二三十米刀削般的峭壁，有孤零零的玉米状，也有倒挂钟乳石状，还有糖葫芦状。峡谷一年四季西北风呼啸，成为名副其实的"风峡"。这是通往顺会最近的道路，其他的路则多绕三十多里，敌人为了救急，肯定从这里穿行。这条峡谷风大阴森恐怖，夜晚无人敢走。

三哥和大家看了地形后，认为这里是天然黄土奇特地貌游览的好去处。现在顾不上了，就把它作为伏击地点。上百名民兵连夜在这里埋地雷，以免走漏风声。群众的智慧是无穷的，为了更大地发挥土崖的作用，他们搭云梯，在土崖半腰埋雷，把土崖根儿掏空埋雷，在树杈上布连环雷，在西边的出口都埋了大量的脚踏雷。四里崞以西沿途两三里一组一组还埋伏着射击组、鞭炮组、地雷组，"小心地雷"的牌子真真假假也插得沿途到处都是。为防止敌人绕路，岔路口上还埋了一些地雷，也有监督哨、射杀枪组埋伏。

垣隶中尉来中国快七年了，中尉也干了五年。和他一批军校毕业的同学都已升上尉，他一直提不上去。主要是他的心眼小、心胸狭窄，上司分配的战斗任务不是贪生怕死就是挑肥拣瘦，而且，缴获来的东西不愿意上缴。做事情死犟死犟，别人的话听不进去，甚至上司的命令他都敢擅自更改。这次吉野命令他去救援，他就提出一个人指挥，给他一次表现的机会。吉野答应了。

垣隶中队上路后刚开始一路平安，行军速度也快，他心中暗自得意，恨不能插双翅到顺会解围，功劳将是大大的。翻过西山后，就上了高原，视野开阔，干脆把尖兵组都撤了，便于加快行军速度。有的人提出这样行军违反日军行军条例，他气势汹汹地训斥了对方。下到四里峁峡谷地段时，又有人提出应该派尖兵组先探探路，通过峡谷后用号声联络。这次他答应了，而且还多派了几个人员。

尖兵组与大队保持三百米的距离，他们小心翼翼地东张西望，惊叹地看着这些鬼斧神工的黄土断崖，边走边端着枪对着断崖顶胡乱射击，十几分钟后便到了断崖西头，一看平安无事，吹响了联络号。垣隶命令大队跑步通过断崖峡谷，鬼子列成四路纵队跑了进来，刚进入了埋伏圈，土崖两侧的地雷几乎同时爆炸，眼见着土崖向中间倒下，还夹杂着漫天飞舞的石头，只听见震耳欲聋的爆炸声和黄尘弥漫的空气，仿佛进入了皇道乐土西方真空世界，人都几乎窒息了。七八分钟后，大家才看清情景，土崖再不是优美的自然风光，它已经成为一片墓场，有的没有被土崖压住，但是被地雷和石雷炸死和砸死的也不少。垣隶两条腿被大土块压着疼得乱叫，大家把土块捣松将他拉了出来，双腿已被砸断。队伍勉强集合一清点，十二人失踪，十六人死亡，重伤十七八人，垣隶中队的战斗力实际已被削弱一半。再继续前进凶多吉少，但是就这样回去受处分不说，这也太丢人了，将会更加叫人瞧不起。垣隶只好抽出几十人将重伤员抬回去，叫士兵抬着他临时组建三十人突击队，硬着头皮继续前进。

但是突击队试图走哪条路好像都不通，到处都有地雷和土八路，冷枪冷弹不知从哪里冒了出来，害得大家猫着腰一点点前进，不小心就碰上了地雷，走了不到十里又损失五六个人。垣隶知道再继续前进将会全军覆没，加上自己的腿疼痛难忍，算了，回去吧。

吉野看到他的部队如此狼狈不堪地回来，气得跑到病房把垣隶骂了足足一个小时。河田看到吉野的部队如此的窝囊，直接向上司报告，日军军事法庭最后将垣隶以严重失职造成重大损失罪判了二十年，遣返回国投入了监狱，这是后话。

岚县的伪军同样出动了一百多人，但是他们绝不像静岚的鬼子那样卖命，只要尽力了就行。他们才走了十多里就开始受到冷枪、冷弹的袭击，行军步伐特别慢。到了高崖底，一看前面地势险要，沟谷狭窄，万一八路真的在这里打埋伏，十有八九就完蛋了。沟口写着"小心地雷"牌子，知道这里肯定有名堂。伪军对着沟口胡乱射击一阵就早早地撤了回去。本来，吉野要收拾岚县的伪军的，就是因为垣隶中队吃了大亏，而伪军平安无事这才作罢。

顺会的鬼子坚持了九天，熊勇指挥部队试着打了一下，敌人还是有反应。他命令继续围困，一是不能叫敌人活着溜掉，二是争取零伤亡。布施吉成的部队断水都三天了，开始自己喝自己的尿，最后连尿都没有了。老天爷是向着中国人的，就是不下雨。第十天，又命令部队打了一下，敌人反应弱极了。下午，天气开始转阴，云层越来越厚。不好，老天要变脸。熊勇决定立即发动攻击，部队的轻重机枪对准敌人的射击孔突然开火，战士们散开队形向上冲锋，敌人好像只有一挺歪把机枪向外打枪，但却是毫无目标地射击。熊勇对战士们大喊：

"敌人不行了，快冲上去。"

大家都勇敢地"嗷嗷"叫着冲了上去。战士们冲进去后，发现敌人虽然都握着枪，但是大部分已经不会说话，一摸鼻孔个个都没有气了。

这场战斗取得了空前的胜利，也是独立团"围点打援"的成功尝试。军分区在顺会镇召开了祝捷大会，夏司令在大会上神采飞扬地说：

"我们这次歼灭日寇七十余人，是我们独立团近几年以来打得最漂亮的战斗之一，也是各县大队、区小队配合最好的一次模范战斗。这次围困顺会据点，地方同志的后勤保障起了至关重要的作用，解决了一千多人部队十几天的吃饭问题，初步形成了军地后勤供应的有效机制，为我们今后规模作战打下了基础。晋绥军区首长还特地表扬了我们，为其他地区树立了典范。"

表彰大会正在举行，忽然，军分区的通讯员一路策马飞驰地来到会场，手拿着一封电报跑上了主席台。夏司令一看，差点儿跳了起来："同志们！报告大家一个天大的喜讯，日本鬼子投降了！"

会场顿时一片欢呼、跳跃，不少战士向空中开枪庆祝。八年了，我们盼望的一天终于到来了，不少战士把他们的干部抛向空中，激动的人们无法用语言来表达，不少人眼泪都流了出来。镇子里的乡亲们把家里唯一一点点水果、鸡蛋拿出来，让战士们分享，这种喜悦只有经历战争的人们才能感受出来。

吉野、河田听到日本天皇投降诏书后，感到不可思议，我们帝国为什么要投降呢？我们又不是打不过他们，这简直是帝国军人的耻辱。我们宁愿战死，也不愿投降。在日军的中下层的军官中，普遍都存在不服输的心态。日本驻太原司令岩田清一感到中下级军官的想法，不利于太原司令部的战略意图。他们和阎锡山有着更大的阴谋，就是收编山西境内五万伪军和一万五千日军，准备与八路军抗衡。阎老西下令日军接受晋绥军的改编，穿上国民党军的服装为他服务。岩田清一派了一批干部下去说服日军官兵，军人仍必须以服从命令为天职。

吉野嘴里同意服从上司的意图，带上部队到河口镇去接受改编，但是他和河田也偷偷把席薇君、骚狐狸带到太原，做起他们的夫妻梦。按照日军当时军规，不允许中下级军官和支那妇女通婚，虽然他们即将成为晋绥军，但是这项规定并没有修改。

吉野偷偷到了太原，为安排这两个女人下了很大工夫。听说阎老西为了利用日本人，办了一个第二战区司令长官部合谋社，日方的中将城野宏原负责招募日本人才。吉野和河田一商量，干脆去碰一碰，他俩换上便衣，提上一箱汾酒专程拜访城野将军。

城野看到这两个地位低下的军官，听到他们的恳求，感到不可思议，为了中国女人，你们把日本人都丢尽了。他俩一再表示，他俩已经服从命令，集体加入了晋绥军，这两个女人请拜托将军为她们在合谋社安排事做。

合谋社大部分是日本人，这两个女人的日语简单对话还可以，在太原需要办一个日本人娱乐的夜总会，供日本人取乐享受。城野考虑对外还需要遮遮掩掩，试着叫这两个中国女人去经营。她们搞这一行应该比男人有优势，再说到社会上拉舞女也方便。经过和她们交谈，城野非常满意，特别那个叫骚狐狸的好像经商更加老到一些。吉野、河田非常感谢将军的安排，高高兴兴地走了。

静岚县和岚县回到了八路军的手里。为了巩固胜利果实，按照上级的指示，军分区以直属营为班底，又抽调一批干部，迅速地成立了独立二团，将各县县大队的优秀战士补充进来，积极进行军事科目训练，以应付瞬息万变的形势。由于独立二团还很年轻，战术配合、连排指挥还缺乏战斗经验，让其驻扎到二线村镇军训。军分区决定由一团在南线静游、庙湾一线监视敌人。

一团最近缴获了一批日军遗弃的九二炮弹，三哥和胡德水商量再搞上一次步炮实弹联合演练，目标就在庙湾南日军废弃的据点。演习效果需要逼真，还需要把据点的工事进行修整。

三哥带领二营长武虎、连长朱大个子等二十几个人来到了旧据点，当他们在院子里布置时，意外发生了。只见从大门进来七八名穿着晋绥军服装的军人，当一名参谋问话时，对方也愣住了，但却不答话，问急了对方一张嘴，原来是日本人，双方都把枪掏了出来。

为了寻找机会，三哥叫大家往后退，对方也往后退。谁料，一名战士一紧张"砰"的一声，枪走了火，对方一个戴眼镜的鬼子吓得坐在地上，由于距离太近，对方一名军官三步并作两步将前面的参谋扑倒，手拿短枪一下砸中这名战士的面部，他顿时血流满面，又飞起一脚踢到右边战士的小腹，只见这名战士蹬蹬蹬地向后退了几步，手里的步枪被军官一把夺走。这一瞬间是那样得快，叫人几乎反应不过来。

三哥怒火万丈，一个飞跃旋子越过前面战士的头部，赤手和鬼子军官周旋起来。鬼子学过武士道，仗着手里的刺刀，"呀呀"地左突右刺，凶狠无比。三哥看准鬼子的一个突刺，左腿往后一退，身子一侧，左手抓住枪把，右肘直捣鬼子面部，给他来个满天星，右腿一插其左腿后，用身猛的一扛，鬼子仰面倒下，三哥刚想用枪托击其头部，谁知，他倒地一瞬间来个就地十八滚，戳几下竟然没击中。三哥干脆把枪一扔，俩人对峙起来。只见对方吸了一口气，手脚并用挥舞起跆拳道来，嘴里还不停地"嗨嗨"喊叫。

他没见过这种打法，一直处于守势，来回周旋并观察。对方看他不敢动手，越发嚣张，左拳虚晃一下，右脚踢向他的脸部。俗话说，"内行看门道，外行看热闹"。三哥已经对他的招式悟出个子丑寅卯，他干脆来一个弓步左推掌，将对方的腿挡开，右拳直击他的小腹，捅得他蹬蹬连退两步，顺手给他一个玄龟戏水，两拳在他面前虚晃半圈，右脚插入其裆中，钩住其右腿，用前额猛地撞其下颚，全身一冲，双拳击中他的面部。对方已站不稳，仰面倒下，三哥又跳了起来，右膝盖集中了全身的力量，砸在鬼子的喉咙，毙了其命。

这时双方打得难解难分，三哥顺手拔出自己的手枪，一阵打死四五个，其余见况不妙，撒腿就跑，大家扑上去，全都按倒绑了起来。

经过查问，原来这是阎老西请的日本水利专家河间，勘察汾河水库坝址。陪他来的是日本三十六大队士兵，被三哥打死的正是罪恶多端的吉野中佐。

河间来中国近十年，在河北、察哈尔搞过不少水利工程设计，也榨取了大量的钱财。在太原西北的汾河上游修水库，是山西人民千百年以来的梦想。河间帮助阎锡山设计，内心特别肮脏。本来黄土土质就有失陷性，汾河常年的流量不到三十立方米，他却主张修大水库，阎锡山可以流芳百世、万古传颂，他也能拿到一笔丰厚的收入。主张淹没耕地十万亩，移民四万人。把坝高抬到一百一十米，坝体总工程量达到七百七十万立方米，总库容十二亿立方米。坝体作为黄土土坝修建这么大，遭到不少专家反对，一旦垮坝，太原等城市将不复存在，可见别有用心。

军分区抓住了日本专家，报告到了军区，首长批示放人，河间狼狈地逃了回去。

打死吉野的消息，一时间人们到处奔走相告。这个刽子手在当地残害了多少抗日军民，打死了多少无辜的中国民众。在日寇军队里，还有大量的像吉野这样的禽兽，他死有余辜。

17

秋收对吕梁北部山区来说是一个重要农忙季节，它不像夏收那样集中，但是品种十分繁多，粮食有玉米、莜麦、高粱、荞麦、谷子、糜子和豆类，蔬菜类更多，像洋芋、萝卜、洋葱、白菜、大葱等等。抗战胜利了，又打死了吉野。山区的军民都沉浸在喜悦的忙碌之中，独立团把部队分了下去，帮群众抢收丰收果实。

团部一些干部、战士在静岚城西的村子帮助群众收割糜子。糜子的秆虽然没有谷子的粗，可是比小麦粗得多，拿着大铁镰割，实在是费劲，有的战士手都磨出了泡。休息时，三哥告诉大家，握镰一定要紧，山坡地要从下往上割，人也不累。有人问副政委，脱了壳的糜子为啥颜色不一样呢？四眼也答不上来，

"老三，你给大家解答解答吧。"大家虽然吃了几年糜子，可是老是吃的黄糜子，只有三哥还知道一些。他就从糜子的习性说起：

"这类作物，特别耐干旱，适应黄土山坡耕种，但是产量不高。黑糜子磨成粉，和成面可以炸成油糕，蘸上蜂蜜特别好吃。黄糜子、白糜子、红糜子只能蒸馍，虽然不好吃，但是顶饥。"四眼附和着说：

"是啊，我们天津出小麦、玉米还有小站稻米，小站米可好吃了。哪里像这儿，大家反映最难吃的是黑豆，依次是莜麦、糜子、玉米和洋芋。这几年把大家的胃都吃伤了。"众人点头称是。糜子馍太难吃了，我们吃了好几年，提起它头都大。

通讯员跑来送开会通知，要求团以上干部到岚县城，军分区开党委扩大会。

会上夏海宁传达了军区会议精神，他严肃地说："现在，重庆开始摘桃子了。胡宗南肆意挑起争端，派兵攻占陕甘宁边区的爷台山。我军采取'有理有利有节'针锋相对，集中四个旅，击溃了国民党五十九师，胜利地收复爷台山和四十一个村庄！"他挥起拳头砸在桌上，会场爆发了一阵掌声。

他喝了一口水，接着说："胡宗南是惊蛰后的蜈蚣——越来越凶。又调兵遣将把关中分区、陇东分区围困起来，企图挑起更大的事端。上级指示，晋绥军区再抽调三个团回援陕甘边区。其中就有我们军分区独立一团，要求一团立即开拔到关中军分区。同时，通知你们一件事，工作上的需要，熊勇接到命令，昨天随晋绥干部团到东北去了，时间紧没有叫他回来向你们告别。"

熊勇走了，这些来得都很突然。大家来到这里已经五年多了，战友之间友谊非常深厚，也熟悉了这片土地，和当地党政机关及群众建立了深厚的感情。老三中队一百二十名休戚与共的战友来到这里，如今只剩下五十多人，他们为了抗击日寇长眠在吕梁大地、汾河两岸，令人十分伤感啊！

部队突然要开回去，三哥百感交集，回去又要打国民党了。英子三个月前就调到邡杉县任副书记，部队路过时一定要去看看她。

临走前，夏海宁和姚复华来看望大家，一团心情格外激动。夏海宁深情地说："你们来时百十号人，回去时是一千二百人，说明吕梁山区养人啊！也说明我们的队伍壮大了。熊勇到东北，去开辟新的根据地，一团暂时由你史啸山负责。你虽然是个副团长，但是军事上由你抓，担子很重，今后凡事和四眼多多商量。四眼给你搭班子，就好比嗑瓜子嗑出虾米来——遇到好人（仁）了。"他信服地点点头。

姚政委十分关心独立团的思想政治工作，把连以上的政工干部叫到一起，嘱咐大家做好思想政治工作，为各级军事指挥员把好思想关，部队到延安去保卫党中央、保卫毛主席，这有着重要的政治意义。

当天晚上静岚县委举行送别会餐，还拿来酒招待部队。有的人第一次喝酒，不知是酒水还是泪水，夏海宁、三哥、四眼、刘财财不少人醉倒了。

英子半年前调到邡杉县，十分想念部队。她们得知三哥他们路过的消息，县委在鸽硐镇尽了最大努力，杀了六头猪、十只羊、上百只鸡，还准备了大批萝卜、洋芋、豆腐、粉条、白菜和部队三天的干粮。按照连排编派，部队一到这儿都住进了人家，安排不完的就在小学校休息。县委要求学校和各家各户把烧开水的柴火都劈好放在炉灶跟前，一定叫同志们烫烫脚。

一连三天的行军，部队到达邡杉鸽硐镇，这也是县委所在地。战士们十分疲劳，部队决定休整一天。不少人脚底板的水泡都已经磨烂，马匹的铁蹄掌也磨开。英子对一名地方同志说，再去找几名钉马掌师傅，今天晚上把马掌全都换了。当年的丫鬟枣花，现在是鸽硐镇妇救会干部。王枣花按照英子指示，带领两名妇女专程在团部为几位领导烧水、洗衣、帮灶。

看着英子和地方的同志风风火火地忙里忙外，部队十分感动。团部几位领导正在烫脚，四眼看见王枣花忙得团团转，幽默地说："老三呀，邻衫接待得这么好，全团应该感谢你三哥呀！"

枣花抱了几件脏衣服正要转身，听到政委这么一说，大声嚷嚷："陈政委，是我给你烧的洗脚水，干吗要感谢他？没良心的。"大家哈哈都笑了。

晚饭是几年以来最丰盛的，猪肉炖粉条、羊肉泡馍、砂锅火锅。团部和县委欢聚一起，感慨万千，眼看就要过黄河了，这一别不知何时能相见呢？四眼看着大家感伤的样子："哎，哎！你们还叫人吃不吃饭？七仙女董永还有离开的时候，唐伯虎点秋香还要装个斯文，梁山伯……"

英子打断他的话："四眼，肥肉还堵不住你的嘴？我们费了这么大的劲儿，又不是为他一个人。看来，得找一个人把你也管起来。"大家赶紧说："对，对，喝酒。老陈老大不小了，该娶媳妇了。"

"哈哈哈……"

晚饭后，三哥往出走，英子慢慢地跟了上来。两人在村外漫无边际地散步，警卫员远处跟着。他们谈到王彩兰，感到十分惋惜。她说四眼已经三十七八岁了，应该有一个伴儿，谁最合适呢？

"王枣花，对！"

两人会心地都笑了。虽然枣花比老陈小十几岁，可是老陈人细致，文化又高，会体贴人。枣花刚入党，政治上没问题，人儿长得又端正，有模有样，各种针线活都会干。

三哥说："要不咱俩分工，你去和女的说，我和男的谈，准成。"英子满口答应。

"别人说完了，咱俩咋办呢？"他壮了壮胆子小声地问了一句。

她瞥他一眼："你还没向我求婚呢，好意思说？"三哥摸了摸口袋："求婚？咋求法，给你家送彩礼。我家标准的贫农，穷得叮当送不起。"她"扑哧"笑了，说："谁稀罕你家的彩礼，送啥？你自己慢慢琢磨去。"

两人半天无话，三哥又问起大鼻子，她大约知道一些情况，老爸还在重庆学习。他说日本人投降了不想再来山西。刘戡看上了他，正在极力推荐他呢。三哥感到担心，内战一旦爆发，说不定战场上会和未来的岳父兵戎相见呢。英子生气地说："不许你和我爸打仗，我爸帮八路军那么多的忙，还帮过你，忘了？"

是啊，鸦有反哺之义，羊有跪乳之恩，但愿和他老人家碰不上面。天渐渐黑透了，两人向村里走去。

晚上三哥向四眼说起枣花，开始他急忙摆摆手，不行不行，自己比人家大十几岁，这哪成？

三哥急了，诳他："四眼兄，不要把好心当驴肝肺。人家都答应了，你不能叫一个女孩子为你觅死觅活吧。"

四眼半信半疑地说："你别拿老兄开涮啊！这枣花不错，熊团长第一次见她时就动过心思，结果吃了个闭门羹。"

"嗨！你知道个屁。人家小女孩刚参加革命，你们就去说这事，人家能答应吗？"四眼给他倒了一杯水，只见他稳稳坐在那里，把胸脯一拍："这事情包在我身上。"他身子又往前倾倾，诡秘地悄悄说了句："英子正在和她谈呢。"

第二天早上，枣花来到团部帮忙，见了四眼总是低着头，再没有了嘻嘻哈哈的笑声。三哥和她开玩笑，她用眼睛把他一瞪，扮了个鬼脸，端上脸盆就出去了。九点部队吃过饭，就要出发了，大家依依不舍地向群众告别，向地方干部告别，向山西人民告别。

大家骑上马，刚出大门，只见枣花拿了一包东西跑来，塞到四眼的警卫员手里，说了一句："给你们的政委吧！"转身就跑了。大家会心地笑了，他接过来打开一看是两双军鞋，还有一张纸，他赶紧把纸装进口袋里，别人也不知写的啥内容。三哥看着英子大声说："陈政委，该你向枣花求婚啦，你要准备彩礼呀！"

英子假装嗔怒道："死鬼，还不快走！"

部队情绪高昂地走向了新的里程。

经过八百多里的长途跋涉，部队终于到达陕甘宁绥晋联防军司令部指定的甘肃正宁县永和村。部队安顿完，三哥和四眼到警三旅报到。旅部在马栏镇，距这里四十里路，策马三个小时就到。

旅长就是当年老领导王老虎。他一看见三哥，眼圈发红，两手把他的双肩一拍大呼大叫道："龟儿子，想死格老子嗖，想死格老子嗖！你都当上了副团长，进步快得很。"

说着，连捶他好几拳，都感到不过瘾。他忙向大家介绍："这是我们三旅的政委田陇、参谋长李湘源，朱田水也是你的老领导，现在是旅副参谋长。"他俩向首长一一敬礼，握手。三哥介绍了四眼——陈思焱陈政委，妈的，叫四眼叫惯了，半天想不起来他的名字。老虎一听，忙说："要得！陈思焱，四眼，好记得很！你老三，他老四，排得正确，要得。”

他俩向首长们汇报了全团基本情况："我们这个团，现在有三个步兵营、一个炮兵营。团直一个工兵连、一个特务连、一个野战医疗分队。全团满员编制一千四百八十人，重武器有两门九二式山炮、四门六〇迫击炮、八九式掷弹筒二十五部、马克沁和九二式重机枪九挺、轻机枪三十挺。基本上做到了王旅长要求的去一百人，回来一千人任务。"

独立团的装备令旅部首长们大吃一惊："乖乖，你龟儿子一个团比老子一个旅武器装备都好，看来山西前线值得一去。"老虎向他们介绍旅部的几位首长，老旅长率领一千多人去东北开辟新根据地，董仁重政委调到山东去了，现在的三旅只剩下两千多人，装备比五六年前好不到哪里去。

他气愤地说："这几年，胡宗南一直和我们搞摩擦，我们关中军区以马栏为中心，从宜君向南折经同官、耀县向西经淳化北折经旬邑至甘肃的正宁，形成一个向南的囊形，敌人称为'囊形地带'。我们在这里坚持八年多，部队整天和国民党的保安团打仗，胡宗南龟儿子正规军在后边看热闹，所以缴获的武器都一般。"

朱田水不冷不热地补充说："我们在这儿受的苦不比你们差，可是待遇、提拔比你们差远了。"

三哥急着问仇忤还在不在。老虎笑了，扔给他俩一人一支烟，三哥赶紧给老班长点上，老虎吸了一口，意味深长地说："老三呀，你还把他记得牢牢的。这个龟儿子现在还是保安六团团长，打爷台山之前，我们差点活捉了他，现在你来了，他是你的老'朋友'，就交给你了。"

警三旅感到独立团的到来，大大增强了整体实力。朱田水多次向旅长建议：把近期的战斗任务交给独立团，试一试他们究竟怎么样。特别是邠县东北塬上是国民党的地盘，对我们威胁比较大，述驴疤就在那里。扩大关中军分区的实力，就叫他们执行吧。旅长觉得他说得有一定道理，就叫他下去和独立团具体谈谈。

北极镇是保安六团团部所在地，这里土地肥沃，人口众多。述驴疤一直盘踞不走。他们还一直担任着保安机动任务，哪里吃紧就会派到哪里去。团部和一个中队驻扎在镇子上，兵力有二百七十人，两挺轻机枪。西坡仅有一个三十人的保警队，战斗力很弱。永乐镇驻扎预备三师的一个步兵加强连、一挺重机枪、两挺轻机枪。这一仗关键是打好两头，特别是拔掉永乐这股敌人。

王旅长早就看上这块地方，由于鞭长莫及，力量有限，一直耿耿于怀。这次就叫独立团小试牛刀，自己领上旅部前来观摩他们的技战术。三哥战前进行了动员：

"我们独立团在山西打小日本从来都不含糊，打国民党更不能含糊。这一仗一定打出我们的威风来。老子要求，侦察要细，敌情要摸透，敌人火力配置要了如指掌。老胡的大炮要发挥出威力来。步炮协同紧密，步兵要猛冲、猛打，要有猛虎下山的势来，第一仗一定干净、漂亮！"

永乐战斗在早上六点打响，炮营的九二炮重炮任务是掀掉敌人的母堡机枪点，迫击炮随后延伸轰击敌人后续阵地。

随着三发炮弹的命中，刘财财开始命令部队冲锋，迫击炮打得敌人无法还击，炮声刚一停，步兵已经冲到阵地前，战士们已经习惯和日寇打仗，上去就是白刃战，白光闪闪，杀气逼人，吼声震天。预备三师的敌人哪里见过这么凶猛的部队，敌人连长早都被炮弹报销了，群龙无首，其他官兵吓得就往后跑。一营的猛虎们穷追不舍，一气追了五六里。一共才一小时四十分钟，就解决了战斗。

西坡的敌人在乡公所里睡大觉，二营营长武虎在战斗前就把任务交给了一连。一连连长朱大个子拍了拍排长王栓的肩膀，王栓心领神会带上全排抱着两挺歪把子机枪就冲进去，个别顽固分子还想反抗，机枪手眼疾手快，枪口一转就把他突突了。保警队队长还埋怨道，刚刚睡醒，老子还没尿呢，你们都冲进来了。

述驴疤团部设在北极镇镇公所院子里。团部临街的房子上面加了一层，上层实际上就是岗哨，四面墙上开有射击孔。在小学校里，安排了一个中队。几年以来，八路军在这里几乎没有啥活动。保安团主要任务是保护好西兰（西安至兰州）公路侧翼安全。

述驴疤比较狡猾，经常对弟兄说"智者千虑，必有一失"。所以他要求守护的中队，必须在东西南北的地里都设有暗哨。平时这些人穿的都是农民的衣服，戴了个破草帽，有时还扛个锄头转来转去。连镇子上的居民都搞不清他们是干什么的。暗哨一般都在田野瓜棚或烂窑洞里值守，晚上是轮流值守。

黎明前是人们睡觉最香的时辰，三营长任守怀认为这个时间是最佳进攻时间。三营在向镇子摸进时，粗心大意，没有先派侦察部队去搜索。结果，几百人的部队包围时已经惊动了他们。战士在悄悄向敌团部接近时，身着便装的敌人抄近道已经报了信。述驴疤听到报告，从床上一跃而起，立即大喊组织抵抗。他们哪里知道这是一支刚从山西前线下来的八路主力，轻重机枪"哒哒哒"、"砰砰砰"一开火，他知道又遇到克星了，带上几个人钻进早已挖好的暗道，换成便装从邻居的后院跑了。保安团的机枪封死了街道死角，多亏炮营为他们配置了一门迫击炮，两发炮弹把敌人二层楼掀掉一半，敌人的机枪哑巴了，大部队如同潮水般地冲了进去，顷刻之间保安团纷纷举枪缴械。事后，有人在总结会上还批评炮兵不要打那么准，把敌人的机枪打坏了就不好修了。

这次战斗总结会上，王旅长亲自来讲评："独立团打得猛、打得快，时机选得好，敌人刚一起床，你们就发起了冲锋，大部分龟儿子都尿了裤子。但是，保安团很狡猾，和他们打仗要多动脑子，摸清楚他们的活动规律，用小分队收拾他们最恰当。"

王旅长最后说到武器缴获："你们的大炮太厉害了，把人打死就算了，把机枪都打坏了，真可惜。"

三哥知道老首长牵挂着缴获的装备，和老陈商量一下，派人把武器全部上缴旅部，弄得王旅长有点儿不好意思了。独立团的到来，给正面的敌人压力很大，敌人过了好久才摸清这是以日式装备为主的山西八路军主力团。

朱田水一直想当独立团团长，曾多次向田政委透露过自己的想法，感到自己哪一点都比其他人资格老、能力强。田政委也认为独立团长期不任命团长、政委也不是个事。如果把这两个提拔任命了，老三旅的干部会有看法，总认为他们升得太快。朱田水比较符合他的标准，所以对旅长谈了意见。

独立团刚来时，旅长也想为这个团配团长、政委，省得部队有山头观念，不好好听指挥。但是经过一段的考察，感觉现有的班子比较团结，旅部安排的任务完成得很好，特别是仗打得漂亮。他对政委说，再观察一段时间吧！

团部驻扎在高里坊小村子，村子四十多户人家，团部院子的主人姓任，院子是坐北朝南，四间大瓦房。北厢房为正房，东西两个套间团长和政委分别办公兼卧室，中间为会客室。东厢房三间是作战室和参谋们居住，西厢房是警卫人员和保卫股居住。前厢房是炊事人员和伙房，后院是马厩。特务连、通讯排和团部驻扎在一个村子，各单位自行开灶。炮营就在后面的川道四郎河，三营任守怀营长驻守在东塬底庙，二营在西坡，一营在北极镇南罗村，团直其他单位在牛家坡。这里的黄土高坡日照时间长，昼夜温差大，农作物长得好，小麦和秋季作物的产量各占一半，生活条件比山西好多了。

四眼和政治处的同志在这儿发动群众，支持邻县县委建立起区乡一级的政权机关，还鼓励他们进行土改。各村都成立了民兵队、妇救会和农业生产互助组。

群众发动起来后，拥护边区的积极性很高，各村都有固定岗哨、流动岗哨，民兵在部队的帮助训练下，军事素质提高很快。各村缴纳军粮、军鞋的自觉性挺高，妇救会的妇女对山西籍的战士格外关心，给他们缝制了土布做的内衣、内裤，军鞋上绣有"秦晋一家"的字样，战士备感温馨。年轻人都喜欢当兵，招兵处都是十里挑一、百里挑一，就这样还又补充了一百多新兵。

男大当婚，女大当嫁。这不，炮兵营就出了个小插曲。

四郎河的樊村小商人刘裕广家里，来了解放军，全家人喜滋滋的。他们知道部队爱护老百姓，谁家住部队，谁家感到有面子。家里有一子二女，儿子已经结婚，在村里单过。女儿杜鹃、牡丹是一对双胞胎。女儿的长相用天仙来形容一点儿也不夸张。女儿长大应该早早嫁出去，否则成了老人的心病。曾经有人来提亲，但是刘裕广有点贪心，彩礼要得多，别人拿不出来，一晃两三年过去了，两个女儿已成为大姑娘。

胡德水带着营部住到刘家后，这两个姑娘开始不敢出自己的房屋，时间一长，彼此熟悉后，这两个姑娘天真可爱，显示了好动、活泼个性。一起帮炊事员老冯揉面、切菜，擀的面比老冯细得多，蒸的馒头又白又大，伙食天天变花样，大家非常高兴。看见警卫员、副官在擦枪，十分稀罕地要过来摆弄，不让她动，人家还不高兴呢。胡德水刚开始认为这是小黄毛丫头没有在意，但是她们提出要看他的望远镜，看就看吧。可是在院子里能望个啥呢？她俩拉扯着营长要上山，胡德水没法子，带着几个人爬到半山上去玩儿。

杜鹃拿着望远镜，看见远处的山沟，尖叫着："哎呀！沟沟峁峁看得真真的，树权都看得一清二楚。咦？"再往下看找自己的房屋时却一片模糊，胡德水过来帮她调焦距，她第一次和男人距离这么近，他的呼吸都能感觉到，心"嗵嗵"地直跳。

牡丹一把抢过来说："我也要看看。哇！咱家的房子就在我眼前呀！"可惜手又摸不到。再一转过来看见营长，咯咯大笑："姐姐，营长的胡子都看得清楚咧，这东西也太神奇了。"

姐妹两个高兴得看不够，牡丹拍拍营长的臂章说："营长哥哥，你们干脆就住在我家就不走了，我们也不嫁人，大家天天快乐，行不？

杜鹃一把拉开妹妹："疯丫头，胡说啥呢。"其实胡德水早就让这两姑娘搅乱了。才住了半个月，两个姑娘已经和营长混熟了，孩子的母亲看在眼里急在心上，生怕出个啥事，可是人家对我们又那么好，啥话都说不出口，村里的人还羡慕她家住着大官呢。晚上门一关就教训孩子要知礼知节，不能疯疯癫癫，女儿们答应得挺好，天一亮就忘得光光的。

胡德水从团部开会回到房间，发现自己的被子里有一双绣有鸳鸯图案的鞋垫，他心想这又是谁呢？这姐妹俩长得一模一样，走路说话甚至举动都分不清。为了区别双胞胎，他专门搞了两件小号的军衣，还故意在左胸上滴了一滴墨汁。衣服送给了她们，把她们高兴得拢不住嘴，穿上后不用照镜子，看看对方就知道自己啥样了。军服一穿，俩人显得更加漂亮、英俊了。他现在搞清楚了，有墨汁的是牡丹。

杜鹃和营长好最先是牡丹发现的。她不愿意了，因为她也喜欢营长呀。开始胡德水没有在意，只要他进院子，两人就都跟在后面，好像被盯梢一般，连小警卫员都莫名其妙。姑娘们跟进来，他没办法，就拿起一本部队干部扫盲小册子，虽然认不了几个字，狗吃草——装羊（样），这两个就一左一右把他夹着，三个人也不知在看啥。母亲几次走到门口一看又回去了，嘴里唉声叹气，气得不知说啥好。现在反而是胡德水左右为难了。母亲实在忍不住，再次警告孩子。

胡德水今天中午吃完饭，拿上地图和望远镜上了山，警卫员打发回去了。坐在地上，望远镜里看医护队清清的，又看团部，可以看到高里坊村子房子的轮廓，工兵连看不见，他们叫山峁挡住了。他感到脖子后面有一股热气直扑过来，难道有野兽偷袭，他"噌"地拔出手枪转过身，只见杜鹃已扑进自己的怀里。

蓝天上的白云一团一团地向东追赶，一会儿形成一个大的云团，云团好像竖立起来，就像小时候在麦场上的新棉花。哎，棉花又跑了，看，后面的棉花追得更快。这一团棉花来回翻滚，好像把人压得喘不过来气儿。它一会儿像远处的山峦，一眼望不到边，山峦插满了杜鹃花，漫山遍野，竞相开放。棉花又变大了，就像炸弹爆炸的蘑菇云。不好！白云渐渐地变黑了，而且黑云连成了一片，整个天都暗了，白白的雪花漫天飞舞起来。

刘家把胡德水告到陈政委那里。刘家女人一把鼻涕一把泪哭诉：

"我这两个女儿都着了魔，天天缠住你们的营长，我的两个闺女咋能嫁给一个人呀？他还比我的孩子大十几岁，我老汉回来咋向他交代呀？"

四眼来到刘家，把姑娘一个一个地叫来询问究竟是什么问题。其实，很简单。两朵花喜欢一个人，而胡营长只喜欢杜鹃。家长要把两个闺女顺顺当当地嫁出去，看来还要找一个与胡营长地位一样的解放军，事情简单活难办呀。他征求三哥的意见，谁知他说看门的神仙——管不了庙里的事，这就是政委的权限不便过问。陈政委又到刘家征求意见，牡丹提出她自己要在部队挑选，一定赛过胡营长。营长们听说要在他们十来个人中竞选女婿，个个争先报名，唯恐落选。

为了公平起见，老陈把大家集中到操场上，让牡丹在墙后面的豁口看个够，最后她选中的是……你猜对了，就是刘财财。尽管刘家对这种方式不能接受，但是女儿坚持这样做，家长无奈接受了女儿们给他们选的女婿。刘裕广回到家里听老婆说这事，感到这是无稽之谈，天下哪有姑娘给自己挑女婿的奇事，除非是"天仙配"，可惜那是神话故事。杜鹃、牡丹整天在他的耳边唧唧喳喳地说个不停，他打又舍不得打，骂又骂不出口。村里人还又特别羡慕有两个漂亮的女儿，引来了两个八路军营长做女婿，有强大的靠山，心里踏实，也觉得脸上有光彩，感到平衡多了。现在，走路都有些飘飘然。

在独立团团部，四眼主持了两位营长的订婚仪式。按规定，干部必须三十岁以上或者团以上职务的才能结婚。胡德水已经够条件，刘财财还差一点点，杜鹃坚持等妹妹一起结婚。刘裕广又怕有变故，鼓动着老婆一起去央求政委先举办订婚仪式。四眼感到这一家子很有意思，再三询问老两口，要自觉自愿，高高兴兴地办。

两位新女婿按照风俗，向二老鞠了大躬，和两位天仙妹妹交换了定情物，两女婿送的是"八路"臂章，背后写的是各自的名字，并且把自己的生辰八字、籍贯、父母全标注上去，他们收到的是土布手帕，上面绣的是八路军扛枪的图案。

到过年时，根据刘家的请求，独立团还是先批准了胡德水和杜鹃结婚。

旅部在马栏召开连以上干部"迎王战役"动员会，三哥他们路远，来到旅部时会都开始了。一下子来了一百多人，会议干脆就在窑洞前的院子里。长条凳、小板凳、蒲团都用完了，就连院子放倒了的树干上都坐满了人。院子又进来二十多个人，他们只好走到中央，只见胡德水从挎包里拿出一沓报纸分给大家，垫在地上。田政委急忙喊道："哎，史啸山！你们起来，起来！"

他走过来把报纸拿过来一看，吃惊地说："这都是新的吗？来来都交上来。"

胡德水得意地说："报告政委，我这里还有呢。"

田政委气得说："什么玩意儿，不识字的还从哪里搞的这么多的新报纸。"他嘴里骂着，心里乐开了花。

"独立团的，今天先委屈你们坐在地下，会后旅部好好款待你们。"言归正传，他接着传达联防军指示："中原军区六万人顶住了敌人三十万大军包围的压

200

力，为其他战场的我军大大减轻了负担，六月三十日，蒋介石下令进攻，正式揭开了内战的大幕。中原军区分三路突围，撕开了敌人的包围圈。王震率领三五九旅，冲破敌人几十道阻截，历经千险万难，翻越过豫西山区、秦岭山脉，于八月份即将到达长武、邠县，从而进入根据地。"

老虎接过来说："政委说得很对，按照上级布置的"迎王战役"，联防军司令部要求我们四个旅的主力部队和地方武装从耀县、淳化、旬邑、邠县、长武、宁县开展破袭战、攻坚战，夺取重要集镇和战略要地，叫龟儿子搞不清楚王震的部队将从哪个方向回到陕甘宁边区。旅司令部研究决定：一团向东、二团向南全面出击，能打啥就打啥，不亏本为原则，目的就是叫龟儿子不知道啥子目的。独立团兵分两路，一营南下南堡子，截断西兰公路，向南发展，逼近县城；二营渡过红岩河，消灭小章、屯庄的预备三师守备队，向西逼近县城；炮营配合二营行动；三营顺着岩紫川，强渡泾河，到车家庄一带接应三五九旅。"

他停顿了一下，看了看坐在地上的独立团，大声命令："独立团，起立！"二十几个人"刷"地站了起来。

"你们有没有得信心？"

"有！"他们齐刷刷答道。

"坐下！"

散会后，政委说话算话，专门把他们留下来在旅部吃饭，每人一大碗素臊子面。他高兴地叫伙房给三哥多舀些臊子："把他们伺候好，啊！"又转过身乐呵呵地问三哥："老胡报纸是从哪里来的？太好了。"不等他回答，又告诉大家："报纸登的消息，总是自相矛盾，一会儿说王震在蓝田，一会儿说在宁陕，还有的说他又流窜到湖北。"

虽然报纸有四五天了，但是应该说，敌人还是没有真正发现三五九旅的行踪。报纸是炮兵营战士给他从县城搞来的，半路上碰见交给他，准备给杜鹃糊墙用的。

政委一听，急忙叫人从供给部拿了一条毛毡，送给了老胡。他还不好意思要。政委不高兴了："混账！这是给杜鹃的。祝贺你们新婚幸福，这也是我和旅长的心意。"

七月二十日夜晚十点，各部队同时发起了攻击。一营顺着北塬连克敌人大小四个据点，第二天下午就截断了西兰公路，顺着公路向南打。敌人一听是独立团的都望风而逃，一营控制了长达二十里的公路，为三营接应兄弟部队，打开了一段安全通道。

二营在攻占屯庄据点时并不是那么简单。敌人的明堡两个，暗堡四个。据点的敌人是一个步兵连，半个机枪连。火力有两挺重机枪、六挺轻机枪，他们吸取永乐据点的教训，把两个大母堡的顶层用土加厚，周边二百米的庄稼和障碍物全部清除，视野十分开阔。二营在进攻之前，根据团特务连侦察的情况，提前三天就把敌人包围起来，剪断据点的电话，采用坑道作业逼近敌人。炮兵在轰击敌人的碉堡时，二营的突击队已经顺着坑道逼近母堡，九二炮弹解决不了母堡，看来只有爆破组上手了。坑道距母堡虽然只有五十米，但是敌人的交叉火力实在难以逾越。三十多名战士就倒在母堡前，先后几个爆破组都没有成功。

一连是主攻连，现在营里给他们最后一次机会，不行就要换部队。连长朱大个子眼已红了，看来只好用掷弹筒试试。排长王栓还比较过硬，早都想露一手了。掷弹筒手目标大，不安全，现在已经顾不上了。只见他据着掷弹筒快速跑到坑道前沿，把坑道前的小土堆刨出一个沟槽，两腿站成马步，先拉动击发杆，叫助手把榴弹装进去，左手握住发射筒，将距离手柄调至五十米（老胡派人替他测了几遍），顺着瞄准线瞄准母堡射击孔，只听"轰"的一声母堡哑巴了。第二个母堡同样也报销了。朱大个子非常高兴，看来要炮兵还是累赘，还要管吃喝，来一个测量的就行了。命令突击队再次发起冲锋，屯庄据点终于被拿下了。

一、二营逼近了县城，敌人如临大敌，兵力全部龟缩在县城里。敌人的三四一团匆匆赶来，狂喊誓与邻县共存亡。他们哪里知道独立团是虚晃一枪，接走三五九旅就达到目的。

三营终于和三五九旅接上了头，安全地把他们接到后方四郎河的几个村庄安顿下来。这时，各部队全部回撤。

三哥、四眼前去看望王震司令、郭鹏旅长等首长，还带来医生为首长进行全面的体检。郭旅长告诉他们，两年前从南泥湾出发时，带了四千六百人，我们转战六七个省，组建了南下支队，一直打到广东，部队发展到一万四五千人。返回到湖北、河南与新四军五师会合，组建了中原军区。我们这一次，等于又进行了一次长征。三五九旅真不容易呀，几千人出去，现在回来就剩下八百多人了，个个黑瘦黑瘦的，一看就知道受的苦了。晚饭统统都给首长端到房间去了，郭鹏不知大喊一句啥，三哥赶紧进去，郭鹏指着碗里的肉："我能吃吗，我能吃吗？"

三哥一立正，"首长放心吃，我们一共杀了两头猪，还买了十只羊，明天为大家做羊肉。"

郭鹏不好意思了，这才端起了碗："老子先吃，明天派人查你的账。"说完笑了，呼噜呼噜地吃了一大碗肉臊子面。"你们关中的伙食不错嘛，战士还能经常吃到肉嘛。"

首长擦擦额头上的汗，三哥如实汇报："部队也刚从山西回来，伙食比起吕梁山区好多了，最起码白面多呀。"

郭鹏连连说："好，好！这两三个月，把部队都饿瘦了，减员也太厉害。我们也要去山西休养一段，补充补充兵员。"

第二天，王司令和郭旅长视察了炮兵营和团直单位，又和当地的群众座谈了一下。独立团中午派了十名炊事员，为三五九旅做了一顿羊肉泡馍。有些入伍不长的南方籍战士，还是第一次吃，感到十分新鲜。午饭后，叫他们好好休息，晚饭是洋芋粉条烩面片。三五九旅的人说："我们在你们这儿再吃下去的话，就把你们吃穷了。"大家哈哈都笑了。

第二天，他们就要去马栏，独立团送给他们一千发子弹和四箱手榴弹。

18

在重庆学习时，刘戡就告诉大鼻子，抗战胜利以来我们借助美国的力量，整编了大量的部队，有美械部队，也有半美械部队，编入国军序列之中。这不，他马上到整编二十九军当军长。现在，又在各个绥靖区组建了大批的暂编师旅，一旦某某师旅受损，则立即将暂编部队升格并采用其部队番号。你下一步，应该去这样的部队，暂时对暂编部队军官的年龄还没有要求。

大鼻子学习结束后，不可能再去晋绥军了。他四下活动仍然想重新出山，为"国家剿乱建业统一"贡献薄力。经过各方的努力和刘戡的力荐，他终于当上了西安绥靖公署国军暂编第二旅旅长。暂二旅旅部驻扎在富平的流曲镇，它原来是由关中各县的保安团组成，成分非常复杂。部队纪律差、作风松散,也没有战斗力。

刘戡告诉他，治理部队首先应该拿军官开刀，多抓几个典型，可以杀一儆百。他深信不疑，刘戡虽然比自己小几岁，但是在这方面是非常有经验的。一起派到暂二旅的还有郭云华。郭云华原来是西安陆军学校的政训部主任，河南孟津人，个子至少一米八以上，身材魁梧。脸白白净净的，梳了个大背头。他搞戡乱政治教育有一套手段，颇得上司的赏识。

一六九旅当年在山西柳林、离石归三十五军管辖时，为维护军纪，制定了"十项注意"。如何治理暂二旅，他和郭云华商量，想把"十项注意"再拿出来。郭云华说："老兄呀，我们是国军，你用共产党的那一套在我们这里是很麻烦的。当年阎锡山说你们是七路半，就是警告你们三十五军呢。"

大鼻子不以为然地说："《东周列国志》'民生以德义为本，兵事以民为本'。我不管谁的条例，只要把部队治理好，啥方式能治理部队就用啥方式。"郭云华一时说不过他，先迁就用吧，不过"十项注意"的措辞需要修改。把"不打骂士兵，不强奸妇女，不侵犯群众，不劣待俘虏"这几条改成"不体罚士兵，不克扣兵饷，不抢民众的东西"就行了。两人争来争去，最后还是定了六条。他们把这六条向全旅进行了公布，在各团各营推选出二十名弟兄们信得过的班排长作为网员，谁犯了纪律这些人都有权利直接报告团部政训处或旅部政训部。

刚开始大家非常稀罕，许多士兵也恨不得有"青天大老爷"出现，把长官克扣弟兄们的军饷要回来。尽管旅座和郭主任也经常下来和弟兄们谈心，但是成效并不大，因为营连长们直接管理着他们，普遍存在着敢怒不敢言的情况。

二团三营十六连就出了事。连长王路才带着士兵押送粮食回营地时，回到刘集镇时正赶上集市，看见一辆大车比自己的车气派，一名士兵不服气对着天上开了几枪，结果惊了人家的牲口，自己雇来的马车也受惊了，整个集镇炸了营，人挤马踏乱成了一锅粥，结果造成三人死亡、二十一人受伤，其中一名孩子被踏死，一名孕妇被挤得流产，老百姓的财物损失无法计算，在当地造成了恶劣的影响。这件事情出在士兵身上，理应处理。

连、营、团报上来的都是这个意见。大鼻子刚好出公差路过十六连，和这名士兵谈了话，当告诉要枪毙他时，这个士兵吓得"哇"的一声哭了，这才说了实情：

当地有大车的大户都不愿意借车给部队，因为几乎都是白用。白用这且不说，往往借出去的牲口还丢了。旅座一听有了兴趣，叫他往下说，原来王路才的家就在三十里远的村子。每次借人家的车，就借口说牲口被人偷了，其实，所丢的牲口都让他的亲戚卖了。当地民众背地骂他们，说他们是"贼连"，弄得大家很丢人。这个士兵想开枪叫这家大车快走，省得连长又看上人家的东西。

大鼻子听完后就派人去查，这一片周围因十六连丢失多少牲口、还欠士兵多少军饷。调查后他大吃一惊，王路才共卖掉别人的牲口二十四头，克扣军饷三千六百元，欠周围几个集镇的饭馆一千八百多元的饭钱，拿农民的鸡羊猪狗更是家常便饭，根本无法计算。当地农民都说：暂二旅，不讲理，叼抢奸淫土匪比……刘集出个王路才，条条大路都发财……"

大鼻子越查越生气，再查其他营、连，几乎都有这样或那样的事例，举不胜举，积重难返呀！干脆一个一个当典型抓吧。抓住有代表性的例子，就上全旅大会，会上当场撤换军官职务。郭主任干这事挺配合的，共抓了两名营职军官、七名连职军官。一团韦力团长倒卖枪支的案子也是紧抓不放，韦力最后被迫交出这几年克扣军饷、倒卖军火的一万四千元钱。大鼻子看到他把钱交了，就没再处理他。因为韦力毕竟是个人才，懂军事、会打仗，属于暂二旅为数不多的军事人才。

经过半年狠抓贪污腐败、整顿军纪，全旅面貌大大改善。虽然在军事、作风、纪律及文化方面与正规军比仍有差距，但是已经大有长进，就连官兵自己也感到和过去浑浑噩噩的状态大不一样。暂二旅过去为了吃空饷，全旅两千七百人，硬是冒充四千五百人。设有三个团、五个部、十二个处，还有六个旅直单位。经过整顿，三个团整编为两个步兵团，旅直有一个山炮营、工兵连、运输连、卫兵队。旅部设置作训处、政训处、副官处，保留旅直野战医院、装备库、交际处。

打仗要靠父子兵，打虎要靠亲兄弟。大鼻子派人到山西悄悄地把一六九旅的令晋山、扈昆、刘虎等团营军官挖了过来，甚至把当年的卫士郑连生等亲信都安插到重要岗位任职。把多余的老弱病残闲杂人员全部辞掉或令其退伍，对于搞派系和本旅多余军官放到交际处，给他们政策，凡是为本旅搞经营挣外快的，按比例抽头，三比一，个人可以拿小头；凡是为本旅扩大兵员，有实际能力的战斗兵员，多多益善，拉一个奖二百元。

暂二旅的整顿，得到西安绥靖公署司令部的欣赏。绥署的军警督察组实地视察后认为，该部队在短短半年的时间里，有如此的进步，应该推广其经验。绥署共辖十六个师旅级的后备部队，整个素质都低下，如何把它们的素质提高，绥署十分头疼。胡宗南看到暂二旅整体素质有了提高，非常高兴，在暂二旅整训通报上批示，各二线部队应竞相仿效，以备剿共之需。不久，大鼻子被正式任命为少将。

暂二旅按照绥署命令，开始对富平、蒲城、白水、同官一带的共产党地方游击队进行疯狂围剿。大鼻子告诉自己的亲信："你们是我挖过来的人才，是骡子是马让他们看看，你们要拿出真本事给我老姜争光，也要显示你们的能力。"

二团一营长扈昆领上部队驻扎白水城。这小子一到这里，就开始摸底排查，还叫保安团到处贴告示，发现共党或提供线索有赏，抓住的更有赏。群众都说共产党能得很，根本就抓不住，这个赏钱谁都拿不到。发现或提供线索这个赏钱似乎容易挣，一时间，到处都有人报告发现线索，害得一营东奔西跑，处处扑空，几乎都是捕风捉影，骗走赏钱的尽是地痞二流子。扈昆气得逮住两个骗子狠狠地揍了一顿，打完就绑在县政府大门口木杆上示众。

叔父姜开昌已经六十四岁了，得知侄子的部队在白水剿共，他也想出份力。他和当地的土匪多多少少有些瓜葛，共产党整天钻山沟，他们肯定清楚一些底细。经过十几天的打探，终于得知白水县丁万身游击队在西塘寨刚刚打了一家地主，财物给穷人分了后，向暗门山方向转移了。他得到消息，不顾年纪大坐着马车就赶来报告。营部不受理报案，值星排长看到年纪这么大的人也敢来报告，是不是太爱钱了？说着就要把他撵出去，叫他快滚，到当地保警队报案去。

姜开昌气得站在门口大骂："姜龙魁！你带的啥屎兵？一群瓜尿么！我六十多岁的人了，谁稀罕你们的破钱，老子还不是为你们着想。你们想抓谁，老子都知道。"

门口围了一群看热闹的人，人群唧唧喳喳议论着，这老头儿是不是疯了，竟敢在军队门前大呼小叫。几个当兵的把人群驱散，结果又围了上来。他们干脆就把老汉往里拉，他反而还不想进了，拼命地反抗。扈昆听到外面吵吵嚷嚷的叫声，出去大喝一声："把人拉进来！"

老头儿气呼呼地瞪着他，身上的扣子也挣脱了。扈昆压住火气询问他："你是干啥的，到军队门口闹事为啥？"

老头瞪他了一眼，脖子拧到一边："你是干啥的？"众人不禁一愣，好倔犟的老头儿。一个人告诉他，这是我们的营长，你懂吗？

"营长有姜龙魁大？"大家一看倔老头居然能叫出旅座的名字来，有点意思。三问两不问的，才知道老头居然是旅座的二叔，怪不得口气这么大。

老头儿气呼呼地指着扈昆说："营长大人，他们撵我，我不计较。但是耽误了军情你们可是贻误了战机。"扈昆赶紧沏茶，恭敬地双手捧上，请老人家慢慢说清楚。

老头儿现在不着急了，吹着漂浮在上面的茶叶，慢慢喝完，把杯子一放，一五一十地把情况说了一遍。扈昆沉思一会儿，老人家不缺钱，他也不会骗部队。消息他是听道上的土匪说的，土匪的话准不准呢？

姜开昌看到扈昆在犹豫，按道上的规矩，老头拔出腰间的匕首往桌子上一插："营长小兄弟，军情似火，兵贵神速，今天我带路，如果抓不住游击队，我老汉如同此柱。"说完拔出刀子"嗖"的一声，刀子飞进厅堂的柱子上。好家伙，姜家个个都有两下子。

三十分钟后部队集合完毕，扈昆率领两个连弟兄们立即出发了。姜开昌仗着路熟，领着他们一路抄小道，累得实在受不了了才坐一阵轿子。一路急行军，五个小时奔袭五十多里进入到暗门山区，摸到游击队所在地——杨家山。村子三面环沟，稀稀拉拉地坐落在小山峁，炊烟袅袅升起，村子里的人正在做晚饭呢！

暂二旅仗着武器精良、人数众多，白天就顺着南塬发起了攻击。游击队的火力完全被敌人压制。游击队队长丁万身一看不对头，领着众人分散突围。扈昆一看对方火力减弱，命令发起冲锋，战斗很快结束了。打死了十名游击队员不说，还捅死四五名重伤员，把二十几名受伤的队员，带回县城关进了大牢。暂二旅在蒲城、富平一带也到处拉网，建立据点，力图将共产党的地方武装剿光。

县委书记赵大有从特委开会回来，向县委传达了土改工作会议精神：

"我们晋绥边区和敌占区的地盘是犬牙交错，形势也复杂，抗战胜利后，逃亡地主们纷纷回到自己的村子。好多县原来的土地我们已经叫贫苦农民种上，穷人已经尝到减租减息政策的甜头，现在减租减息改为没收地主的土地分给农民了。地主老财们不愿意了，要求阎锡山为他们做主。阎老西现在军事上疯狂地扩军，就顾不上他们的利益。"讲到这里，他故意停了下来，端起茶缸要茶喝。大家着急听下文，英子赶紧为他倒了半缸子水："没茶叶，你快说吧。"他只好"咕噜咕噜"喝了几口，接着说道：

"晋中、太行一带地主请愿团向南京政府告状，说土共们把他们的土地抢走了，狗日的阎老西回来也不还给他们。孔祥熙，就是四大家族之一的孔祥熙，作为国民政府行政院长责成他解答，实际上故意给他难堪。阎老西坐着飞机去了南京，大骂请愿团，土共把土地分给了农民，他再去要回来，这些农民肯定不干，要是这样的话自己也统治不下去了。"会议上出现了轻松笑声，看来敌人统治阶层矛盾很深啊。

赵大有把当前工作的重点告诉了同志们："蒋家王朝和地方军阀的矛盾重重而且不断加剧，只能促进他们的灭亡。目前，不少边区的地盘叫晋军占领，土地问题一直在僵持着，我们解放区的土改必须先作出个示范，去支援解放战争。"

当年英子在静岚时，就擅长减租减息工作，她提出土改试点还是由自己负责抓，老赵点点头同意。不过，全县的妇救会工作也不能丢，也只有她最合适。

邡杉县东高西低，山区占百分之八十，西边平原虽然小，可是土地肥沃，人口集中，有钱人家也集中。经过大量摸底、调研后，她拿出一份报告，提出先易后难，从东部山区开始，摸清贫富差距和土地情况，再重新划分成分和土地。在上级的政策下发前，边搞边摸索。她还提议抽调五十名干部，分成十个小组，进行试点。县委会上通过了她的报告。就在大家深入基层调查摸底时，中央发来了《关于清算减租及土地问题的指示》即《五四指示》。指示已经初步明确了对待各个农村阶层的政策。指示要求为了迎接解放战争，焕发农民的积极性，支持解放

208

军，加快土改步伐。

赵大有过去在部队是骑兵团副团长，右臂负伤被截肢，无法在部队指挥打仗，才安排在地方工作。他喜欢快刀斩乱麻，不爱婆婆妈妈的说教。他一看中央指示来了，恨不能一个上午把全县的农民成分一公布，土地一下子分光，大家喜气洋洋。他要求重新分工，至于土改这件工作，他抓西部富裕地区，王副书记抓北部，姜副书记仍接着抓东部山区。

阳圪台在关帝山西边，全村六十四户人家。当年独立营在这里驻扎，群众对八路军的感情特别深。英子带着工作组黄组长和四名工作人员在此蹲点，群众仿佛又看到八路军回来了，争先恐后地把工作组往家里拉，令人十分感动。她住在石匠李大爷家，大爷家有老伴，儿子在解放军部队上，儿媳朱会会、还有一个女子彩叶在家。一家和睦相处，一看女书记被村长拉到自己家里，感到天上的福星降落到了他的头上，赶紧热情地把客人领进门。李大爷高兴地对她说："姜书记，六年前独立营的史营长就住在这儿。我还帮助部队做过石雷，我家成了八路军营地咧，真是个有福的老汉！"

说完就吼叫老婆："你看啥呢，没埈水（口语：没出息），快些擀白面。会会和彩叶赶紧把炕铺打扫干净，把书记行李铺好。"她见院子里有一棵枣树，心里就一动，当听到大爷说到三哥，眼泪差点就掉下来，这真是巧合啊！

下午在大爷家吃饭时，英子仔细地询问了村子里的情况。村长也姓李，今年四十来岁，前几年是民兵队长。李姓共占一半，其余都是杂姓。全村耕地一千九百七十亩，平地只有六百八十亩。李仲良是最富裕的，有近一百二十亩，其中八十亩平地是全村的白菜心似的好地，旱涝保收。李大爷属于中等家庭，仅有十二亩，好地只有三亩，风调雨顺还凑合，灾年就全凭他的手艺混饭了。

万事开头难。她叫工作组先分头去各家拉家常，彻底把底子摸清楚。队员一下去，不少穷困人家就问是不是要土改分地了，咋样分呀？工作组就笑呵呵地问大家："分地好不好？咋样分好？"许多农民出了不少主意，大家一听，感到农民既朴实又公道。英子看见时机渐渐成熟，请黄组长召开工作组会议，告诉大家，第一步先划分成分，第二步再分地。

工作组率领全村农民学习土改文件，黄组长反复向大家宣讲后，农民渐渐理解了土改意义。民主推选出村土改委员会，又选出丈量组、计统组人员。土改委员会根据县上划分水平，划出地主、富农、中农、贫农及雇农。

晚上英子点起煤油灯，准备拿起摸底表核对数字，就听见院子有人说话，好像要找姜书记反映情况。只见彩叶急匆匆地进屋，双手捂成喇叭状趴在英子的耳朵上悄悄地说："李仲良来了，你要提高警惕呀！"她点点头，说完彩叶就跑出去了。

李仲良在外间咳嗽一声，掀起帘子，进来弯着腰拱拱双手："姜书记，你好！我是李仲良。"她点点头示意让他坐在凳子上，他坐了下来。

他看着这个女书记一副严肃的神态，半天一言不发，突然大哭起来，接着"扑通"就跪在地上："姜书记呀，我实在冤枉啊，当年八路军在这里减租减息时，我一年就减去一百多石粮食呀。八路军住在我家我是二话没说，出粮出车出钱样样都有，我是为抗日作过贡献的呀。今天他们要把我家划成地主，咋说我是不够格的，望姜书记明察秋毫，看在我为抗日所作贡献的情分上，把我划低一点儿吧。我李仲良来生来世也报答不完你的恩情。"

英子最见不得男人掉眼泪，十分厌恶地说："李仲良！"

"哎！"

他哭哭啼啼答了声。她拍了下桌子，提高了嗓音："哭啥呢，站起来！"顿时，他用袖子擦擦鼻涕，又重新坐下。

英子严肃地告诉他："我告诉你，你过去干的坏事好事，政府都有一本本账，八路军吃住你家里的费用，在你上缴的公粮数中已经剔除，你一点儿都不吃亏。如今你说你当地主不够格，政府是讲政策的，我们会一一落实清楚。你回去吧。"

他慢腾腾站起来，心里想这女人年轻轻的怎么这么厉害的，这两天想了一肚子话，咋啥都忘了，怪事咧。没留神，出大门时脚抬得低了，被挡板绊了一下，一个趔趄摔倒在大门外边。李大爷见状赶紧出去把他扶起来，彩叶捂着嘴跑进房间，一头扎进英子怀里，"咯咯"笑个不停，她拍打了彩叶一下："傻女子，笑啥呢？"她笑得更欢了。

第二天，她把村土改委员会和工作组召集一起，要求对李仲良的情况再次摸底，掌握好政策。大家在核算他家的土地时发现少了四十亩好地，而且他家的大车也不见了。按规定，八十亩才能划成地主，情况有点儿复杂，看来得要做细致的调查工作了。

黄组长根据群众提供的线索，带上丈量组来到村里的白菜心观察，准备重新丈量。忽然，他肚子有点儿难受，就急匆匆走到村边茅房。茅房的墙不高，站起来头就露在外边。他解开裤子刚蹲下，就看见有人往墙上放了一张小纸片，赶紧伸直了腰才摸了下来，只见上面写道：李仲良把地偷偷分给他的几个亲戚了。没有落款。这是一个重要线索，他提着裤子跑出来一看，还哪里有踪影？看来丈量不会有啥结果了，必须搞清楚他都分给谁了。工作组对他家的几个亲戚做了细致的工作，谜团渐渐解开了。

原来工作组进村的第二天，李仲良就偷偷地把四十亩土地换到四家李姓的亲戚名下，还答应给每家二石麦子作为"顶名费"。马车也找到了，原来藏在十里外的牛坡村的一个人家。他做的这些手脚得到了李村长的包庇，李仲良答应土改过后送给他十亩好地。工作组对李村长的错误狠狠地进行了批评，撤掉了他的职务。再次经过民主选举，把大公无私的人选为村长。英子在全村大会上，严厉地批评个别干部：

"我们的干部，不能为大多数群众服务，屁股坐在财主一边，是可耻的。己不正，焉能正人？我们必须和包庇、破坏土改的行为，和那些假分地、假分浮财的行为作坚决的斗争。只要干部作风正派，人心向往，做事公道，土改一定能顺利地完成。"英子的讲话，赢得全村的掌声。

全村根据土地数量多少、质量高低以及大车、大家畜数量作为制定衡量指标。最后划出一名地主，三家富农。

李仲良实际有一百三十亩土地，其中好地一百亩。按照全村人均亩数乘以一点二的系数政策，给他家留了二十一亩土地，其余都分给贫农。按照现有的政策，不没收富农的土地。那三家富农十分知趣，各自捐出二十亩好地参加全村的分配。李大爷也增加了八亩好地，全家高兴得不知说啥好，逢人就说共产党的大官就是懂民心、替天行道啊。

阳坨台土改的成功，给了英子和工作组极大的信心。

赵大有在搞土改运动中头大了。俗话说，心急吃不上热豆腐。几千年以来封建农村沿袭下来的土地所有权的重新划分，不是一件容易的事，尽管土改中县委还开过几次会，大家还交流过经验，但是，赵书记自认为是贫苦农民出身，对农村熟悉，所以工作光考虑了进度，结果出现了不少偏差：麻地会是一个大村子，共一百七十户人家，宗族势力比较复杂。赵大有领上工作组开过大会后，光凭村干部说谁谁肯定是地主，不管三七二十一先把人扣起来再说。王昌杰的儿子是解放军太岳军区的营长，抗战时在儿子动员下，他花了四百大洋为部队买枪三十支，一时还被传为佳话。他家属于村里数一数二的大户，曾经得罪了一些人。村里少数不怀好意的人挑唆民兵把他父亲打了一顿不说，还往他脸上抹粪，气得老汉上吊，多亏家人发现早才未酿成事故。赵大有气得把工作组组长大骂一顿。

英子刚回到县委，王枣花跑来告诉她，章家村的几个地痞流浪汉把地主的两个儿媳妇给轮奸了。工作组事后去处理时，带头的脸皮厚，还说地主把穷人压迫几千年，我们翻身了就该把地主的女人糟蹋一下，替穷人报仇。这都是啥嘛？她一听，浑身热血都往上冒，咬牙切齿地骂道："混账！简直是些畜生，畜生！"

她俩正说着，只见外面跑进一个女孩儿，披头散发哭着进来，要求妇救会为她做主。话还没说完，外面一个四十多岁邋遢男人追进来，上来就要拉走女孩儿。英子大喝一声："住手！这是县委，你出去，出去！"

他气喘吁吁地辩解："这是我老婆，我家里的事，不用政府管。"

那个女孩儿哭着说："我不是你老婆，你胡说。"

英子知道这里有名堂，外面围进来几个工作人员，她大声喝道："把这个男人轰走！轰得远远的。"

王枣花打来一盆水，为女孩儿洗洗脸，梳洗一下，让她歇息一下，慢慢地说。

这个女孩儿叫吴燕燕，才十六岁，是刘村吴福德的闺女。这次村干部给他家评定为富农。按照《五四指示》，一般不动富农。刘村的干部大部分姓刘，对外姓人一直有着传统歧视，吴福德也属于被歧视的之一。村里的刘二饼子是一个好吃懒做的懒汉，长了一副大嘴、蒜头鼻子，活像烂柿子饼，他的原名人们倒忘记了。打小就不爱干农活，把父母留给他的一点家儿当也踢踏光了，穷得一贫如洗。动员大会一开，他知道要土改，感到十分兴奋，抢着要干跑腿的活。队员进村后光浮在上面，村干部领着到他家查看贫困户，走到门口一股臭气就把人熏跑了。他得了四亩好地，刚刚三天就把它卖了。有了钱天天跑到镇上喝酒吃肉赌博。工作组知道后认为这个人应该娶个媳妇，管管他。但是提起他谁都摇头，就连西头的杨寡妇都把嘴一撇，哪怕一辈子不跟男人，也不会嫁他。个别村干部和刘二饼子沾点亲戚，他别有用心地对工作组说，干脆把富农吴福德的女子嫁给他得了。工作组没人吭气，那个人认为工作组答应了，告诉了刘二饼子，叫他提上两瓶酒去吴家提亲。

吴家虽不是大户人家，但也是读过几年书，吴福德一辈子起早贪黑辛勤劳动，靠勤俭持家逐渐积累成为富裕户。小女子是吴福德的掌中宝，岂能把她往火坑里推。他叫家人用铁锨、镢头把刘二饼子轰了出来。

几天后，没了动静。吴燕燕喜欢在河边洗衣服，家里还给她叫了几个伙伴一同去。谁知道，在回来的路上，村里的几个人被这个干部收买，强行把她架到刘二饼子家，企图把生米做成熟饭。女伙伴们打又打不过，只好喊人。哭喊声惊动了村里人，吴福德全家人硬是砸开刘二饼子的破门，把闺女解救出来。这个村干部目无法纪，煽动不明真相的村里人，把父女两个关在村里破窑洞，叫刘二饼子和几个人轮守。吴福德使了个计，叫二饼子去给他买烟，二饼子一看老汉给了个好脸，屁颠屁颠地跑了。吴燕燕撒丫子就往镇上跑，这就出现了开始的那一幕。

英子立即赶到这个村了解情况，把工作组集合到一起狠狠地收拾一顿：

"边区的婚姻自主你们懂不懂？你们都不看看她还是个孩子，就往虎口里送？哪个不是父母生、父母养，哪个没有姐妹，啊？"

几个人站在地上，低着头，吓得一句话都不敢说。她拿起算盘，把桌子敲得"哗哗"响。

"说话呀，咋都哑巴了？"一个人嘴里嘟囔："我们也不知道富农的闺女这样小。"她一听气更大，使劲儿地把算盘一摔，哗啦一声珠子撒满地：

"混账！富农咋啦，你说富农咋啦？富农的闺女你们就能替人家做主吗？刘二饼子是个啥人你们看不清楚吗？穷人就该轮奸地主的儿媳妇吗？就是对待地主也要讲究政策。"她气呼呼地讲完，最后要求：第一，立即放人，当面认错，还必须做到吴燕燕不能受到伤害。第二，土改做细致的工作，坚决刹住农村宗族势力的邪风，重新公开、公平、民主地选举村干部和土改委员会。

在县委会上，英子对赵大有毫不客气地进行批评：

"土改是一项十分复杂的工作，直接涉及每一户每一个农民的利益。我们工作一旦步伐过快，群众的觉悟跟不上，就容易犯极左的错误，工作会出现偏差。赵书记，您还不了解吧？临县的土改就打死了七八百人，有的地方对地主用棍子打、锥子捅、绳索捆、石头砸、火钳烫。还有些地方，把放粮食柜子的隔板抽出来，往柜子里放枣树圪针，把地主扒光扔进去，盖子盖上，四五个青壮年来回摇晃，里面的人皮肉全部肿烂，他们叫'坐圪针柜'。"

大家听了不寒而栗，老赵插话说："英子，我们这儿可没有这些情况呀！"

她拿起笔记本，翻着叫大家看十几天调查的情况，认为存在问题并不少，诚恳地对大家说："前事不忘后事之师。我们没有他们那么惨绝人寰，但是章家村轮奸妇女案就给我们敲响了警钟，谁家没有母亲姐妹，过去只知道日本鬼子、伪军汉奸干的那些令人发指的坏事，现在居然出现在我们这里，说明章家村的工作组严重失职。"她最后要求对西部村镇的土改重新过一遍，有偏差的坚决纠正，对重灾村子，县委领导带队重新调查、整顿。

赵大有诚恳地接受了她的批评，作为书记把土改工作看得简单了，自己有急躁冒进的情绪，愿意承担全部责任。

他停顿了一下，清了清嗓子："下一步土改工作我同意英子的意见，县委将拿出符合实际的方案，作为今后土改的指导方针。"

会散了后，几位领导带上新组成的工作组一起去了章家村，深入调查并处理善后事宜。

经过近十个月深入、细致的工作，全县的土改既轰轰烈烈又扎扎实实，广大的农民获得了赖以生存的土地，焕发出空前的积极性。妻子送郎、母亲送儿参加解放军争先恐后，各村都建立了担架队、运输队，为前方提供了有力的保障。

暂二旅在关中北部追随胡宗南，倒行逆施疯狂地镇压进步势力，积极地围剿共产党地方游击队。消息传到英子的耳朵里，气得简直要发疯。她向组织请假回去要说服父亲放下屠刀，金盆洗手。组织考虑再三，最后同意了她的请求，不过要求她必须安安全全地回来。

女儿英子突然来到暂二旅，大鼻子喜出望外，高兴得不知说啥好："瓜女子，几年了也不给我来封信，叫你爸你妈整天为你瞎操心。"赶紧叫勤务兵烧水，"我的女子爱洗澡，多烧些水。"她一肚子火气，准备一来就和父亲大干一场，谁知一见他火气不知道跑哪里去了。她大声喊叫："我饿得很，先上饭。"对对，先上饭。

父亲一路小跑到灶房，把伙夫吓了一跳，旅座咋进了灶房了？一听女子来了，手忙脚乱地先下一大碗荷包蛋挂面，多放些香油。几分钟后，父亲双手捧上来，女子连父亲看都不看，端起碗吃起来，脸上汗珠子把头发都打湿了。

父亲听她说是从山西直接跑来，嘴里嘟囔着共产党把人饿成这个样子了，她把父亲一瞪，他吓得赶紧说："说错了，爸说错了。"忙赔着笑脸。心里埋怨着加入共党对你有什么好处。女子吃完，忙去洗澡了。

父亲在房间里转来转去，半天才想起派人给她收拾房间，又叫旅部的女电报员小爱去澡堂看看要帮什么忙，搓搓背啥的。还叫人跑步去被服库拿一套里外新军服。小爱看到沐浴后的英子穿着国军新军衣，在镜子前梳妆，英姿飒爽，无比漂亮，羡慕地称赞，姜姐，你穿上真像电影里的军花呀。

大鼻子今天忙得乱了阵脚，干脆取消一切活动，女子从澡堂出来让人眼睛一亮："哎呀，我的女子这样打扮太英俊了。"

"英俊了好不好？"她得意地隆起头发。

父亲忙答话："好，好得很。"

姑娘对着镜子说："明天给我买衣服去，我不爱穿你们这一身皮，出门叫百姓骂'刮民党'，丢人死了。"父亲脸上露出一丝不易察觉的恼怒，哼了哼答应了。

第二天，父女俩坐上美国吉普到了县城，她给自己挑选了两身内外衣服，还买了女人所需要的东西。当她走到男装柜台，一套男式中山服和白色衬衣映入了眼帘，她叫人取下来叫父亲穿上试试，父亲挺高兴，孩子还是向着自己的嘛！她给父亲要了一套，又要了一套瘦一号的。父亲问给谁买的，她不告诉他："哎呀，问那么多干啥？你只管付钱就行了。"又买了球鞋、袜子，不过这可不是给父亲买的。

为了不扫兴，今天姑娘说买啥就买啥。回到旅部，她又要了一件军大衣，把这些打成包，告诉父亲，想办法把东西送给三哥去。看见父亲吊了个脸，面色难看，她也装作生气的样子："你要是为难的话，那我就送去。"

父亲问道："你俩是不是自己给自己定了？"

姑娘不接话，在桌子上刷刷地给三哥写信，又塞进包里。父亲气得在旁边踱步，斜着眼看着她。

女子突然大笑起来，搂着他的脖子问："爸，你说史啸山行不行，哪一点不好？"

爱女一声"爸"，把他叫得热乎乎的，父亲点点头说："小伙子人倒不错，可惜呀是个八路。"

她用手捂住他的嘴："我也是八路。咱家现在有国民党、也有共产党。等共产党坐天下了，你也过来。"

父亲不接话，把自己心腹副官叫来："你带上一名士兵，换上便装去趟旬邑，按照这上面的地址，把东西交给史啸山。记住，保密。"副官敬了个礼，出发了。这至少三百里路呢。

父亲问起爱女情况，她把当前共产党轰轰烈烈的土改一一告诉了他，随后担心地说："爸，按照现在的政策，咱家至少是个大地主呢。"

父亲挖苦道："我不怕，咱家有县委书记撑腰，怕啥？还能自己革自己的命？"

女子毫不犹豫地说："越是这样，自己更是要带头土改。"

"哼！"他冷笑道："你瓜得实实的。陕西不是山西，国军的力量比你们大十几倍，说把你们灭掉就灭掉了。"

英子见父亲说到这些话题，干脆今天就挑明，省得父女情长开不了口，完不了使命。她向他讲从抗战八年至今共产党、八路军由小到大由弱到强，得民心者得天下，解放军在全国各个战场上都打了胜仗。"我们敢肯定四到五年准能打败你们国军，共产党成为执政党，人民坐天下。同时也希望父亲你给自己留一条后路，最好带着部队起义，这是上策；战场上见势不妙立即投诚是中策；下策我不愿意说也不愿意看见发生。"

她看见父亲坐在那里半天不语，呆呆地看着地板，接着说："现在，你们暂二旅停止内战，停止捕杀共产党，上级的命令能拖就拖，能办一些好事的就悄悄办。千万别干亲者痛仇者快的事，共产党是给你们记着账呢！"

"闭嘴！"

父亲把桌子一拍："好你个女子，跑到我这里来策反来了。没想到我女子的嘴比刀子还利索，真不愧是共产党的书记。我一生从不做亏心事，也不愿意为哪个党卖良心，人敬我一尺，我敬人一丈。士为知己者死，女为悦己者容。我老姜滴水之恩当涌泉相报，胡宗南、刘戡人家在我危难之际重用了我，我能坏了良心背叛人家，就是死了阎王老子也不会饶恕。今天看在父女的情分上我就不把你交出去了，倒是希望你早早放弃那一套，给我找一个安分点的女婿，别再让国民党军统中统把你抓住，我可丢不起那个人了。"

英子从来没有见过他这张狰狞脸孔，不像父亲。感到他太顽固，已经被传统的忠义孝道、寡义廉耻深深束缚，这一辈子拔不出来了。看来这个话题说不下去了，她诚恳地告诉父亲："你们最好不要主动地派兵围剿游击队，暂二旅是二线队伍，人越打越少，上级不会给你们补充兵员的，武器也不是美械的，用的还是国军退下来的破枪破炮。"父亲对她的部分观点表示认可，但是父亲表示绝不允许家乡一带出现共产党，这直接危害着姜家的利益，否则坚决派兵镇压。

英子带着非常遗憾的心情走了。

19

胡德水的报纸,对三哥启发很大。时局发展,部队确实也需要及时了解外部世界。快过年了,他派二营在西兰公路上截获敌人的汽车搞点给养。谁知二营截的是邮车。部队不懂得邮车是干啥的,把车里的东西都当战利品拿回来了。一个连长回来报告说,押车的被打死,司机讲邮车是民用的,包裹、书信、刊物是民众的物品。劫邮车是违反民意的。连长的话,引起他的反思,为了报纸而截邮车,这不就成了土匪了?算了,另辟蹊径吧。

截获的报纸足有几百斤,但是最引起大家兴趣的是《戡乱匪情》《西北战报》字里行间的实情,才知道蒋介石最近来到西安。大概内容是:内战全面爆发已有十个月,国军向全国各个"匪区"发起全面进攻,力图三至六个月完成"剿共戡乱"。谁料共匪越剿越多,数月间国军损失了三十五个旅。还有的刊物反映新的情况:蒋介石不甘心失利,这一阵,他是开花的白菜——起了心。他来到西安把胡宗南、李铁军、董钊、刘戡等叫来训话:戡乱以来我们局部的失利,就有人给我们制造麻烦,指责我们军事上无能、政治上腐败、经济上危机。他和陈立夫及中常委商定,下决心干两件大事,一是召开国民大会,搞民主选举。二是攻下共匪最顽固的堡垒——延安,以振奋民心。还询问大家有没有攻占延安的信心?胡宗南踌躇满志,得意地报告说:共匪在陕北共有四五个旅,两万人马,加上地方武装也不过五万人,我们可以集中三十四个旅二十五万人,仅美械装备的中央军就有二十个旅十七万人,第一步先荡平共匪关中军区,第二步从洛川、宜川出发,以中央军为主攻取匪窟,加上宁陇马家军夹击庆阳、和水,彻底消灭匪患。西北将成为全国最稳固的战略后方。蒋介石看着他的得意学生,连连称赞好,转过头又去问大家,诸位还有什么高见?其他人急忙站起来,表示同意。

独立团把敌人内部的刊物迅速地交了上去,加上我军综合各路情报,陕甘野战兵团命令各旅团积极行动起来,坚决保卫根据地,寻机歼灭敌人有生力量,叫敌人首尾不能相顾。上级交给独立团任务：大年初五，夺取旬邑县城，主动出击、先发制人，打他一个措手不及。据悉，旬邑城里现有保安团两个中队二百多人和刚刚进城的四十八旅尖兵连，一共有四百兵力。

独立团接到命令后，全团人心振奋、情绪高昂，团特务连立即侦察，摸清楚敌人驻防情况和兵力部署，为战斗方案提供了依据。全团经过暂短紧张的准备，大年初三夜间就出发了。路上四眼听三哥说，当年他跟随旅长老虎曾经深入县城，歼灭过保安六团，心里就更有底了。第二天下午部队全部隐蔽在距县城西边八里的夏家原子村南的岽头野地。一营一连作为警戒部队，贾神枪要求把进村的路口全部封死，人员只能进不能出。各连的炊事员在村里烙炊饼，派专人统一送来，部队在荒地里等得都不耐烦了，这光吃不干活，急得嗷嗷的。特务连下午再次进城侦察，确认敌人的尖兵连的连长姓费，他们是初一开进城里。这两天，保安团团长贺澜正在和城里的国军军官天天喝酒呢，看来没有异常情况。四十八旅尖兵连驻扎在北街小学，也就是逑疤拉当年住的地方。县保安团还是在南街老地方。

夜间十二点，部队悄悄下了山，在东西北三个大门外隐蔽，二营在北门主攻。三营担任东西大门的佯攻，北门得手后再猛攻。团里考虑到城里居民的安全，最好把敌人赶出来消灭，时间定在早晨六点半。团副参谋长兼一营长的刘财财和副营长杜三娃集中了两个连在南门外路两边树林埋伏，准备歼灭逃跑的敌人。炮兵营炮架全部架好，炮筒对准北城门，天微微亮时最后一次校正。

冬天的早晨寒风凛冽，北门夜班的敌人抱着步枪在城墙上来回跺脚，两只手反复搓着，带班的家伙老远就盯见换班的人，破口大骂，狗日的跑快些，把你爷冻日塌咧！接班的缩着头，嘴里也在嘟囔着说着什么。突然，一发发炮弹飞过来，"轰轰轰"不偏不倚，把城门上的箭楼轰塌，把正在交接班的敌人砸得鬼哭狼嚎，爆破组的战士一跃而起，扑向了大门洞。与此同时，东西两个城门也遭到猛烈的攻击。

尖兵连刚刚起床，费连长一进厕所见茅坑都蹲满，嘴里一边骂着，抬起脚欲踢一个士兵，那个家伙吓得提着裤子只好跑出去。他骂骂咧咧地刚蹲下，巨大的炮击声震得茅坑坑位木板几乎开裂，差点儿把人掉粪池里，士兵们吓得都蹿了出去。费连长屁股都顾不上擦，掏出口袋里的哨子，塞进嘴里一边跑一边吹，指挥队伍集合。"轰"的一声炸雷般的响声，一发炮弹落在操场上，顿时死伤好几个人。巨大的爆炸声湮没了一切嘈杂声，耳膜嗡嗡的，什么都听不见了。士兵们只看见费连长手里乱舞，好像挥手叫大家冲出去。

尖兵连把机枪刚扛到大街上还没架起，解放军就从北边如同洪流般冲了过来，机枪、步枪的子弹带着呼啸声如同急风暴雨。完了，完了，费连长知道自己毫无抵抗能力，带头就向南逃窜。

保安团开始还派兵向东西两个大门增兵，看见尖兵连从北边溃败下来，明白大势已去，慌里慌张地向南门跑。

快到南门时，费连长挥手叫停下来，叫保安团派人出去试探。贺澜赶了上来问咋回事，一听说叫他的人出去试探，气得指着费连长鼻子大骂："什么狗屎国军，关键时刻就尻子松咧。"

费连长还想狡辩，贺澜下令："保安团先撤退，把国军关在城里和共军拼去。"这时又是一声巨响，脚下大地在颤抖，看样子东大门也完了。贺澜躲在南门洞里看见前面一个班跑出去没事，心想共军真愚蠢。弟兄们快跑，敌人一窝蜂地冲了出去，跑出去还不到二百米远，只听路两边的树丛里的枪声像爆豆一样，保安团从来还没有遭遇过这样的打击，像割麦子似的一片一片倒下，后面的还想往回跑，尖兵连狼狈不堪地也窜了出来，费连长后背连中两枪，趴在了地上，两腿一蹬完了。贺澜拿着手枪指着城墙上的士兵吼道："机枪掩护！"说完领上人向东边河滩逃跑，他哪里知道这儿正是保安团的坟场，只见共军的重机枪"哒哒哒"铺天盖地般扫射，共军的包围圈越来越小，他知道不行了，把枪一扔坐在地上举起了双手。

这场攻坚仗干脆利索，打死一百二十人，俘虏二百三十人。缴获了几百枪支不说，关键解决了大量的棉装和食品。敌人伤兵七十多人，一律留下，甩给敌四十八旅。三哥和四眼几个人商量，四十八旅很快就要到来，必须做好迎敌准备。由二营长武虎带领部队在土桥一带阻止四十八旅的进攻，三哥、刘财财率领部队押送俘虏和被服向底庙转移，四眼负责和当地政权游击队联系，开展游击战，骚扰敌人。昨天晚上战士们趴在地上，不少人的手脚都冻伤了，棉衣对部队太重要了。

在押送俘虏的路上，贺澜扛着一包裤子，一路走一路嘟囔，都说八路优待俘虏，优待个屁！优待为啥还让我们扛东西，我好赖还是个团长呢。一名战士用枪指指他："少啰唆！你现在就是俘虏，不是什么团长。平时作威作福惯了，现在就是叫你劳动改造。"

走到一个山坳时，这个家伙装作扛不动了，嘴里发出"哎呀哎呀"的惊叫声，身子一斜，东西就骨碌骨碌掉到沟里。队伍停了下来，一名战士大声指责他。刘财财上来问咋回事，战士报告有人亲眼看见贺澜故意将东西扔了。

刘财财看了看坐在地上耍死狗的贺澜，"来人！把他的棉衣脱了，叫他轻装上阵，把东西重新给老子扛上来，再偷懒就给他换一件重的试试。"

两名战士过来就要脱他的衣服，吓得他赶紧爬起来，跑下去捡起扔下去的东西。其他俘虏看见偷偷乐了，四十八旅的俘虏揶揄说，王八蛋保安团，平时欺压百姓、作威作福，吃得肥头大耳，就应该减减肥扛重活。

独立团把大量的被服交给了旅里，把李参谋长高兴得跳起来，"哈哈"，他搓搓手，赶紧掏出香烟，发给来人，"来来，抽烟，抽。我们马上去甘肃，那里气候更冷，部队正缺冬衣呢。你们真是解决了大问题，太好了！"

大家把衣服打开一看，怎么还有花花绿绿的棉衣棉裤呢，刘财财报告说："三哥说只要是棉装棉被统统拉走，所以我们把县城所有商店的东西也都拉走了。"

老虎一听火了："你们团长在尿壶里翻跟头——胡闹！老子不就成了土匪头了？"

刘财财赶紧接着报告说："报告旅长，我们缴获几万元保安团的钱，这些都按市价把钱付了。"

老虎指着他的鼻子骂："龟儿子，你们说话说半句留半句，是要老子噻。还有，独立团的钱要是用不完的哈就交上来嘛！"

刘财财"噌"一个立正，"报告旅座！老子刚刚交给了旅部的军需科噻！"老虎上去一个大背，就把他翻倒在地，龟儿子，叫你学老子，叫你学老子。独立团整天还想要老子。旅部一片欢声笑语。

刘财财和旅里讨价还价，老虎最后同意把俘虏留给团里使用，连排以上的军官交给了上级。各营连都抢着要四十八旅的，对保安团的不屑一顾，还都喜欢要机枪手或者是技术兵。每次为俘虏兵分配，总是闹一些矛盾，往往是先下手为强，搞不好还是四眼拍板裁定。

敌人大批部队尾随上来，独立团一直向东北转移，沿着子午岭一会儿下沟，一会儿上山，翻过双庙梁大山，才彻底甩掉了敌人。行军三四天，队伍比较疲劳，部队来到了红土角一带休整，这里的群众基础不错，恰逢是正月十五，部队还都吃了顿饺子。几天后，老虎带着旅部部分人员，也来到这里。三哥一看首长来了，赶紧把团部让出来，叫他们搬进去，还买了几只羊，宰杀后送给上级机关。

老虎非常高兴，在这里召开了营以上会议。他告诉大家："你们敲了一下四十八旅，龟儿子把你们当主力，歪打正着，他们顺着子午岭以西往甘肃的正宁，结果进了我们几个旅的包围圈，在西华池，将敌军四十八旅击溃，击毙旅长何奇。"

会场上顿时热闹起来，为主力部队打胜仗感到兴奋，也有点遗憾，咋没全歼么？老虎给大家分析当前的形势，还传达了上级精神："大家想一想，这是一场胡宗南进攻延安前的侦察战，说明胡宗南进攻延安的警钟已经敲响。为了适应形势的变化，陕甘晋绥军区要求，在敌人的后方展开大规模的游击战争，决定成立黄龙军分区，以黄龙山区为中心，广泛在富县、洛川、中部、宜君、白水、宜川开始建立革命政权、组建各县游击大队，袭扰敌人后方公路补给线，和我军保卫延安遥相呼应，也是为我军下一步外线作战打下基础。"

大家这一听，嘿！仗越打越大了，感到新鲜。朱田水告诉同志们，上级任命王海旅长为黄龙军分区司令员。

老虎兴致勃勃地告诉大家："上级认为我能打开新局面，其实叫我干啥子都可以。我想把参谋长李湘源带去，上级不批，结果把这个龟儿子留给我，任军分区参谋长。独立团也过来，归黄龙军分区指挥，考虑那里的山区和敌后游击战，把炮兵营就留下划给警三旅。从现在起，部队迅速集结越过咸榆线，向东，开拔到龟儿子屁股后面去。"

这次部队转移，炮兵营不方便，全部隐蔽在四郎河的余家嘴一带，白白留给了三旅，太可惜了，太可惜了。三哥难受了好长时间，妈的，早知道，带走几门六〇炮也行啊。

部队到了宜君县雷源镇，这里有敌人一个保警队，他们看见大部队开过来早已望风而逃。在敌人后方打游击，这是大姑娘上轿，头一回。

为此，老虎再次召开了军分区营以上干部会议，他风趣地和大家说："老子跟着共产党走南闯北，开辟新地区总是老子打头阵。原来管了三个团，现在就剩下你们了。老子从来不怕啥子嘛。独立团在山西就是游击专家，这下子好，越打越离你们家乡近了喽。"独立团多数干部是山西人，一听都笑了。

老虎接着说："在这里有你们三个'老朋友'。知道不知道是哪一个？"他卖了个关子，自己点了一支烟，"你们猜猜嘛。"

大家半天不知道他说的是谁，三哥急着问："老虎哥，您别卖关子啦，我们反应不过来。"

他得意地用手指了指自己的脑袋："笨，就是笨嘛。告诉你们，一个叫姜龙魁，外号大鼻子，他现在是国民党暂编第二旅旅长，负责为国民党二十九军军长刘戡保证后方安全的，暂二旅现在已经开到我们对面。"他指了指洛河对面的洛川县。

"另一个就是国民党保安团六团迷驴疤，他也划归到暂二旅，主要负责维护咸榆公路洛川到富县地段。另外，老子再给你们介绍第三个老朋友，也是自己人，那就是刘有福。"

三哥急着问："是不是七一四团的刘有福？""对头"老虎把烟头捻灭，"这个龟儿子，爬得比老子快，马上过来要给你们当军分区政委，和我平起平坐了嘛。"他说得挺有道理，晋绥军区比关中升得快，主要是抗战时期太残酷，军民伤亡大，干部也一样，替补的速度快。王老虎最后宣布：

"经上级批准，史啸山任独立团团长，陈思焱任政委。今后我们一个时期，各营分散活动，一营以咸榆公路为主线，袭扰宜君、中部敌人。二营在洛川、富县袭扰敌人，三营在黄龙、宜川袭扰敌人，并建立军分区根据地。工兵连跟随一营活动，医疗队和特务连跟随老子走，要不然我就成了光杆司令了。"

几名团干部都下到各营，三哥要求，四眼带二营，刘财财去三营，自己带一营。军分区要求，半年之内，各营必须把各县游击大队组建起来、训练出来，让其在战斗中成长，不断地给敌人制造麻烦，绝不让敌人后方安生。刘财财到三营去了，在三哥的提议下，一营副营长杜三娃主持全营的军事，原关中军分区政治部敌工科股长曹明哲为教导员，人看起来呆了吧唧的，慢慢了解吧。

部队秘密地开到一个名叫山岔村的地方，这里是宜君和中部两县交界的边远山区，民风十分淳朴，当年陕北红军在这儿闹过红，群众都听说共产党回来了，感到特别亲切。部队一进村，就有人带路，还有人热情地介绍各家房子大小，可以住几个人。

胖地主胡进源好像就知道他家要住大官，能住在他家不仅仅感到威风，而且可以借机套近乎，免得穷人又要分他的家产。所以大呼叫喊，快迎接贵客，叫家人抓紧腾挪窑洞。杜三娃进他家院子进行察看：前中后三进院，共有九孔石窑洞，住人可以安排六孔，两孔是堆满粮食的库房，前院的灶房刚好可以利用。胡进源原以为他家人不搬走和部队住在一起，谁知一听说叫他们暂时搬出去。急得抓耳挠腮，看见三哥进了大门，屁股后面跟着警卫员，肯定是个大官，赶紧迎上前去："同志长官呀，我十分欢迎部队住进家里，房子都打扫干净了。但是，我全家就不要搬出去了吧，哪怕住粮仓也行。"

部队走到哪儿都会遇到这样的情景，地主老财们生怕部队把他们的粮食吃不完分给穷人了。三哥这种情况见得多了，他知道机关不宜和地主住在一起，这样往往会泄密。他给胡进源掏了一支烟，又给他点上："老人家，你把院子让出来，我十分感谢。你知道，这是什么烟？"他看了看回答说："这是三炮台。"说明这人认识字，部队应该提高警惕才对。"我希望你理解部队的特殊性，请你和家人暂时受点委屈。你家的粮食，我们吃多少会按规矩办，解放军将会记住做过好事的人。"部队安顿后，立即封锁了村口，以免走漏消息。

　　中部县原先有一支规模不大的游击队，国民党军大批集结在中部、洛川一带，地方反动民团、保警队顿时气焰嚣张，猖獗地四处围剿游击队，搜捕共产党员，白色恐怖笼罩着这一地区，当地党组织已经全部转入地下。一营派人四处寻找地下党，十几天来杳无音信，一时还陷入了困境。三哥召集连以上的干部会议，集中大家的智慧。他说光凭我们部队的力量，不足以把敌人的后方搅乱，必须发动群众建立起大批武装力量，地方党组织找不到，也就是说也找不到一支游击队，怎么办？大家七嘴八舌地议论开了，有的说再继续找，有的说干脆我们给中部县重新建党的机构，还有人说重新组建游击队.

　　三哥看了看戴眼镜的曹明哲，叫他发言。他习惯性地把镜架往上推了一下，想了想说："我认为我们人生地不熟，游击战争必须紧紧依靠当地党组织，否则就成了无源之水、无本之木。话说回来，地下党如果不好找，那就来一个逆向思维。"有人说你不要卖关子，文绉绉的。他接着说："敌人在找，我们也在找，敌人不是贴告示，悬赏抓人吗？我们就尾随其后，见机行事。怎么样？"

　　他看看大家没人吭气，难道我说错了？只见三哥双手一拍："好！这个主意好！我们还可以消灭几股保警队，叫我们的人自动浮上来找我们。好！"商量到最后，形成了统一意见：派出三五个武装小分队，分别尾随县城周围大的集镇民团的行动，一来容易找到我们的人，同时还可以见机消灭敌人。同时，在驻地几个村子先培养民兵队伍，使其慢慢壮大。

　　这一招，别说还挺灵，不仅仅消灭了两三股敌乡保警队，狠狠打击了地方反动势力的气焰，扩大了我军的影响，还解救了部分自己人，一些地下组织也找到了一营。中部县的游击队三三两两地也向一营靠拢过来。几个月后，在中部县、宜君县的西部山区六七个乡镇建立起政权，重新组建了游击大队，一营帮助他们进行射击、拼刺、投弹以及攻防演习。

　　偏桥是咸榆公路上的一个据点，这一段公路在山脊梁上，据点就设在公路的东边半坡上，俯视着公路。原先是敌人一二三旅的一个排看守，由于陕北战场吃紧，换成述驴疤保安六团一个中队看守。公路上的汽车来往频繁，如果把它拔掉，敌人的补给线就要中断，还可以狠狠地敲一下述驴疤，给敌人内部制造矛盾。三哥对侦察员一再交代，知己知彼方能打胜仗。你们无论如何要搞清敌人的活动规律、兵力部署，公路上的汽车上下行来往次数，还要注意自身安全。

侦察排长李文中领上七八个人，路上走着商量着，叫当地人出身的"饿鬼"刘剑吉负责设法进据点。饿鬼操着一口当地口音，他的"饿鬼"是全营出名的，刚吃完饭，不到一小时还能吃。

饿鬼在山沟里转了一阵儿，看见一捆砍好的柴，一看周围没人，背起来就走。这还不够，砍柴人必须有砍刀和麻绳。前面看见一个村子，他把柴藏好，进村四下张望。转了一圈儿，实在无法下手，也无计可施，突然一家人传来号哭声，原来这家的老人过世了，村里的人三三两两地进去帮忙。他看到村口一家里面的墙上挂着刀和绳子，趁人不备溜进去一拿就走。老乡，对不住了，任务完成就还你们。一个小时后，饿鬼背着柴晃晃悠悠来到据点门口就往里走，哨兵拦住他，呵斥道："谁叫你进来的，出去！"

他可怜兮兮地说："你的伙夫叫送柴。上次送得晚了，还压价呢。"

"妈的，进去！"灶房传出来一阵阵香味，该开饭了吧。他顺着味道找到灶房，径直就闯进去。

"哎哎！他妈的，谁叫你进来的，唉？"伙夫大声骂道。饿鬼把柴一放，叫了一声："老哥哩，年前我给你这里送了几次，你都忘咧？"锅里油都热了，伙夫急得赶紧倒菜，顾不上说话。另一个伙夫卸笼屉，没人帮忙。他赶紧上手，两人一会儿卸了四笼，火不行了，他跑出去又往炉膛加了柴。看着他满脸的汗，伙夫同意要他的柴了。

"老哥哩，这一锅馍能吃几天？"他随意问问。伙夫给他一支烟，"他妈的，个个跟猪似的，这四笼馍一天就干完了。"

"你们不擀面？"伙夫怨气十足："晌午面，晚上馍，把人干得巨烦得很。"

"老哥哩。我看你们的馍香得很，我不要柴钱了，拿几个馍咋样？"

另外一个说："不行，茄子一行，豇豆一行。我们有固定送柴的，你不要再来了。"发烟的不服："给他几个旧馍，挨屎的，抽你的筋呢！"为了显示他还有点地位，指了案板上四五个凉馒头："拿走！"他赶紧揣进怀里，出了灶房，把院子大致观察一番走了。

他报告了李排长，敌人每天吃四笼馍，一笼数了数约五十个，共二百个馒头，每人每顿平均三个，敌人应该有六十五人左右。他把据点里的布置平面大致画了一下，排长高兴地拍拍他，称赞干得好。他突然想起：

"馍呢?"他不好意思地摸了摸肚子。排长埋怨地说："我们在山上观察公路汽车流量，一天都没吃饭了。你倒是一人吃饱，全家不饿。"

经过多次查看地形，据点夹在凹字形大山之中，三面环山，一面俯瞰公路。大山像斧劈一般，坡度起码在七十度以上。再加上碉堡里的机枪交叉火力，如果没有大炮是很难攻的。述驴疤曾经向上司夸过海口，除非共军有飞机大炮进攻，否则把它拿下来是做梦。

这几天三哥叫大家思路开阔一些，一营的干部在作战图上反复演示，大家换了一种思维，把眼睛都盯在后面的大山。据点背后的大山陡峭如壁，六十多米高，从上往下射击有障碍物挡着，角度不行。三哥把四眼请来，叫他按照三角函数的余弦计算平面、垂直和直线距离、自由落体速度和雷管燃烧所需要的时间。经过反复演算，如果从山上抛炸药包，至少要抛出去三十米远以上，时间约需四秒钟。现在关键是制作抛物器。部队发动群众的智慧，战士们按照弩弓的原理，请木工用枣木制作一个三角支架底座，上面一个Y字形的发射器，用宽皮筋制成弹力器。发射器固定在支架上进行抛射演习，把三十斤、四十斤一直到六十斤的石头反复进行演练，并调整抛射距离，大家不断地改进，越搞越熟练。

五月的清晨，不到六点天就有些麻麻亮了，这时公路上的汽车还没有开过来，一连、三连在公路两侧的隐蔽处准备攻击，二连和游击队在公路两头警戒。"能工巧匠"们从后山悄悄地把宝贝运到山顶上，随着杜三娃的一声命令，四十公斤的炸药包从天而降，不偏不倚刚刚落在据点的一个屋顶上，"轰"的巨响，敌人顿时被炸得鬼哭狼嚎。为了不让敌人有喘息的机会，第二包炸药又掉了下来，虽然没有炸中敌人的宿舍，但是把围墙和岗哨炸得连影都没有了。两声巨响，没有炸死的，也基本炸聋、炸晕了。等敌人中队长苏醒过来，跌跌撞撞从砸垮的门板下爬出来准备反击时，解放军战士的枪口已经对准他的胸口。

事后大家都说，敌人的据点在半圆弧的山坳里，爆炸声形成巨大的声波，不要说敌人的耳朵被震聋了，许多战士的耳朵几天后才恢复听力。部队借机截获了一辆民用卡车，上面满满一车面粉，大家觉得不过瘾。等了二十多分钟才见南边又上来一辆，司机开到跟前以为是保安团护路队的把车挡了，气得大骂。路边的战士一把拉开车门，用枪抵住他，司机才明白是共军。车上两个押车的还正在做白日梦，稀里糊涂地被拉下来。车厢用苫布裹得严严实实，战士用刺刀挑开一看，好家伙！满车都是木箱装的美式 MK2 手榴弹。"快搬运！"不知谁大喊一声，这时大家迅速地卸车扛上就往西撤退。南边的警戒部队和敌人已经接上火了，战利品运得差不多了，杜三娃命令烧掉汽车阻塞公路。为了不让敌人发现部队的行踪，警戒小组边打边朝相反的东南方向撤退，敌人也向那里追去。

战后各连纷纷召开了总结会，三哥和营领导分头参加了会议。二连连长贾神枪看见三哥到来，感到有点拘束，大家发言都十分谨慎。三哥哈哈一笑："大家有什么意见尽管提，总结经验嘛，也是为了今后吸取教训。"话音刚落，一名战士"呼"地站了起来："团长，我对你们指挥有意见。"贾连长忙止住他的发言，三哥不高兴了："你叫战士们说嘛，我是来听实话的。"这位战士的意见是，伏击敌人的部队发财心切，等待汽车时间过于长，结果造成警戒部队过多伤亡，而战后分配战利品时老是得不到合理的一份。这个战士叫张五亩，心直口快，甘肃宁县人，在家排行老五。当兵整一年，刚刚提为副班长。他的发言引起史啸山的深思。还有战士提出伏击公路敌军时，领导应该掌握好时机，比如偏桥这个地方，上午由南向北运送物资的车多，下午由北向南运送伤员和空车多。还有的战士提出来，伏击公路的战斗越快越好，最好在桥涵上搞爆破，叫敌人的运输线中断。

大家的发言，对领导的启示很大。打仗不管是哪支部队打阻击、伏击、攻坚或是偷袭等，作为指挥员一定要掌握火候，各部队的相互配合太重要了。在利益分配上一定有合理性，"不患寡而患不均，不患贫而患不安"也就是这个理呀。事后，他对杜三娃说，叫人重新核对战利品的数量，把 MK2 手榴弹尽量各连分配均匀。但是，各连要重点培训个子大、投掷远的战士，只有这样才能发挥出杀伤力来。

青化砭、羊马河、蟠龙三战三捷后，西北野战军把敌人主力吸引到绥德、佳县一带，为此，上级要求后方各部队加大袭扰敌人的力度，使敌人坐卧不宁。为此军分区党委召开了党委会议，三哥带上警卫人员急匆匆地去了司令部。

六月的黄龙山区一片翠绿，站在高处望去，峰谷连峦的森林像大海波涛一样和天际连在一起。炎热的夏天在这里感到一丝丝凉意。不过，夏天窑洞的土炕还得每天烧一会儿，需要把潮气烘烘，否则睡到半夜还能把人冻醒呢。

党委军事扩大会在黄龙南窑科村召开。各县游击队队长也列席了会议。会场就设在一家农户院子的大桐树下。新到政委刘有福是老虎的老部下，又是三哥的老上级。三哥看见两位老首长激动万分，急忙跑上前，双手紧紧握住刘有福的手。老虎走上前，三个人拉起手相聚一起，思绪万千，当年同班同学六十多人，大概能知道下落的只有八九个，其余的可能都牺牲了。老虎说："一个班的，现在我就是老大、刘有福就是老二，龟儿子你就是老三喽！"三哥说："我本来就是老三呀。"

"对对对！"

说到牺牲的战友，三哥又想起了羊子、王彩兰、小钢炮、王强、刘喜生，不由得眼圈都红了。

会议上，老虎总结了这几个月武装工作，独立团不仅在这里站住了脚，而且恢复、壮大了当地党组织，发展了四支独立的地方游击队，游击队人数已经超过了五百人。但是，我们还应该看到敌人目前仍然占绝对优势，我们面对的是强大的敌人二十四旅、暂二旅，斗争十分残酷。我们今后要继续扩大力量，主力部队在年底要突破两千人，达到四个营的建制。说到这里他抬头问三哥，

"咋样？我的史大团长。"他马上站了起来：

"报告老虎！扩军容易，关键是素质问题，还有武器、装备。部队素质提不高的话，一场战斗就打散了。"会场一片嗡嗡声，老虎两只手摆摆，会场又静了下来。

"告诉你，少废话！数量、质量老子都要。"

朱参谋长插话说："史团长，你们必须四面开花，各营都要向敌人发起进攻，扩大我们的影响才对。"

老虎皱了皱眉，接着说："到年底，各个县都必须建立起游击大队，洛川、中部、富县游击大队按营级编制，每个大队下面要有至少两个中队。其他县游击队按连级编制。不管营级还是连级，队伍越壮大越好。"

说着干脆把稿子一撇，点了一支烟，指着丁万身说："丁大个子，你龟儿子，白水游击队的编制虽然小，如果你能发展到三百人，恢复元气，硬硬邦邦地给老子打两仗，就给你大队的编制，你就是营长。听见没有？"丁大个子站起来，向领导点点头："一定，一定！"

许多游击队长一听，心里都感到痒痒。老虎最后强调，各个部队下去后抓紧练兵，在敌人的交通线上痛痛快快地闹他龟儿子一场。刘有福关于扩军加强政治工作、俘虏教育以及加强县大队思想工作方面又讲了具体意见。会议散后，司令部招待干部们每人一大碗猪肉炖洋芋，白面和玉米面两搅馒头随便

吃，像过年似的。

第二天，老虎把独立团几个团领导留下，带着他们去张家岭的山上，居高临下地察看了小寺庄。看完大家往回走，半天无人说话。老虎有点儿不高兴：

"你们啥屎子意思嘛？平时你们想打啥就打啥，想打啥子仗就打啥子仗，从来也不给老子报告。老子今天叫你们拔掉一个小小钉子，看把你们吓得张不开嘴噻？"

三哥明白，这个镇子对军分区威胁挺大，拔掉它的话，周围一带就安全多了。镇子在比较宽的川道里，在平川打仗要凭实力，如果有炮兵就好办了。小寺庄平时只有二十四旅一个守备连和地方一个保警队，但是，它距宜川二十四旅只有六十里的公路，敌人的机械化部队一旦开过来，他们就十分被动了。

他想了想告诉老虎，说他们要认真地侦察，研究一个作战方案再定。

大鼻子应刘戡要求，旅部移至洛川旧县镇。负责承担甘泉以南几个县的剿灭共匪任务，确保后方的安全。上司把保安六团划拨给他，说实话他压根儿就不想接收。这不仅仅是述驴疤还在担任团长，而且保安六团纪律坏，名声极差。这不是败坏自己的名誉吗？再说这个坏种常常是脚底下踩棒槌——站不稳，往往拉着部队会干一些意想不到的事。为此大鼻子专程去了趟剿总，坚决不要保安六团。

西安绥署感到暂二旅战斗力提高很快，可是大鼻子的威望也是越来越高。派去的政训主任反映，他们用共军的官兵一致、爱护士兵、爱护百姓那一套治理部队，太危险了，绝不能让他们抱成团，必要时给他们掺些沙子。你越是不要，上司偏逼着拨给你，胳膊能扭过大腿？

保安四团驻守在中部县，也就是原来的一团，团长仍然是韦力。五团团长是令晋山，该团主要是机动部队，驻守在旅部二十里的旧县镇。六团是从耀县调上来掺沙子的老六团，团部设在茶坊，承担着咸榆公路护路治安。述驴疤刚开始听说他的部队要划拨给暂二旅，心里就一直毛毛的，脸上的疤癞也越来越长。当年整治过大鼻子，现在人为刀俎，我为鱼肉。加上听说他治理部队手法重，对军官不留情面下硬手。自己在暂二旅肯定不会有好果子吃。所以，划归之前多次去找陕西保警总队，希望不要拨给暂二旅。但是进攻延安是当前的一件大事，胡长官亲自签署的命令，哪个部门都不敢说二话。述驴疤只好乖乖地按照上司的命令开拔到了茶坊，把他的两个大队六个中队顺着八十公里展开摆成了长蛇阵，还得抽出一个中队借给韦力，看守偏桥据点。从洛川到富县北共九个据点，容易受到攻击，互相也无法照应。

　　述驴疤曾经两次登门拜访旅长，都吃了闭门羹，派人送去的礼品也让旅部政训部没收。述驴疤见旅座不理他，就多次去找郭云华，希望郭主任在旅座面前多多美言，摒弃前嫌，以剿共为重。但是无论郭主任再怎么说都无济于事，因为旅座明明白白地告诉他，江山易改，本性难移，狗改不了吃屎。述驴疤一辈子改不了他的毛病，现在要不是剿共为重，他早就把述驴疤宰了。说实话，叫六团担任护路任务，还是大鼻子的主意。

　　茶坊是一个不大的村子，但是它是咸榆公路重要的枢纽站，富县县城距这儿只有七八里。刘戡的部队在这里建了一个转运站，述驴疤原想把他的团部放在县城里，但是遭到上司的坚决反对，因为护路队不能离开公路。他只好借着转运站的土墙又打了个院子，重新盖了十间土坏房，凑合先驻扎在这里。

　　述驴疤万万没有想到，偏桥据点的地势那么险要，居然叫共军拔掉了，简直不敢相信。这个据点以前是一二三旅的据点，工事修得那么坚固，房子咋能叫人炸飞了呢？况且，南段距西安近，还一直是国统区，应该比北段安全些。要不是自己亲眼所见，还怀疑有人造谣、陷害呢。

　　现在旅座借题发挥，当着郭云华的面大骂六团战斗力太差，仇忤无用，一个中队不到三十分钟就全军覆没，这是暂二旅的耻辱。当有人提出是否重新为六团在偏桥补充部队时，旅座反问："仇忤再给你丢掉咋办？"最后，旅部取消了这个中队的番号。偏桥据点轻而易举地被人拔掉，也为大鼻子敲响了警钟，这儿一带肯定有一支实力较强的共军队伍，命令令晋山率领部队认真地寻查。

　　几天偏桥重新派来了守路队伍，但这是四团韦力奉上司命令安排的护路队。

19
章

Fengjuan
Changxiao

229

20

独立团派特务连多次化装到小寺庄进行侦察。镇子里有一百多户人家，有一条街道，商铺也不多。暂二旅五团的一个五十人的保警队住在镇公所，镇公所在街道靠西的南侧。二十四旅二四六团三营的一个守备连住在街道中间小学校里，镇公所距学校只有一百米远。镇子四周虽然没有围墙，但是敌人在北边的山坡上修筑了一个瞭望哨，周围二三里一目了然。街道东西两头都有二十四旅的卡子盘查过往的行人，晚上街道有保警队的巡逻队来回巡查，口令每周更换一次，戒备比较森严。

团部作战股依据地形和侦察情况，反复做了几个方案，最后大家倾向最后一种：发挥独立团长处，实施夜间进攻，以减少伤亡。派上一支小分队三十人，冒充二十四旅的，贴近镇子，向敌人守备连发起突然攻击。主攻部队交给二营，由二营一连、二连从东头发起进攻，全力歼灭守备连。三连从西边攻进来，负责冲进街道消灭掉保警队。三营派一个连端掉瞭望哨。三营和其他部队作为阻击宜川敌人增援的预备队。时间就定在七月二十日夜里十一点，这是当地阴历"逢三"赶集的日子。方案反复修改后，三哥在作战方案上签字。

攻击部队在张家岭、圣君庙集结，大家吃过饭后，精神饱满地下了山。

特务连六名侦察员白天混进集市里，天快黑时正准备出镇，敌人突然把镇子全部封锁起来。只见大批敌人开进村子里，数了数足有一个营。二四六团一营长方志远早晨就带着全营去洛川，主要是彻底打通洛川到宜川的第二条通道。弟兄们走了一天，又困又乏，好不容易赶到小寺庄，有个歇脚处也行。省得大家在林区野地宿营，不安全又容易得病。得知镇子的房间不够用，方志远叫弟兄们将就在街道宿营一晚。好在是夏天，两个人合伙，被子铺一床盖一床，山风徐徐吹来还挺舒服。

现在，把侦察员急得不得了，出不了镇子，团部也不知道敌情变化。为了减少损失，最后商定在战斗打响后，爬墙进到学校袭击敌人的营部。

晚上快十一点时，从宜川又过来一队几十人的队伍，这是王栓带的队。敌人值星排长大声喝道："口令!"

王栓大摇大摆地走过来答道："南京! 回令?"他又反问。

值星排长大不咧咧地回道："西安!"值星排长嘟囔道，他妈的，今天见鬼了，来了这么多的人，街道站站都站不下。王栓没听懂他的意思，胡乱答道后面还有大部队呢。值星排长一张舌头，我的爷，今天咋回事。话音未落，只见这些人突然用枪抵住哨卡几个士兵的胸口，值星排长忙喊道：

"兄弟，别误会，都是自己人! 我们把地方腾出来叫你们住还不行吗?"对方毫不客气地缴了他们的械，把他们腿上的绷带解下来，像捆猪似的绑了个结结实实，用帽子塞进他们嘴里。前后不到五分钟就解决了这伙敌人。王栓用手电筒对着来路闪了三下，朱大个子领上全连跑了过来，本来他们计划冲进街道直取学校的守备连，哪里想到街口睡满了敌人，近在咫尺不足五米远，这么多的人也不知打响以后什么结果，可是退也来不及了。

街上的流动哨发现这边来了大批人，端着枪就跑了过来。事不宜迟，部队立即展开扇形，各种武器突然冒出火焰，"砰砰砰"、"哒哒哒"各种武器打得敌人乱喊乱叫，随着"轰、轰、轰"的手榴弹爆炸声，没死的敌人慌忙向西退去。这简直是一场屠杀，朱大个子嫌手枪太慢，看见地上的轻机枪抱起来就搂火，大家赶紧在死尸堆里找自动武器和手榴弹，先把敌人的弹药用完再说。

六名侦察员敲开一家盐店的杂货铺，店主一见来了这么多的人，吓了一跳。排长李文中拿起秤锤在他面前晃晃："别喊叫! 出声就砸死你。"他们把店里的伙计和男女共五人拉进后厢房，捆住这几个人，告诉他们今晚先委屈一晚，不许乱动。李文中和饿鬼装成店主和伙计。一会儿，有人敲门，原来进来两个敌兵要买烟。他们一看，店铺里还有地方，就招呼外面的弟兄都进来，挡是不可能了。掌柜的一副胆小怕事的样子，赶紧给领头的塞了几包烟，

"老总呀，店小利薄，少进来几个弟兄，兄弟我还招待得起。"领头的一想，对呀! 不能进来人太多了，最多四个。

"去，给老子把门板上好。"

他一吩咐，几个当兵的赶紧上门板。领头的还想往后院去，掌柜的吓得说："老总呀，贵军有纪律! 后面都是家眷呀，您就委屈在前面将就一晚上吧。"领头的一转身嘿嘿一笑，"他妈的，你还知道国军的纪律。"掌柜的赶紧打开货柜，

找出白糖给弟兄们冲水喝，又翻出几包点心放在柜台上，请大家品尝。包装纸一撕开，几只手同时伸向点心。

"你他妈的点心咋和石头一样硬。"领头的使劲才咬下来一块儿。

掌柜的小心翼翼地说："镇子上人穷，货都放时间长了。抽烟，抽烟。"说着又给大家点上。这四个敌人躲在这里有吃有喝好自在。

掌柜的站在柜台里又看见里面有一箱白酒，赶紧打开两瓶："请大家暖暖身子。"这一下把这几个人乐坏了，悄悄地在里面喝了起来。掌柜的一点儿都不吝啬，啪啪又打了两瓶，"今天叫国军弟兄放开喝，国军太辛苦了。"这话听得多顺耳啊！今日有酒今朝醉，喝！不到两个时辰，一个个醉如烂泥，躺在地上呼呼大睡。

大家一看，只有三条长枪一把短枪，手榴弹倒有十二颗，外面肯定有机枪，但是不能再开门了。他们干脆翻后墙出去，到学校屋顶上看情况再说。他们溜到学校后墙时，突然看见有一个哨兵蹲在那里抽烟，这家伙可能走了一天路，又乏又累，抽完烟往地上一坐，闭上眼睛就想睡觉。忽然感觉到有点儿动静，还没来得及反应就一命呜呼了。不错，又增加一支枪，六个人五支枪。大家蹑手蹑脚地爬上了学校的房子，轻轻地卸掉北房间的几片瓦，一股烟气升了上来，里面的汽灯贼亮，好像是营部的人，约十几个，还有人打起了麻将。

这时突然听到东面的枪声大作，侦察兵知道肯定是他们打进来了。打吧，李文中他们不管三七二十一就往里面扔手榴弹，炸得里面嗷嗷叫，几个教室里的敌人都往出跑，但是都被他们的子弹打了回去。

方志远听到枪声和手榴弹声，判断这是解放军的主力，但是他们咋能知道我们要来呢？这个时候不是鱼死就是网破。凭经验，他也知道房上的人不多，带上钢盔扬起手枪"砰砰"对着上面打，大声命令用机枪向上扫射，打得房上的人跳来跳去，学校已乱成了一团。

西边也是枪声大作，顿时整个小寺庄乱了套，方志远没有一部电话能打通，他气急败坏地大骂守备连长。二三十分钟后，街道的敌人渐渐地稳住了阵脚，紧贴街道两侧的民房向两头反击。同时顺着南北小巷子往镇子外跑，还企图向两头反抄过去。双方在里面大打，镇子外面双方逐墙逐户地抢夺起来。

团指挥部没有料到今晚的战斗打成这个样子，看样子镇子里的敌人足有一千人，而且武器装备在我们之上，再这样打下去，天一亮我们就被动了。三哥立即下令："吹号，命令部队交替撤出战斗！"

指挥部的三名司号员跑下去，反复吹起联络号，指挥部队撤退。为了掩护二营撤退，三营下去两个连去接应他们。二营一连已经冲到距学校八十米，越近敌人营部遭到的抵抗得越顽固，夜间虽然目标看不见，但是对方一射击就能判断出他的位置，就会遭到一阵反击。连长朱大个子的右腿已经负伤了，仍在指挥部队与敌人反复争夺学校东边的一个大涝池，否则敌人会从涝池侧翼截断进攻的部队，双方已打成胶着状态。

旁边的一名战士提示连长，我们的联络号叫我们撤退，他一听知道这场战斗肯定打不下去了，命令三排把机枪调给一排，集中两挺机枪，由一排掩护撤退。敌人一看共军撤退，又发起反冲锋，把一排追得十分狼狈，战士不断地倒下。正在危急时刻，三营的一个连从后边冲了过来，枪声、呐喊声把敌人吓了一跳，他们又缩回涝池的那边。大家趁机迅速向东跑去。敌人这才清醒过来，又向东追去。各营、各连依次掩护渐渐退远。敌人追到镇子外，看到黑黝黝的大山，吓得也退了回去。

这是一场名副其实的遭遇战。

方志远彻底崩溃了，二四六团一营六百五十人满员齐备，从来还没有这样窝囊。满以为小寺庄一向平安无事，本团的一个连还在那里守备，只是发愁晚上宿营是件大事。来之前上司还让我们做一支文明之师，强调不许扰民，不许和守备连发生冲突，为了迁就他们，所以就出现了部队街道露天宿营的事。现在倒好，短短的两个小时，被不知底细的共军袭击本营，死伤三百四十多人。事后还有人向上打小报告，说全营死了"二四六"人，和部队番号谐音，真是用心险恶。守备连也伤亡三十几个，差不多都是屋顶上手榴弹炸的。只有保警队仅一人受伤。

方志远感到无法向上交代，他把守备连连长叫来商量，只有找个替死鬼了。一不做，二不休，干脆把保警队全部缴械。共军袭击我们百分之百是他们通共，这原因再明显不过了，有充分的理由说明：部队开过来的时间、地点他们都知道，口令已被共军掌握。借口民房不够用，叫部队睡在大街上无遮无拦，如同叫共军屠杀一般。共军的侦察员在街上活动，保警队居然没有发现，而且灌醉我们几个弟兄，抢走武器，打死哨兵。最可气的是，保警队缩在院子不出来，不为部队反击带路和说明地形。是可忍孰不可忍，必须对他们严惩，否则对不起死去的弟兄们。把他们缴械，干脆押到宜川去，接受军事法庭的审判。

独立团战后认真地进行了总结，老虎也参加了会议。会议一开始，朱参谋长严厉地批评了三哥：

"作为指挥员，侦察失误、判断错误、指挥有误。一场战斗伤亡这么大，将战士的生命视同儿戏，应该受到严厉的处分。"

他的发言，使空气一下子凝固，会议室顿时鸦雀无声。三哥站了起来，对牺牲的战友感到十分的悲痛，敌情突然的变化使自己也始料未及，造成了部队的被动，个人愿意接受组织的处分。不少干部对朱参谋长的发言表示不同意，许多人感到敌情变化得太突然，谁也无法预料。三哥命令相互交替，果断撤出来是最好的选择。

老虎看大家都说得差不多了，站了起来，他从正反两个方面总结经验，战场上的变化是瞬息万变的，有很多的不确定因素制约着我们。作为一支地方部队，在没有重火炮的支撑下，能打到这个程度就非常不容易了。他最后总结说：

"首先，这场战斗指挥得当，最后全部撤离战场是明智、果断之举；其次，攻击部队出其不意，勇猛、机动，打得敌人措手不及，没能使敌人组织起有效的反击；第三，侦察员虽然没能及时出来汇报敌情的变化，但是他们聪明、机智、勇敢的战斗，打乱了敌人指挥体系，也算立了一功。"刘政委认为，老虎的总结是全面、正确的，应当从正面看待这次战斗的成果，这也是我们重创敌军主力的一次遭遇战的成功典范。

尽管老虎从正面肯定了独立团的指挥，但是，不幸的是，这场遭遇战毕竟使独立团死伤一百四十多名指战员，特别是李文中负伤从房上掉了下来，叫敌人乱枪打死，英勇地牺牲了。朱大个子为了掩护部队撤退，带领几名战士反复冲进街道几次，最后身上三处负伤。三营攻击敌人的瞭望哨也不顺利，牺牲了一名副连长。

逑驴疤最近心里乐滋滋的，大鼻子整天说我无能，上次在富县宴请国军一个少将旅长，我替他摆的宴席，他居然当客人的面说，我是一只老猫，已经抓不住老鼠了。你他妈的现在重用的猫好，都是一群蠢猫。指望令晋山、扈昆，他们给你争光去吧！小寺庄一战，五团的保警队叫人家全部扣走，活该。

李香为他生了两个儿子，分别取名仇浩天、仇浩海，现在都已经长大成人。浩天高中毕业后没有考上大学，最后上了重庆一个无线电学校，毕业后就留在学校当教师，这也是仇家光宗耀祖的人才。浩海中学没读完，就哭着闹着要当兵，为了能照顾儿子，不管他愿意不愿意，就安排到自己的保安团。在老子的关照下已经成为一大队三中队一排排长。李香嫌陕北干燥、缺水，洗澡都不方便，住在西安就是不来。她不来，述驴疤也感到自由。

　　想到这里，他摸出一支烟，插进象牙烟嘴里，心情舒畅地点着。这个烟嘴还是当年杨树民的，在他办公室时，趁其不备，顺手进了兜里。他在门口大喊一声："老鳖！叫几个参谋跟着进城。"

　　"老鳖"是副官老魏的外号，大家一听进城，十分兴奋。路上，他告诉弟兄们："今朝有酒今朝醉，管他明日喝凉水。今天是团里掏钱，大家放开吃喝，团长我开恩了。"弟兄们开怀大笑。其实述驴疤比他的"弟兄"大二十几岁。不过，他觉得和大家在一起，浑身有使不完的劲儿。打枪，一般人没有他准，别看五十多岁了，眼睛不昏不花，五十米的野兔跑得再快，只要他端起枪就能打中。喝酒，全团中队以上的军官，敢用他那大搪瓷缸子的，没有几个人。要知道，一缸子足有八两，妈的，敢喝两缸子吗？

　　糟践老百姓，谁都没有他的花样多。一次他领上一群士兵走到一个麦场，看见农民的鸡在啄食。他问大家，不用枪谁能把这几只鸡抓住，大家互相瞪眼都摇摇头。他挥挥手，大家往后退退，只见他从兜里摸出一个鱼钩，在后面绑了一根细线绳，从地上找到一粒玉米粒戳进鱼钩里，抛向鸡群。一只母鸡赶紧跑去吞进嘴里，他把绳子猛地向高一提，紧紧地收紧绳子，鱼钩有倒钩刺，母鸡痛得仰着脖子向他走来。弟兄们明白了，感情不开枪也能抓住鸡呀！有人问团座："咋样抓猪呢？"他嘿嘿一笑，挥挥手，大家跟他进了村。他指了指一头足有一百斤的肥猪说："抓猪，还不能让猪叫出声来。"他叫人找了几个大馒头，泡在一大碗酒里，然后扔在猪面前。只见它闻了闻，犹豫一下，最后大口大口地吞了下去。不到十分钟，这头猪走路就开始摇晃，没有走几步就躺倒在地上。他手一挥，弟兄们找了一根粗棍子，用绳子把猪四腿一绑，从中间一插，抬上就走。农民站在远处看着这一切，都不敢言语。

　　他们来到一家"南街饭馆"，要了八个菜，几壶酒。大家吆三喝五地划起拳来，从上午一直喝到太阳偏西，除了述驴疤清醒，个个都是东倒西歪。外边有一个卖西瓜的，他对店小二说去买两个西瓜，让大家醒醒酒。

　　西瓜杀开，红沙瓤黑子，格外甜。他把一块吃完，又拿起第二块时，外面进来一男一女，男的约五十来岁，白白胖胖的，中等个子，眼睛炯炯有神，身着藏青色西装，显得很有教养。女的二十几岁，手里拿着洁白的手帕拭擦着泪水，尖尖小鼻子下面，有一张红红的樱桃小嘴。头上烫着只有大城市才有的波浪式卷发，身穿深绿色的绣花旗袍，开衩露出洁白的大腿，述疤拉一见心猿意马。这两个人要了两个炒菜，问有没有米饭，小二摇摇头，只好要了两碗素面条。这俩说话声音很小，听口音好像江浙一带人，述驴疤耳朵竖了半天，一句都没听懂。

官场混了几十年，自己玩过的女人真不少，什么明妓暗娼、戏子舞女，甚至强奸民女也不计其数。但是江南女子是什么感觉没有品尝过，妈的，只见戏里的李香君、白娘子婀娜多姿、喃喃吴语使他淫荡陶醉，恨不能钻入江南烟花柳巷，醉生梦死。如今活生生的美人近在咫尺，心里那个痒痒劲儿真是抓耳挠心。

他仗着地头蛇气势，壮了壮胆子，走上前去问那位长者，需要帮什么忙？那个男人愣了一下，看了看身披中校军服的军官，冷冷地说："谢谢！不用。"

他妈的，讨了个没趣儿。述驴疤尴尬地"嘿嘿"笑了两声，又退回自己的座位上，点了一支烟，装出一副不在乎的样子，斜着眼看着那个女人。那两个人吃完就匆匆出了门，述驴疤踢了旁边老鳖一脚，用下巴示意了一下，老鳖急忙跟踪上去。过了一会儿，他跑了回来报告，这两个人进了富县大旅馆。查了查登记，男的是镇江宇发渔业公司的经理胡江帆，女的是他的女儿，南京环华贸易公司的职员，叫胡倩兰。述驴疤长长地出了一口气，他妈的，原来背景不深，把老子吓了一跳。

胡倩兰的丈夫李庄辉，是一二三旅中校副参谋长。两家很早就是一个巷子的邻居，他比胡倩兰大十岁，小时候把她当小妹妹领着玩。转眼十年过去，抗战胜利了，李庄辉回家探亲，一表人才的副团职军官，谈吐不俗的英雄气质深深地打动了倩兰姑娘。她央求父母托人去和李家说亲，经过几次见面以闪电般的速度结了婚，一年后她为丈夫生了一个可爱的小女孩。丈夫随部队在陕北作战，一直牵动着她的心。每晚都收听国共双方的电台，想从中打听丈夫的行踪。直到一天听到三十六师在沙家店被共军吃掉，一二三旅全军覆没消息，悲痛欲绝，坚持要西去。两家老人一商定，由她父亲胡江帆陪着，坐着火车到了西安，再换乘汽车颠簸几天，谁知去延安的客车坏在半路上，父女俩只有在富县先住一两天，等后面的客车来接应。

述驴疤晚上回到团部后，心神不定，他叫来老鳖，带领几个弟兄冒充警察来到了旅馆查房。旅馆跑堂的见这几个军人持枪荷弹直接闯进客房，吓得也不敢吭气。胡江帆打开门，看见这几个是白天饭馆碰见的军人，就问什么事，几个人大摇大摆地坐了下来，先是查问证件，后又关心地问他们去陕北干什么，父女俩老老实实地说了。述驴疤装出一副悲戚戚的样子："大水冲了龙王庙，原来你们是我们的军属啊！你们千里迢迢来到这里找丈夫、女婿，没有人帮忙是不行的，我不管咋说，也是国军的团长，这一条路就是归我管，愿意帮帮忙。"

胡倩兰一听说他想帮忙，十分高兴地说："长官，你能不能给我们挡一辆上延安的车子？"

述驴疤拍拍胸脯，慷慨激地昂说道："英雄的亲属探亲，咋能搭便车呢？明天你们就坐我的专车去，我亲自护送。"

胡江帆感到这来得太容易了，就问仇团长："长官，孟子曰：无为其所不为，无欲其所不欲。作为一介百姓，无功不受禄，如何报答您呢，需要我支付多少钱？"

述驴疤哈哈大笑："啥屎孟子孔子的，我很仗义，党国的亲属咋能收费呢？明天我来接你二位，瞧好吧！"

述驴疤压根儿就没有车，他回去直接找到了邻居物资转运站，转运站有一辆美式中吉普，他低三下四地央求上校站长，说他的母亲病重，明天去延安看病借吉普车用用，说完掏出几张法币，放在了站长的桌子上。站长平时和保安团不打交道，看他是个孝子的分上，只好答应借他用三天。第二天一早，他带上老鳖上了吉普车，又塞给司机一点儿小费，就让他编说这是他的专用车。

汽车拉着胡倩兰父女俩飞驰在公路上，胡倩兰的心情有些好转，听着述驴疤一路上大吹大擂，他如何和一二三旅关系如兄弟一般，说得这父女俩心里暖洋洋的。汽车到了延安警备司令部，汽车进了前院，他骗他俩说军事重地，父女俩不要下车。他亮出军官证进去，随即钻入厕所，解了大手后，装模作样地走出来，告诉这父女俩：一二三旅无一幸免，全部为党国殉职，尸首也叫共军埋在山沟里了。汽车只能到延安，前面是战区，任何人不能前往。

胡倩兰一听，犹如五雷轰顶，痛苦不已。中午吃饭，他抢着请客，胡倩兰一口都吃不下去，几个人劝也劝不进去。饭后大家上宝塔山转了转，晚上登记了一家旅馆。延安的旅馆都是一排排窑洞，安排老鳖和司机住在下面一排，自己和父女俩三人一人一孔。胡江帆说这太浪费，自己和孩子住一间就行了。述驴疤不高兴了："这咋行呢，将士都为国捐躯了，我为家属尽点义务总可以吧。"

胡江帆不好再说什么，晚上他又请大家喝酒。开始胡江帆心情沉闷不想喝，但是又架不住述驴疤热心的劝，述驴疤酒量大得惊人，一顿喝两大缸子，还能骑马打枪。他一杯一杯地把酒劝进胡江帆嘴里，什么借酒浇愁了，人死如灯灭了等等，一直把他灌得烂醉如泥，述驴疤叫老鳖和司机把他扶回房间，胡江帆一进门啥都不知道了。述驴疤也装醉，叫胡倩兰扶着他，故意跌跌撞撞地走在后面，待看不见他们了，才东倒西歪地进了自己的房间，胡倩兰刚一转身要走，他一把抱住，转手把门反锁上，强行把她按在了床上。胡倩兰不愿意，在床上拼命地抵抗。但是一个弱女子哪里是他的对手，她越挣扎述驴疤越有劲儿，三下五除二地把她的旗袍连撕带拽扯开，用脚蹬掉了她的内裤，剥了个精光……

胡倩兰没有找到丈夫，也没有得到任何音信，反遭到述驴疤的凌辱。第二天父女清醒过来二话不说，径直来到了延安剿匪司令部，就把述驴疤告了。剿匪司令部的军官们十分震惊，责令警备司令部派宪兵把述驴疤抓了起来，罪名是强奸英烈的妻子，有辱国军的名声。

最近一段时间暂二旅灰头土脸的，偏桥据点被共军端掉，小寺庄遭遇战吃了官司，上司对他们大发雷霆，本来暂二旅升格就已经玄玄乎乎，现在大鼻子的桌子上又放着述驴疤强奸英烈妻子的通报，犹如釜底抽薪，把他气得大骂："败类，败类！保安六团真是一群渣滓，必须全部清洗。"

述驴疤本来就是他的心腹大患，连降三级，发配到五团二营给个副营长，明令不许他带兵打仗。派扈昆去六团整顿，把连以上的军官全部更换。

一般人遭到如此打击，会一蹶不振，不是破罐子破摔，就是做一天和尚撞一天钟，颓废下去。述驴疤这一生遇到的坎坷太多太多，属于拿得起放得下的人，换句话说光脚的不怕穿鞋的，他是脸皮比城墙转弯处都厚的无赖。大鼻子派令晋山把人带到二营去宣布。述驴疤到了二营见人就作揖，一副笑眯眯的样子，加上他的年龄又那么大，咋能和强奸犯联系在一起呢？搞得大家也恨不起来。营里安排军官分工就安排他抓后勤、卫生。由于述驴疤不吭不哈、埋头干活，一副老实吧唧模样，军官们渐渐地对他放松了警惕。

方志远疏忽大意，造成国军重大伤亡，被降职并调到守备三连为三连连长，负责守备英旺村，这是宜川至茶坊公路上的重要据点。但是方志远所在的连兵不满员，才七十人，连重机枪也没有，只有两挺轻机枪，比起周边其他守备连装备差一大截，更不要说比战斗部队了。方志远到上面反映几次要求配齐人员和装备，上司光答应就是没有结果。他一走，大家都说，他是个败家子，多少武器都叫共军拿走了。

久而久之，上司爱配不配、配多配少他不再反映。整天就泡在村里游寡妇开的饭馆里，喝酒打牌，和女老板打情骂俏，消磨时光。述驴疤所在的二营在土沟驻扎，距这儿只有二十六七里，翻一座山就到了。

一个偶然的机会这两个人认识了，同时落难，惺惺相惜，只恨苍天无眼对待他俩不公平。在游寡妇的饭桌上，酒杯里饱含着多少怨恨和不公，方志远泪水涟涟地对大哥说："娘了个尻！俺这从军十多年以来，打仗无数，在河南杀日寇保卫国家身负几处伤，为的是啥呀？靠他娘，就是一场遭遇战，死了些人就大惊小怪，那共军也死伤了好几百人哪！这成绩咋没说呢？"

述驴疤摆摆手："小老弟呀，恁比老哥小近二十来岁，初次见面就有相见恨晚的感觉。说实话我走的桥比恁走的路还多，我吃的盐比恁吃的饭都多。世上发大财、当大官的多得去了，他们比恁聪明吗？不！这是命。老子从民国六年就投奔革命，论资排辈的话，早都应该成为上将司令了。但是每次都是命运不济。拿玩个女人来说吧，官越大，玩得越好。军长、师长不过他们玩的手段比我们更高级，叫你想都想不过来。旅以上的部队才配女译电员、女秘书。去他妈了个尻！都是给长官们配的小婊子，省得叫长官们跑到外面寻欢作乐。这鸡巴叫啥？对！被窝里放屁——独吞。"

"大哥恁说话贼逗人，女译电员配给当官的应该是房顶上种麦子——刺激（脊）。"游寡妇端了个茶壶过来笑呵呵地对他俩说。方志远一仰脖，又一杯酒下肚："你们呀说话要注意，放屁捂屁股——多加一分小心。"游寡妇已经乐不可支了："今天能笑死人，我已经是粉条泡在滚水里——笑得直不起腰来了。"小酒馆里已经笑成一团。

两人越喝越投机，越喝话越多。酒肉朋友靠酒精增添哥们儿义气，互相交流着对付共党的经验，也交流着对付各自上司的办法。共军在陕北愈战愈勇，国军士气低迷，军心不稳。述驴疤询问方志远对局势有何高见。两人在饭桌上捏着酒杯思索半天，最后述驴疤得出惊人结论："我看，西北的共军力量太小，发展再快，还远远比不过胡宗南。马家的部队和国军面和心不和。这几方都不是善茬，叫他们互相拼杀、互相牵制。我们应该脱离部队，把队伍拉出去占山为王，老天为大，我们为二，不受任何人的牵制，那多带劲儿。"

方志远听到他的一番话，不由得打了个寒战："大哥，我们拉队伍上山，不是当土匪吗？"

"尿！当土匪有啥不好？"述驴疤反问道："我们守着这几千平方公里的一片山区，周围六七个县物资富饶，我们手里枪不知比山里的土匪好到哪里去呢？在这兵荒马乱的年代，我们可以冒充共军截国军的物资，也可以冒充国军打共军，还可以冒充国军或共军抢劫周围几个县的富户人家。弟兄们在山上喝着酒、品着茶，看着国军和共军打仗，现代式的土匪和外国故事里的那个什么佐罗一样，杀富济贫，洒脱地过一辈。听说'佐罗'一词在西班牙语里是狐狸的意思，我们也当一次狐狸。"

方志远一听哈哈笑道，急忙大声喊游寡妇赶紧把镜子拿来，叫述驴疤自己看看他长得像不像狐狸。游寡妇笑呵呵拿着镜子走过来，叫他自己看。只见他左手捂着嘴，右手用食指和拇指顺着鼻梁往下撸，作出一副狐狸样，惹得游寡妇哈哈大笑。

当土匪需要提前在山上为自己选好窝。述驴疤这么多年和山上的土匪来往从来没有间断过，最近曾经上过山，他知道哪里的位置好，官军轻易找不到。即便是找到也必是易守难攻，还要有后路能及时撤退。这儿有三个好地形，虽然叫其他土匪占了，这问题不大，可以软硬兼施夺过来。其次必须先抢一批国军的物资为今后打基础，更阴险的目的，就是逼众人就范，自然而然就成了党国的叛逆。

述驴疤不断地向二营营长耳边吹风，国军二十四旅守备部队经常监守自盗，截获公路上的物资，还谎报是共军干的。我们也去捞一把，给二营弟兄们弄点实惠的，改善改善生活。营长平时对述驴疤的话不太相信，但是他递过来的万宝路香烟只有国军有，这就是事实啊。营长嘴里不说，其实心里早就痒痒了，不过述驴疤说出来，他一时故意装着不表态，叫他充分表演。述驴疤看营长不说话，说完转身就走。营长见他快走远了，赶紧叫人把他拉回来，述驴疤心里早都有底，肥水天天从眼前流过谁不眼红，你能装多久呢？营长问他要多少人马，他想了想，至少一个中队，否则人少了会出问题。营长挠挠头，同意了。一个中队约九十来人，一挺机枪，临出发时，他骗营长说，为了安全起见，又要了一挺。

队伍来到一个叫李庄的公路边，公路两边是密密麻麻的树林，大家就选在汽车上坡的地方，拐弯处放了两个大树墩子，一切刚刚准备完毕，就见两辆卡车笨重地爬坡，听着引擎唱歌的声音，肯定是满满一车啥玩意儿。述驴疤心里乐开了花，你哼哼越凶说明拉得越多，真带劲。引擎声震耳欲聋，突然戛然而止。只见士兵们的枪口对准司机和押车的人。一车被服，一车烟酒糖茶罐头面粉。述驴疤哈哈大笑，这正是以后需要的。

中队长指挥大家抓紧扛箱抢运，士兵们扛箱刚要下沟时，二十四旅突然出现在眼前，国军在方志远的带领之下包围了抢劫物资的保安团，中队长掏出枪来刚想反抗，就叫国军毫不客气"砰砰"两枪打死了。由于弟兄们都扛着东西，枪还背在后面，述驴疤双手胡乱摇摆急忙大喊："别开枪，别开枪！我们缴械。"他命令为了安全，全部缴枪。保安团弟兄们只好缴了械。二十四旅叫俘虏们扛起物资向山里走去，走了整整一天一夜，第二天中午才到目的地。

　　路上休息时，逑驴疤告诉大家，保安团和二十四旅的弟兄们合伙成立了黄龙纵队，不再受别人的制约了。一个胆大的不服："逑驴疤，你这不是叫大家当土匪吗？"他掭起手枪，顺着喊叫声"砰"一声，那人就倒在血泊里。他吼叫："谁再动摇军心，这就是下场！"

　　他们隐藏在豹石崖的一个天然石洞里，石洞在半山上足有三四百米高，站在下面脖子仰直了都看不见。山下全部被乔木灌木交杂的密林覆盖，上山的小路被灌木树叶全部遮严，不露一点儿痕迹。上到一半高时，约有七八十米的岩石小路，这里叫一岗，意思站在上面看得清清楚楚，有一支步枪居高临下基本上就封死上山的路。洞前有二十多米宽、五六十米长的平台，把三个山洞连接一起。这里叫二岗，用机枪就可以封住一岗道路。平台足有上千平方米，可以训练士兵。最里边的洞小一些，有四五丈长，由于凸凹左右弯曲，形成了三四个小洞穴。逑驴疤把前面作为司令部，后面的小洞穴是他们各自的卧室兼办公室。中间的洞最大，藏匿一千人没问题，作为一大队营房兼库房。外面的洞也不小，弯来弯去也有七八丈长，作为二大队营房，这个洞的后面有一个仅一人可以通过的小路，可以直达后山。小路旁边有一股常年不断的泉水，这也是他们唯一的水源。

　　这地方本来是土匪陈二杆子的老窝，手下有二三十人，武器只有两三支步枪，其余多是老套筒子和破土枪。逑驴疤和陈二杆子的父亲是当年的拜把兄弟，他父亲下山抢劫时被人打死，逑驴疤知道后，曾专门派人送过三十块大洋。陈二杆子至今未忘，还希望仰仗在外面当大官的干叔父仇忤帮他重振雄风呢。如今他干叔父亲自带着大队人马上山是他求之不得的好事。逑驴疤自任黄龙纵队总司令，方志远为副总司令，任命陈二杆子为别动队队长。守备连成为一大队，大队长黄有花，是方志远的拜把弟兄。保安团的成为二大队，队长是包子发，是逑驴疤看上的小排长，如今也成了他的铁杆儿。

　　从此，"黄龙纵队"打家劫舍干了不少令人发指的勾当。

21

　　小寺庄战斗，独立团遭受了一定的损失，除牺牲部分人员外，更主要的是还有二百多名伤员缺医少药，如果得不到有效的治疗，他们的生命就会受到威胁。这儿虽然距关中军分区近一些，但是那里的战事也紧张，医院规模小，还不知转移在何处。总部野战医院仍在安塞、子长一带，他们也正在与刘戡的部队周旋，地点飘忽不定。三哥向老虎提出，可否派人去山西晋绥后方联系，不管咋说我们都属于陕甘晋绥军区的，那儿有好几个野战医院。老虎知道他和英子的关系，决定多派几个可靠的人分几路去找晋绥医院请求支援。同时也秘密派人到韩城、澄县找一些民间的老大夫，无论如何也不能耽误伤员的病情了。

　　英子一听说独立团出现了不少的伤员，吓了一跳，赶紧打听三哥的情况，一听没事就松了一口气。独立团大部分是山西的子弟兵，我们有责任尽快派医疗队过去帮忙。在赵大有的全力支持下，郇杉县委积极寻找有外科经验的医生和护士，上级批准了由英子带队，率领二十人的医疗队和十多人的武工队掩护，尽快渡过黄河抢救独立团的伤员。

　　五百多里山路原计划需要七天，途经离石时，在兄弟县委支持下，派出最好的船工从柳林至延川段顺河航行好几段，大大提高了行军速度，五天后医疗队绕过敌人的封锁线，历尽艰险终于到达独立团伤员驻地官庄村。

　　伤员们一听到家乡来人了，激动得握住亲人的手，眼泪止不住地流。医疗队和当地的医生对伤员重新进行诊断，该取子弹的重新打开伤口彻底根治，不能给伤员留下后遗症。黄龙林区是中医药的宝库，请老中医教会战士识别采集，送到驻地，大家切、碾、焙、配、熬，中西医结合治疗的效果，果然好多了。

　　老虎、刘有福对医疗队的热情服务十分感激，要求把部队最好的地方让给他们居住，把最好的粮食、土特产拿出来给他们。部队又搞上些美国罐头拿回来送给他们。最近遇到的任务，老虎笑着说，史三哥你就不用去了，好好陪陪姜书记。

两人在老虎的窑洞里，三哥拿起老虎给他的铁锤，给英子砸核桃。他俩好长时间没见，忙里偷闲单独说说话。他强压着"怦怦"的心跳，半天没有一句话。英子看他头都不敢抬，只好先开口："现在山西的变化很大，经过土改的农民支援前线的积极性可高了，农村几乎都看不见青壮男人，不是参军就是加入担架队，陕北野战军的粮食几乎都是从晋绥运过去的，晋绥不够的就组织运输队从河北运送，保证陕北野战军打仗的需要。"她又问："我给你的东西收到了吗？"

他点点头。见她不信："你看里面的衬衣、衬裤，还有鞋袜，都穿着呢。"说着把脚伸了伸，让她看。他说把中山装送给老虎了，一个当兵的，也穿不出去，她没再吭气。

又沉默一会儿，她又告诉说："我爸顽固不化，现在成了胡宗南马前卒。"然后又轻声地对他说："万一，你和我爸战场见面，留他一条性命，听见没有？"

三哥赶紧点点头。她又告诉说："夏司令也去了东北，听说在南满坚持斗争，姚复华政委在一次与敌人骑兵的战斗中牺牲了，他的爱人张娟至今还不知道。因为他们的感情太好了，医院担心她受不了。"

姚政委牺牲了！他怔住了，这是真的吗？太残酷了。英子害怕影响他的情绪，故意说："哎！你砸的核桃咋不叫我吃呢？"三哥愣了一下，赶紧双手捧上给她。她嘴一撇："你叫我连皮都吃下去？"是啊，我咋笨得连个碗都不知道拿，转身刚想出去找碗，忽然英子从后边一把抱住了他，一股热气哈进脖子里，浑身痒痒说不出什么滋味，感到幸福得从头到脚心都有些麻木了。

他悄悄地说："不敢这样，大白天，门还开着。"她嘴里嘟囔着："怕啥，谁不知我就是你的人。瓷锤！"

听到这话，他内心深深地感动了，转过来亲了她一下，说："乖乖，革命马上就胜利了，那时就结婚好吗？"英子用力点点头，两人抱住又亲了一会儿。

"要不然我给你讲一个笑话吧？"三哥突然冒出这句话来，她不禁把他额头摸了一下，心想你这人嘴笨的还会讲笑话。好好，点点头同意。

"从前有一个穷人给地主扛长工……""不许编我家的事！"英子突然打断。他呵呵一笑，"这是人家四眼家乡的事，你家还能编出故事来？""好好！你说吧。"

"从前有一个聪明的长工小伙带头闹事，被地主蒋扒皮关在磨房里。他是蒋介石的蒋啊，不是你家的姜。"英子瞪着眼随时都准备揍他。"蒋扒皮把他衣服剥得只剩下裤衩和背心，磨房门一锁。你想啊，那是一个寒冬腊月，西北风一刮，人穿棉袄都冷，何况他只有个裤衩背心。他冻得受不了，看见石碾子就拼命推起来，推呀推，推了整整一夜，浑身都冒汗，累得坐在石碾子上呼哧呼哧地喘气。蒋扒皮带着人进来准备收尸，一看到这情景傻眼了。忙问你咋热成这个样子呢？他脑子一转，嗨！东家，你不知道我这个背心是一个祖传的宝贝，外边越冷它越发热，你看看我身上的汗就知道了。蒋扒皮眼珠子一转，那你卖给我吧！十两银子，二十两银子。人家提出祖传的宝贝，非三百两不可。蒋扒皮得宝贝心切，自己把自己扒了一层皮，硬是掏了大价钱买了个破背心。长工小伙把钱分给穷人后就跑了。蒋扒皮忍住背心酸臭味穿在身上，得意洋洋地去他哥蒋烂眼那里炫耀。他哥离他家二里多远，大冬天把他一下子冻得大病一场。他气得派人去把长工抓住痛打了一顿，把他装在麻袋里，吊在路边一棵树上……""停！停！"

英子得意地接着说："路边还有一条大河，他哥是个烂眼，周围几个村的人都知道。狗腿子回家歇息时，烂眼刚好从麻袋下面路过，长工骗他麻袋专门是治烂眼睛的，烂眼还给他一笔钱，他把烂眼装进麻袋里绑好口，还告诉他任何时候不要出声，结果叫他弟弟把他哥扔到河里去了。你这是啥笑话，这明明就是过去穷人穷开心的故事嘛。我家还有这样一本线装书，说的全是明朝的故事。"三哥的把戏被戳穿了，不好意思笑了。

她又讲起松山秀子，"秀子和一郎是日军遣返回国的第一批，但是他们不愿意走。秀子逢人就说他喜欢八路军一个营长，他哥哥一郎也支持她。他们兄妹两个找你快疯了。后来我们给她做工作，说你已经结婚了，人也不在山西，她才慢慢平静下来。关于反战同盟会的成员，都要回日本去。有人说把秀子给夏司令介绍，把他吓得连忙摆手。秀子说是吉野的老婆，其实她还是个处女，她把她最宝贵的没有给吉野。"这些三哥在治病时就听张娟说过，今天再次从英子嘴里说出来，内心又波动一下。她说到这里，用眼睛瞪他了一眼："你这人艳福不浅呐，连外国女人都喜欢你，你说你用啥勾引人家了，害得人家连国都不想回了。"

三哥听到这话，好像他真的干了什么亏心事一样，连头都不敢抬起来，忙说："没有，没有，以后我再负伤坚决不让女护士护理了。"

她一听急了："你胡说啥呢？谁让你负伤了……"

英子事情比较多，只住了两天就和武工队回去了。

独立团一千多号人，给养十分困难，特别是部队在山区，人口稀少，物资也匮乏。三哥向老虎汇报了情况，决定在富县、洛川的公路上狠狠地打他一下，彻底解决问题。老虎同意了，要求一定摸清公路上的规律。

三哥这次亲自带了特务连，多次在咸榆线上不同的地段、不同的时间进行反复侦察，来回跑的车大致装的啥，基本上搞得差不多了。部队就决定在富县六里峁打伏击。

　　六里峁南北两座山像个螃蟹钳子，也就好像一个人张开双臂，似抱非抱着对面的秀女峰。脚下的洛河呈 C 形状，绕进山洼紧贴山脚下的公路又流了出去，足有三公里长。公路由南向北开始是上坡，然后是平路，再向北又是上坡。如果在两头阻击敌人，能坚持四十分钟就够用了。

　　这儿的护路队仍然是保安六团，但是这已不是原来腐败无能的六团了，而是扈昆担任团长的六团，战斗力比以前大有进步。敌人为了确保万无一失，十七师又抽出四个营的兵力作为沿线机动守备队，守护宜君至延安的运输线。咸榆线差不多形成平均约三十公里就有一个护路据点，六里峁卯刚好在两个据点的中间，敌人最快十几分钟就可以赶到，还没计算公路上万一汽车上拉的是战斗部队呢。所以，伏击必须是三处以上同时伏击，叫敌人摸不清究竟哪里是真正的伏击地点。时间最好是中午十二点半吃饭时间。

　　参战的部队是一营和富县大队、洛川大队。富县大队在甘泉地段伏击，洛川大队在茶坊以南伏击。真正的地点是六里峁，一营二连三连分别在南北山峁处两头阻击敌人，一连负责伏击汽车，准备了三百民兵担任运输队，搬运物资。二营二连作为预备队。时间定在十一月十六日，星期天。

　　十一月的天已经很冷了，部队在天亮前必须进入二线阵地。部队打伏击都有了经验，把御寒的衣服全部穿上了，各连还要求每个班至少拿一床被子，大家相互裹在一起防止冻感冒。山上的警戒哨看着敌人运输车辆天亮后渐渐地多了起来，先是由北向南去西安方向的车辆多，快到中午时由南向北去延安方向的车辆也多了起来。部队这次是打给养，不是打兵车，所以指挥员的头脑一定要清楚。

　　快十二点了，部队悄悄地进入伏击的阵地。三哥要求截击车辆的部队一定最大限度地贴紧公路，不许把汽车打翻掉到沟里，否则啥都捞不到了。手表指针到了十二点三十，进入伏击圈共八辆车，只有一辆是往南跑。

　　"打！"三哥大吼一声，通讯兵连发了三颗信号弹，部队嗷嗷嗷叫着冲了下去。

　　公路上的汽车看见山上漫山遍野冲下来这么多的人，顿时乱了套，有的猛加油门，结果撞到前面的车屁股上，还有的企图倒回去，只听见"咣当"一下又撞在后面车上，七歪八扭堵在一起。战士们以班为单位猛虎般地扑向一辆辆车。往北跑在最前边的车轰着油门企图逃窜，谁知前面一阵子弹拦截，司机跳下车就窜

到沟里。

部队把所有人集中一起，武器全部没收。有十几个是搭便车的群众，王栓叫他们男女老少不许乱跑，挤在一堆坐着。短短的十几分钟八辆车无一漏网。这时几百名运输队队员跑下山来，大家争先恐后地搬运物资。突然，沟下面有人向汽车"叭叭"开枪，企图将油箱打着。负责警戒的战士们急忙还击，杜三娃拿过战士的枪，追着敌人跑了快二百米了，才扣动扳机，"砰"的一声，只见敌人歪歪扭扭地栽倒在河里。

两头敌人运输车辆热闹多了，贾神枪指挥南边的部队打得敌人哭爹喊娘，最前面的车加大油门拼命地向后倒，第三辆车后面路窄，第四辆已经堵死，只听"咣"的一声，把第二辆车都挤到沟里去了。贾连长发现第四辆车上拉的是油桶，命令集中火力打油桶，敌人一看吓得拼命向南跑。他脑子一动，大喊："先别打油桶，三班、四班下去抢点东西。"大家一听说抢东西，"嗷"的一声，奔了下去。

机枪手用子弹将敌人不断地向南驱赶，战士们大喊着炸油罐车，敌人吓得只能远远地观看。前面几辆车有的是日用品，有的是食品，有的是枪炮配件，第五辆是粮食。战士搬得呼哧呼哧，贾连长一看表四十分钟差不多了，命令炸油罐车，战士站在公路上向车上扔手榴弹，第一颗手榴弹爆炸后，几个油箱油出来了但是没有炸，一个排长又向车上扔了一颗，转身就跑，只听见"轰隆——噼啪，轰隆——噼啪"，爆炸声震得山谷到处是回声，满天飞舞的都是汽车残片，一股股黑烟直上云霄。

北边的敌人挺乖的，第一辆车翻倒沟里去了，第二辆车的司机被打死，老老实实地停在那里，后面一字排开整整齐齐的，他们知道遇到袭击，大部分都跳下车，子弹在他们周边不断地飞舞，逃命要紧，拼命跑到后面去。远处有几辆车吓得赶紧掉头跑了。二十多分钟后，护路队的三四十个人搭了一辆车跑来，他们还企图还击，结果叫司机们骂了一通："你们拿着这几杆鸟枪顶尿用，给共军挠痒痒都不够。前边的机枪打得正欢实，你们一还击，我们的车就彻底完蛋了。"护路队没法，只好派人报告请求支援。

运输队把能搬的东西都搬得差不多了，迅速地上了山。

保安六团在扈昆的调教下，部队素质有了很大提高，弟兄们的责任心强多了。几个月以来，小一点的事故都没有发生，六团还得到一笔奖励。今天星期日，扈昆去旅部受奖去了，营连长们大多在自己的小天地里享受一点清闲，打牌、喝酒、逛街还有和相好的约会，都在忙自己的事。

下面的弟兄们刚有点松懈，就传来有袭扰报告，值班电话这一阵响个不停，把值班连长搞糊涂了："道镇的公路遭到袭击，什么？公路被截断了，好好。"立即打电话命令甘泉护路队去支援。

电话铃声又响了，他急得说："我不是告诉你已经通知派部队去了吗？什么，你是哪里？你声音大一些，汽车着火了。着火了给我打电话干啥，我能救火？"啪的一声挂了电话，狗日的，我也不管救火。赶紧向旅部报告甘泉有人袭击公路。

"对！已经派部队支援去了。"

铃声今天不断，老子今天值班咋这么倒霉，又拿起电话："是是，茶坊受到攻击？共军多少人？啊！声音大一些，有人抢汽车？到底是干啥，啥？说不清，你能吃！查清了再报告。"

刚放下电话又响了。"六里峁有截车的，把车打着了？我手里没有部队了，啥？那我都派出去了，我给你担个屁责任！"

电话又响了："啥！我耳朵聋了，那你不要给聋子打电话么。我是谁？我是你爷！"刚放下，铃声再次响起：

"我的电话光占线，我有啥办法，人家打来的。扈团长到旅里去了，今天情况不好，营长都在休假，现在收假，好好。好像有四五处公路有问题，还有一辆着火了。甘泉的部队已经赶去了，啥？叫回来，这边事大，那我试着往回叫。啥，旅长都惊动了，坐车来了，十七师的增援部队也来了？好好，我立马通知。"

今儿个谁值班谁倒霉，狗日的营长，一个都通知不到……

大鼻子率领的保安团和十七师大批人马赶到出事地点时，已经两个小时过去了。只见现场一片狼藉，九辆汽车被烧得报废，还有四辆碰撞得变了形，大批往延安输送的粮食、药品、食品、服装、武器还有几亿元的法币都叫共军截去。搭顺车的人说，有好几千人把公路都围了，俘虏全部被拉走，通通上了东面山头。大鼻子马上命令上山搜索，尾随共军看他们把物资都运哪里去了？十七师的一个团长讥讽道："姜旅长，您别做梦了，共军准备得天衣无缝，东西早都没影了。"

这个团长说得不错，独立团掩护部队把搜索的敌人引到东北的王沟，又引向正东的狼河，等追到狼河滩时，共军消失得无影无踪。

大鼻子的暂二旅根据各方的情报，得知在黄龙山地区有共产党的黄龙军分区，其主力部队是独立团，这个团就是当年在山西和他一起抗击日寇的独立营。令晋山、扈昆对史啸山的不仁不义十分气愤，要求立即追剿独立团，不能对共产党太仁慈了。

大鼻子立即召开军事会议，会议开得十分肃穆。旅座手里攥捏着宜兴小茶壶，看着受损的清单，生气地说："孔夫子说得对，君子喻于义，小人喻于利。狗日的独立团如今成了我们暂二旅的冤家对头。你们都知道，史啸山这个臭小子，老子当年一直都在扶持他，最困难的时候老子还支援他枪支弹药，上司几次追查东西的下落，都让我搪塞过去，搞得我在晋绥军一直都说不起话。他们去挖一六九旅的墙角，煽动胡德水拉走炮兵营不说，那是王金生的事情。如今老子来到陕西剿共，他也流窜这里来和我作对，袭击我的据点，诬陷保警队，抢截国军的物资，现在就是直接和我暂二旅对抗。是可忍，孰不可忍。"

政训主任郭云华趁机插言："旅座说得对，共产党从来就不讲信义，八年抗战硬是把他们养肥了。他们在全国到处和政府抵抗，国军处处受损，美援的装备也被他们抢去，害得政府扩大军费开支……"大鼻子见他说远了，手一摆打断了他的插话："郭主任说得有道理，现在我们要认真研究两个人。"

扈昆"啪"地站起来，"旅座，还有一个是不是四眼？"

大鼻子摇摇头，"不不不，还有一个仇忤，就是述驴疤，这是我们的败类。这两个人一日不除，暂二旅无一日安宁。"

说到这儿，他运了一口气，右手使劲儿一捏，只见茶壶成了粉末，扈昆知道这是非一般的功力，说明旅座的决心。

大家知道暂二旅如果不消灭独立团，这块地盘上就永无安宁之日。一个个纷纷出主意，想对策，对旅座启发很大。他最后总结大家的意见，决定一是摸清共党军分区的地点，打蛇要打七寸，偷袭他们的首脑机关。二是摸清独立团活动的规律，派人打进他们内部，必要时请十七师合剿。三是寻找述驴疤土匪隐蔽之处，派部队尽快歼灭，活捉述驴疤，交军事法庭处理。

堡垒最容易从内部突破，这是一个普通的道理。军分区得到独立团上缴的大批战利品，一派喜气洋洋。库房放了五亿四千万元的法币，花花绿绿的票子编号都不乱，虽说这玩意儿没有过去值钱了，可是毕竟还是钱啊！这么多，大家一时还不知咋样花。刘政委提醒要上交，最后给部队留了一亿元，存放在供给部。钱多了，大家就大手大脚乱花。

朱田水长征时得了胃病，加上长期得不到治疗，常常疼得头上冒汗。现在有钱了，他想到国统区找个医院认真地治疗。刘政委批准他去治病，并指派分区李军医陪他。朱田水和李军医过去为得不到好药闹得不愉快，他现在觉得有钱了在外面什么好药买不回来，就谢绝李军医，而是把供给部的黄股长叫上。这小子脑子灵光，见过世面，会吃也会花，就是花花肠子太多，自己要多提防些就是。

他俩化装成生意人出了山区，出去就雇了辆马车，直接到了关中平原蒲城县。经打听北街有一个中医老大夫看得不错，俩人找到后，提了二斤点心进了门。老大夫为人耿直，医术精湛。他给他先把把脉，又看看他的气色。老中医说："你这是萎缩性胃炎，表层上皮不规则，有炎性细胞侵入，可见部分腺体消失，黏膜肌层增厚。急需益胃生津、养阴去热。"老中医自己配二十六种健胃汤，针对他的情况又加入黑蚂蚁、天龙，配沙参、茯苓等。叫他先吃三个疗程试试，一个疗程七天。

人长期待在山里突然来到热闹的县城，有些眼花缭乱。黄股长走在大街上看见年轻女人眼睛老是直勾勾的，搞得朱田水几次拍他的肩膀才醒过神来。这一天，黄股长非得拉上他去买中山装，县城里穿中山装的人不多，朱田水有点犹豫，但是又拗不过他，只好陪他上街闲逛。衣服买完又去下馆子，两个人要了几个菜，又要了一壶酒。有胃病的人不能喝酒，可是又经不住劝酒，两人喝得天昏地暗。从酒馆出来就找不到路了，三拐两转，"春鸣苑"的红灯照得眼睛直晃悠，门口几个女人连说带拉地把他们拽了进去。俩女人缠着朱田水，把他往房间里拉。朱田水灵机一动，借口上厕所趁人不备溜了出去。

黄股长借着酒劲，喊叫要最好的姑娘，说着一把掏出一沓钞票一撒，老鸨一见："我的爷哟，娃们些，赶紧伺候好。"满地赶紧拾钱。四五个女人拥着他进了房间。

县城里突然来了两个有钱的生意人，引起保安团的注意。从这俩言行举止上看，是个十足的"土包子"，可是土包子富得流油，引起他们的兴趣。为防止打草惊蛇，派便衣开始跟踪，旅社的隔壁也安排了人。他俩还蒙在鼓里。

朱田水前几天喝了一次酒，难受好长时间，他再也不动酒了。这天中午，刚坐在一家馆子里，他好像看见为他治病的老中医从门前走过，迟疑了一下，对黄股长说了声你先吃吧，就撵了上去。老中医见他跟了上来就把他引到一家小院子里。老中医对他说："我看你不是个生意人，八成是这个。"

老中医比画一个八字："保安团的人一直暗地跟踪你两个，你现在赶紧出城。"

说着又掏出几服中药："你现在立即从后门快走，旅社的东西也不要拿了，人家把你们看死了。你的人要是没事的话，我想办法叫他找你去。"朱田水千恩万谢，悄悄地出了县城。

保安团把黄股长拉进去，搜出来五六万元。刚开始，他还是条汉子，钢口还硬，不承认自己是共产党，说是和朋友做山货买卖的生意人。可是一连两天下来，刑具"过刀山"、"老虎凳"、"糖（烫）三角"都尝了一遍，疼痛实在难忍，最后终于开口了。

保安团获取了重要情报：抓住了黄龙军分区的一名股长，太好了。敌人对黄龙军分区的情况一无所知，从来没有这方面的情报，这家伙供出了党政军机关人员名单、驻地、活动的规律、各部队联系的方式，凡是他知道的都供了出来。

朱田水十分狼狈地回到驻地，纸里包不住火，他向组织汇报了黄股长可能被敌人抓住了。老虎、刘有福非常生气，对他背离组织的行为进行了严厉的批评。通过地下党内线得知，黄股长已经叛变。部队紧急动员起来，做了最坏的打算。

暂二旅得到了黄股长，大喜过望。在叛徒的指点下，大鼻子制定了一系列周密的剿共方案。令晋山团在叛徒带领下，在漆黑夜晚，神不知鬼不觉地扑向军分区驻地南窑科村。快接近村子时发生了一点零星战斗，村里的民兵打了一阵就赶紧撤退了。令晋山的部队抓住一些老百姓，他们也不知道共军转移到了啥地方。黄股长看见令晋山不高兴的样子，神秘地说："团座，我们先让大家休息，天亮后再去抓也不迟。"天亮后，他带领四个人化装成老百姓四下开始嗅闻，打听军分区的隐藏地点。

十二月的冬天，天上飘起了雪花。刺冷的寒风打在人脸上，像刀割的一样。山里的树枝已经变得光秃秃，偶尔看见几枝寒梅般的灌木小花骨朵迎风摆动。老虎是一个经验非常丰富的指挥员，他带领指挥部来到了四十里的路家庄，这里是一个地势比较高的山庄，一旦发生情况，四处可以分散突围。为了变被动为主动，军分区要求独立团寻机歼灭保安团的一部分有生力量，不断牵制敌人。

令晋山是大鼻子的心腹，对山地打仗颇有研究。当年骑兵变成步兵以后，他就喜欢看兵书，地形、坐标、对方的装备和指挥员的秉性都是他研究的对象。人走时运马走膘。令晋山感到自己时来运转了。只要黄股长死心塌地地卖命，对他来说省了许多麻烦事，但是在一定程度上也产生了依赖思想。黄股长得知机关转移到路家庄后，主动请缨直接袭击军分区机关。令晋山知道兵贵神速的道理，但是更加懂得麻痹对方的心理。他命令部队大摇大摆地撤出黄龙山区，故意示弱，造成了好像找不到军分区机关的表象，在一定程度上麻痹了他们。三天以后大队人马悄悄地奔袭路家庄。

三哥按照老虎的指示，制作出了突袭大鼻子暂二旅旅部的方案。他把作战方案送给了老虎，汇报他们的详细步骤，大家一直研究到深夜一点，最终才拍了板。

他睡觉前总是习惯在营地查查哨。司令部的驻地是一个陌生的村子，他感兴趣地围着村子绕了个圈，再看看司令部周边的暗哨，准备回到他的窑洞休息。这个窑洞面向南沟，共有四孔，靠右边有一个土厕所。这是司令部租了一家群众住处地方，用于临时招待干部的。今晚总觉得哪里不对劲儿，觉得暗哨今晚没在岗位上，不是老虎说的那样。在回到招待所的半路上，碰见了几个巡逻的战士，感到面孔特别生。他把快慢机打开，悄悄地隐蔽到司令部院子的窑背上。刚准备隐蔽到一棵树后，忽然感觉背后有响动，他刷的一个马步让开，一个黑影扑了个空，第二个黑影搂住他的脖子，危机之中，左肘猛地向后一击，转身飞起旋子，"啪"地踢在对方的左脸上。只听见第一个黑影"咔嚓"一声拉开了枪栓，没有等他扣扳机，他右手一扬，"啪"的一声脆响，对方倒在地上，后面的黑影已经拔出了枪，说时迟，那时快，他连击两响，黑影"嗵"的一声倒在地上。

枪声惊醒了司令部，大家拿着枪纷纷向外冲。老虎得知警卫连的战士拿着机枪夜间不敢开枪，生怕伤了自己人时，他生气地一把夺过来，"哒哒哒"地对准冲进门口的敌人扫射。加上三哥在窑洞上面的配合，已经冲到门口的敌人知道中了埋伏，纷纷后退。三哥从刚才尸首的身上找到几颗手榴弹，拉开弦，奋力地向敌人堆里投去，一颗刚砸在敌人的头上，这个家伙脑袋顿时开了瓢，"轰"的一声，借助爆炸火光，看见至少三个敌人倒在地上。司令部叫敌人包围了，必须帮助他们脱围。他拿上敌人的步枪跑到右边的坡上，也是敌人的侧面，对准敌人"啪啪"地射击，又扔一颗手榴弹，敌人纷纷四下逃命。

他跑下去，拉住老虎就向西突围。经过一阵激烈枪战，司令部大部分人突围出来，三哥猛打猛冲，在他的带领下，冲出外围的封锁线，安全地跑到西沟下面，顺着南边河沿到了李家沟门，又翻越范家山，集中到慧家河，这是丁万身游击队的驻地。老虎派人一清点：刘政委在奔跑中从土坎跳跃时左脚踝骨骨折，三哥的左肩被敌人的子弹击中，痛得他龇牙咧嘴。警卫连，也就是原先的特务连，由于承担阻击任务，最后寡不敌众，大部分牺牲。敌工部十人，只冲出七人，供给部二十一人，七人失踪，参谋部九人，失踪一人。

大家心情十分沉重，司令部多年以来从未遭受这么大的损失，机关里一些参加革命的老同志赵湘河、王玉明，还有几位营连级优秀干部，都是为了掩护他人，顽强抵抗，故意暴露自己，英勇牺牲。这次多亏把医疗队转移到远在四十里的付家沟，随同二营驻地一起，否则损失更大了。

老虎到病床看望三哥，他强打起笑容："龟儿子，你半夜不睡觉巡啥子逻噻？你咋知道敌人偷袭司令部的？"

他见老虎进来，右胳膊肘撑着炕，想坐起来，老虎赶紧让他躺好。"躺下说嘛。"嘴里埋怨道。

三哥听说老虎这两天心情特差，饭都不想吃，人越来越瘦。他安慰说："老班长啊，多亏你当年给我教了那么几招，一着急都使出来了，这么多年我一直坚持练基本功，受益匪浅呀，我还要谢谢你呢！"他的话叫老虎差点掉眼泪。大部分人学武功都是暗地里耍拳——瞎打一阵子。能像他数年坚持，需要坚韧不拔的毅力，刻苦的精神，顽强的意志才能达到炉火纯青的地步，俗话说：只要功夫深，铁杵磨成针，就是这个道理。

他的伤势不重，弹头估计是中正式步枪发出来的，多亏穿的厚棉装，加上刚打在手枪的斜背带上，背带打了一个洞，仅仅入肉两公分，说明这是被远距离的流弹击中。三哥笑着给司令员说："我的肌肉瓷实，属于刀枪不入的一类。"

旁边的医生说，"这家伙结实着呢，麻药劲都过去了，他也不会叫唤。没有伤着骨头，伤口只要不感染，一个月之内就痊愈了。"他一听需要一个月就急了，能不能让它长快些，司令给我还有任务呢。"对对！"

老虎转过身对医生说，"半个月之内叫他下炕，给老子干活噻，不然的话，老子找你算账。"

半个月后，医生又给他换了一次药，四眼带着卫生兵来接他了。

22

中国有句老话，"以其人之道，还治其人之身"。独立团必须主动出击，打掉暂二旅的旅部，使敌人群龙无首。

旧县镇坐落在县城的东北方向，洛川至宜川的公路上。这里交通方便，距县城只有三十公里。旅部又挪至这里，旅部直属战斗部队有一个营，由于战线拉得长，实际上只有两个中队，也就是两个连。街道是东西走向，一共有二百米长。旅部设在镇公所，位于街道中间，坐北向南。紧东面是一个关公庙，庙宇分前后殿，两边有十来间厢房。庙宇的香火几十年前就凋零，就剩下两个老和尚看守。这里驻扎着旅部卫兵队，队长郑连生，是河南荥阳人，说话爱带个把，动不动就"靠他娘"。一米八的个子，左右两手盒子枪会同时打，当年在一六九旅时就是旅座的贴身卫士。他不迷信重武器，全中队共九十人，以轻武器为主，轻机枪只有三挺，士兵全副美式卡宾枪八十支，他们实际上就是暂二旅"御林军"。暂二旅进驻后，镇公所和庙宇之间开了一个门，把后殿改成作战指挥部兼参谋部，后殿两侧是伙房和食堂。

大鼻子住在镇公所的后院，后院正房进去分为东西厢房，正厅是他的书房兼餐厅，卧室在东厢房。他借口为了方便，就叫译电室安在西厢房。实际上一年多以来，译电员小爱已成为他的情妇，这已经成为公开的秘密，只不过没人说罢了。晚上正门一关，任凭大家想象去吧。

后院两侧共四间偏房，卫士班和一个保健医生住在这里。郭云华的政训部和安保处在前院，前后院中间有一个大照壁遮挡。大门两侧的房间是副官处。旅部的大门是双岗，两小时一换。

旧县镇公路养路道班是个大道班，在镇子西头足有四十亩地。保安五团的一个中队作为守备队驻扎在镇上。队长侯仲魁，中等个子，方脸上布满了络腮胡子。他是老一六九旅的，原来是令晋山的拜把兄弟，由于文化太低，连长当了八九年老上不去，令晋山来时提出把老侯带过来。其实旅座也喜欢他，二话没说就同意了。这家伙轻机枪打得特别好，点射、连发火候掌握得十分精到，他比一般的机枪射手都打得准。派他们当守备队，实际上也是旅部的护卫者。

侯仲魁中队有一个毛病，他没事时，叫弟兄们玩捉虱子游戏。一般人发现有虱子就用大拇指指甲盖挤死算了。他们要求捉住放在桌子上，一是比谁的多，二是比谁的个头大，三是比谁的跑得快。周有周赛，月有月赛，常常都是以班为单位比赛。有的班长为了这个"荣誉"，捉住大个的舍不得挤死，又放进自己的怀里，任它拼命地吸血，养肥，只有这样才能养得又肥又大，最大的居然超过了绿豆。

他们刚来时在镇小学驻扎两天，部队训练影响学生上课，问题反映上来后，大鼻子命令他们搬到道班院子，房子不够的话，再盖几间，不要影响小学教学。为此校长跑来千恩万谢，真不愧是家乡的国军旅长啊！道班院子最后形成了东西两排平房，中间院子足有六十米宽，稀稀拉拉放了几个修筑公路的破机械。这个中队的重装备好一些，有一挺重机枪，三挺轻机枪，共一百一十人，不过，步枪仍然是中正式。

独立团多次派人侦察旧县镇的情况，表面上看镇子上敌人部队并不是很多，派两个营就足以把他们消灭了。但是，距南边的黄章镇只有八公里，那里驻扎了暂二旅五团的一个连，距西边的永乡镇也不过十公里，也驻扎着一个连，更不要说县城的敌人十七师的师部和一个旅在那里也是一个极大的威胁。

三哥参加了团作战股方案修正会议，大家认为，强攻硬打消耗大量的兵力不说，万一打僵，敌人的增援部队赶来反而会被咬住那可就麻烦了。有人提出围城打援，即：将南边的黄章敌人围起来，旧县镇敌人去增援，我们在路上围歼。这个主意好，但是敌人旅部的直属队伍会不会出来支援呢。大家正在研究时，老虎突然进了门，众人又惊又喜。

老虎知道这场战斗事关重大，千万不要偷鸡不成反蚀一把米。他不愿意打断会场上的发言，叫大家接着说。副参谋长刘财财觉得应该取长补短，调集县大队围困黄章，一营在路上围歼旧县镇增援之敌，二营趁旧县镇空虚之际直捣敌旅部，三营阻击永乡和洛川增敌。老虎问他："如果县大队打不下来黄章咋办？如果一营围歼的援敌不是一个连，而是两个连甚至是三个连呢？永乡之敌会不会翻越大山直接和旧县镇增援之敌会合呢？最可怕的是十七师的机械化部队增援就被动了。

大家讨论的结果，也是最稳妥的意见是：一、洛川大队围困黄章不变，给他们派去一个机枪组。打得越狠，敌人援敌出动的可能性就越大。万一，敌人不增援的话，就吃掉它。二、一营在敌人必经之路太平沟的洼地围歼旧县镇增援之敌，如果援敌一个连，就吃掉它，如果两个连，就围而不打，二营一举拿下旧县镇，回过头来就吃掉他们。三、无论哪一种方案，中部大队在天台山一线阻击、监视永乡敌人；三营在旧县镇西六里的细土梁阻击永乡或十七师增援之敌。富县大队和宜君、白水等游击队在十七师增援路上袭扰敌人，拖延时间。这次战斗，中心任务就是把敌人都调出去，保证二营消灭暂二旅旅部。由于通讯设备差，只有用时间计算了。要求，二营一小时内结束战斗，其他战斗必须坚持一小时四十分钟，可以全歼也可以部分消灭敌人。为更加有效地指挥战斗，团部指挥部临时就设在旧县镇西南三里的屈科村，指挥部向每个战场派有四到五名传令兵，团里几名领导还做了分工。

暂二旅偷袭黄龙军分区，受到上司的嘉奖，还专门奖励了令晋山团五十万元法币，他本人也荣升为上校。嘉奖令要求暂二旅再接再厉，积极配合国军十七师进山彻底灭掉共军军分区，灭掉共军独立团这股流窜之敌。

暂二旅表面上取得了胜利，但是大鼻子一直高兴不起来，他明白共军军分区大部分人已经突围。这两天他的右眼皮一个劲儿地跳，不知道是啥征兆。不知为啥，述驴疤带走他的一个中队倒成了他的心病。他妈的，这家伙是坟地里的夜猫子——不是个好鸟。现在躲哪去了还不知道。十天前，白水县的槐树庄乡叫人洗劫，四家商铺叫人抢光，两家大户的浮财被掠走，听说一家的闺女也叫掳走，他们还自称是独立团的。他感到很蹊跷，共军的纪律很严格，一向以爱民自称，咋能去抢人呢？就是对待大户也是讲政策的呀。怀疑这是述驴疤搞的鬼，也只有他才能干得出来这种陷害人的勾当。越想烦人的事情越多，干脆，将参谋长和译电员带上去一趟延安，找找剿总，趁目前受表扬之际，将空缺的编制补齐，增加武器等装备，最好再要一些美式武器。

大风带来了降温，黄土高坡一片光秃秃的景象显现出贫瘠的面孔，迟来的寒流带着风的呼啸声，刮得黄土飞扬，二三十米之外啥都看不清楚，呼吸都十分困难。路上行人不知钻到哪里去了，一个人都没有。旅长昨天刚走，今天电话就不响了，参谋部派人去查查线，看看是不是刮了一夜大风刮断了。洛川、永乡和各团的线断了，只有黄章的电话还保持畅通。

旅座、参谋长一走，大家松了一口气。大风刮个不停，弟兄们没事干，一个个懒洋洋地在房间里打起了牌。才九点多，旅部的张副官就把郑连生和侯仲魁叫到街上小饭馆喝酒，张保长陪同。

镇子上客商不多，小酒馆本来快要倒闭了，谁知暂二旅一来，它又热闹起来，经常有军官进进出出，生意又缓过劲儿来。张保长点了牛肉、羊腿、洋芋片和花生米。酒过三巡就开始猜酒令，张副官爱下馆子，但是不爱喝酒，特别是输了酒令却赖酒，真不够意思。郑连生和他划拳，他输了不好好喝，郑连生骂了句，靠他娘！真是个赖皮，说着朝老侯使了个眼色。侯仲魁几杯酒下肚，仗着老资格对着他骂骂咧咧，说着就站了起来，端着酒杯绕过去准备灌他。忽然旅部的传令兵慌里慌张推开门闯了进来，说作战处叫你们赶快回去。保长见又来了一个弟兄，赶紧招呼他喝一杯。传令兵咽了口唾沫，摇摇头叫大家快走。众人一看可能出大事了，急忙跟他回到旅部。

刚刚接到黄章电话，全镇遭到共军的包围，守备部队正在顽强抵抗，要求立即增援以求得内外夹击，请求电话特别紧急。现在再打已经打不通了，估计线已经断了。作战室主任命令侯仲魁中队和永乡中队跑步紧急支援，到达黄章前摸清情况后将敌人围歼。作战室已经派人骑自行车去永乡传令，为了保险起见，旅部给十七师发了封电报，也请他们先通知永乡中队，万一大股共军来袭的话，就请十七师派兵支援。有人提出是否把旅部卫兵队也派去，郑连生打了个酒嗝，一听他们也投入战斗，兴奋地说："对对对，叫我们也上去吧？靠他娘！我非得给你们抓几个共军俘虏回来不可。"主任瞪他了一眼，坚决不同意。"你们的任务就是护卫旅部，哪里都不能去。"二十分钟后，侯仲魁人马冒着狂风出发了。派到永乡的两名传令兵其实在半路上就被共军俘获了。

侯仲魁中队以急行军的速度奔向黄章，路上的狂风刮得人睁不开眼，不断地有人摔倒。侯仲魁大骂："笨蛋，快通过太平沟，上去后就到黄章了。"大家呼地一下一窝蜂似的冲了下去，侯仲魁想叫大家保持队形都来不及了。一下子冲到坡底进了共军的包围圈。坡底狂风虽然小了，但是黄尘弥漫一时都看不清共军的火力点在什么地方。只见密集的枪声，自己的弟兄不断地倒下。侯仲魁习惯地把机枪手拉到身边，趴在地上，感到不对头，就不断地向西边沟底翻滚，约有五十米时才慢慢看清对方机枪的位置。他趴在地上，支好枪架打开保险，对准对方几个点射，对方就哑巴了。他又瞄准一片火力点，一连串的射击，对方全完了。他和机枪手急忙又打了几个滚，只见刚才的位置遭到一连串的射击。由于对方人太多，弟兄们死伤无数，共军的包围圈越来越小。侯仲魁躲在一个大土堆后，端起机枪又打了几梭子，终于引起对方注意，昏暗之中，足有一二十支枪向自己密集地射击。子弹打完了，刚扭头叫换梭子，机枪手早都死了。现在只有逃命为上。他扔掉机枪又打了几个滚，不断地向西边溜到深沟里去。

永乡的增援部队怨气冲冲地出发了。今天风这么大，共军还能对黄章发起攻击？一个破黄章，共军要他干什么，肯定是胡说八道。再说了旧县镇那么近咋不派兵支援，我们真是后娘养的！大家愤愤不平地走着骂着，在翻越天台山时风肯定更大。大家把枪背好，关好保险不要走火了，长官命令一个个传递。快上到山腰子时，突然，长枪短枪土炮劈头盖脸地打过来，呼啦啦伤了一大片弟兄，前边几个人还被山腰滚下来的石头砸伤，大家吓得赶紧向后跑。跑了二百米后才稳住，队长从对方的武器判断来看，肯定是共党的游击队，但是他们占据着有利的地形，还背着风，等于人家是暗处，咱们是明处。大家再冲一次试试，说完又往上进攻，结果又失败了。干脆派人回去报告，就说遭到共军的强大阻击。后退五百米找一个背风的地方等待十七师援兵。

旧县镇旅部的作战室稍微好些了，里面有两个火盆，大家静静地等待战报传来。郑连生明白今天凶多吉少，共军会借狂风之际趁机袭击，派出去的侯中队说不定叫人家包饺子了。共军最擅长围点打援，这傻子都能看得出来。作战室那帮子饭桶只会在房间画图，高程还经常标错，非得叫老侯今天送死。

想到这里，推门出去准备多派几个岗哨，旅部的前后院子一定加强安全。刚一出后殿大门，街上响起了激烈的枪声。他迅速地跑了出去，集合队伍分头指派任务。带上二十人出大门要警戒外围，还没出大门，共军潮水般地冲了过来。吓得他把人全部撤进院子，用杠子把大门顶住，机枪就架在前殿门口。同时，赶快把郭云华和其他军官隐蔽到地道里。

几个月前，郑连生在后院的库房里悄悄地按照旅座意思，挖了一个小地道，共十几米长，另一头的出口在后墙外面野地里。这件事郭云华他们都不知道，今天才知道旅座为他们的安全操了多少心。

大门被炸开了，双方的子弹从不同的角度对射，外面把手榴弹一批一批扔到前殿周围，院子内的爆炸此起彼伏，弹片如同流星般四下横竖乱飞，对方的人似乎越来越多。好在弟兄们的卡宾枪出膛快、火力猛，打得共军不敢露头。突然，两侧的房顶上都有人向他们开枪，共军从两边已经包抄过来。郑连生知道旅部保不住了，自己还要护卫着地道里的军官呢。只见他从前殿后门冲了出来，嘴里骂骂咧咧的，左右开弓"砰砰"几枪，把西边房上的三四个人打得掉下来，趁机跑进库房里。

经过激烈的巷战和逐院逐屋的争夺，敌人大部分被打死，其余乖乖投降。但是，敌人的大鱼都不见了，房顶上的战士看见有十来个人从庙宇后面的野地里向北跑了，二营长武虎叫人一查，刚才有一个使双枪的跑进房子不见了。查！武虎带头进去，终于发现了洞口。估计跑了有十来分钟，应该能追得上。三哥多次说过，发起这场战斗的目的，就是为了抓住这几个敌人头头。他急忙领上王栓等五十多人分三路去追，一直追了七八里终于抓住三个，一问大鼻子呢？才知道不在旅部，他们感到十分遗憾。但是把政训部主任郭云华抓住，这个收获也不小。其余军官分散逃窜，无踪无影了。

大鼻子在延安就得知旅部叫共军端掉，他无可奈何地对参谋长说："这真是一报还一报呀！"他又恼又恨地立即向回赶，路过茶坊时带上扈昆的部队回到旧县镇。

从镇西到镇东，士兵的尸体叫共军摆放得一堆一堆，旅部和庙宇院子的指挥部被打得一片狼藉，门歪窗破，电台也没了，房间里的办公、日用品被炸得乱七八糟，就连灶房的大锅也被砸碎，粮食一粒没剩。作战室的地图、文件和画图工具都不翼而飞。院内院外所有武器收拾得干干净净，库房里的装备、物资和各单位值钱的东西一样没剩，甚至旅座的金银细软、钞票、被褥、衣服统统没有了。大家向南查看，太平沟坡底的尸体也是一堆一堆整齐地堆放，好像共军叫暂二旅焚尸方便似的。士兵身上的武器和子弹带、皮带通通没有了。来到黄章，这里的部队已经集合一起，队形七扭八歪，士兵一个个像霜打的茄子，无精打采。几个军官看见旅座到来，吓得哆哆嗦嗦站都站不直，中队长向旅座报告，这里损失不大，就是子弹快打完了。旅座转过身，实在不想听他汇报，说实话，这都是他们扩大敌情的起因，叫人家搞了个围点打援，再来个顺手牵羊，目的就是要敲掉旅部。他实在听不进去中队长啰里啰唆的屁话，什么他们顽强地抵抗，共军才没打进来。放屁！旅座猛地转过身来，伸出大手"啪啪啪啪"一连不知扇了他多少耳光。

"从哪儿来的共军，围攻你们的就是一群土八路，你们简直是瓷尿，瓷尿！"

一个副官到他身边，轻声对他说："旅座，共死亡一百四十一人，重伤员五十九人，失踪军官和士兵一百二十二人，旅部各处室荡然无存。"大鼻子明白，旅部实际上成了光杆司令，这都是他自食其果。

侯仲魁从西沟逃窜后，开始隐蔽在山里，他不知共军是不是还在其他村子里。饥饿难忍只好逃到永乡打听消息。永乡的守备队队长故作惊讶地说："哟哟！这不是侯大队长、侯老兄吗？怎么落难到如此地步了。"侯仲魁怨气冲天地手一挥："别废话！快给老子来点儿吃的，两天没吃东西了。"侯仲魁的怨气是有一定道理，永乡来得快一点，两股势力合二为一去解围，说不定还能好一点。老侯现在在人家的屋檐下，气得光抽烟，一句话也说不出来。直到第二天，旅部听说老侯没死就叫回旅部汇报。他忐忑不安地回到旧县镇，回来后才知道郑连生今天上午就已经回来了。旅座安慰他，尽快重新组建部队，配备新式美国装备。

刘戡听说一六九旅悲惨遭遇，吩咐后勤和装备单位，尽快拨付一批物资给暂二旅，又派去七八名军校毕业的团营级作战、通讯、供应军官，帮他重新组建指挥系统，迅速地帮助该旅恢复指挥功能。没有暂二旅这个铁杆儿，后方战线的安全就会越来越糟糕。他也知道，大鼻子是个重义气的汉子，给他一些甜头，他就会肝脑涂地地为你卖命，党国也需要这样的人。但是这些物资拨付还不能公开，因为这是他推荐的人。

大鼻子手下的各团纷纷报来情报说，黄龙山区周边各县有大批的共军活动。开始，他以为情报部门是草木皆兵，叫独立团打怕了。但是传闻越来越多，共军的二纵、四纵据说开到这一带。他实在想不通，共军这么多的部队来黄龙山区干啥？打二十四旅？宜川地势那么险要，几乎全是石头山，共军又没有重武器，不可能拿下来。打洛川国军？笑话，国军整编主力师都开到这里，整天找他们决战，共军畏畏缩缩不敢正面与国军对阵，况且，洛川南北还有五六个作战旅，共军拔根毫毛试试？

今年的冬季已经下了三场雪了，这已经进入一九四七年的腊月，过几天就是二十三，该给灶王爷祭灶了。天上又扬起了小雪花，大鼻子坐在火盆旁，把张副官叫来。叫他筹备五袋大米、一百袋白面、十头肥猪、五十只羊、一百斤白糖、五千斤洋芋和其他萝卜、白菜等，自己要亲自去洛川城看望刘军长。张副官告诉他，大米不好搞。大鼻子骂他："你看你个瓷尿，瓜得实实的。你不会坐上车到西安买？刘军长是湖南人，就喜欢大米，知道不？"

刘戡在陕北战场吃尽了共军的苦头，不是他不会打仗，当年在山西、河南抗击日寇时，打了许多胜仗。在陕北，和共军打仗，什么都是西安说了算，部队没有一点自主权，美械装备的国军处处丢卒失马，快一年了，好几个旅叫共军吃掉了，心情十分烦闷。今天刚一起床，副官报告，大鼻子来电话说，上午过来看望他。他一听很高兴，叫人准备一下中午在一起喝两杯。

雪越下越大，荒秃秃的原野变成了白茫茫的一片。大鼻子带着雪花进了刘军长会客室，说是会客室，实际上就是石头砌的窑洞，靠门的一侧，有一个砖台，上面的火盆燃烧得正旺，火盆上用细钢筋做的铁架子上，放着一个铁皮壶，正在烧着开水。

勤务兵赶紧把客人请到椅子就座。他环视了一下窑洞，墙上的地图已被帘子遮住，中间摆放了一把摇乐椅，可以半躺半坐前后摇晃，可能是军长休闲时躺下看书用的。客桌上摆放着瓜子、花生、糖果，还有一瓶洋酒，好像是威士忌。中间还放着一个火盆，供客人烤烤腿脚。

外面传来刘戡爽朗的湖南口音："老姜哥哥，等急了吧？"人到声到，一个士兵已将厚厚的棉门帘揭起，刘军长跨进了窑洞。大鼻子比他大七八岁，在无人的时候，刘戡总是这样称呼他。

大鼻子双手向他拱了拱："刘军长，您来洛川，我们这里蓬荜生辉，万物勃勃，您真给洛川人民带来福音了。雪下这么大，说明今年的小麦一定要大丰收。刘戡脱下大衣，士兵接了过去，两手习惯地在火盆上搓搓手背，笑着说："是呀，瑞雪兆丰年哪。"老姜把他的话接了过来，"明天就是给灶王爷祭祀，我代表家乡人民拿了点礼品，说着从兜里掏出礼单放在桌子上。刘戡歪着头，看了一眼，激动地说："老哥哥呀，天时不如地利，地利不如人和，来到陕北只有你这儿最温馨。在延安和榆林那边，部队要吃没吃、要喝没喝。常常有的部队为一点粮食动枪动刀的。那儿全是小米、糜子、玉米面、黑豆，可真难吃。不像你们南边的几个县，部队的粮食不存在问题。你说啥王爷咋回事？"

大鼻子看他整天忙着军事，对农历的节气不太清楚，就一一说来："咱们中国几千年文明历史创造出许许多多民俗文化。农历腊月二十三这一天，相传各家各户的灶王爷要上天，向玉皇大帝禀报这一家的善恶，来让玉皇大帝赏罚。因此送灶时，在灶王爷像前的桌案上放糖果、清水、豆料、秫草，后三样是灶王爷上天坐骑的备料。祭灶时把糖融化，糖水抹在灶王爷的嘴上，这样他就不会在玉帝那里说坏话。民间有'男不拜月，女不祭灶'习俗，灶王爷是小白脸，怕女的祭灶，有男女之嫌。"刘戡哈哈大笑，"有意思，陕西和我们湖南风俗还是有较大的差异，你们还要给灶王爷嘴上抹糖，有意思。有人经常跑到总裁和胡长官那里说我们的坏话，军统、中统，还有什么党部的，今后要给他们嘴上抹东西，不能叫这些坏家伙背后坏我们的名声。"

他最恨这些狗特务，无孔不入。有安插进来的，也有收买的，防不胜防呀！

当年抗战，他在山西九十三军当军长时，有个参谋长是共产党，经他同意，向八路军赠送过武器和其他物资。军统发现后，把他告到总裁那里。总裁和何应钦叫他把共党交出来，他出于良知把这个参谋长送走去了延安。总裁一生气，把他的军长职务给免了，责令去陆大学习。后来河南吃紧，胡宗南向总裁提出，把他的官位复出，去了三十一集团军任总司令。大鼻子知道他心中的不满，隔墙有耳、防不胜防。他赶紧把话题引回来，接着说：

"祭灶也是过小年，从清朝雍正皇帝开始，在每年的腊月二十三在坤宁宫祭神，以后王爷、贝勒爷随之仿效。过了二十三，诸神上了天。老百姓百无禁忌，娶媳妇、聘闺女不用择日子，这称赶乱婚。民间里的小赌小拿，男女之间的偷鸡摸狗之事，别人装着不知道，大过年的别冲了喜气……"

刘军长就喜欢和大鼻子聊天，这老哥哥对民间的习俗、农历的节气、三皇五帝传说、历代的皇帝轶闻等，知道得还真不少。老哥哥的一身好武艺，更使人增加了几分对他的敬重。

大鼻子来这儿还有一个重要目的，把黄龙山区周边发现共军野战部队的情况，告诉了刘戡，他总担心共军在这里要做什么文章。刘戡握住他的双手："谢谢老哥哥。我也有所耳闻，西安还派飞机在这一片侦察过，没有发现什么大队的迹象。不过，我们还是小心防范。"大鼻子不相信飞机的侦察，在林区飞机能看见什么？他嘴里没有说啥，心里想我回去立马派人四处侦察，非得搞出个子丑寅卯来。

大鼻子召开各县县长、警察局局长和部分军官联合会议。他在会上警告众人："从现在起，大家要百倍地提高警觉，陕北的共军有向南边发展活动的迹象。黄龙山区虽然很穷，但是回旋余地非常大，咸榆公路以东，黄河以西，延川以南，沟壑纵横、丘陵广阔，非常适用主力部队活动。所以共军肯定对这儿虎视眈眈，我们绝不可以掉以轻心。"他停顿了一下，下了命令：

"各县的民团、警察局和暂二旅紧密配合，四处打探消息。你们那里有什么敌情，来了什么武装要及时向上禀报，决不能隐瞒不报，否则以贻误军情处置。"

他最后还要求四团、五团继续查清独立团活动的位置，旅部失踪军官究竟在什么地方。对述驴疤的老巢也要逐渐摸清，老子非得亲手处置他不可。

令晋山和侯仲魁在镇子上的小酒馆慢慢地喝闷酒。会前，旅座把老侯、郑连生这几个爱将叫去大骂了一通："作为军事干部，起码的军事常识应该懂，你们是暂二旅的骨干，却犯了低级错误，懂吗？"旅座很少用这样的口气训斥他们，令他们面红耳赤，恨不能钻进地缝里去。

令晋山团长看着一筹莫展的老兄弟，安慰他说："现在正是暂二旅用人之际，旅座肯定还要用你。你现在想方设法打探点有价值的情报，为我们团争个脸，也为自己争个气。"老侯一脸茫然地看着他，有点发呆。令晋山想起旅座骂人"瓷尻"一词来，端起酒杯"吱"的一口，把杯子重重地一放："我给你十个人，配一些好家伙，深入山区找找线索，明白不？"他恍然大悟，像鸡啄米似的连连点头。再有两三天就是大年了，家家户户都忙着准备年货，人人脸上露出喜气洋洋的笑容。可是暂二旅刚刚受到致命的打击，每一个人的脸上都毫无表情。

侯仲魁一年前认识凤栖镇小学校的女老师吴青。吴青原来是县城一小的教师，曾经结过一次婚，但是没有孩子。男人是县城里搞水土保持的工程师，谁知结婚后没有两个月，男人去勘察地形时一失足掉到深沟里。被人抬上来时已经断气了，闻讯赶来的吴青当场就昏了过去，大家七手八脚地抢救活人。吴青苏醒后哭得昏天黑地，嗓子哑得连声音都发不出来了。男人安葬后，她坚决不在县城里待了，再也不想见到熟面孔。在别人帮忙下，她来到凤栖镇小学教书，这一教又是三年。多少人给她重新介绍都被谢绝了。

去年侯仲魁中队在旧县镇保长指引下开进小学校，就受到教师的一致抵制，吴青和侯仲魁面对面地争论，给了她很深的印象。侯仲魁红着脸把部队带走，吴青也感到很意外。两人在镇子上曾经又遇过几次，每次看见她都是低头不语匆匆走掉，反而对她产生了好奇。后来在他人撮合下，就渐渐互相产生了好感。她通过和他多次交谈得知他老家是山西大同人，从军都十四年了，一直没人给他说过媳妇。抗战胜利后他回过一次家，房子都被日寇夷为平地，父母和亲戚全被鬼子活埋，这个世界上一个亲人都没有了。打那以后，他就随部队走南闯北，无所牵挂。遇到了吴青后，朦胧之中就产生了娶她组建一个家的想法。

学校放寒假时他就打算陪她回娘家，也算是正式拜见未来的丈人，娘家吴家村也不远，距这儿只有三十里。由于旅部被袭击，她为他还操了不少心。吴青来到驻地，一推门又看见他在桌子上玩虱子赛跑。她气不打一处来："侯仲魁！你这是干萝卜缨熬汤——乏味。"老侯吓了一跳，赶紧把衣服穿好。她把口气转缓，慢慢地说："你的中队没了，无官一身轻，你就乖乖地跟我回家，这样更自然，咋样？"老侯本来还可以很风光地去看丈人丈母娘，现在灰头土脸的去总不是个滋味。虽然，人家不嫌弃自己，可是五尺高的男人总是应该仪表堂堂地去，岂不是更好？在吴青逼人的眼光下，现在只有羞愧地答应。令团长得知他去看岳丈，二话不说，叫人在县上给他买足了礼品，派了一个班的弟兄跟着送去。

吴青坐在马车上欢天喜地带着老侯回家，屁股后面还跟着一个班。老侯好像也找到了自信，一路上又说又唱，还不断地给弟兄们发烟。她悄悄地对老侯说："你到我家后，手不许伸进怀里找虱子，坏毛病一定改掉。"他满口答应。一进村子，吴青见到熟人和亲戚，到处打招呼，风光地进了家门。她父亲吴道学是个乡村绅士，前年被上头指名当了甲长。闺女带了一名国军的连长回家，他一切都明白了。从他的举止言谈方面看，虽然年龄大近十岁，但还算一个老实人，不算狂妄。女儿属于二婚，再挑剔也没有啥意义了。

第二天他在家里摆了四桌酒席，请主要亲戚和村里头面人物吃饭，这也是对吴青婚事的认可。在吴青哥哥的介绍下，老侯分别向各位长者、亲戚一一敬酒，显示出很有礼节。

酒席快结束时，村里一个二癫子"刘秃子"闻到酒味就进了门，吴老先生脸上露出不快，叫人赏他一个馍快滚。刘秃子笑嘻嘻地说："我不走，我还要吃酒呢。"说着就想坐下。

老侯看不下去了，手一摆，旁边吃席的几个弟兄就站起来把他往外拉。谁知刘秃子"扑通"一下子就坐地上耍起赖来。嘴里还胡喊："国军弟兄们，我有重要情报，我有重要情报！"

弟兄们嘲笑着连踢带打，去你妈的情报，把他轰了出去。刘秃子在门外大喊："独立团在哪搭我知道，我见了，你们不相信就算了。"

老侯一听又跑了出去，拽住他的耳朵问："狗日的，说实话，你在哪里看见的，他们在什么地方住？"

刘秃子脖子一歪："你不叫我吃饱，又不发赏钱，凭啥告诉你？"老侯从兜里掏出十元法币塞给他，还叫人给他一个肉夹蒸馍，只见他三两口吞了下去。拿着十块钱晃了晃，不满地说："这点钱不够，不够！"

老侯用手指着他的鼻子："你妈个板板！这是定金，事成以后，赏钱三百元。"刘秃子高兴得咧着嘴，全告诉了他。

刘秃子前几天和邻村另外一个惯偷跑到东边八里远的寺坡村偷了一头牛，准备拉到南边的雁坡镇卖掉。路上鬼鬼祟祟的举止叫伤愈归队的朱大个子碰见，朱大个子见有人用铁锨打牛，感到纳闷。上去一问话，刘秃子吓得就要溜。这更加蹊跷了，决定把他往村里带。走到半道，这两个把缰绳一扔就跑了。朱大个子着急回去，没再追赶，把牛牵到附近村子里，交给民兵就走了。

二流子说了朱大个子模样、穿着，哪个村名他们虽然记不住，但是一说他们的军装、说话口气，这肯定是独立团。老侯急得立马想回凤栖镇汇报，吴青坚决不答应："大年三十了，这几个士兵们可以回去，你必须在我家过完年后再走。你懂不懂，要不我在村里没法见人。"没办法，他只好歪歪扭扭写了两行字，叫团座率领队伍过来去围剿。

吴青看着他写字条，恳切地说："老侯，人家独立团也是人，大过年的不要打呀杀呀，你这样在我家乡杀杀打打，大家对你是啥看法呢。"老侯还没反应过来，她一把拽来，两下子把字条撕了。老侯只好叫弟兄们先走，说自己在丈人家帮助干点啥，其实家里人都不让他干活，只好陪着吴青到村里转转。

晚上他睡在前厦房，吴青还给他打了一盆热水，叫他好好洗洗，睡个好觉。他钻到被窝后，翻来覆去睡不着，仔细地听听院子的动静，好像都睡了。心里盘算着，离天亮还有八个多小时，现在跑步到旧县镇来回五个小时就够了，把队伍带到邻村隐蔽。初一上午陪丈人一家吃过饺子就溜走。事不宜迟，想到这里他蹑手蹑脚地穿好衣服，慢慢地拉开门闩。

嗯？吴青就在门口站着，她一头扑进自己的怀里，我的妈呀，脉搏跳动突然加快。来到世上三十二年了，只听说过男男女女之间的那些事，自己还从来没有搂抱过女人。笨手笨脚的他也不知道该干啥，两手搂住她的腰，一动不动站在地上任凭她拱。一个热乎乎的舌头进入自己的嘴里，全身也不由得开始扭曲起来，热血开始沸腾，他已经站不住，抱起她就上了炕。

虚渺世界混混沌沌，黑夜把人间的善与恶、美与丑、爱与憎全都罩住，也演绎着人间许许多多的爱情故事。

23

刘秃子没有说错。独立团一营驻扎在山南的吉家村，距旧县镇约六十里左右。按照上级的指示，独立团主要任务是荡清山区里的土匪和保安团，迎接大部队的到来。二纵刚刚进山，他们大部分驻扎在转庙梁、铜岭一带。春节前三哥带人去了一趟孙庄，去看望了三五九旅的首长，这里也没有啥好东西，买了七八十只羊赶去作为慰问品。

郭旅长一见他们十分惊喜，看见赶来这么多的羊，风趣地说："猪呀羊呀，送给八呀八路军。"

大家哈哈一笑。四眼拿出一百万法币交给二纵的一位后勤同志，他们愣住了："你们是不是发大财了，我们就是打土豪出身的，也没有你们这么阔气。"他俩告诉首长，五十天前，独立团在咸榆线上打了一次伏击，发点财，大部分还上缴了。他们在这条线上吃了十个月，和敌人兜圈子，部队也是越来越壮大。郭旅长看了看王司令员，他会意地点点头，他们真有点喜欢这支部队。

他问他俩："你们愿意不愿意划归二纵，愿意的话，我就向贺龙师长说。"三哥、四眼俩人"啪"一个立正，两人同声回答"愿意"！他俩告别了首长后，兴奋的喜悦心情自然不必说。但是黄龙军分区坚决不答应，二纵只好作罢，这是一些后话。

初三早晨，侯仲魁带了十来个精干的弟兄，全部都换成农民打扮，按照二流子说的方位，向南寻去。进入山区后，有的背着粪筐，有的背着褡裢，还有人背着柴，三三两两地保持着距离，四下里寻找、打听共军部队情况。他们来到一个叫修垣的村子时，发现有民兵在村外边巡逻，吓得赶紧躲到野地里。

这个村子里肯定有解放军。天已经黑透了，老侯背上柴就装模作样地进去。在村子转了一圈，只发现有一家门口站着哨兵，其他人家看不出来有武装人员居住。民兵来回巡逻，转得还挺勤，碰见就麻烦了。

他赶紧溜出去和弟兄们商量，门口站岗里面肯定是大官，干脆一不做二不休，就拿这个院子开刀。

深夜已经十一点，人们都进入梦乡。村子里虽然还有流动哨，但是流动的次数明显地减少了。侯仲魁在村口留了两个人接应，巷子口的石碾子下面再藏了一个。其余的人随他鬼鬼祟祟地摸了过去，离哨兵还有三十米远时，他躲在拐角，掏出白天在野地里套的毛老鼠，"嗖"地一下扔到前面一棵树枝上，哨兵听到树上有动静，把枪栓一拉就跑到树下，细看原来是毛老鼠吓得乱窜，心里骂自己大惊小怪。人还没退回哨位，就叫人从背后一砖就砸昏了。侯仲魁几个人摸到正房，用匕首慢慢地拨开门闩，炕上一个人酣然大睡，几个人悄悄上去，突然就扭住胳膊和腿，并死死捂住他的嘴，强行拉到村外。那人冻得浑身打哆嗦，这才给他把衣服穿上。

令晋山知道老侯抓个黄龙军分区政治部组宣股的股长，高兴坏了。派了几个审讯老手车轮大战，必要时找几件刑具软硬兼施，最大限度地撬开他的嘴。一连审了三四天，这个人嘴就是硬，光说自己是个小股长，部队情况一概不知。几种刑具他都尝了个遍，昏倒了几次还是不招。

大鼻子知道了，叫人给他包扎伤口，又叫小爱给他擦洗脸上的污垢，派人端上一碗热腾腾的肉臊子面，股长犹豫了一下，最后还是一口气吃完。大鼻子作为一名老军人给年轻人上人生课：他推心置腹讲起自己的身世，讲他年轻时报效国家的决心，一腔热血的激情，回忆起当年国共合作在山西和独立团共同抗敌，浴血奋战杀日寇的情景。你们的部队枪支差、弹药少，是我老姜无私的援助，你们司令员、政委的马匹不好，是我老姜亲自挑选送去。股长听说过这个老旅长在山西抗战时奋勇杀敌的事迹，他的右耳朵确实不见了，确信他就是大鼻子。他拍拍自己的右肩，解开衣服叫年轻人看看伤疤，

"年轻人，我身上的伤疤共二十一处，光抗日就有十六处啊！这每个伤疤后面都有一个故事。你是共产党搞宣讲的干部，对这些应该是很懂的。"

老旅长这一招十分厉害，他于情于义于心的谈话，使他深深感动，国民党这边确实有一些正义的老军人啊。二、四纵队已经到达黄龙山区，大部队开到这里来的真实目的，他们都不知道。股长就说了这一个情况，再问三不知。估计也不会知道大部队的情报，军分区的情报现在价值不大了。决定把这个俘虏交给了军统去审。

股长的最后一句话，在他耳朵里反复回想。共军究竟想干什么呢？他又打开

地图查看，宜川有二十四旅，难道共军要吃掉他们？一年前，共军想把国军一个旅吃掉，难度太大。今非昔比，共军吃掉一个旅，易如反掌。看来需要立即提示刘军长了。

三哥来到老虎门口，还没进去，就听见他大骂着政治部主任：

"饭桶，简直是一群饭桶！一个大活人莫名其妙叫敌人搞走了。你们把老子的人丢尽了。"前一段时期，各村没有暗哨，加上晚上的巡逻队都以民兵为主。修垣只住了政治部，由于部队要转移，大部分人都走了，他们还有点任务没有走，结果就发生了这件事情。老虎在里面严厉地训斥，命令政治部配合军分区除奸队，尽快把那些被捕的人搞回来再说，如果搞不回来就立即执行，不能犹豫。政治部主任走了，他才报告进去。老虎通知他："一会儿跟老子开会去，要打大仗喽。"

"去哪？"

"不知道。"

"几天？"

"不知道。"

这次上级开会布置得十分周密，要求他们大年初七赶到宜川的交里村，然后按交通站的要求去参加会议。从驻地到那儿起码有一百四十里山路，现在都中午了，也就是说到明天早晨必须赶到。为了赶时间，必须走蔡家川，还要途经敌人把守的瓦子街。说走就走，他们决定路过旗杆庙时把朱大个子连带上护送，这一路上零星敌人会不少。现在，瓦子街有敌人一个保警队，部队必须冲过去，不能恋战。

冬天六点钟天就已经黑透了，快到瓦子街时，马夫用布把马蹄包住，减轻声音。镇子是东西走向，道路从镇东头经过。还有五百米远时，侦察员回来说东头有两个敌人在那里转悠。朱大个子和几个战士立即换了农民的服装，背上早已准备好的干柴走过去。

哨兵一见南边来了几个人，一拉枪栓，紧张地大喊："站住！口令！"几个农民害怕地回答："我几个是村里打柴的，知道啥口令，就是回来晚了。"

哨兵满脸狐疑地用枪指着他们："把柴放下，老子要检查。"大家慢慢地放下柴，哨兵用枪管抵住一个人用左手摸他的身上，刚摸到腰里的短枪，朱大个子一拳击倒这个哨兵，哨兵往后一倒扣动了扳机。大家一急不管三七二十一，上去就把这两个哨兵砸昏。朱大个子立即掏出手电，按住闪了三下。远处的部队迅速地跑了过来。

镇里的敌人听到东头枪声，呼啦啦窜了出来。一个带头的趁着月光看见有骑马的大官，狂叫着："打那几个骑马的，快开枪！"

瞬间，子弹嗖嗖地射过来，老虎刚一低头，一发子弹打在他的左腿上。朱大个子命令二排从右翼包抄过去，今天不给他们颜色瞧瞧，他们就不知天高地厚了。自己带着队伍向后退，保警队以为对方好欺，"嗷嗷"地冲过来。突然，他们的北侧"哒哒哒"的一阵机枪扫射。机枪一响，整个队伍又来个反冲锋，敌人吓得屁滚尿流，逃到南边的沟里去了。

走了好一阵，史啸山才知道首长受了伤。埋怨他不告诉别人，他忍住痛说："没啥子，忍一忍就过去了。"他以为没有带卫生员，也不想影响大家战斗。三哥叫卫生员跑步过来，只见子弹从小腿的肌肉穿过，血汩汩地冒。赶紧用药棉酒精擦擦，上了点自配的消炎粉，拿出止血带紧紧地缠紧，最后纱布裹好。他看看表都半夜一点了，还有八十里路。他就劝老虎先回去，他摇摇头："走吧，这个会议非常重要。"大家又重新上路了。

到了交里交通站已经上午十点半了，原来这儿是西野司令部的联络点，开会在北边五里远的村子。现在会议已经结束了，两天后会议命令就会下达。上级规定，迟到者不再参加会议。大家只好闷闷不乐地向后返回。

正月十五，正是村村闹社火的喜日子。命令也到达军分区：一切党政机关三天之内撤出黄龙山区，独立团全副武装带足三天的干粮奔赴瓦子街东南余家崖听候待命。三哥命令通讯排立即通知各营带足五天的干粮和所有的弹药到指定的地点集合。

老虎躺在床上，眼馋地对老部下说，"你个龟儿子有福气，打大仗让你赶上了。"

他又悄悄地对他说："做啥子多动动脑壳，注意啊，不敢把老本拼光光，懂吗？"

他点点头："老班长，您尽管放心养病。老三绝不给你丢人，我们战斗力绝不亚于野战部队，也绝不会把人给你拼光。"

西北野战军为了把战役推向国民党战场，发起瓦子街战役。由三、六纵各一个旅包围了宜川的二十四旅，胡宗南必然命令刘戡率整编二十九军的二十七师、九十师两个整编师四个旅去增援。从洛川到宜川有三条道路，只有途经瓦子街的路最近，道路最好，也便于机动，刘戡必然途经此路。

西野决定集中一、二、三、四、六纵的九个旅和少数地方部队埋伏在这里。这条公路两侧山高坡陡，丛林密布，便于野战部队隐蔽。去年距这儿四十里的小寺庄遭遇战的总结报告，曾经引起野司的兴趣。但是，小寺庄沟窄林密，不适合大部队打伏击。

三哥和刘财财到指挥部领受了任务：独立团的阵地在瓦子街南山的东坡，就是一纵七一四团和二纵独立六旅的结合部，要堵住敌人。西野下了死命令，所有参战的部队，谁要是放走一个敌人，指挥员一律按军法处置。

刘戡把大鼻子的报告看了好多次。他相信这个人对他的忠诚和义气，可是现代化的飞机大炮战争，老哥哥是落伍了，要不然，凭他的资历早就该是个中将了。自己来陕北战场近一年了，对共军的各个部队了解一些。二纵是王震指挥，打仗虽然很硬，但是他们从南方突围回来，老底子打得差不多了，听说在山西补兵员，补的新兵尚需要一段时间。四纵是他们关中的部队，装备较差，不足挂齿。现在宜川被围，情报反映的是三纵。胡长官一天几封电报，督促他立即带队解救二十四旅。胡长官的命令不得不执行啊！他拿着铅笔在指挥室里踱来踱去，决定先派小部队侦察，随后大部队跟进。共军要想吃掉我们，人心不足蛇吞象，说不定让我们抓个正着呢。

大鼻子得知胡宗南不断地督促刘戡去解救二十四旅，前面肯定凶多吉少，但是大战之前最忌讳动摇指挥员的决心。万一人家的决策是正确的呢？以防万一，他决定把所有的部队调回来，集结在一起，万一需要他帮忙，一定有所作为。

按照指挥部的命令，正月十八也就是二月二十七日，各部队在距阵地二十里之外的地方秘密集结，独立团在余家崖全部集合。部队最后一次召开营连干部。三哥严肃地告诉大家：

"这次战役，是对我们打大仗的考验。大仗就是学会配合，不是打游击，懂吗？各营、各连一定要听指挥，谁都不能松尻子，违反战场纪律，就要枪毙！"四眼准备了三百副担架，四百名后勤供给民兵，联系方式一一作了交代。

会议一结束，三哥带上作战股和各营营长、工兵连长悄悄地来到阵地前观察地形。七一四团在他们阵地的左翼，约有两个高地。独立六旅在右翼，居高临下一片缓坡。留给独立团的是两条纵向的壕沟，这两条沟看起来不大，但是山沟的半腰长满了树木、杂草，很容易隐蔽队伍，敌人从这里一旦突然发起攻击，距阵地仅有一百米远了。

现在这些树咋样伐掉？李连长跑下去，一会儿他就又上来报告，下面的树约有二十公分粗，大概有一千多棵，两条沟至少有三千棵以上。伐树至少需要五百多人伐两天，这样动静太大，容易暴露目标，再说，时间也来不及。刘财财出个主意："三哥，是不是在树枝上布置一些拉弦的手榴弹，战斗打响后引爆它们。"

他的话提醒了三哥，他突然转问："团里的炸药还有多少？"大家明白了，手榴弹在树上引爆还是有难度，万一敌人稍微一抬头就看见了，偷鸡不成反蚀一把米。刘财财掏出小本子，一查：炸药包五公斤的有三十个，十公斤的有二十个，十五公斤的各营加起来有七八个。不过，东西还在五十里远的库里。

"派人立刻回去取，无论如何今晚送来，交给工兵连。"他命令道。

刘财财转身就去安排。他又指着沟下，告诉李连长："在沟里，两个药包一组，间距你们下去量好。导火索改为绊脚索，用油布包好，不要受潮，还要用枯叶隐藏好。不宜过多，每条沟里只能放两组，多了就不灵了。"

一营在一号阵地，二营在二号阵地，三营作为预备队。各阵地要按梯次配置，绝不能让敌人顺着沟冲上来。各营配合工兵连，昼夜抢修搭建简易工事。

二十九日中午，部队奉命进入阵地。老天下起了蒙蒙细雨，北风刮来，不由得人打了个寒战。除了留警戒哨，大家都挤成一团相互取暖。西边传来一阵阵枪炮声，估计一纵已经把敌人的后路截断了。三哥几个人站在高处，拿起望远镜四下望，细雨把光线遮住，雾蒙蒙的。

刘财财和左翼的部队取得了联系，并且制定了相互联络的号声，以便出现意外能相互照应。他们正说着，敌人就向左翼兄弟阵地猛烈地开炮，一千多敌人像蚂蚁一样，满山都是，不顾死活向他们阵地冲锋。

三哥一看，妈的，唇亡齿寒嘛。大喊贾神枪，贾神枪赶紧跑来，他指了指半坡的敌人，叫他想办法助兄弟部队一把力。

只见贾神枪带了几个人拿了一挺机枪和几支步枪向西北小山峁跑去。到那里一看，好家伙，敌人好像要拼光老本似的，不顾死活硬冲。距离有点儿远，机枪用不上，他挑了一支中正式步枪说，你们给我数着，说着大家蹲在一个坑里，看着他猫着腰跑到前面的小土包后面趴下，居高临下，约有一百米远。"砰"的一声，下面一个家伙倒下，"砰砰"又是两个东倒西歪。下面一个戴钢盔的家伙用枪指向小土包，十几个敌人的枪口转过来对这里射击。艺高人胆大，只见他跑到更远的山梁，实际已到敌人的后面，大家不由得为他担心。"砰砰砰"又是几声，又躺倒几个。这下子对方恼怒了，几十支汤姆枪、机枪不断地扫射，还企图向上迂回包抄共军的狙击手。大家一看向前蹿出几十步，趴在地上，居高临下地向敌人猛烈射击。敌人一看这里还有接应的，只好退了下去。

贾神枪跑了回来，经验告诉他，敌人该从他们的阵地进攻了。他留了两名战士在这里继续监视敌人。谁知等了好长时间，也不见敌人来。可能敌人认为这两条沟易守难攻，他们是老母猪啃住萝卜窖，猛拱（攻）左翼不放。敌人的目的很明显，左翼阵地地势高，一旦占领，独立团则暴露无遗。

三哥命令一营二营各抽一个排，从侧翼支援，减轻他们的正面压力。打了整整一下午，敌人始终未攻上来，山坡上不知躺了多少敌人，左翼兄弟部队伤亡也不小。

右翼阵地六旅迟迟不见影子，大家十分着急。他们的阵地较长，独立团全部拉上去变成单线也补不住口子。他们正说着，好像从东南方向来了一支队伍，赶紧派人去联系是不是六旅。

晚上毛毛雨变成了小雪，在雪地打仗光线足，只是手脚冻伤，杜三娃在工事里走来走去叫大家不停地搓手、跺脚。晚上轮流迷瞪一会儿，千万不能睡死了，敌人时时刻刻想突围呢。半夜变成了大雪，天快亮时渐渐地停了下来。整个山上山下，被皑皑白雪遮盖，光线强了，双方的命中率都提高了，估计伤亡不会小。

野司发起了总攻的命令，南北五里、东西十里枪炮隆隆，杀声震谷。敌人如同困兽在雪地里四下翻腾，仗着美械装备拼命地突围。现在谁也不敢马虎，一旦被敌人撕开口子，就麻烦了。

独立团的这两条沟，终于叫敌人发现了，敌人以为有下面白茫茫的树林遮挡着，妄想突然袭击，他们悄悄地逼了上来。哪知雪藏的绊索炸药包"轰隆，轰隆"巨大的威力把敌人全部炸懵了，只见雪震得如同雪崩一般滑了下去，没死的也都骨碌下去。

敌人不甘心，因为上面没有共军开枪呀，说不定还没人。他们发起以连为单位的集团式进攻，美械式的自动火器就是方便，汤姆枪"突突突"火力打得阵地尘土飞扬。但是敌人毕竟是仰攻，快接近时，共军突然一阵猛烈射击，又被打了下来。敌人防化兵在一号阵地对林中向上喷射火焰，林子被点着，半坡的灌木丛也被点着，火借风势直向上扑来，烤得人站不住，好些人严重烧伤。敌人趁机冲了上去，阵地上展开了肉搏战，后续敌人越来越多，一营的阵地出现了混乱。杜三娃突然大叫一声："甩炸药包！"

过去他们缴获一批美式帆布包，排长以上干部都有，偶尔一次机会，他们发现把炸药装进包里，特别是居高临下抡甩出去，效果特别好。杜三娃一声吼，三四个从天而降的炸药包不仅把山腰敌人炸下去，还把火给炸飞了，起了意想不到的效果。后面又冲下来几十个人，打死了阵前的敌人，稳住了阵脚。大家赶紧清理死伤的战友，硝烟中充满了紧张的气氛。

敌人的炮击转向这里，二十分钟的炮击，巨大的气浪把人都能掀翻，一发接一发地叫人无法躲藏，许多人员都牺牲在炮击中。阵地掩体基本上垮塌，杜三娃肩上、腰上负了重伤，他艰难地爬起来，又昏死过去。敌人发起了第九次进攻，这次冲锋的人数比哪一次都多。没有掩体的阵地，人员几乎都暴露在外边。敌人的火力过于强大，前沿许多人都倒下了。

三哥命令部队退到二线掩体里，叫敌人冲上来后也一样地暴露在我们的火力圈内。步枪、机枪、手榴弹的弹片和爆炸，把这里已变成血红色屠宰场。这时，双方已经打红了眼，敌人似乎都不知道怕死，拼着命向上冲。今天多亏天不好，敌人的飞机再来轰炸就伤亡大了。

一营贾神枪、刘富、赵勇生率领战士们发起反冲锋，枪声、杀声响成一片。二营的武虎、朱大个子、王栓个个像拼命三郎端起机枪、手榴弹、刺刀、铁锹疯了一样也冲了下来，敌人被共军不要命的打法吓傻了，不由自主又逃了下去。但是，敌人的炮弹也随之飞了过来。

三哥站在后面看得清清楚楚，这一轮敌人炮击后，必须把剩余的预备队拉上去。现在伤员都四五百人，担架队也不够了。出乎他的意料，炮击渐渐停了，望远镜里的敌人都在溃退。他跳到一个大土包，"敌人完蛋了！大家冲下去，冲下去啊！"

霎时间，军号嘹亮，杀声冲天，战士们个个像猛虎下山般扑向敌人。敌人建制被打乱，作鸟兽散。

战士们抓俘虏，都抢着抓大官，都在抢重武器。刘富背了两支步枪，手里还端着机枪，碰见树下十几个敌人。他大叫一声："你们这里有没有当官的？"这伙人吓得说话都哆嗦："没、没有，当官的早就跑了。"

"咦？"他们中间坐在地上一个人，背对着他，"站起来！"他用机枪指了指。

那人慢腾腾地站起来，拧过身来。刘富一看，这狗日的，年龄比他们大得多，分明是一个官嘛！最后一审，果然是个上校团长。

伤员对担架队的民兵说，你们赶紧下山抓人去呀，发财的机会来了呀。他们一听，撂下担架就跑。

刘戡看到大势已去，天啊！老子湘江男儿，黄埔优秀高才生，十八从军，北伐灭鬼魅，统一中国。抗倭寇，一腔热血，杀得鬼子片甲不留，至今身上弹痕累累。由士官到将军，对父母孝顺，对妻子体贴，对百姓厚爱，对党国忠诚。这是为什么？为什么苍天不容我呀！男儿宁愿战死在沙场，绝不苟且偷生，校长，学生杀身成仁了。他拉响了手榴弹。

战役结束后，三哥才知道，这场战役歼敌二万九千多，取得了西北战场的大捷。我军一年前一次可以吃掉一个旅，而现在能吃掉一个整编军，简直不可思议。

打仗，就会有牺牲，各部队就有数千名战士牺牲在这里，其中，就有独立团四百三十名战士。他看着阵亡名单，眼泪糊满了脸面。

大鼻子得知国军整编二十九军被共军全歼，恩人刘戡壮烈殉国，他号啕大哭，悲伤不已。

"老弟呀，我早预料你去宜川就是踏上黄泉路，不叫你去，你也明明知道是陷阱，但是你为了胡长官就豁出去了。壮哉，勇士，壮哉，你是党国真正的军人！现在像你这样的中华男儿不多见了，你是老哥哥学习的楷模呀！"

他总以为自己会走在刘军长的前面，谁知……

命令全旅为刘军长吊唁三天，任何人不许喝酒、不许搞娱乐活动。

共军下一步打什么地方？大鼻子不得不考虑，人家都逼到家门口了。弟兄们都肯定地说是洛川城，他也这么认为。为了不被共军吃掉，他把旅直和四团、五团赶紧龟缩县城，县城城墙厚且高大，共军无重火炮能奈我何？

独立团急需休整，补充大量兵员。老虎听完部队汇报后，同意部队率领一营、二营去山西为伤员治病和发展队伍。

杜三娃的伤势越来越恶化，腹腔的弹片虽然已经取出，可是呼吸一直很急促，浑身发烫，人整天昏迷不醒，就连肩上弹片手术也不敢做。担架队四个小伙子轮流小心翼翼地抬着他，生怕有个闪失。第三天晚上部队已到达宋家川镇的黄河渡口，三哥刚想歇息，贾神枪赶紧跑来报告，说杜营长不行了。他忙穿起衣服跑到医疗队住处一看，一堆人围着杜三娃的病床，人们见他过来了，赶紧让开一条道，他紧锁着眉头看着军医在做人工呼吸。

半个小时过去了，杜三娃始终没有反应，他扭过头，两行热泪止不住流了下来，摆了摆手叫大家别做了。可是没有一个人走开，大家轮流在做人工呼吸，边做边呼喊着他的名字……

杜三娃是宜君人，参军十一年，身经百战，是独立团的元老之一。他的离去令全营上下悲痛万分，仿佛天塌地陷。

第二天炊事员把饭做好却无人来打饭，个个依然围在营长的身边，好像营长睡着了，等着他醒来。三哥和四眼听说一营一夜都没睡，早饭也不吃，过来就劝。哪知刚进一营驻地，几百名战士看见他们，顿时爆发出撕肝裂肺般的哭声。

这真是男儿有泪不轻弹，只是未到伤心处，战友们的感情比山高，比海深啊！

团领导亲自在山上选了块高地，一锹一锹地为他挖好了墓穴，让黄河之东羊子、黄河之西杜三娃放眼大河东去，双双指挥着部队为了民族的独立、祖国的未来，驰骋疆场、奋勇杀敌。

邿杉县委赵大有、英子知道独立团即将开拔来，赶紧派人去迎接，并通知了静岚、岚县、娄烦几个县。独立团在这里和人民群众感情特别深，也是这里的子弟兵。一踏上这边的土地，山西籍战士眼圈都发红。在各部队休养的分配上，各县争执得比较厉害，说实话，这里已是解放区，部队都开到了前线，农村的青壮男人不多了，这么多的年轻人回来谁不喜欢呀。最后商量的结果，团部留在鸽峒镇，其他部队以营连为单位分到其他县。

英子这几天心情格外高兴，走起路来轻飘飘的。最近一直有预感，独立团肯定要回来，晚上都梦见了三哥迈着矫健的步伐，率领着队伍整齐地向这里走来。现在真的独立团回来了，可是这么多可爱的干部、战士带着伤回来，实在叫人揪心。

赵大有对部队特别有感情，这一带两年都没见过队伍了。独立团回来的当天，他像个孩子一样，稀罕地在驻地里转来转去，各种武器还都摸摸，特别是美式汤姆枪翻来覆去摆弄。三哥拍拍他的肩，指了指汤姆枪，打了个手势，意思送给他。

"老赵，你这么恋部队，干脆回来接着当团长算了。"他摇摇头，看着已经属于自己的汤姆枪，感叹地说：

"老三呀，长丝瓜当扁担——不知道软硬。要是我回来，就把你们赶到地方去，换换位置。干地方太麻烦了。"

他突然想起来说："你们的住房都是老子亲自挑的，就连几个帮灶的大嫂，都是精心筛选出来的。你知道我费了多大的事啊？还有你的英子，多少大干部都在打她的主意，都让老哥我给你顶回去了。你猜我咋说的？名花有主了呗。你们要请我吃饭，顿顿请。"也不知他的话是真还是假，权当是真的吧。

"好说，好说。"三哥满口答应，还补充一句：

"老子顿顿请你喝酒。"

赵大有把脖子一扬，"得，得，得，这酒都是我叫人送来的。干脆，你送我两套新军装得了。"老赵得寸进尺，这几年，老军装都破了。

王枣花现在已经当上区妇救会主任。参加工作后她处处模仿着英子说话、办事的方式，字体也仿着她的字体，就连穿戴上也紧随着她的样式。大家都在背后称她是小英子。经过多年的培养、教育，她已经做事十分老练，成了英子不折不扣的影子。如今，四眼回来了，喜悦之情虽然不说，但是你就看她走路，像跑一样。

说实话，枣花家里出身贫寒，从小当丫鬟伺候别人，打心眼里就喜欢读书人。四眼是教师出身，又是大城市的人，攀都攀不上。上次英子为她穿针引线，枣花感到幸福来得太快了。只要遇到她，就打听独立团的情况。英子对她这个小姐妹太了解了，一旦看上的事，就会迫不及待地去做，生怕鸡飞蛋打。所以她有心在独立团来了后，为他俩举办婚礼。当把这个想法告诉她时，王枣花一把搂住姐姐的脖子，亲了个没完：

"姐姐我太幸福了，你知道不，有人说我枣花是'造化'，我跟着你就是造化。男人里，我就是喜欢他。就是他。"英子使劲才掰开她的手，用手擦擦脖子：

"好好好，马上就给你俩办婚事，看把你急得都不懂得姑娘的矜持，太放肆了。"

消息传到四眼那里，开始还想再推迟一段时间，但是搁不住赵大有、三哥的撺掇，最终答应了。独立团找了个算命的掐了掐日子，时间就定在四月二十谷雨这一天。消息传过来，王枣花又害怕了，她对姐姐说：

"我从小就没有父母，把我给了好几家，我十岁时王家把我顶账到你家，名字还是你妈起的呢。现在要结婚，我连个父母都没有，咋样出嫁呀？"英子的食指戳了戳她：

"死丫头，你想得还挺多的。这好办，他是天津人，你是陕西人，在山西结婚就按山西的风俗简化办理，县委就是你的娘家，权当我就是你娘。"枣花急了。

"你占我的便宜。"上去就抓她。她一把拧住枣花的手，假装生气：

"不让当算了，你看谁好就叫谁当你娘。"枣花一听，也是，看来只有叫她当了。

新房临时设在团部四眼住的石窑洞，战士们用白石灰把窑洞重新粉刷一遍，做饭的大嫂们热心地找来几个巧手，在墙上剪了个大红喜字，门窗贴上了喜鹊登枝、鸳鸯戏水的剪纸。团部负责摆席，摆放供案、水果，还准备了他们生活用的脸盆、毛巾、烧水壶一些日用品。被褥不管，由县委娘家陪嫁。

娶亲的当天早上，部队派武虎、朱大个子带队，牵了一头毛驴，上面铺的红褥子，驴脖子上挂着红绸子铃铛。几名战士抬着一袋白面和十斤猪肉，娘家说这叫离娘面、离娘肉，这两样东西必须要，也不知她娘是哪一个。后面跟着也不知从哪里找来的鼓乐队，吹吹打打得也挺热闹。新郎官四眼骑着枣红马，身上披着大红绸高兴地走在最前面。鸽硐镇也不大，从团部到县委也就二百米远，一大群孩子跟着找新郎官要糖吃，热闹非凡。

县委这边忙着为新娘子梳妆打扮，专门找了一个全福人（公婆、丈夫、儿女双全的妇女），给王枣花"上头"、"开脸"，就是把她的头发盘成髻，用细丝线除去脸上的汗毛，修细眉毛，剪齐鬓角。县委给她陪了个箱子，里面放的女人的洗漱用品和她的东西。箱子上摞的是一床新被子，里面放的是枣、花生，一床新褥子，两个枕头，里面放的筷子、核桃。希望他们早生贵子，儿女双全，夫妻和美。

大家正在忙碌，就听见独立团娶亲的鼓乐声了。英子叮咛道：

"王枣花，县委是你的娘家，我就是你娘。你现在在炕上坐好。娘叫干啥就干啥，不许下来。"

新郎官在外面向"舅舅"赵大有交割了面、肉。赵大有脸一吊，

"咋没给你舅送礼哪？""送，送啥？"新郎官愣住了，没有说给你拿东西呀？

"狗眼看人低是不是？不给我拿烟，今天就娶不成媳妇。"赵大有把身子一横，不让进出。武虎笑着说："好好。"忙从兜里掏出一包烟送给了"舅舅"。

"舅舅"嫌太少，把他们身上的口袋搜了一番，得了不足三盒烟，这才赏女婿吃了一碗三颗荷包蛋，一杯酒，这叫做"三颗鸡蛋一壶酒，打发闺女上轿走。"这时新娘子要哭，谁知她隔着门帘缝光偷看新郎吃鸡蛋，半天哭不出来，英子上去使劲儿掐了她一把，痛得她"哎呀"一声，这才开始号哭起来，众人转过去偷偷笑。这叫做：媳妇哭，娘家富。全福人给她把头盖盖好，警告她不能掉下来，否则你丈夫没好运气。她一听，赶紧用手扶好。新娘子脚不能踩地，"舅舅"把新娘子背到外面毛驴上，平生第一次骑毛驴，吓得新娘子浑身打哆嗦，大家哈哈直笑。

到了独立团，鼓乐齐鸣，鞭炮连声，可是新娘子就是不下驴，主持人刘财财

半天才明白，没有给她下轿钱。大家都在喊叫：

"四眼媳妇小心眼，生个儿子没心眼。"她把钱很夸张地装进兜里，听到大家说她，气得头盖一掀：

"谁咒我，谁是武大郎生的。"

全福人赶紧把她的头盖捂好，叫她闭嘴，现场一片哄笑声。在全福人的陪搀下，踩着红纸铺的路走进院子。战士们赶紧把谷草秆、麸皮往她身上撒，这叫撒草，意在压青羊、乌鸡、青牛三个煞神。

供桌上理应放天地君亲师牌位、祖宗神幔，但是祖宗在哪儿不知道，不要了。他们把县委一幅毛泽东的画像取来挂在正面墙上。主持人刘财财高喊：

"新郎、新娘就位。一拜毛主席、共产党。"他俩"咚咚咚"三个响头。

"二拜高堂。"

赵大有、三哥赶紧坐上去，英子也抢上去，谁都不让。

主持人急了：

"不要开玩笑，我们这是正儿八经举行结婚呢。赵书记，你是娘家舅舅，下来，快下来。"

其实也只有三哥、英子坐在那儿还有点般配，尽管她刚才扮演的是娘家的妈。新郎央求道：

"高堂就不拜了吧！"主持人又大喊一声：

"二拜高堂！"新郎还想说啥，新娘一把扯住他拜了。

"夫妻对拜！进洞房。"

新人并肩坐在炕沿上，全福人把新娘的围脖取下来压在他俩的腿上，新郎用秤杆将她的盖头轻轻地掀开。大家一片"嗷嗷"的欢叫声。主持人宣布开席，众人一下子抢到酒桌上去了。

24

陈二杆子屁颠屁颠跑回来，向逑驴疤报告：

"干爸，报告你一个好消息，共军的白马滩粮库新进来一批麦子，足有好几万斤，打他一家伙，咱这一年就不挨饿了。"

逑驴疤一听，疤瘌往上挑挑，眼睛放出绿光："快去叫副司令"。方志远正在给弟兄们上军事课，一听说叫他，跑了过来。"啥事？"逑驴疤指指陈二杆子：

"快说，说仔细点。"

陈二杆子几个人前几天装扮成山里的猎户，在白马滩镇看见共军区公所旁边的粮库，有几十辆大车装满了麦子，进了粮库。看库也增加了好几个人。但是，手里的武器一般，都是些破套筒子。只有一个当官的，好像有一把手枪。

"本来弟兄们出去想洗洗外面的大户，一看，就赶紧往回跑，生怕耽误了。"方志远面露喜悦，妈的，弟兄们吃了好长时间粗粮了。他急切地说：

"司令，咱们干他一家伙，咱就冒充暂二旅，咋样？"他顺口说了一句。逑驴疤一听：

"啥？你再说一遍。"方志远一愣，把刚才的话，又重复了一遍。

"好啊！我的副司令。你现在越来越老练了。刚才我就想咋样去做，你一下子提醒了我。"逑驴疤赶紧把烟拿出来，陈二杆子一一给他们点上。山洞口几个人叼着烟卷，商量着方案。逑驴疤长长地吐了一口烟，他想了想，是这样：

"这次就叫二大队去。叫他们冒充暂二旅，原来本身就熟悉暂二旅。要去，就一大清早出发，五十里路，当天去，当天回。白天出其不意地冲进粮库，他们肯定看得松懈。你们见人就开枪，绝不留一个人。另外一拨子人，去搞大牲口、大车，好往回运。这次时间紧，光抢粮，千万不可恋战。"

土匪就是土匪，既不侦察，也不放警戒部队，高呼着"暂二旅来借粮了"，就直直地冲进镇子里，扑向粮库。区公所的民兵刚跑出来，就遭到密集的子弹。

他们见人就开枪，也不知打死多少人，区公所、粮库里横七竖八到处是尸首。镇上各家各户吓得赶紧把门关上，行人也躲得无影无踪。土匪砸开一些大户人家的门，二话不说，就把大牲口、马车拉到粮库，两个小时就装了十几车。

陈二杆子知道弟兄们午饭还没着落，带上几人砸开仅有的两家饭店，把熟食抢走，作为大家的午餐。一个小伙计喊道：

"你们还没给钱呢！"一个土匪抬手就是一枪，"叭"，没打中，他拉了拉枪栓，还想再打，叫陈二杆子挡住：

"慢！小兄弟，我们暂二旅吃饭从来不给钱。"说完，"嗵"的一枪，把一坛酒打漏，扬长而去。

暂二旅洗劫了白马滩粮库，消息传到大鼻子那里，他大发雷霆。他妈的，白马滩就在黄龙山区，这肯定又是述驴疤干的，还企图嫁祸于人。他把扈昆和令晋山叫来。

"你们对述驴疤再不能心慈手软了，这是暂二旅中的败类，也是老子的心腹大患，只有抓住他，才能解我心头之恨。"

这老家伙比泥鳅还滑，明明就在山里藏匿着，却总是找不到他们的老巢。侯仲魁曾经进过几次山，对山里的情况渐渐有所熟悉，但是要想找到他们的老窝，仍需要下一些工夫。两位团长把他叫来，想听听他的设想。他对二位长官说：

"二位团座，黄龙山山大林密，匪窟会隐藏在自然山洞里，连路都无法发现。我们还不如这样去试试……。"

几天后，一支马帮拉的布匹在山里迷了路，在山里走来走去绕不出来，晚上干脆就地休息。第二天仍在转圈时，远处有几个农民走过来，马帮队如同见到救星，大声叫喊着请他们帮忙：

"大哥，大哥，我们转了几天，又转回来了。如果再见不到人我们就回不去了。"交谈之中，他们知道马帮装的全是布匹，从山西过来，去到白水、蒲城一带贩卖。几个人说的全是山西话，看样子第一次走黄龙山这条道。农民们互相递了个眼色，为马帮指了指路，叫他们继续向南，到三岔口左拐就出山了。

他们开始还顺利，可是越走山道越窄，眼看着没有路了，只好向后退。但是没走多远，就被土匪围住了。一个土匪头手里拿着枪，淫笑着说：

"弟兄们缺布，你们就把布送来了，明天弟兄们缺娘们儿，你们送不送呀？"

土匪爆发出一阵狂笑，一个家伙拿着一把长刀，抵住一个商人的胸口大喊："滚！"这几个商人吓得屁滚尿流地跑了。

　　土匪等他们跑远了，才转过头慢悠悠地赶着牲口向前走。半山上有几个人影闪了一下，过一会儿又出现在他们屁股后头，一直跟了好几里，终于发现了隐蔽在灌木丛中的道路。连续好几天，人影在周围几座山诡秘地不断出现，土匪却一点儿没有察觉。

　　迷驴疤的黄龙纵队倚仗着大山作掩护，加上国共一直殊死地拼杀，谁也顾不上土匪的存在。他们肆无忌惮地大肆抢劫，而且总是冒充别人的旗号，挑拨离间，趁机捞了不少油水。

　　方志远经常下山去北线公路边的英旺村找游寡妇，她的小饭馆实际上已发展成为联络点。白天进村别人会发现，只有夜深人静的时候摸进去。游寡妇养的狗大黄认识他，他每次都给大黄喂肉，它一直把他当做它的"男主人"。今天带了两个弟兄悄悄地摸进村，大黄赶紧亲昵地围上前去舔他的手，他从口袋里又拿出一块熟羊肉扔给它。游寡妇听到动静走出来，又惊又喜，见他屁股后面跟着两个弟兄，压住兴奋的心情，埋怨道：

　　"你一来就给它喂肉，毛病惯得深了，我现在给它玉米面馍，都不好好吃了。"他乐呵呵地把她两肩一拧，几个人进了小酒店。她把门关好，窗帘拉紧，先给他们泡了一壶茶，又从里屋抓了一盘瓜子，叫他们先嗑着，她去做饭。一个弟兄对方志远说：

　　"大哥，你好福气呀，弟兄们跟着你沾大光了。"他掏出一盒烟，

　　"来来抽烟，咱们当年也是国军，是正规队伍，有纪律约束。现在自由多了，是不是，连早操也上不了是吧？只要你们跟着大哥我好好干，我保证给你们一人找一个媳妇。"说得俩人咧嘴傻笑。

　　不一会儿，她端上几碟小菜，一壶酒。

　　"你们先喝着，我去下面。"一壶酒刚刚喝完，面就端上来了，方志远还想喝，游寡妇瞪他一眼：

　　"再喝，你啥都别干了。"他对她使了个怪眼色，端起酒杯"吱"的一下倒进嘴里。嚷嚷："不喝了，吃饭。"说着就吃起面来。吃完饭，这两个弟兄自觉地跑到小酒店对面的玉米窝棚里睡觉。两个人洗漱完，就钻进了被窝。

　　平常大黄在她的床下面睡，"男主人"一来，它就被赶到外面狗窝。一会儿里面的床开始"咯吱"，它就开始哼哼。"男主人"边忙活边嘟囔："妈的，老婆的哼唧声还没你大。"屁股上被人扇了一下……

　　一阵兴奋过后，游寡妇枕着他的胳膊说："瓦子街打完后，国军再没有来

过。就是共产党经常从宜川经过这里向陕北拉粮食，不过拉的多是玉米，细粮不多。哎，我想起来了，今天村长吆喝，叫村里的二柱套牲口，去宜川拉什么团，对！独立团给军分区的装备，啥是装备？"他都快睡着了，忽然灵醒过来：

"装备指的武器弹药、服装鞋袜，就是队伍的必需品。你明天打听清楚，到底是啥，哪一天到这儿。"她矫情地说：

"你们成天叫我打听情况，也不给我发钱，我倒贴着伺候你，哼！贱得很。"他使劲儿地亲了她一下。

"你看这是啥？"说着拧过身，一把捞过板凳上的破口袋，从里边的夹袋中摸出一条粗大的金项链，足有二十克重。一副红玉手镯，晶莹剔透，手感滑润。她一把拿过来，喜滋滋地说：

"好我的你，从哪里搞的？这么好看。"

"我们在韩城打土豪、杀富济贫缴获的。"他得意地说。她把它戴到脖子上，

"你们一群坏尿，人家共产党打土豪东西都分给穷人，你们都分给自己，还好意思说打土豪。"两人嘿嘿笑了。

第二天，游寡妇打听到有十辆大车拉的是煤油、粮食和军被，还要求农民带上苫布包裹呢。

土匪在山区的周边像游寡妇这样的"联络站"有四五处，差不多都是在乡镇或县城里的药店、盐店和饭馆。这些地方信息广、消息灵通。官军大部队一旦开进来，他们马上偃旗息鼓，隐蔽不出洞。

瓦子街战役开始前，大批的解放军进山时，把他们吓坏了，将近一个月趴着没敢动窝，以为是冲着他们来的。谁知道他们居然在这里打了个大仗，消灭了那么多的国军，看来国军的气数已完。大部队一走，山区静悄悄的，现在要抓紧再搞些粮食、布匹、弹药，洞里要囤积一些物资，今后的日子不一定好过了。

述驴疤知道自己年龄大了，只好坐镇指挥。把人撒出去，摸摸外边的情况。方志远主动要求去北线，述驴疤明白他的目的，同意快去快回。陈二杆子和二大队大队长包子发提出去南线，他也同意。不过告诉他俩说：

"南边有黄龙军分区，好像还有共军的哪一个纵队，西边有暂二旅活动，你们不要惹麻烦，就去东南方向吧。"

陈二杆子和包子发带了三个小土匪，一副山民打扮的模样，满心欢喜地上了路。几天以后，按照述驴疤给的联络点，来到了林源。林源是韩城北边的一

个老镇子，人口不多，只有两三百户。有一个小商店、一个饭馆、一个盐店和一个粮店。

盐店的老板姓张，快六十了，他一直是山里的眼线。前几年不知为啥山里的土匪少了，他和山里好多年没有了来往，就一心一意地做起小买卖。娶了二婚老婆，来的时候带了一儿一女，儿子抗战时当兵去了山西，结果一直没有消息。女儿小，当时才六岁，现在都二十了，和别人订了婚，今年收了秋就准备完婚。他们带着递驴疤的口信，找到了张老板。

陈二杆子找到盐店，把张老板上下打量，说起暗语：

"山里风寒，急要青盐。"他一愣，迟疑片刻回答：

"青盐颗粗，附带老碗。"陈二杆子紧逼：

"老碗易打，换成杖杆。"张老板应对道：

"盐钱需付，钱货清完。"

黑话对完，张老板请来人进了后院。他对老伴喊道：

"我表舅家来人了，赶紧倒茶。"老伴跑出来问：

"我咋没有听说你还有个表舅？"他刚想回答，陈二杆子赶紧从兜里掏出一副银手镯，递了过来：

"这是我表姊子吧，第一次见面，送给婶婶。"老伴四十五刚过，脸微微一红，还想推辞，张老板叫她收下。闺女闻声出来看个究竟，几个来人一看惊呆了，张老板的女儿长得如同年画一般漂亮，雪白的圆脸蛋上长了一副大大的杏花眼，如同描过的柳叶眉搭配得恰到好处，薄薄的嘴唇红润红润的。陈二杆子反应快，赶紧又拿出一个银簪子，双手送了过来，姑娘还没有反应过来，包子发掏出翡翠项链晃了晃说：

"妹子，哥送给你的，快接上。"张老板知道今天来的这几个都不是善茬，但是还不能硬顶。他笑呵呵说：

"闺女不懂事，老父替她笑纳如何？"他们都有点儿不甘心，但是又说不出口，只好交给了张老板。张老板呵斥女儿："回屋里去，不懂事的孩子。"

老伴为他们擀了驴蹄子，臊子是红油洋芋辣子，把他们吃得个个冒出了汗，又切了一大盘锅盔，叫大家压压岔，最后每人一大碗面汤，这叫灌缝。张老板把他们拉到镇子上的旅店，住下来。本来他们的任务是打探消息，摸清周边村镇有钱人的情况。可是他们见了他的女儿后，都心不在焉了。

第二天中午，他们把张老板拉出来，在街上的饭馆喝酒，张老板把周边有钱人家——画在一张纸上，明确地告诉他们，本镇的这次不在范围之内，因为他出面接待的"表舅家"来人，唯恐街上的人记住。

陈二杆子、包子发几个轮流向张老板敬酒。开始他还控制自己，但是哪里架得住这几个人的轮番轰炸，这些人根本不把规矩当一回事，一阵子就把老汉灌得分不清东南西北了。

他们五个人架着张老板回到盐店，把铺门一关，老伴急挡住：

"关门干啥呢?"这几个人不作应答，露出土匪的残暴性，把她嘴一捂强拽到后院。姑娘一看不对劲儿，出屋就向后门跑，包子发扑过去就像老虎抓小鸡似的把她拉进屋里，姑娘拼命抵抗。但是哪里敌得过俩饿狼般的土匪，可怜的女儿遭到灭顶之灾的蹂躏。外面的几个小土匪也不闲着，上去就把四十多岁的老伴扒光，把她也轮奸了。

张老板酒醒过来捶胸顿足，号啕大哭，狗日的欺负到我头上来了，赶紧向镇公所报案，谎称店里遭到土匪的洗劫，母女叫人糟蹋。镇公所有六名保丁，平时对张老板的姑娘垂涎三尺，今天一听叫土匪糟蹋，个个义愤填膺，抓起枪就随着张老板向西追了出去。

跑了有三里路，领着大家走了一条藤蔓遮盖着的一条小路，老汉已经气喘吁吁，指着前面的山包，这条小路直插它的北侧，土匪肯定经过。保丁们很快地插到了土匪的前面，一拐上大路迎面碰见他们，土匪一见知道大事不好，撒腿就跑，保丁推上子弹，"砰砰砰"的一阵乱射，当场打死了一名，打伤三名，一人拐进林里跑了。逃跑的一人是包子发。

述驴疤放出去三拨子人，按照规定的时间都该回来了。可是只有西南方向探子平安地回来了。据他们说仍有大批的共军部队在那里搞什么休整、剿匪。扯淡!

方志远狗日的被那个小寡妇迷上了，每次他都没有按时回来。妈的，权当给国军的军官放探亲假吧。

上一次打槐树庄带回来的小闺女李粉红，才十九岁。开始誓死不从，最后他动了硬的，把生米做成熟饭，强迫李粉红做了他的压寨夫人，还嫌她的名字拗口。述驴疤说：

"你就是我的第二夫人，干脆就叫二丫吧。"他也不管她愿意不愿意，就"二丫，二丫"叫着。李粉红也不管，随你叫去。

山洞里天黑得早，亮得晚，快八点了光线才强了起来。他听到弟兄们集合的哨声，懒洋洋地起床，二丫睡得迷迷糊糊，他对她说：

"司令我去训练队伍去了，一会儿回来陪你吃早饭。"

洞外边阳光渐渐强烈起来，早晨林中的雾霭已经退走，山谷中有几只鹞子在空中翱翔，觊觎着山谷底扑棱棱乱飞的小山鸡，目标一旦瞅准，一个猛子突然从空中俯冲下来，可怜的小山鸡刚跑出来觅食，就叫鹞子两只利爪死死掐住脖子，立即带上空中，飞向另外的山谷。述驴疤看着这一幕情景，若有所思地转回来，向训练的人群走去。

一大队和二大队一直不和，他和方志远调解过几次。一大队自以为是国军出身，骨子里看不起二大队。二大队总是感到，山区作战就是游击战，用正规军的那一套吃不开，还是灵活机动的战术能对付敌人。实践证明，几次半夜偷袭目标，游击战是成功的。

现在训练场上又吵吵嚷嚷，他过去查个究竟。原来由于训练场地方小，只能够一个大队训练，只好分个上午、下午。这一周该轮到二大队是上午了，可是队长一直都不在，副队长是一个结巴，无法指挥，一大队不管三七二十一，就列队走过来，二大队弟兄们只有干看。昨天是这样就算了，可是今天又想抢地盘。

述驴疤过去把双方的队长训了一顿，二大队的结巴还想说啥，他手一挥，别说了，团结一致，共同对外。他命令，这一周叫一大队上午训练，下次再说。

几个人正在说话，突然外面传来枪声，大家赶紧向二岗跑去，只见一岗的几个土匪向上逃窜，原来空中有无数只蜜蜂跟踪他们而来。上山的路是曲曲折折，而蜜蜂是直行，蜇得他们哭爹叫娘。

不好！蜜蜂遮天蔽日地又向上面扑了过来。今天到底咋回事儿?山里咋会有这么多的蜜蜂？好像发生了异常情况。述驴疤大喊用衣服包住头，架好机枪，准备打仗。头包住了，可是手、胳膊依然露在外边，小蜜蜂把人蜇得纷纷向洞里逃去。

这时一岗的哨位上出现了大批的队伍并冲了上来。述驴疤急得连放两枪，大喊：

"敌人来了，快出来！"山下冲上来的队伍头上个个都戴着防护罩，边冲边向上射击。一大队土匪们这才明白钻进洞里，是死路一条，这时他们不顾蜂蜇又窜了出来，钻进二大队洞里，企图顺着后路逃出去。外面的枪声越来越密集，子弹打得洞壁石子乱飞，后路出口太小，大家蜂拥而至，谁也出不去。现在叫谁阻击敌人谁都不干。把述驴疤气得"叭叭"打死俩人，命令机枪手统统集中起来反击。

洞里的蜜蜂确实少多了，里边黑外边亮。机枪"哒哒哒"向外射击，外面的人一点儿没办法，扔过来的手榴弹只能在洞口爆炸。可惜一大队的机枪在另一个洞里，大批的子弹也在那里。把述驴疤气得直骂：

"狗日的一大队，全是废物。给老子省着点打，他们不露头不许开枪。"土匪们渐渐地镇定下来，黄有花带着一大队的部分人又溜了回来，阻击的火力大大增强。述驴疤对黄队长说：

"你在这里阻击，我去把人叫回来，今天一定要把敌人打回去。"

他领上两个心腹刚出了后洞，就看见几个弟兄拼命地向回跑，截住一问，原来后山隐蔽着大批暂二旅的部队，出去一个就被俘虏一个。今天彻底完了，只好又重新回到洞里。他悄悄叫一个心腹拿了一些馒头，随他再次溜出洞，十分隐蔽地藏在二百多米远的灌木丛中的一个洼地石窝，动也不动地趴下，任凭外面打去。

好像暂二旅从后山渐渐地缩小了包围圈，从草缝中看见士兵们头戴钢盔小心翼翼地摸了过来，洞口好像有人向外射击，又出现"轰轰"的爆炸，枪声又响了，述驴疤心里想，弟兄们好样的。看看表已经中午十二点了，二丫肯定吓得在洞里不敢出来，看来他们一时还无法攻进洞里。忽然一股热气传了过来，好像他们用火焰喷射器了，又是一阵阵爆炸声，完了。

他俩趴的时间长了，腰酸背痛，只好又躺着，过一会儿再趴着。天虽然黑了，但是洞口的火把仍在熊熊燃烧，远处传来一阵阵口令声，好像还有人说着自己的外号。心腹说他要拉屎，把他气得无可奈何，拉吧，边拉边用土盖上，别叫臭味传到他们的鼻子里。你他妈的，人家闻不到，可把老子熏死了。

天慢慢地亮了起来，天边的太阳像一个红红的火球一点一点升高。这火球真好看，妈的，整天睡在洞里从来没见过这么美丽的景色。浑身的衣服都打湿了，山上的晨风吹过来，把人冻得直打哆嗦。快清明了，还和冬天一个样。心腹比画说，想抽支烟，他把眼睛一瞪：

"抽你妈个屁！憋住，找死呀？"这时他也想拉屎，刚想蹲下来，突然传来说话的声音："搜仔细点，旅座说了活要见人、死要见尸。"士兵用枪管在灌木丛里拨来拨去，离自己只有五米远了，他俩屏住呼吸，只见一个士兵从旁边的树丛搜过去又转了回来，刚准备向自己走过来，旁边的一个士兵叫他说捡了一盒烟。这个赶紧跑了过，两个人站在那里抽了起来，烟味好香啊。心腹用手使劲儿地抠土，指甲都抠出血了，烟瘾上来真没办法。那两个抽完，拿着枪又走远了。

好不容易又挨到晚上，心腹光想打瞌睡，他俩只有轮流睡，心腹刚一打呼噜，他就赶紧捏他的鼻子，千万不敢出声。今晚上的火把比昨天的还密，士兵们一晚上都没睡觉，生怕逑驴疤从自己的鼻子下逃走。

第三天天一亮，暂二旅的大官来了，听声音好像是令晋山，叫大家扩大搜索范围，周围村镇贴布告一定要抓住他。终于熬到了中午，好像人都撤走了，心腹急得想出去，他坚决拦住。一直到天黑，心腹拿着手枪，打开保险慢慢地溜了出去。过了好一会儿才回来报告说，人都撤完了。他伸伸腰，站了起来，不敢走远，两人连续抽了三支烟，过足了烟瘾，才鬼鬼祟祟又换了个地方躲过一晚。

逑驴疤认为，周围以北的地区都叫共军占了，延安、洛川眼看朝不保夕，别看暂二旅剩了自己，他们也就是秋后的蚂蚱。当下应该找当年的老伙计，先在韩城待一段，再绕到西安把老婆悄悄一接，远走高飞算了。他算了算，先去林源镇，找老张先探探风。狗日的我派的人不知道找没找到张老汉，连个消息都没有。他和心腹昼息夜行，两天后到了林源。

以防万一，他叫心腹用暗号先去联系张老汉，叫他到西边的梢林见面。他一人在这里感到特别空虚，不知为啥特别恐惧，脸上的疤癫抽得厉害。他看看表，心腹再不来的话，就必须跑。过了一会儿，心腹终于回来了，他迫不及待地问：

"你他妈的，找到人没有？"心腹告诉：

"人是找到了，可是他说没人看店，叫我们去饭馆谈。"

"妈的，去就去。不行，把枪埋起来，带上太危险了。"松开绑腿，值钱的东西藏在这里。他找到一捆不知谁打的柴，背在身上，压低破草帽子，叫心腹走在前边，两人保持距离，小心翼翼地来到饭店。心腹进去后一看没啥问题，又出来招招手。逑驴疤把柴放到门口，把身上的土掸了掸，进去坐好，跑堂的问客官要点啥。他说先来一壶茶，自己品了起来。一会儿，张老汉笑呵呵进来，

"老弟呀，大驾光临提前也不说一声呀。"他一看见老朋友健在，也非常高兴。这时逑驴疤肚子都饿得咕咕叫，要了一壶酒，两个菜，先吃了起来。

心腹在门口站了一会儿，感到没意思，就在门口的桌子上坐了下来。要了一个菜，半壶酒自斟起来。他们刚刚酒至半酣，突然，保丁端着枪进门直向逑驴疤逼来，心腹一个扫堂腿将前面的保丁扫倒，拿起凳子就要砸，后面的人枪声响了，心腹倒在地上。逑驴疤瞬间冲入灶房从后门蹿了出去，谁知被一根绳子绊倒，三四个人把他五花大绑地押走。张老汉仰天哈哈大笑：

"老天睁眼了。善有善报，恶有恶报啊！"

为了防止报复，张老汉全家连夜就带上细软，逃到外地再没有回来。

述驴疤终于被抓住，大鼻子兴奋得睡不着觉。掰掰指头算算，整整三十年了，你罪大恶极，罄竹难书啊。他要求重兵押送县城，自己要好好审述驴疤。押解队伍足有一个连，挑来挑去就挑中侯仲魁带队。

拿下豹子崖，灭掉黄龙纵队，侯仲魁立了头功。

他带着便衣队，经过半个月的仔细侦察，摸清了豹石崖的地形地貌。要想拿下必须智取，他把前攻后堵或后轰前围几种方案向上司报告。会上，扈昆也提醒说：

"我们护路经常看到养蜂人雇车来陕北，如果用蜂蜇进攻土匪他们必然大乱。大不了，给养蜂的一些钱，叫他们想法把蜂轰上去。"大家一听，这倒新鲜。大鼻子叫大家把办法考虑周全些，购蜂、运输、训练交给了扈昆。

进攻豹石崖那天，暂二旅悄悄地开进来，把这一片山区围了个严严实实，进出人员一律扣押。侯仲魁的便衣队押着养蜂人，带上上千个蜂箱，进了豹石崖，快到一岗时才打开蜂箱。

整个战斗老侯一直都在起着重要作用，如今押送犯人理所应当派他完成，这样才功德圆满。弟兄们赶到林源，和当地保警队办理交割手续。换了根带死扣的皮绳把述驴疤捆牢，这种绳子越想挣脱越捆得紧。他们绕开共军的防区，先向北，再折西，从大路回去。

述驴疤怎么也想不到，张老汉能出卖他。土匪里有一条行规，出卖弟兄的人是所有人看不起的，而且谁杀了叛徒谁就是英雄。张老汉过去为人是没说的，难道陈二杆子、包子发得罪他了？真是百思不得其解。如今把我押给大鼻子，还不如把我现在枪决了呢。几十年里和他斗阵斗法皆输，这老狗日的非得把我拉到各县示众，把我搞得臭名远扬，好显示他的人品人德，是老百姓的好父母官。他越想越不对劲儿，不能这样让他嘲笑我。

啊，人生自古谁无死，该死的英雄尿朝天。对！一定设法去死，不能叫他们抓活的。老汉我这一辈子该享受的都享受了，北洋军阀的团长、镇嵩军的突击队长、保安团团长、黄龙纵队司令都尝了个遍。各种山珍海味美味佳肴肠中都穿过，黄花闺女妓女戏子少妇玩的数不清，他妈的一个江苏女人叫老子栽了跟头。老婆儿子都齐全，够了。这一辈子杀人无数，多少有钱人家叫老子给他整得一夜破产。杀过八路军、国军、土匪，就是没杀过小日本，遗憾。

述驴疤路上一句话都没有，其实一路上都在想着自杀。走到洛川东塬鬼发愁时，他知道左面是雨水冲刷的百尺深崖。凭借多年的功夫，大吼一声"呔"用左肩突然扛倒左边的士兵，飞步跳下深沟。队伍愣了片刻，急忙跑到崖边，哪里还能看到人影。说实话，正常人在崖边，头都发晕，更不要说跳下去寻死了。大家赶紧找路，下到沟里去找死尸，这狗日的真能折腾人。找了足足四个小时，才发现他窝死在深凹的土槽里，费了好大劲儿才把尸首搞出来。

方志远得知老巢被抄，弟兄们全都被剿灭，吓得他带上游寡妇远走高飞，其他漏网的土匪也都销声匿迹，无影无踪了。

老谋深算的大鼻子听说整编十七师要放弃延安南撤，对国军彻底失望了。立即回到家里叫人把值钱的东西统统带走，他留了一手，一年前，在西安城里置了一处院子，全家人都搬去。女儿搞土改的经验告诉他，共产党肯定把他家划入大恶霸地主一类，穷人肯定把家产分光不说，弄不好还得进监狱。

可是他母亲和他二叔二婶死活不走，母亲说如果谁强行把她带走，她就碰死不活了。他又动员二叔，二叔老泪纵横：

"龙魁呀，我们姜家上千亩土地和这一片房产说没了就没了？悲哉，悲哉呀！"二叔的哭声，感染了其他人，老的、小的都悲伤不已。二叔想了一晚上，终于同意走。但是，不是现在，这眼看着今年的麦子就要收了，这不是糟蹋祖宗吗？最后商量的结果，母亲、二叔二婶先留下，收完麦子再走。管家长顺和家丁留下来看管家产。

暂二旅召开会议，大鼻子明确了撤退命令。他感慨地说：

"弟兄们，我真的舍不得走呀，可是形势所逼没法。下一步，暂二旅要退到蒲城富平一带。我们战斗力在国军之下，在十七师南撤之前，保留实力就有一切。扈昆、韦力，你们护路队留少数部队做做样子，其余部队按照作战处的计划，提前悄悄撤走，以免叫共军吃掉。谁要是问就说先走的是辎重部队。"令晋山、扈昆问几个监狱还关的人咋办，他告诉说：

"你们今后要有政治头脑，把政治犯悄悄地放了，其他的犯人，交给共产党处理去。这些事只能秘密地处理，千万别让党部、调查局的人知道。"大鼻子所做的这一切，他自称外松内紧。洛川县城在高原上，原来为了抗击共军，利用深沟把外围修得如同悬崖峭壁。共军几个月前围攻了二十多天，也没有打下来。六十一旅的旅长在瓦子街战役被人家俘虏，副旅长杨荫环在城里负责总指挥。现在，国军的士气十分低下，各团各营还有一些辎重部队，都在紧张地准备撤退。

大鼻子下午给杨副旅长打电话，说晚上请他看戏，西安来了个秦腔剧团，演的是《火焰驹》。杨副旅长吃惊地问：

"姜老兄，我们都成了岸边的青蛙——一触就跳，你们咋都不着急呢，还有心思看戏?"他电话里哈哈大笑：

"天塌下来还有大个子顶着呢。何鼎师长从延安还没下来呢，我们慌什么呀？该吃的就吃，该看的就看。我就是本地人，心里踏实得很。咋样，看不看?"杨副旅长勉强答应。

西安剧团的演员来得少，晚上演的是《火焰驹》折子戏。大鼻子一边看，一边向他介绍剧情：

北宋朝臣李授之子李彦贵与黄璋之女黄桂英自幼定亲。李授遭陷入狱，李家被抄。此时长子奉命边关御敌，次子李彦贵则流浪街头。黄璋企图退婚，黄桂英不从，终日绣楼闷闷不乐。丫鬟梅英设计让小姐和卖水为生的李彦贵花园相亲，不料相约夜晚赠银时被人害命。李彦贵遂被诬入狱将斩首。黄桂英冒雨潜行，法场祭桩，途中遇李母和大嫂，因受误解而遭打。经一番哭诉表露真情，共赴法场。同时，宝马火焰驹带义士赶往边关，李家长子速回，最终大圆满。

这老家伙懂得不少，妈的。暂二旅看样子都没动，听说护路队也正常执勤。如果草木皆兵、望风而逃，那国军就丢人了。

其实，暂二旅撤的就剩下空壳了。

五天后，国军十七师南撤时，叫共军打得稀里哗啦，一气逃到一百二十里的洛河南岸，才得以苟延残喘。

25

独立团在吕梁山区不断地扩充，但是新招来的战士毕竟是一些民兵和放下锄把的愣头青小伙，没有什么作战经验，一旦进入战场很容易被打散。三哥多次想起了一六九旅，要是拉过来多好。这个旅毕竟经历过残酷的抗日战争，有一批作战经验丰富的骨干。据说，一六九旅仍然在同蒲线上的曲阳，为太原守备北大门。四眼觉得策反他们把握不大，主要是现在军官变化太大，人心隔肚皮，很难预料。

"不入虎穴，焉得虎子?"看来需要派人去了解情况，三哥决心试试。赵大有听他俩商量说策反的事，他急得说这事情还得他去才能成功，当年一六九旅在晋北守备黄河时，他们没少打交道，旅团长们个个都是老朋友。四眼反对说，当年的友谊不能成为永久不变的，现在国共正在打仗，已经成了死对头，对方还讲友谊吗? 三哥认为他俩都不行，非他莫属，坚定地说:

"老陈刚结婚，再说新兵教育头绪一大堆，不能去。老赵胳膊有问题，一眼就叫人家认出来。自己和对方打交道时间长，彼此熟悉，都不要争了，还是我最合适。我打算先到晋绥敌工部了解了解情况再说。"他说得挺在理，俩人都不吭气了。

在敌工部，他才知道晋绥军为了扩充军队，把一六九旅一劈为三: 一团划归四十师，二团归六十八师，旅部交给了十九军。现在四十师驻扎在曲阳，其余都在晋南一带。

"这么说，李富贵还在曲阳?"三哥其实就想找他。敌工部的同志核对了一下: "不错，不过他已经是副师长兼一团团长了。"关于如何做敌人的工作、保护自己，敌工部的同志又交代了许多注意事项。这支部队我们在过去接触过，曾经培养了一些内线，但是都是中下级军官。他想要名单，人家笑笑说: "史团长，这规矩你应该懂，地下党的名单我们都说不清，不要说给你了。"

半个月后，三哥带上朱大个子扮成倒卖粮食的商人，求见李富贵。李富贵一听说来了个倒卖粮食的，手一摆，不见不见。过一会儿，一个参谋进来附在他的耳朵上说，他们说当年在南双塔阻击战给一六九旅供过粮食。他皱了皱眉，这到底是谁这么固执？

"好好！叫进来看看，该不是想给我们卖高价粮的吧！"

两个头戴蓝呢子毡帽，身穿深蓝色马褂的商人，进了师部，一人还提着礼品。走在前面的一进客厅就喊道：

"李副师长，李老兄，好健忘啊！"李富贵一打量："哎哎呀，我的神神呀，老……老朋友了，快坐，快些坐。"把手一挥，让手下人都下去。他赶紧沏茶、拿烟，手忙脚乱了一番。大家坐定后，李富贵说：

"几年没见，听说你们到陕西去了？"是啊，我们独……"

只见李富贵用手往上指了指，他才看见客厅和隔壁的隔墙上部是空的，说话互相都能听见。三哥接着说：

"啊，我们独独做小麦生意，现在已经开始重点在关中做了。这门生意油水可大了。李副师长，您也干脆入股参加进来。"他忙摆手，哎，干不了，干不了。几个人东拉西扯一直到中午，粮商们非得请他吃饭，地方都订好了。

饭桌上李富贵才敢明目张胆地问独立团的情况。三哥和他说话，从不忌讳。把陕北国共双方较量和瓦子街大捷的细节告诉了他，现在主战场已经推到关中平原，现在西北的战场，仗越打越大，解放军由两万人，已经发展到近十万人。士气越高，越打战术越精明，相互配合得十分紧密。不像胡军马军相互猜疑、尔虞我诈，有的还想借我们的手把对方吃掉，整个一盘散沙。再有一两年，彻底消灭胡军没有问题了。

饭菜上来了，他们又要了一瓶酒，几个人聊起过去的事情。说到了大鼻子、扈昆、令晋山，还有胡德水。李富贵点了一支烟：

"史团长啊，你把胡德水策反，可把大鼻子害惨了。他本身就不是山西人还带着晋绥军，上头特别忌讳这个。一旦出现重大失误，责任肯定会落到他的身上。"三哥脸微微一红，端起酒杯又敬他一个，一仰脖，下去了。

"我们的交情很深了吧，我告诉你一个共产党的秘密，共产党都是来自五湖四海，为了一个信仰融合在一起，只要有利于共产党发展的事情，他们都会去做。可是，阎老西呢，他把晋绥军，把山西看做私人的东西，心胸狭窄，容不下外省人，路越走越窄，对山西人民很不利。胡德水现在情况你想知道吧？"李富贵伸长了脖子，点点头。他又接着说：

"胡德水，狗日的跩得很。娶了一个漂亮的媳妇，叫杜鹃，刘财财跟着占了个便宜，娶了杜鹃的双胞胎妹妹牡丹。杜鹃上个月为老胡刚刚生了一个小杜鹃，他双喜临门，已经当上四纵的副团长。"李富贵听了这话：

"你们共军蛮讲人情味的，看来老胡投你们投对了。哎，大家都知道大鼻子的女子和你好，你们啥时候结婚啊？"他一听脸有一点儿烧，好在喝酒脸红也看不出来："把狗日的胡宗南灭了就结婚。"

晚上他拿上给嫂子和孩子买的礼品，一个人到李富贵家，嫂子和孩子满心欢喜，大家聊了一阵闲话。老李握住他的手：

"老弟啊，你来干啥我都猜得出来。现在江湖十分险恶，阎锡山和军统到处安插的有人，生怕部队有变。"他摆摆手，叫老婆和孩子先去睡。

"不瞒你说，老兄我也想为自己留一条后路，可是我现在是葫芦掉到井里——上不着天，下不着地。你们又离我们太远，条件不成熟呀！"三哥沉思一下，帮他分析说：

"你现在做这些事了，功劳会早早记在你的名下，越早对革命贡献越大。拉一个师不可能，一个团行不行，一个营总是不成问题吧？"李富贵猛吸几口烟，思索一下，把烟头扔到烟缸里，浇点茶水。

"一个营没问题，但是要给我时间。把你的弟兄留下，我安排他先穿上我们的军装，在我的老部队任职，请他和我一起慢慢做工作，行不行？红萝卜调辣椒，吃出看不出，你明白我的意思吧？"三哥初步答应，不过他告诉李富贵，时间最多两个月。李富贵满怀信心答应："老弟，你放心，两个月后我还想把你嫂子转移到你们解放区呢，省得在这里危险。"

他临走前，对朱大个子认真地交代一番，在敌人内部活动，就像王胖子的裤带——前松后紧。要善于团结大多数人，从细微处关心大家。山西人讲情义，好交朋友。过一段，他会派人来看朱大个子。对于敌对死硬分子，不要下工夫，有机会就设法除掉。朱大个子——记牢。

师部派来少校军事教官的朱大个子来到一团一营抓教学，一营弟兄们热烈欢迎。营长刘忠仁，忻口战役时是一六九旅的班长，对大鼻子、李富贵副师长特别忠心。前几年李富贵想去暂二旅，就想把他带上。旅座不答应他来，说你李富贵一动，令晋山他们反而不好来了。留得青山在，不怕没柴烧啊！

朱大个子的真实身份，刘忠仁知道，他故意安排一个一个连队进行军事科目的教学，这样和大家更能融为一体，营里的其他军官看见教官能深入下去抓教学，也说不出什么。

各个连队的军事科目的教学带来了训练竞赛，朱教官一系列的新型训练方式，士兵的射击、格斗、爆破等个人教学方式非常实用，班排相互配合的战术，很容易掌握。兵教官，官教兵，各连还推荐射击标兵、刺杀标兵、投弹标兵等，连长们都喜欢他。人到哪里，就像一股新风，弟兄们都不愿意他走。

一营来了个教官，训练水平大大提高。这件事，其他营很快知道了，有人挖苦刘忠仁，团里偏心，对一营偏吃偏喝。这话引起了他的警觉，他立即告诉朱大个子保持低调，千万别叫别人看出蛛丝马迹。李富贵也得到反映说，一营的训练方式好像是共军的套数。为了防止夜长梦多，三哥和李富贵秘密商定最近部队搞一次训练，一营趁机脱逃。上级要求李富贵继续留在四十师，将来发挥更大的作用，所以一定要造成和他无关的假象。

大家正在为李副师长外出找借口时，南京来电，抽出一批军、师级军官去参观东北沈阳的外围工事。由于战事吃紧，各部队报名去的大部分是副职，李富贵去东北当然是情理之中。部队起事的时间就定在他走后的第十天，也就是六月二十七日，这是一个星期天，大部分军官都放了假。

六月的太阳，把晋中绿油油的小麦晒得开始发黄，老天像长了眼似的，要雨来雨，要风来风，加上冬春土壤的墒情格外好，灌浆后的果实颗粒渐渐坚硬了起来，麦芒的小刺儿学会扎人了。到了中午，阳光就像火炉，烤得人坐在那儿都一个劲儿地出汗，树叶纹丝不动，人们埋怨西北风连影儿不见了。

一营在泥屯镇子西边演习已经两天了，团参谋长开始还挺认真，哪知刘忠仁比他更精益求精，每天演习完都要讲评一番。参谋长感到几天的下基层太苦太累，看着下属负责任的精神，还不好意思说累。晚饭是小米南瓜稀饭、两搅馒头和大烩菜，军官们虽然不和士兵在一起吃，但是饭菜质量都是一样。他妈的，老子在其他营，饭菜都是单另小炒。

看到一营军官们吃得很香，他又说不出来啥。吃饭间，刘忠仁告诉参谋长明天是六十里长途奔袭科目。他嘴里没吭气儿，心里想你们他妈的咋这么大的劲头呢？他正在发愣，突然传令兵报告，团参谋长的电话。原来是他老婆电话里大吵大嚷："孩子发烧也不回来，别人讲明天你还不回来，你那么认真干啥，人家团长师长都去逛去了，就你瞎认真。"他电话里追问：

"你说清楚，是谁告诉你明天我不回去？"老婆气得说：

"少啰唆，孩子发烧你立即回来。""啪！"撂了电话。他放下碗，苦笑着对刘忠仁说：

"刘营长，不好意思，孩子病了，我先回去啦。明天的科目你们自己看着办吧。"刘忠仁心里暗喜，却装出一副恋恋不舍的样子，送走了参谋长。

参谋长一走，朱大个子来到营部灶房，他告诉刘忠仁，为了防止意外变故，晚饭后部队立即出发，九十里的强行军到达鹅城镇就安全了。尽管刘忠仁对解放军的政策已经了解，但是还担心地问自己作为旧军官，过去后使用的问题。朱大个子再次向他做了保证，打消了他的顾虑。三个连长知道起义的内幕，但是现在无法告诉弟兄们，只是告诉大家晚饭后有夜间长途行军任务，连里的坛坛罐罐不要带。营里给各连提前配置了骡队，重武器和弹药就靠它们了。夜里山区行军左臂一律绑块白毛巾，供前后人员辨认。弟兄们感到今天夜里突然长途急行军有点蹊跷，但是军令如山，必须不折不扣地执行。

部队悄悄地先向北走了三十里，突然又折西，五个小时候后来到一个镇子。大家一看，暗吃一惊，部队竟然走到了康家会镇，这里不是共军的地盘吗？这时已经是半夜十二点，但是街道的人们都没有睡觉，街上支了十几口大锅，炉火映出人们喜悦的脸庞，招呼弟兄们赶紧吃饭。老百姓这么热情地招待他们，他们感到莫名其妙。但是看到营长、连长兴奋的神情，也不管那么多了，案上盛出一碗碗热腾腾的玉米糁子稀饭，笼屉揭开雪白的大馒头冒着蒸汽，饭香直扑鼻子，每个班还能分到两碗条子肉，还有油泼辣椒、酸菜啥的，这纯粹是慰劳有功之师嘛。大家狼吞虎咽地吃完，精神饱满地又出发了。没走多远，后卫报告，好像有队伍跟踪，刘营长问朱大个子，他高兴地说，有解放军在后面护驾呢，大家可以放心走了。刘忠仁清楚他们已经安全了。

为了使起义部队尽快融入解放军熔炉中，经上级批准，把三个连队分别编入独立团各营之中，营职军官平级对待安排。刘忠仁高提半格，任独立团副参谋长，朱大个子正式任命为三营营长。

四十师莫名其妙地失踪了一个营，晋绥军极为震惊。阎锡山叫下面严查师、团两级长官。李富贵一回来也大为恼火，把副团长、参谋长等一干人骂了个狗血喷头，对参谋长擅自脱离部队，严加查办。上司派人调查后没有抓住实际把柄，把李富贵的一团团长职务免掉，不再让他抓实质兵权，把一团副团长调走，参谋长撤职不了了之。

七月流火，八月其获。独立团在山西得到了广大群众热情的支持，汲取丰富的养分，再次茁壮成长起来。团部在扩军、训练总结盘点会议，三哥拿着算盘计算，一营已经发展到四个连六百七十七人、二营四个连六百二十四人、团直有一个警通连一百三十三人、炮兵连九十七人、工兵连一百五十八人、卫生队六十六人，就连三营虽然还在黄龙山区，可是也给他们拨去了一个连，也是四个连四百四十五人。全团达两千两百人，已达到旅一级的规模。

部队浩浩荡荡开了回来，把老虎吓了一大跳。尽管知道他们那边的情况，而且也去看望过他们，龟儿子，大圣吃毫毛——变得真快噻，真是听景不如看景啊！如今，这可是实实在在生龙活虎的部队摆在军分区的面前，老虎欢喜得不知说啥好。军分区设宴接待了营以上的干部，用山里群众自酿的玉米酒款待大家。酒至半酣之处，刘财财端起酒杯挨个向分区领导敬酒。政委刘有福当年在山西饥一顿饱一顿，几年工夫就得了胃炎，滴酒不敢沾。刘财财站在政委后边咋咋呼呼非得叫他喝：

"刘政委，别摆老资格了，谁都不许代酒。"他大大咧咧地说：

"我们独立团抗战胜利调回来，兵强马壮，替老虎打了那么多的胜仗，好不容易搞个炮兵团，还叫调走了。在黄龙地区，你们军分区凭的是啥打开局面，还不是独立团替你们打，政委就是耍嘴皮子。"

刘有福看他喝多了，不理会他。"朱参谋长！"他又转到朱田水的身后：

"朱参谋长，你这几年参谋了几场仗，你开辟了多大的场面？不过就是带着黄股长……"

老虎实在听不下去了，气得桌子一拍，"啪"的一声，碗碟都跳了起来：

"闭口！你龟儿子也太狂妄自大了。你们独立团半道上捡个喇叭——有吹的了？你还是不是解放军干部，是不是党员？来人！"外边的战士跑了进来，"把这龟儿子给老子拉出去醒酒去！"宴席不欢而散。

独立团骄傲自满的情绪，其实由来已久。特别是在部分干部中就滋长着唯我独尊的倾向。老虎是个心胸豁达的老资格，凡事都喜欢和独立团商量，而且，放手叫他们大胆地干。朱田水一直对独立团持有偏见，而且向上反映过老虎包庇独立团，说他们单纯军事思想严重笼罩着部队。最近几次在政委面前打小报告：比如，这次独立团在山西待了几个月，认为部分团营干部结婚的结婚、相亲的相亲，纯粹是乐不思蜀，度蜜月了。这话叫老虎听见，还警告参谋长："你少给老子唱花花腔。不要人云亦云，夸大噻！部队发展那么快，你龟儿子咋看不见噻。"

不过，响鼓还得重锤敲。他把政委刘有福、三哥、四眼叫到一起，拿出几盒好烟，叫勤务兵沏了一壶茶，推心置腹地说：

"我们几个开个茶话会，谈谈心里话。独立团是我十分喜欢的部队，是我们老三中队发展起来的。这么多年来，发展比较快，不管是在山西还是在陕西，打了不少胜仗，也有许多的教训，还牺牲了那么多的战友，想起来我都伤心。"他端起茶壶就要给大家斟茶，三哥赶紧站起来抢过茶壶，为大家倒好，放到各位首长面前。他接着说：

"目前，局势发展得很快，现在的战争完全在蒋管区里打，马上就要在黄龙山区以南的平原作战了，上级要求要扩大部队。独立团已有两千多人，目前部队还没有这么大的团，你们指挥起来也困难。我和刘政委商量一下，"说到这里，他看了三哥一眼，三哥也紧张地望着他：

"你别这样看我嘛。"三哥不好意思笑笑，赶紧抽出一支烟，为老虎点上。他看看屋顶，吐了一口烟：

"我们想法有两个，这一，独立团一劈为二，在分区的领导下，成立第一团、第二团；这二，独立团升格为旅，有可能我就是旅长，他就是旅政委。"他指了指刘有福。"你们说，哪个方案好呢？"

他俩一听，愣了一下。三哥阴阳怪气地说：

"司令，这独立团又不是我俩的私有财产，我们又不是晋绥军，你愿意咋样劈都行，还不是领导拿主意。"老虎一听哈哈大笑，

"龟儿子，你说话带刺啊。不过，你俩比鬼都精灵。我考虑的是，部队直接升报为独立旅，把架子搭大，是发展的需要。可能编为独立九旅，先编一团、二团，以后再成立三团。西野的大战役，我们要参加，但是，黄龙分区的工作还要兼顾。"他俩站了起来，表示坚决服从上级的安排。刘有福逗他俩说：

"我们的部队会越打越大，你们的职务也将会随着部队发展提高。"老虎最后告诉他们说，部队一定要克服固步自封、夜郎自大的坏毛病，对干部要加强教育。在上级没批准之前，暂时保密。三哥向俩老领导也说了真心话，希望和四眼不分开，和部队不分开。

他俩在回驻地的路上心情十分沉重。这部队就像自己的亲骨肉，虽然不是私有财产，可这毕竟是一点一点积累、培养起来的。他们一晚上，翻来覆去睡不着，可一句话都没有。

十几天后，命令终于下来。分区叫他们去开会，都推脱请假不想去。老虎电

话里把三哥骂了半天，你们是当面一套，背后一套，太不像话了。他们没办法，相视哭笑不得，像赴刑场似的，带着悲壮的心情参加了会议。朱田水宣读了命令：

一团团长史啸山、政委陈思焱、副团长兼参谋长刘财财。各营营长分别是贾明贤、武虎、朱大个子。全团一千三百多人，三个战斗营，九个连队，团直一个警通连、一个工兵连。

二团是在独立团的三个步兵连、一个炮兵连的基础上，又抽调各县大队一批能野战的游击队组建起来的，全团共设置两个营。团长尚缺，任守怀为副团长，刘忠仁升为团参谋长。

部队刚刚交割完毕，突然传来野司命令，敌人三十六师进犯到壶梯山。三十六师曾经在沙家店被歼灭过一次，这是胡宗南重新组建的部队，师长仍然是从沙家店战役出逃的钟松，不过，这支队伍已不是原装的了。

壶梯山是黄龙山区南大门的门户，海拔一千一百多米，向北可以窥视黄龙新解放区，向南俯瞰着关中平原，地理位置不言而喻。上级要求黄龙分区抽调一个团，八月五日立即赶到孙家沟门一线，投入到围歼战之中。一团战斗力强，老虎决定把能拿出手的宝贝亮一亮，表明独立团不亚于野战部队。接到命令，部队经过一天紧张的备战，第二天各营从不同的驻地出发，五十里山路，下午就赶到指定的丁家沟隐蔽起来，这里距孙家沟门只有六里路。一纵的一名参谋气喘吁吁地赶到村里，向他们交代，明天凌晨在孙家沟门的山谷阻击二十八旅的敌人，配合一、二纵攻占壶梯山，全歼敌人，确保我军右翼的安全。

团部临时设在一家农户，三哥召集营以上的干部开作战会议，院子有一个石碾，刘财财在上面展开地图说，孙家沟门村是一个七十户的村子，村南三里有一个三岔口，作战股提前在现场绘制了等高线，西边的山约六十一米，东边的山头五十二米，沟底有一条小溪由北向南流去，在西岔口的沟里，有一条小路，蜿蜒数里。我的意见是在东西山头各放置一个连，西边的小沟有一个连警戒，重点在北沟埋伏，放一个营，还有一个营作为预备队。说完，他看了看团长，三哥基本上同意他的意见，他提出可否在西沟再增加一个连，一是防止敌人受阻向西迂回；二还可以在必要时侧击敌人或断其后路；三是凌晨进入阵地太晚，大战役不定的因素太多，叫部队早早睡觉，凌晨一点进入阵地，不怕一万，就怕万一。他对朱大个子说："你派一个排提前潜入孙家沟门，不要惊动那里的群众，明天天亮后再组织群众后撤。"

晚上部队刚刚睡着，突然孙家沟门一阵阵枪声把三哥惊醒，他一看表，刚刚十点钟。难道敌人提前来了？他从炕上一跃而起，幸亏没脱衣服，抓起手枪就大喊：

"紧急集合！"

刘财财站在院子里向他报告，三营今晚就没睡，坐在麦场打盹。他们跑到麦场一看三营已集合完毕，朱大个子跑来指示，他挥挥手，叫他们跑步前往枪声地点。二营按照原定的把守东西山头方案立即就位，团指挥所前移孙家沟门。

狡猾的二十八旅派出的二百多人的搜索队，天快黑时才出发，鬼鬼祟祟地摸进山区，目的想搞清我军山里部队情况，并企图偷袭捞一把。到了三岔口时人们已睡觉，他们村子也不进，就宿营在野地里。孙家沟门南头有一个孤零零高台子关公庙，庙不大，最多有三十平方米，敌人尖兵班潜入庙里休息。

三营的侦察人员其实就在庙的北边一个破窑洞里休息，双方只有一百多米远，互相都未察觉。快十点时，排长带着大家继续向前摸，发现庙门口有两个哨兵睡觉，他们上去就把一个打昏，声音惊动了另一个，那个吓得一骨碌从五尺高的台子掉了下去，上了膛的子弹走了火，惊动了庙里的敌人，远处的敌人听到枪声蜂拥而至。排长带领大家向里射击，里面扔出一颗手榴弹，一名战士一看不好一脚踢走，"轰"的一声在旁边爆炸，这一下提醒了他们，三四个手榴弹拉出弦一起喊"一二三"，同时扔了进去，在里面"轰轰"炸响，大家趁机冲了进去，把几名负隅顽抗的敌人干掉。这个时候，大批的敌人已经冲到外面，吵吵嚷嚷地喊叫：

"共军弟兄们你们投降吧，我们也优待俘虏，把枪扔出来表示诚意。"

为了拖延时间，战士们把几支卸掉枪栓的步枪故意扔到门口平台上，有七八个敌人战战兢兢上来就想拿枪，藏在门后的几名战士端起卡宾枪"突突突"的一梭子，几乎全部完蛋。敌人扔进来的手榴弹大部分又迅速撇了回去，但是也有爆炸的，牺牲的战士也不少。敌人急了，三四挺机枪同时对准门洞、窗户乱射，还趁机在台子下堆了大量秸秆烧了起来，浓烟和大火吞噬着小庙，里面十六名战士全部牺牲。

朱大个子率领部队冲了过来，敌人刚开始还顽强地组织抵抗，但是，越打越感到不对头，共军的人数太多了，干脆就向后退。忽然西边山头上一股火力截断了退路，敌人彻底动摇了，军官带头冲了出去，这时东西两边山上冲下来大批共军，把敌人团团围住，只有少数敌人逃跑。由于天黑，容易误伤自己人，一直撑到天亮，部队不断地缩小包围圈，剩下一百多敌人最后只好乖乖缴械。

上级要求三哥将部队呈一字形拉开，作为整个战役北区右翼警戒部队。部队看别人打仗，心里那个痒痒劲儿别提了。三哥带上刘财财干脆直接来到二纵前线指挥部，要求见王震司令。谁知被警卫部队挡住了，死活不让进去，把他气得大喊大叫。一名首长路过询问咋回事，在这里喊叫不是为敌人指引目标吗？他俩一听，"啪"一个立正：

"报告首长！我们一个团在后面嗷嗷叫，希望首长开恩，我们绝不丢人。"这位领导虎着脸让他们两个在外面等着，说完去了指挥部。他俩这一等又是三个小时，看来今天没有戏了，回吧。刚想走，只见王司令员气呼呼地走来，他们站起来"啪"地立正，把他吓一跳，刚想发火，不对呀，这不是独立团的那几个人吗。"你们来凑什么热闹？有人说后面有部队申请作战，就是你们啊。"对对对，他们恳切地希望二纵给他们分一点任务。王司令员问你们有没有炮兵部队，最起码是炮兵连。他摇摇头说："我现在需要的是炮兵部队，攻坚战没有重火炮就不行。"三哥对首长说："首长，只要用得上，干什么都行。"他想起当年的肉臊子面，至今回味无穷。他痛快地说："你们在后面给我们搞些粮食，最好搞一些熟食行不行？"他俩相视一下，一挺胸脯，"没问题！"

泼出去的水是收不回来的。粮食还好说，可是熟食看来得求助于分区供给部了。四眼把情况给供给部一说，谁知他们说："好我的爷呀，咱这山区人口少，到哪里找人做熟食？你们给人家答应的事你们设法解决。"三哥原本对他们就不指靠，他用一团的指标粮，要求各营在二十里之内的村庄，发动群众连夜蒸馍、烙饼，各连派五十个人轮流送上去，谁完不成就收拾谁！

任务好下，实际困难比这大得多。二纵一万多人，每天消耗至少一万多斤粮食，只按三天计，就要三万斤。这三万斤原粮要磨成面粉，才能做成熟食。何况二纵把这周围的村子几乎都动员了。当负责后勤的二纵科长告诉三哥时，他才傻了眼。看来答应得有些盲目，但是一想，前方作战的部队正在不断地伤亡，我们这困难算个啥？开会！群策群力，沟通想办法。

其实，上会前有人就替他想好了主意，只是不好意思告诉他。这人就是四眼。

四眼告诉他："你老家的村子离这里只有四十里路，那一片都是产小麦的地方。大鼻子家里肯定藏有大批的粮食，把它拿出来，一部分就地加工，一部分拉到其他村子加工。"没等他说完，三哥就给了他一拳：

"你咋知道这么多，连我老家的情况都摸得清清楚楚？"四眼笑着说：

"你老家那点儿破事，我老婆都告诉我了。""扯淡！还没结婚，八字没一撇，就叫老婆？"三哥不服地说。

说干就干。当天下午他们就赶到史姜村，村里人一看，乖乖，史裕韬的老三带着队伍回来了，院子里挤满了人，都问长问短，一听说他已经当团长了，纷纷感叹不已，三十年河东，三十年河西，史家人该翻身了。

大家一听说解放军要打开姜家的粮仓，纷纷要去带路。三哥知道大家误会了，站在姜家大门台阶上，告诉乡亲们，我们解放军在前方正在打仗，部队没有吃的。今天到大鼻子家来先借三万斤小麦，还要麻烦全村各家各户，立即磨成面粉，蒸馍或者烙饼，家里有什么煮鸡蛋、腌菜、咸菜都要。部队是有纪律的，希望大家支持解放军，支持我。乡亲们的恩情，共产党、解放军不会忘，我史啸山不会忘。

姜家的院子过去想都不敢想，今天踏入大门大有一股恍若隔世的感觉，院子两条黑狗狂吠不止，管家长顺喝住，叫人关起来。主人都跑了，只有长顺两口子和三个保丁看门。三哥向他们说明情况，并且把村长拉来作证，解放军征用三万斤小麦，将来由人民政府出面予以协调解决。长顺点头哈腰表示，只要村长签字、解放军打条子，我也向东家好交代。今年新打的粮食，姜家四孔窑洞放了足有十来万斤，陈粮在主人走前全部换成银元，带上走了。看着这么多的小麦，叫人感慨万千啊！

加工指挥所就放在姜家大院，周围三四个村子几百户人家，凡是有条件的，家家炊烟起，户户支前忙。同时，部队还征用一批牲口，作为运输队。村里一些小伙子围着战士们羡慕得不得了，也想当兵。战士们逗他们，想当兵就去找我们团长啊。三哥当然十分了解他们的心情，就像当年夏海宁了解他的想法一样。他告诉村长，凡是想当兵的，先在磨面、蒸馍、送粮中表现表现。乡亲们的积极性十分高涨，当夜就送去了几千斤烙饼。

安顿完后，都夜晚十点了。他才进自己家院门，看见母亲端了一碗枣，上去就拿了一颗，连吹都没吹就填入口里。母亲叨叨说："还没洗，急啥呢？"他兴奋得跳到炕上，热炕上铺了一张草席，母亲专门借了一个烧木炭的砂锅，锅上面一层是肥片子肉，第二层是豆腐，第三层是洋芋、萝卜、粉条。砂锅用方木托盘端上来，四角又放了辣椒、腌菜、盐和咸黄豆。大盘子端上来热馒头，每人一碗红红的豇豆小米粥。十二年没有和父母家人吃饭了，他深深地感到，这是世界上最最温馨的地方。

父亲嘴里的旱烟，呛得自己不停地咳嗽。老三一把抢过他的旱烟锅，说：

"你们抽这个吧！"说完把哈德门烟分发给大家，请父辈、兄长们尝尝。他听到门外还有人嗡嗡的说话声，出去一看，院子蹲满了乡亲，他赶紧叫一个兄长为大家分发香烟，自己往地上也一蹲，向父老们说起这些年的情况。乡亲们提问了不少问题：

咱这里啥时间土改，土改都是啥政策，姜家还会不会杀回来，解放军能不能打过国民党，共产主义到底是啥样子，还要多少年才能到。大家一直聊到深夜。

在村里待了三天，他发现下村的姜姓比上村的史姓人家支前的积极性高，做的馒头又大又白，家家都提前超额完成了数量。装馒头的筐子洗得干干净净，用白白的笼布裹得严严实实。几乎每家还都煮了鸡蛋，装在坛子里的腌菜，还浇了一层辣子油。他们是给自己表现呢，还是觉悟高？他百思不得其解。

壶梯山战役，消灭三十六师一万多敌人，敌人放弃了澄城、韩城、合阳，这一地区得到解放。敌二十八旅搜索队被消灭，引起敌旅长极大的恐慌。二十八旅进一步退三步，二纵总攻壶梯山时，他们绕过国军的一二三旅，又向后溜了七八里，最后一直跑了。

26

一团近三个月以来，起义、俘虏和新入伍的战士已经超过一半。使他们的政治教育、军事训练和纪律作风的培养已成为一个紧迫任务。起义和俘虏的战士军事素质不错，射击、爆破、投弹和自我保护等技能动作比较熟练，但是旧军阀习气重，班排长打骂战士、贪图安逸、偷拿群众东西的事件屡屡发生。新入伍的战士，大部分是新老解放区的子弟，放下锄头就拿起枪杆子，作风十分朴实，政治上也要求进步，就是对枪械、炸药、手榴弹接触得少，射击常常脱靶、投弹忘了拉弦、匍匐前进时屁股撅得高，做动作"笨"。

随着战线南移，全团移驻到白水县大阳镇，隔一条沟对面是蒲城的高阳，那里驻扎着暂二旅扈昆团。团里召开会议，决定在新的战役之前，重点抓政治、军事、作风三大教育，团里几个领导分了工，都下到几个重点连里去。三营三连是一个后进连，每次综合评比老是最后一名。

三哥带上警卫来到刘家庄三连驻地。三连长康维成是山西四十师起义过来的老连长，个子不高，黑胖黑胖。为人十分仗义，喜欢抱打不平，打仗讲究配合，可是文化不高，性情急躁、简单。在军阀队伍里养成打人的风气，打骂士兵自己从不动手，一级打一级，班长打战士，排长打班长，排长、副连长出错，他也不动手，叫一群战士打他们。起义后这种情况少多了，但是没有完全根除。

指导员雷保雨党龄和军龄一样长，是百团大战时入伍的老兵。性子也急，不过掌握政策倒还挺全面。全连一百四十七名士兵，四十师过来的七十人，二十八旅的十二人，一二三旅九人，新入伍二十人，老战士三十六人。团长和全体战士见过面后，分别找了一些班长谈了话，他感到他们十分朴实，说话不掖不藏，实实在在的。但是他们对连里简单地处理一些问题有看法。对赏罚不明、分配不公也有看法。对连里存在小团体，更有看法。

一排俘虏兵符碌，一米八五的个子，富平人。弟兄两个，三年前拉壮丁，两丁抽一，保长看他个子大，就给他报了名。进了国民党二十八旅，集训一结束，还是因为个子大就当了重机枪射手。壶梯山战役前抽到旅搜索队，搜索队用不上重机枪，他感到"大材小用"，落架的凤凰不如鸡，整天心灰意冷。被俘后问他愿意不愿意参加解放军，他感到只要不回家种地就行。三连有一挺水冷式马克沁重机枪，射手连射速调节器的小毛病都不会修，是他帮助修好的。就是因为俘虏兵的缘故，连长康维成不让他进机枪班。

三哥和符碌成了朋友，对他进行了测试，主要包括拆卸装技术等。提出谁的技术好谁就是第一射手、第二射手。重机枪，一般情况下还要二到三人做装弹手。他亲自组织考核，择优录取。经过实弹演习、蒙眼拆卸机枪、迅速排除故障，符碌单兵考核第一毋庸置疑，最后他如愿以偿。

针对连长康维成、雷保雨两人带兵方法简单、急躁的毛病，三哥分别和他俩推心置腹地谈了话，要求加强学习，提高修养，杜绝循环打人风气，不许骂人，不许伤人自尊心。小团体主义对部队危害最大。为此，全连必须重新调整班排人员。首先，把带头干部打乱，重新分配，不好分的交给团里。其次，把四十师和二十八旅、新入伍的和老战士全部插花安排，绝不允许小团体存在。今后部队站岗、干活，班长必须带头，吃饭班长最后吃。连里今后行军时，重武器和给养不许分摊到各班，连部自己想办法解决。

部队重新组合后，立即开展大练兵活动，每天训练都超过十个小时。康维成到底是老军人，以身作则，战士出多少水，他也流多少汗。在他的模范带头作用下，班排干部没有一个敢偷懒的。射击时，人人都吊砖，练臂力、练准头。拼刺练习的基本要领和实用动作结合一起，一对一地练、一对二地练，甚至一对三地练。五公里、十公里越野的体能训练，三天一次。三哥还给他们提出更高的要求，人人要学会爆破、学会打机枪、学会掷弹筒、学会使用火焰喷射器等武器。

短短的四个月，整个三连军事训练进步很快，整体素质迅速地进入到全团先进行列。

秋天的渭北平原上，原野和村庄到处可以见到柿子树，红红的柿子结得十分繁盛，把树枝都压弯了腰。大鼻子去大荔韦庄开会回来，路上用大刀砍了一大堆带回来。一下车喜气洋洋地拿在手里，副旅长和参谋长欲问情况，只见他扬扬柿子，大声叫道：

"来来来，进会议室。"说着就把东西放在桌子上，把腰里的九节鞭也解了下来放到桌子上，军官们围了上来。旅座两只手摆了摆，大家坐了下来。

"告诉你们一个好消息，国军从九月起，取消旅一级建制，从现在起我们的正式番号成为国民革命军暂编第二师。"他压抑不住兴奋的心情，告诉大家这天大的喜讯，他看着大家交头接耳地议论，自己也颇为得意，点了一支烟，接着对副官处一个军官说：

"两天之内，去给老子把门口的牌子换了，暂二旅改为暂二师。"接着对大家说："从现在起，旅部改为师部，我就是师长，诸位就是副师长、师参谋长。上司给我师的编制同其他国军一样，步兵战斗部队为三个团、九个营、二十七个连，保留炮兵营、工兵营。即将拨给我们五辆美式十轮大卡车。师直单位统统按团级编制执行，你们个个晋级升官啦！"众人一听，一片欢呼声，弟兄们熬到头了。

他叫人倒了一缸子酒，沉吟道："老父聊发少年狂，左牵黄，右擎苍，锦帽貂裘，千骑卷平冈……会挽雕弓如满月，西北望，射天狼。"

大家一听，好诗，好诗呀，师座，这是您作的吧？"他不作答，一口气把二两酒灌入肚里。有的弟兄说，多亏共军把我们打到平原上来，自然条件好，顿顿吃捞面条，现在再升上一级，就像关中人说的"嘹扎咧"。

暂编二师驻扎蒲城县城，最近接到上司的命令叫他们移驻富平的老庙，给广东的六十五军一六一师让地方。大家一听愤愤不平："他妈的，同样是国军，凭什么叫我们让地方呢？"大鼻子感到这简直是打自己的脸。虎着脸去了趟兵团司令部，兵团部明确地说，马上要搞一次大的战役，六十五军过来担任主力部队，他们清一色的方言，明码呼叫，共军一句都听不懂。叫主力吃好点、住好点也不为过，说不定哪天弟兄们为党国捐躯了呢。你们移驻老庙，缺经费的话，兵团会继续调剂。

令晋山团住在三河镇，距蒲城只有十来里路，现在保安团改为国军，旧貌换新颜，士兵们都为之一振，个个都斗志昂扬。侯仲魁如今已是一营营长，抓训练、抓纪律丝毫不敢马虎。

媳妇吴青刚刚怀孕，随军也来到部队。她在军营待不住，提出要为孩子们上课，侯营长感到她吃饱撑的，不愿意出头，可是她天天黏着他，真是没治了。下午她又跑到镇上小学看别人教学，觉得给孩子们上课是一种说不上来的享受。直到学校放学了，她才意犹未尽地回到家里，一推开门，看到丈夫披着上衣，光着上身，正在衬衣上找虱子，真恶心人。她一把夺过来，扔进脸盆，就往里倒开水。唠唠叨叨地说：

"你都是有老婆的人了，还改不了毛病，别人还以为我不讲卫生呢。快去洗手，一会儿我给你打饭。"她停顿一下，又想起教学：

"明天你一定去一趟学校，我现在除了想教课啥都不想了。"侯仲魁忍不住笑了：

"我早就给保长说了，你就等着好消息吧！"吴青又惊又喜，抱住他使劲儿亲了一下："还是你好。"

学校听保长说给他们调来一个新教师，本没有多大的问题。可是一听说是个军官太太，校长吓得不敢要，生怕惹出是非来："我们庙小供不起这尊神。"保长板着脸，说："人家老婆都跑来看过几次了，侯营长保证不要挟你们，人家媳妇又不要薪水，你们还怕啥？"

校长想起这两天，有一个剪着短发的精干年轻女人老是趴在窗户上看，他还以为是学生家长的亲戚呢。想了想，勉强答应她试讲一次。

吴青本是师范毕业的，语文讲课水平对乡镇学校而言绰绰有余。她的算术讲课水平出乎大家意料，孩子们格外地喜欢这个外地的女老师，她把枯燥的数字用生活常见的方式，生动地讲给孩子们听，容易被接受。她也从来不摆官太太的架子，和大家相处得十分融洽。

六十五军清一色的广东人，来到这里，军队纪律特别坏。欺负县乡，抢男霸女，强买强卖，走到哪里，谁都不喜欢。一六一师进入蒲城后，在街上买菜从来不给钱，还用广东话骂人。大白天都敢抢商铺，强奸妇女的事件也时常发生，百姓敢怒不敢言。到了晚上，家家都把门户紧闭，如同对付日本鬼子。侯营长不以为然，他们的纪律不好，但是事物都是相辅相成的，他们打仗也是非常拼命，对付共军也需要这样的部队。

一个阴霾的雨天，他带领几名弟兄上街，营部缺一些营建物资，看看行情后再申请款项。在南街看到一家商铺摆的电线、拉绳开关、电灯泡，他们就进去询价，和老板谈好了价格、购买的数量，还叫副官先给老板付了定金。他们转身就要走时，一六一师一个少校也领着几个人进来，撇着广东腔说：

"老板啦，雷（你）这些电线我们都要了啦，弟兄们现在就搬货，明天再给（雷）送钱好啦。"这不是抢人嘛！侯营长气得大喊：

"不行！做什么事都有个先来后到，我们把定金交过了，这些东西就是我们的。"少校眯着细眼上下打量着侯营长：

"哎，商铺又不细（是）雷（你）嘎（家）的，雷（你）没有买走，老子就可以和雷（你）竞价。"侯营长没反应过来竞价是啥？少校嘿嘿一笑：

"雷（你）细（是）不细（是）装糊涂，竞价就细（是）我们比谁出的价钱高，谁就可以拿走的啦。"老板一听就急了，天下哪有这样做生意的，今天看样子都不是善茬。

"不卖了，不卖了。"说完赶紧把定金掏了出来。侯营长当然不愿意了：

"凭什么就退定金，你今天要说个子丑寅卯来。"少校得意地说：

"因嘎（人家）不卖雷（你），雷（你）不能强买强卖啦。"这家伙反而倒打一把。侯营长是属于犟驴型的，他今天非得要买走不可，命令副官去团部拿钱。少校一看他要动真的，也来了劲儿，他指着侯营长：

"雷（你）不要走，今天非得收拾雷（你）。"十来分钟，少校领来了一名中校，屁股后面跟了二十几个荷枪实弹的士兵，中校一进来不管三七二十一，对准侯营长就是拳打脚踢，叫人把他捆起来，拉回去再说。

消息传回来，一下子炸了营，吴青也听说了这事，哭着就去找令晋山。团部的军官都已经得知这件事，大家纷纷抱怨不平，令晋山气得正在团部踱来踱去，一见吴青进来，赶紧劝她不要哭，身子要紧。"我已经派人和他们正在交涉，大不了给他们一点钱算了。"第二天，侯营长带着一身伤痕回来，原来一六一师诬蔑他抢夺军用物资，还给他上了刑。弟兄们对广东军特别气愤，一致要求严惩他们，出出这口恶气。令晋山再三压住大家的火气，小不忍则乱大谋，君子报仇，十年不晚。

一六一师最近邪事频频不断，不是集体食物中毒就是士兵不断失踪。百姓们都在传说一六一师造孽太多，得罪了天地君亲师。百姓的传说，也传到他们耳朵里。师长特别迷信，特别是来到陕西后，总认为陕西这地方邪，诸葛亮七出祁山攻打魏军都失败了。六十五军跑到这里来，水土也不服，打仗肯定打不过土生土长的共军，玩心眼儿玩不过长期盘踞在陕西地盘上的中央军、地方军。所以，士兵们的纪律约束就放得很松，民众意见大也在情理之中。为了辟邪，师长专门来到城隍庙祭祀，恳求城隍保佑一六一师平安地回去，也好向广东的父老乡亲有个交代。

八月，荔北战役正式打响。一六一师奉命急驰五龙山，阻击共军四纵南下，确保洛河以西的安全。暂二师尾随其左翼，做侧翼掩护。大鼻子命令扈昆团继续监视对面的共军，令晋山团作为前卫，韦力团跟进。

令晋山他们跟在一六一师的侧翼，不断地传来他们糟蹋老百姓的丑事：每到一个村子，先把农民集中关起来，年轻妇女都被糟蹋，鸡猪牛被宰杀，粮食抢走，甚至把村子外围的民房全部拆除，保证视野开阔。老百姓一见到军队都跑得远远的，害得令晋山团连一个问路的都找不到。

按照原先的联络方式，双方用号音联系，侯仲魁故意和他们拉开距离，不紧不慢远远地跟在后面，好像是来旅游。

这天天黑前，侯仲魁和弟兄们来到一个杏潘村，村子挺大，一个营住进来绰绰有余，村子只能找到一些老人，估计大部分人逃到洛河的河谷里藏匿。他要求部队布置好警戒，准备安心地住上他几天。晚上大伙刚刚睡下，侯营长一手摸进内衣找虱子，他妈的老婆都清干净了。东面的远处传来一阵阵炮声，竖起耳朵听，估计在二十里之外。管尿他呢，他打他的，咱睡咱的。一阵子，鼾声此起彼伏。

天亮了，北边传来激烈的枪声，最多有五六里远，大家慌慌张张地穿好衣服坐在床上，等待消息。派出去的人回来报告说，北边一六一师和共军干上了。好，叫"主力"打嘛，不少人又躺下想睡。

北边跑来几十人，警戒部队问咋办?侯营长想都不想，打！坚决不让他们进村子。架在屋顶上的机枪和村外高地的机枪几乎同时开火，一阵子就把他们赶了回去。北边一遍又一遍联络号音飘了过来，这边的号手也只好号音回答。对方的那几十个走了过来，侯营长一看，冤家路窄，这不是打我的那个少校吗？他们狼狈不堪告诉说：

"我们昨夜叫共军袭击啦，雷（你）们不能见细（死）不救。上司叫雷(你)派些部队过去，吉（支）援过去。"原来这家伙是一名团参谋长，他们所在的村子有一个团部，还有卫队连，一共才不到二百人。看来不支援不好交代，他就派了一个排跟随过去，他们临走前，一再交代，趁住劲打，弹药不可浪费太多。

刚刚打发走他们，一个老乡送来一封信，信皮没有落款。他拆开一看，原来是解放军黄龙军分区独立九旅一团写给令晋山的，前面无非是叙叙过去的情谊，后面意思是这次战役重点打六十五军，希望你们后退十里，不要和解放军过不去。侯仲魁不愧是老兵油子，他知道保存兵力第一。当年骑兵连叫八路军俘虏，人家讲大局把他又放了，马匹和装备完璧归赵。现在人家要打广东军，叫我们让地方，让就让呗。为了不发生误会，也是为自己解脱，他回了一封简单信，上面写，对空放枪四个字，叫农民带回去。他派人暗地里把这封信悄悄地送给令团长。这责任由他个人承担，和团长没有关系。

中午饭刚吃完，就听见北面又响起枪炮声，侯仲魁在屋顶上用望远镜清清楚楚地看见解放军将村子已经包围，他现在担心的是他的那个排能否安全地突围出来。他又派人立即再潜入村子去，叫他们向东突围，那里稍微薄弱些。他叫卫兵扛把椅子上了房，登高观战，命令卫兵把衣服脱下来。卫兵报告说：

"营座，我身上的都让您捉光了。"妈的，算了。一六一师的装备就是好，机枪子弹好像河里的激流，"砰……"就不停顿，一发又一发炮弹压得共军抬不起头。

"我们也射击吧?"一名连长讨好地说。

"对，对！叫弟兄们往树叶上打，这样响声大。再把那几颗报废的手榴弹绑在一起引爆，多点上几堆烟，要做得和真的一样。"

士兵们拿起步枪对准树上的老鸹窝不停地射击，老鸹窝打飞了，就打玉米秆。爆炸声、呐喊声不断，好像这里的战斗不亚于前边。

他又拿起望远镜，共军发起了六次冲锋了，都被打退。说实话，共军的装备现在还是比不过国军。他在望远镜里看见共军利用玉米地作掩护，好像挖壕沟，一点一点接近了村子。天渐渐地黑了，共军又开始冲锋，不知他们发射的什么玩意儿，一六一师的上空一股黑烟透着火光，"咣"！又一股黑烟，"咣"！爆炸声巨大无比，脚底下的房子都有震动。

共军好像冲进去了，村子里的呐喊声、枪声仍在继续。不一会儿，自己的那个排从东边绕了个圈跑了回来。侯仲魁对排长说："你们一半人躲到其他营里，把子弹给其他人，就说你们被打散了，越狼狈越好。"

大鼻子对自己部队的出色表现十分满意。这么大的一场战役，各军、各师都有不同的伤亡，六十五军伤亡最大，死亡达六千人。而自己的部队仅仅消耗了一些子弹。令晋山团充分地理解了他的意图，各团、各营、甚至各连都保持着完整的建制。特别是侯仲魁营表现突出，其他友军都反映暂二师打得顽强，要不然，整个战线就垮了。

关于战报是这样报上去的：我师一直与一六一师保持协同作战。在杏潘村我军侯仲魁营遭到共军三面上千人的包围，该营长临危不惧，智勇双全，顶住敌人猛烈的炮火，顽强地抵抗。在令团的人力、火力有效支援下，打退共军六次进攻。在战斗最激烈之时，还派出一个整建连支援一六一师，乃国军之楷模。本师共歼敌八百七十人，缴获武器无数。各团、营、连建制完整，只是弹药消耗殆尽，急需补充云。

战报是令晋山起草的，师座稍加文字润色，令发报员小爱发了出去。

荔北战役解放军歼灭敌人大量有机力量后，主动撤到合阳、澄城一线休整。而敌人却在西安召开了空前大的祝捷大会，来掩盖损兵折将的败绩。暂二师属于受奖的部队，其中，奖励侯仲魁营一百万金圆券，给个人奖励了十万元，破格提拔他为中校。令团的上上下下都得到了奖励。大家拿到钱后个个都笑逐颜开。师部召开营以上的军官大会后，举行了丰盛宴席，表示大家同贺。

扈昆心里一直闷闷不乐，他想不通。明明共军的一团从我鼻子底下溜走的，可是我却不知道。如果要追查起来，那我的责任就大了。说明我盯得还是不紧，看样子，以后还要加强力量。

宴会散后，大鼻子把几个心腹叫到他的小会议室，语重心长地对大家说：

"我们打了一个'胜仗'，也得到了上司的奖赏。昧良心啊，弟兄们！现在，国军能把败仗吹成胜仗，芝麻的胜利吹成西瓜，丢人！这是全世界最丢人的一支军队。这样的军队只能打败仗，国民党已经失去人心、失去民心了。今天，我老姜多喝几杯，给你们几个说说实话，共产党迟早要坐天下。我年龄大了，国民党对我不薄，我这人是讲报恩的，不管国民党今后发展如何，我是忠心不变的，就像刘戡将军那样，宁死都不投降共产党。不瞒你们，我也像刘将军那样，自己给自己备了一颗手雷。这次虚假的祝捷，我们有责任，但是还必须那样去做，才能鼓舞士气、振奋人心。但是乐不可极，乐极成衰；欲不可纵，纵欲成灾。暂二师今后可能还会有这样的胜利。"

他喝了一口茶，给大家讲起如何处世：

"你们记住，必须有实力，你才能有地位，打仗你们都要保存实力，懂吗？我们不是嫡系，仗打败了，人员不会补充、装备不会补充，只能自生自灭。古人说，于安思危，危则虑安。"他又喝了一口茶，妈的，宴会的肉菜咸了，光喝水。告诉你们说：

"独立团改成独立九旅了，史啸山是他们一团的团长。这小子把我女子的魂勾跑了，战场上留神不要把他打死了。他死了，我女子就要疯了，听见了没有？"

大家都说："师座，放心，他死不了。"

一团又撤回到白水大阳。荔北战役他们狠狠地收拾了六十五军。这支部队反共十分坚决，打仗非常疯狂。这次他们吃了大亏，用敌人的话说，和共军打交道还是要慎重啊。大家听到敌人的自责，不禁都笑了。

部队进入了冬季，可是冬装从分区运出来路过冯原时，叫四纵给截走了。这些还都是去年大家的旧衣服，他们居然还会要，说明四纵太穷了。老虎听说旧棉装叫人家截了，截了就截了吧，反正都是兄弟部队。好在今年六月份时，山西那边又运来一批棉装，一直压在山里的窑洞库房里没有发，棉帽子还是河北过来的栽绒火车头帽子。大家穿上新棉装高兴地说，这比原来的强多了，真是旧的不去，新的不来。

野司举办战术短训班，每期半个月。三哥是第二期。他当兵十几年了，人越来越精明，也懂得交些朋友，先投入后产出嘛。短训班是五湖四海的师团级部队干部，好几十人呢。

他预备好几条烟，有三炮台、哈德门、飞马。见了首长，发飞马，平级就是哈德门，自己就抽三炮台。课间休息时，大家都说你身上到底装几种烟呀？还有人搜他的兜，结果只发现三炮台。他狡黠地笑笑说："我就抽这一种烟。"座位是固定的，可是他今天和这个坐，明天和那个坐，反正找的都是比他职务高的。

飞马香烟，一支又一支地出现了，首长刚拿起，他"啪"的一下，用亮闪闪的打火机为首长点上。一位首长稀罕地要过去看了看，三哥神秘地说："这是ZIPPO，名牌，地道的美国货。"首长说了一声："好啊！"随后装进自己的口袋里，一副若无其事的样子。三哥顿时傻眼了。

有人仔细地观察，发现问题就出现在帽子上。别人把帽子解开放下来护着耳朵，他戴的是火车头棉帽，天再冷护耳也不解开，一位团长趁他不备，一把抢过帽子，原来棉帽护耳一圈里藏了好几包烟，瞬时被分得干干净净。人家把帽子撇给他，大家一阵哄堂大笑。

战术班主要讲大部队野战的工事修筑、破除各种障碍、进攻指挥要领、穿插协调、步炮协调、阻击梯级配置、击破战车、部队联络、冲锋时机等。教员一部分是军官俘虏、一部分是二野的教员，他们还带来大量的实战战例。战俘教员理论水平高，讲得头头是道，可是战例不能说服人，二野的实例通俗易懂，战术十分接近，大家也喜欢听。

他从培训班回来看到英子一封信，感到特别惊讶。这可是从黄龙军分区转下来的，真难为送信人了。他小心翼翼地撕开，字里行间透出一股兴奋的情感。她说她已经知道一野在一九四八年的冬天和四九年的春天，在渭北连续发动了两次大的攻势，共歼敌五万七千人，三大战役加快了国民党反动派统治灭亡的进程，你们在西北战场上，虽然同敌人相比数量很小，但是几个月以来又歼灭这么多敌人，咋能不高兴呢？看样子西安、成都、兰州这些大城市解放为期也不远了。只是，父亲太顽固，这样是要吃大亏的……说实话，她谁都不想失去。三哥读着英子情深意长的信，处处流露出思念之情。在信的结尾她对他说，最好争取父亲起义，以免人员的伤亡。切记。

这一夜，他翻来覆去地睡不着，争取起义，说起来很简单，但是大鼻子这个老顽固，"忠"、"义"中毒太深，其他的道理根本谈不进去。令晋山、扈昆这几个人倒是交情挺深，但是他们对大鼻子十分忠诚，究竟有几分胜算，心里没底。但是他又不甘心。

第二天，他把想法对团里的几位说了。他认为，暂二旅也罢，暂二师也罢，过去是对抗战有贡献的，如果我们战场兵戎相见，必然血流成河，双方死亡一大批战士。我想起战术班上，一位国军的少将讲的《孙子兵法》，说着他翻出笔记，给大家读道："百战百胜，非善之善者也；不战而屈人之兵，善之善者也。故上兵伐谋，其次伐交，其次伐兵，其下攻城。"

四眼插言："你是不是想不战而屈人之兵？""对！"三哥脸上露出坚定的神情。

"大家想想，我们和他们是友军加冤家，恩恩怨怨都八年了，有什么理由再打下去呢？"他们感到眼前的指挥官比过去更加有智慧，更加成熟了。

说干就干，他们立即向上级报告，老虎也支持他们的想法，还派人问，要不要敌工部的支持，他们都笑了。暂二师太熟悉了，别人来反而是累赘。三哥决定独身一人去，最多路上带一名警卫。大家只好依了他。他们装扮成教书先生，兴致勃勃地出发了。

三哥决定先到扈昆团，先易后难嘛！

他突然出现在扈昆面前，着实把扈昆吓了一大跳，惊讶地说："共军今天敢造访，必然有大队人马在后面？"三哥击他一拳：

"老伙计，习武之人光明磊落，从不做小人之事。深入龙潭虎穴，带兵又成何体统？本人就是来叙叙旧，你不会不欢迎吧。"扈昆不好意思笑了，赶紧叫人上茶，上好茶。

俩人天南地北五马长枪胡吹起来，谝了一会儿，俩人都觉得太虚伪，哈哈哈大笑起来。三哥意思是能不能俩人单独谈谈，扈昆看看下面的几个人，脸上露出犹豫的表情，三哥摆摆手，老弟为难就算了。这话一出口，谁知激了他一下，他站起来拉起他的手就进了卧室，还告诉副官，谁来了都说他不在。

俩人在一起交换了当前全国的局势，谈起战场的变化。开始，扈昆还认为西北的战场比较乐观，不相信他们能败给共军。三哥明确告诉他，华北的战事即将结束，大批的部队即将开拔过来，解放军的比例将超过你们，天平即将倾向我们。西北、西南的解放也就是一两年的事情。扈昆听着他的话，内心震惊。

共军不像国军电台里那么爱吹牛，说出来的，件件都实现了。扈昆是鸭子死了嘴硬：

"三哥，别把你们共军说得太神了，你们去年打宝鸡不是就走麦城了吗？"三哥点了一支烟，吸了一口：

"人非圣贤，孰能无过？世上没有常胜将军。西府战役在后期主要是轻敌了，六纵受了点儿损失，可是今天羽翼丰满，他们去冬今春参加了两次战争，你们的教训还少吗？"扈昆站了起来：

"你们现在势力大了，口气和过去也不一样了。走！吃饭去，不说了。"

中午吃饭就放在灶房旁边的小库房，这儿安静。伙夫摆了张桌子，上了四个下酒菜，两人互相斟起酒来。人逢知己千杯少，话不投机半句多。他们今天是半斤对八两，无所顾忌地放开喝。一瓶酒下肚，他们喝着喝着就说起来暂二师今后的出路。扈昆吐着含糊不清的话语：

"其……其实，我知道你是干……干什么来了，我……我现在不……不说破。"三哥往他嘴里塞了一支烟，又给他点上，自己也点着烟，舌头好像也有点发硬：

"人……人做什么都要……要瞻前顾……顾……顾后，我的目标是姜……姜师长。"扈昆用手一抢：

"做……做梦！说服……服他，地球都不转……转圈了。"他俩又喝了几杯，最后被卫兵扶着去休息了。

第二天早上两人才清醒过来，洗漱完毕后，一见面嘿嘿笑了。吃过早饭，告辞握手时，他使劲儿地捏了捏扈昆的手，好像在向他暗示着什么，扈昆点点头似乎全都明白了。

令晋山对三哥十分敬重。当年做人家的俘虏时，八路对自己十分友好，关了十来天，他亲眼看见他的伙食比八路要好得多。出来时，骑兵连的马匹个个膘肥溜圆。从此他对共产党、八路军印象很好。令晋山不善言谈，可是为人厚道，总想找个机会报答史啸山。今天他既然来了，就干脆把他拉到家里。

暂二师带家属的寥寥几个，他老婆从山西过来一直跟着团部东奔西跑，两个儿子分别上小学四年级和二年级了，上学不稳定，老婆整天不满，恨不得让他立马脱下这身皮，安安生生地过日子。

他俩在客厅谈话，老婆在厨房做饭听得一清二楚。不一会儿，饭菜端上来，老婆数落着他："人家对你那么好，你就利利索索地投向解放军算了，他们把西安一解放，我们几个将来住到西安去，也能稳定下来。"令晋山对着他苦笑了一下，叫老婆拿酒去，烦死人了。

令晋山说："你是我最敬佩的人。关于这个事，我主要担心姜师长，你们想把一个整师拉走，肯定不行，弄不好会鸡飞蛋打，惹出一堆麻烦事来。我这团是姜师长给的，我要私自拉走，有些不够意思。"三哥给他讲了许多的道理，最后告诉他：

"不管能不能说通他，我还是要去。我希望，你还是下定决心，能带着部队走，对你将来的前途、家庭都会有好处。"其实，三哥发现，嫂子的作用比他大得多。他临走前，告诉嫂子，口风一定要严，外面的特务很多。说着从兜里拿出二十块银元，交给了嫂子：

"嫂子，金圆券已经分文不值，这点钱是个意思，将来孩子上学还是有用的。"

大鼻子隐隐约约听说有一个教书先生在下面部队神神秘秘地干什么。早晨起来，小爱等他洗漱完，帮他穿好衣服，刚刚进到办公室，副官报告说，师座，您的亲戚到。他一愣，问了句："我的什么亲戚啊？"副官答道："他说您一见就知道了。"他拿起梳子，习惯地把头发往后梳梳："叫进来吧。"

三哥大大方方进了办公室，叫了声：

"叔，您好！"

说着就把手里的礼品放在桌子上，坐在椅子上。大鼻子目瞪口呆，半天说不出一句话来。想叫卫兵进来，又觉得不妥，自己给自己倒了一杯白开水，冷冷地说道：

"你胆太大了，知道这是什么地方？"他气得杯子往桌子上一蹾，开水溅到手上都没有知觉。三哥没有接他的话儿，满脸笑容，又叫了一声：

"叔，我看您来了。这是英子托我带的您最爱吃的柿子饼和蜂蜜。"

说着一样一样取了出来。他听到英子的名字，心里"咯噔"一下，可是脸上的怒气仍未退下，硬硬地说：

"谢谢你，你可以回去了。"现在就这样走了，这一趟岂不是白来了？他不卑不亢地笑着说：

"叔，您的身体看起来还不错，脸色也挺红润的。您老人家属猴，今年是不是已经五十三，过了知天命了。前几天，我回了一趟史姜村，还到您门上看了看，长顺他们还都挺好的。咱村要土改，共产党的政策里对革命有贡献的军烈属有优待条件，您率领部队抗敌寇、援助八路军，英子又是共产党的县委副书记，土改中都是应该考虑的条件。搞土改，她比我们懂行，她是不是都告诉您了呀？"

一听到这些，他脑子有点转动了。女子告诉他，按财产、土地亩数，划为地主，本应该全部没收，只留口粮田。如果对革命有较大贡献的可加倍留口粮田，可以达到当地中上农的水平。他不由得给他冲了一杯茶，又坐下，眼睛动也不动地听他说。三哥喝了一口茶，接着说：

"现在形势发展快得很，华北的解放军不久就要开过来了，蒋介石的……"话还没说完，就被大鼻子打断：

"你是不是说叫我看清形势，不要和他们跑，不要和共产党为敌。"三哥笑了笑：

"叔，今天是我自己要来，就是劝叔为自己留一条后路。"

"来人！"只见他把杯子往地下"啪"一摔，

"把这个共军关起来！"外面几个卫兵跑进来就把三哥带走了。他的警卫员被赶了回去，叫他报信儿。

27

太原解放了，当地军民载歌载舞，也标志着全山西境内的解放。这天县委突然接到通知，英子和王枣花立即交接工作，参加南下工作团。命令是那样的突然，令大家措手不及。说实话还真的舍不得这里呢！依依不舍地告别了同志们，他们坐上老赵派的大车到了娄烦，哪里知道在这里碰见老县长王思民、慧渊博他们，大家才知道他们已经是第三批了。大家手里的通知很简单，到太原领受任务。

太原已和十二年前的印象大不相同，令英子十分感叹，街道的房屋被炮火基本摧毁。敌工部给他们开好介绍信，要求二十天之内赶到湖北郧阳，共五十人，由英子负责带队，到陕南军区报到，那里也是十九军军部所在地。英子带着大家来到小北门当年她读书的地方，学校基本夷为平地，西边有一个兵工厂，工人宿舍还稍微完整，人员也所剩无几，经过和几位护厂的师傅讲情，最后在这里凑合一晚上。工人们告诉她，抗战胜利后，阎锡山在这里建立起了两个兵工厂，利用日伪留下来的技术工人和厂房，逐渐地新置一些炼钢炉、翻砂、锻造工艺和车铣刨磨镗机床，大量地加工，几年之内生产了大量的大炮和枪支弹药。这一时期蒋介石主要注重进口美国的武器，国内兵工厂多数被冷落，而太原的兵工厂的规模却不断地扩大。山西战场上晋绥军美日武器虽然大部分叫解放军缴获了，可是太原依然能源源不断地生产出大量的武器。英子终于明白了，我们十八、十九、二十三三个兵团围攻了太原数月，敌人如此顽固，原来这儿有大量的武器作支撑啊。

第二天他们沿着铁路线往南走，走了足足二十里才见到临时车站，终于看见一列闷罐要开，大家第一次上火车，感到十分激动。一个戴红袖章的铁路军管会的不让他们上车，说这是开往阳泉。阳泉在哪，谁都不知道。

他们悄悄地问一个列检工人，他笑笑说，红袖章怕你们乱扒车，从来就没实话，这明明去侯马的嘛。对对，我们就是去侯马。这几十个人不管三七二十一爬上去再说。红袖章急了：

"哎哎，列车到前面去拉炸药。"老县长一听急了，赶紧下吧，说着就要跳下来，结果叫慧渊博一把拉住。英子告诉红袖章，我们是南下工作队的，任务太急没办法。火车"哧哧哧"已经启动，红袖章油盐不进，依然摆手叫他们下来，老县长从兜里掏出一包烟一下子撒到他的脸上，只见红袖章慌忙地弯腰拾烟，大家"嗷"的一声，老县长和孩子一样，兴奋得跳了起来。

一千多公里的路程，大家像游山玩水一样，火车、汽车、木船、竹筏、马车都尝了。听说南方都是大米，肯定不好吃，说不定还没有黑豆好吃，大家纷纷议论，可是也有人说，比白面好吃得多，闹得大家心里直打鼓。

王枣花现在最怕坐汽车、坐船，上去一摇头都发昏，还想吐。她私下告诉英姐，可能她怀孕了。英子高兴地说，老陈春天来才住六七天，就……好啊，别害怕，到了郧阳找个大夫看看，我们的小独立团就要诞生了。她一听拍了英姐一下，脸上透出羞涩的表情，不好意思地扎到她怀里。

郧阳地处楚地西北边陲，汉江北岸，县城北高南低，这是鄂豫陕三省交界的根据地。山区大片原始的森林，湿度大，空气也新鲜。陕南军区军政机关就驻扎在这里。工作团以为人生地不熟，谁知道十九军里有不少决死纵队的，至少有三分之一的人都是山西人，乡音一下子把大家的距离拉近了。后勤部的几位老乡热心地把工作团暂时安排在城里粮库的宿舍，吃饭也就搭他们的灶。

晚饭是蒜薹炒肉，主食是大米饭，老远闻着就香。大家馋得口水都出来了，慧渊博一连吃了三碗，肚子已经饱了，仍感到意犹未尽。他看到老县长第二碗吃完，站起来又要打饭，一把拦住，把碗夺过来：

"你个老东西，还骗我说大米比黑豆难吃，吓得我都不敢来南方，多亏没有上你的当。老东西，小心把你撑死了。"英子在家里吃过米饭，不过那都是逢年过节外地人给她家捎来的。嗯，蒜薹炒肉片就米饭，绝配。她看见两人抢碗，连忙劝开：

"老县长，别伤着胃，这才是个头。总有一天会把你吃烦的。"老县长叹了一口气："我是空手跑进中药店——没方子喽。"

江汉的五月，气温一个劲儿地冲了上来，绒衣、毛衣都穿不成了。工作团看起来很土，可是有钱不外露。独立团过去捞了的钱，给了他们多少谁也说不清，加上上级又给他们发的路费，几乎都没有用。英子为大家置了一身新衣服，男的是四个兜的蓝咔叽布干部服，女的是双排扣的列宁服，皮带一扎，在这里十分耀眼。

他们来到军区要求尽快分配，接待的是组织科，一个白白的、戴着眼镜的小胖墩吃惊地打量了他们一番，

"嘀，好阔气哟！"一听说晋绥分往四川的，胖墩慢条斯理地告诉他们，陕南军区归中原局管理，你们属于中原局向四川新区派的工作团。按照规定，还要从陕南公学抽出一百名年轻学员配给你们。现在四川还没有解放，你们在这里先熟悉生活习惯，也可以熟悉、了解你们学员的情况。你们下一步去的是川北八个县，那里将由你们开辟、接管。

英子感到一百名学员太少，一个县才十几名咋工作呢？恳求能不能再增加一些呢？小胖墩转过身去和科长商量。科长走过来看看她说：

"将来那里解放了，部队也要下来一批干部呢。陕南公学将来面对的是陕南、四川、甘南好多地方，都缺干部，这都是按比例分的。"小胖墩插话：

"你们发新衣服咋不给我们发呢，就是这个道理。"科长拉他了一把，笑笑说："别听他胡说。"

一句话把她说得云里雾里，半天转不过弯来。她回去给大家一说，老县长说：

"你真是个瓷娃娃。他们科里才五个人，给他们一人做一身新衣服，我们再要五十人咋样？"

这样的话她说不出口，打发慧渊博："你们几个去交涉交涉，你不是会经商嘛。"一个小时后，他拿着一百三十人的调配单子兴冲冲地就回来了，太好了。

陕南公学的学员分配面很广，几乎都是分配到新解放区。消息灵通的学员看到南下工作团文化素质高、穿着整齐，个个英俊、飒爽，都希望到他们那儿去。关于招学员的事，英子一律推给了老县长他们，买了几本相关的书籍，一心一意地研究起川北的政治、地理、民俗。

大鼻子把三哥扣押，甚为得意。一是可以牵着爱女的魂，二是暂二师有人质，共军不敢把他们咋样。部队虽然节节向后撤退，一个多月里，从渭河北撤到渭河南，西安也叫共军占了，他把家里人又迁至成都。这一次他再没有买房子，谁知道下一步退到啥地方呢。

上司命令暂二师在秦岭北麓一线抗击着共军，由于形势所迫，整个战线逐渐沿着秦岭西撤。师部由周至的蒋村要撤到集贤，郑连生为了汽油，到处求爷爷、

告奶奶。妈了个逼的，个个都是狗舔鸡巴各顾各，人家的辎重部队汽车跑得尘土飞扬，自己硬是搞不来，眼看着几辆车没油跑不成了，大批家具、字画，攒了多年的坛坛罐罐只好放弃。

负责看管三哥的，也是郑连生的师直卫队。最近天天行军撤退，还要派十几个人轮流看他，真成了个累赘。从渭北后撤时，令晋山关心地对郑连生说：

"你们就那么一点人，伺候师部都顾不过来，还好吃好喝地服侍师座女婿。真不如把人交给我帮你们看管，我给你们把责任担上。"令团长的话就像夏天的冰水，甜滋滋的。想给师座说，又怕他骂。现在没车了，大批物资就靠弟兄们肩扛手提马车拉，一路狼狈不堪，还要派人看好三哥。他壮壮胆子，提出这事交给令团负责，他们人多。大鼻子也觉得有道理，最后同意了。

三哥一路上，有几次逃跑的机会，可是琢磨出一个问题，自己跑了，策反就会前功尽弃。令晋山曾暗示过他，有可能把他移交过来。机会终于来了，他一到令团，立即告诉他：

"时不我待，现在你们天天在后退，要审时度势，一夜之间就可以把队伍拉走，进入安全区。否则，就没有机会了。"

令晋山通过大鼻子扣押未来的女婿这件事，感觉他确实太顽固了。要是再这样下去的话，整个部队肯定将不复存在，自己的家庭也完了。共军的政策已经耳熟能详，也相信三哥能够诚挚地对他。他和几个铁杆营长和三哥秘密商量一晚上，决定半路上起义。各个营长立即回去安排，第二天晚上团部命令各营，后队为前队，向北顺着大曲河前进八里，然后折向东返回了西安西郊马王镇。

三哥回来了，还带回来了一个团。消息传开上上下下都欢腾起来。令晋山仍然为团长，不过到二团当团长。令嫂如愿地搬到西安居住下来，她高兴得嘴都合不住了。独立九旅这时已改为独立九师，水涨船高，老虎被任命为师长，不再兼任分区司令员。刘有福为师政委，三哥为副师长，朱田水为参谋长。半年后，四眼任命为师副政委。

符碌对自己名字烦，自己加入解放军都半年多了，但是连里仍有人在背后叫"俘虏"，就是由于名字和俘虏是谐音。他找到指导员雷保雨，请他改名字，指导员想了想，改为符志云如何？

说着就用笔写给他看，字词义也清清楚楚讲给他听，符碌嘴里念着：

"符志云，符志云，嗯，不错。指导员，请你就在大会上宣布一下，行吧？"雷保雨答应了。

第二天早晨全连出早操时，指导员为他正式更名，不少人暗地里哧哧地偷笑，都觉得俘虏（符碌）顺口，何况本来就是个俘虏，所以仍有人叫个不停。符志云性格比较内向，又好面子，急了就和别人红脸，甚至都想和对方动手，为这事指导员批评了不少人。

部队接到命令开拔到武功临平，配合三军围歼敌军五十七军。老虎刚刚从军部开会回来，告诉大家，五十七军当年是国军的嫡系，但是此一时，彼一时。当今的嫡系士兵，都是二十几岁刚刚拉来的四川的壮丁，几乎没有什么军事素养。个个配置的多是美国的卡宾枪，重武器很少。大家一听，个个群情激昂，就好像准备吃豆腐宴一般。

上级要求九师插到扶风康家沟一线，一百八十里路两天之内赶到。由于敌人已成惊弓之鸟，部队干脆避开大路，昼夜行军，天黑之前终于赶在敌人的前头。连长康维成要求重机枪设置在河对岸半山腰全连中心突出地带，这里三面环绕视野比较开阔，重机枪可以大大地发挥作用。

简易工事刚刚修好，不少人又困又乏，等炊事员把饭送上来，一个个都倒在阵地上睡着了。炊事员老刘和小孙就自觉地替大家站岗，他俩开始还站了一会儿，过了一会儿也是又困又乏，坐在地上也睡着了。

夜里九点多钟，敌人搜索队六七个人顺着小路摸了上来，我的爷呀，这么多的共军埋伏在这里，多亏他们睡着了。这儿有一挺重机枪，干脆把机枪手搞回去，国军也缺机枪手，还能搞清共军番号。三四个人上去就把符志云按住，把帽子塞进他的嘴里，强行把他架走。重机枪太重，两人硬是扛起来，跌跌撞撞地逃走。

兄弟部队发现三连阵地上有人影往沟下跑，就大喝口令并鸣枪警告，枪声惊动了三连。连长康维成惊醒过来，发现不见了机枪，气得大骂哨兵，自己也感到十分悔恨。现在阵地已经暴露，埋伏已毫无意义，只好向上级报告。消息迅速地到了师里，师部出现了两种意见，老虎和朱田水认为阵地已暴露，整个部队立即向西转移在下一个隘口设埋伏。刘有福和三哥则感到，敌人恰恰认为我们感到会更改埋伏阵地，所以会无所顾忌地冲上来，所以部队的部署只能调整一下，绝不能撤离。王师长想想，感到有道理，敌人是大部队，一般是不会轻易改变路线的。

围歼战从早晨六点打响。敌人满以为共军会另寻埋伏地点，结果一试探，遭到共军强有力的阻击。敌人发起三次攻击结果都失败后，感到十分恐慌。现在南北的共军已经压了过来，只有拼着命冲上去，否则会全军覆没。敌人的化学兵戴着防毒面具，向三营前沿阵地释放起毒气，一时间不少战士晕倒，敌人趁机冲了上来。双方厮杀在一起，难解难分。三营口子不堵上，大批的敌人如果从这儿逃窜，九师就会成为罪人。老虎电话里骂三哥：

"龟儿子，你现在不冲上去，还等啥子？"

他离一团三营只有二百多米远，狭路相逢勇者胜。他亲自带着二团预备队丁万身的三营，这是当年由一支优秀游击队改编。编成野战部队后，一改游击习气，经过几次大的战役，部队的纪律、战术有了极大的提高。最大的特长是勇敢，关键时不怕死。现在只有从中间插过去，将敌人截断，彻底将口子扎死。

在一个土山包掩护下他带着队伍，迅速地接近三营。只见他拔出手枪，大喊一声：

"杀过去，冲啊！"顿时，斜坡突然出现大批的解放军，他们几乎都拉出了手榴弹的弦，投向敌群。眼前一片爆炸的烟雾，形成一道屏障，后续的敌人一时被压住。已经冲上去的，一看不对，仗着有利地形，又反冲了下来。

愣的怕硬的，硬的怕横的，横的怕不要命的。丁万身不顾自身安危，抱起机枪"哒哒哒"不顾一切冲向敌群，突然一发子弹击中他的头部，他抱着机枪倒下时扣完了最后一发子弹。战士们就像火山喷发一样奋不顾身往上冲，全营都要为营长复仇。敌人畏惧了，在丁万身营一股旋风般的打击下，敌人纷纷溃退。冲上来的部分敌人在两面夹击下，几乎全部被打死，极少数敌人举起了枪表示投降。

各部队对敌人发起总攻，敌人狼奔豕突，建制全部被打乱了，仅仅两个多小时，一万多敌人被歼灭，只有少数敌人拼死向南逃脱。

符志云稀里糊涂地跟着五十七军的残部一口气跑到宝鸡。趁人不备从窗户跳了出去，脱离了他们。在一个破旧的工厂，找了一件油腻的蓝布工作服穿上，把上衣悄悄扔了。街上到处都是军队，一到晚上，街上就戒严，只好偷偷地和流浪的人钻进火车站的泄洪隧道里。白天和饥民一起在街上抢粥喝，常常为一碗粥还打得头破血流。真是人穷志短，马瘦毛长。

暂二师在火车站招募新兵，他犹豫、徘徊了好长时间，最后下定了决心，吃兵粮总比要饭强。他向招募处亮出自己国军机枪手的身份，登记甄别时，他隐瞒了加入解放军的经历，一气说出当年三十六师二十四旅的团营连的番号来。国军的部队急缺有经验的老兵，加上他又懂重机枪，十分顺利地通过登记。他没有进新兵营而是直接分到了暂二师的直属营。

郑连生听说给他分来一名老机枪手，想亲自当面试试。一见面，把他上下打量一番：

"靠！这么大的个，像个机枪手。"看着他的简历，就问他：

"恁以前在哪个鸡巴部队？"符志云告诉了他的老部队番号。他一听非常满意。"中！那恁露一手叫俺看看，中不中？"说完，手一挥，外边的士兵抬进来一挺轻机枪，本想叫他拆下来，再重新组装。符志云嘴角露出一丝不屑一顾的样子，叫人把他的眼睛蒙上，不到一分钟拆成零件，又用了不到三分钟全部装好。把郑连生看得目瞪口呆，

"靠他娘！把重机枪抬进来！"四个人把一挺马克沁抬进来。同样，从拆到装，也就是十二分钟。靠！真是好把式，真中！他想了想，决定任命符志云为机枪排排长。谁要是不服，靠他娘！出来试试。

郑连生对待士兵，拿他自己的话说："谁鸡巴干得好，谁鸡巴就上，老子就让他偏吃偏喝。"

符志云感到这是他一生遇到的第二个好人。机枪排共有两挺重机枪，六名射手，十来个卡宾枪士兵，还有四匹骡子。给他们的待遇，完全是按连级待遇，好饭、好烟、好酒，薪水也比别人都有保证。对郑连生的知遇之恩，他自然会涌泉相报。训练枪械拆卸保养、射击的技巧、小故障的排除、子弹带的折叠等等，他不厌其烦地向弟兄们传授。

弟兄们原以为该翻越秦岭，撤到四川去。谁知道听说甘肃的马家军要反扑西安，要国军配合，胡马联合起来实力大增，确实令人振奋。但是听说共军野战部队也都三十多万人了，已经超过我们，我们有几分胜算呢？郑连生这两天不停地骂着马家军，靠他娘！我们成了他们的陪衬。

暂二师又向东进配合反攻，直至开到眉县的营头村，任务是掩护三十八军的右翼。营头村在秦岭山脚下，全村也不过二百来户人家。直属营随着师部驻扎在村里，麦子该收割了，老百姓家家开始准备收割。大鼻子看见该夏收了，警告部队千万不要糟蹋庄稼，对大家说：

"靠近渭河两岸、铁路和公路两侧的平原，村子里的农民基本上都跑空了，国共双方几十万大军将会在这里有一场恶战。那儿的农民遭了大殃。我姜龙魁属于小草蛇，就贴着秦岭北麓向东插，形势一旦不利，或向西或钻山区，能溜就溜，反正不能干赔本的买卖。可是有一条，爱护百姓是我们的纪律。"

说实话，令团反水后，师座难受了好长时间。人各有志不能勉强，但是为何拉走一个团呢？现在，谁再向他表忠心，他也就是点点头而已。

这一带的麦子穗长、粒大，令人十分喜爱。十里之外一片战火，而这里搭镰、捆扎、运麦、碾场、扬场，一片繁忙景象，反差令人咋舌。大鼻子特别喜爱农活，干扬场格外拿手，只见他右腿在前，摆了个马步，手里拿着木锨，一锨一锨的麦子在空中呈现一个个漂亮椭圆形的弧度，随着微风摆动，麦粒准确地落在一堆，麦皮则被吹向另一堆。他的精湛表演，士兵们站在一旁不停地鼓掌祝贺。符志云不会干活，可是会出笨力，跟着营长在装袋子。关中的袋子是多半人高的"桩子"，装满一桩子，足有一百五十斤重。只见他半蹲在桩子前，两手抱住桩子，腰身一挺，两腿一使劲儿，扛起就走。他一口气扛二三十趟不在话下。村里的农民一看，同样是国军，这部队算是爱民军，比国军其他部队强多了。

符志云帮助农民往回拉扬好的麦子，一上午跑了四趟，饿得前心贴后背了，都怨自己早晨偷懒起得晚，连早饭也没吃，一直都忍着。

"哎！"

他们看见一个老汉担了一担杏上街去卖，赶紧拦了下来。大家看见杏还有点儿发绿，营长说，你们自己挑黄的，我来掏钱。反正有人掏钱，大家就蹲在筐子围着挑。符志云挑出一个，就在自己的衣服上擦擦，塞进嘴里。他一会儿就吃了二十几个，开始还嫌杏酸，最后连酸的感觉也没了。要不是营长叫他，他还想吃。郑连生告诉他，桃养人，杏伤人，李子树下埋死人。杏吃多了对身体有害。两人拉着空车走着说着，又回到麦场上。忽然，符志云感到肚子像针扎一般疼，疼得他话都说不出来，开始时蹲在地上，后来干脆躺在地上打起滚来。

师部的医疗队对他进行紧急抢救，初步诊断为胃痉挛，空腹吃酸杏所致，必须要洗胃。正在大家对他抢救之时，东面的枪炮声一阵一阵地紧了起来，迫击炮、加农炮还有榴弹炮的响声交织在一起，形成了一阵阵剧烈的爆炸声，窗户的玻璃震得哗啦哗啦乱响，梁上的尘土不时地掉下来。

大鼻子神色凝重，手里的红蓝铅笔在地图上来回搜寻什么。师部迅速地忙碌起来，参谋们也都在忙忙碌碌地通话。他最烦大战前的混乱，走到外面大喝一声："静一静！慌什么？我们靠的是秦岭，实在不行就进山。现在要求把各团营的位置和所遭遇的情况必须立即报告就行了，喂喂啥呢？"作战室的声音小了许多。一个参谋进来报告：北边的火车站叫共军占了。大鼻子一听不相信，"胡说！共军是孙悟空？再打电话查询。"

其实不用再打了，北边激烈的枪炮声就说明了这一切。如果眉县车站一带出现共军，那么东面国军的四个军就等于被共军包抄了。大鼻子迅速地想着对策，这年头有部队就有实力。必须把扈昆团从东面抽回来，监视北边的共军，共军敢向南包抄，就坚决阻击。韦力团向西搜索二十里，负责保证全师的退路，一旦发现有情况立即报告。

北边的枪声越来越激烈，扈昆团也边打边退。共军不断地向南扩展，与扈昆他们接上了火。上司明码电报：暂二师必须在渭河南岸保证大部队有一条退路。共军已经插进来一个军，好像是四军。共军做事情很干脆，这次好像胃口特别大，一口就想把他们全部吃掉。正在打得难解难分时，贴着秦岭又发现一股共军从东面打了过来，这不是要把口子扎死吗？共军战术一贯不顾死活地穿插，就是企图分割我们。

大鼻子要求查清他们的番号。好不容易抓了共军的一个俘虏一问，是独立九师的。妈的，三十六计，走为上。他命令，叫部队撤出战斗，向西后退二十里范家营。

独立九师的进攻势头格外凶猛，不顾死活地分了三路拼命向西插，其目的就是将暂二师包抄。村东头还没收割的麦田里，直属营和一股共军直接干了起来，共军也用上了汤姆冲锋枪，火力格外猛，子弹几乎贴着麦穗，打伤了不少弟兄。郑连生指挥大家利用地形不断地退却，靠他娘，重机枪没来得及搬出来，关键时刻符志云这个鳖孙病倒了。

"打打打呀！"郑连生两把盒子枪左右开弓，轮流向共军射击，弟兄们在他沉着、冷静神态的感染下，死，算个鸡巴，坚决阻击。

师部的东西都来不及搬运，又一支共军冲到巷子东头，多亏师部门口两部机枪轮流扫射，他们不敢露头。师座一行人匆匆跑了出去，向西撤走了。符志云刚刚从痛苦中挣扎出来，医生都跑光了，房间只剩下一个小护理员。小护理员把他从床上扶下来，告诉他咱们赶紧跑吧，共军都进村了。对对！再叫独立九师抓住那就太丢人了。医疗队连一杆枪都没有，他俩背着药箱，拿起一把锹匆匆向外跑，一出大门就撞上了郑连生十几个人向西跑，俩人赶紧跟了上去。子弹在耳边嗖嗖地飞过，身旁不时地有人倒下，突然村子西边枪声更加激烈，人们纷纷退了回来，村子被共军包围了。郑连生一群人赶紧砸开一家农家院子，进去一看，这不是上午帮着装麦子的老祁家吗？

老祁有五十来岁，院子是一标准的关中四合院，前房和院子用照壁隔开，两边的厢房屋顶都是一面瓦，雨水都流到自己院子的天井里。家里有两儿三女和老伴儿八口人，大儿子已经结婚，儿媳妇还挺着一个大肚子，女眷们吓得缩在大儿子的厦房里。祁老汉一家在村里属于比较殷实的人家，一年四季吃穿不愁。主人看见一群当兵的，本不想让进来，可是看见他俩不好意思了，赶紧把他们几个藏在后院的一个地窖。这个地窖本是用作防兵匪战乱的，谁知自家人还没用上先藏了一窝国军的兵。祁老汉摇着头感叹道："这是什么世道？"

村子里的枪声渐渐稀疏下来，估计外面的战事已经结束。有人想出去，郑连生低声喝住：

"靠恁娘！别动，共军马上就要搜查了。"符志云是个老油条："营长，我们干脆后半夜出去吧，这样还能追上部队。"营长拍拍他的肩膀：

"恁说到俺的心坎去了。如果追不上，我们就进山打游击。"

祁老汉给大家拿进来了十几个馒头，大家一阵子就啃光了。

外面的敲门声不断，祁老汉吓得不敢开，老婆躲在照壁后面低声骂他：

"狗日的厌货，你越不开越说明你屋有麻达，赶紧开门！"他战战兢兢地拉开了门闩，几个解放军拿着枪进来说：

"大叔，别害怕，我们就是搜查搜查国民党逃兵。"他们挨个检查房间，大儿子的房间门是反锁，解放军转过来看看祁老汉，他哭丧着脸说：

"里面都是女人，不能开呀！"大家不再说啥，前后院子检查完了。一个人和蔼地告诉他："千万不要窝藏坏人，以免自己遭殃，"说完就走了。天呀，今天咋遇上这些麻达事咧。

过了一个小时，一个当官的领上几个人再次进来，说部队要借用他家的房子。祁老汉腿一软，差点摔倒。当官的赶紧把他扶住，忙问人没有啥病吧，老伴儿忙答道："人好着哩！就是家里女人多，怕不方便。"当官的在院子转了一圈，指了指照壁前放农具的库房说：

"算了，我们战士就在前边库房住下。"他对战士们说：

"谁都不许跨越照壁半步，听见没有！"祁老汉两口再也不好说啥了。今天来的共军和国军对人都蛮客气的，都是中国人打尿啥呢，嗨！

前房有磨面的石碾子和农具，房间里放了几十袋刚刚收回来的新麦。农村讲究，生人只能在照壁前说话，不能去后面。因为家里有女儿、媳妇，不能和生人见面。战士们搬进来没事干，干脆帮他们磨面，主人还不好意思挡，一会儿就磨了一百斤，要不是祁老汉叫停，他们还继续干。晚上祁家做的酸汤面，饭做好后，老两口一碗碗送到前房来，众人吃得香喷喷的。

一个当官的告诉班长，这一家人挺奇怪的。你们晚上睡觉时枪不能离手，门口的岗哨变成暗岗，以免不测。祁老汉晚上手里拿了一包烟来到前房，请大家抽。班长纳闷地说：

"大叔，你屋的光景不错嘛，抽的还是哈德门。"这个牌子的烟农村根本就没见过。老汉脸一红，"这还是前些日子在县上买的，胡屎对付过嘛。"老汉的谎话已经露出破绽。他和大家扯了几句，又问：

"你们在这里住几天？"一个小战士嘴挺快：

"明天就走。"班长瞪他一眼：

"你知道啥？部队就在这里休整，要住好些日子呢。"祁老汉心里一惊，吓得忙把话题转移到一边去。

战士们累了一天，把行李往地上一放，半躺半靠着就睡着了。班长迷迷瞪瞪地睡了一会儿，心里有事就没敢睡死。朦胧中感觉到脚步声，他强睁起眼，看见一个青年农民从门口走过，他以为是祁老汉的儿子，可是又看见好几个农民打扮的人都从照壁后面出来，大事不好，他拿枪大喊一声：

"站住！"

喊声惊醒所有的人，那几个人"嗖"地一下都窜了出去。"哗啦"一下，他打开保险，追出门口喝令他们停下，一个家伙从怀里掏出盒子枪往后一扬，击中了班长，只见他坐在地上强忍住痛，"啪啪"两声，打中一个家伙。这几个人撒丫子就跑。巡逻队立即将他们逼到一个破院子，这几个人慌忙钻进没有门窗的土坯房。枪声惊醒了部队，立即将破院子围得严严密实。大家向里面喊话，开始他们还负隅顽抗，战士们向门口扔了一颗手榴弹，吓得他们忙喊叫要投降。

这几个俘虏走出来，大家一看，这不是符志云吗？符志云看到老部队的人，羞愧得恨不能钻进地缝里去。康维成和雷保雨把符志云单独带到连部问话，康维成像不认识他似的，左右看着他：

"你，你怎么又跑到暂二师去了？"符志云哇哇地大哭起来，康维成气得大骂：

"你他妈的这么大的个子，老子又没打你。男子汉哭什么呢？"

"啊？说话呀？"

雷保雨拿了条毛巾，叫他擦去眼泪，好好说。符志云"扑通"就跪在地上，一五一十地向连长、指导员交代了这一段的情况。

郑连生被抓住，三哥亲自审问他。他们之间见过许多次面，史啸山对大鼻子的保镖有着说不上来的感觉。这个人对他的主子是无比的忠诚，很仗义，对下属也不克扣军饷。但是，就是有些偏执。教育这样的人必须要靠长期感化，短时间的教育对他来说是对牛弹琴。三哥对他苦心教育了几个小时，从全国的形势到暂二师目前的处境——向他说清楚，又拿胡德水、刘忠仁、令晋山和侯仲魁弃暗投明作为例子，希望他与反动派决断。

郑连生是九头牛都拽不回来的犟脾气，他告诉三哥，他最恨"叛徒"，要杀要剐我眼睛都不眨一下。要想说服我，除非师座改弦易辙，我就相信他。他现在的情绪比较冲动，是难以说服的。叫保卫部门把他押下去，生活上予以优待。他给老虎汇报了审讯情况，提出一个大胆的设想，放了郑连生，用事实教育本人，从灵魂上震动大鼻子。老虎想了想说：

"你个龟儿子，想法蛮多的嘛。你的意思是让他明白我们解放军的诚意。行！放了他，下次抓住他，看看这个龟儿子还有啥子说的嘛。"

郑连生被释放了，还带着自己的双盒子枪和解放军送给他的路费，心里有着说不出来的滋味。

28

一百五十名大多高中文化的学员分到南下工作团，不到二十岁的男女青年朝气蓬勃地站在操场上，令人非常高兴。慧渊博搞过游击队训练，就主动担任起列队训练、单兵军事训练、体能训练教员。训练分为三个队共十个班。学员里面有党员、团员的，发挥他们的积极作用，担任队长、组长。一个月后，军区派来刘思贵同志担任巴山地区工作团团长。老刘三十多岁，四川仪陇人，个子不高，说话语速很快，是当年四方面军长征时期的班长。在此之前担任商洛军分区副政委，一听说要去四川工作，高兴坏了。工作一移交，第二天就向郧县赶来。现在看到英子搭好了架子，喜形于色地对她说："我们四川的解放你是立了头一功嘞！"

本来要等部队开过来后，工作团跟着下去。军区考虑这么多的干部窝在这里不如让他们先行一步，直接深入各县先开展地下活动，条件好的就可以组建游击队，为以后的大军进川消灭国民党军队，扫清残敌、剿匪做准备。

按照上级指示，英子率先领了一支地方武装工作队，全部便装，坐船逆汉江而上，秘密地来到了川源县。他们的任务就是发动群众、组建地方武装、控制广大农村，为大军入川打好基础。

工作队驻扎在黄钟已经两个月了，对当地的生活也渐渐熟悉，语言也能初步掌握。当地群众说话特逗，个个自称是格老子的，龟儿子是昵称，有时候却是骂人。英子作为县委书记就住在彩虹村胖二嫂家里，她家也有一棵枣树，不过树冠只有三米多，结的枣又圆又小。枣花稀罕地围住看半天。"胖二嫂，打几颗叫我尝尝嘛！"二嫂拿了一支竹竿出来，"要得，要得。"哗哗几竿子，小圆枣掉下来满地骨碌，大家赶紧拾起，英子一尝，也挺甜的。胖二嫂告诉说，她嫁来时还不知这是啥树，这里很少有这种树。

十月的巴山蜀地，天气虽然见凉，但是树叶依然翠绿遮天蔽日，森林里的藤蔓交织在一起，密密实实，走在林间的小路上，常常看见藤蔓缠绕上树或匍匐在地，有的花洁白如玉，或嫩黄似金，黄白相映，奇香袭人。英子几个人陪着胖二嫂在后山采药，二嫂炫耀地说：

"姜妹子，我们巴山是个大药房，你们信不信？这是金银花，也叫双胞花，还可以泡水喝，久喝轻身，散热解毒。"说着用剜刀连根挖了出来，用手把根上的泥土捏了捏，打算移植回去。大家见状，学她的样子，先蹲下，然后左手择着细秆，慢慢连根挖。胖二嫂给老县长一边指点着挖法一边说："我父亲从小带我识别中草药，现在认识好几百种草药。"他饶有兴趣地问："你认识这么多？"

"就是的嘛。你看看，我能用生肖把名字给你串起来：牛蒡子、虎杖、鼠疮、菟丝子、龙胆草、蛇床子、马钱子、羚羊角、猴头菌、鸡血藤、狗脊、猪苓。我再用色彩分，青蒿、赤芍、黄连、白芷、黑丑、佩兰、紫草、绿矾、橙皮。"胖二嫂口齿伶俐的炫耀，把大家听得目瞪口呆。老县长看着王枣花，点点头，肯定了胖二嫂对草药的认知度，他告诉大家：

"中医博大精深，自古以来，医儒不分家，大师看中医，是一幅画，脏腑经络，气血津液，五行生克，三焦汇通，这样的景图，只有艺术家才能勾勒出来。我王思民来到这里才感到英雄有用武之地啊！"

这里当年是红四方面军的老根据地，群众十分怀念当年轰轰烈烈闹革命的日子。黄钟镇虽然被掌握，可是群众仍然有顾虑，一到晚上，不少人就来到胖二嫂的院子，打听外面的见闻，反复询问："现在你们又来了，还走不走？"英子自信地告诉大家：

"乡亲们一百个放心，全国就要解放了，我们永远都不走了。"群众有许多骨干，当年的赤卫队队员如今已经三四十岁了，他们仍感到红军没有忘记这里的乡亲。打土豪、分田地，扬眉吐气的日子又要来了，个个群情激昂，"格老子的，老子必须顶一哈，出一把力嗦"。

现在必须要解决一批武器和物资，区长文淑娟告诉英子："我二姐早先给长坝场的大地主王围田老龟儿子干了六年丫鬟，晓得他家有一批长枪。这家人富得很，龟儿子的粮食能叫全镇人吃一年。"英子问他家的戒备情况。文淑娟想了想说：

"他家有四个团丁，还有一只恶狗。别的没得啥子。"光听别人介绍不行，必须实地摸摸情况。英子想了想，决定带上几个人趁赶集时侦察一番。

长坝场的集市也不长，只有二百米。王府的大门正对着集市，每次集市时，他家大门口站两个团丁，恶狗也在门口，凶恶地看着人群，周边一二十米无人摆摊。从大门望去，里边的院子和普通的地主庄园区别不大，不过他家大门上木质雕刻的龙凤呈祥栩栩如生，陪衬的花卉鱼鸟的彩绘图案倒是挺精致。

她回来立即召开会议，提出想利用集会之机，制造混乱趁机闯进王家庄园和镇公所。游击队杨队长，当年是赤卫队队员，现在已经撺掇了五十多位会打枪和耍大刀的队员。他急切地说：

"姜书记，我们都憋了十五年了。长坝场那几个龟儿子，老子都看不上，你现在发话，我们用不了一会会儿，就把他们收拾得干干净净噻。"

英子大致做了个分工：自己率领三十人攻打王府，杨队长负责收拾镇公所。老县长看家。她要求杨队长再发动一百青壮男人配合，趁集会一拥而上。她最后告诉大家：

"这是第一场战斗，一定安排细致些，一炮打响，打出气势来。"

半个月后，长坝场集会热闹非凡。上午刚过十二点，突然镇公所熙熙攘攘，"噼里啪啦"响起了鞭炮声，一堆人拿着鞭炮就进去，门口的团丁想挡，不知叫谁一竿子打在头上，后面的人用衣服把他的头一裹，把他砸昏。人们举着扁担、锄头冲进去，一场混战，把里面的团丁、保长都绑了个结结实实。

王府门口的团丁看到那边挺热闹，两个家伙跑去看新鲜。只见门口两边摆摊的拿着扁担就闯了进来，恶狗刚扑上来，就叫一个女人掏出手枪打死，六七十个人拥了进去。王府的团丁还没来得及反抗，就叫大家抓住。王围田拿着手枪站在中庭台阶对着人群"叭叭"两枪，一个人倒了下去，人们不禁愣了一下。只见英子从人群中向他走来，双手紧握勃朗宁对准他"叭叭叭"扣动扳机，打得他连转几个圈，最后倒下。战斗很快结束了。

王家富得流油：搜出的金条、银元和金圆券摆了一饭桌，绫罗绸缎和细布足足给镇子上一人做一件衣服，粮食二十万斤都不止。经管家指点，游击队从他家的暗道里，搜出二十支步枪和一批子弹。

县委决定，金条、银元充公，衣服给王家的家眷每人留两套、被褥一套，粮食留二万斤。其余，全部分给穷人。武器留给游击队。

长坝场的胜利，极大地鼓舞了大家，他们趁机又拿下陈家田、谢山子几个村。

当年杨树民狼狈不堪地逃回老家达县，风声过后，又溜回西安，将几处房产悄悄贱卖。在家乡置了二百亩水田，过了几年安逸的生活。红军闹红时，他带领全家逃到重庆，红军走后全家才搬回来，又继续过他的寓公日子。抗战时期，国民政府要求大家捐款、捐物，杨树民捐了五万银元，轰动一时，四川省政府任他为川源县县长。这个县，处于深山，地广人稀，没有人愿意来，他硬着头皮上任，这一干就是十年。如今已经六十有三，几次提出辞呈，上面也顾不上，他只好老骥伏枥，但是已经没有志了。

现在穷鬼又要造反，这还得了？杨树民赶紧派保安团去剿灭共产党，可是到了长坝场，哪里有人哩？

保安团士兵一天跑七八十里，大骂县政府："老狗日的，涮涮老子的腿呦！跑尿一天莫尿得名堂。"应王围田家属强烈要求，派去的保安贴出去了布告，要求"刁民"们退回赃物，否则以通匪论处云云。按下葫芦浮起瓢，这里还没搞定，县上就叫他们赶紧奔赴八十里外的大竹，游击队正在攻打区公所。

就在杨树民捉襟见肘之际，残军暂二师五百多人狼狈不堪地从汉中流窜到这儿。大鼻子的部队刚刚撤进秦岭，解放军并没有急着追击。进入秋季后，时机已经成熟，一野的十八兵团和十几个师翻越秦岭，以摧枯拉朽之势，席卷了陕南的残敌。大鼻子的部队也被打得落花流水，他现在非常明白，现在去成都无疑是共军追击的靶子，现在最好的去处就是川陕的巴山山区。当年共产党在那里闹革命，就是看中了那一片山区，如今我老姜也要尝尝打游击的滋味，匆匆开到川源。

县政府听说国军部队开到，慌忙到外面迎接。杨树民看着大鼻子面熟，想不起在哪里见过，可是大鼻子握住他的手，提醒他说：

"杨处长，你好健忘啊！老弟姜龙魁，当年是陕西靖国军第一混成旅二团一营一连连长啊。"杨树民终于有点印象。

"请，请进。"他毕恭毕敬地让姜师长一行进了会客室。主客坐定，文书急忙为每位泡杯绿茶，端了上来。杨树民站起来说：

"姜师长，欢迎到山区小县。敝县虽小，可自古以来有'秦川锁钥'之称，交通位置十分重要。北上通西安、北京，南抵重庆，西达成都，东至武汉。川源，是借本县东北有万顷池，邻邑之水多源于此之意。贵军来此，敝县尚有些土特产供弟兄们品尝品尝。"

他说的土特产也就是山里的野山菇、河里的大鲵（娃娃鱼）、野猪、麂子。另外，川源旧院乡的鸡特别好吃，肉都是乌色的，还有板角山羊等等。他的介绍，使这支远道而来的疲惫之师露出贪婪的眼光，口水顺着嘴角都流进茶杯里了。

县政府中午举行了欢迎宴会，桌子上摆的美味佳肴，凉拌牛腱子、野猪肉、川北凉粉、白糖拌橘子瓣、夫妻肺片、红烧麂子、红烧黑鸡、清蒸大鲵。最后是一个黑鸡汤火锅。四川的火锅和陕西的不一样，火锅放在中间，一圈摆的全是各种野山菌、羊肉片、豆腐、青菜等。每个客人旁边站一个侍女，由侍女把菜夹到锅里，涮熟后再给客人捞出来，叫客人蘸调料吃。

刚开始，军官们循规蹈矩坐在那里相互敬酒，可是酒过三巡后，军官们都不老实了，侍女们给他们涮锅时，手就摸到了人家的屁股。大鼻子咳嗽几声，老实不了几分钟，毛病又出现了。杨树民心里骂了句，吃了一会儿，借口回府吃药，匆匆就走了。姜师长大为恼火：

"弟兄们！你们也要给我长点面子。川女子长得好，你们向我打报告，可以明媒正娶嘛。场合上还是有些风范为好，别给二师丢人了。"

扈昆站起来，借着酒劲儿说："师座，我就要这个女子。"

韦力、郑连生几个人都说要自己旁边的女子。大鼻子气得问大家："你们连人家情况都不了解，都在胡说啥呢！"扈昆端起酒杯，站在他的后面：

"师座，弟兄们也想了解，可是这几年部队东跑西颠去了解谁呀！说实话，我们也想找一个城里读书的姑娘，可是连城市都没去过，从何而谈？"

大鼻子半天没有一句话，只是闷头夹菜。的确，他们跟着自己，可是没有谁关心过他们的婚姻。按规定，正连级就可以结婚。可是有几个结婚的？全都是光棍！自己有一个小爱，晚上还可以陪陪自己，可他们呢？都成了大龄军官啦。

想到这里，他站起来忙给大家赔不是："我从来没有关心过大家私事。从今天起，把个人的私生活纳入本师事务中。一年之内，够条件必须结婚。但是，有一条，团以上必须找中学文化的，其他要找小学毕业的。"师座一席话把大家说得心里热乎乎的，一个个端起酒杯向师座敬酒。

县戏院原来是嘉庆年间修建的戏楼，抗战时期后方的军队和物资从这里向北运出，因此就把戏院改造成为转运站，专门供军队使用。弟兄们暂时就住这里，旁边就是源通旅社，临时作为师部。大鼻子进去看了看副官处布置的住处，满意地住了下来。

杨树民到弟兄们的房间转了一圈，询问还需要帮什么忙，并一一记了下来。最后来到大鼻子下榻之处，准备和他好好聊聊。

看见父母官驾到，大鼻子赶紧叫人为他泡茶。两人从茶叶聊起，渐渐地大鼻子向他谈起陕西靖国军最后的结局以及熟人的情况，仇忤的事只字不提。对于当前的局势，他感到党国气数已尽，四川也不保。共军马上会从这里南下，弟兄们只有进山打游击了。堂堂的一个大好河山就这样败在党国内部一群败类之中，可惜呀！可惜呀！杨树民也有同感，清末以来，中国发生了多少大事，多少人的生命死在炮火之下，四川虽然没有经历抗日战争的场面，可是多少将士出去后再也没有回来，魂游他乡，悲哉，壮哉！

杨树民话题一转：

"姜师长，我看您也是个党国的栋梁、民族英雄，为人豪爽、对部下管教有方。我有意辞去县长一职。请您派部下担任此职，如何？"

大鼻子不知他葫芦里卖的什么药，当然不能接受。县长一职岂是儿戏，拿枪杆子的拿不起笔杆子，再说，这也不是随随便便就能更换的，需要四川省政府的任命才对。杨树民悲哀地说：

"我这个县长当得用当地话儿说，一天莫尿得名堂。也是六十多的龟儿子，懒得烧蛇吃（骚虱子），一天环（横）儿草不捡，竖草不拿，还想抬起吃，困到屙是唉。"大鼻子哈哈大笑，开玩笑说："那你这个老龟儿子困死算尿了。"

用县长一职诱惑他们不成，只好硬着头皮求他一件事。他思索了一下说：

"姜师长，现在，山区里的共产党的游击队活动十分猖獗，袭我政府、伏击公路、强夺士绅的财物、粮食，是可忍，孰不可忍！可否派军队去剿杀这伙共党分子，以保地方平安嚷？"

大鼻子刚来也听说这里闹游击队，军队帮助地方也是理所当然的事。但是军队对当地匪情不了解，人生地不熟，语言不通，加上部队经费无着落，几个月都欠饷，这些都是问题啊。他半天不语，茶水杯端起来又放下。杨树民知道他的难处，但是县上也没有经费供他们，总不能唆使他们去抢吧？想到这里，他对大鼻子说：

"可否叫队伍先去剿一次，费用只好靠弟兄们就地筹集，县政府只能睁一只眼，闭一只眼了。出了问题，县政府担待，如何？"

在人家地盘，暂二师今后的路还很长，他终于答应了。

英子这两天情绪特别好，三个区二十几个乡基本上都发动了起来，村镇的敌人势力基本遏制，广大农村已经被共产党政权所控制。就剩下主要交通干线和县城暂时被敌人占领，就等着大部队来解决了。再过一阵子，就要开辟其他县，一定要把革命烈火烧得旺旺的。彩虹村真是个好地方，距黄钟只有五里路，山清水秀，群众对革命政权十分拥护，热情也高。

这里难得见到晴朗朗的天气，英子坐在房东的院子里，趴在小竹桌上给三哥写信。今天是黄钟赶集日，老县长和王枣花他们看热闹去了，几个小时才能回来，人少清静。

亲爱的，不行不行，太酸了。敬爱的，也不行，这个称呼不恰当。好像第一次给他写信似的，千言万语竟不知咋样称呼了。她把信笺揉了，重写。

啸山：你好！你不知道吧？我参加南下工作团已经到了四川川源了。川源县就在安康的南边，在巴山丛中。现在县城还没有解放，仍然被敌人盘踞着，但是这个时间不会太久，因为北京已经升起了五星红旗，共和国已经诞生了。

去年三月在山西我们就商量好，全国解放的日子，就是我俩结婚的日子。虽然我们天各一方（我现在都不知道你们打到哪里了），但是心永远是连在一起的。虽然我们没有进洞房，没有肌肤的接触，但是我们的灵魂已经牢牢地结合在一起。我想起了唐代李商隐的诗：君问归期未有期，巴山夜雨涨秋池。何当共剪西窗烛，却话巴山夜雨时。这首诗，我在巴山峻岭的老林里已深深地有所体会。

你还记得吗？十六年前在土基镇赶庙会的人山人海中，你用肩膀把我扛起来，使我免受了踩踏之难。那个时候，我就对你有了一点感激之情。谁知，是革命的风卷浪潮把我们紧紧地联系在一起。一九三九年冬天在静岚的西碾河，那时根据地全部转入地下。在灰蒙蒙的日子里，血腥气氛充满了世界，老天突然把你送到眼前，我眼泪差点儿掉下来。高兴、激动甚至冲动之情在一个十九岁的姑娘内心起伏，感觉这一辈子就是你的人了。

是战争教会了我们在一起造地雷、扒铁轨、毁公路、铰电线、炸弹药库、保护群众的粮食、掩护群众撤退、端敌人的炮楼、伏击敌人的车队，粉碎了日寇一次又一次的扫荡和清乡，环境虽然十分残酷，但是的确锻炼了一大批中华民族有骨气的儿女。我们牺牲了那么多可亲可爱的人，我的区委书记王刚牺牲了，我的好姐妹王彩兰牺牲了。他们要是活到今天，要是能看到新中国诞生多好。文天祥的"人生自古谁无死，留取丹心照汗青"已经成为中华英雄儿女的写照。

人可以平平淡淡地过完一生，也可以气壮山河轰轰烈烈地过完一生，还有些人靠出卖他人，出卖灵魂苟且一生。有的人虽然活得时间很短，可是给后人留下了宝贵的精神财富，这样的人永远活在后代的心中。有人巧取豪夺、残害忠良、疯狂敛财、拍马溜须、醉生梦死，这种人只能留下骂名。

我父亲是一个有民族气节的人，他在民族生死存亡之际，赴汤蹈火、大义凛然。他虽然是习武之人，可是读了许多历史书籍，对历史上的英雄，崇拜得五体投地，把孝、忠、义看得比生命都重要。不要再动员他起义了，他认为是变节，转不过弯儿来。

你告诉四眼，他老婆怀孕了，叫他抽时间过来看看，尽义务是男人的美德。

父亲他在哪里？母亲在哪里？帮我打听好吗？我太想他们了。

信先写这儿吧，往哪里寄，我都不知道。你们再不来，我和枣花去找你们了。

此致，祝好。

想你的人——凤英

1949.10.31

她把信装进牛皮纸信封里，信皮上端端正正地写着：史啸山——三哥收，落款是：姜凤英。信写完就装进里面的口袋里，还摸了一下，自己不由得笑了。

胖二嫂从房子里出来，端了一碗薄荷水：

"来喝点薄荷水。刚才看你写啥子呀，我的大书记？身体更重要嘛。"英子感激地看了她一眼，"咕咚咕咚"地喝完，想把自己的小秘密告诉她。突然村子对面的山坳传来枪声，不少人向村子里跑来，后面有不少穿着黄衣服的人追赶。她立即回到房子把枪拿出来，对胖二嫂喊道："快跑，拉上孩子快跑！"说完她拉上她们上了后山。

只见王枣花、王思民顺着小路转着山边跑，企图把敌人引到山上，不能暴露村子里的机关。英子现在处在比他们还好的位置，她蹭蹭地跑到北面小树林里，拐过山包居高临下就看见敌人在三岔口犹豫。敌人在犹豫，她不能犹豫了，躲在树后"叭"的一枪，就转身向山上跑去。敌人一窝蜂地追了上来，子弹在耳边乱飞。她顺着东边的树林拼命跑，开始还可以靠树木作掩护，可是树木越来越稀疏了，敌人看清是一个女的，枪也不打了，就拼命追。

她又拐向东南，一路下坡跑得飞快，敌人死咬着不放。忽然前面是一个断崖，足足有十几米高，下面是一片大树林，林外就是一条通往黄钟的路。现在顾不上那么多了，眼睛一闭就跳了下去。

等她醒过神来，才感到全身麻木，两条腿已经不听使唤，只好硬爬到一棵大树旁靠在那里喘息。她哪里知道，林子里居然有二十多个敌人休息。他们看见山上跳下一个人，吓了一大跳，手里还有手枪，想必是被追击的共产党吧。端着枪就围了过来，这个女共党"叭叭"几枪，居然打倒两个弟兄。敌人立即猫着腰

"嗷嗷"叫着朝树干上部开枪，狂喊着让她投降。她躲在树后，包围圈不到二十米了，瞄准前面最近的又是一枪，那个家伙倒下了。敌人知道抓活的难，就降低了枪口"砰砰砰"向她射击。

英子英勇地牺牲了。

敌人围了上来，一个家伙尖叫起来，"天啊！这不是师座的女儿吗？"郑连生在五里外的黄钟镇喝茶，听说打死一个女共党，赶紧跑过来查看：

"哎呀，我们闯下大祸了！"

师部的院子里，大鼻子趴在女儿身上悲恸大哭，担架旁边放着她的小勃朗宁手枪。他用手抚摸着女儿的脸颊，仰天号啕，嘴里语无伦次地说：

"女儿呀，是我害了你啦，剿呀他妈的共，才知道原来剿的就是你啊！我活着还有什么意思。呜呜呜……"他伤心得失去了理智，几次想拿着女儿的枪打自己，都被部下拦住。

杨树民听说打死共党女头领，赶紧跑来表示祝贺。大鼻子看见他进来，怒从心头起，恶向胆边生，抓起勃朗宁，提着他的脖领，狂骂道：

"狗日的瞎尿锤子！剿共，剿你妈的屁！"杨树民刚张嘴狡辩，枪管已戳进他的嘴里，"嘭嘭"两声，杨树民像个死狗一样倒在地上，大鼻子不解恨，上去又踹了他一脚。

大鼻子亲自在东山顶上为爱女选了一块墓地，坐南向北，让她头枕高山，面向着巴蜀千山万水、万顷林海，遥望着家乡。不管咋说，女儿也是有地位、有身份的人，他考虑了一晚上，决定就按共产党方式，也是疯女子的心思，命人刻了一个石碑，上面刻着：

中共川源县委书记、爱女姜凤英

父亲姜龙魁

中华民国三十八年十一月

白发人送走了黑发人，他坐在女儿的墓前久久不肯下山。

部队打到陕南后，老虎已经担任副军长，兼着独立九师师长。他从军部开会回来，工作千头万绪，赶紧开会布置。他提出，今后具体作战指挥上的工作渐渐交给三哥处理。说实话，三哥感到带兵打仗是行家里手，但是刘有福、朱田水在前排着，资历都比他老。于是他站起来说，自己是唱戏的穿龙袍——成不了皇帝，军事指挥还是叫别人干。老虎最不爱听这话：

"龟儿子！格老子翅膀硬了嚒？干不了？你个龟儿子一看就是装的。"刘政委也露出了底牌：

"老弟，你就大胆放开手脚，我们都支持你，九师今后的担子主要还是要靠你挑了。"他话里有话，不少人都听说了，刘政委马上要调到一支起义部队去担任军副政委兼政治部主任。朱田水自己也在活动调走，不想在这里待了。三哥无话可说，只好硬着头皮应承下来。

散会后他厚着脸皮，把老虎拉到一边问：

"老虎哥，我的结婚报告还没批吗？""哎呀！"老虎把大腿一拍："格老子嚒，你的报告批下来都十天了，这几天一路上搞追击，也没见到你，忘得光光嗦。"说着在身上到处摸，原来在本子里夹着，他展开一看，就递给了他。这是军政治部批复，落款时间是一九四九年十月一日。他拿着批复，装出一副委屈的样儿：

"老虎哥，我的婚期都被你压了十天了。"老虎嗔怒道：

"啥子？格老子十月一日给你，你去和哪个结婚？姜凤英在啥子地方？你龟儿子都不知道嗦。"

是的，多半年了也没有她的消息，翻秦岭前还向山西郆杉发了一封信，也是杳无音信。部队要配合二野进入巴山地区，消灭陕川交界的残敌，估计最多两三个月就大规模地结束战事，那时再找她去吧。

部队刚刚驻扎镇巴县，就得到当地老百姓报告，二十多天前，暂二师的残敌几百人，顺着川陕公路流窜到川源。敌情就是命令，老虎命令三哥率领一团和二团的三营马不停蹄向川源进发。同时电告二野兄弟部队，堵住敌人，防止流窜。

部队顺着大路一天一夜就赶到川源北边十里的官渡村。这个村子是四川境内第一个大村子，紧贴着公路。防止打草惊蛇，天明前部队就把村子包围得严严实实。

天渐渐亮了，部队趁着雾霭向村子试探着进攻。贾神枪习惯地掂着步枪，带领一营悄悄摸进去，在转弯处碰见敌人的巡逻队，一阵激战，敌人全部躺在地上。枪声已暴露行踪，部队干脆强行冲了进去，后续部队跟着冲了进来。敌人只有百十号人，一看大势已去，乖乖地举起了双手。

通过审讯俘虏，得知川源的敌人五百多，真正的战斗队伍只有三百人。三哥感到时间很紧迫，敌人一旦发现官渡失守，很有可能逃窜，报告已经来不及了。他决定，为了保证全歼，不使一人漏网，必须派一支精干的队伍顺着公路插到县城南，封死敌人的退路，大部队要立即包围县城，绝不能叫敌人一兵一卒逃到山里去。

贾神枪的一营继续担任尖刀穿插任务。他命令五六十人换上敌人服装跑步前进。这里离县城二十里路，下午四点就出发了，大部队紧紧尾随在后面。

川源县坐落在太平镇上，川陕公路在镇子的西边一百米远，再靠西就是后江。敌人在西边民房临时修建工事，架着机枪监视着公路。山区的夜晚，繁星点点，月光照耀在后江的水面上，泛起一道道白浪。

敌人的哨兵借着月光老远就看见一支队伍从北边过来，就大声喊道：口令！对方大摇大摆地走了过来，回答道：鹞子！回令：山鸡！哨兵转过身，自己就点上烟抽了起来。过了一小会儿，他又转了回来，看见公路上的队伍咋这么长，足有好几百人。不对劲儿呀，他赶紧下到一楼报告连长，连长跑上来仔细一看，这哪里是自己人，明明是共军嘛！赶紧鸣枪警告。贾神枪的尖兵营根本不理会敌人，一阵跑步过了敌人的射界范围，部队到达后，向指挥部发起了两颗红色信号弹。部队从南北西三面向敌人发起攻击，敌人试探向南突围，不但没有可能，而且南面的共军进攻势头更加猛烈，敌人纷纷向镇子里缩回去。

自从几天前杨树民被打死，大鼻子就把师部迁到县政府，军政一把抓，取而代之了。郑连生继续负责师部的安全，在政府大院四边的角楼上新修了射孔，加固了瞭望台，把周边的低矮房子拆除，县府的照壁还戳了几个机枪射孔。

晚饭后，小爱看到师座心情不好，就拿出几张秦腔胶木唱片放，抓住转把使劲摇，一直摇不动了，就把唱针对准唱片，里面传出"锵锵锵，哐哐哐"声来，她又赶紧为他泡茶。大鼻子坐在外间办公室，一字一句地读着女儿的信，信纸的血迹早就干了，但是她秀丽的字体顽强有力地穿过血迹，映入他的眼球，这封信也不知看了多少遍，他都快会背了。

秦腔里高亢的吼声，把大鼻子从外间叫了进来，他摸出一支烟，小爱赶紧给他点上。刚吸了一口，就被外面的枪声打断了。小爱赶紧拿掉唱针，转身把他的手枪从墙上取了下来。扈昆等几个老部下已经在县政府大厅等着师座，这里已经改成司令部。大家看他出来，赶紧报告说：

"共军把我们围死了，咋办？"大鼻子看看大家问：

"你们这一辈子跟着我亏不亏？"半天没有人回答，这出乎他的意料。众人不说话，就是说明自己亏待大家了。他仰望天空，长长地叹了一口气：

"现在啥话都不说了。摆在你们面前两条路，一是我带头向前冲，杀出一条血路来。二是你们把我一绑，交给共军领赏。"韦力大声喊道：

"师座，你冲到哪里我们就跟到哪里，绝无二话，大家说对不对？"

响应者也是寥寥无几。大鼻子知道大家的心思了，最近扈昆、郑连生他们不断地从侧面向他吹风，表明一起投共的意图，让他断然回绝了。共军真是无孔不入，就连老弟兄都居心叵测啊！他悲壮地告诉大家：

"我死都不会投降，我老汉在前面冲，子弹要是打完了，你们在我背后将我打死，绝不会当他们的俘虏。听见没有？"大家唯唯诺诺。

枪声越来越激烈，他们刚想冲出去，结果被共军的机枪封死了，他们又试着从后门冲一下，也被子弹打了回来。正当他们商量对策时，外边有人喊话，要求他们立即放下武器，解放军保证大家的安全。大鼻子叫人回答："放下武器，你们必须有人进来谈判表示诚意。"共军究竟是谁他今天要看个明白。

过了一会儿，解放军派雷保雨进来谈判，他要求院子里的人无条件地放下武器，徒手出来。大鼻子一听说共军居然是老独立团，顿时气焰嚣张起来，坚决要求三哥进来谈判，否则绝不投降。

大家坚决不同意三哥进去，敌人不缴枪就强行攻击，彻底消灭这股敌人。三哥想起英子说的千万不要伤害大鼻子，万一老丈人有个长短，自己无法向她交代。目前敌人已是浅池里的王八，谅他们也翻不起大船。

他主意已拿定，带领警卫大义凛然地进了院子。他们一进大门发现大鼻子满脸杀气，拿着勃朗宁对着三哥"叭叭"几枪，几乎同时，大鼻子也遭到前后子弹的射击。扈昆和郑连生就担心师座情绪激动，一直站在后边防止他的冲动，谁知他已经彻底丧失了理智。此时也顾不上忠孝义廉耻了，果断地打死他。部队从大门冲了进来，院子里的敌人全部投降。

子弹从三哥肺部、颈部穿过，人当场就停止了呼吸。院子里的空气几乎凝固，人们悄声无息地打扫战场，突然小爱从后面哭着跑了出来趴在大鼻子的身上，刘财财止住她的号哭，她爬起来趁人不备一头撞上照壁，当场头崩浆流。

老虎、刘有福、朱田水、四眼赶来已是第二天下午，部队在县政府大厅已搭起灵堂。部队连夜购置柏木，制作了合棺，三哥静静地躺在里面，身上覆盖着红旗，他眯着嘴在笑，好像等着英子的到来。灵堂的中央摆放着他俩的牌位，四周簇拥着松枝和鲜花，在阳光的照耀下无比妩媚鲜亮，微风一吹，轻轻地摇摆，似乎向人们展示着它的婀娜。双胞花金黄色的花瓣和绿叶交织一起，如花蝶蹁跹，彩裙飞舞。王枣花在胖二嫂的怀里哭得死去活来，四眼咋劝都劝不住，埋怨部队来得太迟了。

追悼大会在县戏院戏台召开。横幅书写者：中国共产党党员史啸山姜凤英追悼大会。对联为：

风卷长啸抗倭寇血肉筑，英姿山伟新中国儿女情。

大会由刘有福主持，王枣花哭着把英子带血迹的书信念完，全场已是呜咽声一片。朱田水宣读了军党委批准的结婚批复，四眼、刘财财、王思民、朱大个子、贾神枪和生前的战友都代表大家发了言。

一支小小的三中队，在党的领导下，发展成独立营、独立团、独立师，昭示着人民军队从小到大，从弱到强的成长过程。我们的军队离不开人民，离不开地方党组织的大力支持，没有军民、军政的鱼水情，就不会有我们的今天。

令晋山、扈昆、侯仲魁、郑连生也要求发言，他们对共产党培养出来的干部，对英烈的为人十分敬佩，是自己永生的楷模。王副军长王海王老虎最后动情地说：

"史啸山同志从一参加革命就是我熟知的战友，我教育、培养、批评、呵护他，使他一步一步走到今天。我领着他在他的家乡杀敌人，如今到了我的家乡，他却牺牲了。他和姜凤英是革命的伴侣，虽然他俩生前还不知道近在咫尺，还不知道上级已批准他们结婚，还在一个等待一个。这就是革命的情操，共产党人的爱情是永恒的。"

老虎、刘有福带头为英烈抬棺，队伍缓缓地上了山。把原来的墓打开，给英子换上列宁服，把两个人并排儿放进柏木棺材里。众人郁歔着把他们安葬了。

巴山的山峦一个连着一个，夕阳的霞光好像为她披上了一层金色的薄纱。在西北风的轻轻吹拂下，薄纱下面神秘地埋藏着鲜为人知的宝藏。彩云舞起了长袖，画出一道一道绚丽的天字，诉说着宝藏的秘密。彩云又像顽皮的孩子，配合西风妹妹，掀开深绿色的宝库，宝藏日复一日，年复一年地流淌。她跳跃山间，演奏起各种曲子，快乐、悲伤、甜美、苦涩。不管森林、岩石喜欢不喜欢听，她不厌其烦地一直演奏下去。

部队在雄壮的进行曲中，迈着坚定的步伐直指祖国边远的疆土。

2010 年 5 月 18 日修改完